dtv

Als Giovanni Segantini sich 1875 mit siebzehn Jahren an der Akademie Brera einschreibt, hat er eine alptraumhafte Kindheit und Jugend hinter sich. Früh verwaist, lebt er erst bei der ungeliebten Halbschwester. Später landet er in einer Besserungsanstalt, wo ein Geistlicher sein zeichnerisches Talent entdeckt. Auf der Akademie freundet er sich mit Carlo Bugatti an, einem reichen Mailänder Bürgersohn, der schon einen Namen als Möbelbauer hat. Carlos schöne, verwöhnte Schwester Luigia verliebt sich in den scheuen Giovanni, der zum Erstaunen aller in der Akademie einen Preis nach dem anderen bekommt. Der Maler und das Mädchen werden ein Paar und bekommen vier Kinder. Es ist ein turbulentes Leben, aber Luigias Hingabe und Verständnis für Giovannis unkonventionelle Lebensweise und seine unerschütterliche Liebe zu ihr wappnen sie gegen alle Widrigkeiten.

Asta Scheib, geboren am 27. Juli 1939 in Bergneustadt/Rheinland, arbeitete als Redakteurin bei verschiedenen Zeitschriften. In den Achtzigerjahren veröffentlichte sie ihre ersten Romane und gehört heute zu den bekanntesten deutschen Schriftstellerinnen. Sie lebt mit ihrer Familie in München.

Asta Scheib

Das Schönste, was ich sah

Roman

Deutscher Taschenbuch Verlag

Von Asta Scheib
sind im Deutschen Taschenbuch Verlag u. a. erschienen:
In den Gärten des Herzens (13515)
Frost und Sonne (21183)
Beschütz mein Herz vor Liebe (21250)
Das stille Kind (24854)
Kinder des Ungehorsams (25288)

Ausführliche Informationen über
unsere Autoren und Bücher
finden Sie auf unserer Website
www.dtv.de

MIX
Papier aus verantwortungsvollen Quellen
FSC® C019821

Ungekürzte Ausgabe 2011
8. Auflage 2012
Deutscher Taschenbuch Verlag GmbH & Co. KG,
München

Umschlagkonzept: Balk & Brumshagen
Umschlagbild: Marc Walter collection
Gesamtherstellung: Druckerei C. H. Beck, Nördlingen
Gedruckt auf säurefreiem, chlorfrei gebleichtem Papier
Printed in Germany · ISBN 978-3-423-21272-4

»Die Kunst ist die Liebe, in Schönheit gehüllt.«

Giovanni Segantini

1

Faustschläge droschen gegen die hölzerne Haustür. Was sollte der Lärm!

Giovanni richtete sich auf in seinem Bett. Bice war natürlich auch erwacht. Sie fluchte leise und schlaftrunken: »Verdammt, die kommen wohl jedes Mal früher.« Giovanni warf den Schlafrock über. Fingal bellte und hatte sich schon an der Haustür postiert, als Giovanni herunterkam. Bewusst umständlich schob er den schweren Riegel zurück und öffnete die Tür erst einmal einen Spaltbreit. Wie erwartet, sah er einen Polizisten. Der zeigte einen Brief vor, den er vom Polizeikommissar aus Chur bekommen hatte. Giovannis Stimme war rau vor Wut, als er fragte, warum man dermaßen früh das Haus aufwecken und die Kinder ängstigen müsse. Absichtlich übersah er den Brief in der Hand des Landjägers. Er wusste ohnehin, was er enthielt, und er weigerte sich, ihn anzunehmen. Stattdessen sah er durch den Mann hindurch zum Gebüsch vor dem Haus, sah den Tau auf den Blättern, auf den dichten Ästen der kleinen Tanne. Er hörte das Vogelkonzert wie jeden Morgen. Ein leichter Wind berührte sein Haar. Hier bin ich zu Hause, dachte er, und dass er sich gegen jeden wehren würde, der ihm das streitig machen wollte. Giovanni spürte, dass sein Herz stark klopfte. Er blieb im Türrahmen stehen. Hinter sich hörte er Bice und die Baba in der Küche miteinander reden und mit dem Geschirr klappern. Das tat ihm gut.

Der Landjäger war ein drahtiger Mann mit sonnenverbranntem Gesicht. Er schaute Giovanni aus seinen tiefliegenden Augen mit schwer deutbarem Ausdruck an: »Man will Sie und Ihre Leute an die Grenze schicken, wenn Sie keine vorschriftsmäßigen Papiere herzeigen können.«

Seine Stimme war so voller Verachtung, dass sich in Giovanni langsam wieder die Wut aufbaute. Er müsse erst in seinem Gepäck suchen, brachte er mit mühsamer Höflichkeit heraus, er sei schließlich heute Nacht erst zurückgekommen aus Mailand.

Giovanni hatte sie so satt, diese Helfershelfer des Staates, die einfach nur taten, was ihnen aufgetragen wurde. Besonders diesem Kerl schien es Freude zu machen, ihn zu erniedrigen. Die Staatsdiener hatten keinerlei Risiko in ihrem Beruf, liefen herum wie Rösser mit Scheuklappen. Er hätte den Mann gern im Nacken gepackt und geschüttelt. Schon, um dessen dumpfe Selbstgewissheit ins Wanken zu bringen. Je sturer der Landjäger ins Leere starrte, desto aufgebrachter wurde Giovanni. Er glaubte, sein Kopf werde jeden Moment vor Wut platzen. »Wenn man uns ausweisen will«, brüllte er schließlich den Beamten an, »brauchen wir ausreichend Zeit, uns eine Wohnung zu beschaffen. Sagen Sie das Ihrem Vorgesetzten!«

Schließlich hatte der Landjäger seinen Blick erwidert. Desinteresse mischte sich darin mit Verachtung und Überlegenheit. Natürlich wusste er, dass Giovanni Segantini auch nach tagelangem Suchen keine gültigen Papiere finden würde. Er war schriftenlos, das war den Behörden längst bekannt. Man erzählte sich, dass er ein berühmter Maler sei. Und wenn schon. Er gehörte nicht hierher. Nirgends gehörte der hin. Weder in die Schweiz noch nach Italien oder nach Österreich. In beiden Ländern hatte der sich vor dem Kriegsdienst gedrückt. Er war sich wohl zu fein dafür. Oder er war zu feige. Man sagte, er habe Schulden, mache sich aber ein feines Leben. Wie der schon aussah. Er steckte in einem Anzug, wie niemand hier ihn trug. Haare hatte der ja wie ein Wald Bäume. Groß war er, anscheinend kräftig. Man sollte ihn wohl besser nicht noch wütender machen.

Signora Bice, Segantinis Hausfrau, ja – das war ganz etwas anderes. Sie war aus Mailand, sagte man, aus guter Familie. Manche

Leute in der Gegend verehrten sie fast. Die schöne Blonde, wie sie genannt wurde, war zurückhaltend, aber hilfsbereit. Ihm tat sie leid. Überall verfolgt. Scheel angesehen. Ständig unterwegs von einer Bleibe zur nächsten. Und dabei hatte sie vier Kinder zu versorgen. Man sah, dass sie etwas Besseres war. Sie konnte Englisch sprechen, sogar Französisch. In ihrem Haus verkehrten berühmte Leute. Das bekamen die Bewohner von Maloja mit, wenn die feinen Herrschaften in ihren Kutschen anreisten. Darüber wurde gesprochen. Doch Signora Bice bat auch die Einheimischen höflich ins Haus, wenn jemand mit einem Anliegen kam. Die Kinder waren ebenso wohlerzogen und hilfsbereit wie die Mutter.

Da erschien sie auch schon hinter dem Maler. Signora Bice kam an die Tür. Sie grüßte freundlich, und der Beamte legte die Hand an die Mütze. Giovanni atmete auf. Der Druck, sich mit einem heftigen Streit zu wehren, verflog. Er schien ihm schon lächerlich. Er war froh, dass Bice ihn wieder einmal aus einer unangenehmen Situation erlöste. Er entschuldigte sich unter dem Vorwand, nach seinen Papieren suchen zu wollen. Dann ging er zurück ins Schlafzimmer, um sich anzukleiden. Er horchte ständig nach unten, fühlte sich wie ein Verbrecher.

Bice bot dem Landjäger an, sich doch auf ein Glas Wein in die Küche zu setzen. Nach kurzem Zögern kam er tatsächlich herein, begleitet von Fingal, der ein wenig knurrte. Der Beamte ging die vier Treppenstufen hinauf und blieb im Flur stehen, bis Bice ihm die Tür zur Küche öffnete. Verwundert sah sich der Mann in der Küche um, die über und über in einem strahlenden Blau gestrichen war. Regale mit Geschirr, Töpfen und Pfannen bedeckten die Wände, und die Hausfrau schrieb rasch etwas an ihrem Schreibpult und stellte dann ein Kristallglas mit einem leichten Landwein vor den Beamten. Der staunte. Noch nie hatte er eine Küche in derart grellem Blau gesehen und schon gar keine mit einem Schreibpult für die Hausfrau. Hier war scheinbar alles anders als sonst wo im Engadin.

Baba deckte geschickt Brot und Käse auf, und Bice berichtete, dass ihr Mann derzeit sehr überlastet sei, weil er für die Pariser

Weltausstellung 1900 ein großes Triptychon malen müsse. Der Polizist nickte schweigend. Dieser undurchsichtige, wenig zivilisierte Maler hatte offenbar viel Glück. Er lebte im vornehmsten Haus von Maloja. Der Wein war gut und der Käse fast noch besser. Die Frauen waren gute Frauen. Die Kinder arglos und fröhlich. Sie waren es wert, dass er ihnen half. Der Landjäger schrieb etwas in einen kleinen Block, riss das Blatt ab und gab es Bice. Dann stand er auf, sagte im Hinausgehen, dass man möglichst rasch an den Herrn Präsidenten schreiben solle, die Anschrift stehe auf dem Zettel. Der Herr Präsident habe Einfluss bis ganz nach oben, er könne die ständige Drohung mit der Ausweisung sicher abwenden.

Bice und Baba begleiteten den Landjäger bis vors Haus. Giovanni sah von seinem Fenster aus, wie der Polizist die Hand an die Mütze hob, sich verabschiedete und sich noch mehrmals umwandte. Kein Zweifel, dieser Büttel war scharf auf die beiden Frauen. Giovanni registrierte es nicht ohne Stolz. Bice hatte ihr auffallendes Blondhaar in einem strengen Knoten im Nacken gebändigt. Sie trug ein schwarzes, enges Seidenkleid, dessen Stoff Giovanni in Mailand gekauft hatte. Baba hatte, wie meist, ihre Graubündner Tracht angelegt und das Haar zu einem Zopf geflochten. Der Anblick der beiden hübschen Frauen an der Treppe war für Giovanni auch deshalb eine Freude, weil er wusste, dass sie den Landjäger besänftigt hatten. Vor den Behörden, die ihn oftmals in Panik versetzten, hätten sie jetzt wieder für eine Weile Ruhe.

Giovanni sah die Frauen ins Haus zurückgehen. Bice hatte gestern erwähnt, dass sie mit Baba nähen wolle. Als er nach einer Weile behutsam die Tür zum Wohnraum öffnete, sah er Baba vor einem großen Spiegel stehen. Sie hatte den Kopf schief gelegt, schaute konzentriert in den Spiegel, während Bice, Stecknadeln im Mund, ihr ein blaugrünes Mieder eng am Körper absteckte. Die Frauen und die Mode. Das war ein Thema, bei dem sich Giovanni nicht einmischte. Es sei denn, es ging um Kostüme für seine Bilder. Denn auch da unterstützten ihn die Frauen. Giovanni schloss die Tür wieder ganz leise, weil er fürchtete, Bice könnte sich erschrecken, sich womöglich an einer Stecknadel verletzen. Bice durfte nichts geschehen. Manchmal kam es ihm vor, als wäre er auf sie angewiesen wie ein Kind. Wenn ja, war er von ihren Söhnen sicher der aufwendigste. Er wusste selbst, dass er nicht genug auf sich achtete. Dass er zu viel arbeitete. Jedoch – wie konnte er aufhören damit? Ohne aufsehenerregende Bilder kein Geld. Kein Ruhm. Keine Freunde.

Sobald er die größte Herausforderung seines Malerlebens bestanden hatte, seine Arbeit für die Pariser Weltausstellung, würde er mit Bice überall dorthin reisen, wo seine Bilder hingen. Bis nach Amerika wollte er. Aber zuerst nach Arco di Trento. Möglichst bald wollte er seine Heimat wiedersehen. Er war im unerlösten, unbefreiten Italien, in *Italia irredenta*, geboren, das damals zu Österreich gehörte. Er musste sein Land aber als Kind verlassen. Bis heute hatte er es niemals vergessen, war mit seinen Sehnsüchten und Vorstellungen ganz an Italien gebunden. Immer wieder passierte es, dass sich vor ein Bild, an dem er arbeitete, die Brücke von Arco schob, das eilig hüpfende Wasser der Sarca. Oder aber er schaute in Maloja aus dem Fenster und vermeinte hinter den Bäumen und Sträuchern die Straße seiner Kindheit zu sehen, die zu den Feldern mit Olivenanpflanzungen führte, zu den Mandelstauden, den Lorbeerbüschen und Maulbeerbäumen. Der intensive Duft der Feigenbäume, deren blaue Früchte oftmals seine einzige Nahrung gewesen waren, blieb lebendig in seiner Erinnerung.

Aber er würde niemals vergessen, in welchem Elend er seine Kinderjahre und die Zeit der Jugend hatte verbringen müssen.

2

Bis auf wenige Möbel hatte man ihnen alles weggepfändet. In der Wohnung waren noch drei Betten, ein Tisch mit Stühlen, angeschlagenes Geschirr und billiges, verbogenes Besteck. Wenigstens brauchten sie ihr Haus nicht abzuschließen wie Umberto, der als reicher Geizkragen verschrien war und Türen und Fenster verrammelte, selbst wenn er nur in die Trattoria ging. Bei Giovannis Eltern gab es nichts zu stehlen. Gar nichts. In einer alten Tasche verwahrte die Mutter das Bild seines Bruders. Er hatte Vittore geheißen. Oder Ludovico? Die Mutter, von Weinen geschüttelt, drückte das Foto an sich, rief mal diesen, mal jenen Namen. Immer wieder sah sie vor sich, wie Vittore oder eben Ludovico verbrannte. »In diesem Zimmer ist er verbrannt!«, schrie sie verzweifelt, anklagend. Aber wieso? Woher kam das Feuer? Giovanni wollte den Arm um die Mutter legen, sie trösten, sich selbst trösten. Doch sie stieß ihn weg, sie war offensichtlich böse auf ihn. Was hatte er denn getan? Nie bekam er eine Antwort. Auch nicht vom Vater. Tauchte der überhaupt einmal wieder in Arco bei seiner Familie auf, knurrte er nur gereizt, wenn Giovanni fragte. Einmal deutete er mit der Flasche auf seine Frau. »Schön war sie, meine Margherita, als ich sie geheiratet habe. Nicht mal dreiundzwanzig.« Dann sah er Giovanni aus seinen geröteten Augen an. »Alle haben ihr hinterhergesehen. Diese Haarpracht – phantastisch. Aber seit sie dich geboren hat, ist es aus mit ihr. Aus.« Der Vater trank den Rest Wein aus der Flasche und stimmte eines seiner Lieder vom Wein und von der Liebe an. Seine Stimme klang rostig und brach vor Weinerlichkeit immer wieder ab. Giovanni konnte es nicht ertragen, wenn sein Vater sang. Da hörte er ja noch lieber dem Hund des Bäckers zu, der beim Mittagsläuten jaulte, als wäre er gerade von einer Wespe ins Maul gestochen worden.

Giovanni wusste auch nicht, was es bei ihnen zu besingen gab. Immer häufiger kam die Mutter ins Hospital, und Giovanni hatte manchmal das Gefühl, dass ihn etwas niederdrückte und lähmte. Hatte er Schuld daran, dass seine Mutter so elend war? Dass sie nicht sein konnte wie andere Mütter, gesund, laut und mit dem Geruch nach Küche in den Haaren? Oft sehnte er sich danach, so zu sein wie die anderen Jungen seines Alters. Sie bekamen morgens, mittags und abends zu essen. Ihre Kleidung war gewaschen, die Strümpfe gestopft, die Schuhe blank geputzt.

Wenn Giovanni durch die Gassen streifte, blickte er in Wohnungen – soweit sie im Parterre lagen – und sah Teppiche, Tische, Stühle mit Kissen, Lampen, Bilder der Vorfahren und jede Menge Topfpflanzen. In Giovannis Augen waren die Zimmer zum Ersticken überfüllt. Was taten die Leute mit all den Sachen? Die konnten sich ja kaum bewegen. Vielleicht waren diese Zimmer eine Art Ausstellung? Damit jeder sah, was man alles hatte. In der Kirche waren die Wände und die Decke auch überfüllt mit Teppichen, Statuen und Bildern. Das wusste Giovanni aus der Zeit, als er mit seiner Mutter oft die Kirche besucht hatte. Das war jetzt vorbei.

Stattdessen kam die Mutter immer wieder ins Hospital. Dann war ihr Bett mit den verschwitzten, schmuddeligen Laken leer. In der Wohnung stank es nach Tod. Giovanni sah ihn bei der Tür hocken, den Tod. Er war schwarz, unheimlich, still, und er wartete auf die Mutter. Wenn man sie aus dem Hospital zurückbrachte, bezog eine Schwester ihr Bett, und ein kräftiger Mann trug die Mutter auf ihr Lager. Sie war müde, fiel in einen Halbschlaf und sprach leise von ihrem Blumengarten am Schloss der Eltern. »Castel di Fiemme«, murmelte sie, und Giovanni wusste, dass sie von früheren, besseren Zeiten sprach. Dann aber redete sie von ihrer Wäsche, den Gläsern, dem schönen Geschirr, alles gepfändet, sie, eine de Girardi, musste den Offenbarungseid leisten. Sie weinte, sie rief nach Vittore oder Ludovico, sie sah Giovanni nicht an, der sich bemühte, ihr auf dem Löffel die Arznei einzugeben, wie es die Schwester ihm aufgetragen hatte.

Giovanni spürte nicht, dass seine Mutter schon längst in einer anderen Welt lebte, in der verlorenen Welt ihrer Kindheit. Er wusste nur, dass er nicht vorhanden war für sie. Dass nur sein Bruder, der Erstgeborene, ihr Herz und ihre Seele beschäftigte. Das verletzte ihn. Er hätte weinen können bei dem Gedanken. Aber das würde er nicht tun. Er schluckte es runter, das Weinen.

Schon als er auf die Welt gekommen war, sei er in einem schlechten Zustand gewesen, hatte ihm sein Vater einmal berichtet. Er habe nicht atmen und nicht schreien wollen. Ganz blau sei er gewesen. Morgens um acht Uhr sei er auf die Welt gekommen, und die Hebamme habe ihm sogleich die Nottaufe gegeben. Einen Tag später habe er vom Kaplan noch die ergänzenden kirchlichen Weiheakte empfangen. Sein Bruder Vittore Ludovico dagegen, der sei ein kräftiger Junge gewesen. Er habe seinen Eltern nie Sorgen gemacht, und seine Mutter habe fröhlich mit ihm getanzt und gelacht.

Jedes Wort des Vaters grub sich in Giovannis Seele ein. Sie hatten ihn nie geliebt. Beide nicht. Sollte sie doch tot sein, die Mutter. Sein Vater konnte gleich mitsterben. Was hatte er für Eltern? Kein Junge, kein Kind in Arco lebte wie er. Sich selbst überlassen, lief er meist ohne Ziel durch die Gassen, stand mit schmerzend leerem Magen auf der Brücke, während die anderen Kinder zum Abendessen gerufen wurden. Besonders wenn die Sonne schien, schämte er sich seines zerrissenen Hemdes, der blankgescheuerten, muffigen Hose, die er nicht waschen konnte, weil es seine einzige war.

Manchmal betrachtete er sich im Schaufenster eines Ladens. Er war ziemlich groß für sein Alter und dürr. Das sagte auch die alte Mossa. Seine Haare standen wie Spieße von seinem Kopf ab. Er hatte eine ziemlich große Nase, und die Augen glühten aus seinem blassen Gesicht heraus. »Schwarzer Rabe Giovanni«, hatte ihm einmal ein Mädchen nachgerufen. Giovanni gefiel sich auch nicht. Rasch machte er, dass er weiterkam, ehe ein Ladenbesitzer herausstürmte und ihn verjagte.

Als er eines Tages herumstreifte, ohne zu wissen, was er mit sich anfangen sollte, und mit einem dünnen Weidenstiel Halbkreise auf den staubigen Weg malte, sah er einen frischgeschlüpften Vogel am Rand eines Gebüschs liegen. Das Vogeljunge hatte noch keine Federn. Mit seinem winzigen Bauch, seltsam rötlich, sah es erbärmlich aus, schutzlos. Der Schnabel war weit offen, so als riefe das Junge laut um Hilfe. Mit der Spitze seines Steckens bewegte Giovanni vorsichtig den kleinen toten Körper. Anfassen mochte er das Junge nicht. Er schaute nach oben, suchte sorgfältig das Geäst über ihm ab, doch er konnte das Nest nicht entdecken. Dass der Vogel aus einem Nest gefallen war, schien Giovanni klar. Wo waren die Eltern? Sie mussten das Junge doch vermissen. Gab es unter den Vögeln auch Eltern wie seine, die ein Ei ins Nest legten, es ausbrüteten und dann sich selbst überließen?

Giovanni fühlte mit einem Mal ein brüderliches Mitleid mit dem Vogeljungen, und er begann mittels eines Steins, der ihm spitz genug erschien, ein Grab für das Vogeljunge zu graben. Ganz tief sollte es werden. So tief, dass kein Fuchs oder keine Katze das Vogeljunge fressen konnte. Dann polsterte er die Vertiefung sorgsam mit Gräsern aus, rollte das Junge behutsam in ein großes Blatt und legte es in sein Grab. Erst als er über den kleinen Kadaver noch eine Schicht Gräser gelegt hatte, schaufelte er die Erde behutsam wieder zurück, drückte sie fest und legte noch einen flachen Stein darauf, dass auch wirklich nichts und niemand mehr das Vogeljunge herausreißen konnte. Es hatte bestimmt den Schnabel deshalb so weit aufgerissen, weil es hungrig war, aufs Füttern gewartet hatte. Dabei war es zu weit über den Rand des Nestes geraten.

Wie gut Giovanni das Vogeljunge verstand. Hunger war in seinem Leben immer beherrschend gewesen. Schon wenn er als ganz kleines Kind die Mutter um Essen gebeten hatte, war meistens nichts da gewesen. Weinte er vor Hunger, weinte die Mutter mit ihm. »Dein Vater hatte nie Glück mit seinen Geschäften«, erklärte sie apathisch, als er schon etwas älter war und einiges begriff.

Giovanni war ihr dankbar, dass sie nicht über den Vater schimpfte oder ihn verachtete, wie viele andere Leute im Ort. Und doch begann er, seinen Vater zu hassen, weil er ihn und die kranke Mutter ständig verließ. Sie war so hinfällig, dass sie weder das Haus noch ihr Kind versorgen konnte. Seine stets vom Ersticken bedrohte Mutter. Giovanni saß bei ihr und vergaß oftmals selbst seinen Atem, so intensiv atmete er mit ihr.

Nur einmal hatte er erlebt, dass seine Eltern sich gemeinsam um ihn gekümmert hatten. Sie saßen jeder auf einer Seite seines Lagers, beugten sich besorgt über ihn, Kopf an Kopf. Und in dieser Stellung verharrten sie, bis er eingeschlafen war. Er musste damals etwa vier Jahre alt gewesen sein, als er unbemerkt in den Kanal Fitta gefallen war, der vor dem Haus der Eltern vorbeiführte. Der schmale Holzsteg über dem Kanal führte zu einer Färberei, auf deren Gelände sich Giovanni gern aufhielt, obwohl es ihm verboten worden war. Doch zog es ihn immer wieder dorthin, weil da ständig neue Farben die Wasserlachen zu schillernden Gebilden färbten, an denen er sich nicht sattsehen konnte. Besonders wenn die Sonne schien, füllten sich die farbigen Schlieren mit geheimnisvollem Glanz. Eigentlich fürchtete sich Giovanni jedes Mal, wenn er den wackligen Steg überquerte. Er wusste zum einen, dass es ihm verboten war, und außerdem grauste es ihn vor dem in den Kanal eingedämmten Gebirgsstrom, der so viel Kraft hatte, dass er ständig hoch aufschäumte und seine Wassermassen herumwirbelte, als würde unter der Oberfläche ein Riese in das Wasser treten.

Man hatte Giovanni gesagt, das Wasser könne mit seiner Kraft Mühlen antreiben, hauptsächlich Getreidemühlen, und es könne einen kleinen Jungen verschlingen wie eine Fliege. Er wollte nur rasch über die Brücke laufen, rutschte und wurde von dem tosenden Wasser sofort abgetrieben. Seltsam – ohne Angst hatte er die Augen geöffnet und gesehen, wie er unter einer steinernen Brücke dahinschoss. Flüchtig sah er am Ufer Wäscherinnen stehen, sie schrien wie närrisch, rannten am Ufer entlang, und Giovanni sah, wie er auf das große Rad der Zahnradmühle zutrieb. So viel Licht, grün- und goldfunkelndes Licht war um ihn gewesen. Dann war ein Schatten neben ihm aufgetaucht, hatte ihn gepackt und mit aller Kraft ans Ufer gezogen. Es war ein Soldat namens Domenico Morghen, der ihn gerettet hatte, und die österreichische Regierung bezahlte ihm für diese Heldentat 25 Gulden. Seine Eltern sprachen noch oft davon. So viel Geld für das Leben ihres Kindes.

Giovanni wusste, wie bedürftig seine Eltern waren. Der Staat musste ihnen Geld geben. Nachbarn hatten ihm das berichtet und die alte Mossa. Giovanni spürte, dass es seinen Eltern unangenehm war, abhängig zu sein, und das tat ihm weh. Er schämte sich. Wie heruntergekommen sein Elternhaus war, sah er dagegen nicht. Es stand an der Brücke, die über die Sarca führte. Giovanni hatte das zweistöckige Haus mit den kahlen Stuben gern, er konnte dort tun und lassen, was er wollte. Sogar Feuer machen konnte er. Der Vater hatte ihm gezeigt, wie man das macht. Anders war es natürlich, wenn die in ihrer Krankheit eingeschlossene Mutter daheim war, bleich und apathisch auf ihrem Lager. Er wagte sich dann oftmals nicht in ihre Nähe, wartete auf den Vater, meist vergeblich. Rang die Mutter verzweifelt nach Luft, riss er die Fenster auf, holte in seiner Hilflosigkeit die Nachbarn. Sie gaben im Hospital Bescheid, worauf man die Mutter abholte, die dann wieder für Wochen weg war.

Wenn Giovanni Pech hatte und eine der frommen Schwestern feststellte, dass er ja auch noch vorhanden war, brachte man ihn zu der alten Signora Mossa, die auf der anderen Seite der Sarca wohnte. Er brauchte nur über die Brücke zu laufen. Signora Mossa bedauerte ihn jedes Mal wortreich, dass er mit einer ewig kranken Mutter geschlagen sei und der Vater auch nicht viel tauge. Sie machte ihm aber trotz der Redeflut Tee oder einen Becher warme Milch – was sie gerade für ihn übrig hatte. Das war nicht viel. Sie lebte ebenfalls von der Zuwendung der Behörden und entgalt das durch kleine Dienste wie eben die Betreuung des vernachlässigten Giovanni Segatini. Der arme Junge. Mit so einer Mutter musste das Kind ja trübsinnig werden. Immer nur Siechtum, Luftnot, Jammern. »Das ist kein Leben für dich, das muss man sich mal ansehen, nur noch Haut und Knochen, du brauchst eine gesunde Familie und kräftiges Essen! Deine Mutter kann wohl nicht leben und nicht sterben. Sie hat noch nie für ihre Kinder gesorgt. Für dich nicht und für deinen armen verbrannten Bruder wohl auch nicht, sonst hätte das Unglück ja nicht geschehen können! Oder?« Da Giovanni stumm blieb, schwieg sie ein bisschen beleidigt, doch am nächsten Tag machte sie Giovanni wieder klar, dass seine Mutter zu nichts nutze sei.

Trotzdem wollte Giovanni, dass die Mutter zurückkam. Er wollte auch wieder in die elterliche Wohnung, in der er allein war, aber frei. Er sehnte sich danach, für die Mutter Tee zu kochen, schweigend bei ihr zu hocken. Schlief sie, lief er im Ort herum, sah in unbestimmter Sehnsucht hinauf zum Schlosshügel. Er schien ihm schön und unheimlich zugleich. Seltsame Gebäude waren über den mächtigen, schroffen Felsen verstreut, hatten sich bis an den Rand des Abgrunds gewagt. Man hatte ihm gesagt, das seien Ruinen einer ehemals wunderbaren Burg. Jetzt weideten Ziegen und Schafe dort zwischen hohen Zypressen, die schwarz und melancholisch aussahen wie ein langer Trauerzug. Wohnte dort oben noch jemand? Vielleicht so ein Junge wie er? Bestimmt nicht. So arm, wie Giovanni war, das gab es nur einmal in Arco. Und wenn schon. Giovanni rannte über die Brücke und spuckte in die Sarca. Im Sommer brachte er sonnenwarme Feigen mit heim und Taschen voller Oliven. Auch Mandeln stahl er. Tomaten oder Obst. Aß alles gierig auf. Nicht selten bekam er Bauchweh davon. Das war rasch vergessen. Manchmal steckten ihm die Nachbarinnen Milch, Käse, Mohrrüben zu. Ein Stück Brot. Sie taten es nicht ohne Arg, waren neugierig, die kranke

Mutter zu sehen, ihn nach dem Vater zu fragen. Da Giovanni schwieg, gaben sie ihm und sich selbst die Antwort, dass sein Vater ein Straßenhändler sei, ohne festen Wohnsitz. »Er hat doch Konkurs gemacht, wisst ihr das nicht, er hat betrogen, falsche Angaben gemacht, und jetzt darf er sich nicht mehr bei der Kammer eintragen! Er darf nicht mehr zurück nach Trient! Mit dem ist es aus und vorbei!«

»Aber er kann eigentlich nichts dafür«, meinte eine andere, offenbar gutmütigere Frau. »Er war der Sohn eines Hanfhändlers, die Familie war gut situiert, und er übernahm das Geschäft. Aber ihr wisst doch selbst, dass es mit der Hanfkultur plötzlich bergab ging, alle Hanfhändler arbeitslos wurden und umschulen mussten.«

Die Nachbarin Maria sagte aber wieder abschätzig, dass sie vor keinem Mann Achtung habe, der auf Kosten der Gemeinde lebe, wenn er zufällig mal vorbeikäme, und dass er ein Tunichtgut sei. Auch Frau und Kind lebten ja auf Kosten der Behörden von Trient. Sie fragte Giovanni scheinheilig, warum er nicht mit seiner Mutter in deren Heimat gehe, nach Castel di Fiemme.

»Ich hab gehört, sie ist von Adel«, rief eine dürre, knochige Frau, die Giovanni gar nicht kannte, »es hieß, sie käme aus einem Schloss. Ist denn da was dran?«

»Ich weiß es genau«, tat sich Maria wichtig, »In Ala haben sie geheiratet. Er war schon ein alter Esel von neunundvierzig Jahren und verwitwet. Zwei Kinder hatte der aus seiner ersten Ehe, das war zu viel für die neue Frau. Sie war dreiundzwanzig, wahrhaftig aus adliger Familie, glaubt mir.«

Bei diesen Worten lachten die Frauen, und eine rief, von dem Adel der Girardi könne man aber offensichtlich nichts abbeißen. Wieder kicherten die Frauen schadenfroh, und in Giovanni glühte der Hass. Hass. Er würde die Nachbarinnen am liebsten treten und anspucken. Das konnte er sich aber nicht leisten, denn wenn es der Mutter ganz schlechtging, brauchte er die Hilfe der Frauen, die dann ihre größeren Kinder zum Hospital um Hilfe schickten. War der Vater mal daheim, tuschelten und lachten sie verstohlen auch über ihn, wagten es aber nicht, ins Haus zu kommen.

Giovanni hörte gar nicht auf dieses Geschwätz. Er hatte zu Hause eine wichtige Aufgabe. Oftmals musste er die zitternde Hand seiner Mutter halten, damit sie überhaupt ihren Namen unter die Quittungen für ihre Arznei krakeln konnte. Manchmal wusste sie ihn vor Schwäche nicht mehr so genau und schrieb ihn ganz unleserlich. Sie musste auch einmal im Monat quittieren, dass sie drei Gulden in österreichischer Währung für sich und ihren Sohn erhalten hatte. Die Schwestern zahlten es mit wichtiger Miene, als verteilten sie Reichtümer, vor seiner Mutter auf die Bettdecke. Dann folgten die immer gleichen Ermahnungen: »Betet zu Gott. Seid dankbar, dass er uns seinen Sohn geschickt hat. Und du, Giovanni, vergiss nicht, zum Gottesdienst zu kommen. Es ist eine Sünde, wenn du die Messe versäumst!«

Waren sie endlich davongesegelt, rannte Giovanni los, kaufte Brot, Butter und Milch. Manchmal sogar ein wenig Rotwein, Zucker und einige Eier. Er verquirlte Rotwein und Ei mit etwas Zucker in einem Glas und brachte es der Mutter. Oder er machte Milch heiß und tat kleine Brocken Weißbrot hinein. Meist bekam die Mutter nichts herunter. »Iss du, Giovanni, bitte, iss es selber, ich kann nicht.« Das tat er dann auch, hungrig, wie er war. Er sagte sich, dass sie nichts wegwerfen durften, die drei Gulden reichten nie bis zum nächsten Monat.

Bald musste er wieder seine Streifzüge aufnehmen über den Markt, wo er Abfälle vom Obst und vom Gemüse bekam oder es sich unter den Ständen zusammensuchen durfte. Sah er den Pfarrer in ein Wohnhaus gehen, eilte er rasch zum Pfarrhof und sah nach, wo sich die Haushälterin aufhielt. Sie war noch nicht alt, aber stocktaub und hörte es nicht, wenn er in die Vorratskammer kletterte. Noch nie hatte sie ihn erwischt, wenn er Eier gestohlen hatte, Butter und zum Trocknen ausgelegte Nudeln. Giovanni fragte sich jedes Mal, wann die beiden, der Pfarrer und seine Köchin, all die Vorräte aufessen wollten, die da in den Regalen standen.

Es war im Winter gewesen. Ihm war eiskalt, und es gab kein Scheit Feuerholz in der Wohnung. Giovanni krümmte seine nackten Zehen auf den Fliesen und spürte den Schmutz, die kleinen Steine in den Ritzen. Er würde nachher wenigstens die Küche ausfegen, nahm er sich vor. Er horchte nach dem Schlafzimmer, hörte das langgezogene Pfeifen, das mühsame Atemholen der Mutter, dem oft ein Husten folgte, der die Mutter völlig kraftlos machte. Aber sie war nicht tot. Er musste wieder losziehen, etwas zum Essen besorgen. Er holte die Mütze, den alten Schal des Vaters. Da stand Maria, die lästigste und hartnäckigste von allen Nachbarinnen, ganz plötzlich vor ihm und begann sofort, ihn zu beschimpfen. Wie er denn seine todkranke Mutter ständig allein lassen könne. Mit ihr gehe es doch zu Ende, man höre ihren Atem bis auf die Straße rasseln. Und er treibe sich herum! Er sei wohl genau wie sein Vater. Bald werde er auch so einen schlechten Leumund haben.

Was für einen Mund? So einen wie Maria? Giovanni sah angewidert auf die dicken Lippen der Nachbarin, die aussahen, als säßen zwei Nacktschnecken zwischen Nase und Kinn. Obwohl Giovanni erst sieben Jahre alt war, wusste er genau, dass Maria nur zum Spionieren herkam. Dass sie sich sättigte am Elend seiner früher so hübschen jungen Mutter, an ihrer Luftnot, ihrem Verfall. Wortlos kehrte er der Nachbarin den Rücken zu, ging ins Schlafzimmer der Mutter, schloss hörbar die Tür und drehte krachend den Schlüssel im Schloss.

Seine Mutter fuhr hoch von ihrem Bett. »Was ist, was machst du?«, fragte sie kaum hörbar. Giovanni sagte nur: »Maria steht draußen.« Die Mutter schloss ermattet die Augen und ließ sich wieder aufs Bett zurückfallen.

An einem kalten Nachmittag, es war noch März, kam er wieder von einer mühseligen Diebestour zurück. Seine Ohren unter der dünnen Mütze des Vaters brannten vor Kälte. Die Füße, die ohne

Socken in den Schuhen steckten, fühlte er schon nicht mehr. Er hatte weit laufen müssen zu einem entlegenen Hof, wo, wie er ausgekundschaftet hatte, die Familie bei einer Hochzeit war und im Wirtshaus saß. In den Taschen hatte er zwei Eier, einen Kanten Brot und Speck. Er freute sich derart auf ein Rührei mit Speck, dass er vor Hunger und Glück zitterte und rasch heimlief. Vielleicht konnte er der Mutter von dem weichen Rührei vorsichtig etwas eingeben. Einen ganz kleinen Löffel wollte er nehmen, leicht darüberblasen, damit sich die Mutter nicht verbrannte.

Als er über die Brücke lief, spürte er schon, dass zu Hause etwas nicht stimmte. Beim Näherkommen sah er die Tür offen stehen, ein paar Nachbarsfrauen, Kinder und alte Männer, auf ihren Stock gestützt, standen beieinander und schauten verstohlen in den Flur. Da brachten sie auch schon den Sarg, und Giovanni wusste, sie trugen seine Mutter aus dem Haus. Er hatte schon Särge gesehen. Bei vielen Beerdigungen trugen Männer den Sarg auf der Schulter zum Friedhof. Oder er wurde in einer mit Blumen geschmückten Kutsche gefahren. Aber noch nie hatte seine Mutter in dem Sarg gelegen. Giovanni wusste nicht, wie sie Luft kriegen sollte in dem engen Gehäuse. Sie hatte in dem Schlafraum mit den hohen Wänden schon keine Luft gekriegt. Er lief los, rief den Männern zu, sie sollten den Sargdeckel aufmachen. Seine Mutter ersticke sonst. Die Männer schauten sich ratlos an. Dann zuckten sie mit den Schultern und gingen weiter, doch Giovanni stellte sich ihnen in den Weg, schrie, dass sie aufmachen sollten: »Aufmachen, aufmachen!«

Die Nachbarn riefen: »O mein Gott, o mein Gott, der Junge dreht ja durch!« Da ging die dicklippige Maria entschlossen zu den Sargträgern. Sagte ihnen, dass der Junge sich verabschieden müsse von seiner Mutter. Sonst hätte die Seele keine Ruhe.

Die Männer sahen einander an, dann stellten sie den Sarg wieder ab, einer holte Werkzeug aus seiner Jackentasche, und sie öffneten den Sarg. Giovanni sah seine Mutter weiß und still auf einem Kissen liegen. Ihre roten Haare hatte man um ihre Schultern drapiert, in den wächsernen Händen steckten ein paar

Zweige. Nur schemenhaft nahm Giovanni wahr, dass sich die Nachbarn um den Sarg herum versammelten. Alle sahen gebannt auf seine Mutter, und in ihren Gesichtern war statt der früheren Bosheit einmütige Trauer, Mitleid und Respekt. »Sie ist schön tot«, stellte ein kleines Mädchen mit klarer Stimme fest und legte eine Stoffpuppe auf die Hände der Toten. Doch dann besann es sich, nahm die Puppe und drückte sie fest an sich.

Giovanni spürte, wie er fror. Wie sich jedes Haar in seinem Nacken aufzustellen schien. Das war die Strafe. Wie oft hatte er sich gewünscht, dass die Mutter sterben möge. Ja. Er hatte es sich gewünscht. Und nun liebte er sie und wünschte nichts sehnlicher, als sie wieder lebendig zu sehen.

Bei der Beerdigung, die wenige Tage später stattfand, stand Giovanni stumm neben dem Vater am Grab. Niemand außer dem Pfarrer war gekommen, und als Giovanni sich verstohlen umsah, flüsterte der Vater ihm ins Ohr, dass er den Nachbarn gesagt habe, die Beerdigung der Mutter sei erst am nächsten Tag. Dabei kicherte er leise, und Giovanni merkte, dass er getrunken hatte. In diesem Moment hasste er den Vater wieder. Warum konnte seine Mutter kein feines Begräbnis haben, mit den üppigsten Kränzen und Blumensträußen? Sie war schöner gewesen als alle Frauen im Trientinischen. Sie hätte Musik und Lieder an ihrem Grab haben sollen und Reden, wie andere vornehme Tote auch. Mitleid mit der toten Mutter erfüllte ihn. Sie war adlig gewesen, stammte von einem Schloss, und nun wurde sie eingegraben, und niemand trauerte um sie. Nur er und sein Vater. Das war nicht genug. Als sein Vater am Abend eine Flasche Wein vor sich stehen hatte und seine komischen Lieder sang, die Giovanni nicht leiden mochte, legte er sich ins Bett und presste den Kopf ganz fest in die Kissen.

3

Am nächsten Morgen reisten sie beide nach Mailand zu Irene, der Tochter des Vaters aus erster Ehe, Giovannis Halbschwester. Schon vor dem Begräbnis hatte der Vater die wenigen Möbel und den dürftigen Hausrat verramscht für das Reisegeld. Nun besaßen sie nichts mehr, schlüpften im Morgengrauen leise aus dem Haus, jeder mit einer kleinen Tasche, in der sich Brot, eine Flasche Wasser und hartgekochte Eier befanden. Es war für einen Märztag immer noch grausam kalt, und trotz der frühen Stunde war der Postwagen voll besetzt; die Menschen schliefen, obwohl sie kräftig durchgeschüttelt wurden, mal mehr, mal weniger, und auch Giovanni, der sich fest an den Vater drückte, hätte gern geschlafen. So müde er auch war, er hörte die Stimme seiner Mutter und dachte plötzlich mit so starker, unerwarteter Sehnsucht an sie, dass er Mühe hatte, seine Tränen herunterzuschlucken. Er bemerkte, dass der Vater schon schnarchte wie einige andere Fahrgäste auch, sein Kopf lag auf dem breiten Busen einer alten Bauersfrau, die ebenfalls tief zu schlafen schien, und aus ihrem Mund kamen immer wieder merkwürdige kleine Pfeiftöne, die auch nicht verstummten, wenn sie ihren Kopf von einer Seite auf die andere drehte.

Giovanni fühlte ein Ziehen in der Brust bis hinauf in die Kehle. Er dachte, dass nicht nur die Mutter, sondern auch sein vertrautes Arco für ihn verloren sei, vielleicht für immer und ewig. Er hatte gar nicht gewusst, dass er die Stadt so liebte, doch jetzt wuchs seine Sehnsucht nach ihr, je weiter sie sich entfernten. Schiere Panik ergriff ihn.

Sein Vater war inzwischen aufgewacht und besah sich recht unternehmungslustig seine Mitreisenden. Giovanni fürchtete, dass der Vater loslegen könnte mit seinen Liedern, die er jedes Mal sang, wenn er getrunken hatte. Ob in den Straßen von Arco, in einer Kneipe oder im Hausflur – man hörte ihn immer schon von weitem, und Giovanni kannte niemanden, dem Vaters Gesang gefallen hätte. Ihn selbst eingeschlossen. Daher, und um den Vater abzulenken, fragte ihn Giovanni rasch, ob seine Mutter tatsächlich adlig gewesen sei. Agostino Segatini sah seinen Jüngsten aus rotgeränderten Augen ärgerlich an. »Wieso fragst du? Natürlich war Margherita von Adel. Hast du es ihr denn nicht angesehen?« Der Vater wurde jetzt fast weinerlich, und Giovanni hörte, was er eigentlich schon gewusst hatte: dass seine Mutter viel größer und schlanker gewesen sei als die fetten Trampel in Arco. Sie habe einen wundervollen Hals gehabt, lang wie eine Blume. Allein das Haar. »Als ich sie kennenlernte, deine Mutter, da wogte ihr Haar um sie herum, ich sage dir, es wogte.« Der Vater hatte wohl vergessen, was er über den Adel und das Haar seiner Frau noch berichten wollte, denn er lehnte sich wieder zurück, und die Augen fielen ihm zu. Giovanni war froh, dass sein Vater wenigstens nicht sang, und er hoffte inständig, dass sie bald in Mailand wären.

Als sie nach langem Herumirren und oftmals vergeblichen Fragen an schlechtgelaunte Mailänder endlich in der Via San Simone angekommen waren, konnte Giovanni vor Schmerzen nicht mehr laufen. Seine alten Sonntagsschuhe hatten ihn schon bei der Beerdigung derart gedrückt, dass er notgedrungen hinten herausgetreten war und die Schuhe wie Pantoffel benutzt hatte. Das war eine Weile so halbwegs gutgegangen, verwöhnt war er ja nicht, doch in Mailand half nichts mehr – er musste diese Dinger ausziehen und auf Strümpfen laufen. Der Vater steckte die Schuhe murrend in seinen Rucksack. »So teure Schuhe, und du trittst sie herunter. Die sind jetzt natürlich nicht mehr brauchbar.

Sobald wir bei Irene sind, schneide ich sie hinten ordentlich auf, und zwar so, dass du wenigstens ein Paar wunderbare Pantoffeln hast.«

Giovanni konnte sich nicht vorstellen, dass sein Vater etwas halbwegs Vernünftiges zustande bringen würde. Ihm war es egal.

4

War es seine grenzenlose Müdigkeit, sein Hunger, der quälende Durst? Als er mit seinem Vater im Hof des Hauses stand und zu der Dachwohnung Irenes hinaufschaute, als er den Verfall sah und den Schmutz, da kam sein ganzes Elend wie eine jäh aufsteigende schmutzige Flutwelle in Giovannis Gemüt gestürzt. Er wusste instinktiv, dass hier alles noch einmal zurückkommen würde, was ihn auch in Arco gepeinigt hatte: die immer gleichbleibende grausame Einsamkeit, wenn die Mutter im Spital gewesen war. Noch schlimmer waren die ewigen sittlichen Ermahnungen der Barmherzigen Schwestern gewesen, die nach der Intervention des Erzpriesters von Arco die Medikamente und den Hospitalaufenthalt seiner Mutter bezahlten. Sie sagten, seine Mutter und er müssten dem Erzpriester dankbar sein, dass er für sie sorge. »Warst du heute Morgen in der heiligen Messe, mein Junge?« »Natürlich«, log Giovanni, und die Schwester fragte weiter, ob er die heilige Kommunion empfangen habe. »O ja«, log er wieder, und die andere Schwester sagte mit verhaltener Wut, dass er nicht im Stande der heiligen Gnade sei. Da machte er ein kummervolles Gesicht, trat ratlos von einem Bein auf das andere – darin war er geübt –, und dann ließen ihn die Schwestern in Ruhe, und die jüngere sagte, dass sie trotz allem an das Gute in ihm glaube.

Diese Gedanken kamen Giovanni, als sie die endlosen Treppen zu Irenes Wohnung hinaufstiegen.

»Ach, ihr seid das?«, sagte die Frau an der Tür, und Giovanni schrak richtiggehend auf aus seinen Träumen von Arco. Es schien ihm eine Ewigkeit, dass sie von dort aufgebrochen waren. Jetzt war er in diesem fremden Mailand, und er hatte Angst vor dem, was hier auf ihn wartete.

Er konnte die Frau im Dunkel des Flurs nicht richtig sehen, aber sie musste Irene sein. Seine Halbschwester. Dass sie sich nicht freute, ihn und den Vater vor sich zu haben, war leicht zu erkennen. »Was gibt es, was wollt ihr?«, sagte Irene hastig. »Ich muss zur Arbeit, ich bin heute ohnehin schon zu spät.«

»Lass uns nur hinein, ich erkläre dir alles später«, sagte der Vater.

Giovanni fiel auf, dass die beiden sich überhaupt nicht begrüßten. Und ihn nahm die Schwester, von der ihm der Vater auf der Reise viel erzählt hatte, anscheinend erst gar nicht wahr. Als wäre er Luft. Giovanni wollte sie auch nicht ansehen. Er würde zu gern abhauen hier, aus diesem finsteren Loch. Da konnte nichts Gutes auf ihn warten.

»Ihr dürft aber nur einen Tag bleiben«, sagte die Schwester nervös, »ich habe kein Bett für euch, und ich kann euch auch nicht durchfüttern.«

Der Vater versicherte, dass er ihr alles erklären könne, alles werde sich zu ihrem Wohl entwickeln.

Giovanni hatte den Eindruck, dass seine Halbschwester eine junge Frau war, hager und dunkelhaarig. Es gehörte nicht viel dazu, sich ihrem Blick zu entziehen, so rasch, wie sie sich entfernte. Giovanni hörte ihre Schritte noch lange auf der Treppe, bis ganz unten im Haus eine Tür zuschlug. Der Vater bat Giovanni mit einer Geste der Großzügigkeit hinein in die Wohnung, und Giovanni fand das lächerlich, denn es war klar, dass der Vater seiner Tochter auf der Tasche liegen würde. Davor graute ihm. Wann würde das endlich einmal aufhören, dass er dauernd von anderen abhängig war? Früher vom Erzpriester von Arco, von frommen Schwestern, bösartigen Nachbarinnen und jetzt von seiner Halbschwester Irene, die ihn und seinen Vater offensichtlich zum Teufel wünschte.

»Vater, können wir uns nicht irgendwo eine andere Wohnung nehmen? Irene will doch nicht, dass wir bei ihr wohnen«, sagte er verzweifelt. Der Vater hatte sich auf einem viel zu kleinen Sofa ausgestreckt, nachdem er vergeblich in der Wohnung nach Trinkbarem gesucht hatte. Es gab nur Milch, die bitter schmeckte, und ein Stück altes Brot. In einem Topf war ein Rest Polenta eingetrocknet, und der Vater aß ihn bis zum letzten Krümel auf. Giovanni konnte nichts essen, obwohl er hungrig war. Vor allem plagte ihn großer Durst. Der Vater streckte sich wieder auf dem Sofa aus, soweit das eben ging, und nach wenigen Minuten hörte man ihn schnarchen, wobei ihm oft die Luft wegblieb. Nach einer beunruhigend langen Pause fiel er dann mit abgehacktem Japsen mühsam wieder in seinen Schnarchrhythmus zurück. Giovanni sah seinen Vater an, wie er da auf dem Rücken lag, die Beine aufgestellt, den Mund halb geöffnet. Er mochte diesen Vater nicht, aber er hatte keinen anderen.

Am Abend hörte er mit, wie der Vater Irene seine weiteren Pläne auseinandersetzte. Die beiden hatten ihm eine Decke auf eine Matratze gelegt, und sofort nach der Milchsuppe wurde ihm befohlen, schlafen zu gehen. Giovanni hörte den Regen mit großer Kraft auf das Dach prasseln. Dazu war es stürmisch, es zog durch die beiden kleinen Dachfenster, obwohl Irene sie geschlossen hatte. Als sie von ihrer Arbeit zurückgekommen war, frische Milch und Brot in ihrer Tasche, hatte Giovanni sie zum ersten Mal richtig ansehen können. Ihr Haar war wohl das Schönste an ihr, schwarz und lockig umrahmte es ein schmales, gelbliches Gesicht. Die dunklen, ziemlich kleinen Augen sahen Giovanni auch jetzt nicht an. Sie sprach nicht mit ihm. Sie mochte ihn nicht, und Giovanni konnte sie ebenso wenig leiden. Das war also schon mal geklärt. Doch dann baute sich seine Halbschwester dicht vor dem Vater auf und holte tief Luft:

»Wieso unterstehst du dich eigentlich, hierherzukommen und um Quartier zu betteln? Du hast es gerade nötig. Und dann bringst du auch noch den Jungen mit! Das ist doch Erpressung! Miese Erpressung!«

»Irene, bitte«, versuchte der Vater zu schmeicheln, »du bist doch meine einzige Tochter –«

»Na und?«, fuhr Irene ihn an. »Was hab ich denn davon gehabt? Du hast mich und Napoleone abgeschoben, als unsere Mutter starb. Kaum war sie in der Erde, hast du uns der Tante mitgegeben, obwohl die uns auch nicht wollte. Ich weiß noch heute, wie wir im Flur standen, Napoleone und ich. Wie ich mich an ihn geklammert habe und er sich an mich. Wir mochten die Tante nicht, wir spürten ihren Widerwillen, wir sind bald gestorben vor Angst.«

»Aber was sollte ich denn tun?«, verteidigte sich der Vater. »Ich musste doch sehen, wie ich zu Geld komme. Ich war Hanfhändler. Damit kannte ich mich aus, aber plötzlich war ich überflüssig. Auch meine Geschäftskollegen standen vor dem Ruin.« Giovanni befürchtete, der Vater würde in Tränen ausbrechen, so weinerlich sprach er.

Da hörte Giovanni auch schon wieder Irene fauchen: »Ach was. Du hattest nie wirklich Lust zum Arbeiten. Und schon gar nicht hast du dich für uns verantwortlich gefühlt. Deine Schwester hat uns nur angeschnauzt, Napoleone und mich. Überall standen wir ihr im Weg. Wir mussten das Haus putzen, durften nichts Essbares anrühren, nichts. Nach einer endlosen Zeit hat sie uns gesagt, dass wir wieder zu dir dürfen. Du hättest wieder geheiratet. Vielleicht ein Glück für uns, so hofften wir. Aber nein, wir waren wieder die Dummen – deine Frau war ja schon schwanger, sie lag krank im Bett, hat uns aber freundlich begrüßt. Sie wäre bestimmt lieb zu uns gewesen, aber wir mussten dann doch wieder zu deiner Schwester.«

Der Vater hatte ständig versucht, Irene ins Wort zu fallen. Als sie wieder einmal Luft holte, sagte er rasch. »Ich will dir doch gar nicht zur Last fallen, Irene! Ich will mit Napoleone nach Amerika auswandern. Napoleone kommt morgen her! Wir haben bereits alles geplant.« Offenbar stimmte die Erwähnung Napoleones Irene weicher, denn sie schwieg für einen Moment nachdenklich. Rasch nutzte der Vater die Chance, sie umzustimmen. »Hier finde ich keine Arbeit mehr, Irene. In Amerika bekommt jeder eine Chance. Ich verdiene reichlich Geld, und du kannst mit Giovanni nachkommen. Dann haben wir alle ein gutes Leben.«

»Du?«, fragte Irene höhnisch. »Du? Was willst du denn in Amerika? Du bist doch ständig betrunken! Wenn du ein paar Dollar hättest, würdest du dir doch sofort Wein und Schnaps kaufen. Was sollen die Amerikaner denn mit einem alten Säufer anfangen? Die lassen dich doch gar nicht erst rein ins Land!«

Gegen Irenes Verachtung waren die Bemerkungen der Leute von Arco nur harmlose Mückenstiche gewesen. Jetzt fiel Giovannis Name, er versuchte, unauffällig zu lauschen, doch die beiden waren so intensiv in ihrem Streit verhaftet, dass sie sowieso nicht auf ihn achteten.

»Hab ich das gerade richtig gehört?«, fragte Irene giftig. »Ich soll zusammen mit dem da nach Amerika kommen? Heißt das etwa, dass du ihn bei mir lassen willst? Das eine sage ich dir, Signore Amerika, du hast den in die Welt gesetzt, und du sorgst auch für ihn. Was habe ich denn mit dem zu schaffen? Ich habe gesagt, bis morgen könnt ihr bleiben, keinen Tag länger. Morgen früh haut ihr ab, noch ehe ich zur Arbeit gehe. Kapiert?«

Giovanni stellte sich vor, wie der Vater ergeben nickte, sehen konnte er das nicht. Er war froh, dass diese schreckliche Irene mit den Vogelaugen ihn nicht bei sich haben wollte. Allein der Gedanke, in dieser Bude zu leben, hoch oben unter dem Dach, wo er nur ein Stück Himmel sah, wenn er sich auf den Tisch stellte, nein – das mochte er sich nicht vorstellen. Lieber mit dem Vater irgendwohin gehen, irgendetwas würde sich doch finden lassen. Er wollte frei sein wie in Arco. Jederzeit zur Tür hinaus auf die Straße, über die Brücke, unter dem blauen Himmel rennen, wohin er wollte. Im Regen tanzen, sich wohlig in Hütten unterstellen, auf dem Heimweg über Pfützen springen.

Plötzlich erschien ihm Arco in einem hellen Licht. Ihm war, als hätte er dort nicht allzu sehr unter Einsamkeit gelitten. Auch wenn er oft allein im Haus gewesen war – es gab ja die Leute von Arco in den Häusern um ihn herum. Hatten die Nachbarinnen nicht immer nach dem Arzt geschickt, wenn die Mutter elend war? Vielleicht waren sie gar nicht so böse gewesen, wie er das empfunden hatte.

Er wollte überall mit dem Vater hingehen, nur nicht hierbleiben, wo er nie den Himmel sah und wo er unter den schrecklichen Rabenaugen seiner Halbschwester an jedem Löffel Suppe schier erstickte.

Giovanni hörte, wie Irene hart ihren Stuhl zurückschob, aufstand. »Zum letzten Mal: Morgen früh seid ihr weg. Ich geh jetzt schlafen.«

Als Giovanni sich zusammenrollte unter seiner dünnen Decke, sah er das Bild der beiden kleinen Halbgeschwister vor sich, wie sie, fest aneinandergeklammert, in der dunklen Diele standen. Sie taten ihm eigentlich leid. Hätte er sich vielleicht auch an seinen großen Bruder Vittore Ludovico geklammert, wenn der nicht verbrannt wäre? Er seufzte. Wie sollte er das wissen? Er hatte nie jemanden gehabt, an den er sich hätte klammern können. Und dann dachte er an seine Mutter. Sie war jetzt im Totenreich. Das hatte der Pfarrer gesagt. Giovanni stellte sich das Totenreich sehr groß vor, sehr weiß, so weiß wie seine Mutter im Sarg, und er glaubte, dass seine Mutter jetzt dort spazieren ging in der weiten, hohen Landschaft, wo alles weiß war wie Schnee, und ihre roten Haare leuchteten in der kalten Sonne.

Am Morgen erwachte Giovanni, weil ihn sein Vater leicht in die Wange kniff und ihm verschwörerisch Zeichen machte, leise zu sein. Giovanni begriff sofort, dass sie gehen würden, sein Vater und er, und er stand leise auf. Sie tranken beide ein wenig Milch, nahmen ihre Taschen und verließen die Wohnung. Giovanni war selig. Er musste doch nicht bei seiner Halbschwester bleiben, sein Vater nahm ihn mit. Plötzlich fand er es schön, mit seinem Vater durch die engen, schmutzigen Straßen zu gehen. Im Morgenlicht schien es ihm, als wären die Häuser aus altem Packpapier gemacht, und aus einem Bäckerladen strömte ein so herrlicher Geruch nach Brot und Oregano, dass Giovanni fast schwindlig wurde, so hungrig war er. Aber er sagte nichts. Er war stumm vor Seligkeit, dass sein Vater ihn an der Hand hielt und mit ihm durch diese große Stadt ging. Dann geschah ein Wunder. Der Vater steuerte mit ihm die Bäckerei an. Er bekam einen fettglänzenden Fladen, der mit Kräutern bestreut war, und der Vater ließ sich noch Panini einpacken. »Der Tag wird lang«, sagte er geheimnisvoll zu Giovanni, und als sie an einen kleinen Platz kamen, setzten sie sich auf die Treppenstufen zu einer Kirche. Der Vater holte aus einer Trattoria Limonade für Giovanni und für sich ein Glas Wasser. Giovanni staunte. Sein Vater trank Wasser. Doch dann existierte für ihn nur noch das duftende Brot in seiner Hand und die hellgrüne Limonade in dem schlanken Glas, von dem kleine Perlen herabrollten. In diesem Moment war Mailand Giovannis Paradies.

Der Vater zeigte Giovanni die Stadt, auch das Tor, durch das der große Feldherr Napoleon Bonaparte, Kaiser von Frankreich, mit seinen siegreichen Truppen in Mailand eingezogen war. Giovanni wunderte sich. War das noch der ewig betrunkene Vater, der ihn und die Mutter immer wieder allein in Arco sitzengelassen, der nie Geld für die Familie verdient hatte? Der von den Nachbarn verlacht wurde? Sogar die Mutter hatte sich damit abgefunden gehabt, dass ihr Mann nicht in der Lage war, eine Familie zu ernähren und zu beschützen. Und hier, in Mailand, bekam Giovanni das wunderbarste Essen, hier erzählte ihm der Vater von der Geschichte des Landes und vom Haus Savoyen, dem Königshaus. Das Wissen floss nur so aus dem Vater heraus, er beschrieb alles mit großen Gesten, und die Passanten schauten freundlich auf Vater und Sohn. Bald war Giovanni völlig konfus. In seinem Kopf begannen die Namen und Begriffe herumzuwirbeln, er konnte nichts mehr festhalten, nichts mehr begreifen. Trotzdem gab er sich Mühe, zuzuhören. Nun, wo ihm der Vater endlich einmal Aufmerksamkeit schenkte, wollte er ihm seine Freude über das Gehörte zeigen.

Erst später, als Giovanni wieder allein in Irenes Dachkammer hockte, begriff er. Der Vater hatte von Anfang an gewusst, dass er Giovanni bei Irene zurücklassen würde, um mit seinem ältesten Sohn Napoleone Mailand zu verlassen. Deshalb hatte der Vater

Giovanni halb zu Tode geredet, damit der nicht fragen und vielleicht sogar ein Theater veranstalten konnte. Früher, in Arco, waren Giovanni und seine Mutter auch immer vom Vater alleingelassen worden. Vielleicht hatte sein Vater durch den Tod der Mutter doch Skrupel bekommen, und er wollte Giovanni wenigstens eine Bleibe verschaffen, egal wie.

Als Giovanni müde war, als ihn die Füße derart schmerzten, dass er keinen Schritt mehr tun wollte, waren sie plötzlich wieder in der Via San Simone gewesen. Sein Vater befahl ihm, bei Irene zu warten, bis er Napoleone mit seinem Gepäck abgeholt habe. »Wir kommen und holen dich, so rasch es geht. Ich bin eilig, verstehst du, ich hab den ganzen Tag mit dir verbracht, und Napoleone wartet und wird schon nervös. Das begreifst du doch, oder? Ruh dich inzwischen aus, ich werde bald mit Napoleone zurück sein.«

Natürlich war sein Vater nicht wiedergekommen. Abends lag Giovanni unter seiner dünnen Decke und wusste nicht, welches seiner Gefühle stärker war: der Hass auf den Vater oder die Furcht vor dieser Irene. Dann wieder fühlte er gar nichts, wollte nur schlafen, einfach weg sein. Weg von Mailand, weg von dieser gemeinen Welt. Nicht mehr an den Vater denken, diesen verdammten Mistkerl. Seine Wut, seine Enttäuschung, seine Verzweiflung und Angst ließen ihm keine Ruhe. Giovanni wusste durchaus, dass er in seinem kurzen Leben oft unglücklich gewesen war. Aber er konnte sich nicht erinnern, dass es jemals eine Zeit gegeben hätte, wo ihm der nächste Tag so schwarz und wie ein tiefes Loch erschienen wäre.

Der Schlaf wollte nicht kommen. Dann eben nicht. Giovanni war zornig. Voll Wut und Schmerz. Wenn seine Halbschwester kommen und schimpfen würde, dass er wieder da war, sollte sie was erleben. Ab sofort würde Giovanni sich nichts mehr gefallen lassen. Er war kein Kind mehr, das man an der Nase herumführte. Er würde sich in Zukunft wehren. Zu verlieren hatte er ja nichts. Und dann hörte er Irenes Schritte auf der Treppe. Er rollte sich zusammen, kniff die Augen zu und zog sich die Decke über den Kopf. Irene blieb bei ihm stehen und fluchte leise, sagte aber kein Wort zu Giovanni. Sie stieß ihn mit dem Fuß an, doch er rührte sich nicht, noch nicht, fluchte aber lautlos zurück. Getreten hatte ihn bisher noch niemand. Jedenfalls kein Erwachsener. Hier und da einer der Jungen in Arco, mit denen er sich manchmal ein bisschen geprügelt hatte. Mehr nicht. Er hatte ja nicht dazugehört. Nicht gezählt. So wie er auch hier nicht zählte. Als Irene zu Bett ging, schwor Giovanni sich, dass er es ihr heimzahlen werde. Er überlegte, wie er das anstellen wollte. Über diesen wohltuenden Gedanken schlief er ein.

Dass seine neue Schwester nicht gern mit ihm sprach, war Giovanni schon bekannt. Sie hatte ihn nicht einmal gefragt, wieso er wieder bei ihr aufgetaucht sei. Aber Irene kannte schließlich den Alten. Immerhin ließ sie ihre Wut nicht noch einmal an ihm aus. Sie zeigte Giovanni, in welchem Schrank sie Brot und Milch verwahrte, etwas anderes gab es nicht. Dann schlug sie die Wohnungstür zu und rannte rasch die Treppe hinunter. Dass das Brot hart war und die Milch nicht unbedingt frisch, konnte Giovanni nicht erschüttern. In Arco hatte er oft rein gar nichts gehabt. Dafür aber gelernt, niemals aufzugeben. Immer gründlich nachzuschauen. Und als er alle Schränke und Kästen richtig durchgefilzt hatte, entdeckte er zwischen der Wäsche noch eine kleine Tüte mit Zucker und eine hölzerne Dose mit getrockneten Tomaten. Giovanni beschloss, die alte Milch mit Zucker zu verjüngen. Es schmeckte nicht schlecht, und danach kaute er das Brot mit den Tomaten. Er wusste, es war ihm nicht gegönnt, aber er war auch nicht hier, um sich beliebt zu machen.

Giovanni hatte inzwischen begriffen, dass die Segatinis Leute waren, die ihre eigenen Kinder belogen, sie unversorgt zurückließen, und dass es unter ihnen welche gab, die kleine Jungen mit Füßen traten. Da wollte er seinerseits nicht zurückstehen. Er sah sich noch intensiver um in den beiden Kammern. Die Fenster waren tatsächlich so hoch, dass er sich auf den Tisch stellen musste, um rauszuschauen. Es war aber nur ein kleines Stück vom Himmel, das er sehen konnte. Und das geschah ihm, der in Arco nur die Haustür hatte öffnen müssen, um über sich den höchsten Himmel zu sehen und vor sich die hüpfenden Wellen der Sarca. Er hatte bloß über die Brücke zu rennen brauchen, und ganz Arco gehörte ihm. Das schöne Arco. Seine schöne Mutter. Aus und vorbei. Amen.

Mal sehen, was er hier in diesem Kabuff tun konnte. Schließlich wusste er nicht, ob er sein künftiges Leben hier verbringen würde oder ob er morgen in ein Waisenhaus kam. Damit hatte ihm Irene schon gedroht. Plötzlich hörte er Glocken, einen richtig kräftigen Glockenton wie von einer großen Kirche. Im ersten Moment spürte Giovanni wieder würgendes Heimweh, doch dann dachte er an den Erzpriester und an die frommen Schwestern in Arco, und sein Heimweh verflog. Er mochte die Kirchenleute nicht. Auch hatte Giovanni gehört, dass der Erzpriester reich sein sollte, sehr reich. Und dann gab er nur drei Gulden her, von denen zwei Menschen einen Monat lang leben sollten! Manchmal sogar noch der Vater. Ach ja, sein Vater. Ob er wohl zurückkommen würde? Giovanni glaubte nicht daran. Er wünschte es sich auch nicht. Dann wiederum hoffte er inständig, der wunderbare Vater, der ihm Mailand gezeigt hatte, möge doch wiederkommen. Doch den gab es nicht.

Giovanni suchte in der Wohnung weiter nach Interessantem. In einer Truhe fand er bloß Firlefanz. Tücher, Masken, musste wohl Kram für Theater sein. Am Boden der Truhe lag eine Sammlung loser Blätter. Die waren beschrieben, doch das war ihm egal. Giovanni riss nun von den Blättern kleine Fetzen, und wenn er eine Handvoll zusammenhatte, warf er sie aus dem Dachfenster, das er geöffnet hatte. Er stellte sich vor, dass seine Papierfetzen tanzen würden wie die Schneeflocken. Schnee statt Dauerregen, da würden sich die Leute vielleicht freuen. Und wenn nicht, sollte es ihm auch recht sein. Hauptsache, er hatte Spaß. Nachdem er etliche Hände voll Schnipsel nach unten expediert hatte, hörte er Stimmen aus dem Hof. Schimpfte da ein Mann? Das war ja wunderbar. Giovanni hatte Publikum. Er riss noch eifriger an seinen Papierseiten, es ging ihm gut von der Hand, und bis auf drei Seiten war das ganze Papier in Schnee verwandelt.

Plötzlich erschrak Giovanni. Er hatte in seinem Eifer nicht bemerkt, dass das Schimpfen im Hof verstummt war. Auf einmal fühlte er sich umfasst, heruntergerissen vom Tisch. Eine grobe Hand hielt ihn fest, die andere drosch auf ihn ein. Giovanni begann, mit aller Kraft nach dem Mann zu treten, zu beißen und ihn zu kneifen, so lange, bis der ihn schließlich losließ. Es war der Hausmeister, und der brüllte, dass Giovanni ihn noch kennenlernen werde. »Du bist ja ein ganz unverschämter Bengel! Wer bist du eigentlich? Was hast du im Haus zu suchen?«

Giovanni schwieg. Sollte der Kerl doch selbst herausfinden, wer er war. Nun hatte er schon zwei Feinde in Mailand, an denen er sich rächen musste. Mailand war eine anstrengende Stadt.

Am Abend, als Irene heimkam, wusste sie schon alles. »Du hast mir noch gefehlt! Weißt du, dass du mir wichtige Papiere zerrissen hast? Zeugnisse, meine sämtlichen Zeugnisse sind weg! Du Idiot kannst ja nicht mal lesen! Ich bringe dich ins Waisenhaus, wenn du noch einmal Sachen von mir anrührst! Zur Strafe wirst du morgen eingesperrt. Den Schlüssel nehme ich mit.«

Giovanni wurde erst jetzt klar, dass Irene bislang immer die Tür unverschlossen gelassen hatte. Darüber hatte er sich nicht gewundert, denn das war in seinem Elternhaus in Arco auch immer so gewesen.

Leider fiel Giovanni rein gar nichts ein, was er wegen der Papierschnipsel zu seiner Verteidigung hätte sagen können. Außerdem hatte er entdeckt, dass erwachsene Leute immer hilflos wurden, wenn er schwieg. In diesem Fall bewirkte es, dass Irene plötzlich mit ihm sprach. Das immerhin hatte sein Papierschnee erreicht. Wenn er geahnt hätte, dass es wichtige Papiere waren, hätte er sie nicht angerührt.

Jetzt machte Irene sich an den Schränken zu schaffen, und Giovanni wusste, dass sein letzter Abend in der Via San Simone angebrochen war. Morgen kam er ins Waisenhaus. Da fing Irene auch schon an zu toben. »Ein verdammter Dieb bist du also auch noch! Schnüffelst in meinen Sachen herum und bestiehlst die eigene Schwester!«

»Halbschwester«, sagte Giovanni, denn das war ihm wichtig. Er wollte mit Irene nicht voll und ganz verwandt sein.

Ins Waisenhaus musste Giovanni nicht, aber Irene ignorierte ihn weitgehend und verließ jeden Morgen schnellstmöglich das Haus. Giovanni war das sehr recht. Er konnte dann noch unter seiner Decke bleiben, so lange er wollte. Warum hätte er aufstehen sollen? Das Stück Brot, das ihm für den Morgen zustand, holte er sich ins Bett. Er kaute und überlegte, was er anfangen könnte in diesem Mailand.

Immerhin schloss Irene ihn nicht mehr ein, seit er ihr gezeigt hatte, dass er kein kleines Kind mehr war. Und das kam so: Seine Frage, wie er denn ohne Schlüssel aufs Etagenklo gehen solle, hatte Irene einfach nicht beantwortet und war gegangen. Giovanni hörte, wie sich der Schlüssel im Schloss drehte. Er geriet in Panik, bekam plötzlich Furcht vor der Stille. Seine Haare richteten sich auf. Er hörte Schritte. Sie kamen von unten – oder von der Seite? Von überall hörte er jetzt tappende Schritte. Sie schienen sein Zimmer zu umkreisen, sein ganzer Kopf war voller Schritte. Plötzlich machte es in seinem linken Ohr »Bing«, und dann blieb dieser Ton hängen, es tönte in seinem Ohr, in seinem ganzen Kopf. Giovanni war in Panik, der Schweiß trat ihm auf die Stirn. Blieben diese Schritte, diese Töne jetzt in seinem Kopf? Hörten die nicht mehr auf mit ihrem Lärm? Er zitterte, er musste aufs Klo, und zwar ganz dringend. Den Abort im Untergeschoss konnte er ja nicht aufsuchen. Im Schrank fand er einen Eimer. Als er endlich draufhockte, beschloss er, den Lärm aus seinem Kopf herauszuschütteln. Es gelang ihm tatsächlich, und er war unsagbar erleichtert, dass dieses verdammte »Bing« wieder aufhörte. Wie erlöst sah er sich um. Gut, dass ihn niemand besuchen kam. Er saß in Irenes Kammer wie auf dem stillen Örtchen. Irene hatte es nicht anders gewollt. Zur Strafe war ihr Zimmer jetzt das Klo. Im zweiten Zimmer musste er schließlich den ganzen Tag verbringen. Es stank immer noch genug herüber, obwohl er die Tür gut verschlossen hielt.

Am Abend brüllte Irene hysterisch, dass sie jetzt sofort seinen Kopf in den Eimer stecken werde, um ihn endlich Respekt zu lehren. Damit war sie auch schon auf ihn losgegangen, aber Giovanni hatte sich mit einer Leidenschaft gewehrt, als hätte er wieder den Hausmeister zu bekämpfen. Er schlug nach Irene, trat, biss und kniff sie so voller Wut, dass sie schließlich von ihm abließ. Als seine Halbschwester erledigt und zerzaust auf ihrem Bett saß, trug Giovanni den Eimer freiwillig zum Etagenabort. Für diesmal war aufgeräumt.

Am nächsten Tag hörte er auf der Etage Scheppern und Rumpeln. Sofort öffnete Giovanni die Tür. Schließlich hungerte er nach Unterhaltung, und so sah er voller Erwartung einem Anstreicher zu, der seine Eimer und Bürsten im Flur deponierte, eine Mischwanne heraufschleppte, eine Kanne mit Lösemittel, Spachteln, Kellen und etliche Dosen mit Farbe um sich herum aufbaute. Der Treppenflur war ohnehin interessanter als die Wohnung. Er hatte ein größeres, viereckiges Fenster, aus dem man auf Reihen von Hausdächern sah, auf Kirchtürme und Kuppeln. Blickte Giovanni aus dem Fenster, sah er wie einen tiefen Brunnen den Innenhof des Häuserblocks liegen.

Heute war er damit nicht allein. Heute war seine Einsamkeit unterbrochen von etwas Neuem, Spannendem. Was würde der Mann in dem düsteren, schmuddeligen Flur machen, in dem Giovanni schon Ratten und Mäuse gesehen hatte, aber selten Menschen? Die waren wohl alle den ganzen Tag bei ihrer Arbeit, wie Irene, die bei einer Modistin lernte, wie man Hüte macht. Das hatte ihm der Vater berichtet.

Jetzt begann der lange, dünne Maler, der Giovanni zugenickt hatte, ihn aber weiter nicht beachtete, mit einem großen Pinsel weiße Streifen an die Flurwand zu malen. Auf und ab ging der Pinsel und hinterließ auf der Wand weiße Spuren. Giovanni war heftig enttäuscht. Nach all den interessanten Utensilien, die der Maler heraufgeschleppt hatte, gab es nur ein bisschen Weiß auf der Wand? Wie langweilig! Dabei hatte der Maler doch schon verschiedene Farben in seine Näpfe geschüttet, sodass sich Giovanni etwas Großes, Buntes erwartet hatte. Doch dann merkte er, dass der Lange noch nicht am Ende war mit seiner Arbeit. Auf die weiße Grundlage zog er mit anderen Farben Linien von unten nach oben. Dann reinigte er seine Pinsel und deckte seine Zutaten mit einer Plane ab.

Am nächsten Tag erschien er mit einem halben Eimer roter, in Wasser aufgelöster Erdfarbe und mit einem mächtigen Schwamm. So etwas hatte Giovanni noch nie gesehen, und er verfolgte gespannt, wie der Lange den Schwamm immer mal wieder eintunkte und damit die Wände abrieb. Immer wieder, nur den oberen Wandstreifen ließ er weiß, und den Sockel färbte er später einfach dunkel. Seltsam, dass auf diese Weise Wände angestrichen wurden. Giovanni fand es am Anfang nicht schön, was der Lange da vor sich hin schmierte. Doch je länger er hinschaute, desto lebendiger wurde, was er sah. Zunächst kam ein österreichischer Soldat zum Vorschein, mit vorgebeugtem Rumpf und sehr langen Armen, mit denen er die mächtige Trommel schlug. Ein großer Hund war vor den Wagen gespannt, der die Trommel beförderte. Nein. Das war gar kein Wagen, das war doch eine Brücke, die Brücke über die Sarca, und ein Mann stützte sich auf die steinerne Brüstung. Dieser Mann – nein, verdammt, es war nicht sein Vater, auch wenn er etwas Ähnlichkeit mit ihm hatte. Nun suchte Giovanni wieder den Soldaten und den Hund. Doch sie waren nicht mehr zu sehen. Da gab es nur noch Flecken, unförmige Flecken. Giovanni bekam Lust, diese Flecken wieder mit Farbe, mit Leben zu erfüllen. Er hatte ja gesehen, wie einfach das war, wenn man nur Farben hatte.

Als der Mann Mittagspause machte, hockte sich Giovanni mutig in seine Nähe. Nicht ganz dicht zu ihm hin, aber doch näher als bisher.

»Kann ich nicht helfen – ich meine – ich würde gern mithelfen beim Malen.«

Der Anstreicher kaute seine Backen leer, wischte sich bedächtig den Mund ab. »Ja – kannst du das denn überhaupt?«

»Doch – ich kann das! Ganz bestimmt! Darf ich mal den Schwamm haben?«

Gutmütig gab der Maler Giovanni den Schwamm und machte dann weiter mit seiner Arbeit. Als er im Laufe des Nachmittags bemerkte, dass Giovanni auf den von ihm vorbereiteten Untergrund eine ganze Menagerie von Fabelwesen gemalt hatte, war er zunächst irritiert. »He du! Was soll das? Willst du mir Ärger machen? Ich hab keine Lust, alles noch mal zu streichen!«

Inzwischen waren aber schon einige Frauen und Kinder im Treppenhaus, die zusahen, wie Giovanni auf dem Gewölk des Anstrichs lustige Figuren malte, die vor allem den Kindern gefielen. Aber auch die Mütter riefen: »Schaut mal! Der Giovanni vom Dachgeschoss! Der malt uns ein verrücktes Treppenhaus!«

Jetzt sah auch der Maler genauer hin, und er war überrascht, dass ihm die bunten Kobolde immer besser gefielen. Er ließ Giovanni gewähren, und es gab auch keinerlei Ärger wegen des neuen Treppenhauses. Giovanni spürte in sich ein Glücksgefühl, das er bisher nicht erlebt hatte. Schade, dass der Maler nicht mehr kam, Giovanni hätte gern noch mehr Figuren auf die Wände gemalt. Sein Kopf war voll davon.

Irene verlor kein Wort über Giovannis Treiben – kein lobendes, aber auch kein tadelndes.

Der Winter kam. Im Treppenflur war es so kalt, dass Giovanni sich dort nicht mehr aufhalten konnte. Er hatte gelernt, beim Bäcker Brot zu holen und in einem anderen Laden die Milch. Der Bäcker füllte ihm ein kleines Wärmebecken mit glühenden Kohlen, das er dann vorsichtig hinaufbalancierte in die Wohnung. Er sehnte sich jetzt nach dem Sommer, den er eigentlich wegen der Gluthitze und der dumpfen, quälenden Luft im Haus und vor allem wegen der ewig sauren Milch nicht wirklich geschätzt hatte. Doch nun fehlten ihm die leuchtenden Farben des Quartiermarktes, über den er geschlendert war, wenn er den immer gleichen Einkauf von Milch und Brot erledigte. Wie eine Verheißung waren ihm die grünen und gelben Zucchini erschienen, die frischen Salatköpfe, die Tomaten, Oliven, die mächtigen runden Käseleiber und die geräucherten Schinken. Die Bauern hatten alles so ansprechend arrangiert, dass es die Kunden einlud, ihre Körbe damit zu füllen. Wenn der bunte Überfluss Giovanni auch sehnsüchtig und hungrig machte – das schöne Bild des Sommermarktes tat seinen Augen gut, die in der Via San Simone reichlich Schmutz und Elend zu sehen bekamen.

Irene, die mit ihm redete, wenn sie das für nötig hielt, hatte ihm erklärt, dass sie an die Kanzlei von Innsbruck geschrieben habe. Es sei wichtig für sie und auch für ihn, dass sie die österreichische Staatsbürgerschaft aufgäben. Man habe ihr geschrieben, dass ihrem Wunsch entsprochen werde. Giovanni, der kein Wort begriff, fragte sie, warum sie das gemacht habe.

»Also – du bist in einer italienischen Provinz geboren, die unter österreichischer Herrschaft steht. Du willst aber doch sicher Italiener sein, oder?«

Giovanni nickte. Doch. Italiener wollte er sein. Er sprach ja auch Italienisch. Irene, der es gefiel, dass sie ihren widerspenstigen Halbbruder belehren konnte, plapperte immer weiter von diesen bürokratischen Spitzfindigkeiten, um Giovanni zu zeigen, wie weit sie ihm überlegen war.

Mit dieser Streichung seiner österreichischen Staatsbürgerschaft ließ es Irene bewenden. Sei es aus Irrtum oder aus Gleichgültigkeit. Giovanni selbst konnte nicht wissen, dass man, wenn die Löschung bescheinigt war, diese beim Innenministerium des Königreichs Italien vorweisen musste, um die italienische Staatsbürgerschaft zu beantragen. Sonst galt man als Ausländer im eigenen Land.

Giovanni war noch in Gedanken bei dem für ihn unverständlichen Behördenkram, da hörte er von den unteren Fluren des Hauses lautes Weinen und Lamentieren, rasche Schritte auf den Treppen. Er rannte durch den engen Gang hinaus auf den Flur und sah sofort die junge Frau mit den roten Haaren. Er kannte sie vom Sehen. Sie stand wie eine Statue am Treppengeländer. Was war denn los mit ihr? Da hörte er eine Nachbarin der anderen zurufen: »Chiara ist tot. Die süße Chiara!« Und alle stimmten in das Wehklagen mit ein. Die Mutter des Kindes stand immer noch wie versteinert am Geländer. Eine Nachbarin rief von unten: »Nicht einmal ein Jahr war sie alt. Das arme kleine Ding!«

Giovanni verstand. Ein Mädchen war gestorben, sehr klein noch, er kannte sie: die Tochter der Frau mit den roten Haaren. Die Mutter löste sich vom Treppengeländer, lief mit ihrem aufgelösten Haar durch die Flure, über die Treppen, rauf und wieder runter, schreiend, bis ihr die Stimme kippte oder die Luft wegblieb. Die Nachbarinnen rannten ihr hinterher, wollten sie umarmen, trösten, doch die Mutter schüttelte sie ab, rannte weiter, immer höher hinauf. Vielleicht wollte sie sich aus einem Dachfenster stürzen. Giovanni fand das hochinteressant, derartige Gedanken hatte er früher auch oft gehabt, aber herumgebrüllt und geheult hatte er deshalb nicht.

Er hockte sich auf eine Treppenstufe, um nichts von dem seltenen Schauspiel zu verpassen. Es hatte hier und da schon mal einen Toten gegeben in dem großen Haus, aber noch nie so ein Lamento. Dafür hatte es bei den früheren Todesfällen gut gerochen auf der Treppe: nach Kaffee – und sicher gab es auch süßen Kuchen. Voller Neid hatte er sich das vorgestellt und überlegt, wer ihm Kuchen backte, wenn seine Schwester Irene sterben würde. Aber sie war erst zwanzig, und er wusste, so früh starben die Leute selten. Dann schon eher kleine Kinder wie das Töchterchen der jungen Nachbarin. Schließlich kam eine andere Nachbarin zu ihm gerannt, eine von denen, die ihn ständig zurechtwiesen, ja, diese da hatte ihn sogar bezichtigt, bei ihr ein Stück Wurst genommen zu haben. Dabei wäre ihm auch beim größten Hunger der Appetit vergangen, denn ihre Wohnung war so schmutzig wie ihr Rock. Doch jetzt tat sie salbungsvoll und sagte süßlich zu ihm: »*Mio figlio,* du kannst doch zeichnen. Ich hab es gesehen, als der Anstreicher da war und du eine Wand so hübsch bemalt hast. Komm mit hinunter zu Alba, ihr Kind ist gestorben, zeichne es für sie, damit sie nicht stirbt vor Kummer.«

Giovanni wusste noch, dass die Neugierde ihn schließlich hinuntergetrieben hatte. Die Mutter saß jetzt vor dem leeren

Kinderwagen, als läge das Kind noch darinnen. Sie schob den Wagen hin und her und sang immer so komisch, als wollte sie das Baby beruhigen, das doch tot war. Die Nachbarin winkte ihn in den Nebenraum, wo andere Frauen das Kind wuschen und ihm ein weißes Häubchen mit Spitzen an den Rändern aufsetzten. Langsam kam Giovanni näher. Das zarte Gesicht des Mädchens, die geschlossenen Augen, das feine Näschen und der blasse Mund berührten ihn. Er musste schlucken. Das Kind sah so klug aus, als wüsste es alles, als wäre es eine noble Prinzessin oder ein Engel. Auf jeden Fall, das glaubte Giovanni, hatte dieses Kind nichts zu tun mit den groben Frauen in der Via San Simone. Oft genug hatte Giovanni erlebt, wie sie sich stritten, schlugen oder an den Haaren zogen. Manche rochen auch nach Alkohol und pöbelten Giovanni an, wenn er an ihnen vorbei die Treppe hinunterlief. Doch hier, bei dem toten Kind, schienen sie wie ausgewechselt. So zart, liebevoll und leise gingen sie mit der Kleinen um.

Eine der Frauen gab Giovanni Papier und Bleistift, und er setzte sich vor das Bett. Als die Frauen hinausgingen, begann er sich ein wenig zu fürchten, so allein mit einer Leiche. Doch dann dachte er, dass er dasselbe erlebt habe wie die junge Mutter und ihr Kind. Nur umgekehrt. Ihm war die Mutter gestorben, er, das Kind, lebte. Wer hatte ihn getröstet? War das nicht gerecht, dass auch andere Menschen ihr Liebstes hergeben mussten? Giovanni fand es unbedingt in Ordnung, dass es anderen Menschen auch schlechtging. Doch die schöne junge Frau erinnerte ihn an seine eigene Mutter, und wenn er ihr mit einem Bild ihres Kindes helfen konnte, wollte er das tun. Vielleicht wäre seiner eigenen Mutter auch viel Verzweiflung erspart geblieben, wenn ein Maler für sie ein Bild ihres verunglückten Erstgeborenen gezeichnet hätte.

Doch wie sollte er beginnen? Wie sollte er auf Papier bringen, was er bei dem Liebreiz dieses kleinen Mädchens fühlte? Er versuchte sich vorzustellen, Chiara sei gar nicht tot, sie schliefe nur. Und das musste er malen. Er zeichnete atemlos erst die geschlossenen Augen mit dem feinen Wimpernkranz, die kleinen Ohren, die viel Arbeit erforderten, dann den sanft nach oben geschwungenen Mund, die kleine, zarte, noch runde Nase. Dann glitt sein Stift schon sicherer auf dem Papier voran. Er schwang sich den Hals hinunter zu den Händen und Füßen, deren Zehennägel wie bläulich silberne Perlen schimmerten. Dann zeichnete er den Körper in dem einfachen Hemdchen, den Faltenwurf. Von allem kamen zuerst die Umrisslinien, und dann schattierte er die einzelnen Elemente ganz vorsichtig. Fast zärtlich. Mit einem Mal hatte er das Gefühl, als malte er seine Mutter. Konnte er sie vielleicht auch so malen, als lebte sie? Dieser Gedanke nahm Giovanni fast den Atem.

Hinter sich hörte er plötzlich die Stimme von Chiaras Mutter. Sie schien jetzt gefasst, überrascht. »Sie ist so schön, meine Chiara. Und sie ist nicht tot. Sie lebt! Auf deinem Bild lebt meine Chiara!«

Die Mutter nahm das Bild unendlich behutsam auf und hauchte einen Kuss darauf. Giovanni ging ohne Gruß. Er würde seine Mutter malen. Ja. Genau das würde er tun. Ihm war gar nicht bewusst gewesen, wie viel Zärtlichkeit er für sie spürte. Giovanni kauerte sich in eine Ecke des obersten Flurs und versuchte, sich das Bild seiner Mutter herzuholen, so wie er sie im Gedächtnis hatte.

Es wollte ihm nicht gelingen. Zumindest heute nicht. Zu lange hatte er sich auf die Zeichnung konzentriert. Das Bild des kleinen Mädchens mit der weißen Spitzenhaube schob sich immer wieder vor das Bild seiner Mutter. Chiara hatte gesund und schön ausgesehen. Warum musste sie sterben? War es das Haus, an dem sie gestorben war? Dieses schreckliche Haus? Würde er auch hier sterben? Mit einem Mal bekam er Todesangst. Stunden um Stunden, Tage ohne Ende hatte er dort oben verbracht. Richtig stumpfsinnig war er geworden. Er wusste nicht mal, was Freude war oder was Schmerz bedeutete. Er war einfach einer, der in zwei Dachkammern sein Leben verbrachte. Mehr war er nicht. Manchmal hörte er in dem Verschlag, wo die Kohlen lagerten, etwas rumoren, und bald wusste er, dass es Ratten waren. In der Nacht kamen sie auch in die Wohnung und suchten nach Essbarem. Irene hatte Angst vor den Ratten, und wenn wieder welche in den Stuben herumrannten, flüchtete sie sich auf den Tisch und schrie Giovanni an, dass er die Ratten erschlagen solle, jetzt, auf der Stelle. In Arco hatte es außer im Kanal Fitta auch Ratten im Haus der Eltern gegeben, sie kamen aus dem Verschlag unter der Treppe, wo es in besseren Zeiten Kohlen gab und Holz zum Feuern. Einmal war sogar der Vater daheim, als eine Ratte im Zimmer der Mutter herumlief und die Mutter ähnlich hysterisch schrie wie Irene. Der Vater hatte einen Spazierstock genommen und die Ratte sekundenschnell zerschmettert und aus dem Haus geschafft.

Und jetzt sollte Giovanni für Irene die Ratten totschlagen. Erstens konnte er das nicht, und außerdem dachte er nicht daran, so etwas zu tun. Ihn störten die Ratten nicht, und er legte sich seelenruhig schlafen. Da schrie Irene wieder, dass in der Schublade ein Hammer sei: »Los, nun mach schon, du bist doch ein richtiger Junge, oder?«

Auf einmal war er wer. Irene hatte ihm häufig gezeigt, dass sie ihn verachtete und hasste. Und nun sollte er für sie Ratten umbringen. Gerade hörte er eine unter seinem Bett rascheln. Giovanni rief zu Irene hinüber: »Geh doch selber auf Rattenjagd! Mich stören die nicht! Ich hab auch keine Angst vor denen!«

»Verdammt, du bist zu rein gar nichts nütze!«, schrie Irene jetzt verzweifelt. »Du bist genau wie dein Vater, der hat auch nichts getaugt, jedes Geschäft zugrunde gewirtschaftet hat der, Betrügereien hat es auch immer wieder gegeben, und zum Schluss ist er ganz auf die Unterstützung durch den Staat angewiesen gewesen. Genauso wird es mit dir enden!«

Irene brüllte ihre ganze Enttäuschung, ihren in Jahren aufgespeicherten Hass und die nie erwiderte Liebe zu ihrem Vater heraus, dabei überschlug sich ihre Stimme fast vor Zorn und Verzweiflung:

»Und damit du es weißt, dein Vater lebt nicht mehr, du brauchst gar nicht mehr auf ihn zu warten, er ist tot. Tot, tot, tot!«

Obwohl er sich dessen gar nicht sicher war, rief Giovanni Irene zu, dass sie lüge. »Mein Vater ist in Amerika, das weißt du. Und wenn er zurückkommt, hat er viel Geld, und dann kann ich bei ihm wohnen.«

»Ha – das wäre ja einmal ganz etwas anderes«, schrie Irene zurück. »Und damit du es auch glaubst, er ist schon vor längerer Zeit gestorben, ganz genau am 20. Februar 1866, und zwar in Rovereto!«

Giovanni war es, als hielte ein Schraubstock sein Herz fest umklammert. Er konnte kaum atmen, der Mund war trocken. Er fühlte sich hilflos, ausgestoßen aus seinen bescheidenen Träumen von einem künftigen Leben mit dem Vater, der in den wenigen gemeinsamen Tagen gut zu ihm gewesen war. »Aber er konnte eine Ratte umbringen!«, rief Giovanni verzweifelt und den Tränen nahe. »Und wenn du ihn nicht weggejagt hättest, wäre deine Bude auf jeden Fall frei von Ratten. Und er hat mir einen Fladen und Limonade gekauft und mir Mailand gezeigt, und das hast du noch nie gemacht!«

Irene verzog sich endlich heulend ins Bett, und Giovanni nahm sich vor, dass dies die letzte Nacht mit seiner Halbschwester sein sollte. Am nächsten Tag wollte er abhauen. Und wenn er bis Frankreich musste. Nur weg aus der Via San Simone. Fort aus dem Haus mit seinem Dunst nach Pisse und schmutziger Wäsche, nach altem Fett und billigem Wein. Vor allem aber weg von Irene.

5

Er lief am nächsten Tag wirklich davon. Lief einfach, nachdem er Irene einen Vorsprung gelassen hatte. Wie simpel das doch war! Niemand hielt ihn auf, niemand fragte etwas, weder der Hausmeister noch die Nachbarinnen, die schon vom Markt kamen. Er spazierte an ihnen vorbei, grüßte und wandte sich nach rechts, so als wüsste er genau, wohin er wolle. Er hatte die Milchkanne dabei, wie immer, und ein Leinensäckchen für das Brot. Die Straße, die er hinunterging, kam ihm sogar ziemlich bald bekannt vor. War er hier nicht mit dem Vater gegangen?

Jeder Schritt beruhigte ihn. Niemals wieder Angst vor Irene, nie mehr die Enge, den Muff und die Trostlosigkeit ihrer Wohnung. Es lief sich so wunderbar. Der Tag war noch frisch. Sogar das Wetter war herrlich. Ein richtig warmer Augusttag war das, es würde heiß werden. Je länger er lief, desto mehr bemühte er sich, im Schatten von Bäumen zu bleiben. Doch an den großen freien Plätzen, die er liebte, sah er den Himmel über sich, spürte die Wärme der Sonne auf seinem Körper. Er suchte den Triumphbogen, den ihm sein Vater gezeigt hatte. Damals hatte er Giovanni erklärt, dass Napoleon I. den Triumphbogen und die Straße habe bauen lassen. Die Straße führe mitten durch die Berge direkt nach Frankreich. Und dahin wollte Giovanni.

Das war morgens gewesen, als er noch davon träumte, in Mailand so frei zu leben wie früher in Arco. Am Ende des Tages war er todmüde. Stundenlang hatte er sich durch die Straßen geschleppt. Sich ständig verlaufen. Das Fragen war ihm vergangen, nachdem gleich der Erste, den er ansprach, nach der Polizei gerufen und ihn einen Herumtreiber genannt hatte. Verstaubt, dazu durstig und am Ende seiner Kräfte, hatte er sich abends in der Nähe der Porta Tecinese in einer dunklen Torecke zusammengerollt, wo schon andere schliefen. Die Bettler weckten ihn und behaupteten, dass es ihr Lagerplatz sei. Er solle gefälligst zusehen, dass er weiterkäme.

Giovanni wusste plötzlich nicht mehr, wohin er gehen sollte. Sein freies Leben, seine so froh begonnene Wanderung hatte sich als äußerst beschwerlich erwiesen. Er wurde vor Durst fast verrückt. Seine Zunge schien ihm dick und pelzig.

Giovanni musste lernen, dass er in Mailand viel mehr Mühe hatte, an Wasser, Milch oder Brot zu kommen, als früher in Arco. Dort hatte er sich ausgekannt, das Stehlen war nicht leicht, aber doch durch geschickte Planung möglich gewesen. Hier war das anders. Überall waren Kinder und Jugendliche, die hungrig waren und Durst hatten wie er. Sie vertrieben ihn, sie verprügelten ihn. Giovanni hatte keine Ahnung, dass im Land der Hunger herrschte.

In Mailand wurden die Lebensmittel tatsächlich immer knapper. Es gab eine starke wirtschaftliche Rezession durch den Dritten Unabhängigkeitskrieg. Soldaten, meist Anhänger Garibaldis, strömten in die Stadt. Sie waren hungrig, schmutzig und verlaust. Manche hatten die Pocken. Bald beherrschten sie das Stadtbild, und die Bettler mussten sich andere Erwerbsquellen suchen. Zum Schluss versuchte Giovanni nur noch bei den Kirchen um Essen zu betteln. Aber auch da gab es reichlich Konkurrenz, und so schloss er sich einem Trupp Soldaten an, die sich ihm gegenüber meist gutmütig gezeigt hatten. Sie wussten, wie man in harten Zeiten überlebte, und zeigten Giovanni, dass es leicht war, Betrunkenen, die sich nicht mehr auf den Beinen halten konnten, die Geldbörse zu leeren. Giovanni erwies sich als sehr geschickt, und die Soldaten kauften für das gestohlene Geld Essen und beschützten ihn vor älteren Straßenjungen oder Bettlern.

Die Soldaten sprachen oft von Garibaldi. Giovanni erinnerte

sich daran, dass auch sein Vater immer mal wieder von einem Garibaldi gesprochen hatte. Er fragte die Soldaten, wer das denn wäre, Garibaldi. Sie lachten ungläubig, fragten zurück, ob Giovanni sie für dumm verkaufen wolle. Doch einer, der ohnehin gern redete, erklärte Giovanni, dass Garibaldi, Giuseppe Garibaldi, ein wahrer Held sei. »Der größte Held Italiens. Er ist ein Freiheitskämpfer. Er führt Kriege und ist schlauer als jeder General. Er war es, der die Einigung Italiens zustande gebracht hat. Ein schöner Mann, musst du wissen, klug und mutig. Er siegt auch dann noch, wenn die Schlacht schon als verloren gilt! Er kann die Soldaten begeistern wie kein anderer, denn er liebt die Menschen, und er liebt die Freiheit! Du müsstest ihn einmal sehen! Oder besser noch – hören! Er spricht die Sprache unseres Volkes, die wahre Sprache Italiens. Er ist ein Freiheitskämpfer, wie es auf der Welt nur wenige gibt.«

Mit einem tiefen Seufzer streckte sich der Soldat aus, und bald hörte Giovanni sein Schnarchen, das sich in die Grunzlaute der anderen mischte.

Das also war Garibaldi. Giovanni war tief beeindruckt. Einer, der Siege errang, wenn die Schlacht schon als verloren galt. Das imponierte Giovanni. Das wollte er auch lernen. In Giovannis müdem Hirn hatte nur noch ein Name Platz. Garibaldi. Garibaldi.

In dieser Nacht träumte er, dass er unsäglichen Durst habe. Selbst eine Quelle, die er fand, konnte seinen Durst nicht löschen. Als er erwachte, klebte seine Zunge am Gaumen, er glaubte, er würde ersticken. Giovanni sah sich um. Die Garibaldianer hatten das Lager schon verlassen. Auf seiner Decke lag ein Stück Brot, doch Giovanni mochte nicht essen. Nur trinken und weiterschlafen wollte er. Schließlich stand er auf, um nach Wasser zu suchen, aber seine Beine trugen ihn nicht mehr. Er schleppte sich zurück auf seine Decken. Als Polizisten ihn mit Püffen weckten, hatte er nicht die Kraft aufzustehen. Einer der Polizisten betrachtete Giovanni misstrauisch. »Zum Teufel!«, schrie er. »Der Junge hat die Pocken. Da gehe ich jede Wette ein!«

Sofort wurde ein Kutscher bestellt, der Giovanni zur Rotonda fahren sollte, wo ein großes Absonderungsspital eingerichtet worden war. Der Kutscher fluchte, er musste wegen dieses Lümmels in Quarantäne und sein Gefährt desinfizieren. Doch er hatte keine Wahl. Er schlug wütend auf seine dürren Gäule ein. Giovanni war alles gleichgültig. Die Hauptsache war für ihn, dass sich nun jemand um ihn kümmerte. Im Krankenhaus murmelten die Schwestern und der Doktor etwas von einem schweren Pockenfall. Und wenn schon. Giovanni hatte ein schneeweiß bezogenes Bett. Er überlegte dumpf, dass er in so einem Schneebett noch nie gelegen habe. Dann dachte er gar nichts mehr, das Fieber hüllte ihn in luftige Tücher, und er begann wieder, von Wasserkaskaden zu träumen.

Als er erwachte, war ihm nicht klar, wie viele Tage er im Fieberschlaf gelegen hatte. Es konnte ihm auch niemand sagen. Die Schwestern und die Ärzte hatten ihn nach der ersten Untersuchung nicht mehr beachtet. Sie wussten offenbar nicht, wie sie dieser Pockenepidemie Herr werden sollten. Giovanni sah und hörte die anderen, die noch im Fieber redeten oder stöhnten. Dann wurde einer aus seinem Bett gehoben und auf einem Karren weggefahren. Das Bett bekam frische weiße Tücher, und dann legten sie einen anderen Kranken hinein. Giovanni sah sich um im Saal. Hier war es ja schön! Hier wollte er bleiben! Wer wohnte schon in derart hohen, hellen Sälen? Die Böden waren so sauber, dass sie glänzten. Das war ja sauberer als in der Kirche. Schwestern hielten Giovanni dazu an, nichts anzufassen und vor allem sich nirgends hinzusetzen. Giovanni begriff das nicht, tat aber, was sie ihm sagten. Bald holten ihn Pfleger, und er wurde in einer geräumigen Badewanne ausgiebig gebadet. Ein Pfleger schnitt ihm seine langen Locken ab, die ihm bis auf den Rücken hingen. Irene hatte das längst tun wollen, aber er hatte sich heftig gesträubt. Hier jedoch ließ er es sich gefallen. Der Pfleger seifte ihm den Kopf tüchtig ein, das brannte noch lange in Giovannis Augen, aber es machte ihm nicht viel aus. Er fühlte sich wohl, so sauber, wie er war. Auch ein frisches Hemd gaben sie ihm, und sein Bett wurde jeden Tag aufgeschüttelt. Vor allem aber gab es dreimal pro Tag ein gutes Essen und kühle Milch. Giovanni kam die Rotonda wie eine Art Himmel vor.

Nach dem ausgiebigen Schrubben hatte sich allerdings herausgestellt, dass er offenbar nur einen leichten Befall von Pocken hatte, die meisten Erhebungen waren lediglich verkrustete Insektenstiche und vor allem viel Schmutz am ganzen Körper. Obwohl Giovanni von Herzen gern so richtig die Pocken gehabt hätte, wurde er bereits nach vier Wochen aus dem Hospital in das Riformatorio Marchiondi gebracht. Das, so sagten ihm die Schwestern in der Rotonda sachlich, sei eine gemeinnützige Wohltätigkeits- und Besserungsanstalt unter kirchlicher Leitung, wo die Schwererziehbaren, die Waisen und die angehenden Verbrecher in harte Zucht genommen würden.

Am 15. August 1870 war seine Reise in die schöne Rotonda zu Ende. Giovanni würde dieses Datum neben dem Todestag seines Vaters nicht vergessen. »15. August 1870« stand auf dem Formular. Zwölf Jahre war er alt, Waise ohne offiziellen Vormund. Hinzu kam, dass er ein Zugewanderter war, ein Trentiner aus Arco, also fast ein Ausländer. Daher waren die Behörden strenger, als wenn er aus einer ordentlichen italienischen Familie gekommen wäre. So gaben sie als Grund für die Einlieferung an, dass Giovanni ein Landstreicher und Dieb sei, ein Müßiggänger. Das schrieben sie in das Formular, und Giovanni sollte unterschreiben. Er machte aber nur drei Kreuze. Selbst die waren ziemlich zittrig. Wer macht schon kräftige, klare Kreuze, wenn er nicht lesen und schreiben kann und eingesperrt werden soll?

Die Lehrer der Anstalt beschlossen, dass er in der Schuhmacherwerkstatt lernen solle, Schuhe zu flicken. Doch schon nach kurzer Zeit stellte sich heraus, dass ihm zu diesem Handwerk jeglicher Sinn fehlte. Er verdarb die Schuhe eher noch mehr, als sie zu reparieren.

Schon am ersten Tag schwor sich Giovanni, dass er in diesem großen, düsteren Haus nicht lange bleiben werde. Dicke, aus

Ziegelsteinen gemauerte Säulen trugen das Vordach des Riformatorio Marchiondi. Große Bogenfenster, die ziemlich schmutzig waren, wirkten abweisend und kalt. Der Raum, den Giovanni sich mit acht Jungen teilte, bestand aus wenig mehr als acht Bettstellen. Über jedem Bett waren drei Haken angebracht, daran hingen am Abend die Hemden und Hosen der Jungen. Schuhe kamen unters Bett. Wer einen Stoffbeutel oder sogar einen Koffer besaß, durfte ihn ebenfalls unters Bett schieben.

An der Wand zwischen zwei vergitterten Fenstern hing ein großes Kruzifix. Der Gekreuzigte mit dem Tuch um die Lenden, mit den durchbohrten Händen und Füßen erinnerte Giovanni an die Kirche in Arco, wo Jesus Christus ebenfalls in seinem Leiden ausgestellt war. Als Giovanni näher hinzutreten wollte, ging die Tür auf, und unter Johlen kamen seine Zimmergenossen vom Freigang herein. Sie attackierten Giovanni eher spielerisch mit ihren Fäusten, schlugen nach ihm mit den Mützen – doch ein Erzieher kam hinterher. »Ruhe! Oder es gibt kein Essen!«, brüllte er. Dann baute er sich vor Giovanni auf und fragte ihn nach seinem Herkommen.

Schon bald nach seiner Ankunft wollten die Erzieher ihn dazu bringen, dass er an den Vorbereitungen zur Feier der ersten heiligen Kommunion teilnehmen sollte. »Du bist jetzt zwölf Jahre alt, du bist katholisch getauft, da ist es höchste Zeit, dass du zur Erstkommunion gehst.«

Kirche, Erstkommunion – das erinnerte Giovanni an den Erzpriester von Arco, der ihnen trotz seiner Reichtümer so wenig Geld gegeben hatte. Der Vater hatte einmal gesagt, er würde seinen Arsch verwetten, dass der Erzpriester an einem einzigen Tag mehr als drei österreichische Gulden für sich allein verbrauchen würde. Allein der sündhaft teure Wein, den der trank. Davon hatte Giovanni keine Ahnung, aber er hatte dem Vater geglaubt, der auch auf die frommen Schwestern nicht gut zu sprechen war, die stets Ermahnungen für die Segatinis parat hatten und Dankbarkeit erwarteten. Kirche – dabei musste er auch an die alte Mossa denken, die jeden Tag in den Gottesdienst rannte und dennoch böse über seine kranke Mutter sprach.

Giovanni wusste durchaus, dass Kinder, die zur Kommunion gingen, unbedingt frei bleiben mussten von Sünden, sonst wäre Jesus Christus dazu gezwungen, sich in den schmutzigen Kammern ihrer Herzen aufzuhalten, und das durfte nicht sein. Giovanni glaubte nicht daran, dass Jesus Christus sich in irgendeiner Herzkammer aufhalten wollte, selbst wenn sie sauber wäre. Er war ein Mensch gewesen. Wie hätte er denn in eine Herzkammer hineinkommen sollen? Das war ja zum Lachen. Giovanni wusste außerdem, dass es ihm niemals gelingen würde, frei zu werden von Sünden. Er musste stehlen, weil er hungrig war. Er musste oftmals lügen, weil die Erwachsenen von ihm Dinge wissen wollten, die sie nichts angingen. Er war auch seiner Mutter und seinem Vater böse, obwohl das ebenfalls eine Sünde war. Diese Sünden gehörten zu ihm, daran konnte er nichts ändern. Giovanni glaubte genauso wenig, dass in der kirchlichen Wandlung das Brot zum Fleische Jesu Christi wird und der Wein zu seinem Blut. So etwas konnte man ihm nicht vormachen, und daher wollte er auch nicht an dieser Erstkommunion teilnehmen. Nein. Nein. Nein. Wie oft sollte er es ihnen denn noch sagen?

Zur Strafe bürdeten sie ihm die schwerste Arbeit auf. In der dumpfen, feuchten Wäscherei mit ihrem Dampf und Geschrei musste er die Kurbel drehen, wenn die gekochten Wäschestücke ausgewrungen wurden. Das war verdammt anstrengend. Jedes Mal bekam er nach einer Minute Drehen einen hochroten Kopf, in dem es wie verrückt pochte, und er fürchtete, dass der Kopf ihm platzte vor Anstrengung. Dann stellten sie ihn an den großen Bottich, unter dem man ein Feuer angemacht hatte und in dem die schmutzige Wäsche kochte. Giovanni musste mit einem großen, dicken Prügel in dieser Wäsche herumrühren, obwohl er an dem stinkenden Dampf fast erstickte. Einmal fiel ihm der Prügel, der nass und glitschig war, in den Bottich, und sie ohrfeigten ihn, weil keiner der Männer es schaffte, ihn wieder herauszufischen.

»Nun, willst du nicht doch lieber auf uns hören?«, fragten ihn am Abend die Erzieher. Doch er, am Ende seiner Kräfte, sagte wieder, dass er nicht zur Erstkommunion gehen wolle.

Daraufhin brüllten sie ihn an: »Dann kommst du eben in den Keller, da kannst du bei Wasser und Brot überlegen, ob du weiterhin so gottlos bleiben willst!«

Dahin mochte er natürlich nicht gehen, denn das Essen im Riformatorio war so ziemlich das Einzige, was Giovanni schätzte. All seine Mitgefangenen schimpften über das alte Brot, die dürftigen Suppen und das ewige matschige Risotto. Doch für Giovanni war das Essen in Ordnung. Noch niemals hatte er sich über längere Zeit hinweg so zuverlässig Tag für Tag satt essen können. Aber ehe er zur Kommunion ging, kehrte er lieber zurück zu Wasser und Brot.

Zwei Tage saß er in einem kahlen Raum. Erinnerungen an Irenes Wohnung wurden wieder lebendig. Nur die Angst kam nicht zurück. Die Angst nicht. Er hatte sie wohl besiegt, denn er fürchtete sich nicht einmal vor den Rohrstöcken der Erzieher. Er war gewachsen, das spürte er. Auch war er kräftiger geworden. Das regelmäßige Essen tat ihm gut. Er bekam stärkere Muskeln von der Arbeit in der Waschküche und in der Schusterwerkstatt. Doch er begriff nicht, wieso man ihn so lange in diesem Riformatorio festhalten konnte. Bis auf zwei Jungen waren all seine Zimmergenossen am letzten Montag entlassen worden. Wer gab der Anstaltsleitung das Recht, ihn nicht einmal von der Kommunion zu befreien?

Pater Angelico kam und redete endlos auf ihn ein. Dass es auf dieser Erde kein Glück für ihn geben werde und – noch schlimmer – dass er die ewige Seligkeit verspiele. Am Jüngsten Tag müsse er Gott für alle Sünden Rechenschaft ablegen.

Gott. Gott. Gott. Giovanni konnte das Lamentieren des Paters und der Erzieher nicht mehr hören. Er wollte endlich weg von hier, fort aus diesem Riformatorio. Aber es wollte sich kein Plan abzeichnen, wie er ungesehen herauskommen konnte aus der Besserungsanstalt. Und wohin sollte er gehen?

Als er von einem Wärter zurück in die Zelle gebracht wurde, sah er einen Jungen in dem Bett neben sich, der vor zwei Tagen noch nicht da gewesen war. Ein schmächtiger, kleiner Kerl, der sich trotzdem vor Giovanni aufbaute, sobald der Wärter die Tür hinter sich verschlossen hatte.

»Wo warst du so lange! Hier ist es ja stinklangweilig. Leonardo hat mir Wunderdinge erzählt über dich. Also – was bist du für einer?« Der Kleine, der sich später als Armando vorstellte, sah Giovanni aus seinen hellblauen Augen lauernd an. Doch Giovanni hatte keine Lust, mit ihm zu reden. Es war schon Zeit für das Abendessen. Giovanni hatte Hunger wie zu Irenes Zeiten. Und dann wollte er schlafen. In dem kahlen, kalten Karzer hatte er nur eine sehr dünne Decke gehabt. Er hatte die ganze Nacht gefroren. Und Heimweh nach dem Schlafsaal gehabt. Giovanni musste über sich selbst grinsen. So weit war es schon mit ihm. Er hörte draußen auf dem Gang das Rollen des doppelstöckigen Wagens, auf dem das Essen gebracht wurde. Endlich fiel die schwere Klappe an der Tür herunter. Wärter schoben drei Schüsseln mit einem grauen Risotto herein, die von den Jungen entgegengenommen wurden. Giovanni aß schon, ehe die Klappe wieder zufiel. Armando dagegen roch nur an dem Reis und stellte seine Schüssel wortlos unter das Bett. Leonardo murmelte etwas von »ewigem Fraß« und stocherte fluchend in seinem Essen herum. Dann rollte er sich zur Wand, und bald hörte man ihn fiepend wie ein Hündchen atmen.

Als Giovanni die letzten Reiskrümel aus seiner Schüssel gekratzt hatte, setzte sich Armando neben ihn. »He, du«, sagte er mit kühler Neugierde zu Giovanni. »Stimmt es, dass du es dir nie machst?«

Giovanni wusste sofort, wovon dieser kleine Blonde redete. Alle Jungen, die er im Riformatorio kommen und gehen gesehen hatte, redeten ständig darüber. Sie zeigten sich ihr Ding, diskutierten über Größe und Dicke und darüber, wer am weitesten und am meisten spritzen konnte. In der ersten Zeit waren Giovanni diese Gespräche nur beängstigend erschienen. Natürlich hatte er schon als kleiner Junge manchmal an seinem Pimmel gespielt, und seine Hose war oftmals am Morgen nass gewesen. Doch darüber hatte er nie reden mögen. Nie. Mit niemandem.

Doch im Riformatorio war es ihm nicht möglich gewesen, sich herauszuhalten. Die Jungen hatten ihm einfach die Hose heruntergerissen, sich an seinem Pimmel zu schaffen gemacht. Und ihn bedroht, dass sie ihn umbringen würden, wenn er auch nur eine Silbe über diese Dinge verlauten lasse.

Das hätte man Giovanni gar nicht erst androhen müssen. Nichts wollte er weniger, als über diese ekelhaften Gesichter zu reden, die rot wurden und verzerrt, wenn sie vor seinen Augen onanierten, an ihm herumfummelten, obwohl er sich wehrte. Es war Giovanni, als drängten ihn die anderen in etwas Unbekanntes, Bedrohliches und Verderbtes hinein, und er begann sich mit einer Kraft und Entschiedenheit zu wehren, dass die anderen irgendwann von ihm abließen. Giovanni war für sein Alter sehr groß und kräftig. Die Zeit der absoluten Hilflosigkeit war vorbei. Daher sagte er zu Armando, er solle ihn gefälligst in Ruhe lassen. Der war davon nicht beeindruckt.

»Du musst es dir aber besorgen«, sagte er nachdrücklich, »sonst wirst du krank und kannst später keine Liebe machen.«

Das interessierte Giovanni dann doch. Trotzdem sagte er: »Du redest Blödsinn, außerdem will ich jetzt schlafen.«

»Willst du mein Ding mal sehen? Ist ziemlich groß, sag ich dir«, meinte Armando ungerührt und knöpfte seine Hose auf.

Tatsächlich, Giovanni sah einen Penis, der ihm viel zu mächtig schien für den kleinen Armando, aber damit war seine Neugierde auch schon wieder erloschen. Armando ließ aber nicht locker. »Jetzt zeig mir mal deinen! Du willst nicht? Das ist unfair«, beklagte er sich.

Giovanni hatte jetzt genug von Armando samt seinem beträchtlichen Ding. »Lass mich jetzt schlafen!«, herrschte er den Blonden an, und Armando murmelte, was für ein Langweiler Giovanni doch sei und dass er gewiss nie im Leben Spaß mit Mädchen haben werde.

Trotz dieser Unstimmigkeiten war es für Giovanni wichtig, dass Armando zu ihnen gestoßen war. Er war schon siebzehn Jahre alt und hatte bereits viele Erfahrungen mit Mädchen. Das interessierte Giovanni durchaus. Armando kannte sich sogar im Puff aus, weil er als Kind mit seinen Eltern dort gewohnt hatte. »Wir haben im obersten Stockwerk gewohnt, die Zimmer der Mädchen lagen im ersten und im zweiten Stock. Es hat nicht lange gedauert, bis wir heraushatten, von wo aus man genau ins Zimmer und auf die Betten schauen konnte.« Armando berichtete von dem Stöhnen und Ächzen und Juchzen, das er belauscht hatte. Von den nackten Figuren auf dem Fußboden oder in den Betten. »Sie haben Dinge gemacht und gesagt, die glaubst du nicht, wahrscheinlich könntest du es gar nicht aushalten, wenn ich es dir erzählen würde!«, sagte Armando bedauernd zu Giovanni. Dieser versuchte nach wie vor, sein Desinteresse aufrechtzuerhalten, doch immer wieder ertappte sich Giovanni dabei, dass er den deftigen Schilderungen des kleinen Armando gebannt zuhörte. Armando hatte offenbar ein großes Bedürfnis, seine Erlebnisse mitzuteilen. Er hörte gar nicht mehr auf mit dem Reden über die Paare. Er malte die Szenen in den Betten des Freudenhauses immer kräftiger aus, und Giovanni fühlte sich manchmal darin eingehüllt wie in eine wärmende Bettdecke, hörte am Schluss nur noch die eifrige Stimme Armandos und schlief ein.

Trotz dieses gewissen Interesses, das Giovanni schließlich fast wider seinen Willen Armando entgegenbrachte, empfand er ihm gegenüber eine deutliche Abneigung. Eigentlich hegte er gegen alle Jungen im Riformatorio Marchiondi Misstrauen und Abwehr. Auch die Wärter und die Lehrer waren ihm zuwider. Sie maßten sich an, Giovanni von allem Bösen zu befreien, ihn zu heilen durch die Wunden Jesu Christi. Das hatten sie ihm wieder und wieder gesagt. Doch Giovanni glaubte nicht, was man ihm sagte.

Schon im darauffolgenden Jahr fand er eine Gelegenheit, ungesehen aus dem Riformatorio zu entkommen. Es war ein heißer Tag Mitte August. Wegen der drückenden Hitze hatten sich die Erzieher und der Anstaltsgeistliche, der die zumeist gottlosen Kinder in Religion unterwies, in ihre Privaträume zurückgezogen. Giovanni war schon einmal stiller Zuschauer gewesen, als sie sich in ihrer Unterwäsche in Wasserbottiche stellten, um sich zu erfrischen. Er kannte die Räume der Lehrer, und so vergewisserte er sich, dass alle die Tischzeit nutzten, der glühenden Hitze zu entkommen. Er sah Signore Ferrari in seinem Bottich auf der Stelle stolzieren wie ein Storch. Seine Beine waren schneeweiß, und darüber wölbte sich ein ebenso heller Bauch. Giovanni sah verblüfft, was sonst unter Anzügen und der Soutane verborgen blieb. Dicke Bäuche ragten auf über eher dünnen Beinen, Signor Battista hatte noch dazu eine Menge dunkler Haare auf der Brust, am Rücken, an den Beinen – einfach überall. Auch Pater Angelico planschte wie ein Kind und spritzte sich das Wasser ins Gesicht und auf die Brust. Giovanni sah, dass er einen Busen hatte wie eine Frau. Was es nicht alles gab! Nackt kannte er bisher nur seinen dürren Vater, wenn er ihn zufällig einmal beim Waschen gesehen hatte. Natürlich wusste er, dass es dicke Männer gab und dünne. Aber er hatte noch keinen Dicken nackt gesehen. Doch ihm blieb keine Zeit, sich mit dem Betrachten der Badenden aufzuhalten. Leise ging er hinunter in den ersten Stock.

Von der Erzieherseite drohte ihm wohl kaum Gefahr. Er tat so, als wollte er in den Schlafsaal, wandte sich dann aber den Werkräumen zu. In der Schuhmacherwerkstatt ließ er ein Paar Schuhe mitgehen. Giovanni band die Schnürsenkel zusammen, hängte sich die Schuhe über die Schultern, so als würde er sie einem Kunden bringen, und dann war er unbemerkt aus einem Fenster in den Hinterhof gesprungen und wieder gemächlich weitergegangen. Die Hitze traf ihn wie ein Hieb, sodass ihm für einen Moment die Luft wegblieb. Dennoch genoss er es, wegzugehen, einfach davonzulaufen. Wohin er wollte.

Im Riformatorio war es vergleichsweise kühl gewesen. Jetzt fühlte sich Giovanni, als ginge er in heißer Watte. Doch er musste gehen, sich immer weiter entfernen vom Riformatorio, bis er umfiel. Mechanisch setzte er Schritt vor Schritt. Er hatte von alten Leuten gehört, die einen Hitzschlag bekamen und tot umfielen. Auch bei kleinen Wickelkindern passierte das. Er war mit seinem Alter irgendwo dazwischen. Ihm würde schon nichts geschehen.

Aber der verdammte Schweiß rann ihm in die Augen, und er hatte nicht einmal ein Taschentuch. Mit dem Ärmel seiner verschlissenen Joppe wischte er sich hin und wieder die Stirn.

In einer engen Gasse kam ihm ein gebückter Mann entgegen. Es war, als hätte er keinen Hals, und er spähte mit eigentümlich schräg gehaltenem Kopf neugierig auf Giovanni, der sich sofort verfolgt fühlte und panisch überlegte, wie er dem Buckligen entkommen könnte. Da sprach ihn der Mann ruhig und freundlich an, sagte, dass er ein Schuhmacher sei, sein Laden liege in der übernächsten Gasse. Er interessiere sich für die Schuhe, die Giovanni bei sich habe, und biete ihm Geld dafür. Ob er die Schuhe vielleicht sogar selbst repariert habe? Giovanni nickte, er war nicht fähig, mit Worten zu lügen, so sehr quälte ihn die Hitze. Doch nun atmete er erleichtert auf. Wie gut, dass er die Schuhe hatte mitgehen lassen. Es war schließlich das beste Paar Männerschuhe, das Giovanni in der Werkstatt des Riformatorio gefunden hatte. Der Schuhmacher, rasch neben Giovanni herhumpelnd, bot ihm an, ihn gegen Kost und Logis bei sich arbeiten zu lassen. Giovanni war fest davon überzeugt, dass ihn der Schuster ohnehin davonjagen würde, sobald er die traurigen Ergebnisse von Giovannis Arbeit sah, doch da er hungrig war, durstig und müde, nahm er das Angebot des Schusters an. Der wies ihm hinter dem kleinen Laden einen Schlafplatz zu, gab ihm ein Brot, Käse und Wasser und ließ Giovanni allein. Morgen sollte er damit beginnen, den Laden aufzuräumen, zu putzen und die Schuhe zu sortieren.

Der Schuhmacher ohne Hals hieß Aldo Aquadro. Er hatte offenbar nicht die geringste Lust zu seinem Beruf. Dafür hatte Giovanni volles Verständnis. Nur wollte Aldo, dass Giovanni die Schuhe in der Werkstatt reparierte, damit er selbst in der Zeit mit seinen Freunden trinken und über die politische Lage diskutieren konnte. Nach zwei Tagen Putzen und Aufräumen in der Werkstatt, was Giovanni leidlich gelungen war, sollte er mit dem Reparieren der Schuhe beginnen. Das Material, das Aldo bereithielt, war kläglich im Vergleich zu dem, was den Schuhmachern im Riformatorio zur Verfügung stand, die aus großen Regalen auswählen konnten, was sie brauchten. Bei Aldo gab es nur grobes schwarzes Leder, keine andere Farbe, miserablen Leim, und die dicken Pechdrähte machten noch das wenige zunichte, was Giovanni gelernt hatte. Er mühte sich zwar, Löcher zu flicken und Risse zu vernähen, aber er brachte nur Unbrauchbares zustande.

Aldo besah sich ungläubig die Schuhe, die Giovanni bearbeitet hatte. Er nannte ihn einen Nichtsnutz und Dieb. »Ich hätte es ja wissen müssen, dass du die Schuhe nicht selbst repariert, sondern gestohlen hattest.« Er befahl seinem neuen Gesellen, auf der Stelle die Werkstatt zu verlassen, und da er wusste, woher Giovanni gekommen war, gab er dem Riformatorio einen Tipp. Schon am nächsten Abend wurde Giovanni aufgegriffen und in die Besserungsanstalt zurückgebracht.

Giovanni hatte keinerlei Lebenswillen und keine Hoffnung mehr. Ihn beherrschte nur ein Gedanke – bis zu seiner Volljährigkeit würde er im Riformatorio verbleiben müssen. Es gab keinen Ausweg für ihn. Selbst wenn es ihm immer wieder gelingen würde, aus dem Gefängnis zu entkommen, nützte ihm das gar nichts, denn er wusste nicht, wohin. Wer würde ihn aufnehmen? Die Behörden hatten die Macht, ihn aufzugreifen und einzusperren, solange er keine feste Bleibe hatte. Manchmal glaubte Giovanni, vor Wut und Hilflosigkeit zu ersticken.

Giovanni bekam nun verschärften Arrest im Riformatorio. Die Erzieher hatten ihn abgeschrieben, da er sich weiterhin dagegen wehrte, am religiösen Leben der Anstalt teilzunehmen.

»Du bist ein Gottloser, du gehörst dem Teufel.« So redeten sie mit ihm, und der Rohrstock kam bei ihm öfter zum Einsatz als bei den anderen. Der Geistliche war der Einzige, der auch mal gute Worte für ihn fand und bei den anderen Erziehern um Verständnis für ihn bat. »Hat dich denn keiner gelehrt, an Gott zu glauben? Hat denn niemals jemand mit dir gebetet?«, fragte ihn der Priester einmal kopfschüttelnd. Giovanni hatte ihm stolz erklärt, dass er an Jesus Christus glaube. »Ich habe Bilder von ihm gesehen in den Kirchen. Er ist der größte Herrscher. Er ist gesund, schön und stark. Er ist für uns am Kreuz gestorben, das habe ich auf vielen Bildern gesehen. Gott habe ich nicht gesehen.«

Pater Angelico hatte wieder den Kopf geschüttelt und geseufzt, ihn aber regelrecht gebeten, sich den Sakramenten nicht mehr zu widersetzen. Giovanni hätte dann das gesamte Kollegium gegen sich, und das halte auf die Dauer kein Zögling aus. Giovanni, der mit Jesus Christus manchmal Zwiesprache hielt, wollte aber trotzdem mit dem Gottesdienst in der Anstalt nichts zu tun haben. Die gesamten kirchlichen Rituale langweilten ihn. Er glaubte kein Wort von dem, was die Gebete ihn lehren wollten. Er galt als nicht besserungsfähig, und deshalb hatte auch niemand Interesse daran, dass er endlich Lesen und Schreiben lernte. Er musste weiterhin Schuhe flicken oder die Werkstatt aufräumen. Später schrieben sie ihm ins Zeugnis, dass er nicht in der Lage sei, als Schuhmacher zu arbeiten. »Er scheint eine Neigung zum Zeichnen zu haben«, merkten sie an.

Giovanni hatte in der letzten Zeit gelegentlich seine Mitschüler gezeichnet, eher flüchtig aufs Papier gekritzelt. Anfangs hatten sie neugierig sein Werk angeschaut, doch bald langweilte es sie, weil sie sich nicht erkannten. Stillsitzen, damit Giovanni sie wirklich in Ruhe zeichnen konnte, wollten sie aber nicht. Daher war auch Giovanni nicht zufrieden mit dem Gekritzel, wie er es nannte, er warf seine Arbeiten weg. Pater Angelico jedoch ermunterte Giovanni immer wieder. »Zeichne, Giovanni, aber nicht diese gottlosen Buben, zeichne unseren Herrn am Kreuz! Zum Handwerker taugst du ohnehin nicht. Aber zeichnen, das kannst du.« Giovanni wusste, dass er sich mit seinem Eigensinn schadete, aber er sah keinen Weg, daran etwas zu ändern.

Eines Tages zeigte ihm ein Zögling das Bild des damaligen Kronprinzen von Italien, Umberto. Giovanni betrachtete das Foto lange. Der junge Mann gefiel ihm, er sah strahlend und selbstbewusst zu irgendwelchen Höhen hinauf. Vielleicht schaute er auch in die Zukunft. Giovanni bekam plötzlich Lust, diesen Helden zu zeichnen. Er holte sich im Unterrichtsraum Kohlestifte und postierte sich vor einer Wand. Hier begann er, den Kronprinzen Umberto zu zeichnen, und als er mit dem Bild fertig war, wunderte er sich, dass es Umberto tatsächlich glich. Pater Angelico, der wirklich kunstverständig war, klopfte Giovanni auf die Schulter. »Wo hast du so vortrefflich zeichnen gelernt?«, fragte er verblüfft. Inzwischen hatten sich Lehrer und Zöglinge eingefunden. Alle starrten auf die Wand, und Pater Angelico wurde nicht müde, das Bild zu preisen. »Seht nur«, begann er wie bei einer Predigt. »Seht nur, der Blick des Kronprinzen! Ist er nicht stolz und strahlend? Die Ähnlichkeit ist doch verblüffend! Seht nur, wie die Mundpartie und der Schnurrbart ausgeführt sind. Diese Feinheit der Schatten – das lässt den künftigen Meister ahnen!«

Seit diesem Tag hatte Giovanni im Riformatorio ein leichteres Leben. Die Lehrer waren nachdenklicher, zeigten ihm mehr Respekt. Doch fühlte Giovanni, dass er unbedingt eine andere Umgebung brauchte. Und er wusste jetzt auch genau, warum. Er wollte Maler werden. Er fand seinen Wunsch selbst völlig verrückt, und mit jedem Tag, der verstrich, wurde sein Vertrauen in die Zukunft geringer. Dann kam eines Tages jemand, mit dem er nie gerechnet hätte, und holte ihn heraus aus der Besserungsanstalt. Es war Napoleone, sein Halbbruder.

Am 30. Januar 1873 traf er in der Anstalt ein, zeigte seine Papiere vor, und ohne viel Aufhebens war die Anstaltsleitung bereit, Giovanni mit seinem Bruder reisen zu lassen, der ihn in seine Familie aufnehmen wollte. Sie gaben ihrem ungeliebten Zögling ein Zeugnis mit, in dem sie erwähnten, dass Giovanni in seinem fünfzehnten Lebensjahr stünde, dass er bei guter Gesundheit sei und sich mittelmäßig betragen habe.

Giovanni staunte. Das passierte ihm, den niemand wollte, der zu nichts nutze war und nicht einmal einen Schuh reparieren konnte, obwohl man es ihm wieder und wieder gezeigt hatte. Und das Allerschönste – Napoleone lebte im Trentino, in Borgo di Val Sugano, östlich von Trient. Das war nicht wirklich nah an seiner Geburtsstadt Arco, aber dennoch ein Schimmer Heimat. Und dahin holte ihn sein Halbbruder. War das ein Glück. War das ein Glück? Giovanni konnte nicht daran glauben, noch nicht, doch er ließ sich umarmen von Napoleone, er ließ sich betrachten von Kopf bis Fuß, obwohl er sich wie ein Pferd auf dem Markt vorkam. Aber solche Gedanken verbot er sich. Er kam heraus aus dem Gefängnis, er war frei, er durfte ins Trentino – und alles andere war erst einmal nebensächlich.

Als sie in Borgo di Val Sugano angekommen waren, hüpfte Giovannis Herz vor Freude. Wie schön es hier war. Er sah über sich einen blauen Himmel durch die Bäume schimmern. Es gab hier überhaupt viele Bäume. Dicht zusammengedrängt, als würden sie miteinander schwatzen, standen sie im Tal und auf den Bergen, und sie leuchteten in vielen wunderbaren Grüntönen. Borgo di Val Sugano bedeutete die Burg im Suganatal, und Napoleone machte ihn auf das Castel del Vana aufmerksam, das auf einem der Berge lag und Giovanni an Arco erinnerte, an seine Burg auf dem Schlosshügel. Jetzt spürte er die Verwandtschaft Arcos mit Borgo di Val Sugano deutlich und schmerzhaft. Das Garnisonsstädtchen lag in einem Tal inmitten von bewaldeten Bergen. Die Häuserreihen wurden durch einen Fluss geteilt, und Brückenbogen verbanden beide Seiten. In einem Café an der Brücke bekam Giovanni einen Krug Bier. Er hatte noch nie Bier getrunken, und er umklammerte den kalten Krug mit seinen verschwitzten Händen. Das tat gut. Entzückt roch er an dem bitteren Schaum und trank das kühle Bier in großen, durstigen Zügen.

Plötzlich begriff er voll und ganz, dass er niemals wieder ins Riformatorio zurückmusste. Nie wieder sollte hinter ihm die schwere Eisentür ins Schloss fallen und ihn in der Seele erschüttern. Giovanni sah das vollbesetzte Café in strahlendem Licht. Er war ein Mensch unter Menschen. Wie sehr er sie doch alle liebte. Und er saß mitten unter ihnen, konnte kommen, Platz nehmen und wieder gehen, wann er wollte. Mit einem Mal fühlte er sich leicht und frei und mutig. Er würde sein Leben selbst beherrschen. Nie mehr beherrscht werden von anderen. Das schwor er sich. Schließlich war er fünfzehn Jahre alt und hatte viel erlebt. Er spürte, wie es in seinem Kopf ein wenig zu rauschen begann, und es fühlte sich gut an. Doch er wusste genau, dass der Krug Bier ein guter Teil des Rausches war, dass er deshalb nichts mehr trinken würde von diesem wunderbaren Bier, sonst wäre er betrunken wie früher sein Vater. Und betrunken sein hieß torkeln, lallen und das Gespött anderer Leute sein. Das wollte Giovanni nicht. Niemals.

In Borgo di Val Sugano war das bescheidenste Haus das von Napoleone. Es lag in einer engen Gasse, die vom Kanal abging, und es wirkte ungepflegt und armselig. Für Giovanni gab es eine Kammer mit Bett, Tisch und Stuhl, dazu drei Haken für seine Kleider.

Napoleone Segatini glich in der Statur seinem Vater Agostino, aber im Gegensatz zu diesem war er zielstrebig auf seinen Vorteil bedacht. Er nannte stolz ein Lebensmittelgeschäft sein Eigen, ein Fotoatelier und eine Frau mit schriller Stimme, die sich ständig beklagte, dass ihr Leben nicht lebenswert sei. »Das ist doch kein Leben, das ich führe! Ich bringe mich um! Und du bist schuld, Napoleone!« Und dann reckte sie ihre spitze Nase in die Luft, ließ auch Giovanni wissen, dass sie ein Recht habe auf ein größeres Haus, einen Angestellten für den Laden und das Fotoatelier. Ihre eng beieinanderstehenden schwarzen Augen glühten, sie hatte die Fäuste in die Hüften gestemmt und sah sich nach Gegnern um, doch ihr Mann und sein Halbbruder hörten ihr nicht zu. Na, der Stoffel sollte erst einmal ein paar Tage im Haus sein, dann würde er ihr schon zuhören.

Giovanni fand, dass die Frau seines Bruders einer der Hennen ähnelte, die im Innenhof des Hauses herumliefen, pickten, sich mit den anderen Hennen stritten und aus ihren kleinen, runden Augen böse heraufschielten. Wie hielt es sein Bruder aus, diese Frau ständig um sich zu haben? Sie war ja noch unerträglicher als Irene. Er fragte Napoleone danach, doch der sagte nur, dass er es selbst nicht so genau wisse. »Sie hat nichts Nennenswertes mitgebracht in die Ehe, eigentlich überhaupt nichts, und begehrenswert ist sie für mich schon längst nicht mehr. Dieses Zetern jeden Tag. Und doch hat sie nicht unrecht – auch ich fände es vielleicht gar nicht so schlecht, ein größeres Haus zu haben, einen Angestellten für den Laden und das Fotoatelier.« Eines verriet Napoleone seinem Bruder allerdings nicht: dass er nämlich vor kurzem auf die genialste Idee seines Lebens gekommen war, für deren Verwirklichung er einen Dummen brauchte. Nach langem, fruchtlosem Nachdenken war ihm sein Halbbruder Giovanni eingefallen, und dann hatte er sich auf den Weg nach Mailand gemacht.

Als Napoleone und Giovanni wieder mal in der Kneipe saßen, redete der Ältere auf den Jüngeren ein. »Hör zu, Giovanni. Ich will nur dein Glück. Unser Glück. Ich werde mich im österreichischen Heer als freiwilligen Ersatz für einen Sohn aus reicher Trienter Familie anwerben lassen. Mit dem Geld, das mir die Familie dafür zahlt, wären nicht nur meine Geschäfte schuldenfrei, sondern wir könnten das Haus ausbauen lassen. Mit richtigem Badezimmer. Du hilfst Carmen im Geschäft und kannst dich noch nebenbei zum Fotografen ausbilden lassen. Na, was sagst du?«

Giovanni sagte erst einmal lange Zeit nichts. Ich hätte es besser wissen müssen, dachte er dann. Von den Segatinis kann kein Heil kommen.

Giovanni schaute auf die Brücke von Borgo di Val Sugano und sah plötzlich das Stadtbild von Arco vor sich, sein Elternhaus an der Brücke, und er hörte wieder die heisere Stimme des Vaters und die matten Worte seiner Mutter. Und er hörte Napoleone, der mit Stolz und Bitterkeit in der Stimme davon sprach, dass die Familie Segatini einmal groß und reich gewesen sei. »Vergiss nicht, was ich dir jetzt sage. Daran ist jedes Wort wahr, auch wenn es für dich vielleicht nicht so ausgesehen hat. Aber unser Vater stammte aus einer alten Familie in Bussolengo im Trentino. Du musst weiter zurückdenken, ins 17. Jahrhundert, da war Bussolengo ein berühmtes Textilzentrum für Seide, für Leinen, wo die Vornehmen ihre Kleider bestellten. Unsere Familie gehörte zu den Wohlhabenden, verstehst du? Aber die verdammte Politik hat alles zerstört. Die Seidenindustrie war abhängig von Venedig, musst du wissen. Es kam der Krieg, Venedig verarmte total, niemand kaufte mehr Seide und Leinen. Das war für Bussolengo der Niedergang, verstehst du, der absolute Niedergang. Damit war auch unsere Familie ruiniert. Sie musste auswandern.«

Napoleone zog die Schultern hoch, streckte die Arme lang vom Körper weg und sagte deprimiert, dass die Familie Segatini eben einer höheren Gewalt weichen musste. »Sie konnten nichts dafür. Alles haben sie verloren. Geld. Ansehen. Haus und Hof. Es traf sie keine Schuld, glaub mir!«

Giovanni fragte, wohin denn die Familie ausgewandert sei. »Nach Ala sind sie gegangen. Das liegt im südlichen Trentino. Da hat sich unser Großvater niedergelassen und ein Wurstgeschäft eröffnet. Doch unser Vater und seine Geschwister mussten als Hanf- und Leinweber arbeiten. Später ging die ganze Familie nach Trient. Wie es da mit unserem Vater weiterging, das weißt du.«

Napoleone verstummte. Er sah niedergeschlagen aus, in seinen Augen standen Tränen. Zum ersten Mal sah er Giovanni brüderlich liebevoll an. »Deine Mutter, Margherita de Girardi, war wirklich die Vornehmste in unserer Familie. Daran gibt es keinen Zweifel, es gibt Urkunden. Ihre Familie war alt und aristokratisch, aber aus irgendeinem Grund, den ich nicht kenne, ebenfalls verarmt. Vater hat mir gesagt, die Eltern hätten Margherita reich verheiraten wollen. Sie sei aber von daheim geflohen, weil sie den Mann nicht wollte. Sie hat ihr Dorf Castel di Fiemme, das liegt südlich von Bozen, heimlich verlassen. Bald darauf lernte sie Vater kennen, der damals noch ein Geschäft hatte. Sie heirateten, und als der Vater dann Konkurs machte, musste sie ihre Aussteuer dreingeben, die ihre Eltern ihr zur Hochzeit geschickt hatten.«

Napoleone wischte sich die Augen und sah Giovanni weinerlich an. »Sie war zu mir und Irene freundlich, das kam von Herzen, ich hab das gespürt. Deine Mutter war eine Dame. Sie wollte uns auch aufnehmen. Aber der Vater wollte das nicht, weil sie schwanger war. Da mussten wir nach Bozen. Hoffentlich sitzt die Tante in der Hölle bis in die Ewigkeit.«

Beide, Giovanni und Napoleone, sahen sich an, und sie mussten beide lachen. Für einen kurzen Moment war zwischen ihnen eine Verbundenheit, eine Zuneigung, die sie sonst nicht spürten. Am nächsten Morgen reiste Napoleone ab aus Borgo di Val Sugano, um zur Armee einzurücken, und Giovanni sollte ihn nicht mehr wiedersehen.

Für die größte Attraktion im Hause Napoleone Segatini hielt sich zweifellos Carmen. Sie war Giovanni bei seiner Ankunft schon seltsam erschienen, das Hennenhafte hatte sie auch noch auf den dritten Blick, und das hing mit ihrer Haartracht zusammen. Es mussten braune Hühnerfedern sein, aus denen die seltsame Kappe gefertigt war, auf die Carmen offenbar zu keiner Zeit verzichten konnte. Selbst morgens, wenn sie gähnend und schlecht gelaunt in die Küche kam, waren die Federn schon parat. Ihr eigenes Haar hing bis in den Nacken, und die Federkappe saß vorn über der Stirn, wobei ein paar längere Federn wie Fransen herunterhingen. Giovanni war verblüfft. Ihm fiel auch auf, dass Kunden im Laden sich gegenseitig auf Carmens Kopfputz aufmerksam machten. Doch Carmen bemerkte das entweder nicht, oder sie hielt sich damit nicht auf. Mit ihrer schrillen Stimme konnte sie offenbar gar nicht anders, als gebieterisch zu schreien. Sie teilte Giovanni deutlich mit, dass er dankbar sein müsse, vom Riformatorio in ein anständiges Haus gekommen zu sein. Das sei ein gesellschaftlicher Aufstieg für ihn. Er müsse durch seinen Arbeitseinsatz dazu beitragen, dass die Geschäfte besser gingen, und außerdem sei es seine Aufgabe, alle privaten und geschäftlichen Räume einmal gründlich durchzuputzen. Ihr, Carmen, könne man das nicht zumuten. Sie wäre außerdem noch nie mit dem Gesetz in Konflikt gekommen. »Was glaubst du – ich könnte jetzt eine berühmte Modistin in Mailand sein, wäre ich nicht Napoleone nach Borgo di Val Sugano gefolgt. Mein Gott, was für mondäne Hüte ich entworfen habe! Mit Federn in allen Farben, herrlich. Ich wäre mit Sicherheit Direktrice in dem Salon geworden. Aber nein, ich musste mich in Napoleone Segatini verlieben. Dein Bruder säße ebenfalls längst im Gefängnis, wenn ich ihm keinen Halt geben würde. Früher war er doch auch nur ein kleiner Gauner wie dein Vater. Es gab in seinem Leben nur Schulden, Kontrollen durch die Polizei, Wohnungsräumungen. Aus diesem Sumpf habe ich Napoleone herausgezogen. Aufgeopfert habe ich mich ...«

Carmen war offenbar noch lange nicht fertig mit ihrer Predigt, doch Giovanni hörte nicht mehr zu.

Napoleone und Irene, dachte Giovanni verzweifelt, das ist wie Pest im Trentino oder die Cholera in Mailand. Er entschloss sich schließlich insgeheim für die Cholera, denn die Pest bedeutete, allein zurückzubleiben mit Carmen, solange Napoleone seinen Kriegsdienst ableisten würde. Womöglich für den Rest des Lebens, wenn seine Geldgier Napoleone das Leben gekostet hätte. Das wollte Giovanni sich nicht einmal vorstellen. Außerdem war Borgo di Val Sugano zwar sehr schön, doch eine Existenz als Maler war hier nicht zu gründen. In Mailand dagegen schon. Er wusste von Pater Angelico, dass es dort eine Akademie gab und Museen.

Doch Giovanni riss nicht mehr aus, wie er das im Riformatorio gemacht hätte. Er plante seine Reise nach Mailand kühl und sorgfältig. Das hieß, so lange für Napoleone und Carmen zu arbeiten, bis er sein Reisegeld und eine bescheidene Ausstattung zusammengespart hatte. Es bedeutete auch, dass Giovanni sich Mühe geben würde, den Laden besser zu führen als Napoleone und Carmen. Um einiges besser.

Giovanni erinnerte sich daran, wie gern er in Mailand auf den Quartiermarkt gegangen war. Wie er es bewundert hatte, dass die Bauern und Händler ihre Waren so geschickt arrangierten, dass es eine Lust war, die Früchte anzusehen, und noch eine größere Lust, zuzugreifen. So müsste auch der Laden aussehen, den Napoleone und Carmen betrieben. Doch hier lag alles in schmutzigen Kisten herum, der Salat halb verwelkt, die Früchte überreif und matschig. Weder sein Bruder noch dessen Frau hatten Lust und Energie, das Geschäft für die Kunden attraktiv zu machen. Einer schob dem anderen die Aufgaben zu, schließlich erledigte sie keiner.

Als Napoleone sich aufmachte nach Trient, stand Carmen am nächsten Morgen gar nicht erst auf, um auf dem Markt einzukaufen. »Das ist jetzt deine Aufgabe, Giovanni. Du bist kräftig, du hast noch nie wirklich gearbeitet. Es wird Zeit, dass du dir dein Brot verdienst.«

»Dann will ich den Laden aber ganz alleine führen«, hatte Giovanni verlangt, und Carmen teilte ihm mit, dass sie damit einverstanden sei, solange alles gut liefe. »Ich werde wieder als Modistin arbeiten«, prophezeite Carmen, »in Borgo di Val Sugano fehlt es an modischer Klasse.«

Giovanni war es recht. Welch ein Glück, dass Carmen sich wieder auf ihre Federn besinnen wollte! Er war unendlich erleichtert, dass ihm diese stets zänkische Henne das Feld überließ. Als Erstes begann er, den schmuddeligen Laden zu putzen, wozu er bislang nicht die geringste Lust gehabt hatte. Besonders die große Glasvitrine für Wurst und Käse nahm er sich vor. Sie hatte die Fingerabdrücke aller armen Leute von Borgo di Val Sugano auf sich versammelt, die bei Napoleone und Carmen einkaufen mussten, und der Teufel sollte ihn holen, wenn im oberen Eck nicht eine Wanze klebte. Er wusch die Vitrine jetzt gründlich mit heißem Wasser ab, dem er Essig beigegeben hatte. Mit dieser Mischung hatte er im Riformatorio Möbel und Böden geschrubbt, bis seine Finger aufgeschwemmt waren und tiefe Furchen hatten. Hier im Laden war das etwas anderes. Er putzte freiwillig und so lange, wie es ihm passte. Statt der alten Kisten kaufte er vier große henkellose Körbe für Obst und Gemüse. Und einen Topf Farbe. Für mehr war kein Geld da. Doch er wollte wenigstens den Laden streichen, und zwar außen und innen.

Zwei Tage später, früh am Morgen, es war noch nicht einmal vier Uhr, fuhr Giovanni zum ersten Mal allein mit dem Leiterwagen zum Markt. Er fühlte sich nach seinen gründlichen Vorbereitungen eigentlich ganz wohl als Geschäftsinhaber, ging mit dem wiegenden Gang, den er anderen Händlern abgeschaut hatte, von Stand zu Stand, besah kritisch das Angebot, lehnte Ware ab, die ihm zu teuer erschien, und schaute ganz genau hin, ob das Gemüse wirklich frisch war. Auch Obst, Eier, Butter, Brot und Käse mussten seiner kritischen Prüfung standhalten. Bevor er um neun Uhr den Laden öffnete, hatte Giovanni Gemüse und Obst auf Ständern vor dem Laden arrangiert, so wie er das auf dem Markt in Mailand gesehen hatte. Die anderen, empfindlicheren Artikel verwahrte er im Laden unter dem sauber geputzten Glas. Bald sprach sich herum, dass anstelle von Napoleone der junge Bruder verkaufte, dass dort alles frisch und sauber und vor allem billig sei, und Giovanni hatte ziemlich schnell feste Kunden. Äußerte jemand besondere Wünsche, brachte Giovanni die Artikel am nächsten Morgen vom Großmarkt mit.

Es erstaunte Giovanni mit jedem Tag mehr, dass seine Kunden so vertrauensvoll mit ihm umgingen, als kennten sie ihn schon lange. Er war doch nur ein Zögling aus einer Besserungsanstalt. Sie fragten ihn um Rat, wie lange man Spinat frischhalten könne, welcher Salat bitter oder mild sei, ob die Pfirsiche saftig oder mehlig und ob die Kirschen etwa voll Würmer seien. Giovanni gab geduldig Auskunft. Schnitt die Kirschen auf, gab den Kindern je einen halben Pfirsich zum Probieren und nahm bereitwillig Erdbeeren zurück, die braune Flecken hatten. Giovanni hätte nie gedacht, dass es ihm Spaß machen könnte, Lebensmittel zu verkaufen. Noch vor nicht allzu langer Zeit hatte er Essbares gestohlen, wo er es finden konnte. Und nun gab er einem kleinen Jungen, der bettelte, Brot und Käse. Und als der Kleine am nächsten Tag wiederkam, hatte Giovanni eine Gemüsesuppe mit Schinken gekocht, für sich und den Jungen. Als der Kleine ihn nach jedem Löffel Suppe verschwörerisch und dankbar anlachte, machte sich in Giovanni eine Zufriedenheit breit, wie er sie noch nie gespürt hatte. Er war auf der anderen Seite der Welt angekommen. Er gehörte zu den Gebenden. Und er würde alles dafür tun, dass es auch so blieb.

Das Geschäft lief eigentlich mit jedem Tag besser, Giovanni rechnete mit Carmen durchaus zu seinen Gunsten ab, für wen hatte er denn sonst gearbeitet wie ein Tier? Carmen war mit ihrem Gewinn, der höher war als je zuvor, zufrieden und lobte Giovanni. »Ich hätte es dir nicht zugetraut, vielleicht bist du ja doch mehr wert als dein Bruder …«, setzte sie zu einer ihrer langen Reden an. Giovanni tat es seinem Halbbruder nach und ließ Carmen mit ihrem Monolog allein.

Giovanni lebte sich im Ort und in seiner neuen Existenz ein. Seine Kundschaft, vor allem die weibliche, bemutterte ihn. Inzwischen wusste so ziemlich jeder, dass Giovanni Waise war und dass Napoleone sich früher überhaupt nicht um ihn gekümmert hatte. Carmen war den Leuten von Anfang an zu exaltiert gewesen. Doch der große, kräftige Junge, der das Geschäft so gut führte, wuchs ihnen ans Herz. Er solle doch nicht so schwer arbeiten, rieten sie ihm. Man lud ihn zum Essen in die Familie ein und an den Sonntagen zu Familienausflügen. Giovanni kannte sogar den Priester, dessen Haushälterin ebenfalls bei ihm einkaufte. Die beiden erinnerten ihn schmerzhaft an Mailand und das Riformatorio, denn sie wollten von ihm wissen, ob er katholisch sei. Er käme ja niemals in die Kirche. Es fiel Giovanni nichts Besseres ein, als zu behaupten, dass er mosaischen Glaubens sei. Nach diesem Tag kam weder die Haushälterin in den Laden, noch erwiderte der Priester seinen Gruß. Einige Wochen später klopfte der Priester abends bei Giovanni an der Tür – er wolle ihn sprechen, denn er wisse inzwischen, dass sein Bruder und seine Schwägerin Katholiken seien. »Was ist mit dir los?«, fragte ihn der Geistliche. »Warum hast du mich so frech belogen?« Es fiel Giovanni auf, dass der Kirchenmann trübe Augen hatte, mit vielen Äderchen. Er sah Giovanni erbost an. »Ich glaube dir nicht, dass du Jude bist. Aber ich habe erfahren, dass du aus Arco stammst. Ich habe ans dortige Pfarramt geschrieben.«

»Warum ist das so wichtig?«, fragte Giovanni. Ihm fiel einfach nichts Besseres ein.

»Ich habe den schlimmen Verdacht, dass du in Wahrheit gottlos bist.«

Um ihn loszuwerden, versuchte Giovanni ein treuherziges, aber auch trauriges Gesicht zu machen. Er versprach dem Priester, ihn in Kürze aufzusuchen. In Wahrheit plante er seine vorzeitige Abreise. Wer weiß, welche Macht der Priester im Ort hatte.

An einem schönen Wintertag schloss er am Mittag den Laden, damit er Zeit hatte, ausgiebig zu baden. Dann ging er in Borgo di Val Sugano zum Friseur, der sich voller Inbrunst mit seinen Haaren abmühte, aber kein unnötiges Wort verlor. Es gefiel Giovanni gut, dass da einer seine Arbeit machte, anstatt sich über seinen Haarwust auszulassen. Er gab dem Friseur ein großzügiges Trinkgeld, und dann machte er sich auf, um einen Anzug zu erwerben. Den ersten in seinem Leben. Der Schneider hatte tatsächlich ein graues Sakko vorrätig, das Giovanni passte. Er nahm Maß und versprach, dass Giovanni die passende Hose und sogar noch eine Weste in zwei Tagen abholen könne. Dazu kaufte Giovanni einen nicht zu teuren Koffer.

Zwei weitere Tage lang tat er seine Arbeit im Geschäft wie immer. Dann machte er sich im Morgengrauen davon, zurück nach Mailand.

6

Von Napoleone hatte Giovanni schon vor einiger Zeit erfahren, dass Irene umgezogen war. Er fragte sich nach seiner Ankunft in Mailand nach der Via San Giovanni durch und dachte, dass Irene wahrscheinlich nicht davon begeistert war, in einer Straße zu wohnen, die den Namen ihres verhassten Halbbruders trug. Conca, das Quartier, in dem die Straße lag, war genauso armselig wie das in der Via San Simone, und Giovanni wusste, dass Irene schon aus diesem Grund keineswegs erfreut sein würde, ihn zu sehen. Er selbst freute sich auch nicht. Ihm wäre es natürlich lieber gewesen, freundliche Menschen in einem vornehmen Mailänder Viertel aufzusuchen, aber er kannte außer dem Riformatorio nur Irene. Für ein paar Tage, bis er etwas anderes gefunden hatte, musste sie ihn aufnehmen. Er hatte keine Lust, sein erspartes Geld für ein teures Hotel auszugeben, und noch weniger wollte er als Streuner der Polizei auffallen. Doch wenn er seinen neuen Anzug bedachte und den ebenfalls neuen Koffer, dann hatte er keine Angst mehr vor der Polizei. Nur seine alten Schuhe passten nicht zu seiner seriösen Erscheinung. Von seinem nächsten Verdienst würde er sich Schuhe kaufen. Dann konnte er sich überall sehen lassen.

Irene sah ihn erst ungläubig und dann verblüfft an, als er in der Tür stand. Giovanni sah ihr hohlwangiges, trauriges Gesicht, die gelbliche Haut, die sich schuppte, und er rechnete rasch nach. Irene musste auf die dreißig zugehen, sie sah aber aus wie eine viel ältere Frau, fahl und verhärmt. Sie tat ihm leid, und er sagte rasch, dass er für alles bezahlen werde, wenn er ein paar Tage bei ihr übernachten könne. Als sie unschlüssig in der Tür stehen blieb, zeigte er ihr seine gefüllte Geldbörse und legte gleich ein paar Scheine in ihre Hand. Da ließ sie ihn eintreten, bezog ein Bett für ihn und stellte Weißbrot und Milch auf den Tisch, so wie früher. Stumm saßen sie einander gegenüber. Giovanni war müde von der Reise, deprimiert war er auch, ohne zu wissen, warum. Doch, klar, natürlich wusste er, warum er unglücklich war. Das verdammte Alleinsein quälte ihn. Er gehörte nirgends hin. In den vergangenen Monaten im Trentino hatte er blind geschuftet, um möglichst rasch wieder fortzukommen von dem Ort, in dem er immerhin vor dem Riformatorio sicher war. Nun saß er wieder bei Irene in Mailand, alles war wie früher in seiner Kindheit. Seine Halbschwester war ihm fremd, er wusste, dass sie ihn nicht leiden konnte. Auch heute noch nicht, nach all den Jahren. Dennoch fragte sie mit ihrer rauen, tiefen Stimme, was er denn in Mailand wolle. »Du bist doch Napoleone davongelaufen, he? Warum? Gut, du machst wieder den Mund nicht auf, dann sag ich es dir eben: Du bist immer noch so undankbar wie damals, als du mir ausgerissen bist. Obwohl ich dich durchgefüttert hab. Du hast dich eben nicht gebessert, auch wenn du jetzt ein bisschen Geld hast. Du bist immer noch derselbe Taugenichts.«

Giovanni schwieg. Gab es denn nur zeternde Frauen? Napoleone hatte ihm einmal erklärt, er müsse die Weiber blöken lassen. »Sie blöken wie die Schafe und sind auch genauso dumm. Wenn du sie ignorierst, kriegen sie sich am schnellsten wieder ein.«

Daran dachte Giovanni, als er seiner schimpfenden Schwester gegenübersaß. Er ließ sie reden und musterte verstohlen die Wohnung. Wieder zwei Kammern, mit denselben dürftigen Möbeln eingerichtet wie früher. Es hatte sich nicht viel verändert. Nur Irene sah anders aus. Ihr Husten schüttelte sie manchmal richtig. Doch Irene war lediglich erkältet. Sie litt unter einem anderen Husten als Giovannis Mutter. Das konnte er deutlich unterscheiden. Seine Halbschwester unterschied sich in allem von seiner Mutter. Die hatte sogar auf dem Krankenbett schön ausgesehen, und noch schöner war sie auf dem weißen Kissen im Sarg gewesen. Der Gedanke an seine Mutter tat immer noch weh.

Am nächsten Tag ging Giovanni einkaufen. Es passte ihm nicht, dass Irene ihn daran erinnert hatte, sie habe ihn für nichts und wieder nichts durchgefüttert. Der Gedanke war ihm unangenehm, denn er wusste, dass sie im Recht war. Schließlich hatte Irene ihm etwas zu essen gegeben, obwohl sie selbst arm war. Ihm dagegen war von der Arbeit in den letzten Monaten einiges an Geld übrig geblieben. Jetzt wollte er Irene eine Freude machen. Aus Dankbarkeit. Daher kaufte er auf dem Quartiermarkt weiße Winterbutter von Soresina, dazu Schinken, Gorgonzola, Brot und Rotwein. Er wollte Irene beweisen, dass er sich etwas leisten konnte. Auf dem Weg vom Markt in die Via San Giovanni, als ihm die Arme lang wurden vom Tragen seiner Einkäufe, freute er sich schon auf Irenes Gesicht, und er wurde nicht enttäuscht. Die fahlen Wangen seiner Halbschwester bekamen ein wenig Farbe, ihre matten Augen leuchteten auf, sodass Giovanni auf der Stelle Mitleid mit ihr bekam. Stumm sah er ihr zu, wie sie rasch Teller, Gläser und Besteck bereitstellte, wobei sie immer »mein Gott, der Junge« murmelte.

Sie aßen konzentriert und jeder für sich allein, obwohl sie einander gegenübersaßen. Giovanni merkte, dass Irene sich nicht traute, von der Butter, dem Schinken oder dem Käse zu nehmen. Da füllte er ihr wortlos den Teller, und sie aß, aber ihre Augen hafteten auf ihrem Tellerrand, und Giovanni konnte seine Mahlzeit nicht genießen, obwohl er Hunger verspürte. Zwischen ihnen schien die Zeit zu hocken, als Irene ihn gehasst und er sie auch jeden Tag von neuem verabscheut hatte. Doch das war jetzt vorbei, verdammt, jetzt konnten sie doch miteinander reden und fröhlich sein.

Giovanni überlegte, ob er Irene von Napoleone erzählen sollte, von Carmen und den Federn in ihrem Haar, da begann plötzlich sie das Gespräch. Sie trank mit Behagen einen gehörigen Schluck Rotwein und meinte, dass Giovanni vielleicht bei einem Maler in

Stellung gehen könne. »Ich kenne einen, der heißt Tettamanzi und macht alles, was mit Bemalen zu tun hat: Reklametafeln für das Geschäft, in dem ich arbeite, der malt Kirchen an, Vereinsfahnen, Standarten, Schilder aller Art. Außerdem arbeitet er als Bühnenmaler, macht Dekorationen für patriotische und religiöse Zeremonien. Man sagt, dass er ein echter Künstler sei, er habe nur ein viel zu großes Maul.«

»Ob der mich einstellt, ich habe ja bisher nur ein Lebensmittelgeschäft geführt«, gab Giovanni nicht ohne Stolz zu bedenken. Doch seit er in Mailand war, fielen ihm seine Malversuche im Riformatorio ein. Vor allem sein Bild von Umberto, das den Beifall einiger Leute dort hervorgerufen hatte.

An den Abenden in Borgo di Val Sugano dagegen war er von der Arbeit in dem Lebensmittelgeschäft immer so erschöpft gewesen, dass er nach dem Essen regelrecht ins Bett gefallen war. Schließlich hatte er morgens um vier Uhr bereits aufstehen müssen. Aber ans Malen gedacht hatte er oftmals. Und er hatte sich gewünscht, wieder einmal einen Malblock in die Hand zu nehmen. Deshalb war er ja auch nach Mailand zurückgekehrt.

Irene zupfte sich eine Handvoll blauer Trauben vom Teller, sie hatte sich mittlerweile ganz dem Genuss der Früchte hingegeben, sie kaute und schluckte und sagte, dass er die tote Chiara so schön gemalt hätte, also müsse er ein Talent haben. Giovanni erinnerte seine Schwester daran, wie er dem Maler, der vor Jahren das Treppenhaus in der Via San Simone ausgemalt hatte, geholfen habe. »Wann immer ich einen Bogen Papier bekommen kann, male ich: Köpfe von Menschen. Ich kann auch Tiere malen. Eigentlich alles.«

»Das glaube ich dir«, sagte Irene lebhaft, »ich habe die Wände ja auch gesehen, die du bemalt hast. Aber am meisten war ich über das Bild der kleinen Chiara erstaunt. Daran kann ich mich noch heute erinnern.«

Diese ungewohnt wohlmeinenden Worte Irenes, die ersten, die er von ihr gehört hatte, blieben in Giovannis Kopf, als er am nächsten Tag ihren Rat befolgte und zu Luigi Tettamanzi ging.

Irene hatte ihm nicht nur den Tipp gegeben, sie hatte auch seinen neuen Anzug ausgebürstet, den sie bewunderte.

Giovanni hatte die Haare gewaschen, sie umstanden seinen Kopf wie ein Gebüsch, und selbst Irenes Pomade konnte nicht einmal die Ahnung einer Frisur hineinbringen. Giovanni war sicher, dass er seine dicken, unbändigen Haare von der Mutter geerbt hatte. Jedoch – er durfte jetzt nicht an seine Mutter denken. Überhaupt nicht an die Misere seines Daseins. Er musste an die Zukunft denken, er brauchte Arbeit. Eine Anstellung, um Geld zu verdienen. Sicher wollte dieser Tettamanzi Zeugnisse sehen oder sonstige Empfehlungen. Giovanni hatte nur eine Entlassungsurkunde aus dem Riformatorio. Aber die würde er nie und nirgends vorzeigen, das hatte er sich vorgenommen.

»TETTAMANZI KUNSTMALER
Fahnen, Banner, Kirchendekorationen, Schilder, Reklametafeln«

stand auf dem Schild über dem Tor, durch das Giovanni in einen überdachten Hof eintrat. Er sah einige junge Männer seines Alters, die Schilder zuschnitten, Farbeimer transportierten, Leinwände beschrifteten oder bemalten. Neugierig trat er näher, um zuzuschauen, da kam ein hochgewachsener, sehr dünner Mann auf ihn zu und rief barsch, was er hier wolle, ob er etwas auszurichten habe oder etwas abholen müsse. »Herumlungern gibt es bei mir nicht. Also, wenn du hier nichts zu tun hast – mach, dass du wegkommst!«

»He«, rief Giovanni, »ich hätte hier eine ganze Menge zu tun, wenn mir einer sagen könnte, wo ich anfangen soll!« Giovanni wunderte sich selbst über seinen saloppen Ton, denn eigentlich ärgerte er sich über diesen langen Knochen, der so selbstherrlich hier herumspazierte und sich aufführte wie ein Graf, mindestens.

Tettamanzi, überrascht, dass dieser Fremde so selbstsicher war, wies mit einer Kopfbewegung zu einer Anzahl bemalter Reklametafeln, die zum Trocknen ausgebreitet waren. »Hier, die hat Salvatore, dieser unzuverlässige Hurenbock, einfach halb fertig liegen lassen. Wenn du kannst, male sie fertig. Aber wehe, du versaust sie mir!«

Er warf Giovanni einen alten, verfleckten Kittel hin, und Giovanni legte seine Anzugjacke sorgfältig auf einen Stuhl, schlüpfte in den Kittel und bat einen der jungen Männer, ihm zu zeigen, wo die nötigen Farben seien. »Ich bin Giovanni«, stellte er sich dabei vor.

»Claudio«, erwiderte der andere und lief voraus, um rasch wieder an seine Arbeit zu kommen. »Wir haben einen großen Auftrag für ein Kirchenfest, ich muss mich ranhalten, sonst wirft Tettamanzi mich raus. Der war mal Offizier unter Garibaldi, der ist gewohnt, dass alle tun, was er befiehlt. Übrigens – wenn du Salvatores Schilder fertig gemalt hast, kannst du mir helfen. Willst du?«

»Natürlich«, sagte Giovanni erfreut, »ich werde mich beeilen.«

Mit den Reklametafeln hatte Giovanni keine Mühe. Er musste die angefangenen Tafeln fertigstellen, und er machte das mit großem Eifer. Die Ränder waren bereits mit dunkelroten Quadraten bemalt, in deren Mitte ein gelber Punkt leuchtete. Die zweite Bordüre bildeten wieder rote und gelbe Quadrate, die allerdings auf die Ecke gestellt waren und keinen Punkt in der Mitte zeigten. Mehr hatte sein Vorgänger noch nicht geschafft. Giovanni bemalte mit diesen beiden Bordüren das Plakat zu Ende, und in die freien Flächen schrieb er den Namen der auftraggebenden Firma. Er fand das zwar bald öde, war aber entschlossen, weiterzumachen, zumal Tettamanzi ihm barsch beschieden hatte, dass er morgen wiederkommen solle. Für seine Arbeit bekam er drei Lire.

Tetta-Oss, wie Giovanni seinen neuen Lehrmeister insgeheim getauft hatte, weil er fand, dass Tettamanzi wie ein langer Knochen aussah, Tetta-Oss war in der ganzen Stadt bekannt. Er war auch Theaterdirektor einer Wandertruppe, und daher suchte er seit längerem einen Gehilfen, der ihn vertrat, wenn er mit seiner Truppe auf Tournee gehen wollte. Nachdem Giovanni etwa eine Woche bei ihm gearbeitet hatte und mit den anderen Gehilfen gut ausgekommen war, verdichtete sich der Gedanke in Tettamanzi, dass Giovanni Segatini dieser Gehilfe sein könnte. Dass der Talent hatte, sah ja ein Blinder. Wenn er bloß nicht so einsilbig gewesen wäre. Fragen nach dem Woher und Wohin beantwortete der einfach nicht. Da musste man seine Neugier zügeln. Das lag Tettamanzi nicht besonders. Trotzdem begann er, den Jungen im Zeichnen und in Farbkombination zu unterrichten. Bald stellte sich heraus, dass der anfangs so willige Gehilfe einen eigenen Kopf besaß, und eine Auffassung von Kunst, die in Tettamanzis Welt keinen Platz hatte.

Tettamanzi hatte in kirchlichem Auftrag eine Madonna gemalt, und alle Gehilfen mussten dieses Gemälde auf seinen künstlerischen Wert hin beurteilen. Als die Reihe an Giovanni kam, sagte der, dass die Madonna in das Schaufenster eines Devotionalienhändlers passe.

Tettamanzi schrie erbost: »So was lass ich mir von einem blutigen Anfänger wie dir nicht sagen!« Für diesen Tag hatte er keinen Blick und kein Wort mehr für Giovanni, doch gegen Abend des nächsten Tages kam er zu ihm und schaute ihn schräg von unten herauf an: »Segatini, was würdest du an meiner Stelle tun, wenn du ein so großer Künstler wärst wie ich und dir eine solche Frechheit von einem Schüler anhören müsstest?«

Giovanni sagte ohne nachzudenken, dass er auf der Stelle aus dem Fenster springen würde, wenn er einen Kunstverstand hätte wie Tettamanzi. Doch dabei lachte Giovanni gutmütig, er hatte gelernt, dass arrogante Menschen wie Tettamanzi es gar nicht begriffen, wenn man ihr Talent anzweifelte.

Und doch sollte es Luigi Tettamanzi sein, der ihm ein Empfehlungsschreiben für die Akademie Brera mit auf den Weg gab.

7

»Meine Mutter macht die besten Ravioli der Stadt – komm, Segante, du hast doch sicher auch Hunger, und meine Mutter hat gern Gäste!« Carlo legte Giovanni den Arm um die Schultern, und Giovanni fiel ein, dass er immer noch keine anständigen Schuhe hatte. Konnte er trotzdem mitgehen zu den Bugattis, zu Carlos Eltern? Sie führten sicher ein großes Haus. Was sollte da einer wie er anfangen?

Doch Carlo zog ihn einfach mit sich. »Komm schon, mach dir keine Sorgen, sei einfach du selbst!«

Carlo hatte Giovannis Zögern bemerkt und es richtig gedeutet. Dieser Segante, sein neuer Kommilitone, war unglaublich schüchtern – aber nicht unbedingt bescheiden. Er verblüffte die Professoren und Studenten der Akademie durch sein Talent. Beim Naturstudium zeigte sich schon nach wenigen Wochen seine Beobachtungsgabe, seine besondere Darstellungsfähigkeit, mit der er Aktmodelle und Porträts zeichnete. Im Umkreis der Akademie war der ungewöhnliche Student auch durchaus selbstbewusst, denn alle sprachen von Giovanni Segatini, nein, sie sprachen einhellig von Segante. Niemand wusste, wer den Namen aufgebracht hatte, wahrscheinlich mal wieder Carlo Bugatti, und Giovanni Segatini hatte offenbar nichts dagegen, ausschließlich »Segante« gerufen zu werden.

Es war ein heißer Tag, und die beiden jungen Männer hielten sich im Schatten der Villen, bis sie vor der Terrasse der Bugatti-Villa standen. Ein Mädchen mit langen blonden Zöpfen, kurzem

Kleid und bestickter Schürze schaute neugierig auf die Ankommenden.

»He, Luigia, was starrst du uns so an? Geh an deinen Puppenherd, koch Pasta, deine Puppen haben sicher Hunger. Wir übrigens auch!«

»Idiot!«, schimpfte das Mädchen und rannte ins Haus, während Carlo und Segante noch auf der angenehm kühlen Terrasse blieben, wo Carlo seinem Freund einiges zu den Steinskulpturen erklärte und zum Baustil der Villa.

Währenddessen ging Luigia zur Mutter, die im Esszimmer Blumen auf der Anrichte in zwei Vasen verteilte. Das Mädchen riss die Schürze herunter, warf sie achtlos auf einen Stuhl und sagte wütend: »Carlo ist ein gemeiner Kerl! Er weiß genau, dass ich längst nicht mehr mit Puppen spiele und schon gar nicht auf einem Puppenherd koche. Er spielt sich immer auf, wenn er Kommilitonen um sich hat. Ihm ist zu Kopf gestiegen, dass sie ihn alle den jungen Leonardo nennen!«

»Komm, Luigia, sei nicht so empfindlich. Sie nennen ihn so, weil er sich für alles interessieren muss, was mit Kunst zu tun hat. Vier Jahre Architekturstudium an der Akademie, dann die École des Beaux-Arts in Paris. Und überall fällt er durch seine verrückten Ideen auf!« Es war deutlich zu spüren, dass Amalia Bugatti stolz war auf ihren begabten Sohn. Doch Luigias Ärger musste sich weiter Luft machen.

»Dem ist das alles zu Kopf gestiegen, glaube ich. Als er aus Paris zurückkam, waren seine Koffer voll seidener Anzüge, und er hat nur noch von Ausstellungen und künstlerischen Exkursionen geredet. Seitdem er wieder hier ist, studiert er alles: Malerei, Bildhauerei, Architektur. Er konstruiert Maschinen, Fahrräder und baut sogar Musikinstrumente zusammen. Wahrscheinlich wird er bald an der Erfindung des Goldes arbeiten!« Missmutig öffnete Luigia ihre blonden Zöpfe und schüttelte die wellige Haarpracht.

Die Mutter sah sie liebevoll an. »Geh in dein Zimmer und bürste dein schönes Haar. Und ärgere dich nicht über Carlo. Er ist verwöhnt, weil er schon früh so viel Erfolg hat – aber er liebt dich sehr.«

»Ständig muss er betonen, dass ich noch ein Kind bin. Dabei bin ich sechzehn. Meine Freundin hat selbst schon ein Kind! Aber mit den blöden Schürzen sehe ich wirklich aus wie ein kleines Mädchen. Die ziehe ich nicht mehr an!«

»Vielleicht geht dir die Geschichte mit Antonia nicht aus dem Kopf, das kann ich auch verstehen«, sagte die Mutter und nahm die Schürze vom Stuhl. »Wir werden Antonia besuchen, und die Schürze musst du nicht mehr anziehen, wenn du das nicht willst.«

»Und ich will auch nicht mehr, dass ihr mich wie ein Kind behandelt. Alle drei tut ihr das!« Luigia riss die Schürze an sich und lief zur Treppe.

»Mein schönes Schwesterchen ist wütend, und ich hab so ein Gefühl, als wäre mein Freund daran schuld«, sagte Carlo lächelnd und stellte seiner Mutter Segante vor: »Segante – er ist die Hoffnung der Akademie!«

Segante verbeugte sich etwas linkisch, sein Gesicht war vor Verlegenheit gerötet. Was meinte Carlo damit, dass Giovanni schuld sein könne an der Wut dieses hübschen Mädchens? Es mochte ja sein, dass er Luigia angestarrt hatte, aber das konnte sie nicht bemerkt haben, denn sie war ins Haus gerannt, ohne ihn anzusehen.

Giovanni schaute sich in der Halle um. Er sah viel Marmor, vor allem einen prächtigen Kamin, der fast die ganze Wand einnahm. Alles um ihn herum schien Giovanni erlesen zu sein. Carlo Bugatti passte perfekt in diese Umgebung. Sein modischer Geschmack wurde neuerdings sogar in den Zeitungen erwähnt. Ein Journalist schrieb, dass Carlo Bugatti ein auffallend schöner Mann sei. Schlank, von mittlerer Größe, mit leuchtend blauen, phosphoreszierenden Augen. Das schrieb der tatsächlich – phosphoreszierende Augen. Carlo sei von hellwacher Intelligenz. Er spare nicht mit spitzen Bemerkungen, und durch seinen scharf fixierenden Blick, je nach Absicht, verwirre oder bezaubere er sein Gegenüber.

Dieser Journalist hatte Carlo Bugatti gut beobachtet. Giovanni kam sich, an ihm gemessen, immer wie ein Provinzler vor, grob und ohne jede Eleganz, obwohl er seinen besten Anzug trug. Aber Carlo schien das nicht zu stören. Im Gegenteil. Er wollte Giovanni überallhin mitschleppen: ins Theater, in die Oper, in ein neues Restaurant. Giovanni hatte ehrlich gesagt, dass er sich leider keinen Opernbesuch leisten könne. Und alle anderen Unternehmen ebenso wenig. Doch Carlo sagte, Giovanni dürfe seine Großzügigkeit ruhig in Anspruch nehmen, dass er spätestens in ein bis zwei Jahren mit seinen Bildern wohlhabend, wenn nicht reich sein werde, und dann könne er jederzeit ihn, Carlo, einladen.

Luigi Bugatti, der Hausherr, kam aus seinem Arbeitszimmer und setzte sich ohne Umschweife an den Tisch. »Das duftet bis zu mir herauf. Ich wette, es gibt Kalbsbraten mit Rosmarin und Thymian!«

Ein Dienstbote stellte mit würdigem Stolz eine große Platte auf den Esstisch. Braten mit verschiedenen Gemüsen, dazu Salat.

»Heute gibt es ein leichtes Sommeressen«, sagte Amalia Bugatti mit der Sicherheit einer erfahrenen Gastgeberin. Der Diener brachte noch Wasser, Wein und Fruchtsäfte, und man setzte sich an den Tisch. Der Hausherr schaute fragend zur Treppe, da kam auch schon Luigia heruntergerannt. Auf dem leichten Kittel aus blauer Seide wirkte das lange Haar wie ein Mantel, und Carlo rief sofort, dass seine schöne Schwester heute zum ersten Mal wie eine junge Frau aussehe. »Gerade noch spielte sie im Kinderzimmer, und jetzt –«

Luigia unterbrach ihn sofort. »Jetzt weiß ich auch, woher deine ewigen Magenbeschwerden kommen. Von deiner Bosheit. Ist ja kein Wunder!« Luigia wandte sich an Giovanni. »Mein Bruder muss zur Linderung seiner Magenschmerzen immer Pelegrinosalz in Wasser auflösen und sich damit Umschläge machen. Dann sieht er nicht mehr so elegant aus wie jetzt. Eher mickrig!«

»Schluss jetzt!«, gebot Amalia Bugatti. Auch sie wandte sich an Giovanni. »Meine Kinder müssen sich immer streiten, damit niemand merkt, wie gern sie sich haben. Carlo, als der Ältere, könnte langsam mal damit aufhören!«

Giovanni hatte längst begriffen, dass Carlo und seine Schwester sich bekriegten, in Wahrheit aber in Liebe aneinander hingen. Das begriff man sofort, wenn Carlo von seiner Schwester sprach. Nämlich voll brüderlicher Liebe und Zärtlichkeit. Giovanni verstand das sehr gut. Er glaubte, noch nie ein so vollkommen schönes Mädchen gesehen zu haben wie Luigia Pierina Bugatti. Ihre Mutter erzählte bei Tisch, dass sie sich bei Luigias Geburt nicht entscheiden konnten, welchen der beiden Namen sie für das Töchterchen wählen sollten. Luigia nach Vater Luigi Bugatti oder Pierina nach Piero, dem Großvater. Nun trage sie beide Namen und sei auch recht glücklich damit.

»Recht glücklich«, wiederholte Luigia, und sie sah dabei wieder Giovanni an. »Mich hat ja niemand gefragt.« Der wusste nicht, wie sie das gemeint hatte. Verdammt, warum fiel ihm jetzt wieder nichts Kluges ein!

Carlo schlug vor, nach dem Essen in die Galleria zu gehen. Er wusste, dass seine Eltern es liebten, im Café Stoker ihre Freunde zu treffen und mit ihnen bei Kaffee, Likör und Gebäck Neuigkeiten auszutauschen. Doch heute lehnten beide ab. Sie wollten sich lieber zurückziehen. »Ihr wisst ja, wie gern wir dort sind, aber bei der Hitze!« Carlo sah Luigia an. »Und du, ist es dir auch zu heiß, oder kommst du mit uns?«

Luigia hätte schon wieder Wut kriegen können. Wieso fragte Carlo so hinterhältig, der wusste doch genau, dass sie darauf brannte, mitzukommen in das Biffi oder das Stoker. Oasen für kleine Freiheiten, die ihr die Eltern sonst nicht gestatteten. Und nun sollte sie dorthin mitkommen ohne die Eltern, dafür aber mit diesem Giovanni, der ihre Gedanken beschäftigte, seit er auf die Terrasse getreten war! Luigia bemühte sich, möglichst gelassen zu bleiben: »Ich komme gern mit, wenn ich nicht störe.«

Luigia war bislang meist mit den Eltern in die Galleria gegangen. Das Gebäude war errichtet worden, als sie noch ein Kind war. Man hatte die Galleria mit einem Glasdach gekrönt, von dem es hieß, es sei eine Sensation in der europäischen Architektur. Für Luigia war sie eine Welt, in der die Eltern von ihrer Bevormundung ein wenig abgelenkt waren, wo Luigia mit Freundinnen schwatzen und flanieren konnte, wenn sie auch in Reichweite der Eltern bleiben musste.

Doch heute durfte sie Carlo und Segante begleiten, der eigentlich Giovanni hieß und den Luigia so ungewöhnlich und edel fand, dass sie glücklich war, in seiner Nähe zu sitzen, die gleiche Luft mit ihm zu atmen.

Das Biffi war voll besetzt, als sie kamen, sodass nur noch ein Stuhl für Luigia frei war. Trotzdem bestellten sie Kuchen, Kaffee und Likör für drei, und die Männer gingen draußen in der Galleria auf und ab, redeten und rauchten eine Zigarette. Luigia rückte sich behaglich auf ihrem Stuhl zurecht und aß ihr Baiser mit Schlagsahne und Erdbeeren. Probierte vorsichtig den Zitronenlikör. Sie genoss die erstaunten und neugierigen Blicke, die ihr, Giovanni und vor allem Carlo galten. Carlo trug natürlich wieder einen seiner seidenen Anzüge mit so engen Hosenbeinen, wie man sie nirgends sah. Und dazu aus dem gleichen Stoff ein flaches Käppchen mit einer gemusterten Borte. Er wollte auffallen.

Durch das Fenster sah Luigia die beiden. Jetzt blieben sie stehen, und Carlo redete auf Giovanni ein, der ihm interessiert zuhörte. Giovanni war ein Engel, fand Luigia. Er schien Carlo wirklich zu lieben. Würde er ihm sonst mit endloser Geduld zuhören?

Es schien, als hätte Giovanni Luigia dazu gebracht, intensiver über sich, ihre Familie und ihre Stadt nachzudenken. Dass Luigia Mailand liebte, wurde ihr so richtig erst heute klar. Ihre Stadt hatte den herrlichen Duomo und das berühmteste Opernhaus des Königreichs. War es nicht eines der ersten in der ganzen Welt, ihr Teatro alla Scala? Mailand hatte noch viele andere Theater. Paläste, herrliche Kirchen, wundervolle Plätze, wo man flanieren, die Menschen anschauen und von ihnen gesehen werden konnte. »Jeder Mailänder weiß, wie lange Italien von der Freiheit geträumt hat«, sagte Luigias Vater oft. »Wir wollen ein neues Mailand errichten, ein italienisches. Deshalb wird überall gebaut. Das uralte Gesicht unserer Stadt soll verjüngt und verschönt werden. Und wir wollen eine italienische Gesellschaft. Neue Geschäfte werden gegründet, neue patriotische Vereine.« Luigia glaubte schon, dass ihre Familie eine Rolle spielte in Mailand. Besonders ihr Vater, der Bildhauer Giovanni Luigi Bugatti. In den ersten Jahren nach seinem Studium hatte er Kamine hergestellt für reiche Mailänder Familien. Manche Kamine waren so mächtig und aufwendig verziert wie ein kleines Haus. Damit war Bugatti wohlhabend geworden. In letzter Zeit wurde aber auch Carlo mit seinen Visionen von neuen Möbeln bekannt in der Stadt.

Am Tisch neben Luigia saß ein junges Paar. Es bezahlte gerade, und Luigia winkte lebhaft, damit Carlo und Giovanni hereinkämen ins Café. Die beiden jungen Männer beeilten sich, die freien Plätze einzunehmen. Jetzt saß Giovanni neben Luigia, und jeder versuchte, durch möglichst unauffälliges Rücken des Sessels näher beim anderen zu sein. Das Gespräch beherrschte Carlo. Gerade sagte er zu Giovanni, es reize ihn, mit seiner Kunst das starre Holz zu besiegen. Luigia wünschte sich mit Giovanni weit weg. Wie herrlich wäre es, mit ihm am Comer See zu sein. Nur sie und er. Die Bugattis hatten dort ein Ruderboot, angelten oder schwammen im See. Ihr Vater und Carlo hatten ihr das Schwimmen beigebracht. Obwohl die Mutter dagegen war. »Ein Mädchen, das schwimmt. Ist das nicht unschicklich?« »Sieht doch keiner, dass unsere Luigia ein Mädchen ist«, lachte Carlo. Luigia hatte mit vierzehn noch keinen Busen, ihr Haar verschwand unter einer Badekappe, die Carlo ihr gab. Luigia war alles recht, wenn sie schwimmen durfte. Sie lernte es rasch, und inzwischen konnte sie mit den Männern mithalten. Lange Zeit war das Schwimmen im Comer See das Schönste für Luigia. Das Wasser war weich und frisch, alles ringsum duftete von den Gräsern und Büschen. Luigia tauchte ein, drehte sich erst mal auf den Rücken und trat das Wasser zu kleinen Fontänen. Das war schon Glück genug. Dann legte sie sich ausgestreckt aufs Wasser, schwamm mit geöffneten Augen und sah im klaren Wasser den Sand, die

Pflanzen, kleine Fische, eine Welt, die für eine Weile ihr gehörte. Wenn Luigia sich vorstellte, hier einmal mit diesem hübschen, schweigsamen Giovanni allein zu sein – daran glaubte sie nicht. Das gehörte in die Abteilung für Verbotenes, leider.

Luigia war schon lange nicht mehr am Comer See gewesen. Niemand von der Familie wusste genau, wann es angefangen hatte, dass der Vater Tag und Nacht zu forschen begann. Diese Liebhaberei hatte so langsam auf sein gesamtes Leben übergegriffen. Im Dachgeschoss hatte sich der Vater zwei Zimmer ausbauen lassen. Da standen seltsame Apparaturen, dort rechnete und zeichnete er Tag für Tag. Er hatte es sich in den Kopf gesetzt, ein Perpetuum mobile zu erfinden. Nichts anderes zählte mehr für ihn. Die Familie sollte ihn da oben auch nicht besuchen. Selbst die Mutter ging nicht hinauf. Nur jede Woche einmal für eine Stunde mit dem Dienstmädchen. Damit Papa wenigstens nicht im Schmutz erstickte, wie Amalia Bugatti das ausdrückte. Sie war großherzig, zankte selten mit Luigia und Carlo und schon gar nicht mit ihrem Mann, der wie ein Einsiedler über ihnen lebte, aber nicht mehr für sie da war.

Amalia Bugatti war vernarrt in ihren Garten. Daher vermisste sie ihren Mann offenbar nicht. Der Garten war ihr Refugium. Dort zog sie Gewürze, pflegte Rosen in so vielen Sorten, die andere nicht einmal kannten. Buchsbaum hatte sie für sich entdeckt, um ihn in die skurrilsten Formen zu schneiden. Im Bugattigarten gab es Buchsbaumkugeln in allen Größen. Raffiniert angeordnet, wirkten sie überraschend schön.

Alle drei Bugattis waren süchtig. Nach Erfindungen der Vater, nach neuen Formen der Sohn. Von seinen Möbeln sagte die Mutter, darin könne kein Mensch wohnen. Und verkaufen ließen sie sich zweimal nicht. Aber man dürfe Carlo nicht schelten: »Er hat es von seinem Vater geerbt. Der will auch das Unmögliche möglich machen. Mir soll es recht sein, solange sie uns nicht um Haus und Hof bringen.« Schließlich hatte sie auch ihre Sucht, den Garten.

Luigia hielt sich als Einzige in der Familie Bugatti für völlig unbegabt. Sie fand, dass sie am Leben von Mama, Papa und Carlo nicht wirklich teilnehmen konnte. Sie sagten immer nur, dass sie schön sei. Vor allem Carlo sagte das, wenn er ihr schmeicheln oder sie loswerden wollte. »Sie ist so schön, unsere kleine Luigia.« Nun ja, dachte Luigia dann. Also bin ich schön. Aber sonst bin ich nichts. Nichts. Nichts. Nichts.

Am schlimmsten war es, wenn sie von der Schule heimkam und niemand zu Hause war. Sofia, das Mädchen, und Pia, die Köchin, wohnten mit Gustavo im Kutscherhaus. Sie hatten am Nachmittag drei Stunden frei und waren dafür abends noch im Haus. Luigia musste also mit dem alten Schlüssel die große braune Tür selbst aufschließen, musste sich fest dagegenstemmen, damit sie nicht vorzeitig ins Schloss fiel. Einmal hatte sie sich ihren schönsten Sommerrock zerrissen, als sie noch nicht richtig drinnen war in der Diele und die Tür schon zuschlug. Die Diele mit den geschnitzten Bänken, den großen, alten Bildern der Vorfahren war immer dunkel, egal, ob Sommer oder Winter. Wenn Luigia dann die knarzende Treppe hinaufstapfte in ihr Zimmer, fühlte sie sich wie ausgeschlossen vom Leben. Früher war es noch öder gewesen, als sie im Tessin im Institut Maroggia lebte, aber jetzt, so fand sie, hatte sie bald genug gebüffelt. Ihre Freundin Serafina sagte das auch.

Luigia hatte schon lange das Gefühl, dass alle daheim sie loswerden wollten. »Komm später, ich hab jetzt keine Zeit. Meine Rosen haben abwechselnd den Rosenrost oder den Sternrußtau. Ich muss Brennnesselsud kochen!« (Mutter) »Ich kann dir jetzt nicht beim Latein helfen, ich bin mitten in meinen mathematischen Berechnungen. Frag Carlo.« (Papa)

»O nein, bitte nicht. Ich habe wieder derartige Magenkrämpfe, ich muss mich hinlegen. Komm morgen wieder. Nein. Doch besser nicht. Morgen muss ich ja Francesca beim Einkaufen begleiten. Hilf dir selbst, dann hilft dir Gott.« (Carlo)

Nur wenn es galt, Luigia zu bewachen, dann waren sie alle zur Stelle. Zu Serafina durfte sie nicht allein gehen, weil der Weg durch das Armenviertel führte. Entweder ging die Mutter mit ihr oder das Dienstmädchen. Nicht einmal zur Schule ließen sie Luigia allein gehen, dahin brachte sie Carlo, der ein Frühaufsteher war und schon am Morgen in seiner Werkstatt sein wollte.

Aber dieses Unternehmen war neuerdings spannend geworden. Manchmal begleiteten Carlo und Giovanni nämlich Luigia gemeinsam. Luigia vermutete, dass Carlo sich mit ihr allein langweilte. Sie wusste allerdings auch nicht, was sie mit ihm reden sollte. Carlo behauptete jedoch, sie sehe mit ihren langen blonden Haaren und den blaugrünen Augen so verlockend aus, dass alle jungen Männer Mailands ihr nachstellen würden, wenn sie ohne ihren Bruder auf die Straße ginge.

Giovanni sagte nichts dazu. Er sagte überhaupt nie etwas. So als hätten Luigia und er ein stillschweigendes Übereinkommen, ging er immer ernst und wortlos neben ihr her. Trotzdem freute Luigia sich jedes Mal, ihn zu sehen, und ihr Schulweg, sonst öde, schien ihr viel zu kurz. Carlo redete oft darüber, dass seine Schwester jetzt in das Alter komme, wo man sie behüten müsse. Carlo tat dabei so, als hätte er die strengsten moralischen Ansichten. Dabei hatte er heute diese Freundin und morgen eine andere. Er durfte das. Ihn hatte auch niemals jemand zur Schule gebracht. Klar, er war sieben Jahre älter als Luigia, und er war ein Mann.

Luigia erwartete sehnlichst ihren sechzehnten Geburtstag. Es sollte ja längst Schluss sein mit den Kinderkleidern und den Schürzchen. Ihre Mutter bestellte die Schneiderin, und die Stoffe durfte Luigia mit ihr gemeinsam aussuchen: Spitzen, Voile, dazu feine Wollstoffe und Samt. So großzügig war Mutter noch niemals gewesen. Doch wirklich unglaublich war, dass Carlo seiner Schwester ein Modemagazin mitbrachte. Es hieß *Harper's Bazaar* und war weit gereist, nämlich von Amerika bis nach Mailand. Wahrscheinlich gehörte es einer von Carlos Freundinnen. »Nein, du darfst es behalten«, sagte er, »ich habe das Magazin extra für dich gekauft. Es ist mein Geburtstagsgeschenk.«

Harper's Bazaar enthielt vor allem die neuesten Moden aus Paris und Deutschland. Die Abbildungen der aufwendigen Roben waren so genau, dass man jede Falte sehen konnte. Es gab Promenadenkleider im Stil des Cul de Paris, in hellem Rosa mit weißen Spitzen – himmlisch, wenn Luigia nur schon älter wäre! Bodenlange Kostüme aus goldener Seide. Reisekleider aus leichter Wolle, graurosa kariert. Für den Winter enge Jacken mit Pelzkragen. Und zu allem hatten die Damen Hüte auf – Hüte wie schräg auf den Kopf gesetzte Teller. Und die noch dekoriert mit Blumen und Federn. Diese Kunstwerke musste man sicher mit tausend Haarnadeln festmachen, sonst rutschten die einem garantiert auf die Nase. Aber zum Anschauen waren sie wunderbar. Diese Fotos waren überhaupt wie Gemälde. Manche Roben waren sogar gemalt, und zwar von sehr bekannten Malern. Luigia musste dieses Modeheft bei Gelegenheit unbedingt Segante zeigen. Dieser Name, den Giovanni in der Akademie bekommen hatte, gefiel Luigia sehr gut, und sie nannte Giovanni in ihren Gedanken oft so.

Luigias größtes Geschenk war dann allerdings, dass Carlo mit dieser Francesca aufs Land fahren wollte und aus diesem Grund Giovanni gebeten hatte, seine Schwester zur Schule zu bringen. Luigia erfüllte eine unbestimmte Freude, als Carlo ihr das sagte. Sie ließ sich jedoch nichts anmerken, überlegte mit Herzklopfen, welches ihrer neuen Kleider sie anziehen wollte. Giovanni hatte immer denselben Anzug an, also konnte Luigia nicht in ihrem wundervollen roten Samtkleid mit ihm herumlaufen. Sie wählte eines aus blauem, feinem Wollstoff mit einem kleinen Kragen und vielen Knöpfen. Das war auf den ersten Blick sehr einfach, doch es sah gut aus zu Luigias frischgewaschenen Haaren, die sie einfach herunterhängen ließ. Ihr klopfte das Herz bis in den Kopf hinein, ihr Mund war trocken. Madonna, was sollte sie mit Giovanni reden?

Er wartete schon am Haustor, als Luigia herauskam. Ihre Mutter winkte Giovanni freundlich zu und fragte, wann er denn mal wieder zum Essen käme. Er solle doch gleich heute kommen. Luigia sah, wie Giovanni verlegen auf seine kaputten Schuhe hinunterschaute. Sie wusste genau, dass er sich schämte. Dabei war er so hübsch. Wenn sie ihm doch helfen könnte. Sie wusste von Carlo, dass Giovanni durch Zeichenunterricht etwas Geld verdiente, und dadurch, dass er Häuser innen ausmalte. »Aber er muss ja für die Akademie bezahlen und für sein Zimmer. Da bleibt ihm kaum genug, um sich anständiges Essen zu kaufen«, erklärte ihr Carlo.

Luigia hatte Schulbrote dabei, auch noch einiges von ihrem Taschengeld, und sie wünschte glühend, sie könne es Giovanni geben. Auch ihre Mutter würde ihn am liebsten ausstatten mit einem neuen Anzug und Schuhen, aber Carlo sagte, sie sollten sich hüten, Giovanni etwas aufzudrängen. Er sei so stolz, er lasse sich nichts schenken. Lieber gebe er selber. »Er hat mir neulich geholfen, die Zinnintarsien für den großen Schrank fertigzustellen. Er ist so geschickt, der schaut mir zu, und dann kann er es selbst. Ich wollte ihm dann wenigstens den Zeitaufwand bezahlen, doch er hat es strikt abgelehnt. ›Wir sind doch Freunde‹, sagte er.«

Giovanni lächelte, als Luigia auf ihn zuging. »Ciao.« »Ciao«, sagte auch Luigia, und sie liefen schweigend nebeneinanderher. Mit ihm ist es auch schön, wenn keiner redet, dachte Luigia. Sie schaute vorsichtig zu Giovanni hinüber, er sah sie ebenfalls an, und aus seinen Augen schien es zu blitzen. Giovanni nahm Luigias Hand. Vorsichtig. Verstohlen. Luigia blieb stehen, drückte die große, warme Hand fest und hielt sich eng an seiner Seite.

»Hast du nicht Angst, dass Bekannte dich sehen?«, fragte Giovanni.

»Mir ist das vollkommen gleichgültig«, teilte ihm Luigia mit. »Du bringst mich doch nur zur Schule.«

Sie sahen sich an und lachten, und dann liefen sie weiter. An der Schule flüsterte Giovanni, dass Luigia ihn an seine Mutter erinnere: »Du siehst ihr eigentlich gar nicht ähnlich. Hast nur ebenso langes, welliges Haar. Früher hab ich meine Mutter gehasst. Seit ich dich kenne, denke ich oft an sie. Und ich sehe in ihr die schöne Frau, die sie war, fast so schön wie eine Göttin.«

Luigia dachte an Serafina. Sie hatte als Dreijährige ihre Mutter verloren, und sie konnte sich nicht mehr an sie erinnern. Wenn sie von ihrer Mutter sprach, war sie nicht so ruppig wie sonst. Manchmal, an ihrem Geburtstag, weinte sie, wenn niemand außer Luigia dabei war. Serafina zeigte ihr ein Bild, auf dem eine dunkelhaarige Frau mit einem verschwommenen Gesicht zu sehen war. »Ich weiß gar nicht, wie meine Mama wirklich ausgeschaut hat«, schluchzte sie. Es stimmte, man konnte auf dem Foto kaum etwas erkennen.

Wieso hatte Giovanni seine Mutter noch so klar vor Augen? Vielleicht konnte sich ein Siebenjähriger wesentlich besser erinnern als eine Dreijährige. Luigia wusste es nicht. Für sie war wichtig, dass es Giovanni gab. Dass er in ihrem Leben aufgetaucht war, wenn auch als Freund ihres Bruders. Keiner sollte wissen, dass er vielmehr Luigias Freund war. Oder war es etwa Zufall, dass er kam, um sie zur Schule zu bringen? Dass er sie ernst nahm? Wem hätte er sonst erzählt, dass er seine Mutter gehasst hatte? Darf man das eigentlich, seine Mutter hassen? Luigia hatte gelernt, dass man Vater und Mutter ehren soll. Ihr fiel das nicht schwer. Sie liebte ihre Eltern. Oder sagen wir, meistens liebte sie sie. Man soll ja nicht zu streng sein mit den Eltern. Und Giovanni? Er liebt seine Mutter jetzt auch. Er fand sie sogar schön wie eine Göttin. Warum er sie wohl früher gehasst hat?

Daran wollte Luigia im Moment nicht denken. Giovanni trug ihre Tasche. Er war wieder ernst und still. Aber das störte Luigia nicht. Er ging neben ihr. Er hatte ihr gerade von seiner Mutter erzählt. Intime Dinge, über die man nicht mit anderen Menschen spricht. Es sei denn, sie sind einem vertraut. Luigia sah Giovanni wieder verstohlen von der Seite an. Heute ging ein leichter, warmer Wind, und ihm fiel das Haar dauernd in die Stirn. Er strich es zwischen zwei Fingern immer wieder nach hinten. Giovanni hat eine hohe Stirn, die aber meist von seinen dicken Locken verdeckt wird. Dichte Brauen hat er und sehr dunkle Augen, die einen manchmal anlächeln. Sein Mund lächelt eigentlich nie. Über der Oberlippe lässt er einen kleinen Bart stehen, am Kinn ebenfalls. Ob Giovanni weiß, dass er gut aussieht? Richtig gut?

Serafina fiel sofort über Luigia her, nachdem Segante sich am

Schultor verabschiedet hatte. »Was ist das denn für einer?«, wollte sie wissen. »Das ist aber ein komischer Kerl. Wie redet der überhaupt? So ein schlechtes Italienisch habe ich schon lange nicht mehr gehört. Was ist das nur für ein Dialekt?« Dann wollte sie bemerkt haben, dass Giovanni Luigia wie ein hungriger Wolf angesehen habe. »Der ist verliebt, Luigia. Du bist doch nicht etwa auch verliebt? Pass bloß auf, dass es dir nicht geht wie Antonia!«

Wenn nicht die Schulglocke geläutet hätte, wäre Serafina bestimmt noch viel mehr eingefallen, wovor sie Luigia hätte warnen müssen.

Luigia wusste noch, dass sie in ihrer Bank saß und nichts um sich herum wirklich wahrnahm. Sie dachte an Segante, hörte Serafinas metallisch klingende Stimme und nahm sich vor, ihr schon in der ersten Pause zu sagen, dass sie blind sei und taub. Dass Segante eine große Begabung sei, würde sie ihr erklären, und dass alle an der Brera von ihm viel erwarteten. Es lag Luigia daran, dass Serafina keinen schlechten Eindruck von Giovanni bekam. Auch wenn sie ruppig war und manchmal ausfallend wurde – Luigia mochte Serafina. Seit sie in Mailand zur Schule ging, war Serafina ihre Freundin. Sie hatte dunkles, dichtes Haar, das sie in zwei Zöpfen geflochten trug. Sie durfte ihre Sonntagskleider auch in der Schule tragen, obwohl sie die schönen Sachen stark strapazierte. Es war ihr gleichgültig, wenn die Ärmel Tintenflecke hatten oder wenn ein Nagel im Pult ihr den Rock zerriss. Sie setzte sich ungeniert auf einen Steinhaufen und pfefferte ihre feine Ledertasche in ein Gebüsch. Genauso unbesorgt ging sie mit Menschen um. Sagte jedem, was sie dachte, und das war nicht immer freundlich oder höflich.

Luigia war Serafinas Wesen ziemlich fremd, doch sie erlebte, dass ihre Freundin sich sogar bei den Nonnen Respekt verschaffte. Das hätte ihr auch gutgetan. Nicht nur in der Schule, auch daheim hätte sie gern ein wenig Respekt verspürt. Und weil Serafina offensichtlich an Luigia hing, sie häufig besuchte und sie in der Schule ganz für sich reklamierte, war sie wichtig für Luigia.

Oftmals schien es ihr, als wäre Serafina der einzige Mensch, der sich etwas aus ihr machte.

Doch nun hatte sie ja Giovanni! Alles würde anders. Das wusste Luigia in diesem Augenblick. Sie hätte Serafina sogar gegen Giovanni eingetauscht, wenn sie die Wahl gehabt hätte. Sie würde das aber niemals sagen. Und Segante sollte das schon gar nicht wissen. Es war ihr Geheimnis, dass Giovanni in ihrem Herzen den größten Platz einnahm. Luigia wollte endlich auch etwas für sich allein haben. Gedanken und Träume, die nur ihr gehörten. Wunderbare Phantasien von der Zukunft. Sie malte sich aus, wie sie mit Giovanni in einer Kutsche vor ihrem Elternhaus vorfahren würde. Zuerst stiege Giovanni aus, er würde ihr liebevoll aus der Kutsche helfen. Ihr vielleicht beim Aussteigen sogar einen verstohlenen Kuss geben. Luigia hätte ein cremefarbenes Seidenkleid an mit dazu passendem großen Hut. Auf das weite Kleid und die vielen Röcke darunter müsste sie aufpassen. Doch würde sie mit ihren Seidenpumps geschickt auf den Tritt steigen und ihrem Mann in die Arme springen. Dann nähme sie der Amme ihren ersten Sohn aus dem Arm, und da kämen auch schon die Eltern aus dem Haus, um das Paar und den Enkelsohn zu begrüßen.

Diesen Traum träumte Luigia nun oft. Er war in ihrer Vorstellung lebendig, und sie schwelgte geradezu darin. Sie würde mit ihrem elegant gekleideten Mann zu Gesellschaften gehen. Segante stände wie ein Turm neben ihr, und alle Menschen würden auf ihn schauen. Schließlich wäre er berühmt. Ein Maler, wie Italien nicht viele hatte. Überall bekäme er Preise. Sie würden zu seinen Ausstellungen reisen, hätten viele Maler zu Gast, und Luigia als seine Frau bekäme viel Aufmerksamkeit.

Mit der Zeit wurde Luigia das Träumen von einem Leben mit Giovanni langweilig. Ihr wirkliches Leben sah anders aus. Segante brachte sie nicht mehr zur Schule. Ihr Bruder ebenso wenig. Luigia war nun siebzehn und durfte mit Serafina nach der Schule in ein Café gehen. Noch vor einem Jahr hätte ihre Mutter das strikt verboten. Jetzt fuhr sie mit Freunden, die ebenso eng wie sie mit ihrem Garten verwachsen waren, zu einer Ausstellung nach Turin. Für eine Woche wollten sie da lernen, ihre Gärten noch üppiger, noch ungewöhnlicher zu gestalten. Immerhin kam Carlo in dieser Woche hin und wieder vorbei, um nachzuschauen, ob Luigia in der Obhut des Vaters und der Dienstboten noch unversehrt und vor allem tugendhaft wäre. Hatte sie ihre Vertrautheit, ihre Zuneigung zu Segante wirklich nur geträumt?

Luigia wollte ganz bestimmt nicht nach Giovanni fragen, tat es aber doch. »Weißt du nicht, dass Segante nicht mehr bei Luigi Tettamanzi arbeitet?«, fragte Carlo.

»Wer ist das?«, fragte Luigia rasch, damit das Gespräch nicht wieder abriss.

»Das ist doch ein stadtbekanntes Original! Früher war er ein glühender Anhänger Garibaldis. Jetzt will er davon nichts mehr hören. Er verdient viel Geld mit dem Malen von allen möglichen Fahnen und Dekorationen.«

»Giovanni hat doch bei ihm gearbeitet, um Geld für die Akademie zu verdienen, oder?«, sagte Luigia. Sie wollte mit Carlo unbedingt über Giovanni reden, denn sie spürte, dass er sie immer noch interessierte.

Carlo suchte indessen alle Schränke nach Kuchen oder Süßigkeiten ab. »Was ist denn los im Hause Bugatti?«, murmelte er, öffnete Türen und zog Schubläden auf. Nebenher erklärte er Luiga, dass Giovanni für die Drogerie der Bertonis auffallend schöne Schilder gemalt habe, dass ihm die Bertonis ein so hohes Honorar dafür gegeben hätten, dass er sich nun eine eigene Wohnung habe mieten können. »Er bekommt auch Porträtaufträge, die ihm Geld bringen.«

»Und die Akademie?«, fragte Luigia. »Besucht er denn trotzdem die Kurse an der Brera?«

Statt einer Antwort suchte Carlo noch immer nach Süßem. »Gibt es in diesem Haus keine Kuchen und Pralinen mehr? Hast du etwa alles genascht?«

Seine Ahnung war richtig. Immer wenn die Köchin oder das Mädchen nicht im Zimmer war, hatte Luigia vom Marzipan, von den kleinen süßen Kuchen und den Mandelmakronen eine Auswahl mit auf ihr Zimmer genommen. Als Ersatz für Segante?

Großmütig reichte Luigia ihrem Bruder die eiserne Ration an Mandelmakronen, die sie für die Eltern übrig gelassen hatte, und er war zufrieden. Erzählte, dass Giovanni an der Akademie schon nach diesen wenigen Monaten sehr bekannt sei. Dass er Unterricht im Malen von Stillleben bei Luigi Serogati nehme, der sehr viel von seinem Schüler halte. Auch Guido Carmignano, bei dem Segante Naturstudien mache, lobe Giovanni für seine raschen Fortschritte. »Übrigens«, sagte Carlo, genießerisch Mutters Mandelmakronen kauend, »Giovanni sucht ein Modell. Er hat den Auftrag, eine junge Falknerin zu malen. Bisher hat ihm kein Modell gefallen. Willst du ihm nicht aushelfen?«

Giovanni Modell stehen! Innerlich jubelte Luigia. Ihre Geduld hatte sich gelohnt! Modellstehen – so etwas hatte nicht einmal Serafina gemacht, die sonst alles konnte und wusste. Luigia zitterte fast vor Freude, was sie vor Carlo natürlich verbarg. Der hatte ohnehin keine Augen für sie. Luigia vermutete, dass er an Liebeskummer litt. Hätte er sonst so einen Hunger auf Süßes?

»Du musst natürlich Mutter fragen und Papa, das ist klar, doch sie kennen ja Segante. Ich werde Giovanni sagen, dass er mit den Eltern reden soll. Also, ciao, mein Engel, du musst bald in meine neue Werkstatt kommen und dir ansehen, was für Möbel ich jetzt mache. Wetten, dass du so etwas noch nie gesehen hast?«

Als Carlo gegangen war, rannte Luigia sofort vor den großen Spiegel in das Ankleidezimmer ihrer Mutter. Warum hatte sie nur so viel Süßes in sich hineingestopft in der letzten Zeit? Besorgt näherte sie sich dem Spiegel. Waren ihre Augen nicht aus den Höhlen getreten, weil sich das Fett dahinter angesammelt hatte? Himmel, wenn sie sich im Profil sah – ihr Bauch stand ja genauso vor wie früher bei dem Dienstmädchen Anna, die auch immer heimlich von den Vorräten gefuttert hatte. Am hässlichsten fand Luigia ihr Gesicht. Sie hatte ja Bäckchen bekommen wie einer, der die Trompete bläst. Himmel, so ein fettes Modell konnte Giovanni bestimmt nicht gebrauchen. Hoffentlich kam er noch nicht so bald. Luigia musste wieder dünner werden. Bitte, lieber Gott, gib mir so viel Sturheit, dass ich eine Woche nur trockenes Brot esse und Wasser trinke, dachte sie. Ich will Giovannis Modell werden, lieber Gott, verstehst du, ich will nicht nur, ich muss!

Die Mutter kam zurück, und lange Zeit hörte Luigia nichts mehr von Carlo. Und von Giovanni schon gar nicht. Der anfängliche Jubel verflog, und stattdessen wurde sie plötzlich von Serafina gepeinigt. Sie vertraute Luigia an, dass ihr ältester Bruder für sie schwärme. Er wolle mitkommen ins Café, um sie näher kennenzulernen. Gesehen hatte Luigia ihn schon oft. Er hatte Medizin studiert, arbeitete an einer Klinik und trug eine Brille ohne Rand. Er bildete sich eine Menge ein, glaubte Luigia. Bei Serafina störte sie der Hochmut nicht, und dass sie an allem und jedem herumkritisierte. Luigia war längst daran gewöhnt. Battistas Arroganz jedoch fand sie lächerlich, und seine Komplimente, die er ihr etwas von oben herab zukommen ließ, langweilten sie. Und doch schien plötzlich alles einen Sinn zu haben.

Als Luigia mit Serafina und Battista in der wohligen Wärme des Cafés saß, betrat plötzlich Giovanni in Begleitung des Dichters Enrico Dalbesio den Raum. Luigia blinzelte ins Licht, hielt sich die Hand über die Augen, um auch nur ja richtig zu sehen – es war Giovanni. Und er sah Luigia. Er hatte sie im ersten Augenblick gesehen! Er setzte sich so, dass er mit Dalbesio reden und über dessen Schulter auch zu ihr herüberschauen konnte.

Was hatte Battista gerade gesagt? Dass Giovanni Segatini nur ein armseliger, struppiger Maler sei? Na, damit hatte er sich selbst erschossen. Doch Luigia brauchte ihn noch ein Weilchen. Sie redete mit ihm und Serafina angestrengt über die Podagra, eine Art Gicht, deren Heilung Battista angeblich schon des Öfteren gelungen war. Luigia schaute ihn interessiert an, verschlang ihn mit den Augen, sodass er immer wieder nervös seine Brille auf dem Nasenrücken hochschob. Zwischendurch äugte Luigia verstohlen zu Giovanni, und siehe, auch er linste zu ihr, schien etwas besorgt. Nur zu, Segante. Sie hatte hier einen omnipotenten Mediziner an der Seite, Konkurrenz für Giovanni. Streng dich ruhig etwas an, dachte Luigia. Oder hast du schon ein anderes Modell für deine Falknerin? Ein dünnes, großäugiges Mädchen vielleicht? Ist das der Grund, dass du nicht mehr zu uns kommst? Dass du meine Eltern nicht um die Erlaubnis bittest, mich als Falknerin zu malen?

Luigia sah, dass Dalbesio zahlte, und Giovanni hob kurz grüßend die Hand zu ihr, dann verließen die beiden Männer das Café, und sie musste scharf aufpassen, nicht so trübsinnig zu schauen, wie ihr zumute war. Daheim empfing ihre Mutter sie mit der Bitte, noch rasch Sahne beim Krämer zu holen und zwei Brote. »Denk dir, Carlo kommt gleich zum Essen, und rate mal, wen er außer Enrico Dalbesio noch mitbringt?« Die Mutter sah Luigia an, als wäre sie ein Kind, dem man eine große Überraschung bereiten wollte.

»Segante vielleicht?«, fragte Luigia möglichst beiläufig, sodass ihre Mutter enttäuscht war. »Ich dachte, du würdest dich freuen«, sagte sie.

Luigia freute sich auch, aber vor allem darüber, dass sie ihre allwissende Mutter täuschen konnte. Sie sollte irgendwann aufhören, Luigia wie ein kleines Mädchen zu behandeln. Es ging sie nichts an, dass Luigia wegen Giovanni das Herz klopfte und dass sie nicht wusste, was mit ihr los war. Schließlich hatte sie schon längst ihre Periode, und eine ihrer Schulfreundinnen war schon Mutter eines Buben geworden. Sie war schon lange kein Kind mehr.

Luigia rannte in die Kälte, um die Sahne und das Brot zu besorgen, und dabei überlegte sie, ob sie ihr Haar noch waschen sollte. Es würde mit Sicherheit nicht mehr trocknen bis zum Abend, aber eher nasses Haar für Segante als ungewaschenes.

Die Köchin hatte einen Lammbraten im Ofen und meldete, dass er bald gar sei und man könne schon mit der Pasta beginnen. Vater Bugatti war heruntergekommen aus seinem Erfinderasyl, seine Frau hatte eine frische weiße Spitzenbluse übergezogen, die gut zu ihrem dunklen, dichten Haar passte. Ihr sonst eher ruhiges, ernstes Gesicht strahlte erwartungsvoll. Sie rückte sich lächelnd zurecht in ihrem Stuhl und genoss sichtlich die Umarmung Carlos, der sich in der letzten Zeit ziemlich rar gemacht hatte. Luigi Bugatti schnupperte an dem Sugo, das mit getrockneten Steinpilzen zubereitet war, und Enrico wendete sich Luigia zu und sagte, dass sie immer schöner würde. Er sagte es aber liebevoll, nicht herablassend wie die anderen, er kannte Luigia schon als kleines Kind und durfte zu ihr alles sagen, denn er meinte es ernst.

Giovanni ließ auf sich warten. Vater, der an seine Pasta kommen wollte, fragte, wo denn der große Maler sei. Carlo zog dauernd seine Uhr aus der Tasche. Da ging die Klingel. Luigia rannte, um noch vor dem Mädchen an der Tür zu sein, und Giovanni stand da, etwas außer Atem, den Hut schräg auf dem Kopf. Die Krempe des Hutes war aufgeschlagen, was Giovanni ein unternehmungslustiges Aussehen gab. Giovanni war für einen Winterabend viel zu sommerlich angezogen. Über einem weißen Hemd trug er ein Sakko mit großem Karo, der Kragen des Hemdes war von einem schmalen Seidentuch gehalten. Man sah, dass Giovanni sich große Mühe mit seinem Äußeren gegeben hatte, und alle versicherten ihm, er sähe großartig aus. Das machte ihn verlegen. Tatsächlich waren alle Kleidungsstücke ungebügelt und von minderer Qualität. Giovanni sah aus wie ein Zigeuner auf dem Jahrmarkt, und Luigia hatte Mitleid mit ihm. Eigentlich hasste sie die anderen, die ihm sagten, dass er elegant sei. Aber sie hätte auch nicht ehrlich sein mögen, und so schwieg sie lieber. Sie glaubte aber, dass Giovanni an ihrer Meinung interessiert war, denn er schaute sie verstohlen an, als die anderen ihm Komplimente machten.

Luigia liebte es, wenn im Esszimmer viele Leute um den Tisch saßen. Der war so lang, dass leicht vierzehn Gäste Platz hatten. Alle Möbel, die geschnitzte Anrichte, die Stühle, der Servierwagen, waren aus dunklem Holz, das je nach der Tageszeit ins Rötliche schimmerte. Ein Kronleuchter aus dunkelrotem Muranoglas verbreitete ein sehr intimes Licht, und alle, die um den Tisch saßen, hatten eine schöne Hautfarbe. Durch ein großes Fenster konnte man in Mutter Bugattis Garten sehen, und am Abend spiegelte sich das Licht des Leuchters in den Fensterscheiben. Luigia glaubte, dass man ein feinerer Mensch würde und sich besser fühlte, wenn man in einer schönen Umgebung lebte. Deshalb wollte sie auch damit aufhören, Giovannis Kleidung kritisch zu betrachten. Sie war nicht so oberflächlich, wie sie manchmal tat. Und sie schätzte Segante mehr als alle anderen am Tisch. Sie träumte von ihm. Für Luigia war er der schönste junge Mann, den sie kannte, und ein vielversprechender Maler. Das genügte ihr. Sie wollte ihn haben.

Das Essen war wieder gelungen. Zuerst dachte Luigia, sie könnte vor Nervosität nichts essen. Von wegen. Sie konnte schier nicht aufhören, von der Pasta zu nehmen. Es war, als äße sie mit den jungen Männern um die Wette. Alle waren konzentriert dabei, den köstlichen Duft und den feinen Geschmack der Speisen zu genießen. Sie mochte kein Lamm, aber in Gegenwart Giovannis schmeckte es ihr wie Kalbfleisch, und so aß sie zwei Scheiben davon.

Zum Nachtisch gab es Feigen in Martini, einem vorzüglichen Wermut, den die Firma Martini Sola in Pessione lieferte. Giovanni, der den Martini sehr genoss, hatte Mutter danach gefragt, und er beteuerte, noch niemals derart köstliche Feigen gegessen zu haben. Die Stimmung wurde immer gelöster, und Carlo ermunterte Giovanni, doch mal zu berichten, was er heute im Ospedale Maggiore erlebt habe. Carlo gluckste in Gedanken daran vor sich hin, und Giovanni ließ sich nicht lange bitten. Er erklärte, dass er seit einiger Zeit Tafeln für Lehrzwecke der Anatomie zeichne. Damit verdiene er Geld und lerne sehr viel über den Aufbau des Körpers.

»Komm, sag schon, was passiert ist. Ich glaube es immer noch nicht«, rief Carlo. Und Giovanni begann zu erzählen, dass er am Nachmittag wieder im Ospedale gezeichnet habe. Wegen der Kälte habe man ihm in einem entlegenen Raum den Kamin angeschürt. Dann sei ihm die eiskalte, total starre Leiche eines

Mannes gebracht worden. »Ich habe die Träger gebeten, mir die Leiche am Kamin aufzustellen. So konnte ich sie am besten sehen und genau zeichnen. Dann nahm ich mein Reißbrett auf die Knie und begann, konzentriert zu arbeiten. Ich hörte nur hin und wieder das Holz im Kamin knistern, mal flog ein Funke zu mir, sonst war es völlig still im Ospedale. Ich dachte daran, dass heute offenbar niemand krank geworden war. Auf den Gängen, wo es sonst lebhaft zugeht, war nichts zu hören. Hin und wiederkam es mir so vor, als ob der Tote am Kamin sich bewegen würde, ich hielt es aber für das Spiel des Feuerscheins im Kamin und achtete nicht darauf. Zeichnete weiter. Plötzlich ein Poltern, die Leiche fiel nach vorn, geradewegs auf mein Zeichenbrett. Einer ihrer Arme lag schwer auf mir.«

Giovanni nahm nochmals eine Portion von den Feigen, trank einen Schluck Wein, während ihn alle ungeduldig ansahen. Er solle weitererzählen, bat Luigia, obwohl sie nicht wirklich wusste, ob sie noch zuhören wollte. Aber sie hatte ebenfalls reichlich Feigen in Martini gekostet und fand die Geschichte Giovannis gruselig und lustig zugleich. Giovanni berichtete, dass er den Toten von sich abgeschüttelt habe. »Und dann wollte ich nur noch abhauen, nur weg, doch ich wusste nicht mehr, wo ich den Schlüssel für die Tür hingelegt hatte. Ich wollte schließlich nicht überrascht werden bei der Arbeit mit einer Leiche. Endlich fand ich den Schlüssel auf dem Kaminsims, und ich rannte, als wäre der Tote hinter mir her, die endlosen Gänge entlang, bis ich wieder Menschen traf.«

»Madonna mia«, sagte Signora Bugatti in die Stille hinein, und dann mussten alle lachen. Giovanni fühlte sich offenbar von der gelösten Stimmung in der Runde ermuntert und erklärte, dass er demnächst einen toten Helden malen werde und eine Falknerin. Ob denn die Eltern erlauben würden, dass ihre Tochter Modell stehe? Bei der Falknerin wäre Luigia im Mittelpunkt, dafür würde sie schon häufig sitzen müssen. Beim Bild des Helden brauche er sie für eine Trauernde im Hintergrund. Das wäre weniger anstrengend.

Endlich! Endlich kam der Segante mal zu dem Punkt, der ihm hoffentlich so wichtig war wie Luigia. Sie dachte, dass Giovanni ohne den Martini wahrscheinlich nie den Mut aufgebracht hätte, ihre Eltern um Erlaubnis zu bitten. Beide schauten ihre Tochter an. Fragend. Vielleicht auch etwas verwundert. Trauten sie es ihr nicht zu, oder überlegten sie, ob es mit ihren erzieherischen Grundsätzen zu vereinen sei, dass ihre knapp siebzehnjährige Tochter einem ebenfalls noch jungen Maler Modell stehe. An ein Aktbild war ja nicht gedacht. Vater Bugatti schien leicht amüsiert, nicht allzu sehr interessiert an dem Unternehmen, Luigias Mutter meinte, das sei ja sicher eine Freude und eine Ehre für Luigia. »Wir geben die Erlaubnis aber nur unter der Bedingung, dass sämtliche Sitzungen im Hause Bugatti stattfinden.«

Alle sahen auf Giovanni. Er senkte für eine Sekunde den Kopf, und Luigia sagte rasch, dass sie gern für Segante Modell stehen würde. »Sehr gern sogar.« »Das ist klug von dir«, sagte Enrico, »dann wirst du nämlich unsterblich.« »Darauf trinken wir«, rief Carlo, und Luigia glaubte, dass sie ziemlich rote Ohren hätte, aber die sah man nicht unter ihrem Haar.

8

Mittlerweile war Giovanni bereits ein Jahr an der Akademie Brera. Er erinnerte sich noch sehr genau daran, wie er zum ersten Mal durch die hohe Tür der Brera getreten war und einen jungen Studenten nach der Ornamentenklasse gefragt hatte. Giovanni war erstaunt gewesen, als der ihn ganz selbstverständlich und freundlich dorthin begleitete und ihn fragte, ob er hier ein Studium beginnen werde. Damals schien es Giovanni, als wäre der Tag ein wenig heller geworden, und seine Beklemmung, an der Brera vorzusprechen, löste sich. Schon das Gebäude der Akademie, vor dem er schon einige Male auf und ab gegangen war, hatte ihn eingeschüchtert. Tettamanzi hatte ihm erklärt, dass es Napoleon gewesen war, der die bedeutendste Kunstschule Italiens gegründet habe. Der hohe, eckige Bau, die spitzen oder geschwungenen Giebel über den Fenstern schienen Giovanni ungewöhnlich und prächtig. Eine Kutsche hielt vor dem Portal, Männer mit Hüten und weiten Mänteln entstiegen ihr und eilten in die Akademie. Die gehörten hierhin. Sie hatten Schulen besucht und die Universität. Giovanni konnte durch die Hilfe seines Freundes Enrico Dalbesio wenigstens seinen Namen schreiben, ohne zu zögern. Ebenso wusste er seinen Geburtsort Arco und die Namen seiner Eltern flüssig aufs Papier zu bringen. Das war aber schon alles, was er an Schriftlichem zustande brachte. Vorsichtshalber war Enrico schon vor einer Woche mit dem Anmeldeformular ins Sekretariat gegangen. Hatte Giovanni als erkrankt entschuldigt. So weit war das alles in Ordnung gewesen.

Giovanni hatte sich umgesehen. Unter den Arkaden waren Statuen und Büsten würdig aussehender Männer aufgestellt. Gut, dass wenigstens sie Giovanni keiner Prüfung unterziehen konnten. Giovanni fühlte sein Herz klopfen bis in den Hals. Hier war er also. Er war wirklich an der Akademie. Es war Giovanni, als würden sich ihm die Nackenhaare einzeln aufstellen. Das hatte er jetzt von seinem verwegenen Wunsch, akademischer Maler zu werden. Nun konnte er erleben, was einer in der Akademie macht, der nicht lesen und schreiben kann. Malen konnte er. Das wusste Giovanni.

Die Zeit bei Tettamanzi war trotz der ständigen Streitereien wichtig für ihn gewesen. Giovanni hatte alles gezeichnet, was er wollte. Und Tettamanzi hatte seine Arbeiten gut gefunden, auch wenn er das Gegenteil behauptete. So viel wusste Giovanni. Inzwischen gab er sogar Unterricht im Riformatorio Marchiondi. Das hätte er sich in seinen kühnsten Träumen nicht ausdenken können. Dort erinnerte noch eine Wandzeichnung an ihn, die den Prinzen Umberto zeigte.

Als ein Zeichenlehrer fehlte, stellte man ohne Umschweife Giovanni ein, der es sich angewöhnt hatte, den Anstaltsgeistlichen, Pater Angelico, hin und wieder zu besuchen. Pater Angelico hatte Giovanni gegenüber ein schlechtes Gewissen. Er machte sich Vorwürfe, dass er diesen merkwürdig widerspenstigen und doch anziehenden Zögling gegenüber den Erziehern nicht wirkungsvoller verteidigt hatte. Dass er zu schwach und vor allem zu träge gewesen war, die Eigenart dieses mageren, unglücklichen Jungen zu ergründen. Schließlich war ihm damals schon bekannt, dass Giovanni ein Waisenkind und so verlassen war wie ein herrenloser Hund. Doch nun, wo offensichtlich schien, dass der Segen Gottes auch auf diesem einsamen Menschenkind ruhte, hielt er Rücksprache im Kollegium, und siehe, ohne Ausnahme war man dafür, dem begabten Exzögling eine Chance zu geben. Zumal er sicherlich schon aus Dankbarkeit wenig Honorar verlangen würde. Pater Angelico ging mit dem hochbefriedigenden Gefühl aus der Konferenz, dass Gottes

Mühlen zwar oft langsam, aber umso sicherer mahlten. Dieses Bewusstsein tat dem Pater gut, denn seine Zöglinge waren meist ruchlose Galgenstricke, und eine Begabung wie Giovanni Segatini war nicht unter ihnen und würde auch mit Sicherheit in den nächsten hundert Jahren nicht mehr auftauchen.

Giovanni fühlte sich geehrt und überrascht, dass das Kollegium Vertrauen in ihn hatte. Immerhin war seine Zeit im Riformatorio nicht gerade ruhmreich gewesen. In den letzten beiden Jahren hatte er aus Geldnot schon Zeichenstunden gegeben. Niemand hatte reklamiert.

Er erzählte seinen Riformatorio-Schülern bereits vor der ersten Stunde, dass er für eine lange Zeit, nämlich drei Jahre, einer von ihnen gewesen sei. »Ich war mindestens so arm, wie ihr es vielleicht heute seid. Drei Jahre lang haben sie hier versucht, mir das Reparieren von Schuhen beizubringen. Es war hoffnungslos. Arm an Geld bin ich immer noch, daher gebe ich jetzt Zeichenunterricht. Zeichnen ist das Einzige, was ich kann.«

Ein Schüler meldete sich: »Ich habe das auch schon mal versucht. Zeichnen ist genauso blöd wie Schuheflicken!«

Giovanni legte dem Jungen die Hand auf die Schulter und sah ihn freundlich an: »Ich werde mir Mühe geben, dir beizubringen, was man braucht, um Freude am Zeichnen zu bekommen. Das hast du vielleicht noch nicht gewusst.«

Die Schüler dankten ihm seine Offenheit. Gaben sich Mühe, Giovannis Vorschläge zu Papier zu bringen. Am meisten freuten sie sich, wenn es ihnen mit seiner Hilfe gelang, sich gegenseitig zu porträtieren. Und Giovanni hatte ein gutes Gefühl und ein paar Lire mehr pro Woche.

Es war eigenartig für ihn, wenn er durch die Gänge des Riformatorio zu seiner Klasse ging oder am Schluss der Stunden zum Ausgang. Anfangs stand er noch eine Weile draußen unter den Arkaden und atmete tief die frische Luft ein. Wie oft hatte er sich früher herausgewünscht, herausgesehnt aus diesen Mauern. Überall hatte er sein wollen, nur nicht hier eingesperrt. Lieber ein Straßenjunge ohne Essen und einen Platz zum Schlafen, als hier festgehalten zu werden. Giovanni nahm sich vor, sein neues Leben nicht ganz so selbstverständlich zu nehmen, sondern sich an jedem Tag bewusst zu sein, dass er jetzt ein anderer war. Einer, der zählte und der vielleicht in der Zukunft von sich reden machte. Das war sein erklärtes Ziel, und daher grüßte Giovanni die Lehrer selbstbewusst und nicht allzu freundlich. Und die grüßten gemessen freundlich zurück. Sie hatten nicht vergessen, dass er der schwererziehbare Zögling Segatini gewesen war, aber sie hatten schließlich dafür gestimmt, ihm eine Chance zu geben. Das war fürs Erste genug. Man würde ja sehen.

Nachdem er in die höhere Ornamentklasse aufgerückt war, ging er morgens in die Klasse zum Figurenzeichnen, studierte die Perspektive, ging in die Landschaftsklasse. Wo er auch arbeitete, es dauerte nicht lange, bis sich die anderen Schüler um ihn scharten und seine Arbeit bewunderten. Auch die Professoren wurden aufmerksam, manche lobten ihn spontan, andere schwiegen und zeigten so ihren Widerspruch, oder sie bemängelten Giovannis Arbeit. Der war weder für Lob noch Tadel sensibel. Er wollte lernen, er wollte arbeiten, und er wusste genau, wie seine Bilder aussehen sollten. Er spürte rasch, dass die Stimmung an der Brera durch Proteste aufgeladen war. Kommilitonen versuchten, Giovanni dafür zu gewinnen, mit ihnen zu streiten. Man wollte nicht mehr so malen, wie die meisten Professoren es lehrten, nämlich nach dem Vorbild Leonardo da Vincis. Sie wollten die neuen Prinzipien der naturalistischen Sicht lernen, wie sie die Franzosen anwendeten. »Wir wollen weg von den doktrinären Theorien, die schon immer an der Brera verteidigt wurden. Wir wollen Neues lernen, etwas wagen. Nicht immer die alte Masche weiterstricken.« So redeten die Studenten auch mit Giovanni. »Du kannst es, du arbeitest ganz eigenwillig, du kannst es wagen, die Professoren zu überzeugen!« Sie hatten miterlebt, wie Professor Bertini Giovanni gerügt hatte. »In Ihren Bildern gibt es ja keine Schatten. Haben Sie noch nie Schatten gesehen?«

Damals hatte sich Giovanni sofort auf den Weg in die Wälder um Mailand gemacht. Er sah das Licht einfallen und beobachtete genau die Schattenwirkung an den Bäumen, die er nach langem Betrachten in seinen Block zeichnete. Er sah verblüfft, wie der Schatten, den er sah, sich bald auch auf dem Papier abhob, und er fühlte so etwas wie Dankbarkeit gegenüber Bertini, obwohl der ihn vor der Klasse hatte zurechtweisen wollen. Zurück in der Brera, zeigte er seine Arbeit, und seine Kommilitonen standen um ihn herum und staunten. »Mensch, Segante, ich staune. Habt ihr schon einmal so einen Wald gesehen?« Selbst Bertini nickte zustimmend, sprach jedoch kein Lob aus. Er mochte Segatini nicht, weil er in ihm den Unruheherd sah, der die Studenten in ihrer ersehnten künstlerischen Revolution unterstützte, die Bertini lächerlich fand, einfach unverschämt und störend. Obwohl er sah, dass dieser eher unbeholfene, schier ausgehungerte Student begabter war als die meisten anderen, ärgerte er sich über ihn. Denn er war eigensinnig. Hörte genau zu, sah genau hin, was ihm gesagt oder gezeigt wurde, und dann machte er das, was er malen wollte. Er hatte eine Kunstauffassung, die dem Konventionellen, Akademischen widersprach. Daraus zog Bertini den Schluss, dass er mit seinen Kollegen reden müsse. Segatini sollte spüren, dass er an der Brera nur ein kleines Licht war. Dass es immer noch die Professoren waren, die vorgaben, in welche Richtung sich die Brera entwickelte.

Bertini erreichte, dass einige Professoren Giovanni zu kritisieren begannen. Dass sie ihn herabsetzten, indem sie ihn bei öffentlichen Schülerausstellungen und Preisverteilungen übergingen. Einer von Giovannis Kommilitonen unterrichtete den Direktor der Brera, Professor Bernacchi, von den Ungerechtigkeiten. Der schickte den jungen Studenten zunächst mit barschen Worten weg. Dann aber ließ er sich die Arbeiten Giovannis zeigen, und es hieß, er habe in einer Konferenz das Kollegium gebeten, den Studenten Segatini zu fördern, anstatt ihm die Brera zu vermiesen. Er ließ Giovanni rufen und übergab ihm offiziell einen gutausgestatteten Holzkasten mit Aquarellfarben.

»Ich habe das Gefühl, dass Sie eher ein Maler als ein Zeichner sind.«

Den Kopf voller Freude, aber auch voller Gedanken an die Unwägbarkeiten an der Brera, machte Giovanni sich auf den Heimweg. Und weil die Luft warm war und viele Menschen auf den Straßen, ließ er sich mittreiben und entschloss sich, wieder einmal zum Dom zu laufen, den er als kleiner Junge mit seinem Vater zum ersten Mal gesehen hatte. Sein Vater hatte ihm auch berichtet, dass der Bau des riesigen Domes, mit dem man Ende des vierzehnten Jahrhunderts begonnen hatte, exakt im Jahre 1858, im Geburtsjahr Giovannis, fertig geworden sei. Giovanni freute sich kindlich, dass solch ein Monument im Jahr seiner Geburt vollendet wurde. Er fühlte sich dadurch dem Duomo verbunden, doch darüber sprach er nicht. Das wäre ihm anmaßend erschienen.

Giovanni erinnerte sich noch lebhaft, dass sein Vater gemeint hatte, der Duomo sei eine der größten Kirchen der Welt. Lediglich der Petersdom in Rom sei noch größer. Giovanni schaute hinauf zur größten der vielen Turmspitzen, die eine vergoldete Madonna trug. Damals, als Siebenjähriger, hatte er sie nicht sehen können, weil eine Dunstwolke sie verdeckte. Heute jedoch konnte er die goldene Madonna auf der Spitze klar erkennen. Er wusste auch von Dalbesio, dass die Mailänder die Skulptur zärtlich La Madonnina nannten und dass es ein Lied gab, das sie besang.

Giovanni konnte sich nicht vorstellen, dass es in Rom oder irgendwo sonst auf der Welt eine noch schönere Kirche geben sollte als diesen Dom, seinen Duomo. Der Nacken tat ihm bald weh, weil er ständig die unzähligen Statuen studieren musste, die, in Marmor gehauen, die Fassade bevölkerten. Unfassbar, wie fein die großen und kleinsten Figürchen herausgearbeitet waren. Und die Glasfenster. Sie schienen in ihren Farben zu glühen. Um Giovanni herum standen viele Menschen, die den Dom gleichfalls betrachteten. Manche standen in Gruppen, machten sich durch begeisterte Ausrufe gegenseitig aufmerksam. »Schön«, hörte Giovanni überall die Leute ausrufen. »Schön« – »Wunderbar« –

»Einmalig«. Eine Gruppe Nonnen begann zu singen, und Giovanni hörte all die Stimmen auf dem Platz wie das Jubilieren der Vögel. Er sah ein junges Mädchen unweit von sich stehen. Sie war sehr schlank, trug ihr dunkles Haar in einem Zopf streng nach hinten gekämmt, und Giovanni konnte ihr Profil klar erkennen. Sie stand da und schien niemanden zu sehen, ganz in den Anblick des Doms versunken. Sie lächelte leicht, und Giovanni glaubte, dass die Schönheit und Wahrhaftigkeit des großen Kunstwerks dieses Lächeln hervorgebracht hatte.

Das Mädchen am Dom erinnerte Giovanni an Luigia Bugatti, obwohl es keinerlei äußere Ähnlichkeit gab. Darüber wunderte Giovanni sich nicht. Dass Luigia angesichts des Duomo lächeln würde, schien ihm sicher. Für sie war die größte Kirche ihrer Heimatstadt mit Sicherheit auch die schönste. Er selbst hätte den Dom nicht schön nennen können, weil ihm das viel zu wenig schien. Der Dom war tausendmal mehr als schön. Er konnte Giovanni den Atem nehmen, ihm die Tränen in die Augen treiben. So etwas Unvergleichliches war nicht einfach im Laufe von Jahrhunderten gebaut worden. Hier hatten Menschen das Höchste gewollt. Sie wollten mehr schaffen als eine Kirche. Sie wollten ihre Sehnsüchte in den Himmel hineinbauen, immer höher hinauf, alles Irdische wollten sie weit hinter sich lassen.

Giovanni musste mit Luigia zum Duomo kommen. Unbedingt. Er wollte wissen, was sie sagen würde vor diesen in Stein, Glas und Marmor gefassten Gefühlen. Die Vorstellung, er könne mit Luigia hier auf dem Platz stehen, in diesem Licht, das die langsam untergehende Sonne über die Stadt breitete, erschien ihm eigentlich unmöglich. Wenn er Luigia auch mehrfach zur Schule begleitet hatte, einmal sogar allein, wenn sie ihm demnächst sogar Modell sitzen sollte, dann besagte das zunächst einmal gar nichts. In ein paar Stunden würde er wieder aus seinem kleinen Dachfenster auf die Türme der Stadt sehen und sich überflüssig vorkommen. Er war ein Überflüssiger, auch wenn er einige Freunde gewonnen hatte, die er besuchen konnte. Doch letztendlich, spätestens am Abend, war er allein, und er hatte es satt.

Als er den Heimweg antreten wollte, hörte er aus der geöffneten Tür des Doms Orgelmusik. Es war ihm, als würde er auf einem Karussell in die Höhe gehoben, und für den Moment vergaß er vor Freude an den brausenden Klängen seine Einsamkeit. Die Töne schwammen und rauschten in einem herrlichen Rhythmus, und als das Brausen leise ausklang, fühlte sich Giovanni fast wie betäubt. Er ging rascher, ihm war, als wüchse er empor wie einer der vielen Türme des Duomo und alle Menschen schauten zu ihm auf.

Plötzlich hörte er, wie jemand seinen Namen rief, und er wachte auf aus seinen traumhaften Gedanken. Im Weitergehen sah er ein paar junge Leute vor einem Haus stehen, einer davon winkte ihm zu, und Giovanni erkannte, dass es der Neffe von Tettamanzi war, Rodolfo. Man hätte ihn einen fröhlichen jungen Mann nennen können, wäre er nicht so eingebildet gewesen wie sein Onkel. Aber daran hatte Giovanni sich noch nie gestört, und so ging er bereitwillig auf den Winkenden zu, und man schloss sich den anderen an, um in die Galerie zu gehen, vor der sich Rodolfos Freunde getroffen hatten, um eine Ausstellung moderner Kunst anzusehen.

Schon bei den ersten Bildern begannen die Jungen sich gegenseitig mit Lobpreisungen zu überbieten. Auch Rodolfo schien begeistert. Giovanni trottete missmutig hinter der Gruppe her und fragte sich, ob er nicht einfach grußlos verschwinden solle. Die Bilder kamen ihm unbedeutend vor, ohne Inhalt. Giovannis Blick blieb nirgendwo haften, keines der Bilder hatte die Kraft, seine Gedanken zu fesseln. Es waren alles Bilder von Malern, die Objekte gesehen und auf die Leinwand kopiert hatten. Dabei war auch ein ziemlich großes Werk mit breiten Pinselstrichen, das eine Landschaft darstellte. Die Gruppe um Rodolfo war davor stehen geblieben. Sie nannten das Bild phantastisch, gekonnt, modern. Waren begeistert. Daraufhin nahm Giovanni das Bild noch einmal genauer in Augenschein. Wieder sah er nichts Besonderes, nur die breiten Pinselstriche. Er schloss aus dem Lob der anderen, dass für sie die Schönheit des Gemäldes einzig in der Technik bestand, mit breitem Pinselstrich zu malen. Giovanni jedoch sagte es auch nach langem, eingehendem Betrachten nichts, und er verließ wortlos die Galerie.

Inzwischen war es Nacht geworden. Auf den Straßen zündeten Männer die Laternen an, und Giovanni wurde beim Anblick der in warmes Licht getauchten Straßen mit den alten, teils ehrwürdigen Häusern wohl ums Herz, aber er wurde auch nachdenklich. Und das hatte viel mit Luigia zu tun. Noch nie war er einem Mädchen begegnet, das ihn so faszinierte wie Luigia. Sie sah aus wie eines der Mädchen in Botticellis Bildern, von denen Giovanni bei einer Ausstellung in der Brera Kopien gesehen hatte. Allein ihr Haar. Alle sagten, es sähe aus wie Seide, und Giovanni musste zugeben, dass er auch keinen besseren Vergleich fand. Und die seltsam grünblauen Augen! Sie konnten aufleuchten und dann wieder kühl glitzern wie Wasser in der Sonne. Luigia Pierina war für ihn eine Prinzessin, unerreichbar. Sie lebte, von allen behütet, im Hause Bugatti. Seit Giovanni sich in Luigia verliebt hatte, war seine beständige Sorge, die Unruhe, die ihn nie verließ, noch größer geworden: Was wurde aus ihm in dieser großen Stadt? Würde er es schaffen, an der Akademie sein Talent in der Art auszubilden, dass es ihn ernährte? Vielleicht sogar bekannt machte? Würde er es schaffen? Und was wäre, wenn er es nicht schaffte? Einmal hatte er darüber mit Enrico Dalbesio gesprochen, und der hatte eine Weile nachgedacht, wie es seine Art war. Dann hatte er Giovanni angesehen und gegrinst. »Du musst begreifen, dass deine Ängste für dich nur von Vorteil sind.« »Aber wieso denn?«, hatte Giovanni gefragt. »Sie vergiften mir das Leben!« Enrico hatte kurz gelacht, dann sagte er wieder ernsthaft: »Solche Existenzängste sind das beste Mittel gegen romantische Vorstellungen und hochfliegende Pläne. Glaub mir, Segante, es gibt kein besseres Mittel dagegen.«

Daran dachte Giovanni, als er die Treppen hochrannte in seine Wohnung, die aus zwei Dachstuben bestand. Und doch war es anders, als es bei Irene gewesen war. Das vordere Zimmer hatte nämlich einen Kamin, den Giovanni beheizte, so oft sich die Gelegenheit ergab. Die Abende waren immer noch frisch, und Giovanni machte sich daran, in den aufgeschichteten Holzscheiten ein Feuer anzuzünden, das auch bald duftete und prasselte. Giovanni war zum ersten Mal glücklich in einer Wohnung. Seiner ersten eigenen Wohnung. Sie gehörte einer Mailänder Dame, deren Alter Giovanni nicht einschätzen konnte. Jedenfalls hatte sie lockiges Haar, kleidete sich in lebhaften Farben, und ihr Mund war immer sorgfältig geschminkt. Giovanni wäre das alles recht gewesen, wenn Signora Basini nicht des Öfteren von ihm verlangt hätte, sie zur Kirche zu begleiten. Sie wünschte sich allen Ernstes, er solle sie zum Morgengebet und zur Abendmesse begleiten. Ihre erste Frage vor dem Beginn des Mietverhältnisses war die nach Giovannis Religion gewesen. Als er erklärte, dass er katholisch sei, hatte er die Folgen nicht ahnen können. Und nun war es seine Aufgabe, sich jedes Mal eine überzeugende Ausrede einfallen zu lassen, wenn Signora Basini, frisch gelockt und in kräftiges Lila gehüllt, bei ihm anklopfte.

Gerade pochte es kräftig an seine Tür, und Giovanni fragte sich, ob um diese Zeit irgendwo noch eine Mitternachtsmesse gehalten werde und welche Krankheit ihn davor beschützen könne. Doch es war nicht die Signora, sondern Rodolfo, der Giovanni fragte, warum er fortgelaufen sei. »Wir wollen noch ein Glas trinken, hier ganz in der Nähe. Sei kein Spielverderber!« Schließlich ging Giovanni mit, obwohl er viel lieber an seinem Kamin gesessen hätte. Er übte sich nämlich unter Anleitung von Enrico und Carlo im Lesen und Schreiben. Schließlich war es höchste Zeit, und es machte ihm Freude, dass er jetzt schon die Überschriften in Zeitungen entziffern konnte. Es gab noch viel zu lernen für ihn, aber seine Freunde unterstützten ihn bereitwillig. Auch im Hinterzimmer der Drogerie von Carlo und Giulio Bertini bekam er Unterricht.

Giovanni saß kaum am Tisch der Kunststudenten, als es auch schon losging mit dem Streiten. Rodolfo hatte das vielleicht geahnt und deshalb Giovanni noch überredet mitzukommen. Man fragte Giovanni sofort, wie er denn die Ausstellung einschätze, und Giovanni antwortete wahrheitsgemäß, dass er nichts von den Bildern halte. Alle fielen über ihn her. Nannten ihn einen Banausen, einen aus der Provinz, der sich solch ein Urteil über die bekanntesten Künstler Mailands anmaße. Rodolfo lächelte Giovanni schließlich mitleidig an und sagte: »Du verstehst ganz einfach nichts von Kunst.«

9

So ausgiebig hatte Luigia lange nicht gebadet. Sogar Rosen hatte sie aus dem Garten geholt, aber nur die Köpfe, solche, die schon leicht angegilbt waren. Das Stehlen makelloser Rosen bedeutete Ärger mit Mutter Bugatti. Die kannte jede Rose persönlich. Luigia hatte die Köpfe zerpflückt und in ihr Badewasser gestreut. Zitronen stibitzte sie auch aus der Küche, weil sie gehört hatte, dass Saft und Schale eine weiche Haut machten. Hätte Luigia sonst noch ein Mittel gewusst, das sie verschönern könnte, vielleicht Essig und Öl, sie hätte es auch auf sich verteilt. Die Haare waren schon gewaschen, in Kamillentee, wie die Mutter das seit Luigias Kindheit machte. Hoffentlich wurden sie unter dem Handtuch noch rechtzeitig trocken. Das war immer Luigias Problem bei ihren üppigen, langen Haaren.

Zum ersten Mal würde sie Giovanni Modell stehen. Was sollte sie bloß anziehen? Immerhin sollte sie heute eine Falknerin vorstellen. Noch dazu eine aus dem Mittelalter. Luigia wollte keineswegs mit hochgerecktem Arm dastehen, auf dem dann der Falke hocken würde. Das kann kein Mensch länger als zwei Minuten aushalten. Luigia wollte bequem sitzen. Jetzt, wo ihr die Arbeit sicher war, stellte sie ihre Ansprüche, und Giovanni hatte schon einen großen Lehnstuhl ausgesucht, den, der in der Halle an dem großen Spiegel stand.

Warum war sie so nervös? Sie würde sich doch nur in einen Sessel setzen und so tun, als fütterte sie einen Falken. Der war schon da, ein Riesenvogel aus einem Jagdhaus. Dafür, dass er tot war, schaute er ziemlich herrisch aus seinen Glasaugen. Das war ein Angeber, der Falke. Der Hund wollte sofort auf ihn los, und Giovanni verfrachtete sein Modell auf den Garderobenschrank. Von dort oben schaute das Biest triumphierend auf den Hund, der stur vor ihm sitzen blieb und ihn im Auge behielt. Die Katzen hatten offenbar Angst vor dem Riesenvogel. Sie mieden die Halle, und wenn sie trotzdem einmal auf die Terrasse wollten, rasten sie wie verrückt unter dem Falken vorbei. Es schien, als wäre das gesamte Haus mit Luigias Sitzung beschäftigt. Sie war wichtig, im Mittelpunkt. Das wurde auch mal Zeit.

Die Mutter hatte ihr ein weißes Seidenkleid von sich ausgesucht, und dazu einen komischen Mantel aus blauem Atlas, den Luigia auch noch anziehen sollte. Bei der Anprobe drapierte sie noch einen breiten Seidenschal über die Tochter. »Du musst den Falken nämlich mit frischem Fleisch füttern«, sagte sie sachverständig, »das kann tropfen!«

Luigia fand, dass ihre Mutter es immer schaffte, ihr die Freude zu verderben. In diesen Kleidern sah sie doch aus wie der Großmogul von Tibet. Dabei wollte sie lieber aussehen wie Kleopatra, als sie Marcus Antonius verführte. Luigia sagte das ihrer Mutter, natürlich nicht das mit Kleopatra, aber die Mutter meinte, in Tibet gebe es keine Großmogule. »Ich sehe aber trotzdem aus wie einer«, sagte Luigia verdrossen, und ihre Mutter entgegnete ihr, wenn schon, dann höchstens wie ein Kleinmogul.

Luigia hörte Giovannis Stimme. Er kam durch die Halle, und Luigia beeilte sich, aus der Wanne zu kommen. Ihr Herz klopfte heftig. Wahrscheinlich war das Badewasser zu warm gewesen. Oder? Hoffentlich duftete sie jetzt intensiv nach Rosen und Zitronen. Parfüm von Mutter wollte sie nicht über sich schütten, sonst wüssten beide sofort, was die Uhr geschlagen hatte. Mutter und Giovanni.

Herrje, diese Gewänder hingen an Luigia herunter wie überlange Gardinen. Und die Haare kringelten sich wie die Schlangen! Warum musste sie unbedingt eine Falknerin sein, um Giovanni für sich zu interessieren? Könnten sie nicht in einem der Gärten von Mailand herumschlendern wie andere Paare auch? Wie sollte Giovanni sich denn in sie verlieben, wenn sie aussah wie eine Schiffbrüchige, die vom Kapitän einen Schlafrock geliehen bekam? Das war es. Genauso sah sie aus. Obenherum war das weiße Kleid ziemlich eng. Man sah also wenigstens, dass sie einen Busen hatte. Ansonsten war sie eine Wurst aus Atlasseide. Luigia heulte innerlich, schlurfte zu dem Sessel und hatte mit dem Leben abgeschlossen. Ihre Mutter würde mit Sicherheit an der Tür sitzen bleiben, und alle schönen Träume, die Luigia bereits von Giovanni geträumt hatte, wären beim Teufel.

Giovanni blieb vor ihr stehen. Luigia wollte ihn lieber nicht ansehen und schaute vor sich hin. Er räusperte sich und bat, dass sie ihren Kopf möglichst ungezwungen zurücklehnen solle in eine Ecke des Lehnstuhls. Seine Stimme war anders als sonst. Ehe sie darüber nachdenken konnte, wie anders Giovannis Stimme war, rief ihre Mutter schon energisch: »Luigia! Ungezwungen sollst du dasitzen! Einfach natürlich!«, und Luigia hatte sofort Wut auf sie und wurde erst recht steif und ungelenk.

»Darf ich?«, sagte Giovanni und nahm behutsam ihren linken Arm, um ihn locker an die Rückenlehne des Sessels zu drapieren. Luigias Hand begann sofort zu glühen.

»Ich weiß nicht, aber es sieht irgendwie blöd aus«, stellte ihre Mutter fest, und Giovanni sprang sofort neben sie hin, um aus ihrer Perspektive auf Luigia zu schauen. Es war wie im Zoo, Luigia war der Affe. So sah in Wahrheit das Leben junger Frauen aus. Und auf diese Unternehmung hatte Luigia sich gefreut. Sollte ihre Mutter doch Modell stehen. Vielleicht mit einer langstieligen Rose zwischen den Zähnen. Da schaute Luigia ja noch lieber den Falken an, der inzwischen über ihr auf der Rückenlehne des Sessels hockte und wenigstens den Schnabel hielt.

Aus den oberen Räumen rief plötzlich der Vater, Mutter solle ihm seine Tropfen bringen. Luigia hatte doch gewusst, dass ihr Vater im Grunde ein lieber Mensch war. Wenn auch aus Versehen. Wie immer tief besorgt um die Gesundheit ihres Mannes, rannte Mutter Bugatti treppabwärts in ihr Schlafzimmer, wo die Tropfen deponiert waren. Bis sie oben in der Dachstube anlangte, ihren Mann mit Tropfen und Ermahnungen versorgt hatte und wieder bei Luigia und Giovanni Wache halten konnte, würden schon ein paar Minuten vergehen. Luigia schaute Giovanni an und wusste in dieser Sekunde, dass er sich gerade dasselbe ausrechnete. Bevor ein Lächeln sie verraten konnte, hatte Giovanni sie schon hochgezogen in seine Arme und attackierte entschlossen Luigias Mund mit seinem. Es war rasch klar, dass er ebenso wenig Übung im Küssen hatte wie Luigia, aber dafür umso mehr Begeisterung, und Luigia fiel das frische Fleisch für den Falken aus der Hand. Es tropfte, wie ihre Mutter es vorausgesagt hatte.

Natürlich kam Mutter Bugatti eilends zurück, doch es hatte lange genug gedauert, um Luigias und Giovannis Verhältnisse zu regeln. Giovanni hatte sogar noch Zeit gehabt, das Oberteil des Falknerinnenkostüms wieder in die richtige Ordnung zu bringen und ihr überhaupt alle verrutschten Textilien eng um den Körper zu drapieren. Luigia hoffte, dass die Zeit stillstände oder dass es ewig so weiterginge mit Giovanni. Es hätte sie nicht gewundert, wenn der Falke seine beträchtlichen Flügel ausgebreitet und sich zum Abflug aufgeschwungen hätte.

In den nächsten Tagen passierte es Luigia ständig, dass sie am Morgen aufwachte und noch in derselben Sekunde Giovanni vor sich sah. Es war, als lebte er in ihr und würde am Morgen auch in ihr wach werden. Sie war nicht länger allein. Luigia wollte dafür sorgen, dass Giovanni immer in ihr lebte. Immer! Noch nie hatte sie so eine Lust gehabt auf ihre Morgentoilette, auf den Morgenkakao, auf die Sonne, auf den Wind und auf Giovanni. Auf sein schönes Gesicht. Auf seinen Hochwald an Haaren.

Dieser Vergleich stammte von Serafina! »Der hat einen Hochwald von Haaren!« Das erzählte sie allen, die Giovanni noch nicht gesehen hatten. Serafina war Luigia nicht böse, dass sie ihren Bruder Battista nicht wollte. Sie sagte sogar, sie würde ihren Bruder auch nicht wollen, mit ihm könne man nur noch über Hämorrhoiden, Aderlass, Nerven und Rheumatismus reden.

Doch das Verrückteste war – Serafina hatte sich auch in Giovanni verliebt! Serafina, die ständig etwas auszusetzen hatte an Giovanni, war in ihn verliebt! Sie hatte es zugegeben!

Aber Giovanni gehörte Luigia. Es war schön, tief zu atmen und die Brustspitzen unter dem Kleid zu spüren. Sie beide waren für alle Ewigkeit zusammen. Luigia wusste das. Sie fühlte das. Giovanni sah sie an, seine Augen leuchteten, so wie sie sah er niemanden an, da passte Luigia schon auf. Sie glaubte, dass Giovanni ebenso wenig wie sie einsah, warum sie noch länger aufeinander verzichten sollten. Aber alle passten auf Luigia und Giovanni auf. Besonders Mutter Bugatti. Vorerst konnten sie noch nirgends allein sein. Giovanni wohnte bei einer alten Dame, aber da wollte er ausziehen, weil sie immer versuchte, ihn in die Kirche zu verschleppen. Das ging Giovanni auf die Nerven.

Luigia dachte unablässig darüber nach, wie sie es anstellen könnte, Giovanni wenigstens zeitweise allein für sich zu haben. Vielleicht konnte sie heimlich einen Hut mit Schleier von ihrer Mutter entwenden und ihre Pelzjacke. Dann würde Luigia eine Wohnung mieten. Genügend Geld hatte sie, und sie würde sich schon für den Hausbesitzer eine Geschichte ausdenken. Und Giovanni müsste auch Frauenkleider anziehen, sonst dürfte er ja gar nicht mitkommen in die Wohnung! Das war die Lösung! Und es wäre ein Riesenspaß! Mutter hatte so viel Garderobe, die merkte gar nicht, wenn etwas fehlte. Aber ob Giovanni solche Verrücktheiten mitmachte? Die Idee war ursprünglich von Serafina. Sie wollte aber ständig von Luigia wissen, ob sie auch standhaft sei gegenüber Giovanni. »Lass ihn zappeln«, sagte sie weise, und sie sagte auch, dass echte Männer um ihre Frau kämpfen wollten. Ob Battista ihr das erzählt hatte?

Giovanni und Luigia machten sich auf den Weg zu dem alten Platz von San Marco am Naviglio. Carlo hatte ihnen gesagt, dass in der Galleria Grubicy einige Werke des kürzlich verstorbenen Tranquillo Cremona zu sehen seien. Giovanni war sofort wie elektrisiert. »Komm mit, lass uns die Bilder ansehen. Cremona war ein Meister. Er ist ganz eigene Wege gegangen und war noch sehr jung, als er mit dem Malen begonnen hat.«

Sie standen vor den Bildern, und Giovanni berichtete Luigia alles, was er über Cremona wusste. Sie hörte nicht wirklich zu, denn sie sah erst jetzt, dass Giovannis Schuhe verdreckt waren von einem Malausflug in den Wald, und er hatte auch vergessen, seinen Hut abzunehmen, so fasziniert war er von den Werken Cremonas. Luigia gefiel vor allem ein Doppelporträt, das eine zarte junge Frau unter einer Flut von Haaren neben einem älteren Mann zeigte. Er sah recht zufrieden ins Bild, die junge Frau hatte jedoch einen schmalen, verhärmten Mund. Vielleicht hatte Cremona eine Freundin an einen alten, reichen Mann verloren und malte jetzt seine Enttäuschung. Die Farben des Gemäldes gefielen Luigia besonders gut. Rosa und Grautöne in feinen Abstufungen. Giovanni sah ihr Interesse. Er erklärte ihr, dass Tranquillo Cremona zu den Scapigliatura gehört habe. Sie sah ihn fragend an.

»Die ›Scapigliati‹, also die Zerzausten«, sagte Giovanni so beredt, wie Luigia ihn kaum erlebt hatte, »die Scapigliati sind eine neue Bewegung in der Malerei und in der Literatur. So zwischen 1860 und 1870 waren sie in Mailand aktiv. Hast du den Namen der Gruppe noch nie gehört? Eigentlich reden alle davon. Jedenfalls in der Akademie.«

»Aber warum haben sie denn so einen komischen Namen?«, fragte Luigia.

»Es gibt einen Roman von Cletto Arrighi, der hat den Titel *Scapigliatura*. Ich kenne ihn nicht. Aber ich weiß, dass die Scapigliati junge Studenten sind, die eher bohemehaft leben wollen, unabhängig.«

»Also Leute wie wir«, sagte Luigia, und Giovanni entgegnete: »Klar, so wie wir. Sie sind romantisch. Sie wollen sich mit ihrer Kunst gegen die sozialen Missstände in Mailand stellen. Sie lehnen alles Bürgerliche ab. Tranquillo Cremona ist ihr bedeutendster Vertreter gewesen. Siehst du, wie sich in seinen Bildern sämtliche Konturen auflösen? Das erreicht er durch eine ganz eigene

Technik. Cremona versteht es, auf besondere Weise Gefühle zu suggerieren.«

Mit einem Mal sah Luigia die Blicke des Galeristen Vittore Grubicy de Dragon, die missbilligend Giovannis schmutzige Schuhe und seinen Hut musterten. Warum schaute dieser Grubicy nicht in Giovannis Gesicht? Sah er denn nicht, wie fasziniert Giovanni war? Wie er alles vergaß über der Andacht, mit der er die Bilder betrachtete, als stünde er vor einer Offenbarung? Der Enthusiasmus in Giovannis Augen erlosch auch nicht, als Grubicy schließlich auf ihn zutrat und wissen wollte, warum Giovanni derart nachlässig gekleidet in die Galleria komme.

»Er ist Maler«, sagte Luigia heftig, »er kommt vom Stadtrand, wo er gerade an einem Landschaftsbild arbeitet.«

Da Giovanni sich von seiner Aufmerksamkeit für die Werke Cremonas nicht ablenken ließ, fragte Grubicy Luigia, ob der junge Maler auch Stillleben malen könne. »Ich habe in meiner Galerie viele Anfragen nach Stillleben –« Und wie auf ein Stichwort wandte Giovanni sich jetzt dem Galeristen zu, nahm seinen Hut ab und stellte sich vor: »Giovanni Segatini. Und natürlich kann ich Stillleben malen. Sie müssten mir nur die gewünschten Gegenstände zur Verfügung stellen.« Wenn ich diese Sachen auch noch kaufen muss, dachte Giovanni, kann ich das Malen gleich lassen. So fragte denn auch Grubicy sofort, wie viel Geld Giovanni für ein Stillleben fordern würde. »So um die 30 bis 40 Lire«, sagte Giovanni rasch.

Als Giovanni seine Stillleben ablieferte, begleitete ihn Luigia wieder zu den Grubicys. Die Galleria gehörte zwei Brüdern, sie hieß offiziell »Galleria Vittore ed Alberto Grubicy«. Giovanni hatte einige Stillleben dabei und stellte sie auf ein Podest. Während Giovanni sich schon wieder den Cremonas zuwandte, hörte Luigia, wie Alberto Grubicy sagte, dass die Bilder von Geschmack und großem Können zeugten. »Die müssen wir kaufen, Vittore. Und zwar alle. Wir geben dem jungen Künstler 40 Lire pro Bild.« »Warum – er ist doch mit 30 zufrieden«, entgegnete Vittore, und Luigia beschloss, auf dem Rückweg Giovanni über die Herren Galeristen aufzuklären. Doch Giovanni meinte, 30 Lire seien viel Geld. »Was meinst du, sollte ich mir hier am Naviglio ein Atelier mieten?«

Luigia war klar, dass Giovanni sich dieselben Gedanken gemacht hatte wie sie, und sie wurde förmlich durchflutet von einer riesigen Freude. Ein eigenes Atelier für Giovanni – das würde bedeuten, dass sie sich dort treffen könnten. Bei den Künstlern, so hatte sie von Carlo und seinen Freunden gehört, war man großzügig, sah man nicht so genau hin. Außerdem kannte sie niemand am Naviglio.

Luigia war in dieser Gegend mit den vielen Kanälen erst einmal gewesen, mit ihrer Mutter. Und das war lange her. Sie erinnerte sich plötzlich ganz gut. Sie hatten eine Modistin besucht, die viel für Mutter Bugatti arbeitete. Die Modistin lag krank im Bett, denn sie war auf nassem Holz gestürzt und konnte nicht zum Einkaufen gehen. Luigia und ihre Mutter besorgten für sie Brot, Käse und Früchte in den Läden nahe ihrer Wohnung.

Als sie damals in der Dämmerung wieder vom Naviglio aufgebrochen waren, erschienen die Häuser, das Wasser, die Frauen, die heimkehrenden Arbeiter und die am Kanal spielenden Kinder in warmem, fast magischem Licht. Luigia wusste noch, dass sie einige Zeit wie verzaubert war von der Stimmung in den Läden, von der Freundlichkeit der fremden Menschen. Sie konnte daher gut verstehen, dass Giovanni von diesem Stadtteil angezogen wurde, der eher eine Stadtlandschaft für sich war, ein einzigartiges Stück Mailand. Die Vorstellung, dass Giovanni dort ein Atelier mieten wollte, war für sie wie ein Geschenk.

»Kann ich mitkommen, wenn du auf Wohnungssuche gehst?«, fragte Luigia, und Giovanni freute sich. »Willst du das wirklich?«

10

Giovanni wusste, dass man an der Brera Ungewöhnliches von ihm erwartete. Es schmeichelte ihm, dass sich so viele Kommilitonen für ihn interessierten. Doch es engte ihn auch ein. Nein, er wollte nicht Sprecher seiner Aktklasse werden. Er wollte auch nicht ständig an Zusammenkünften teilnehmen, bei denen früher oder später der Rotwein das Wort führte. Auch machte ihn sein beständiger Geldmangel trübsinnig. Es hatte sich herumgesprochen, dass Giovanni einige Stillleben an Grubicy verkauft hatte. »Kannst du mir Geld leihen?«, hörte er nun des Öfteren. Und er mochte niemandem diese Bitte abschlagen. Auch hatte er Geld gebraucht, um seine Atelierwohnung am Naviglio mit dem Notwendigsten einzurichten.

An einem nassen und kalten Herbsttag, der viel zu früh den kommenden Winter erahnen ließ, hatte Giovanni weder Geld für Feuerholz noch für Tee oder Brot. Der Hunger trieb ihn durch sein Zimmer. Obwohl er wusste, dass nichts mehr zum Essen da war, suchte er überall. Alles, was er besaß, waren die drei Medaillen, die ihm seine bisherigen Arbeiten als Schüler der Brera eingebracht hatten, zwei silberne und eine bronzene Akademiemedaille.

Giovanni überlegte verzweifelt, ob er diese Medaillen, die doch recht hübsch aussahen, nicht verkaufen könnte. Er verwarf den Gedanken an die Bugattis sofort wieder. Er hätte sich vor Carlo und vor allem vor Luigia geschämt. Dalbesio? Der hatte ihm schon oft Brot und Käse mitgebracht, den konnte er nicht fragen. Außerdem war Giovanni sicher, dass Enrico Medaillen blödsinnig finden würde. Und die Bertonis? Die schon gar nicht. Sie gaben Giovanni oftmals die teuren Ölfarben, die er sich nicht leisten konnte, umsonst. Nein, keinen von seinen Freunden durfte er damit behelligen. Giovanni musste jetzt endlich unabhängig werden. Er musste es schaffen, genug Geld zu verdienen. Aber jetzt hatte er Hunger, verdammt. Er fror, hatte lange nichts Warmes mehr zu sich genommen.

Schließlich war Giovanni das Riformatorio Marchiondi eingefallen, und er war sofort losgerannt. Schüchtern und vorsichtig hatte er bei Pater Angelico angefragt, ob die Anstalt vielleicht drei Medaillen von einem ehemaligen Schüler ankaufen könne. Sobald er genug Geld habe, wolle er die Medaillen wieder zurückkaufen. Und siehe da, die Direktoren kauften seine Medaillen, schrieben es sorgfältig in ein Geschäftsbuch: 20 Lire Leihgeld für drei Medaillen. Giovanni hätte Pater Angelico fast vor Freude geküsst. Stattdessen bedankte er sich höflich und machte sich sofort auf zum nächsten Krämer, wo er gleich im Laden ein Stück von dem frischen weißen Brot abriss. Die Süße des Brotes, das er langsam kaute, erfüllte Giovanni wieder mit Zuversicht und Hoffnung. Wie so oft in seinem Leben hatte der Hunger ihn gelähmt und elend gemacht. Aber immer wieder hatte er überlebt.

Er wollte einfach nur eines – malen. Er war unruhig. Bislang hatte er neben Porträtzeichnungen einige Stillleben gemalt und den Kopf der Niobe. Einige der Professoren wollten den diesjährigen Principe-Umberto-Preis, der mit 5000 Lire dotiert war, Giovanni Segatini verleihen. Davon sprach man in der Akademie. Doch neben den Studenten und Lehrern, die Giovanni verehrten und fördern wollten, gab es auch Neider und Feinde. Und sie gewannen in der Jury die Mehrheit, weil sie damit argumentierten, dass Segatini kein Italiener sei, sondern Österreicher. Also käme er gar nicht für den Preis in Frage. Giovanni, der sowieso nicht an seine Fortune geglaubt, der höchstens einen Hoffnungsschimmer gesehen hatte, nahm seine Niederlage hin. Sie passte zu ihm. Zu seinem Leben. Seine Freunde, vor allem Carlo, trösteten ihn. »Mann, Segante, du kennst doch die Günstlingswirtschaft in der Brera! Da ist es schon fast eine Ehre, den Preis nicht zu bekommen!« Und Enrico Dalbesio lud ihn auf einen Rotwein ein. Er lachte: »Ich bin sicher, Segante, du wirst eines Tages mit einem Bild mehr Geld verdienen als die Trottel in der Brera in einem Jahr!«

Tatsächlich hatte Giovanni bald darauf Glück. Unter seinen Anhängern in der Mailänder Gesellschaft war ein junger Bankier namens Torelli. Als er den Kopf der Niobe sah, war er derart begeistert, dass er Giovanni 300 Lire dafür bot. Giovanni fasste es nicht. 300 Lire. Für einen Kopf. Er hatte das antike Bild doch nur von einem Gipsabguss abgemalt. War das nicht zu viel Geld? Er schaute Torelli unsicher an, doch der wohlhabende junge Mann lachte gutmütig. »Segante, ich versteh ja nichts von Kunst, aber dein Niobekopf, der lebt, und zwar viel mehr als der Kopf aus Gips, das sehe sogar ich. Und wenn du Zeit hast, musst du meine Frau malen. Unbedingt. Ist das abgemacht?« Sie hatten eingeschlagen, und Torelli hatte Giovanni umarmt.

Jetzt musste Giovanni fürs Erste keine Zeichenstunden mehr geben. Er hatte Zeit und Geld, um sich an eine größere Arbeit für die Akademie zu machen. In einer alten Kirche hatte er im Chor ein Stuhlwerk gesehen, das war aus offenbar uraltem Holz, tiefschwarz und braun schimmernd und wunderbar geschnitzt. Von einem sehr hoch liegenden Fenster war Licht hereingeströmt in den Chor, und Giovanni hatte mit klopfendem Herzen gesehen, wie die Reliefs der Schnitzerei, die Betpulte und ein Teil des großen, alten Gemäldes, das unmittelbar auf das Chorgestühl aufgesetzt war, von dem einfallenden Licht förmlich übergossen wurden. Dieses Licht wollte Giovanni festhalten, unbedingt. Wieder und wieder schaute er den Chor an. Er ließ sich von den Bertonis Farben geben und besorgte sich Leinwand. Schon beim Mischen der Farben auf der Palette begriff er, dass er auf diese Weise weder Luft noch Licht in sein Bild bekommen würde. Immer wieder kratzte er seine Bilder von der Leinwand herunter, und nach vielen vergeblichen Versuchen fand er den Weg, seine Farben echt und rein anzuordnen, indem er sie, anders als sonst, ungemischt auf die Leinwand hinsetzte, eine neben die andere. Er überließ es dann seinem Auge, die Farben beim Betrachten des Gemäldes miteinander zu verschmelzen. So kam Bewegung in das Material, und der Eindruck von Licht, Luft und Natürlichkeit entstand wie von selbst. Giovanni war glücklich. Er hatte diesmal eine ganz persönliche Form gefunden, sich auszudrücken.

Giovanni arbeitete in jeder freien Stunde, die hell genug war, um das Licht in den Chor gelangen zu lassen. Einmal kam Carlo vorbei. Er setzte sich eine Weile hinten in den Chor, um Giovanni nicht zu stören. Doch dann, als Giovanni eine Pause machte und aufstand, um sich ein wenig zu strecken, ging Carlo zu ihm. »Segante, ich bin verblüfft! Wie hast du es nur geschafft, dass durch dieses gemalte Fenster wirklich Licht einströmt? Ich sehe zwar deutlich den Einfluss der Scapigliati, was deinen Umgang mit dem Licht betrifft – aber du hast etwas ganz Eigenes gemalt!«

Carlo schaute immer wieder auf das Bild, und Giovanni versuchte ihm zu erklären, dass er sich schon lange gefragt habe, wie man mittels der Lichtverhältnisse mehr Atmosphäre in die Bilder bringen könne. »Ich habe immer wieder darüber nachgedacht und festgestellt, dass Luft und Licht nur durch Teilung der Farben sichtbar gemacht werden können. Und so sieht es jetzt aus.«

Carlo sah Giovanni bewundernd an. »Na, das hat die Brera noch nicht oft gesehen, dass ein Schüler, der erst so kurze Zeit dort studiert, sich schon in seiner ersten größeren Arbeit einem Lichtproblem stellt. Du musst eine ganz ungewöhnliche Begabung haben.«

Carlo bestand darauf, mit Giovanni die nächstgelegene Trattoria aufzusuchen, und lud ihn zu einem mächtigen Teller Pasta ein. Die Spaghetti waren gerade richtig, der Sugo würzig, und die beiden drehten sie sorgfältig um ihre Gabeln. »Du musst das Bild unbedingt im nächsten Jahr zur Nationalen Ausstellung der

Brera anmelden. Du hast also noch etwas Zeit mit der Arbeit.« Dann sprach Carlo von seiner neuen Werkstatt, die er sich in der Via Castelfidardo eingerichtet hatte. »Du musst kommen, Castelfidardo Nummer 6. Segante, du musst. Ich versteh ja, dass du jetzt malen willst, aber meine Möbel sind so überraschend gut gelungen, die möchte ich dir unbedingt zeigen. Sie gehen nämlich auch auf eine Ausstellung. Aber vorher solltest du sie begutachten. Vielleicht hast du sogar Lust, sie zu bemalen!«

Giovanni sah Carlo an, in dessen grünen Augen die Lust am Leben leuchtete. Bei keinem seiner Freunde hatte Giovanni so stark dieses Gefühl, nicht zu genügen, nicht dazuzugehören, obwohl gerade Carlo es war, der ihm so selbstverständlich seine Freundschaft und Wertschätzung zeigte. Keine Spur von Hochmut oder Herablassung war an Carlo zu bemerken, doch Giovanni wurde immer wieder bewusst, dass er gegen den eleganten Carlo Bugatti in seinem maßgeschneiderten Gehrock wie ein Eselstreiber aussah. Als hätte Carlo seine Gedanken erraten, sagte er wie nebenbei, dass er stolz darauf sei, zu Giovannis Freunden zu zählen.

11

Giovanni hatte Luigia entscheiden lassen, welches der beiden zur Auswahl stehenden Ateliers er mieten solle. Sie lagen beide im Quartier San Marco, in einem der Häuser, die den Grubicys gehörten, und Giovanni zahlte daher einen sehr günstigen Mietpreis. Die Ateliers gingen auf den Naviglio hinaus, aber Luigia hatte Giovanni zu dem geraten, das einen freien Blick auf die Brücke San Marco und auf den Kanal hatte. Im Quartier San Marco wohnten viele Studenten, weil die Wohnungen nicht so teuer waren wie in anderen Stadtteilen. Der Weg zur Brera war auch nicht weit. Giovanni fand hier so viele Motive, dass er zunächst gar nicht wusste, was er zuerst malen sollte. Luigia schlug ihm dann vor, die Brücke zu malen. Sie wirkte magisch, wie alle Kanalbrücken am Naviglio. Als Giovanni seine Farben und seine Leinwand aufgebaut hatte, spazierten mit einem Mal gleich vier Damen über die Brücke, und, man glaubt es nicht, jede hatte einen Schirm aufgespannt gegen die Sonne, und jeder Schirm leuchtete in einer anderen Farbe. Schwarz und Rot und Weiß und Hellgrau. Die Damen hatten vier Kinder dabei, alle vier trugen rote Luftballons – es war ein fröhliches Bild, voller Sonne und Leben.

Einmal sah Luigia zu, wie Giovanni sich selbst malte. Ein Porträt, ein Selbstbildnis. Giovanni setzte sich vor einen Spiegel, und sein Blick wanderte immer wieder von seinem Spiegelbild zur Leinwand. Giovanni versank ganz in seiner Arbeit. Vielleicht wusste er nicht mehr, dass Luigia im Zimmer war. Um ihn herum entstand eine Art luftleerer Raum. Luigia wurde klar, was es bedeutete, wenn einer ganz bei sich war. Ihr fielen Züge an Giovanni auf, die sie bisher noch nicht entdeckt hatte. War es das harte Studium an der Brera, das seinem Gesicht eine andere Prägung gab? Es wirkte strenger, und er hatte einen Zug um den Mund, der Luigia vorher nicht aufgefallen war. Giovanni kam ihr nicht wie ein junger Mann vor, obwohl er erst Anfang zwanzig war. Auf jeden Fall schien er ihr anders zu sein als die anderen Freunde ihres Bruders. Giovanni wirkte auf Luigia manchmal wie ein älteres trauriges Kind.

Ob er Schlimmes hinter sich hatte? Carlo hatte einmal angedeutet, Segante sei als Kind offenbar völlig sich selbst überlassen gewesen.

Mit keinem Menschen fühlte Luigia so viel Mitleid wie mit Giovanni. Sie begriff nicht, was mit ihr los war. Mitleid war lästig. Unerotisch. Sie wollte kein Mitleid mit Giovanni haben. Aber sie war schon gerührt, wenn sie sah, wie behutsam er mit seinem neuen Anzug umging. Der war aus feinem schwarzem Tuch und mit Seide paspeliert. Darunter trug er eine Weste und ein völlig neues, blütenweißes Hemd mit einer Krawattenschleife. Giovanni versuchte zwar, es zu verbergen, aber er behandelte diese Sachen mit einer Sorgfalt, als wären sie ihm heilig. Und er malte sie in seinem Selbstporträt genauso liebevoll. Luigia verfolgte gespannt, wie er seinen üppigen Haarschopf abbilden würde, doch er malte sich nur ein paar dunkle Strähnen. Wenn das Porträt fertig wäre, wollte sie ihre Eltern bitten, das Bild zu kaufen.

Bei der Frühjahrsausstellung der Brera war Giovanni der erste Preis zuerkannt worden. Weil sie viel Rückhalt von den Studenten bekommen hatten, waren die Professoren, die in Giovanni Segatini eine große Hoffnung sahen, stärker gewesen. Alle, Studenten und Besucher, standen vor Giovannis Bild, das er *Der Chor von Sant' Antonio* genannt hatte.

Plötzlich hoben einige Studenten den widerstrebenden Giovanni auf ihre Schultern. Enrico rief: »Endlich hat der Begabteste von uns allen einen Preis bekommen, den er schon längst verdient gehabt hätte. Und wir, seine Freunde und Kommilitonen, haben beschlossen, dass wir sein Bild gemeinsam kaufen. Wir haben gerade ohne Mühe 300 Lire gesammelt.«

Signor Bugatti wandte sich verblüfft an seine Frau: »So etwas hat es meines Wissens an der Brera noch nie gegeben!«

Alle klatschten und jubelten Segante zu, der sich bei seinen Freunden bedankte, dann ruhig dastand, als hätte er noch nichts begriffen. Plötzlich kam er zu den Bugattis herüber, küsste Amalia Bugatti die Hand, begrüßte Luigi Bugatti, und dann, nach einem kleinen Zögern, gab er auch Luigia einen Handkuss. Er machte es sogar richtig, deutete den Kuss nur an, so als würde er jeden Tag Frauen die Hand küssen. In Wahrheit hatte Giovanni bei einem Empfang in der Brera gesehen, wie die Professoren den Gattinnen ihrer Kollegen einen Handkuss gaben.

Plötzlich reckte Luigia sich ein wenig hoch und küsste Giovanni auf die Wange. Eine kleine Sekunde herrschte Stille, dann kamen alle Freunde Giovannis, voran Dalbesio und Carlo, und sie applaudierten und gratulierten den beiden, und Giovanni – davon offenbar ermutigt – hielt Luigias Hand in seiner; mit der freien Hand strich er sich immerzu die Haare aus dem Gesicht.

Carlo trat zu den beiden, seine neue Freundin an der Hand. Sie hieß Thérèse, und bisher hatte Carlo sie nur seinen Eltern vorgestellt. Sie war ziemlich groß und sehr zart. Wenn sie lachte, verschwammen die strengen Linien ihres Gesichts und zeigten ein bezauberndes Mädchen. Ihr rötlich braunes Haar war modisch aufgetürmt, ihr seegrünes Kleid mit dem plissierten Volant hatte sie bestimmt aus Paris schicken lassen. Sie ging mit fröhlicher Selbstverständlichkeit auf Giovanni und Luigia zu.

Carlo sagte leise zu Segante, er habe viel vor mit Thérèse. Giovanni schwieg, doch er drückte sanft die Hand Luigias.

12

Giovanni liebte es, wenn Luigia ihm vorlas. Mit seinem Lesen haperte es noch, aber er verehrte die Literatur ebenso wie seine Malerei. Derzeit beschäftigten sie sich mit Victor Hugos *Les Misérables*. Diesen Roman hätte Giovanni am liebsten in einem Stück gehört. Am Anfang ihrer Lesestunden hatten sie sich Texte vorgenommen von Tomaso Grosso, der damals modern war. Aus einem dieser Romane hatte Giovanni auch die Idee für das Bild von der Falknerin. Die Heldin der Geschichte hieß Bice del Balzo, und irgendwann begann Giovanni Luigia »Bice« zu nennen. Bice. Bicetta. Luigia mochte den Namen. Und nach einiger Zeit begannen alle Freunde, selbst ihre Eltern, sie nur noch Bice zu nennen. Wahrscheinlich würde sie schließlich vergessen, dass sie eigentlich Luigia Pierina hieß. Sie war nun Bice. Segante hatte sich ebenfalls umgetauft. Beeinflusst von seinem neuen Namen Segante, wählte er nun als Nachnamen »Segantini«. Er sprach deswegen bei der Akademie Brera vor, und man war mit dem neuen Namen einverstanden.

Darüber war Bice verblüfft, denn die Brera war immerhin eine Akademie, hatte also Züge einer Behörde, und die waren in Mailand nicht gerade durch spontanes Handeln gekennzeichnet. Dass man Giovanni erlaubt hatte, seinen Vatersnamen zu ändern, zeigte klar, dass die Akademie daran interessiert war, ihrem begabten Schüler entgegenzukommen.

Giovanni hatte ein neues Gemälde begonnen, und Bice war sehr erschrocken, als sie es zum ersten Mal sah. Es stellte den

Leichnam eines Mannes dar. Die Füße standen hoch empor, man sah aber als Erstes riesige Nasenlöcher über gebleckten Zähnen. Grotesk. Das Allerschlimmste war aber für Bice, dass Giovanni seinem Helden die eigenen Gesichtszüge gegeben hatte. Wenn Bice das Bild ansah, grauste es ihr. Wie kann einer seinen Tod malen, wenn er gerade mal Anfang zwanzig ist? Luigia wollte Giovanni bitten, das Bild so schnell wie möglich zu verkaufen. Auch wenn er sich nicht gern von seinen Bildern trennte.

Lediglich seine Stillleben ließ er weiter über die Galerie verkaufen. Er malte die unvergesslichsten Malven, die appetitlichsten Früchte, die tragischsten Truthähne. Für Giovanni waren das intensive Übungen. Er konnte seine Beobachtungsgabe verfeinern, die Arbeit mit dem Pinsel perfektionieren. Ob es Fische waren, Pilze, Gemüse oder gar Eier – Giovanni würde ihnen neues Leben einhauchen. Alle erzählten sie Geschichten ihres Herkommens. Man vermeinte, ihren Duft zu riechen, ihre Konsistenz zu verspüren. Gerade malte er an einem Stillleben von Äpfeln und Veilchen, das er so ähnlich schon einmal an eine junge Mailänder Familie verkauft hatte. Deren Eltern wünschten sich dasselbe Stillleben für ihr Landhaus, und Giovanni erledigte den Auftrag ohne Umschweife. Sein ernsthafter Eifer rührte Luigia. Sie bewunderte seine Arbeit. Für ihr Verständnis müsste die gesamte Welt Giovanni Segantini anerkennen und bewundern.

Bice hatte ihn sich gewünscht. Wahrscheinlich schon lange, nur hatte sie es noch nicht gewusst. Sie war bis jetzt das einzige Mädchen in seinem Leben, und sie wollte, dass das so blieb. Segante schien sich auch nicht für andere zu interessieren. Wenn er Geld genug verdient hatte für seine Miete, die Brera und das Leben, dann arbeitete er weiter an der Falknerin, und Bice saß halb liegend in dem großen Lehnsessel in der Diele der Bugattis. Über ihr hockte immer noch der tote Falke und glotzte mit seinen Glasaugen auf sie herunter. Lange durfte sie den nicht anschauen. Dann glaube sie jedes Mal wieder, dass er lebte und auf sie niederstürzen würde.

Wenn Giovanni sie malte, spürte Bice seine Blicke so intensiv auf ihrem Körper, dass es tief unten im Bauch zu glühen anfing. Was bedeutete das? Seit Giovannis erstem unbeholfenen, aber umso entschlosseneren Kuss kam dieses Gefühl immer wieder, wenn sie in seiner Nähe war. Es war gefährlich. Nach dem Küssen kommen die Kinder. Das hatten Serafina und Bice lange geglaubt. Bis Battista seiner Schwester an ihrem sechzehnten Geburtstag alles erklärt hatte, was ein Mädchen wissen musste. Serafina hatte ihr Wissen an Bice weitergegeben. Seitdem war Bice sich nahezu sicher, dass Giovanni Angst hatte. Vor dem, was nach dem Küssen kam, hatte er Angst, und deshalb ging er Bice aus dem Weg. Jeder Mann hat vor dem ersten Mal Angst, sagte Serafina, aber sie lernen es alle. Nur aufpassen, das lernen sie nicht. Daher müssen viele Mädchen ins Wasser gehen, und Battista habe sie dann auf dem Seziertisch liegen.

Seit Giovanni Bice geküsst hatte, schminkte sie sich. Eigentlich hatte sie das nicht tun wollen. Ihr reichte es vollkommen, dass man ständig von ihrem goldenen Haarvlies redete. Immer dieses Getue um ihre Haare. Weil den meisten Menschen nichts zu ihr einfiel, redeten sie von ihrem Haar. Bice hatte es neulich zu einem festen Knoten gedreht, einen Hut ihrer Mutter aufgesetzt, und dann hatte sie sich Creme gekauft und hellen Puder. Und eine große hellrosa Puderquaste. Einen Lippenstift besaß sie nun auch. Er leuchtete grellrot in Bices hellem Gesicht. Trotzdem wollte sie ihn. Sie war durch den Kuss Giovannis erwachsener geworden. Älter. Ihr Gesicht hatte sich verändert. Vor allem die Mundpartie. Bice stand dauernd vor dem Spiegel und wunderte sich, dass niemand sonst es zu sehen schien. Nicht einmal ihre Mutter hatte etwas gesagt, auch nicht zu dem Schminkzeug. Dabei schminkte die Mutter sich nie.

Sie hatte Bice dazu erzogen, sich zu schämen. Bice war auch sehr schamhaft. Deshalb konnte sie sich nicht vorstellen, einmal nackt vor Giovanni zu stehen.

Es passierte dann doch schneller, als Bice dachte.

Giovanni stand am Fenster des Ateliers, als er wie zu sich selbst sagte, dass er immer allein gewesen sei, solange er denken könne. »Jetzt, wo ich dich liebe, weiß ich das. Ich will nicht mehr allein sein.«

Es rührte Bice tief an, besonders sein Wunsch, nicht mehr allein zu sein. Im Grunde sehnte sich Bice auch danach. Sie ging zu Giovanni ans Fenster, blieb hinter ihm stehen, ohne ihn zu berühren. Sie hatte ihn noch nie nackt gesehen, aber sie glaubte, dass sein Körper prachtvoll war. Unter seinem Sommerhemd sah sie die Muskeln.

»Obwohl ich Mutter und Vater und Carlo habe, fühle ich mich auch oft allein«, sagte Bice, »aber nicht, wenn ich bei dir bin.«

Giovanni drehte sich um zu ihr, und sein Ton war fast schroff: »Sag mir, dass ich nicht träume.«

Serafina hatte ihr damals gesagt, dass man beim ersten Mal blute. Giovanni wusste das auch vom Hörensagen. Er war trotzdem sehr erschrocken. Fragte Bice, ob sie Schmerzen hätte. Er war erleichtert, dass sie nein sagte. Bice wollte ihre Kleider einsammeln, die überall im Zimmer herumlagen, doch Giovanni hielt sie fest, sah ihren Körper an, und plötzlich weinte er. Er weinte fassungslos, hörte aber nicht auf, ihre Haut mit seinen Küssen zu bedecken. Sie wollte ihn auch berühren. Überall. Seine Haut duftete gut. Wie Holz vielleicht. Auch sein Geschlecht, das erlöst ausruhte, hatte einen besonderen Geruch. Nach Nelken. Weihrauch und Myrrhe.

Es war später Nachmittag. Von ihrem Lager aus sah Bice die wenigen Möbel im Atelier. Die Staffelei am Fenster stand fast gebieterisch da. Bice wusste genau, wie es jetzt draußen am Naviglio aussah. Die Farben in diesem Quartier waren alt, daher leuchteten sie warm und geheimnisvoll. Das Wasser des Kanals liebkoste die nackten Arme der Frauen, die hier wuschen. Kleine Jungen angelten oder warfen Steine in den Kanal. Frauen standen eng beieinander und hatten sich offenbar viel zu sagen. Sie waren meist fröhlich. Eine passte auf die Kinder der anderen auf. Es gab auch viele arme, alte Frauen hier. Kranke Männer, deren Husten man durch die Fenster hörte. Manche bettelten an den Kirchen. Es war gar keine Frage, dass die Menschen, die am Naviglio wohnten, eher arm waren als wohlhabend. Viele Studenten lebten hier, die nur das Nötigste hatten. So wie früher Giovanni. Er sagte, er wolle das Elend nicht malen. Er sei zu lange arm gewesen, um Armut auszustellen. Bice fühlte sich seltsamerweise vertraut mit den Leuten, obwohl sie erst einmal mit ihrer Mutter hier gewesen war. An der Brücke. Bei der Schneiderin. Damals hatte sie keine Gedanken an morgen oder übermorgen. Aber sie war hier gewesen mit einer unbestimmten Sehnsucht nach dem, was heute war. Das glaubte sie zu wissen.

13

Die Fahrt in die Brianza mit Vittore Grubicy war für Giovanni von großer Bedeutung. Der Galerist hatte Giovanni eingeladen, mitzukommen an den See von Pusiano. Er wolle wieder einmal einen Tag lang am Wasser sitzen und malen, und dieser herrlich warme Oktobertag sei vielleicht die letzte Gelegenheit in diesem Jahr. Vielleicht habe Giovanni Lust, ihn zu begleiten. Für einen Moment spürte Giovanni, wie ihm das Blut in den Kopf schoss vor Freude. Grubicy, der bekannte Kunstkenner, der einzige Galerist in Mailand, wollte ihn einen Tag lang um sich haben. Giovanni fasste es nicht. Und mit der Freude bedrängten ihn sofort die Sorgen. Er wusste von Carlo und den Bertonis, dass es außer Vittore Grubicy in ganz Italien noch keinen einzigen Kunsthändler gab, der sich um die Verbreitung zeitgenössischer Kunst bemühte. Es gab schon große Galerien in London, Paris und Amsterdam, die vielversprechende Künstler auf dem internationalen Markt bekannt machten. Und in Mailand hatte Vittore Grubicy sich genau das zum Ziel gesetzt. Giovanni war noch nie mit diesem dynamischen, international gewandten Mann allein gewesen. Was sollte er nur mit dem reden? Wäre doch Bice dabei!

Im Lärm der fauchenden Lokomotive begann Grubicy sich von allgemeinen Erörterungen über die günstigen Witterungsverhältnisse und die Aussicht auf gemütliches Tafeln in einem guten lombardischen Ristorante zu lösen, um aufs Wesentliche zu kommen. »Nun, Segante – ich darf Sie doch Segante nennen –, Ihr Erfolg bei der Nationalen Ausstellung der Brera war ja mehr als überraschend. Sagen Sie, wie lange sind Sie schon an der Akademie?«

Verlegen murmelte Giovanni, dass er im dritten Jahr dort studiere und dass sein *Chor von Sant' Antonio* ja nur eine Übung für den Perspektivekurs gewesen sei.

»Also, Segante, wir beide haben ja schon länger miteinander zu tun und wollen unsere Beziehung auch fortführen. Ich will das jedenfalls. Aber den Preis der Akademie haben Sie nicht verdient. Vielleicht menschlich, aber nicht künstlerisch. Der *Chor* ist tatsächlich nicht mehr als ein Debüt. Ein einfaches und naives Debüt. Sie arbeiten zu wenig mit den Farben, dafür umso mehr mit Beobachtungen des Helldunkels. Den ersten Fehler haben Sie schon gemacht, als Sie diese dunkle Atmosphäre gewählt haben. Man sieht ja gar nichts in den verschiedenen Teilen des Bildes.«

Grubicy stopfte sich sorgsam seine lange Tonpfeife und sah Giovanni mit der misstrauischen Neugierde Schwerhöriger an. »Was sagten Sie? Nichts? Das ist immer richtig. Ich vertrage nur schlecht Widerspruch von Anfängern. Es gibt nichts Überflüssigeres als Künstler, deren erstes Bild gefällt und die dann meinen, sie könnten ewig so weitermachen.«

Genussvoll schweigend rauchte Grubicy seine Pfeife, und Giovanni dachte, dass der Tabak gut roch und wie sehr das kahle Zugabteil durch die Rauchwölkchen an Gemütlichkeit gewann. Offensichtlich fand Grubicy nichts dabei, die Unterhaltung allein zu führen, was Giovanni beruhigte. In dem gleichmäßig stampfenden Rhythmus der Räder, bei jedem grellen Pfiff der Lokomotive hörte Giovanni die Worte seines Galeristen: *Ein einfaches und naives Debüt. Ein einfaches und naives Debüt. Ein einfaches und naives Debüt …*

Giovanni bemerkte, dass Vittore Grubicy wohl ein wenig eingeduselt war. Die linke Hand, die seine Pfeife hielt, lag friedlich auf der Brust, die dünnen Barthaare zitterten leicht. Giovanni schaute in die leicht dunstige Landschaft, und er fühlte, wie in ihm Erinnerungen aufstiegen an das Trentino, an seine Heimatstadt Arco. Dorthin konnte er nicht zurück, denn er stand auf den Listen der Rekruten des Jahres 1879: »Numero 59: Segatini, Giovanni Battista, geboren 1858, Sohn des verstorbenen Agostino. Infolge Nichterscheinens zum Deserteur erklärt.« Es drohte ihm eine empfindliche Freiheitsstrafe, wenn er jemals in seine Heimat zurückkehren würde. Das hatte ihm seine Schwester Irene berichtet.

Giovanni dachte, dass er in seinem *Geburts*ort ohnehin nichts mehr habe als das Grab seiner Mutter. Doch wenn es Bice ernst war mit ihrer Zuneigung zu ihm, wenn sie mit ihm gehen würde, dann – Giovanni schreckte auf aus seinen Gedanken, denn Grubicy hatte sich vorgebeugt zu ihm, sah ihn aus seinen wasserblauen Augen spöttisch an: »Wetten, dass Sie an Luigia Bugatti denken?«

Wieder fühlte Giovanni sein Blut bis in die Ohren hämmern, er hörte jetzt aus dem Stampfen der Räder nicht mehr die Kritik Grubicys, sondern die Räder sangen *Bice, Bice, Bice,* und Giovanni nahm sich vor, dass der nächste Mensch, mit dem er in diesem Zug Richtung Comer See sitzen werde, Bice sein würde. Bice und er mussten weggehen aus Mailand, er wollte hinaus aus dieser Stadt, in der er jeden Tag damit rechnen musste, dass einer ihm Bice wegnahm. Auch wenn er es sich nicht anmerken ließ, so hatte er doch gesehen, dass vor allem dieser Arzt, dieser Battista, Bice für sich gewinnen wollte. Er war der Bruder von Bices bester Freundin, und so einer hatte schon von vornherein einen Sonderstatus. Beim letzten Empfang, den die Bugattis gegeben hatten, war Giovanni ebenfalls aufgefallen, wie die Männer um Bice warben. Ein Musikverleger namens Ricordi, der Bice die Hand küsste und sie nicht aus den Augen ließ, der Komponist Leoncavallo, der Giovanni und Bice in einem Gespräch unterbrach und Bice mit Erklärungen über seine neueste Komposition eine Ewigkeit mit Beschlag belegte. Der Hartnäckigste war jedoch ein Maler gewesen, Arturo Rietti, der Bice daran erinnerte, dass er sie schon malen wollte, als sie noch ein Schulmädchen war, und jetzt werde es aber wirklich Zeit.

Giovanni sah Bice lebhaft vor sich, wie sie in einem weitausgeschnittenen dunkelroten Samtkleid, das Haar offen, sich im Salon der Eltern bewegt hatte. Ihre freudige Überraschung, mit der sie so ziemlich jeden Gast empfing, entzückte besonders die Männer. Sie würden vielleicht gerade noch den achtzehnten Geburtstag Bices abwarten, und dann würde das Rennen um sie losgehen. Das hielt Giovanni für unausweichlich, und es versetzte ihn in Panik. Bislang war er allein es gewesen, der mit Bice geschlafen hatte, davon war er überzeugt, aber bei diesem geringen Vorsprung wollte er es keineswegs bewenden lassen. Wenn er doch bloß nicht so arm gewesen wäre. Könnte es nicht eine Laune sein, dass Bice ihn bis jetzt noch vorzog vor allen anderen, die sie umwarben?

Inzwischen waren sie aus der Tiefebene heraus, und der Zug fuhr in hügeliges Gelände. In den ersten Wochen an der Brera war Giovanni schon einmal mit den Brüdern Bertoni und Carlo Bugatti in die Brianza gefahren. Im Mailänder Bahnhof hatten sie Wein gekauft, und da es ein heißer Sommertag gewesen war, hatten sie ihn schnell getrunken, ehe er lauwarm wurde. Sie hatten sich gegenseitig mit ihrem Übermut angesteckt und zu übertreffen versucht. Carlo war auf seinen Sitz gestiegen, hatte aus dem Fenster hinaus in die Landschaft deklamiert: »O Friede, o Einsamkeit, o Süße, o heilige Freude, o göttliche Hoffnung!« Giulio sang die Huldigung in seinem kräftigen Bariton als Arie, und die anderen stimmten ein. Die Mitfahrenden hatten applaudiert und dadurch die Stimmung noch gesteigert, sodass Carlo und Bertoni, wieder bereitwillig unterstützt von Giulio, deklamierten: »Glückliche und stille Hügel, die ihr meinen lieblichen Eupili umfasst in süßester, unmerklicher Neigung – am holden Entzücken fühle ich, was die Natur euch gab, und als Verbannter wende ich zufrieden den Schritt zu euch …«

Wieder wurde Giovanni aus seinen Gedanken gerissen, denn Grubicy setzte jetzt ungerührt zu einem Vortrag an über Ort und See Pusiano, wo er sich seit seiner Jugend auskannte und sich immer wieder gern aufhielt. »Es ist eine angenehme Gegend«, sagte Grubicy, während sie sich zum Aussteigen rüsteten, »fruchtbar, ländlich und leise. Anspruchslos, wenn man so will. Es gibt natürlich einige schöne Villen mailändischer Bürger, aber sonst ist hier alles schlicht und sehr ruhig. Nur manchmal wird die Idylle vom Pfeifen und Schnaufen der Lokomotiven aufgeschreckt.«

Giovanni hatte sich das Gebiet auf seiner Karte genau angesehen, aber er ließ sich geduldig von Grubicy weiterbelehren.

»Der Marktweiler Pusiano liegt am Nordufer des Sees, wir haben es bald geschafft.«

Giovanni schaute in seine Karte. »Ich sehe hier, dass der See ebenfalls Pusiano heißt«, sagte er, und sofort teilte ihm Grubicy seine Kenntnisse mit: »So ist es. Das ist der Pusianer See. Östlich und westlich wird er durch die Seen von Annone und Alserio flankiert. Nördlich vom See liegt, in das Hügelgebiet wie eingeklemmt, der Lago del Segrino.«

»Und was gehört nun zur Brianza?«

»Alles ringsum«, sagte Grubicy mit weit ausgreifender Geste, »alles, die Ebene, die Seen und das Hügelland. Alles, was inmitten der beiden Südarme des Comer Sees liegt, wird Brianza genannt.«

Als der Zug in Erba hielt, stiegen sie aus und mieteten eine leichte Kutsche. Vor dem Ort erstreckte sich der Pusianer See wie ein Riesenteich. Man sah nur wenige Boote, und Giovanni nahm sich vor, beim nächsten Besuch mit einem Boot zu der Insel zu rudern, die mitten im See lag. Vom Land aus sah man nichts als Bäume und Sträucher. Giovanni war sicher, dort gute Orte zum Arbeiten zu finden. Nach dem lauten, manchmal prächtigen und dann wieder so armseligen Mailand, das immer wieder demütigende Erinnerungen in ihm wachrief, wollte er hier ein neues Leben beginnen und gemeinsam mit Bice die ruhige Landschaft mit ihren bäuerlichen Menschen genießen.

Auf dem Weg zum See kamen sie zu einem Haus, dessen Fenster und Türen offen standen. Frauen trugen Eimer mit Wasser in das Anwesen, man sah sie die Fenster putzen, das Portal. Offenbar fluteten sie die Böden, denn aus manchen Türen floss das Wasser im Schwall heraus. Giovanni sah sich das Eingangsportal näher an, dessen repräsentative große Holztür eingerahmt war von schön behauenem Stein. Er dachte, dass es etwas Festliches hatte, etwas Vorbereitendes, dieses Putzen und Ausspülen mit Wasser. Er sah einen Mann in einer langen Schürze, der hier Anweisungen gab und dort Hand anlegte. Spontan bat Giovanni den Kutscher anzuhalten. Er sprang ab und fragte den Mann mit einer höflichen Entschuldigung, warum dieses Haus leer stehe und so gründlich gereinigt werde.

»Das Haus gehört meinem Brotherrn«, sagte der Mann ohne Umschweife, »es stand lange leer, und nun soll es verkauft werden oder vermietet, so genau weiß ich das nicht.«

Inzwischen war auch Grubicy von der Kutsche heruntergesprungen und mischte sich sofort in das Gespräch ein. Wo denn der Herr wohne und ob man ihn einmal sprechen könne. Der Mann erklärte dem Kutscher den Weg, und Grubicy fragte Giovanni erfreut, ob er etwa dasselbe denke wie er, hier ein Haus zu mieten? »Da wäre ich sofort dabei, Segante, hier könnten Sie arbeiten, das ganze Mailänder Gewese hinter sich lassen! Ich schaffe Ihnen Literatur heran, Romane, Lyrikbände, Kunstzeitschriften und so weiter. Hier könnten Sie in Ruhe lesen und arbeiten! Mein Gott, Segante, das sind doch wunderbare Aussichten!«

Sie bestiegen wieder die Kutsche, und Giovanni kam sich wie ein Trottel vor, wie ein Idiot, der sich von Grubicy vorschreiben ließ, was er tun sollte. Je mehr er sich vergegenwärtigte, was Grubicy alles für ihn tat, dass er zu dem Kreis von Leuten gehörte, die seine Kunst förderten, umso gnomenhafter fühlte er sich. Klar, Grubicy war es, der versuchte, Giovannis Mailänder Dialekt abzuschleifen, ihm die kultivierte Sprache der Gebildeten einzutrichtern. Aus ihm einen Maler zu machen, den man zur Not auch noch vorführen konnte. Giovanni fühlte, wie sich eine Wut in ihm breitmachte, was ihn selbst überraschte. Aber was hatte er denn gewollt, als er das frischgeputzte Haus gesehen hatte? Er wollte es mieten, für sich und Bice, und dann wollte er zurückfahren nach Mailand, hinrennen zu Bice und sie fragen, ob sie mit ihm in einem Haus wohnen wolle, das nach klarem Wasser dufte. Und was passierte? Es hing alles von Grubicy ab. Wenn der Vermieter bei Sinnen war, würde er nur Grubicy das Haus vermieten, denn nur der hatte das nötige Geld dafür und den soliden Hintergrund. Er, Giovanni, hatte gar nichts. Auch wenn er malte, dass den Pinseln die Haare ausgingen. Armsein ist nichts als ein qualmender Haufen Mist, dachte Giovanni.

Ein heller, breiter Fahrweg führte zu einem großzügigen Landhaus am See, das sich später als Sommerresidenz eines Mailänder Bankiers herausstellte. Giovanni hatte nicht die geringste Lust, dort hineinzugehen. Feindselig musterte er die Villa, deren rotes Dach mit den zahlreichen Schornsteinen inmitten von Zypressen und Feigenbäumen herausleuchtete. Grubicy war schon von der Kutsche gesprungen und hatte gar nicht erst versucht, Giovanni zum Mitkommen aufzufordern. Kein Wunder. Giovanni sah an sich herunter. Sein Hemd war alt und verfärbt, die Hose auch noch aus der ersten, armen Zeit an der Brera. Er hatte schließlich vorgehabt, am Pusianer See zu malen, und dazu konnte er keinesfalls seinen einzigen Anzug tragen.

Giovanni sah dem hochgewachsenen Grubicy nach, wie er, seine elegante Reisetasche und das goldene Hörrohr unter den Arm geklemmt, erstaunlich rasch zu dem Anwesen spurtete, das im satten Mittagslicht dalag und offenbar nicht auf Besucher wartete. Giovanni kniff die Augen zusammen, um Grubicy besser sehen zu können, doch der Galerist war plötzlich in der hohen tiefgrünen Hecke verschwunden.

Eigentlich sah Vittore Grubicy de Dragon mit seiner hohen, massigen Gestalt, den hellblauen Augen und den blonden Haaren eher aus wie ein Deutscher. Dabei war er der Sohn eines in die Lombardei eingewanderten ungarischen Juden. Vittore mochte etwa acht Jahre älter sein als Giovanni, doch er war bereits ein ausgewiesener Kunstkritiker und Kenner der Szene, der großes Ansehen genoss. Giovanni, der außer Mailand keine Großstadt kannte und bisher nur wenige Bilder berühmter Maler gesehen hatte, konnte stundenlang zuhören, wenn Grubicy von berühmten ausländischen Meistern erzählte. Grubicy war schon des Öfteren in Paris und London gewesen, in Holland und Belgien hatte er jeweils einige Jahre verbracht. Giovanni sprach sich immer wieder die klingenden Namen vor, versuchte, die geistigen Strömungen zu verstehen, die die Maler im Ausland bewegten. Er interessierte sich besonders für die technischen Aufgaben, die sich andere Maler stellten, für die Ziele, die sie sich steckten. Auch wenn ihm die Namen und die Länder fremd waren, in der Sache war ihm alles vertraut.

Am meisten von allen und allem bedeutete ihm der französische Maler Jean-François Millet. Giovanni hatte noch nie ein Originalgemälde dieses berühmten Künstlers gesehen. Das fand er schade. Doch immerhin kannte er eine Menge Braun'scher Fotografien, die Vittore Grubicy sich eigens für Giovanni von dem holländischen Maler Théophile de Bock ausgeliehen hatte. Er hatte sich etwa vier Wochen damit beschäftigen können, und es war ein dringender Wunsch Giovannis, Millet zu folgen, ohne ihn nachzuahmen. Besonders wenn Giovanni an Millets Bild *Angelus* dachte, fühlte er sich dem Maler eng verwandt. Vittore Grubicy erklärte Giovanni, dass auch Vincent van Gogh ein großer Verehrer Millets war. Neben dem Künstlerischen hatte van Gogh es zutiefst bewundert, dass Millet nicht nur die Bauern malte, sondern auch als Familienvater und Künstler das entbehrungsreiche Leben eines Bauern auf sich genommen hatte. Millet verkörperte für van Gogh als Mensch das richtige Leben, als Maler und Zeichner die wahre Kunst.

Giovanni erfuhr auch, dass Millet ebenfalls aus einer verarmten Familie hervorgegangen war. Dass seine Jugend ebenso freudlos und karg gewesen war wie die Giovannis. Millet war wie Giovanni tiefreligiös. Selbst wenn Giovanni die Kirche ablehnte, hielt er sich für religiös. Schade, dass Millet schon gestorben war. Wie viel hätten sie einander geben können. Jetzt profitierte nur er, Giovanni, von dem großen Millet. Er wollte wie dieser Hirten mit ihren Schafen malen, Reisigsammler, das Schafscheren, Gebetsszenen im Freien, liebevolle Darstellungen von Mutter und Kind. Giovanni brannte darauf, diese Motive in seiner eigenen Kunst umzusetzen.

Wie still es hier war. Der Kutscher hatte den Pferden zu fressen gegeben und war gerade dabei, seinen Brotsack auszupacken, da spürte Giovanni plötzlich, dass er auch Hunger hatte. Er sprang von seinem Sitz herunter, rief dem Kutscher zu, dass er das nahe gelegene Ristorante aufsuchen wolle, und lief ein Stück die breite Fahrstraße zurück, die sie gekommen waren. Auf dem Weg begegnete ihm ein etwa fünfjähriger Junge, der ein Schaf am Halsband führte. Der Kleine war offenbar schüchtern, und je näher Giovanni kam, desto enger schmiegte er sich an sein Schaf. Das Kind, das Tier, die helle Straße und der leicht eingetrübte Himmel vermischten sich für Giovanni zu einer Einheit, zu einem Bild, das er nie vergessen würde. Bald, wenn sie endlich am Pusianer See sitzen würden, wollte Giovanni dieses Bild malen.

Als er in der Wirtschaft gerade Polenta und ein Stück Geflügel serviert bekam, erschien Grubicy und schwenkte zufrieden eine Quittung. Er hatte es sich schriftlich geben lassen, dass der Maler Giovanni Segantini, die Signora Bice Bugatti und der Maler Vittore Grubicy de Dragon ein Haus des Bankiers Tomaso Gianoberto Rosa für den Zeitraum eines Jahres gemietet hatten. Eine Anzahlung von 100 Lire war geleistet worden. Auch Grubicy bestellte sich jetzt ein Essen, und es war klar, dass die Zeit heute wohl kaum noch reichen würde, um in Ruhe am See zu sitzen und zu malen.

»Das Haus ist jetzt wichtiger, Segante«, rief Grubicy und prostete Giovanni zu. »Auf ein neues Leben in der Brianza!«

14

An einem hellen Sonntagmorgen im Juli kam Giovanni, sorgfältig gekleidet und gepflegt, zu Bices Eltern und bat sie, ihm ihre Tochter anzuvertrauen. Er habe in der Brianza ein Haus gemietet und glaube, dass er für Bice sorgen könne. Bice stand eng bei Giovanni und sagte leise, aber nachdrücklich, dass sie Giovanni liebe. »Bitte, Papa, bitte, Mama, erlaubt mir, mit Segante zu leben«, bat sie.

»Wir sind nicht so überrascht, wie ihr vielleicht glaubt«, sagte Luigi Bugatti nach einem Moment der Spannung, und er sah seine Frau an. »Deine Mutter und ich hätten es gern gesehen, wenn ihr noch ein sorgloses Jahr unter unserer Obhut verbracht hättet. Doch nun habt ihr es anders beschlossen.« Mutter Bugatti, der die Tränen kamen, ergänzte rasch: »Wir wollen doch nur, dass ihr glücklich werdet.«

Bice hatte schon immer Respekt und Liebe für ihre Eltern empfunden. Früher war sie häufig unzufrieden mit ihnen gewesen, weil sie glaubte, dass sie nur ihre eigenen Neigungen wichtig fänden und für die Tochter vor allem Verbote bereithielten. Heute jedoch, wo sie ihre Kleider und Bücher einpackte für ihr Zusammenleben mit Segante, heute spürte sie, wie viel die Eltern ihr bedeuteten. Sie sah ihr Elternhaus mit dem melancholischen Blick des Abschieds. Bald würde sie mit Segante Mailand verlassen und in die Brianza ziehen.

Alle waren am letzten Juliwochenende mit dem jungen Paar in die Brianza gereist, um das Haus anzusehen, dass Giovanni und

Grubicy gemietet hatten: Bices Eltern waren dabei, Carlo und Thérèse, die Bertonis, Dalbesio und der Maler Emilio Longoni, der bereits in der Nähe von Pusiano wohnte. Emilio hatte von ihnen einen Schlüssel bekommen, und er war es auch, der mitten in der Wohndiele des Hauses einen großen, derben Tisch aufgestellt hatte, dazu Stühle und Bänke, die er ebenfalls in den verschiedenen Räumen vorgefunden hatte. So brauchten sie nur die mitgebrachten Brote, den Käse, die Hühnchen und den Schinken auszupacken, und dann konnten sie den Einstand in das Haus feiern.

Bice war gerade dabei, in der Küche auf einer Anrichte Käse und Schinken aufzuschneiden.

»Lass dir helfen«, rief Emilio, der in die Küche kam und wissen wollte, wie ihr das Haus denn gefiele. Bice bat ihn, das Schneiden des Schinkens zu übernehmen, und sagte, dass sie völlig überrascht sei.

»Dass ein leer stehendes Haus so sauber sein kann!«

Emilio lachte: »Gestern waren noch mal zwei Frauen da und haben sauber gemacht. Ich glaube, die Leute hier sind reinlich.« Er schnitt geschickt hauchdünne Scheiben ab, kostete und sagte, dass der Schinken himmlisch sei. »So einen exquisiten Schinken hab ich noch nie gegessen.«

»Den haben meine Eltern mitgebracht«, sagte Bice wahrheitsgemäß, »Segante und ich kaufen uns so etwas Teures auch nicht.«

Emilio sah sie ungläubig an. »Aber du bist doch eine Bugatti. Deine Eltern geben dir doch einen Haufen Geld, oder?«

Bice lachte, und Emilio war ehrlich verblüfft, als Bice ihm offen erklärte, dass ihr Vater schon sein halbes Leben an einer Erfindung arbeite und sie inzwischen davon ausginge, nicht mehr allzu viel zu erben. »Außerdem wollen Segante und ich es allein schaffen, weißt du, Segante würde es nicht ertragen, wenn meine Eltern unser Leben finanzieren müssten.«

»Segante weiß, wie das ist, wenn einer kein Geld hat«, sagte Emilio. »Ich glaube, deshalb haben wir uns auch von Anfang an so gut verstanden.«

»Wo kommst du eigentlich her, Emilio? Bist du Mailänder?«

Emilio verneinte. Er komme aus Barlassina, in der Nähe von Seveso. »Ohne eine Lire bin ich mit neunzehn Jahren nach Mailand gegangen. Ich wollte unbedingt raus. Alles hab ich gemacht, um Geld zu verdienen. Sogar Spielzeug aus Pappmaché. 1876 konnte ich mich dann endlich an der Brera einschreiben, und Segante kam auch ungefähr zu dem Zeitpunkt. Wir haben beide bei Raffaele Casnedi und Giuseppe Bertini studiert.«

Bice erinnerte sich an die Namen. Segante hatte ihr erzählt, dass die beiden Professoren ihn ablehnten und dass Emilio ein sehr erfolgreicher Student gewesen sei.

»Du hast einige Auszeichnungen bekommen, genau wie Segante – stimmt's?« »Ja – und nach der Akademie fuhr ich nach Neapel. Ich fand mich da aber als Maler nicht zurecht. Schließlich hab ich als Schiffslackierer gearbeitet. Das war eine Schinderei. Und ein Gestank!«

»Und hast du dort nicht den berühmten Domenico Morelli kennengelernt? Ich meine, Segante hätte es erwähnt.«

»Das stimmt. Wir müssen unbedingt mal hinfahren zu ihm. Er ist ja schon ziemlich alt. Aber wie der mit Licht und Schatten umgeht, das ist meisterhaft, und seine Farben – so etwas Intensives sieht man selten.«

»Emilio – ich bin so froh, dass du und Giovanni Freunde seid. Du bist ein begabter Maler, du kannst Segante bestimmt unterstützen.«

»Ach wo, es gibt viel bessere«, sagte Emilio bescheiden, »und dein Segante braucht mich ganz bestimmt nicht.«

Es war ihr Vater, der Bice zu einem kleinen Gang am See aufforderte. Nach dem Essen waren sie die wenigen Schritte dorthin gelaufen und hatten sich am Ufer hingesetzt. Bice hatte immer noch sein Gesicht vor Augen, vielleicht hatte sie ihn damals zum ersten Mal bewusst wahrgenommen. Ein wenig glich er Carlo, dieselbe helle Glätte der Haut, der Haare. Eigentlich hatte Bice ihren Vater nur bei den Mahlzeiten gesehen, und das auch nicht immer. Oftmals brachte ihm das Mädchen ein wenig Brot, Wein und Käse in sein Arbeitszimmer, wo er die Stunden seines Lebens verrechnete, verzeichnete, verträumte. Doch heute wollte er wissen, ob Bice sich ihre Zukunft wirklich gut überlegt habe. »Du weißt, dass du niemals die Ehefrau von Segante sein wirst. Du bist noch jung, erst achtzehn Jahre, wie willst du damit fertigwerden, dass Segante staatenlos ist? Wo auch immer ihr euch niederlasst – die Behörden können euch des Landes verweisen, weil Segante den Wehrdienst verweigert hat und in keinem Staat, weder in Österreich noch in der Schweiz, noch in Italien, ein Aufenthaltsrecht hat. Du weißt auch, dass eure künftigen Kinder unehelich sein werden. Juristisch hast du keinerlei Rechte an allem, was Segante mit seinen Bildern verdient. Du bist ihm ausgeliefert. In allem. Und wenn Segante einmal stirbt, wirst du völlig mittellos sein. Wenn ihr Kinder habt, erben sie. Du hingegen bist nicht mehr als eine Geliebte. Willst du ein solches Risiko wirklich eingehen, Bice?«

Ihr Vater nannte sie bei dem Kosenamen, den Segante ihr gegeben hatte, daher wusste Bice, dass er trotz allem für Giovanni sprach, nicht gegen ihn. Und sie sagte ihm, dass Giovanni ihr in letzter Zeit immer wieder diese Probleme vor Augen geführt hätte. »Aber er hat mir auch gesagt, dass ihn bisher noch niemand behelligt habe wegen seines fehlenden Passes. Und wenn, dann könne mir ja nichts geschehen, da ich ja alle Ausweispapiere hätte. Giovanni lockt mich in keine Falle, Papa, ich habe keine Angst vor der Zukunft. Es ist so, dass ich mich bei Giovanni sicher fühle.«

Luigi Bugatti schaute seine Tochter nicht an. Er sah zum See hinüber, und Bice folgte seinem Blick. Giovanni stand an einen Baum gelehnt, allein, und sah zu ihnen herüber. »Er weiß, worüber wir reden«, sagte Bice zu ihrem Vater, und der nickte.

»Bice, mein Kind, bei mir und Mama hast du deine Räume, so lange wir leben. Vergiss uns nicht, und wir werden dich nicht vergessen. Mutter und ich wollen, dass du glücklich bist. Aber ich musste dir einfach sagen, was dich erwartet. Leicht wird dein Leben mit Segante nicht sein.«

Luigi Bugatti hatte natürlich recht. Bices Zukunft war nicht so klar vorgezeichnet wie die von Carlo und Thérèse. Sie hatten im Frühling mit einem großen Fest im Hause Bugatti ihre Hochzeit gefeiert. Vorher war die Trauung im Duomo. Wie die beiden da am Altar standen, flankiert von den Eltern Bugatti und den Eltern Thérèses, war Bice so gerührt, dass sie schlucken musste, um nicht zu weinen. Mit einer Cousine und zwei Freundinnen der Braut gehörte sie zu den Brautjungfern. Sie trugen lange, schlichte Seidenkleider in hellem Türkis und einen grünen Blätterkranz im Haar.

»Mein Gott, du bist die Schönste, die Einzige!« Segante stürzten sofort die Tränen in die Augen, als er kurz vor der Trauung bei den Bugattis ankam, doch Bice konnte ihn nicht einmal umarmen. Sie musste helfen, den wolkigen Brautschleier zu bändigen, denn die Kutsche stand schon parat. Daher konnte sie nur mit einem halben Blick erkennen, wie elegant auch Giovanni aussah. Carlo hatte darauf bestanden, dass die Herren seines Gefolges, zu denen auch Segante gehörte, einen schwarzen Seidenanzug trugen, den sein Schneider angefertigt hatte. Er selbst hatte sich natürlich einen geradezu märchenhaften Gehrock entworfen. So einen hatte der Duomo wohl noch nicht gesehen. Schwarze Atlasseide, dezent bunt bestickt mit einer dazu passenden Kappe und sehr engen, schwarzen Hosen. Die Braut trug eine große Robe aus hellgelben Spitzen, der lange Schleier wurde von einem Kranz hellgelber Rosen gehalten. Hellgelbe Rosenkaskaden schienen sich auch aus dem Brautstrauß zu stürzen, der bis zum Boden herabhing und von grünem Blattwerk gehalten wurde.

Natürlich war der ganze Aufzug von Carlo mit äußerster Sorgfalt geplant worden. Die zum Teil recht prominenten Gäste hatten es von Carlo nicht anders erwartet, und trotzdem hörte man ihre Ausrufe des Entzückens. Giacomo Puccini und Ruggiero Leoncavallo hatten eine kleine Komposition vorbereitet und spielten sie bei der Trauungszeremonie dezent und anrührend auf der Orgel. Später, beim Empfang, zählte Puccini Bice seine sämtlichen Vornamen auf. Er heiße außer Giacomo noch Antonio, Domenico, Michele, Secondo und Maria. »Wenn Sie mich heiraten wollen, haben Sie viel Zeit, sich das Jawort zu überlegen, denn der Priester muss all meine Vornamen aufzählen.« Er lachte dabei, und Bice lachte auch, denn er gefiel ihr in seiner Sorglosigkeit. Er betete die Frauen an, hieß es, und hätte trotz seiner Jugend schon viele Affären gehabt.

»Was treiben Sie denn so den ganzen Tag in Mailand?«, fragte ihn Bice, um seine Frechheit ein wenig zu dämpfen. Er seufzte auch sofort ziemlich dramatisch und meinte, dass er es als Student des Mailänder Konservatoriums wahrlich nicht leicht habe. Bice wusste, dass an diesem angesehenen Haus sehr stark ausgesiebt wurde. Und Puccini war zweiundzwanzig Jahre alt, genau wie Segante, der sein Studium schon beendet hatte.

»Wieso hat man Sie denn noch zur Prüfung zugelassen?«, fragte Bice unschuldig. »Sie sind doch schon ziemlich alt, oder?« Puccini sah sie überrascht an.

»Sie stellen aber brisante Fragen«, meinte er, und Bice entgegnete, dass er ihr immerhin fast einen Antrag gemacht habe, und da hätte sie doch ein Recht, sich über ihn zu informieren. Puccini lachte laut auf.

Er war anziehend, wenn er lachte, und er wusste es. Über den vollen Lippen teilte sich ein Bärtchen, sein dichtes Haar trug er sehr kurz geschnitten und auf dem Kopf zu einer Art Bürste gekämmt, was ihm etwas jungenhaft Offenes gab. Puccini erklärte Bice ausführlich, dass er in Lucca am Instituto Pacini ausgebildet worden sei und die Prüfung in Mailand mit hervorragendem Ergebnis bestanden habe. Daher spiele sein Alter keine Rolle. Er sah Bice bei diesen Ausführungen selbstsicher und herausfordernd an, sodass sie sich sagen hörte, er habe gewiss auch viel Unterstützung bekommen von seinen Leuten.

Carlo hatte erwähnt, dass Puccini aus einer alten Komponistenfamilie kam und schon mit neunzehn Jahren eine große Komposition vorgestellt hatte, wovon er aber überhaupt kein Aufhebens mache. Bice dagegen hatte das Gefühl, dass der angehende Komponist von sich überzeugt war. Offenbar war er aber auch durchaus dazu fähig, die Kunst anderer zu bewundern, und so gehörte er zu den Verehrern von Carlo. Er erklärte Bice, dass er niemanden kenne, der einen so extravaganten Stil habe wie Carlo. Dazu noch eine schier unerschöpfliche Phantasie und den Mut zum Neuen. Damit hatte Puccini wieder bei Bice gewonnen, und sie freute sich in Zukunft jedes Mal, wenn sie ihn traf.

Segante, der ihr kleines Geplänkel mit Puccini offenbar nicht mitbekommen hatte, unterhielt sich angeregt mit Luigi Illica, der Gedichte und Libretti schrieb und ein enger Freund Puccinis und des Musikverlegers Ricordi war. Segante stellte Luigia vor, und Illica sagte ihnen, was für ein schönes Paar sie seien. Sie tranken ein Glas Champgner mit ihm, und als Illica von einem Kollegen entführt wurde, berichtete Segante Bice von seinem intensiven Gespräch mit dem Dichter. »Glaub mir, Bice, Illica hat mich behandelt wie einen bekannten Künstler. Wie seinesgleichen. Er war in der Brera, hat mein Bild *Der Chor von Sant' Antonio* gesehen. Stell dir vor, er nannte es zauberhaft, ungewöhnlich, magisch. Und schließlich hat er gesagt, ich dürfe ihn jederzeit besuchen. Er wolle mir Texte von sich zu lesen geben. Bice, der hat mich so aufrichtig und herzlich angesehen, dass ich ihm gesagt habe, wie es um mich steht. Ich habe ihm auch erklärt, dass ich dabei bin, lesen zu lernen. Da hat Illica doch wahrhaftig gemeint, er werde mir jederzeit vorlesen, wenn ich ihn besuchen würde! Und vielleicht könne ich ja sogar Bilder nach seinen Texten malen! Was sagst du dazu?«

Wie glücklich Giovanni darüber war, dass die Gäste sich für ihn interessierten und für das, was er tat. Er zog Bice in einer ruhigen Ecke des Salons auf seinen Schoß und sagte, dass mit ihr ein neues Leben für ihn begonnen habe. »Vielleicht hat meine Mutter dich geschickt«, meinte er ganz ernsthaft. »Jedenfalls weiß ich zum ersten Mal in meinem Leben, wohin ich gehöre. Und der Puccini soll nur ja nicht glauben, dass er mit dir vom Heiraten reden darf.« Als Luigia ihn fragend ansah, meinte er, dass ihm nichts, aber auch gar nichts verborgen bliebe, wenn es um sie ginge.

Bice spürte seinen Blick, der vor ihrer festlichen Robe nicht haltmachte. Auch sie begehrte ihn und sagte ihm das. Beide verabschiedeten sich von den Eltern und vom Brautpaar und ließen sich zur Piazza San Marco kutschieren. Giovanni hielt Bice fest und küsste sie. Er sagte, er würde nichts so gern tun, wie Bice zu heiraten, wenn er nur nicht mit ihr vor einem Altar stehen müsse. Bice hielt ihm den Mund zu und erklärte ihm, dass sie diese Tatsache ausreichend besprochen hätten. »Ich habe aber umso mehr Lust auf eine Hochzeitsnacht«, sagte Bice. Als die Kutsche vor dem Atelier hielt, sprangen sie wie Kinder heraus, Giovanni trug sie auf ihr Lager, warf sich auf sie, schien sie verschlingen oder zumindest überall gleichzeitig berühren zu wollen. Auch Bices Lust war so stark, dass sie alles um sich herum vergaß, nur noch auf Giovannis Hände reagierte, auf seine schönen Malerhände, die genau wussten, was sie mit Bice tun mussten. Als hätte er in seinem Leben nichts anderes getan, als Frauen Lust zu bereiten. »Bice, meine Bice, du bist die erste und einzige Liebe in meinem Leben, und ich schwöre dir, dass du das auch bleiben wirst.«

Bice hörte seine Stimme, seine Worte, sie verselbständigten sich in ihr, sie befahlen ihr, sich Giovanni zu überlassen, einer gab dem anderen alles, nur die Leidenschaft ihrer Seelen und ihrer Körper zählte. Sie überließen einander ihre Lust und ihre Begierde, ihr Heute und ihr Morgen, sie wussten beide, dass sie nur gewinnen konnten, immer wieder, in der Stärke ihres Begehrens. Vor allem war beiden klar, dass sie nicht mehr leben wollten ohne den anderen.

Das süße Gefühl des Begehrens blieb auch dann in Bice, wenn Segante und sie nicht allein waren. Auch hier in Pusiano unter all den Leuten. Als sie nach dem Gespräch mit ihrem Vater wieder zu den anderen ging, als man gemeinsam aufbrach, um sich im Haus zur Ruhe zu legen, war es schon dunkel geworden. Überall in den Räumen wurden Kerzen aufgestellt und angezündet, Giovanni erwies sich als fürsorglicher Gastgeber, der die mitgebrachten Decken und Polster in den Räumen verteilte. Bice freute sich schon darauf, ihn bald wieder ganz nah zu spüren.

Sie ging ins Bad, um dort eine Lampe aufzustellen. Dort traf sie auf Thérèse, und Bice fand, dass die Freundin müde aussah, abgespannt. »Fehlt dir etwas?«, fragte Bice besorgt, und ihre Schwägerin sagte nach kurzem Zögern, dass sie schwanger sei. »Aber nur Carlo weiß es. Und jetzt du.« Bice sah nun die tiefen Augenringe, eine sanfte Veränderung der Gesichtszüge.

»Ich will es nur dir verraten«, flüsterte Thérèse ihr zu, »sonst niemandem. Der Arzt hat mir gesagt, ich müsse mich schonen, damit ich keine Fehlgeburt riskiere. Deshalb sage ich es auch den Eltern noch nicht, verstehst du das?«

Bice wusste nicht, ob sie ein so großes Ereignis für sich behalten könnte, aber wahrscheinlich machte Thérèse es richtig, wenn sie ihre Schwangerschaft noch nicht in alle Welt hinausposaunte. Bice nahm sie behutsam in die Arme, und die beiden jungen Frauen, eben noch Mädchen, standen eine Weile in dieser Umarmung da. Bice roch den leisen Duft nach Rosen, der Thérèse immer umgab, und sie dachte, dass Carlo eine zarte, zerbrechliche Frau hatte, im gleichen Alter wie sie selbst, aber sie schien ihr weit kindlicher, schutzbedürftiger. Bice freute sich, dass sie diese Frau so lieb gewonnen hatte, denn das band sie noch fester an Carlo.

Als die Familie sich am nächsten Morgen im Garten zum improvisierten Frühstück traf, waren alle in heiterer Stimmung. Die Männer hatten den großen Tisch herausbugsiert, Bice, ihre Mutter und Thérèse schmückten ihn mit Blumen und Blättern und holten dann die restlichen Vorräte aus der kühlen Vorratskammer. Carlo lief immer wieder ums Haus herum, als wartete er auf etwas. Und dann, gegen elf Uhr, hörten sie Hufgetrappel und das Knarren von Kutschenrädern. Ein großes Fuhrwerk hielt vor dem Haus, Handwerker sprangen herunter und schleppten unter Carlos Aufsicht Möbelteile ins Haus.

Bald gab es für Bice und Giovanni keinen Zweifel mehr. Hier war ein Schlafzimmer für sie angekommen. Carlo hatte ein großes Schild gemalt, mit Schnecken und exotischen Schriftzeichen, und darauf stand: ***Für Bice und Segante***.

Unter den erstaunten Rufen aller trugen die Handwerker die Teile der schönsten und exotischsten Schlafzimmereinrichtung ins Haus, die Bice und Giovanni je gesehen hatten! Bald halfen alle den Fachleuten beim Zusammenbau. Und so entstand ein Bett mit zwei Nachttischetageren. Ein Kleiderschrank. Eine Toilettenkommode. Ein Eckschränkchen. Ein Wandschränkchen mit Spiegel. Eine Wandetagere. Ein kleiner Tisch und zwei Paar völlig unterschiedlicher Stühle. Die ganze Einrichtung sah so aus, als wäre sie unmittelbar aus dem Palast des Königs Salomon gekommen. Der Tisch hatte acht Ecken statt vier, und alle Formen und Flächen der anderen Möbel waren von Carlo so phantasievoll, ungewöhnlich und vielfarbig variiert, dass sie etwas Märchenhaftes hatten.

Die zweite Überraschung war, dass Segante das Bett und die Stühle auf den großen, dunklen Flächen mit heimischen Blumen und Gräsern bemalt hatte. Er war sich aber nicht bewusst gewesen, dass er Teile seiner eigenen Schlafzimmereinrichtung bemalte. Es war, als wollte er den orientalischen Trend, den Carlo entfaltet hatte, wieder etwas zurückdrängen. Bei allen von Carlos Entwürfen war die Neigung zum Orientalischen zu erkennen.

Bice wusste gar nicht, wie sie Carlo ihre Bewunderung, ihre Liebe und Dankbarkeit für sein königliches Geschenk ausdrücken sollte. Wie lange hatte er mit seinen Leuten für sie und Segante gearbeitet? Bice hatte nicht einmal den Anflug einer Ahnung gehabt, dass er an einem Geschenk für Segante und sie arbeiten könnte. Sie war so stolz auf Carlo und auf Giovanni, sie hätte weinen können vor Freude. Doch das wollte sie nicht. Carlo konnte weinende Frauen nicht leiden, egal, aus welchem Grund sie weinten. Auch in Giovannis Gegenwart hatte sie noch nicht geheult. Das wollte sie auch möglichst vermeiden. Bice bekam vom Weinen jedes Mal lange Zeit Kopfschmerzen und rote Augen wie ein alter Hund. Daher warf sie sich einfach in Carlos Arme. Und in Giovannis. Und in Thérèses. Früher hatte sie oft mit Carlo gehadert, wenn er sich wie ein Vater aufspielte. Doch seine unverhohlene Freude über Giovannis und ihre Liebe hatte ihr gezeigt, wie großherzig und nobel Carlo im Grunde war. Bice war nun nicht mehr nur Carlos kleine Schwester, sondern auch die Frau seines besten Freundes.

15

Giovanni erinnerte sich noch gut an Bices ungeduldiges Warten auf erste Anzeichen einer Schwangerschaft. Er hatte es nicht so recht begriffen, warum sie jeden Monat bitter enttäuscht war und das Blut hasste, das aus ihr floss. In Mailand, bei Carlo und Thérèse, war Bice über die Maßen entzückt gewesen, als sie zum ersten Mal die kleine Deanice in den Armen hielt, und sie hatte Giovanni erklärt, dass sie auch schwanger werden wolle, unbedingt. Giovanni wollte auch ein Kind. Natürlich. Eine Frau ohne Kind oder Kinder konnte er sich nicht vorstellen. Entweder war sie unfruchtbar oder zu bequem, eine Mutter zu sein.

Im frühen Herbst des letzten Jahres war dann in Mailand Ettore zur Welt gekommen, und Bices Augen schienen Giovanni traurig, als sie Carlo und Thérèse zum zweiten Kind gratulierte. Dann hatte auch noch Mutter Bugatti – durchaus scherzhaft, für Bice jedoch alarmierend – gefragt, wann ihr denn die Tochter ein Enkelkind schenken werde. »Das Kind einer Tochter ist noch einmal etwas anderes als das Kind des Sohnes«, sagte Mutter Bugatti kryptisch, und Bice erbrach daraufhin das Taufessen. Ihre Mutter und Thérèse sahen sie prüfend an.

Zurück in Pusiano, gab es statt des gefürchteten Monatsblutes immer wieder morgendliches Erbrechen, und Bice jubelte und lief singend durchs Haus. Endlich. Endlich konnte sie mitreden, mithalten, endlich war sie eine richtige Frau.

Bice schien Giovanni sehr verändert. Ein neuer, selbstbewusster Zug machte ihr weiches Gesicht älter, aber umso auffallender. Die Brüste rundeten sich, erst viel später wölbte sich der Bauch unübersehbar. Man tuschelte in Pusiano, auch die Gutwilligen. Es hatte sich herumgesprochen, dass dieses aus Mailand zugezogene junge Paar gar nicht verheiratet war. Und, schlimmer noch, nicht zur Kirche ging! Wo gab es denn so etwas? Doch nur bei den Zigeunern. Allerdings hieß es, dass zumindest die junge Frau, die gerade einmal zwanzig Jahre alt war, aus einer angesehenen Mailänder Familie käme. Sie war auch wohlerzogen und liebenswürdig. Aber er! Arrogant war der, nur weil er ein Maler war. Lachhaft. Damit konnte er den Alteingesessenen von Pusiano nicht imponieren.

Bice war inzwischen im dritten Monat und so glücklich, dass sie die meist unterschwellige Abneigung der Nachbarn nicht bemerkte oder sich davon überhaupt nicht beeinträchtigen ließ. Voller Erwartung und Stolz blickte sie auf ihre künftige Rolle als Mutter. In der nächsten Zeit wollte sie unbedingt mit Giovanni die Umgebung kennenlernen, ehe sie so rund wurde, dass Wanderungen nicht mehr möglich waren.

An einem hellen, überraschend warmen Herbsttag machten sie sich auf den Weg durch eine schöne, sanfte Landschaft, über Asso in den Ort Magreglio, wo sie sich eine Herberge suchten, denn zurück würden sie es an diesem Tag nicht mehr schaffen. Das gemütliche Gasthaus, das ihnen ein Schafhirte gezeigt hatte, gefiel ihnen. Bice und Giovanni säuberten sich von ihrem Fußmarsch in bereitgestellten Waschtrögen, und dann gingen sie in die Gaststube, die mit Einheimischen, meistens Männern, gut besucht war. Als Bice und Giovanni eintraten, verstummten die Gespräche. Alle starrten das junge Paar an. Offenbar waren sie erstaunt, ja befremdet über den hochgewachsenen Mann mit dem wilden Haar, und mehr noch über seine junge Gefährtin mit den blonden Locken und der üppigen Figur.

Die Fragen standen den Männern ins Gesicht geschrieben. Woher kamen die beiden? Welcher Nationalität waren sie? Welchen Glaubens? Heimlich, wie sich später herausstellte, schickten die Dorfoberen nach dem Pfarrer, nach dem Gemeindesekretär, damit er über das Paar Erkundigungen einziehe. Immerhin hatten sie Zimmer zum Übernachten bestellt. Man wollte schließlich wissen, wen man da beherbergte.

Doch der Gemeindesekretär und auch der Pfarrer waren nicht aufzutreiben gewesen. Daher konnten Bice und Giovanni zu Abend essen, obwohl ihnen die Blicke und die Neugierde der Einheimischen lästig waren. Am nächsten Morgen schliefen sie trotzdem lange, und anstatt in die Kirche zu gehen, hatten sie sich ein verschwenderisches Frühstück servieren lassen. Dann waren sie losgezogen. Giovanni mit großen Bögen Papier, Bice mit einem Buch unterm Arm. Die Wirtin blickte ihnen hinterher. Hatte man so etwas schon gesehen? Nein. Und man wollte solche Heiden auch nicht haben im Ort. Als die beiden zurückkamen, holten sie ihr Gepäck aus dem Zimmer und setzten sich in die Wirtsstube, um zu essen. Und diesmal war zwar nicht der Pfarrer, aber doch der Gemeindesekretär zur Stelle.

Giovanni sah den dreisten Blick des Mannes, der Bice anschaute, als wollte er sie ausziehen, und er fand, dass der widerlich, ja schmierig aussah.

Da er nirgends Streit haben durfte, weil er ohne Papiere war, hielt Giovanni sich, wenn auch mühsam, zurück. Doch der Sekretär setzte sich noch näher zu ihnen und glotzte Bice an, sodass Giovanni dann doch fragte, was er denn eigentlich wolle. Der Sekretär, im Bewusstsein seiner Sendung und des Rückhalts durch die Dorfoberen, überhörte Giovannis Frage und wollte mit Bice anstoßen. Er hatte sich dazu vom Wirt zwei Gläser mit Wein geben lassen, eines für sich, eines für die junge Frau.

Jetzt reichte es Giovanni. Was fiel diesem Dorftrottel eigentlich ein? Merkte der denn nicht, dass Giovanni sich abhob von den anderen Leuten des Dorfes? Er musste doch sehen, dass er und Bice hochgestellte, seltene Gäste waren. Schließlich kamen sie aus Mailand und verkehrten dort mit den Vornehmen der Stadt. »Haben Sie noch nie eine Frau gesehen?«, entfuhr es Giovanni, und er zog mit einem kräftigen Ruck den Sekretär am Arm, sodass dessen Weinglas am Boden zerschellte. Und Bice, ebenso wütend über das verletzende Verhalten des fremden Mannes, schüttete ihm den Wein, den er ihr zugedacht hatte, ins Gesicht.

Das war den übrigen Gästen und vor allem den Dorfoberen ein willkommener Anlass, das Paar zu verjagen. Sie beschimpften Giovanni und Bice als Hergelaufene und Gottlose. »Macht, dass ihr weiterkommt. Nicht einmal am Sonntag geht ihr zur Kirche. Die feinen Herrschaften spielen, dabei seid ihr nur gottloses Gesindel! Gottloses Gesindel!« Ihre Stimmen überschlugen sich, manche Köpfe waren hochrot, in den Mäulern sah man die schadhaften Zähne. Am liebsten hätten sie Bice und Giovanni verprügelt, doch davor hielt sie der Gemeindesekretär zurück. Am Ende bekam er gar selbst die Ohrfeigen der aufgebrachten Männer.

Bice erschien die ganze Szene in diesem Moment so komisch, dass sie nur noch herzlich lachte. Das verblüffte die Leute, und für einen Moment verstummten sie und sahen sich ratlos an. Immer noch lachend, verließen Giovanni und Bice das Restaurant und liefen zu dem nahe gelegenen Haus des Lohnkutschers. Nur der Wirt des Restaurants rannte ihnen hinterher, um zu kassieren.

Wieder in Pusiano, machte Bice Pläne, wann die Familie von dem größten Ereignis in ihrem Leben erfahren sollte. Eigentlich hätte sie es gern noch eine Weile für sich behalten, doch dann entschied sie sich anders. Sie mussten schnellstmöglich nach Mailand reisen und die Aussicht auf Nachwuchs persönlich ankündigen. Keinesfalls wollten sie, dass Vittore Grubicy, der häufig in Pusiano war, die Neuigkeit der Familie verriet.

Die Großeltern Bugatti gaben hocherfreut ein kurzfristig anberaumtes, dafür umso liebevoller arrangiertes Essen. Selbst Luigi Bugatti löste sich von seinen obsessiven Berechnungen, wenn die Aussicht bestand, seine Tochter Bice und die Enkelin Deanice wiederzusehen. Es hieß von seiner Enkelin, dass sie eine echte Bugatti sei, Carlo – und damit auch dem Großvater – wie aus dem Gesicht geschnitten. Die kleine Deanice lief schon geschäftig zwischen den Erwachsenen herum und war sichtlich stolz, wenn sie und Brüderchen Ettore für ihr prächtiges Gedeihen gelobt wurden. Es tat Bice überaus wohl, bei ihrer Familie und in Mailand zu sein.

Wem konnte sie in Pusiano erzählen, dass sie schwanger war? Wer mochte dort ihre Freude teilen? Hier, vor allem im Gespräch mit Thérèse, fühlte sie Wärme, offenes Interesse und Anteilnahme. Auch die Vorfreude ihrer Mutter tat Bice gut. Dabei wurde ihr klar, dass sie sich in der kurzen Zeit ihres Lebens mit Segante verändert hatte. War sie früher der Beachtung manchmal überdrüssig gewesen, die ihr von der Familie und von den Freunden der Familie entgegengebracht wurde, so konnte sie derzeit davon nicht genug bekommen. Sie spürte, dass mit dem Kind, das sie erwartete, ihr Leben mit Giovanni sicherlich noch intensiver, aber auch komplizierter verlaufen würde.

Wenn sie an Thérèse dachte, die als Frau von Carlo Bugatti angesehen und behütet war, die keine materiellen Sorgen kannte und von gutausgebildetem Personal bedient wurde, dann fragte Bice sich, wie sie allein zurechtkommen würde mit all dem Neuen. Vittore Grubicy bezahlte Giovanni als Pauschale für die gelieferten Bilder 200 Lire im Monat. Damit musste Bice haushalten. Giovanni gab ihr das Geld selbstverständlich, völlig freiwillig. Jedoch konnte es passieren, dass er, wenn Besuch aus Mailand kam, selbst auf den Markt ging. Dann kaufte er oftmals allzu teuren Wein, dazu Fleisch und Fisch, Gemüse und Früchte, sodass ein großer Teil des Geldes für ein einziges Wochenende draufging, und dann musste Bice sehen, wie sie die restliche Zeit bis zum nächsten Zahltag überbrückte.

Als im Mai Gottardo in Pusiano auf die Welt kam, hatte Bice zum ersten Mal wirklich Heimweh. Die Wehen setzten in der Nacht heftig ein, doch als Giovanni mit der Hebamme erschien, war kaum mehr etwas zu spüren, sodass die Hebamme wieder nach Hause ging. Offenbar hatte sie von dem Wein, den Giovanni ihr angeboten hatte, allzu viel getrunken, denn als Giovanni am Morgen gegen sieben Uhr losrannte, weil Bice vor Schmerzen schrie, pochte und trat er lange vergeblich gegen die Haustür.

Die Hebamme schlief augenscheinlich ihren Rausch aus. Bis Giovanni erreichte, dass die Frau ihren Kopf unter den verrauften Haaren am Fenster sehen ließ, bis sie versprach, sich zu beeilen, war viel Zeit vergangen. Giovanni wartete nicht auf die Hebamme, er rannte zurück zu Bice und fand sie mit zwei Nachbarinnen, die ihr, aufgestört von Bices Schmerzensschreien, beigestanden hatten.

Die Frauen kappten die Nabelschnur, wuschen den Jungen und kleideten ihn an. Dabei wunderten sie sich über die feinen seidenen Jäckchen und Mützchen, die für das Neugeborene bereitlagen. Sie strichen über das Bettzeug aus besticktem Leinen, mit dem die reichgeschnitzte Wiege ausgestattet war. Diese Aussteuer wäre für einen Prinzen gut genug gewesen. Also musste es stimmen, dass die junge Frau reiche Eltern hatte, die eine so erlesene Ausstattung für das Neugeborene schickten.

Doch die junge Mutter war krank, das konnte jeder sehen. Sie erklärten dem Mann, er müsse die Frau in sein Bett legen, ihres sei ja klatschnass und besudelt, er müsse Laken holen und ein frisches Nachthemd, alles andere würden sie schon erledigen.

Giovanni, der Bice im Arm hatte, die vor Erschöpfung zu schlafen schien, tat mechanisch, was die Frauen sagten. Er half, Bices Hemd zu wechseln, wusch sie behutsam und zärtlich mit klarem, warmem Wasser, und die Frauen sahen, dass seine Hände zitterten.

Als Bice in ihrem frischbezogenen Bett schlief, legten sie ihm Gottardo in den Arm und sagten, dass seine Frau hohes Fieber habe, dass man ihr das Kind nicht anlegen könne. Sie wüssten aber eine Amme, nur gerade über den See, die habe vier Kinder und schon Erfahrung.

Das Erste, das Bice sah, als sie erwachte, war die Nachbarin, die ihren Nähkorb geholt hatte und Strümpfe stopfte. Erst langsam begriff Bice, dass alles vorbei war, dass sie ihr Kind bekommen hatte. Doch wo war es? Und wo war Giovanni? Bice versuchte sich aufzurichten, ihr Herz klopfte vor Anstrengung und plötzlicher Sorge. Die Nachbarin sprang auf, holte ihr stark verdünnten Wein und ließ sie trinken. Dabei erklärte sie ihr, dass ihr Mann den Jungen, der ein schöner, gesunder Junge sei, zu einer Amme bringe. Das Kind müsse ja angelegt werden. Und die Signora habe ganz offensichtlich Kindbettfieber. Sie solle sich jetzt nicht aufregen. Ihr Mann sei gewiss bald zurück.

O mein Gott. Bice hatte sich alles so ganz anders vorgestellt. Die Geburt, harte Arbeit, gewiss, aber dann würde die Mutter das Kind im Arm halten, und alles wäre in schönster Ordnung. So hatte sie das immer vor Augen gehabt. Und bei ihr war nichts in Ordnung. Kein Kind, kein Mann, nur eine strümpfestopfende Nachbarin am Bett. Dabei war Bice den beiden Frauen wirklich dankbar. Sie waren freundlich und selbstverständlich zu Bice ins Haus gekommen und hatten das Richtige getan. Bice hatte Vertrauen zu ihnen gehabt. Viel mehr als zu der heruntergekommenen Hebamme.

Wenn Bice der Nachbarin glauben wollte, hatte sie einen schönen, gesunden Sohn. Wann würde sie ihn sehen, bewusst und in Ruhe? Als sie ihn herausgezogen hatten aus ihr, war sie vor Schmerzen halb verrückt gewesen. Nichts hatte sie wahrgenommen, nur etwas Rötliches und dunkles Haar auf einem zerdrückten Köpfchen. Mama, Thérèse, Serafina – warum konnte niemand bei ihr sein? Ihr sagen, dass sie kein hohes Fieber habe, dass der Kleine gesund war? Warum konnten sie nicht alle im Kreis um sie herumsitzen, schwatzen und lachen? Das war es, was ihr lag, was sie vom Leben wollte. Mit Leuten zusammensitzen, das Leben betrachten und darüber schwatzen. Nicht reden. Schwatzen. Warum musste ihr Kindbett so scheußlich sein?

16

Der Bauernjunge trat ein, ohne anzuklopfen. Bice hörte ihn und lief in die Diele, wo er von einem Bein aufs andere trat und hervorstieß, dass man kommen müsse. »Das Kind – es ist schlimm!« Der Junge rief noch, dass sein Vater im Boot warte, dann rannte er hinaus, und Bice verlor für eine Sekunde die Orientierung. Das war doch sie, Bice. In ihrem Körper, in ihrem Haus. Was wollte der Junge?

Gottardo? Ihr Sohn? Er war doch auf der anderen Seite des Sees. Bei seiner Amme. Erst gestern hatte sie ihn im Arm gehalten. Sein Köpfchen mit dem dichten schwarzen Haar geküsst. Hinten am Kopf die kleine kahle Stelle vom Liegen. Gottardo. So hatten sie ihn genannt, weil man just am Tag seiner Geburt einen Tunnel durch den Sankt Gotthard gestoßen hatte. Ein großer Tag für den Fortschritt, für das Land. Ein Sieg über einen Berg. Bice und Giovanni waren übermütig gewesen vor Freude über den gesunden Erstgeborenen. Gottardo. War sie verrückt? Sie musste doch zu ihm! Was war ihm geschehen? Angstvoll rief Bice nach Giovanni. Er polterte über die Treppe, riss Bice hinter sich her in das Boot des Fischers.

Sie hatten das vier Monate alte Kind im Hochstühlchen festgebunden. Gottardo musste sich wohl allzu lebhaft bewegt haben. Jedenfalls war der hölzerne Stuhl umgefallen. Auf den Steinboden. Der Arzt bemühte sich um den Kleinen. Sie hatten ihn auf den Tisch gelegt, auf eine Decke. Das sonst so hübsche, lebhafte Bübchen, das jedes Mal vor Freude strahlte, wenn es Bice oder Giovanni sah, lag jetzt steif da, wie eine bleiche Puppe. Der Arzt rieb das Kind vorsichtig mit einer scharf riechenden Essenz ein. Bice sah verzweifelt zu Giovanni, der es offenbar ebenso wenig wagte wie sie, den Arzt zu befragen. Der Arzt horchte auf Gottardos Herzschlag, und Bice flüsterte endlich, ob Gottardo noch lebe. Sie bekam keine Antwort. Es war, als gehörte Gottardo dem Arzt und nicht mehr seinen Eltern.

Nach kurzem Anklopfen trat ein Geistlicher ein, und der Arzt machte ihm Platz, damit er das hoffnungslos verletzte Kind für seine Reise ins Jenseits versehen konnte.

»Unser Sohn ist nicht getauft«, erklärte Giovanni. Als der Arzt ebenso wie der Geistliche daraufhin Giovanni äußerst kühl musterten, nahm Bice den Kleinen in ihre Arme und legte ihre Hand auf seine Brust. Sie hörte den leisen Herzschlag. Gottardo lebte. Sie hatte ihn in ihren Armen. Er würde nicht sterben. Bice wusste es. Sie rieb die kleinen kalten Hände, umhüllte ihren Sohn mit dem Tuch, das sie im Hinauslaufen über sich geworfen hatte. Erst jetzt, wo sie Gottardo in ihren Armen wiegen konnte, kam sie wieder zu sich, nahm sie ihre Umgebung wahr. Sie hörte die grelle Stimme der Amme, die sich darüber ereiferte, dass sie einem Heidenknaben die Brust gegeben habe. »Da bin ich ja auch des Teufels!«, heulte sie. Zu Bice gewandt, rief sie, sie solle Gottardo nur ja mitnehmen. »Keine Minute länger will ich das Kind im Haus haben. Ein gottloses Kind haben Sie mir in Pflege gegeben. Jetzt sind die Dämonen in meinem Haus! Kein Wunder, dass das Unglück passiert ist. Und mir gibt man die Schuld!«

Die Amme heulte in ihre Schürze und rannte hinaus. Es war Bice bekannt gewesen, dass die Amme streng katholisch war, wie alle Bewohner der Brianza. Doch hatte sie keinen Grund gesehen, sie von ihren eigenen religiösen Gewohnheiten zu unterrichten. Bice und Giovanni waren beide ebenfalls katholisch. Doch machten sie keinen Gebrauch davon. Das hatte im Dorf schon zu Irritationen geführt, und eigentlich hätte die Amme davon wissen müssen. Wenn Gottardo ungetauft starb, woran Bice nicht denken wollte, könnten sie in Pusiano nicht länger bleiben.

Giovanni fragte den Arzt, wie er den Zustand seines Sohnes beurteile. Mürrisch sah der Arzt den Geistlichen an, der schaute auf Gottardo in Bices Arm und schüttelte den Kopf. »Das Kind wird die Nacht nicht überleben«, sagte er, und der Arzt nickte wortlos.

Giovanni nahm Bice in den Arm, beide sahen sie auf den bleichen Gottardo, der vergeblich versuchte, die Augen zu öffnen. »Bitte«, sagte Bice zu dem Geistlichen, »bitte, taufen Sie unseren Sohn.« »Ja«, wiederholte Giovanni, »bitte geben Sie ihm die Nottaufe.«

Während der Geistliche das Kind salbte und den Kopf mit warmem Wasser übergoss, hielt Giovanni seinen Sohn auf dem Arm, denn Bice war weinend zusammengesunken. Die Amme und der Fischer standen in der Nähe, beteten mit dem Geistlichen und schlugen das Kreuz. Immerhin hatte der Arzt nichts dagegen, dass Giovanni und Bice ihr Kind mit nach Hause nahmen.

»Ich gebe ihn nicht wieder her«, sagte Bice, als sie im Boot saßen und der Fischer sie mit behutsamen Schlägen zurückruderte.

»Du weißt ja, dass auch ich die Nottaufe bekommen habe«, flüsterte Giovanni, »und ich habe es überlebt.«

Das Boot glitt über den ruhig in der Dunkelheit liegenden Lago di Pusiano, und Giovanni sah den mit abgewandtem Gesicht rudernden Fischer, er sah undeutlich die Kirche am gegenüberliegenden Ufer, dachte an den Geistlichen, der seinem Kind ohne jedes sichtbare Mitleid den nahen Tod vorausgesagt hatte. Auch für den Arzt war Gottardo nur eines von vielen sterbenden Kindern gewesen. Bice saß stumm im Heck der Barke, und es schien Giovanni im vagen Licht über dem Wasser, dass sie mit Gottardo gleichsam verschmolzen war. Sie drückte den Kleinen so verzweifelt an sich, als wollte sie ihn beschwören, entgegen der Prophezeiungen des Pfarrers und des Arztes am Leben zu bleiben. Plötzlich war es Giovanni, als sähe er das helle Ärmchen des Jungen um den Hals Bices geschlungen. »Bice«, flüsterte Giovanni, »Bice, unser Kind lebt.« Sanft streichelte er die kleine Faust.

»Gott darf ihn uns nicht wegnehmen.« Bice sagte es leise, tonlos, ohne ihre Haltung zu verändern. Vielleicht war es Gott auch gleichgültig, ob das Kind starb, dachte Giovanni. Er ließ ja so viele sterben.

Giovanni war stolz auf seine Familie gewesen. Seine schöne Frau. Seinen gesunden, kräftigen Sohn. Hätten sie ihn doch nicht länger als nötig der Amme anvertraut. Bice hatte erklärt, dass Carlo und sie von einer Amme genährt worden waren. Das sei in den Familien so üblich. Nun war seine Familie vielleicht zerstört. Giovanni schaute Bice wieder an und nahm sich vor, dieses Bild für Bice zu malen, wenn Gottardo überlebte.

17

An einem Nachmittag im Oktober, ein paar Wochen nach dem Unfall, sah Bice aus ihrem Fenster, weil sie Hufgetrappel und das Rollen leichter Kutschenräder hörte. Zu Bices Erstaunen hielt die Kutsche vor dem Haus. Der Kutscher stieg rasch ab und half einer Dame beim Aussteigen, die zum eleganten Kostüm einen großen, hellen Hut trug, der mit einer beträchtlichen Anzahl von Stoffrosen ausgestattet war. Die Dame schüttelte leicht den weiten Rock. Bice sah fasziniert auf die äußerst dünne Taille der Dame. Sie musste noch jung sein. Doch mit jedem Schritt, den die Dame näher kam, wurde sie älter. Ein kräftiges Kinn und der entschlossen zusammengepresste Mund ließ Bice an ihre Institutsfräulein denken. Was wollte die nur von ihr? Sie schritt geradewegs auf das Haus zu und betätigte kräftig die Klingelschnur.

»Giacum«, rief Bice intuitiv, obwohl sie sonst jederzeit selbst zur Tür ging, um zu öffnen. Giacum, ihr neuer Hausbursche, der dabei war, einen wackeligen Tisch mit neuen Beinen zu versehen, machte umstandslos die Tür auf, und Bice beeilte sich, im Badezimmer ihr Haar durchzubürsten und etwas Parfüm und Puder aufzutragen. Sie so zu überfallen!

Bice trat ohne Eile in den Flur und bat die Dame ins Wohnzimmer, wo allerdings Fingal, der neue Sennenhund, spielte, der dabei war, seinen Welpencharme zu verlieren und ständig furchtbar zu sabbern. Gerade zerrte und biss er am Teppich herum. Außerdem hatte er wieder Segantes Socken im Flur und auf den Treppen verteilt.

Bice gönnte ihrer Besucherin den Anblick. Wieso hatte sie sich nicht angekündigt? Dann hätte sie Fingal in Giacums Obhut gegeben.

Fingal hatten sie seit zwei Monaten. Er hielt sich für den Herrn im Haus, er gebot über alle Bewohner. Offenbar freute er sich über den Besuch, denn er rannte auf die Dame zu und begann an ihren weißen Lederschuhen zu knabbern. Die Besucherin schlug mit ihrem Schirm nach ihm, doch er wich geschickt aus. Er hielt das für ein Spiel. Immer wieder biss er in die Schuhe mit dem duftenden, weichen Leder.

»Nehmen Sie doch das Vieh weg«, rief die Dame wütend und von ihrem Kampf gegen die Bestie schon erschöpft. Bice nahm Fingal auf den Arm, doch die Dame verlangte, dass er aus dem Zimmer geschafft werde. »Der ist ja gefährlich! Meine Schuhe sind ruiniert!«

Mit einem kleinen Seufzer des Ärgers rief Bice wieder nach Giacum, der ihr Fingal schließlich abnahm. Die Dame sah Bice vernichtend an.

»Wissen Sie eigentlich, wer ich bin?«

»Sie haben sich nicht vorgestellt.«

»Ich bin die Hausbesitzerin. Die Gattin des Bankiers Tomaso Gianoberto Rosa, der Ihnen das Haus vermietet hat. Ihm fehlt jede Menschenkenntnis. Mir wäre das nicht passiert.«

»Das Gefühl habe ich auch.«

»Wie ich hörte, haben Sie ein Kind.«

»Das hat man richtig beobachtet.«

»Es wird geredet. Es heißt, Sie sind nicht verheiratet mit Signore Segantini.«

»Ich heiße Bugatti. Luigia Pierina Bugatti.«

»In meinen Kreisen heiratet man, und dann bekommt man die Kinder.«

»Interessant. Wie viele haben Sie denn?«

Die Besucherin, von ihrer absoluten Machtstellung durchdrungen, stutzte plötzlich. Sie schaute nervös aus dem Fenster. Dann atmete sie tief durch, fasste sich.

»Wir müssen solche Verhältnisse in unserem Haus nicht dulden.«

»Sie haben also keine Kinder.«

Signora Rosas Wangen röteten sich. Ihr breites Kinn zitterte. Sie zeigte mit der Spitze ihres Sonnenschirms auf Bice.

»Was fällt Ihnen eigentlich ein? Glauben Sie, dass Sie derart unverschämt mit mir reden können?«

»Dessen bin ich mir sogar sicher. Und jetzt entschuldigen Sie mich. Ich muss mich um meinen Sohn kümmern. Wenn Sie wüssten, was für ein hübscher kleiner Kerl er ist!«

»So etwas! So etwas!«, sagte die Signora fassungslos. Sie kam jetzt so nah an Bice heran, dass Bice ihr Lavendelparfüm in die Nase bekam und etwas zurückwich. »Ich bin gekommen, Ihnen zu sagen, dass wir eine christliche, eine gut katholische Familie sind. Seit Generationen. Und wir werden es nicht dulden, dass in unserem Haus Unzucht getrieben wird! Sie werden dieses Haus verlassen, und zwar rasch!«

»Schauen Sie«, sagte Bice leise, »ich gehe jetzt mit meinem kleinen Sohn und dem Hund an den See, und dort besuchen wir meinen Mann. Wir machen ein schönes Picknick zusammen. Mein Mann ist ein berühmter Maler, wenn er auch hier, in der tiefsten Provinz, vielleicht noch nicht bekannt ist. Aber ich kann Ihnen sagen, dass er schon Preise bekommen hat. In Mailand, in Amsterdam, in London und in Paris. Wir bleiben ohnehin nicht mehr lange in diesem Kaff, aber wann wir ausziehen, das bestimmen wir!«

Es zuckte einen Moment nervös im Gesicht der Dame, dann riss sie ihren Schirm an sich und lief mit knallenden Schritten aus dem Haus. Bice ging ihr nach bis unter die Haustür und hob leicht die Hand, als die Kutsche abfuhr. Unwillkürlich wollte die Dame huldvoll zurückwinken, unterließ es aber.

Giovanni hatte am See seine Staffelei aufgebaut und seinem Sitzhocker einen sicheren Stand verschafft. Aus dem großen Leinenbeutel suchte er die Pinsel und die Farbtuben zusammen, die er brauchte. Er malte sein Bild, das er *Ave Maria bei der Überfahrt* nennen wollte. Die Haltung der jungen Bauersfrau mit dem Kind auf ihrem Schoß erinnerte ihn an Gemälde der Muttergottes mit ihrem Kind, und damit war der Titel des Bildes bereits gefunden. Es war für Giovanni wichtig, den Titel für seine Arbeit schon vorher festzulegen. Es erzählte eine Geschichte von der Frömmigkeit der Landleute und von der Liebe der Mutter zu ihrem Kind.

Giovanni nahm Gottardo von Bices Arm. Er ging mit dem Kleinen herum, zeigte ihm die Blätter der Bäume, die bunten Blumen im Gras, und dann ließ er Gottardo im Wasser planschen. Bice stellte überrascht fest, dass Giovanni mit seiner Arbeit schon weit gekommen war. In einer typisch lombardischen Barke sieht man das junge Bauernpaar mit seinem kleinen Kind. Auf dem Lago di Pusiano vor dem Dorf Bosisio ist es still. Die Menschen kauern auf engstem Raum, denn mit im Boot ist eine eng zusammengepferchte Schafherde, Muttertiere und Lämmer, die das Boot vollkommen besetzen. Es ist Morgendämmerung, und das helle Licht reflektiert die Silhouette von Mutter und Kind im Wasser. Bice war immer wieder begeistert, wie souverän Giovanni das Spiel von Licht und Schatten beherrschte. Der Vater des Kindes, der Schafhirte, hat beim Läuten der Morgenglocken aufgehört mit dem Rudern. Es ist ein Bild des Friedens, dies in sich versunkene Paar mit dem kleinen Kind auf dem Schoß der Mutter. Während Vater und Mutter ganz in sich gekehrt sind, blickt das Kleine, das sich eng an die Mutter schmiegt, aus den Augenwinkeln heraus auf die vielen Schafe, auf deren Rücken sich die Strahlen der Sonne spiegeln. Auch die Schafe drängen sich so ruhig aneinander, als wären sie in Andacht versunken.

Bice war sicher, dass Giovanni weder seine eigene Familie malte noch eine Bauernfamilie. Es war die Heilige Familie, die er vor seinem geistigen Auge sah, und Bice wusste, dass Giovanni die Innigkeit, mit der die junge Mutter ihr Kind an sich drückte, aus der schreckerfüllten Nacht im Gedächtnis hatte, als Gottardo im Haus der Amme verunglückt und dem Tod nahe war.

Heute war Gottardo wieder so weit, dass er seine Eltern anlachte, doch Bice war unruhig. Sie hatte das Gefühl, dass ihr Söhnchen nicht mehr so gut gedieh wie vor dem Unfall. Wenn sie das Haus verließ, trug sie den Kleinen in einem Baumwolltuch immer bei sich. Die Angst, dass Gottardo noch einmal etwas Schreckliches passieren könnte, verließ sie nicht. Immer wieder schaute sie den Kleinen an, der den größten Teil des Tages schlief und die Augen nur öffnete, wenn sie ihm die Brust anbot oder ein Fläschchen.

Gottardo war ein besonders liebenswertes Kind. Bice verglich ihn oftmals mit seinem Cousin Ettore, der ein Jahr älter war als Gottardo. Ettore konnte sich aber schon mit fünf Monaten vom Rücken auf den Bauch drehen. Gottardo unternahm nicht einmal den Versuch. Wie hatten sich alle über Ettores ruderndes Schwungholen gefreut, wenn er nach zwei, drei Drehversuchen auf dem Bauch lag, um sich dann, nach erneuter Schwerstarbeit, wieder auf den Rücken zu rollen. Das sah richtig lustig aus. Und es war eine große Leistung. Bice wusste noch genau, wie Ettore, die Handflächen fest auf dem Boden, sich aufgestützt hatte. Bald konnte er schon mit einer Hand greifen und kippte trotzdem nicht um. Gottardo schaffte noch nichts von all diesen Kunststücken. Würde er überhaupt einmal krabbeln oder laufen können?

Wenn Bice daran dachte, bekam sie Angst, und sie machte sich Vorwürfe, dass sie das Kind überhaupt einer Amme gegeben hatte. Was hatte es schon zu sagen, dass sie selbst und Carlo auch von einer Amme genährt worden waren. Bice hatte nicht einmal den Namen von Gottardos Amme herausfinden können, so rasch war alles gegangen. Gottardo musste angelegt werden, und sie, Bice, hatte hohes Fieber gehabt. Sie dürfe keinesfalls stillen, darin waren sich die Nachbarinnen einig gewesen. Sie hatten es gut gemeint. Und Giovanni war in Panik gewesen. Doch inzwischen hatte sich Bice bei einem Kinderarzt in Mailand erkundigt. Auch bei Fieber konnten Mütter stillen. Es passierte den Kindern gar nichts. Aber was nutzte ihr diese Erkenntnis jetzt?

Giovanni legte die Pinsel zur Seite und ging zu Gottardo, den Bice auf einen schattigen Platz gelegt hatte, weil er eingeschlafen war. Segante gab dem Kleinen einen behutsamen Kuss. »Alter Schnarchsack«, sagte er zärtlich, doch Bice tat es weh, obwohl sie vermutete, dass Giovanni sich zuweilen selbst Mut zusprach. Trotzdem beneidete Bice ihn um seinen Optimismus. Segante liebte seinen Sohn herzlich, aber alles in allem machte er sich nicht so viele Sorgen um das Kind wie Bice, die den Jungen ständig beobachtete, ihn auch mit Kindern fremder Mütter verglich. Vor kurzem, als sie in Mailand waren, hatten sie Gottardo einem Spezialisten vorgestellt, und er hatte Gottardo wirklich rücksichtsvoll und sensibel untersucht. Lange. Schließlich kam er zu dem Ergebnis, dass der Junge tatsächlich zurückgeblieben sei für sein Alter. »Das haben Sie schon richtig beobachtet, Signora. Sein Kopf ist zu klein, und er wächst offensichtlich auch nicht so, wie er es im Verhältnis zum Körper tun sollte.«

Bice sah Giovanni verzweifelt an, und der fragte den Arzt, ob er denn keinen Rat wisse. »Gottardo kann doch nicht das einzige Kind sein, das einen schweren Sturz erlitten hat. Es gibt doch medizinische Bücher. Können Sie nicht mal nachschlagen, ob es einen ähnlichen Fall nicht schon einmal gegeben hat?«

»Genau das werde ich tun«, sagte der Arzt mit leichtem Lächeln, »ich werde mich mit meinem Freund, einem Chirurgen, zusammensetzen, und dann werden wir vielleicht gemeinsam einen Weg finden, Ihrem Sohn zu helfen. Vielleicht. Versprechen kann ich in so einem Fall nichts.«

Der Arzt hatte Bice behutsam auf die Schulter geklopft. »Stellen Sie mir Ihren Sohn wieder vor, wenn er seinen zweiten Geburtstag hinter sich hat. Dann sehen wir weiter.«

An diesen Arztbesuch musste Bice auch jetzt wieder denken, als sie nach einem kleinen Spaziergang Gottardo gestillt hatte und nun zurückkam zu Giovanni, der im raschelnden Herbstlaub auf seinem Hocker saß und von einer Igelfamilie berichtete, die er gesehen hatte. Er nahm Gottardo, der von seinem Schläfchen erwacht war, auf den Arm, und Bice betrachtete wieder das

Bild, das sich inzwischen stark verändert hatte. Bice sah sofort, dass Giovanni *Ave Maria* in einer anderen Technik malte als alle Bilder vorher. Dort, wo der Himmel war, das Wasser, das Ufer, hatte Giovanni in langen, feinen Strichen fadengleich reine Farbe aufgetragen. Bice war klar, dass die Leuchtkraft dieses Bildes nicht durch den Kontrast von Licht und Schatten erreicht wurde, sondern, zumindest teilweise, durch die Intensität der Farbe selbst.

»Segante, mir fällt an dem Bild so viel Neues auf. Ich finde es tief religiös, viel stärker als beim *Chor von Sant' Antonio.* Wer dieses Bild sieht, kann dich eigentlich nicht mehr einen Gottlosen nennen.«

»Die Leute können mich nennen, wie sie wollen, die meisten sind ja ohnehin nicht klüger als die Rindviecher«, sagte Giovanni vergnügt, denn Bices Urteil gefiel ihm. Sie sah in seinen Bildern nur Positives, das schwächte ihr Urteil vielleicht manchmal, aber im Grunde wollte Giovanni von Bice nur Lob hören. Er musste sich von Vittore Grubicy genug Negatives über seine Bilder sagen lassen.

Erst neulich, als er mit Bice und Gottardo in Mailand war, wo sie ein paar Tage in ihrem Atelier am Naviglio verbrachten, hatten sie wieder gestritten, Vittore und er. Giovanni hatte viele Gemälde nach Mailand mitgebracht. Stillleben, Porträts, Zeichnungen, ein großes Bild, *Die letzte Mühe des Tages,* dann ein Selbstporträt, ein Porträt der Signora Torelli, ein großes Gemälde, *Landschaft mit Frau im Baum,* und noch eines seiner eigenwilligsten Stillleben, *Die weiße Gans.*

Vittore wies zunächst auf das Bild *Landschaft mit Frau im Baum.* Diese Komposition war eines der ersten Bilder, die Giovanni in der Brianza gemalt hatte. Von einem Hügel bei Carella aus hatte Giovanni heruntergeschaut auf Pusiano. Er hatte sein Haus gesehen und den See, an dem er so gern arbeitete, und es fiel ihm leicht, aus dieser Höhe die Landschaft zu malen, die jetzt seine Heimat war. Erst in einer Pause gewahrte er in einiger Entfernung einen Maulbeerbaum, der filigran verästelt war und in dessen Blattwerk er Bice zu erkennen glaubte. Obwohl er wusste, dass Bice niemals so hoch in einen eher schlanken und jungen Baum hinaufsteigen würde, konnte er sich von dem Bild nicht losmachen, im Gegenteil. Es blieb in ihm, und schließlich malte er den Baum und Bice darin, gefährlich weit über den Horizont hinausgehoben.

Giovanni war geschockt gewesen, als Vittore meinte, dass er, seit er in der Brianza lebe, eine seltsame Art habe, sich mit der Natur auseinanderzusetzen. »Eine Frau im Baum! Was soll das? Ich muss sagen, ich finde diese Arbeit ausgesprochen manieriert. Außerdem hast du dich doch eigens in die Brianza begeben, weil du des Akademischen in Mailand überdrüssig warst. Warum übertreibst du dann jetzt das Natürliche und Einfache und wirst dadurch wieder akademisch?«

Vittore hatte von den Brianza-Bildern *Die Landschaft bei Sonnenuntergang* herausgeholt, außerdem das Selbstporträt Giovannis. Vittore sah Giovanni fast höhnisch an, so schien es jedenfalls Bice, die über Grubicys Kritik immer ärgerlicher wurde. Wieder fragte Grubicy scharf:

»Was willst du eigentlich mit dem Selbstporträt sagen? Was sollen die ausgemergelten Gesichtszüge und der wahnhafte Blick? Bist du eine Ikone des Schmerzes? Bist du von einer Todesobsession beherrscht? Und dieser Säbel am Hals! Alles Symbole des Todes!«

Bice durchlief es eiskalt, doch sie mischte sich nicht ein. Sie sah auf Giovanni. Vittores Worte mussten ihn treffen wie ein Schlag ins Gesicht.

Bice würde nie den Schrei vergessen, den Giovanni ausgestoßen hatte, als er das Selbstporträt mit dem Säbel malte. Als Bice in sein Atelier gestürzt war, saß Segante vor dem Spiegel, starrte hinein und schrie voller Entsetzen: »Das ist der Tod! Der Tod! Ich werde sterben!« Bice sah im Spiegel sein von Todesangst verzerrtes Gesicht. Das war nicht mehr Segante, das war – Bice riss Segante vom Spiegel weg. Sie zog ihn hinter sich her wie ein kleines Kind. Segante folgte ihr in den Garten, wo Bice ihn neben sich zog auf die Gartenbank. Segante atmete schwer, er war blass, seine Augen hatten einen irren Ausdruck.

Bice streichelte Segante, nahm ihn in die Arme, und er beruhigte sich langsam. »Ich hab mich verloren, Bice. Als ich in den Spiegel sah, wurde ich immer weiter von mir selbst getrennt. Immer weiter. Bis ich nicht mehr ich war, sondern der Tod.«

Niemals würde Bice diesen Ausbruch Segantes vergessen. Und nun kritisierte ihn Vittore ausgerechnet in dieser Weise. Bice wagte kaum, Segante anzusehen. Er schwieg. Sah düster vor sich hin. Vittore machte weiter mit seiner Kritik. »Ich kann moderne Bilder verkaufen, von Luft und Farbe durchsättigt. Aber keine düsteren Romanzen, wie du sie meistens malst. Die Luft, Segante, die Luft und das Ambiente sind die Basis der modernen Malerei. Die harmonische Verschmelzung der widersprechendsten Farbtöne in der großen Einheit des Lichts. Das wollen die Leute sehen. Und das wollen sie auch kaufen.«

Nun konnte Bice doch nicht mehr an sich halten. »Und Positives siehst du in dem Porträt Segantes wohl überhaupt nicht? Weißt du eigentlich, was es ihn gekostet hat!«, sagte Bice ungehalten und schaute auf Giovanni, der seine Lippen benagte, aber nicht sonderlich betroffen wirkte. Für Bice war das ein Zeichen, nicht weiter zu insistieren, da Segante offenbar nicht darüber reden wollte.

»Dann sag du mir doch, Bice, wo der Segante geblieben ist, der dem Licht auf der Spur war wie nur wenige, der ein fast brutaler Realist war. Hat ihm die Brianza das ausgetrieben, oder warst das am Ende du selbst?«

Vittore hatte nichts mitbekommen. Das war Bice klar. Was Grubicy ansonsten mutmaßte, war ihr im Moment gleichgültig. Wenn nur in Segante sein traumatisches Erlebnis nicht wieder hochkam. Und wenn Grubicy glaubte, dass Bice Einfluss auf Giovannis Arbeit hatte, dann irrte er sich gründlich.

Bice sah Vittore entsprechend despektierlich an und tippte sich an die Stirn. Liebevoll reichte sie Segante ein gutgefülltes Weinglas. Der trank ausgiebig, wischte sich den Mund ab und meinte, Vittore habe immer einen ausgezeichneten Wein. Dann schwieg er und betrachtete seine Bilder, als hätte er sie zum ersten Mal vor sich. »Weißt du, Vittore, vielleicht hast du es nur nicht bemerkt, aber ich habe mich bisher doch immer an berühmten Vorbildern orientiert. Aber jetzt will ich einfach in mich gehen und versuchen, malerisch auszudrücken, was in mir ist. Vielleicht gelingt mir das. Andernfalls wandern Bice, Gottardo und ich aus nach Amerika. Dort male ich dann für die Neue Welt völlig neue Bilder.«

Vittore Grubicy wusste nicht so recht, was er von Segante halten sollte. Auch Bice sah ihn herausfordernd und eher belustigt an. Nie würde er in Bice eine Verbündete gegen Segante haben. Zwischen die beiden passte kein Blatt Papier. Man konnte ihnen alles zutrauen. Auch den Plan mit Amerika. Gut, dass Segante schriftenlos war, keinerlei Ausweis hatte. So waren ihm enge Grenzen gesetzt. Vielleicht sollte er Segante lieber trotzdem etwas Lobendes sagen, sonst war der imstande und zerstörte alles, was er mitgebracht hatte. Das war an der Brera auch schon einmal vorgekommen, als ein Professor sein Bild scharf kritisierte. Auf der Stelle hatte Segante seine Arbeit zerrissen. Das zu riskieren wäre eine Katastrophe, denn Grubicy wusste, dass er die Bilder verkaufen würde. Und zwar alle.

»Natürlich zeugen die Bilder von tiefer poetischer Empfindung«, sagte er, und fügte rasch hinzu: »Das muss ich doch nicht betonen! Und das habe ich auch schon oft genug erklärt!« Ohne auf das Schweigen Bices und Giovannis zu achten, fuhr er fort: »Dass du die Zeichnung meisterhaft beherrschst, dass du alles zeichnen kannst, was du willst, das habe ich dir schon nach den ersten Stillleben gesagt! Du hast ein untrügliches Gefühl für die Oberfläche, man weiß sofort, ob es Haut ist, Wolle oder Baumrinde, was auf dem Bild zu sehen ist. Und was die Komposition angeht –«

»Ist genug, genug!«, rief Segante. »Ich gerate sonst noch in fassungsloses Staunen über die Wunder meines Schaffens.«

18

Der neue Wohnort Carella lag etwas höher als Pusiano, war also den Bergen näher. Zuerst wohnten Bice und Giovanni in einem einfachen Bauernhaus mitten im Ort. Aber für Giovanni war das nicht von Dauer, das spürte Bice. Er durchstreifte täglich die Gegend, hatte keine Ruhe, bis er auch das letzte Gebäude in und um Carella besichtigt hatte. Eines Tages kam er aufgeregt heim. »Bice, ich habe unser Haus gefunden. Ganz genau unser Haus! Es ist auf dem Hügel, man sieht es aber trotzdem erst, wenn man fast schon die Treppe heraufgestolpert ist. Ein verlassenes Herrschaftshaus, Bice, ein kleines Schloss! Sie nennen es das Haus der Hexen, es ist einstöckig, bestimmt schon sehr alt, aber geräumig und sieht herrschaftlich aus. Wie eine Mailänder Villa. Mit einem riesigen Garten. Er hat wundervolle Zypressen und andere Laubbäume, die ich nicht kenne.«

Emilio Longoni hatte schnell herausgefunden, dass das Haus nicht bewohnt war. Er war mit Giovanni sofort zu dem Besitzer gefahren, und die beiden konnten das Haus tatsächlich mieten. Emilio wollte gern bei Bice und Giovanni einziehen, und darüber war auch Bice sehr froh. Sie kannte Emilio Longoni schon aus den Mailänder Zeiten. Er hatte gemeinsam mit Giovanni an der Brera studiert und war dann für einige Zeit nach Paris gegangen. Giovanni und er waren ähnlich in ihrer Kunstauffassung und Technik. Sie konnten stundenlang über ihre Arbeit reden. Das freute Bice für Segante. Wenn er auch die Brera in vieler Hinsicht verlästerte, brauchte er doch Kollegen, mit denen er einen Teil seiner künstlerischen Vergangenheit teilte, sich austauschen konnte. Emilio war ein Jahr jünger als Segante. Er hatte ein eher verschlossenes, nachdenkliches Wesen und schaute meist skeptisch in die Welt. Meist wirkte er so, als wäre er in tiefes Nachdenken versunken. Es konnte aber durchaus sein, dass er überlegte, wie er an ein frisches Bier kommen könnte. Im Gegensatz zu Segante legte Emilio viel Wert auf einen guten Anzug, seidene Schleifen, und er trug auch gern elegante Hüte. In diesen Fragen ließ er sich von Bice beraten, was sie schon deshalb freute, weil sie festgestellt hatte, dass Segante dann auch schon mal eine Seidenschleife umband oder aus Mailand Garderobe für sich mitbrachte. Es war Segante auch gelungen, Vittore Grubicy davon zu überzeugen, Emilio Longoni unter Vertrag zu nehmen.

Bice war wieder schwanger und daher glücklich, dass Emilio jetzt bei ihnen wohnte. Giovanni war oftmals in Mailand, und sie war nicht gern mit zwei kleinen Kindern allein im Haus.

Nie wieder würde Bice Gottardo in einen Hochstuhl setzen. Für keines ihrer Kinder wollte sie so ein gefährliches Möbel. Gottardo hatte jetzt einen Laufstuhl, wie er in der Gegend üblich war. Ein Gestell aus Weidenruten, in das eine Halterung aus Leinen eingearbeitet war, sodass er es bequem hatte. Gottardo ließ sich gern in den Laufstuhl verfrachten. Er wackelte damit in allen Räumen herum, lachte oder schimpfte, war aber immer voller Energie. Das beruhigte Bice. Ihre Angst hatte sich etwas gelegt. Krabbeln wie die anderen Kinder seines Alters wollte Gottardo nicht, vielleicht spürte er auch, dass er es nicht konnte, aber das Laufen machte ihm Freude, und er war stolz, wenn Segante und Bice ihn lobten, weil er ein immer größeres Tempo entwickelte. Hoffentlich konnte Gottardo selbständig laufen, wenn sein Geschwisterchen reif war für das Laufgitter – denn zwei herumkurvende Kleinkinder in einem Raum würden Bice wahrscheinlich wahnsinnig machen. Emilio war eine sehr begabte Kindsmagd. Er hatte eine Engelsgeduld mit Gottardo, trug ihn herum, fütterte ihn, sang ihm sogar vor. Gottardo hatte einige Tage gebraucht, bis er Emilio anlächeln konnte. Doch dann gab es von beiden Seiten kein Halten mehr. Gottardo verteilte seine fröhlichen wie seine unglücklichen Phasen gleichmäßig auf die drei Erwachsenen. So hatte jeder ein kleines Stück vom Kind, und sie hatten es gut zusammen.

Segante fühlte sich Emilio sehr verbunden, wohl auch deshalb, weil Emilio aus ebenso bescheidenen Verhältnissen stammte wie Giovanni. Doch er hatte die Schule besucht, Schreiben und Rechnen gelernt. Künste, die Segante immer noch nicht richtig beherrschte. Er übte sich mindestens einmal in der Woche im Schreiben von Briefen. Einzelne Worte gelangen ihm, aber Interpunktion war ihm fremd und schien ihm auch überflüssig. Wenn Bice sie ihm erklären wollte, winkte er ab. So entwickelte er einen eigenwilligen Briefstil, der manchmal Verwunderung hervorrief.

Giovanni war soeben dabei, einen höflichen Dankesbrief an Vittore Grubicy zu schreiben, obwohl er den Geldbetrag viel zu niedrig fand, den sein Galerist überwiesen hatte. Segante bekam immer mehr den Eindruck, dass Grubicy ihn übervorteilte.

Das wollte er Vittore mitteilen, und er hielt Bice seine Zeilen an ihn unter die Nase:

Lieber Vittore
Habe fünfzig Lire bekommen
Ciao habe große Eile zu arbeiten
Lass es Dir gut gehen und werde reich
Segantini

Wenn Bice daran dachte, dass Segante vierundzwanzig Jahre alt war und noch nicht flüssig lesen und schreiben konnte, tat er ihr leid. Niemand hatte sich darum gekümmert, als er klein war. Selbst später, im Riformatorio, war Segante es den Lehrern nicht wert gewesen, ihn zu unterrichten, weil sie ihn für nicht erziehbar hielten. Bice konnte schon mit sechs Jahren, als sie ins Instituto gekommen war, flüssig lesen und schreiben. Carlo hatte es ihr beigebracht, weil sich herausstellte, dass sie leicht begriff.

Daher war es Bice, als hätte sie schon immer schreiben und lesen können, und verlor leicht die Geduld, wenn es bei Segante länger dauerte, bis er wieder Fortschritte macht. Was sie erstaunte, war die Nachsicht Vittore Grubicys, wenn er mit Segante übte. Er war der geborene Lehrer, glaubte Bice. Daher schrieb Segante ihm auch die meisten Briefe.

Bice war oft traurig, wenn sie sah, wie verzweifelt Segante auf den Briefträger wartete, der manchmal Geld brachte. Natürlich wartete auch sie darauf, doch die Enttäuschung ging bei Bice lange nicht so tief wie bei Segante, der schließlich der Hausherr war und sich verantwortlich fühlte für die Situation seiner Familie. Sie standen immer gegen sechs Uhr auf, weil Gottardo spätestens dann wach wurde und ihr Tag begann. Der Briefträger kam um elf, das bedeutete also fünf Stunden Fegefeuer für Segante, denn das waren gerade die Stunden, in denen er normalerweise arbeitete. Aber er hat keine Ruhe dazu, und Bice wusste, dass seine Gedanken bei der ehrwürdigen Gestalt des Briefträgers waren, und bei jedem Geräusch fuhr Segante auf, meinte, dass er es sei. Bice sah, wie er sein Gesicht an die Fensterscheibe drückte, wie ein kleines Kind, aber immer vergebens. Dann rannte Segante in den Garten, arbeitete irgendetwas, um die Zeit schneller herumzukriegen, aber die Zeit ließ sich nicht täuschen.

Geduld war Segantes Sache nicht, Bice wusste, dass die Stunden für ihn so lang waren wie Wochen. Und immer noch war kein Geräusch zu hören. Da, die Uhr schlug halb zwölf. Sie hörte einen schweren, langsamen Schritt, sie schaute aus dem Fenster. Er war es tatsächlich, der Briefträger, und Segante stand bereits bei ihm. Er fragte nach dem Einschreiben, denn nur darin war auch Geld enthalten. »Zeitung«, sagte der Briefträger, und Segante fragte: »Zeitung?«, und der Bote antwortete: »Ja, Brief keiner«, und verschwand.

In dem Augenblick spürte Bice fast körperlich, wie sehr Segante sich gedemütigt fühlte. Er zerriss den Zeitungseinband, schaute sich um und sah ein paar Kinder dastehen, mit gesenkten

Köpfchen. Sie blickten Segante an, als hätten sie Mitleid mit ihm.

Bice spürte die Liebe zu Segante ganz stark in sich. Sie wollte ihrem Liebsten unbedingt zeigen, dass er ihr alles bedeutete, auch wenn andere Menschen ihn nicht gut behandelten. Sie entdeckte noch Rotwein von der Sorte, die Segante gernhatte, füllte ihn in ein besonders schönes Glas, stellte einen Teller mit Brot und Käse auf ein Tablett und brachte alles Segante, der an seinem Arbeitstisch saß und den Kopf in den Händen vergraben hatte.

Bice streichelte seinen Kopf und den warmen, sehnigen Hals, und er wandte sich ihr zu und war schon wieder halbwegs beruhigt. Er nahm einen Schluck vom Wein und sagte, dass er es aber wirklich leid sei mit der ewigen Warterei: »Diese ganze Woche warte ich schon, dass Vittore mir den Lack schickt. Ich kann ohne Lack nicht weiterarbeiten. Das weiß er auch, aber er hat wohl keine Zeit, mir ein Päckchen zu schicken. Außerdem sind wir ohne Geld! Letzte Woche hat er uns die 35 Lire geschickt, davon musste ich Zeichenkarton und ein kleines Sortiment Aquarellfarben bezahlen. Er weiß genau, dass von den 35 Lire nichts mehr übrig ist, und trotzdem schickt er uns nichts! Ich bin sicher, dass er wieder Bilder verkauft hat.«

Bice sagte, dass sie noch nicht ganz blank wären. »Ich habe noch etwas Geld, und wenn es ganz schlimm kommt, kann ich die Mama bitten.«

»Du weißt, dass ich das nicht will!«, sagte Segante erbittert.

Um ihn abzulenken, erzählte Bice ihm, dass sie in einer alten Zeitung gelesen hätte, dass auf Caprera Garibaldi gestorben sei.

Interessiert hob Giovanni den Kopf. »Garibaldi«, sagte er nachdenklich. »Ich weiß so wenig von ihm. Nur das, was mir damals die Soldaten erzählt haben. Er muss ein großer Held gewesen sein!«

»O ja«, stimmte Bice ihm zu. »Er trug die Fahne der italienischen Revolution im Kampf gegen die französischen, neapolitanischen und österreichischen Bataillone! Er war mit Sicherheit einer der ungewöhnlichsten Helden unserer Geschichte.«

»Hatte Garibaldi eigentlich Frau und Kinder?«

»Davon stand nichts in dem Artikel«, sagte Bice. »Aber ich glaube schon, dass er eine Familie hatte. Doch, jetzt fällt es mir ein. Ich weiß nicht mehr, woher ich es habe, aber seine Frau soll sehr tapfer gewesen sein. Sie hatte schon zwei Kinder und ist ihm überallhin gefolgt, in alle Gefahren. Selbst in den Urwald. Als sie während der Verteidigung Roms hörte, dass Garibaldi verwundet sei, hat sie sich zu ihm durchgeschlagen, obwohl sie im sechsten Monat schwanger war. Sie ist dann mit Garibaldi Richtung Venedig geflohen. Kurz vor der Grenze brach sie zusammen und erlag den Anstrengungen der Flucht.«

Versonnen schaute Segante Bice an, und seine Stimme klang sehnsüchtig. »Ich wäre gern sein Sohn«, sagte er. Bice konnte es ihm nachfühlen.

So langsam wurde es Bice langweilig in der Brianza. Obwohl mit dem Herbst eine traumhafte Jahreszeit angebrochen war. Sie hatten schönes, warmes Wetter, und auf den Wiesen standen Nebelfelder, wie Bice sie noch nie gesehen hatte. Dass es oftmals so dunstig war in der Brianza, hatten Bice und Giovanni nicht gewusst. Bice fand es schön, wenn die Sonne unterging. Dann hüllte sie die Landschaft gleichsam ein mit ihrem Licht, sodass man kaum noch Umrisse erkannte. Alles war schemenhaft und gespenstisch. Bice glaubte, dass gerade die Abendstimmungen Giovanni melancholisch machten. Es war aber eine Melancholie, die ihn an die Arbeit trieb, ans Malen.

Bice lebte jetzt fast wie eine Bäuerin! Wenn meine Mailänder Freundinnen mich sehen würden, dachte sie. Sie hatten viele Äpfel geerntet, mehrere Körbe voll. Bice briet sie in dem großen Kaminofen, wo sie auch die Maronen röstete, von denen es hier viele gab. Jeden Tag wartete sie darauf, dass ihr zweites Kind kam. Wenn Giovanni verreist war, schlief Gottardo bei ihr im Bett, und sie ließ ihn ihren riesigen Bauch anschauen. Er wunderte sich, wenn das Ungeborene trat, sodass sich der Bauch verschob, und traute sich dann gar nicht, Bices Bauch zu streicheln.

Er war ja noch klein, aber er schaute manchmal so nachdenklich, dass man glauben könnte, er wisse schon alles. Giovanni sagte oft, Gottardo sei ihr kleiner Denker.

Es war so weit, die Wehen kamen regelmäßig. Emilio rannte los, die Hebamme zu holen. Giovanni war bei Bice. Obwohl er nervöser war als sie, tat es ihr gut, seine große, warme Hand zu spüren. Bei Gottardo war sie verdammt allein gewesen.

Giovanni tat geheimnisvoll. Er ging manchmal hinaus, Bice hörte ihn draußen rumoren. Auch Nachbarn hörte sie. Sie flüsterten, wollten leise sein, aber Bice hörte sie trotzdem und fragte sich, was die alle in ihrem Haus zu tun hätten. Aber da Giovanni da war, machte sie sich keine Sorgen. Auf ihre Frage sagte Giovanni, draußen würden Gitter an die Treppe angebracht, damit Gottardo nicht hinunterfallen könne. Bice wusste, dass es nicht stimmte. Oder nicht ganz stimmte, denn die Gitter waren tatsächlich bestellt.

Bice war es schließlich egal, was draußen passierte. Sie hatte genug mit sich zu tun. Die Wehen rissen nicht ab. Irgendwann war auch die Hebamme da, eine noch ziemlich junge Frau, die Bice vor einer Woche aufgesucht hatte. Sie war offenbar kompetent, bat Emilio und Giovanni höflich, das Zimmer zu verlassen, und dann half sie Bice, den zweiten Sohn, Alberto, aus sich herauszupressen. Diesmal fühlte Bice sich stark, und sie wollte, dass die Geburt voranging. Die Schmerzen waren viel leichter zu ertragen als die stundenlange Qual vor Gottardos Geburt. Alberto landete nach wenigen Minuten angestrengten Pressens in den Händen der Hebamme, die ihm behutsam die Schmiere aus dem Gesicht und vom Körper wischte und ihn lobte, weil er kräftig schrie. Erst jetzt nabelte sie Alberto ab und legte ihn Bice an die Brust.

Es war ein unbeschreiblich schönes Gefühl, das Kind im Arm zu haben. Albertino versuchte sofort zu saugen, als ihm die Hebamme geschickt die Brustwarze in den Mund schob. »Der ist begabt zum Trinken, Signora.« Die Hebamme ging mit der schmutzigen Wäsche hinaus, ließ Bice mit Albertino allein. Bice konnte sehen, dass sich hinter seinen geschlossenen Lidern die Augäpfel bewegten. Plötzlich öffnete er die Augen, schaute irgendwohin und schloss sie wieder. Offenbar war der Sohn noch sehr müde. Bice legte ihn neben sich, sie wollte auch schlafen, fand es aber großartig, Alberto auf dem Kopfkissen Giovannis liegen zu sehen. Er bewegte seine winzigen Hände sehr graziös, gähnte oder saugte im Schlaf, was komisch aussah.

Im Halbschlaf nahm Bice wahr, wie die Hebamme den Kleinen hinaustrug zu Giovanni und Emilio, die hinter der Tür warteten, und sie sah, wie Giovanni den Jungen Emilio in die Hand drückte, und dann kam er zu ihr, nahm sie in die Arme, und sie hörte nur noch, dass Giovanni versprach, sich für Bice und die beiden Söhne noch mehr anzustrengen als bisher. »Und Grubicy muss uns mehr Geld schicken. Wir sind schließlich eine große Familie. Emilio Longoni muss satt werden und unser Diener auch.«

Damit meinte Segante Giacum, den Bice gar nicht als Diener ansah. Er war fast wie ein Freund, der Sohn eines Tagelöhners, der eines Morgens unvermittelt vor der Tür gestanden und um Arbeit nachgefragt hatte. Giacum war hübsch und anstellig, und so nahmen sie ihn sofort auf. Er stand Giovanni Modell und versorgte die Öfen im Haus. Das war schon eine tagesfüllende Beschäftigung. Giacum holte passende Holzstämme, sägte und spaltete sie und stapelte sie in einem Schuppen. Von dort schleppte er die Scheite ins Haus und verteilte sie auf die einzelnen Öfen, denn sie hatten in jedem Zimmer einen. Giacum besorgte auch Botengänge und machte Einkäufe. Seit er bei ihnen war, blieb Bice viel Zeit für die Kinder, denn Giacum hatte sich offenbar vorgenommen, ihr jede Anstrengung über die Küchenarbeit hinaus abzunehmen. Kochen konnte und wollte er nämlich nicht. Essen schon. Das leuchtete allen ein, denn Giacum war mindestens einen Meter neunzig groß, wenn auch eher dürr. Als Bice Giacums Appetit noch nicht richtig einschätzen konnte, waren die Schüsseln leer gegessen, ehe alle satt waren.

Bice fühlte sich so gut, dass sie am Abend aufstand aus ihrem Wochenbett, sich im Bad erfrischte, um mit Giovanni und Emilio zu Abend zu essen. Da beeilte sich Giovanni, ihr ein warmes Tuch über das Hauskleid zu legen. Ein so ungewöhnliches Tuch hatte Bice noch nie gesehen. Es war aus feiner Wolle und hatte Streifen in den Farben Schwarz, Weiß, Grau, Braun und Orange. Sie drapierte es immer wieder anders um ihren Körper, und es sah sehr elegant aus. Giovanni hatte ihr das Tuch aus Mailand mitgebracht, aber nichts davon verraten. Als Bice in die Diele trat, sah sie die nächste Überraschung. Segante hatte ein engmaschiges Netz unterhalb der Dielendecke spannen und darauf eine Unmenge von späten Rosen verteilen lassen. Es war eine Pracht und ein Duft, wie Bice es noch nicht erlebt hatte. Am Eingang der Diele stand die Musikkapelle des Dorfes, und als sie sie sahen, warfen sie ihre Mützen in die Luft und begannen scheppernd zu musizieren. Ihre Freundlichkeit und ihr Eifer rührten Bice. Viele Bekannte und Leute aus dem Ort saßen in der Diele, und die Tische waren gedeckt mit Geflügel, Fleisch, Kastanienpüree, Salaten und Brot. Von dem Geruch bekam Bice sofort Appetit, und sie setzten sich zu ihren Gästen, die ihr zu der glücklichen Geburt gratulierten. Auch die Hebamme kam herunter und meldete, dass Alberto friedlich schlafe. Sie werde jede Viertelstunde nach ihm sehen. Bice solle daher in aller Ruhe essen und vor allem viel verdünntes Bier trinken. Auch der Pfarrer erschien. Giovanni hatte ihn eingeladen, und er bekam seinen Platz neben den Eltern.

Nach dem Essen wurde Alberto getauft. Sie hatten sich nach dem Unglück mit Gottardo entschlossen, dass sie seine künftigen Geschwister alle taufen lassen wollten. Auch wenn Giovanni für sich selbst in religiösen Fragen immer frei entscheiden wollte, sollten die Kinder nicht von vornherein ausgeschlossen werden aus der religiösen Gesellschaft. Sie hatten in Pusiano erlebt, dass man damit ganze Gruppen der Bevölkerung und vor allem den Pfarrer gegen sich aufbrachte, und das wollten sie den Kindern nicht antun. Sie wünschten sich auch ein gutes Verhältnis zu dem alten Pfarrer des Ortes, der gütig und sympathisch wirkte. Sie hatten ihn gleich nach ihrer Ankunft in Carella zu einem Essen eingeladen.

Mit Rücksicht auf den kleinen Alberto und Bice verabschiedeten sich die Gäste nach der Taufzeremonie. Angeführt von der Musikkapelle, gingen alle zum Marktplatz, und man hörte sie noch lange lachen, singen und feiern. Doch Bice war ein wenig bange. Wer würde diese opulente Tauffeier bezahlen? Bei wem hatten sie Schulden? Als sie Segante behutsam danach fragte, atmete er tief durch. »Lass nur. Ich werde Tag und Nacht malen. Wir werden alles bezahlen.« Auf Bices Drängen hin musste Giacum noch in der gleichen Nacht einen Brief Segantes an den Galeristen Grubicy zur Post bringen:

Lieber Vittore,
Brauche dringend Geld.
Adio Segantini
Carella, Oktober 1883

Manchmal brachten die Grubicys ihnen das Geld, das sie sonst schickten, persönlich vorbei. Bice und Giovanni teilten das Geld praktisch mit Emilio, der bei ihnen wohnte und mit ihnen aß. Grubicy meinte immer, er verteile Reichtümer an sie: »Bedenkt nur mal, wie viel ein Landarbeiter pro Tag verdient. Ihr wisst es nicht? Nun, ich sage euch, der hat nicht mehr als 80 Centesemi im Sack.«

Obwohl Bice Vittore knauserig fand, freute sie sich doch, wenn er und sein Bruder Alberto sonntags zu ihnen herauskamen. Mit ihnen hatten sie immer ein Stück Naviglio, ein Stück Mailand im Haus. Manchmal bekam Bice Heimweh nach ihrem früheren Leben. Trotzdem würde sie es für nichts in der Welt eintauschen gegen ihr jetziges. Und wenn sie unbedingt wollte, konnte sie jederzeit nach Mailand fahren. Giovanni hatte noch nie einen Einwand gehabt, wenn sie heimfahren wollte. Er war fast immer mitgekommen.

Es machte Bice auch Freude, den Grubicys aufzutischen, wenn sie zu ihnen aufs Land kamen. Bices hausfrauliche Fähigkeiten hatten sich in den drei Jahren Brianza gut entwickelt. Sie hatte gelernt, für die Familie und mehrere Gäste gut zu kochen. Es war ihr auch wichtig, die Grubicys zu verwöhnen, denn sie waren durchaus nicht immer geizig. In der ersten Zeit waren Bice und Giovanni regelrecht irritiert gewesen, denn die Grubicys brachten alles mit, was Bice und Giovanni sich wünschten. Vor allem all die Utensilien, die Giovanni für seine Arbeit brauchte: Leinwände, Farben, Goldpulver, Pinsel, Rahmen. Sie hatten jedes Mal Meeresfrüchte dabei, für die Stillleben, und vor allem elegante Kleider, die Giovanni für Bildnisse von wohlhabenden Mailändern benötigte.

Die Kinder und Bice wurden von den Grubicys verwöhnt. Gottardo besaß schon winzig kleine Pyjamas und seidene Anzüge, in denen er aussah wie ein Prinz. Auch Giacum wurde von den Grubicys solide ausgestattet. Bice bekam Handschuhe, Foulards, Hüte, Strümpfe, sogar Schuhe suchte ihr die Mutter von Vittore und Alberto aus. Signora Grubicy hatte einen exquisiten Geschmack. Giovanni brachten sie Krawatten, einen neuen Hut oder Bücher mit. Und für den Priester von Carella hatten die Grubicys immer einen Wein dabei oder einen Panettone der besten Mailänder Marke. Mit dem Priester musste sich Giovanni gutstellen. Er besorgte Giovanni oftmals Modelle. Er kannte die Leute, zu ihm hatten sie Vertrauen, und so war Giovanni immer gut versorgt mit Modellen aus der bäuerlichen Gemeinschaft, die in ihrer Natürlichkeit und mit der guten Portion Neugierde, die sie zum Mitarbeiten verleitete, für Giovanni eine große Hilfe waren.

»Die Brianza ist für uns ein großer Anziehungspunkt geworden, seit wir das Haus gemietet haben«, sagte Vittore Grubicy.

»Ich bin auch so gern hier«, bekräftigte Alberto. »Und jetzt seid ihr schon zu viert, eine richtige Familie! Dabei seid ihr noch so jung, habt das Leben noch vor euch. Beneidenswert!«

Als die Grubicys wieder zurückfuhren nach Mailand, sagte Giovanni zu Bice, dass er immer hin- und hergerissen sei zwischen Zorn und Dankbarkeit. »Eigentlich passt das doch nicht zusammen. Mal knausern sie derart mit dem Geld, dass ich schon denke, Vittore würde mich betrügen. Und dann kommen sie hier an und brechen fast zusammen unter der Last ihrer Geschenke. Kannst du dir das erklären?«

Bice entkorkte den köstlichen Zitronenlikör, ebenfalls ein Geschenk aus Mailand. »Du hast recht, Liebster, das passt alles nicht so recht zusammen. Aber dass es nicht passt, das passt wiederum zu Vittore Grubicy de Dragon!«

19

Giovanni hatte noch niemals eine große Treppe gemalt. Er wollte das aber unbedingt einmal versuchen und erwähnte es verschiedentlich. Als Giacum davon hörte, berichtete er Giovanni, dass die Haupttreppe vor der Kirche von Veduggio sehr breit sei und viele Stufen habe. Außerdem sei sie sehr alt. Sie würde sicher bald zusammenfallen.

Nun kam Giovanni nicht mehr von dem Gedanken los, sich diese Treppe anzuschauen. Er wünschte sich, dass Bice und die Kinder mitkämen, denn er gab bei seinen Motiven viel auf Bices Urteil. An einem der nächsten klaren, sonnigen Märztage beschlossen sie, gemeinsam nach Veduggio zu fahren. Vom Brüllen Albertos früh geweckt, tranken sie nur einen Kaffee. Wenn sie die Treppe im Frühlicht sehen wollten, war keine Zeit zu verlieren. Bice band sich Albertino ins Tragetuch, Giovanni nahm Gottardo auf den Schoß, und Giacum legte dicke Wolldecken über Bice und Giovanni. Er selbst würde die einspännige Kutsche lenken, die man sich vom Bäcker geliehen hatte.

»Wenn wir einmal richtig viel Geld haben«, sagte Giovanni zu Bice, »dann ist eine Kutsche das Erste, was ich für uns kaufe.« Bice versuchte, nicht nachsichtig zu lächeln. Sie konnte sich einiges vorstellen, aber nicht, dass Segante einmal viel Geld haben könnte.

»Ich weiß, du glaubst mir nicht«, sagte Giovanni, der sie beobachtet hatte, »du glaubst mir nicht, aber du wirst schon sehen. Dabei hast du dich fast noch mehr gefreut als ich, als mir in Amsterdam eine internationale Jury, ich betone, eine internationale!, für *Ave Maria bei der Überfahrt* eine Goldmedaille verliehen hat! Du wirst es erleben – das ist nur der Anfang. Die Medaillen von der Brera rechne ich ja gar nicht mehr. Am Ende werde ich dir ein Schloss bauen und dich sechsspännig kutschieren.«

Bice lachte fröhlich und gab ihm einen Kuss auf den Mund, den Segante sofort heftig erwiderte. Solange ich dich habe und unsere Kinder, brauche ich kein Schloss, hatte Bice sagen wollen, doch Segante ließ sie nicht zu Wort kommen.

»Du bist so schön, meine Signora«, flüsterte er ihr zu, »ich will alles erreichen für dich, alles, komm, lass uns zurückgehen ins Haus, in unser Bett, ich will –«

Doch Bice, die durchaus Lust gehabt hätte, mit Giovanni zu schlafen, vertröstete ihn. »Wir haben die Kutsche nur für ein paar Stunden, dann muss Giacum sie dem Bäcker zurückgeben, und sieh, Giacum kommt mit dem Essen, das ich für uns vorbereitet habe. Segante, wenn wir jetzt nicht losfahren, wird nie etwas aus deinem Plan.«

Sie hatte ja recht. Bice hatte ziemlich häufig recht, wenn sie Giovanni etwas abschlug, und er musste zugeben, dass immer triftige Gründe vorlagen, die vor allem mit dem Wohlergehen der Kinder zusammenhingen. Wenn die beiden Kleinen fieberten oder brüllten, nahm das Bice völlig gefangen. Besonders Alberto war ein Meister im Wegschreien. Nahm man ihn nicht bald auf, wenn er anfing, ärgerlich zu werden, dann schrie er bis zur Bewusstlosigkeit. Beim ersten Mal hatte Bice sich erschrocken und panisch nach Giovanni gerufen. Er hatte intuitiv einen Lappen mit kaltem Wasser nass gemacht und war damit Alberto übers Gesicht gefahren. Das kannte Giovanni aus seinem eigenen Kinderleben, als es so ziemlich das einzige verfügbare Heilmittel gewesen war. Ob er Kopfschmerzen gehabt hatte oder Bauchweh, ein kalter nasser Lappen musste es richten.

Es half auch bei Alberto. Er kam sofort wieder zu sich, und da Bice ihn in ihren Armen wiegte, brüllte er auch nicht mehr. Nach ein paar Versuchen, sich durch Brüllen mütterliche Fürsorge zu erzwingen, ließ Alberto es bleiben. Offensichtlich mochte er keine eiskalten Lappen auf seinem Gesicht.

Jetzt, wo Giovanni sah, wie hingebungsvoll Bice sich um Gottardo oder Alberto kümmerte, wie sie mit ihm diskutierte, ob die Söhne besser auf dem Rücken zu lagern seien oder auch mal in Seiten- oder Bauchlage gebracht werden sollten, wenn er mitbekam, wie sie sich um die richtige Ernährung bemühte, die sorgsam zubereitet werden musste, dann begriff er, wie ahnungslos er Vater geworden war. Wenn die Kinder nicht essen wollten oder Bauchkrämpfe hatten, wenn sie nicht schlafen konnten und jammerten, dann ging ihm auf, wie kompliziert die Aufzucht von Säuglingen war. Und während er im Laufe der Jahre lernte, wie viel Wachsamkeit ein heranwachsendes Kind braucht, damit es nicht verletzt wird, sich nicht vergiftet oder gefährliche Dinge verschluckt, da wurde ihm klar, dass auch seine Mutter, von der er sich bis heute verlassen fühlte, sich um ihn gesorgt haben musste. Anders hätte er ja nicht überleben können. Hatte sie ihn gestillt? Er wusste es nicht. Aber mit irgendetwas musste sie ihn ja ernährt haben, und wenn sie nicht stillen konnte wegen ihrer Lungenkrankheit, dann musste sie ihn mit Getreideschleim und flüssigem Gemüse ernährt haben, wie Bice das tat.

Giovanni war gesund und widerstandsfähig, seit er denken konnte, also musste seine Pflege in der Kleinkinderzeit offenbar ausreichend oder sogar gut gewesen sein. Diese Gedanken beschäftigten ihn immer mehr, und manchmal sah er seine Mutter in einem anderen Licht. Vielleicht hatte sie ihn nicht so tief geliebt wie seinen Bruder, aber vernachlässigt hatte sie ihn offenbar auch nicht. Zumindest nicht, als er ein Säugling war. Aber warum konnte er sich nicht an einen einzigen Kuss erinnern? Nicht an die kleinste Zärtlichkeit?

Manchmal beneidete er seine Söhne um die Liebe und Zärtlichkeit Bices. Er wollte dieses Gefühl nicht zulassen, fand sich kindisch, aber er malte es sich immer wieder aus, wie es gewesen sein müsste, wenn seine Mutter so fröhlich, so glücklich und kämpferisch gewesen wäre wie Bice, die oftmals mit den Kindern in den Zimmern herumtanzte und ihnen erfundene Lieder vorsang, die von ihrem Glück handelten, zwei so schöne Söhne zu haben.

Giovanni war sicher, dass die beiden spürten, wie sehr sie von Bice geliebt wurden. Da musste er sich ranhalten, damit er nicht ausgeschlossen wurde aus der Trinität. Aus seiner Kindheit wusste er, wie es sich anfühlte, am Rande zu stehen. War er heute nicht ein glücklicher Mann? Giovanni drückte Gottardo leicht an sich. Das Kind war fest eingeschlafen. Der Kleine sah genauso aus wie auf der Zeichnung, die Giovanni von ihm gemacht hatte. Bice liebte das Bild, es hing über ihrem Schreibtisch, und auch Giovanni fand, dass es ihm gelungen war, die besondere Nachdenklichkeit Gottardos auszudrücken. Giovanni atmete tief durch. Dieser kleine Mann auf seinem Arm würde bald operiert werden. Man wollte seinen Kopf öffnen, damit gewisse Schwächen in Gottardos Entwicklung behoben werden konnten. Giovanni fürchtete sich schon jetzt vor diesem Tag, an dem man seinem kleinen Sohn mit schauerlichen Instrumenten zu Leibe rücken würde. Er wollte versuchen, nicht daran zu denken.

»Segante, wir sind da«, sagte Bice, und da hielt Giacum auch schon vor der Kirche von Veduggio. Von der sah man zunächst nicht viel, denn die Treppe beanspruchte alle Aufmerksamkeit für sich. Sie war breit, von rundlichen Wangen begrenzt und führte mit einer ganzen Anzahl von Stufen zur Kirche hin. Von unten schien es fast, als wäre jenseits der Treppe nichts als freier Himmel, doch trat man etwas zurück, wurde die Barockfassade der Kirche sichtbar.

»Bice, da ist noch der Mond! Wie gut, dass wir so früh hier sind! Siehst du das Licht da oben hinter der Treppe? Schau, wie es sich über die Stufen ergießt!«

»Ja«, sagte Bice erstaunt, »man denkt, dass die Ränder der Treppe weiß sind.« »Du hast vollkommen recht«, stimmte Giovanni zu. Und schon stürmte er die Treppen hoch zur Kirche.

Inzwischen war Alberto erwacht und teilte es Bice mit leisen Jammerlauten mit. Giacum holte eine der Wolldecken aus der

Kutsche und breitete sie zusammengefaltet auf der untersten Treppenstufe aus, sodass Bice sich mit Alberto zum Füttern hinsetzen konnte. Der Korb mit dem Essen stand schon bereit. Bice gab Gottardo ein Stück weißes Brot mit Käse, und er setzte sich nah zu ihr hin und begann zu kauen. Dabei schaute Gottardo nachdenklich auf die große Treppe. Alberto bekam in Milch eingeweichten Zwieback mit geriebenem Apfel. Er aß schon manierlich vom Löffel.

»Hund«, sagte da Gottardo, und Bice sah einen recht großen Hund, der neben einer hochschwangeren Frau langsam und vorsichtig die Treppe herunterkam. Die Frau war ungewöhnlich hübsch und hatte ein Gebetbuch in der Hand. Auf Bice machte sie einen hilflosen, bedrückten Eindruck. Der Hund schaute genauso traurig und hielt sich eng bei der Frau. Oben, am Ende der Treppe, standen drei Mönche und steckten die Köpfe zusammen. Für Bice bestand kein Zweifel, dass sie der Frau gefolgt waren, die vielleicht vor der Frühmesse hatte beichten wollen und keine Absolution bekommen hatte. Möglicherweise weil sie unverheiratet war. Die Mönche waren schadenfroh, dessen war sich Bice sicher. Sie fühlte sich solidarisch mit der jungen Frau und konnte wieder einmal sehr gut verstehen, dass Segante von der Kirche nichts wissen wollte.

Giovanni saß jetzt auf seinem Schemel, zeichnete die Frau, den Hund, die Treppe als Entwurf. Er hatte schon wieder sein Malgesicht. So nannte es Bice, wenn Giovanni hingebungsvoll und wie besessen malte und dabei völlig vergaß, was um ihn herum geschah.

»Was fasziniert dich eigentlich so stark an der Malerei, Segante?«, fragte Bice leise. Im selben Moment bereute sie diese Frage. Noch nie hatte sie das von Segante wissen wollen. Es war so selbstverständlich gewesen, so natürlich, denn Segante war ja schon ein Maler, als Bice ihn zum ersten Mal sah. Sie wusste später nicht mehr, warum sie ihn gerade heute beim Arbeiten störte.

Doch Segante reagierte gelassen. Ohne seine fast gehetzten Striche auch nur im Geringsten zu unterbrechen, sagte er leise, dass er diese Treppe, die für ihn eine Himmelsleiter sei, dass er diese marode Treppe, die traurige Frau und den treuen Hund mitnehme. »Ich nehme all meine Eindrücke mit zu uns nach Hause. Ich sammle hier und jetzt alles ein. Jeden zerbrochenen Stein, den Schatten, den zerbrochenen Putz. Die herzlosen alten Gottesmänner da oben, die nie eine Frau im Bett hatten, es sich aber wahrscheinlich ein Leben lang gewünscht haben, die ihre Macht ausüben gegen diese Unglückliche, der man beigebracht hat, dass Gottesmänner im Recht sind. Ihr Unglück nehme ich mit. Ich trage es auf die Oberfläche der Leinwand auf – und es bleibt, wie ich es gemalt habe. Die Treppe wird vielleicht bald einstürzen, die Frau bekommt ihr Kind und wird sich verändern, der Hund stirbt bald – doch auf meinem Bild bleibt alles so, wie es jetzt ist.«

In einer Hinsicht war die Treppe zur Kirche von Veduggio für Giovanni ein Wendepunkt in seiner Arbeit. Anstatt wie bislang im Atelier aus seinen im Inneren angesammelten Bildern Motive herauszuheben und zu malen, fuhr Giovanni mal mit, mal ohne Familie mit der Kutsche nach Veduggio und malte die Treppe vor Ort in der freien Natur. Zunächst war es die schwangere junge Frau, die er die Treppe heruntergehen ließ. Doch dann entschied er sich für den Geistlichen, mit dem er geredet und den er lange genug angeschaut hatte. Er malte ihn als einsamen, ländlichen Priester, der die Treppe hinaufsteigt. Seine Gestalt ist abgezehrt, müde nach vorn geneigt, als wären ihm seine klobigen Schuhe zu schwer. Seine großen, plumpen Hände halten das Brevier.

Als Bice das Bild später genau studierte, entdeckte sie, dass das Ohr des Geistlichen seltsam deformiert war. Giovanni hatte das im Gespräch mit dem Mann genau gesehen. Bice bemerkte auch, dass Giovanni mit den Einzelheiten der barocken Kirche von Veduggio frei umgegangen war. Seltsamerweise war es Giacum, der sie darauf aufmerksam machte. Er hatte von Giovanni die Erlaubnis, sich alle Bilder anzuschauen, weil Giovanni das echte Interesse des jungen Mannes spürte. Giacum sagte erstaunt zu Bice, dass die große Treppe ja nicht zum Portal der Kirche, sondern auf einen weiten Vorplatz hinführe. »Ja«, sagte Bice heiter, »solche Freiheiten nimmt sich mein Mann: Er verwandelt eine Kirchentreppe in eine Himmelstreppe, die geradewegs in ein großes Himmelszelt führt.«

20

Immer dann, wenn Bice kein Geld mehr zur Verfügung hatte, beschwor sie Segante, dass er seine Beziehungen zur Galerie Grubicy genau überdenken und vor einem Notar rechtlich festlegen lassen solle. Im Jahr von Albertos Geburt war es dann auch endlich geschehen.

Bice dachte oft daran, wie verständnislos sie reagiert hatte, als Segante aus Mailand zurückkam. Sie war mit Gottardo und Alberto daheimgeblieben, weil der Große immer so rasch ermüdete und starkes Herzklopfen bekam, wenn er nur die Stiege heraufsprang. Bice machte sich große Sorgen und mochte dem Arzt nicht glauben, der von Wachstumsbeschwerden sprach und sie beruhigen wollte. Auch deshalb konnte Bice Segantes Rückkehr kaum erwarten. Als er endlich wieder daheim war und Bice die notarielle Urkunde las, glaubte sie ihren Augen nicht zu trauen. Giovanni ermächtigte seinen Mäzen und Händler, ihn in allen öffentlichen und privaten Belangen zu vertreten, über sein Schaffen und seinen Besitz zu verfügen sowie jene Bilder, die er dafür als würdig erachtete, selbst mit dem verschlungenen Monogramm G. S. zu signieren.

»Das ist doch nicht möglich, Giovanni, du verzichtest vollkommen auf eigene Rechte? Vittore darf deine Bilder signieren? Womöglich mit einem anderen Namen? Oder schreibt er vielleicht deine Signatur auf ein fremdes Bild? Das ist reiner Betrug! Giovanni, glaub mir, er betrügt dich, und er verdient mit deinen Bildern viel mehr Geld, als er uns zukommen lässt.«

»Das alles ist mir auf der Rückreise auch durch den Kopf gegangen«, sagte Segante und fuhr sich unbehaglich durch sein Haar.

»Vittore ist selber ein Maler, er ist angesehen und erfolgreich, dazu ein anspruchsvoller Kritiker«, rief Bice. »Wie kommt er nur dazu, einen Malerkollegen so schlecht zu behandeln? Bisher war er doch immer ein Freund, oder? Ich habe das jedenfalls geglaubt. Aber solche Verträge schließt doch kein Freund ab!«

Giovanni strich wieder sein Haar zurück. »Bice – was soll ich machen? Kannst du es mir sagen? Du musst es doch am besten wissen – ich kann noch so schlecht lesen und schreiben, dass ich diese Geschäfte nicht selber führen kann. Vittore vertritt mich ja auch im Ausland. Ohne ihn hätte ich den Preis in Amsterdam nie bekommen. Glaube mir, es gibt viele Künstler, die von Grubicy vertreten werden möchten. Ich muss ihm einfach vertrauen. Er hat die besten Kontakte zu Vertretern der Haager Schule, vor allem zu Anton Mauve, einem Onkel Vincent van Goghs. Nur durch ihn kann ich bekannt werden, Bice, nur durch ihn. Außerdem glaube ich immer noch, dass er es gut meint mit mir.« Giovanni erhob sich von seinem Stuhl und streckte sich kurz. »Ich gehe jedenfalls jetzt an meine Arbeit«, sagte er und verschwand im Atelier.

Es tat Bice weh, Segante so hilflos zu sehen. Er war ja völlig unschuldig an der Situation. Sie nahm sich wieder einmal vor, verstärkt mit Giovanni das Schreiben und Lesen zu üben. Sie vernachlässigten es immer wieder, denn Giovanni malte jeden Tag und wollte oftmals keinerlei Unterbrechung. Mit seiner sorgfältigen Maltechnik kam er nicht so rasch voran wie vielleicht andere Maler. Aber er wurde trotz seiner Akribie jedes Mal rechtzeitig fertig, und Bice war bei jedem Bild begeistert und stolz auf Segante. Bice war sicher, dass er in Zukunft immer öfter seine Bilder ausstellen konnte. Amsterdam war ein guter Anfang gewesen. Bice beschloss, bei nächster Gelegenheit einmal mit Alberto Grubicy zu reden, dem sie sich näher verbunden fühlte, obwohl sie ihn seltener sah als Vittore. Alberto würde sie verstehen, davon war Bice überzeugt. Und sicher würde er auch mit Vittore reden.

Weil sie von draußen Entengeschnatter hörte, lief Bice zum Fenster. Rasch holte sie Gottardo aus seiner Spielecke, stellte ihn vor sich auf das Fensterbrett und zeigte ihm eine Entenmutter, die mit einigen Jungen, kleinen Federbällen gleich, am Rand der Straße entlangwatschelte. »Schau nur«, sagte Bice zu Gottardo, und Gottardo sprudelte sofort aufgeregt hervor: »Ente, Ente!«

Auf der anderen Straßenseite hielt eine Kutsche, Emilio sprang heraus und entlohnte den Kutscher. Dann holte er seine lederne Reisetasche und schritt auf das Haus zu. Aber wie! Mein Gott, einen so bösen Gesichtsausdruck hatte Bice bei Emilio noch nie gesehen. Sie wollte ihn lieber nicht mit einer Begrüßung überfallen, sondern ging in die Küche, um Vorbereitungen für ein Mittagessen zu treffen. Bice war klar, dass Emilio heute von Mailand zurückkehren wollte, doch so früh hatte sie ihn nicht erwartet. Er kam gar nicht zu Bice in die Küche, und kurz darauf hatte sie ihn vergessen, denn Kinder, Einkäufe, Kochen und die Wäsche hielten sie in Atem. Zwar kam regelmäßig eine Frau aus dem Ort, um zu putzen, aber für mehr Hilfe reichte das Geld nicht.

Alberto brüllte, weil er die Hose voll hatte, und Gottardo zeigte immer wieder zum Fenster und rief: »Ente, Ente!« Himmel, es war schon wieder zwölf Uhr. Bice musste ihren Quälgeistern die Windeln wechseln und sie füttern. Gottardo hatte einen niedrigen Tisch bekommen, den sie ihm eigens beim Schreiner hatte anfertigen lassen. Dazu einen ebenfalls niedrigen Sessel, der mit Stoff gepolstert war. Wenn sie Alberto fütterte, setzte sie sich neben Gottardos Tisch und ermunterte alle beide, auch wirklich zu essen. Alberto prustete ihr nämlich gern einen Löffel voll Brei in Gesicht und Haare, und Gottardo wirtschaftete mit seinem Gemüse unentwegt auf der Tischplatte herum, anstatt es mit seinem flachen Löffel in den Mund zu schieben. Nur wenn es ihm gut geschmeckt hatte, hielt er Bice seine hölzerne Schüssel hin und verlangte mehr.

Als Emilio Stunden später dann doch zu Bice nach unten kam, fiel ihr wieder ein, wie zornig er ausgesehen hatte, als er ankam. Gottardo rief Emilio sofort beim Namen und wackelte auf ihn zu, und Alberto hielt ihm die Ärmchen hin und wollte aus seinem Laufgitter genommen werden. Emilio nahm Alberto auf den Arm und setzte sich zu Gottardo auf den Boden. Der holte an Spielzeug heran, was er greifen konnte, denn er wollte den langentbehrten Emilio unbedingt für sich interessieren.

Bice fragte Emilio, ob er Ravioli wolle oder lieber Kaffee und ein Stück Panettone. Er könne vor Ärger gar nichts essen, sagte Emilio, und sein sonst so offenes, eher weiches Gesicht war blass vor Wut.

»Was ist denn los, Emilio?«, fragte Bice teilnahmsvoll. Sie hatte Emilio noch nie in schlechter Laune gesehen, geschweige denn so zornig.

»Ich habe mit Vittore Grubicy gebrochen«, stieß Emilio hervor. »Ich will ihn nicht mehr sehen. Dass der sich so schlecht benimmt, hätte ich ihm nie zugetraut. Dem großen Maler. Dem großen Kunstkritiker. Alle singen sein Lob. Überall ist er gut angesehen. Und mich behandelt er wie den letzten Dreck!«

Gottardo, der merkte, dass sein sonst so sanfter Freund Emilio aufgeregt war und schimpfte, wollte ihn streicheln. Dieser unbeholfene Tröstungsversuch rührte Emilio, brachte ihn aber noch mehr auf gegen Grubicy. »Kannst du dir das vorstellen! Der hat drei Bilder von mir einfach mit den Initialen von Segante gezeichnet. Meine hat er einfach übermalt. Und als ich ihn fragte, ob er verrückt geworden sei, sagte er lässig, mit Segantes Signum könne er meine Bilder eben schneller und besser verkaufen! Dagegen könne ich doch nichts haben! Ob ich das Geld vielleicht nicht wolle?«

Emilio malte Bice aus, wie Vittore ihn gedemütigt hatte. »Er ist wie ein Truthahn im Atelier herumstolziert. Hat sich aufgeblasen. Ob ich denn glaube, dass ihm die Käufer meiner Bilder die

Türen einliefen? Wenn ich nicht verhungern wolle, müsse er eben meine Arbeiten als Segantinis verkaufen. Wir kämen schließlich aus der gleichen Schule. Im Grunde verdankten wir beide, Segante und ich, doch alles ihm, dem Grubicy. Er habe schließlich auf uns eingeredet wie auf müde Gäule, dass wir die neue Technik anwenden sollten. Zum Schluss hat er mir meine Bilder vor die Füße geworfen.«

Emilio, der Bices Kinder nicht emotional darben lassen wollte, behielt sie in seinen Armen. Während er seinem berechtigten Ärger Luft machte, bemühten sich Alberto und Gottardo um die Wette, lieb zu ihm zu sein. Das war ein eher lustiges Bild, aber Bice wusste, dass die Situation bitter ernst war. Für Emilio ging es um alles oder nichts. Er hatte sich auf Vittore eingelassen, weil Segante es ihm geraten hatte. Und nun vergalt ihm Grubicy sein Vertrauen damit, dass er ihm sein Selbstbewusstsein nahm, seinen Namen als Maler, der ebenso gut und bekannt war wie der von Grubicy oder Segante. Auch bei Bice stieg Zorn gegen Vittore auf. »Der macht das mit Segante doch genauso. Er hat sich von ihm die Erlaubnis geholt, dass er alle Bilder signieren darf, wie es ihm gerade passt, und Segante hat das auch noch unterschrieben! Sie waren sogar beim Notar! Stell dir das vor! Vittore wollte es schriftlich haben, dass er Segante in allen beruflichen und privaten Bereichen vertreten darf. Verstehst du – auch in den privaten Bereichen! Vittore kann über Segantes Schaffen und über seinen Besitz verfügen. Du siehst also, auch Segante wird von Grubicy dominiert und betrogen.«

Emilio schnaubte erbittert und verächtlich durch die Nase. Er konnte nicht vom Boden aufstehen, weil Alberto und Gottardo ihn mit ihren nassen Küssen bedeckten und festhielten. Bice nahm die beiden Seelentröster hoch, von denen jetzt der Größere die Hose voll hatte, und brachte sie ins Bett. Sie maulten natürlich, schliefen dann aber rasch ein, und Bice konnte für Emilio die Ravioli aus dem Ofen holen, die sie dort mit etwas flüssiger Butter und Parmesankäse warmgehalten hatte. Sie hörte Segante ins Haus kommen und legte auch für ihn ein Gedeck auf.

Segante begrüßte Bice wie immer mit einem Kuss, legte Emilio kurz die Hand auf die Schulter und sah ihn fröhlich an. »Gut, dass du wieder da bist! Du fehlst uns schon richtig!« Dann wusch er sich energisch die Hände und setzte sich zu ihnen an den Tisch. »Heute könnte ich ein ganzes Pferd fressen, so hungrig bin ich!«

Emilio platzte sofort mit seinem zornigen Bericht heraus und schaute ziemlich verständnislos, als Segante stumm weiteraß und allen Wasser nachschenkte. »Ja – hast du nichts dazu zu sagen?«, fragte Emilio.

Bice sah, dass Segantes Gesicht rot war, ein Zeichen von Verlegenheit. Er suchte nach Worten, bis Emilio dann schroff hinzusetzte, ob Segante von den Machenschaften Grubicys gewusst habe. »Hast du es Vittore vielleicht sogar erlaubt, dass er deinen Namen unter meine Bilder setzt?«

Giovanni fiel die Gabel aus der Hand, so überrascht war er von dem Verdacht Emilios. Er sah ihn für eine Sekunde an, blickte kurz zur Zimmerdecke und schlug dann mit der flachen Hand auf den Tisch, sodass alles wackelte. »Das traust du mir zu? Wie käme ich denn dazu?«

Segante war aufgesprungen, stand vor Emilio, und für einen Moment hatte Bice Angst, dass Segante zuschlagen werde. Bice fühlte, wie beleidigt er war, und konnte ihn verstehen. Was war nur in Emilio gefahren, ihren in jeder Hinsicht guten Freund, der Erfolge und Misserfolge mit ihnen geteilt hatte, immer auf ihrer Seite gewesen war. Und sie auf seiner. Warum konnte er nicht warten, bis Segante seine Worte fand? Er wusste doch, dass Giovanni in schwierigen Situationen sprachlich gehemmt war.

Emilio, mit dem sie so gut zusammengelebt hatten, Emilio, der beste Freund ihrer Kinder, der Malerfreund Segantes – er war ein anderer geworden. Plötzlich, von einem Tag zum anderen, misstraute er Segante.

Emilio stand auf, wischte sich den Mund mit der Serviette ab, alles sehr langsam und gründlich, den Blick auf Segante gerichtet. Dann meinte er, dass man ja nie wissen könne. »Vielleicht bekommst du von Vittore Geld für dein Schweigen.«

Emilio hatte es noch nicht ausgesprochen, da schüttete ihm Segante das Wasser aus dem Krug über den Kopf. »Raus hier«, schrie Segante dabei, und Bice sah, dass an seiner Stirn und am Hals die Adern angeschwollen waren. »Raus hier, ich will dich nie wieder sehen!«

Sie saßen einander gegenüber am Tisch, stumm lauschten sie nach oben, wo Emilio mit festen Schritten in seinem Zimmer herumtigerte. Offenbar flogen Schubladen auf und zu, Schranktüren wurden geschlagen. Bice sagte zu Segante, sie fühle sich wie gelähmt, traurig und voller Angst. »Ich hab das Gefühl, als hingen dunkle Wolken über uns allen«, sagte Bice.

Erst am Abend, als ein Telegramm aus Mailand kam, hellte sich ihre dunkle Stimmung wieder auf. Die Nachricht kam von Carlo. Ein Sohn war geboren. Rembrandt sollte er heißen. Er war der dritte kleine Bugatti. »Rembrandt Bugatti«, sagte Segante vor sich hin. Er schien dem Klang des Namens nachzulauschen: »Rembrandt Bugatti. Unser Neffe. Der Cousin unserer Kinder.« Es schien Bice, als wäre Segante ein wenig stolz auf die Verwandtschaft.

Segante und Bice tranken auf das Wohl Rembrandts und aller Bugattis. Bice tastete verstohlen nach ihrem Bauch, der erst ein Bäuchlein war. Sie hatte noch Zeit. Ihr drittes Kind würde erst im nächsten Jahr zur Welt kommen, im März.

21

Nicht nur wegen Emilios Auszug waren die Segantinis schließlich nach Corneno übergesiedelt. Das Haus in Carella, so herrschaftlich es sich auch ausnahm und so gut es vor allem Giovanni gefallen hatte, war nicht länger bewohnbar für die Familie.

Es wies erhebliche Schäden auf, doch der Vermieter verlangte stur sein Geld.

Dazu hatte er offenbar zwei Samurai-Schwerter entwendet, die Giovanni schmerzlich vermisste. Sie gehörten zu einer Ritterrüstung, die Giovanni bei einer Versteigerung in Mailand erstanden und im Hausflur aufgestellt hatte. Er war stolz auf die Altertümer, von denen er nur den Sohn Alberto in seinem Laufgitter fernhalten musste. Gottardo hielt sich ohnehin zurück. Er hatte offenbar keine Schwäche für Antiquitäten und blieb dem »Eisenmann«, wie er ihn getauft hatte, lieber fern. Eines Tages fehlten die Schwerter, für die Giovanni besonders viel Geld bezahlt hatte. Bice hatte sofort den Vermieter im Verdacht, denn er kam, seit sie im Mietstreit lagen, jeden Tag und schnüffelte unter dem Vorwand, das Haus genau besichtigen zu müssen, in allen Zimmern herum. Aus diesem Grund zeigte Giovanni den Vermieter wegen des Diebstahls an. Und siehe, Bice behielt recht: Der Vermieter räumte ein, die Schwerter genommen zu haben. Doch nur deshalb, weil der Maler Giovanni Segantini gewalttätig sei. Er trachte ihm nach dem Leben, denn er habe ihn, den Vermieter, schon oft bedroht, und er habe auf die Tür zum Keller einen Sarg gemalt. Außerdem habe er den Maler Longoni aus dem

Haus geworfen. Man hatte es nicht gesehen, wohl aber davon gehört. Aus all diesen Gründen habe er, der Vermieter, die Samurai-Schwerter an sich genommen. Die seien ja so scharf wie die Sünde. Damit könne der Maler ihm ja ohne Probleme die Kehle durchschneiden.

Die Richter, die Giovanni wegen seiner fehlenden Ausweispapiere zunächst Scherereien gemacht hatten, erwiesen sich dennoch als gerecht. Sie mochten den Spekulationen des Vermieters nicht glauben. Einer der Richter erklärte dem Vermieter sogar, dass er nun eine wertvolle Kellertür habe, von dem bekannten Maler Segantini bemalt. Und dass das Pallazina in Wahrheit eine zugige Bruchbude war, wusste jeder in der Region. Alle hatten sich gewundert, dass die Malerfamilie Geld in die Renovierung gesteckt hatte. Wer das Pallazina renovieren wollte, musste einen Haufen Geld besitzen. Es hatte schon mit früheren Mietern ähnliche Auseinandersetzungen gegeben. Daher gaben die Richter Giovanni und Bice in allen Punkten recht, und sie konnten ausziehen aus dem Pallazina, ohne geldliche Einbußen erlitten zu haben.

In Corneno, nur eine kurze Wegstrecke von Carella entfernt, fanden sie ein kleines, dafür aber behagliches Haus. Als sie sich nach ein paar Tagen eingerichtet hatten, war vor allem Bice glücklich, dem Pallazina entronnen zu sein. Hier in Corneno war der Wohnbereich auf einer Ebene. Im Obergeschoss waren nur zwei kleine Räume. Das Haus war einfach, aber solide gebaut. Die Fenster waren eher klein, lagen aber in tiefen Nischen. Da konnte der Wind blasen, wie er wollte, Fenster und Dach waren robust. Nach einer Woche gemeinsamer Einrichtungsarbeit im Haus saßen Bice und Giovanni am Kamin und tranken noch einen Roten vor dem Schlafengehen. Giovanni erklärte Bice, er habe sich zusätzlich eine Hütte in Caglio gemietet. Da er ein schlechtes Gewissen hatte, redete er fast beschwörend auf Bice ein: »Nur für ein paar Monate, Liebste. Die Hütte ist sehr einfach, aber das ist mir gerade recht so. Sie kostet mich kaum Geld, weil sie völlig einsam liegt und schon lange leer steht.«

»Ja – aber kannst du nicht auch hier malen, wir haben dich doch bisher nicht gestört, die Kinder und ich«, wandte Bice ein. Der Gedanke, mit den beiden Kindern Tag und Nacht allein im Haus zu sein, gefiel ihr nicht.

Giovanni nahm sie in die Arme, küsste sie, beteuerte, dass er sich nicht gern von ihr und den Kindern trenne! »Ich muss ein Bild malen, Bice, was ich schon lange im Kopf habe. Ich steuere auf die dreißig zu, Liebste, ich muss etwas Großes malen, etwas richtig Monumentales! Du weißt ja, dass ich dafür eine regelrechte Inszenierung brauche, Tag für Tag, und dafür muss ich völlig unabhängig arbeiten können.«

Bice nickte stumm. Sie wusste, dass Segante recht hatte, trotzdem musste sie sich erst an den Gedanken gewöhnen. Caglio lag drei Wegstunden nördlich von Corneno, inmitten der bergigen Halbinsel, die sich in den Comer See erstreckte. »Das ist sicher ein guter Ort für dich zum Arbeiten«, sagte sie mit einem leisen Seufzer.

Giovanni zog Bice an sich. Er streichelte sie und sagte, dass er ihr so viel verdanke. Um sie abzulenken von seinem bevorstehenden Ortswechsel, sagte Giovanni, dass er immer dann am besten male, wenn Bice ihm vorlese. »Die Sprache ist für mich wie Musik, Liebste. Der Klang deiner Stimme, der Rhythmus und die Melodie der Worte scheinen mich zu beflügeln. Wenn du mir *Die Elenden* von Victor Hugo vorliest – diese Geschichte trifft mich immer tief ins Herz. Ich sehe mich selber in der Person des hoffnungslosen Jean Valjean. In seinem Schicksal gibt es so viele Parallelen mit meinem früheren Leben, dass es mich traurig macht. Trotzdem möchte ich immer wieder davon hören, denn er wird ja erlöst. Bitte, Liebste, lies mir doch noch mal die Stelle vor, als Valjean zum Bischof kommt und zum ersten Mal erfährt, dass jemand ihn menschlich behandelt.«

Bice fand das Buch und die bezeichnete Stelle sofort, denn Victor Hugo hatte auch sie so sehr gefangen genommen mit seiner präzisen, eindringlichen Sprache, dass sie immer wieder zu dem Buch griff, wenn sie etwas Zeit für sich hatte. Mit ihrer schönen, festen Stimme begann sie zu lesen.

Plötzlich klopfte jemand mit einem Stock ans Fenster, dann an die Haustür. Unwillig erhob sich Giovanni und öffnete. Doch dann hörte Bice lebhafte Stimmen, Lachen, Bice erkannte das dunkle Organ ihrer Mutter, und da stand sie auch schon in der Schlafzimmertür und schaute Bice erwartungsvoll an. Hinter ihr grinste Giacum übers ganze Gesicht. Er war an der Bahnstation in Erba gewesen, weil eine neue Staffelei und eine Leiter von Vittore Grubicy erwartet wurden. Und da war die Signora Bugatti aus dem Abteil ausgestiegen. Er stellte die Unmengen von Taschen der Signora ab, und Giovanni befreite sie von ihrem Reisemantel und dem Schirm.

»Soll ich alles nach oben tragen?«, fragte Giovanni scheinheilig, und Signora Bugatti fragte, ob es in diesem Puppenhäuschen überhaupt ein zweites Stockwerk gebe.

»So rasch, wie ihr umzieht, kann der Mensch gar nicht mitdenken. Von einem Schlösschen geradewegs in ein Gartenhaus. Muss ich mich bei Bauern einmieten? Ich wollte euch überraschen, aber ich sehe, ich habe euch in Verlegenheit gebracht!«

»Aber keineswegs«, sagte Giovanni heiter. Er hatte sofort begriffen, dass seine Schwiegermutter kam, um zu helfen. Sie gab sich zwar manchmal den Anschein, als wäre sie unduldsam und streng, was Bice dann gegen sie aufbrachte, in Wahrheit war sie aber die Gutmütigkeit selbst. Giovanni, dem davor graute, in seiner Hütte in Caglio ohne Bice leben zu müssen, sah einen silbernen Streifen am Horizont. Vielleicht konnte seine Schwiegermutter ab und zu allein bei den Kindern bleiben.

Eine warme Welle der Freude durchdrang Giovanni. Was er tun konnte, wollte er machen! Er bezog in dem Bugatti-Schlafzimmer Kissen und Federbett neu, schleppte seine und Bices Decken nach unten in den Wohnraum, wo sie am Kamin ein breites Lager hatten zimmern lassen, auf dem sie am Tag mit den Kindern spielen und, vor allem Bice, auch einmal ruhen konnten. Bices Idee, die ein junger Schreiner geschickt realisiert hatte, kam ihnen nun zugute. Giovanni fühlte sich wie beschenkt. Er würde in aller Ruhe in Caglio arbeiten und sich immer wieder auf Bice freuen können.

Impulsiv umarmte Giovanni seine Schwiegermutter, sodass sie fast verlegen war und erklärte, da sie gerade in ihrem Garten nichts zu tun habe, käme sie, Bice beizustehen. Bice, deren Schwangerschaft nicht mehr zu übersehen war, strich seufzend über ihren Bauch und sagte, dass sie sich über den Besuch der Mutter wundere: »Als wir in Mailand waren, hast du über meine Kinder die Nase gerümpft. Du fandest, dass wir sie nicht richtig erziehen. Wieso kommst du jetzt freiwillig zu uns?«

Amalia Bugatti erklärte ungerührt, sie habe für eine knappe Woche Thérèse mit Carlo, Deanice, Ettore und Rembrandt beherbergt, weil deren neues Haus nicht rechtzeitig fertig geworden sei, obwohl in das alte schon Mieter einziehen wollten. »Thérèse und Carlo hatten mich gewarnt. Sie planten, in ein Hotel zu ziehen, doch ich habe es ihnen ausgeredet. Wir haben genug leerstehende Zimmer im Haus. Allerdings hat meine sanfte Enkeltochter Deanice im Salon die Vorhänge angezündet. Deanice hatte am Morgen einen Wutanfall bekommen, sie hat ihr Frühstück an die Wand gepfeffert, daher gingen wir ohne sie mit den beiden Söhnen spazieren. Luigi hat das Feuer erst bemerkt, als es schon in zwei Räumen brannte. Nun muss bei uns renoviert werden. Luigi ist böse auf mich, weil ich ihm Vorwürfe gemacht habe, Thérèse und Carlo sind böse auf uns, weil wir Deanice allein gelassen haben. Carlo ist böse auf Thérèse, weil sie Deanice zu hart bestrafen will. Thérèse ist böse auf Carlo, weil er seiner Tochter alles durchgehen lässt. Ich bin böse auf Luigi, weil er nicht einmal einen Brand im Haus wahrnimmt. Also – wie lange darf ich bei euch bleiben?«

Jetzt war klar, dass Mutter Bugatti Abstand von der Mailänder Familie brauchte. Und Bice merkte in den folgenden Tagen, wie stark ihre Mutter sich verändert hatte. Immer wieder sprach sie mit sich selbst, und manchmal stieß sie merkwürdige Laute aus, sodass Bice sie schließlich fragte, was mit ihr los sei.

»Ach ja«, klagte Mutter Bugatti, »ich glaube, das hat was mit dem Alter zu tun. Mir fallen immer öfter Situationen ein, wo ich mich blamiert habe. Sogar noch welche aus meiner Kindheit, als ich in der Schule zum Abschlussfest ein Gedicht aufsagen musste. Alles war festlich geschmückt. Ich war nervös und blieb stecken. Vor der ganzen Schule. Vor meiner Familie. Und immer wenn es mir einfällt, kommt mir so ein Schreckenslaut heraus. Ich kann es nicht ändern.«

»Demnach musst du dich aber noch häufiger blamiert haben, oder?«, wollte Bice von ihrer sonst so selbstsicheren Mutter wissen. Doch mehr mochte Mutter Bugatti nicht zugeben.

Bice hatte andere Sorgen. Sie bemerkte, dass Gottardo seit einigen Tagen wieder starkes Herzklopfen hatte. Sie konnte es spüren, wenn sie ihn auf dem Arm trug. Auf ihr Befragen hin zog Gottardo seine Stirn in Denkerfalten und sagte leise, dass er sich immer sehr müde fühle. »Das Leben fällt mir schwer, Mama, ich weiß nicht, wie ich mich legen soll. Mama, ich glaub, ihr habt mir zu viele Knochen gemacht.«

Signora Bugatti riet, unbedingt Doktor Tebaldi in Mailand zu konsultieren. »Er ist der erste Herzspezialist in der Stadt. Und er hat selbst Kinder.« Darauf wurde beschlossen, dass Bice und Giovanni bereits am darauffolgenden Tag mit Gottardo nach Mailand fahren sollten.

22

Bice fühlte sich schuldig, dass Gottardo noch nicht so weit gediehen war wie andere Dreijährige. Immer noch nicht. Er lief nicht sicher. Konnte seine Bewegungen nicht koordinieren. Inzwischen wusste er, dass andere Kinder das sehr wohl konnten. Dass sie ihn gern umrannten. Dass sie lachten, wenn er versuchte, gleichfalls schneller zu laufen, es aber nicht konnte. Wenn die Familie auf gleichaltrige Kinder traf, hier oder in Mailand, war er sofort unsicher, klammerte sich an Bice oder Giovanni fest, wollte nicht einmal das wenige, das er konnte, versuchen.

Und jetzt dieses starke Herzklopfen, das ihn natürlich ängstigte. Gott, hilf meinem Gottardo, flehte Bice in ihren Gedanken. Ihr Ältester war so hilflos. Er wollte immer nur bei den Eltern sein, vor allem bei Bice. Er erwartete, dass sie ihm zur Seite standen. Das spürte Bice immer stärker.

Giovanni fragte, ob sie nicht daheimbleiben wolle bei der Mutter und Albertino. Schließlich müsse sie auch an das kommende Kind denken.

Seltsam – um sich, um ihre Schwangerschaft, hatte Bice nicht die geringste Sorge. Sie hatte erfahren, dass sie einiges aushielt, sie war offensichtlich von einem gesunden Schlag, wie ihre Mutter, die sie bis heute noch nicht krank erlebt hatte. Es kam für Bice daher nicht in Frage, Segante und Gottardo allein fahren zu lassen.

Gottardo schlief. Er verschlief fast die ganze Fahrt nach Mailand. Bice hatte seinen Kopf in ihren Schoß gebettet. Jedes Mal, wenn er wach wurde, lächelte er sie an. Sie redeten ein wenig, und dann kuschelte er sich wieder in seine Decken, und die Augen fielen ihm zu. Bice nahm es für ein gutes Zeichen, dass er schlafen konnte.

Doktor Tebaldi gab Bice recht. Er untersuchte Gottardo sorgfältig und liebevoll. Sprach mit ihm, fragte ihn, was er gern esse und was nicht. Was er am liebsten trinke und was er gar nicht möge. Welches Tier er am liebsten habe, und, und, und. Über diesen Fragen vergaß Gottardo die Untersuchung offenbar weitgehend und war fröhlich. Gab Antworten, die seine Eltern und den Arzt belustigten. Doktor Tebaldi gab ihm einen kleinen Löffel mit einem Kräutersaft, von dem er Bice eine kleine Flasche mitgab. »Das wird Gottardo beruhigen. Seinem Herzen fehlt nichts. Gottardo hat eine lebhafte Phantasie. Mehr Ängste, als sie in seinem Alter üblich sind. Aber die geplante Operation an seinem Kopf sollten Sie nicht mehr allzu lange aufschieben.«

Als sie zurück waren in Corneno, als Gottardo nicht mehr klagte und auch keine Ängste mehr hatte, ging Giovanni wieder nach Caglio. Er malte Tag und Nacht an seinem neuen Bild. Zumindest vermutete das Bice. Es sollte *An der Stange* heißen, und es war etwas ganz Besonderes, das konnte man schon sehen. Zum ersten Mal malte Segante blaue Berge, und anstelle der Schafe, die er so gern darstellte, malte er Kühe. Er malte sie so, als sähe man sie tatsächlich auf der Weide herumstehen. An verschiedenen Barren angebunden, werden sie von Bäuerinnen versorgt. Aber keiner der Frauen gab Segante individuelle Züge.

Bice glaubte, dass es bisher noch keinem Maler gelungen war, das Landleben so intensiv wiederzugeben. Bice war stolz auf ihn, auf den Ernst, mit dem er seine Arbeit machte. Sie besuchte Giovanni oft in Caglio, er hatte es sich dringend gewünscht, er fühlte sich allein ohne seine Familie, ohne Bice. Für sie war es spannend, zu sehen, dass Giovanni diesmal völlig anders zu Werke ging als sonst. Er inszenierte sich seine Welt regelrecht. Er hatte vier Bäuerinnen aus den Gemeinden als Modelle gewonnen. Sie mussten sich immer wieder anders um die Kühe gruppieren, wie es

Segante gerade für sein Bild brauchte. Es war wie im Theater. Die Frauen bewegten sich völlig natürlich in ihren schönen Trachten und Hüten. Die Kühe wirkten geduldig. Es fiel Bice auf, dass sie alle sehr sauber waren. Sie hatte nie Kuhmist an den Schwänzen und Beinen gesehen.

Die Bäuerinnen hatten aufmerksam verfolgt, wie das Bild mit jedem Tag lebendiger wurde. Sie waren Giovanni sofort draufgekommen, dass er das Panorama der Bergkette veränderte. Er gab ihm auf dem Bild eine Weite, die das menschliche Auge weder von Sormano noch von Caglio aus erfassen konnte. Vom Himmel, der auf einen schmalen Streifen reduziert ist, fallen die Sonnenstrahlen senkrecht auf die weite Hochebene. Das gibt einen ganz außergewöhnlichen Lichteffekt, der das ganze Bild bestimmt.

Bice hatte begriffen, was ihr an diesem Bild so besonders gut gefiel. Es löste eine Melancholie aus, die man spürt, wenn ein Tag zu Ende geht. Bice wusste, dass Segante besonders hier in der Brianza abends oft melancholisch war und diese Stimmung in seine Bilder einfließen ließ. Oder es zumindest versuchte. Es war ein großes Werk.

Bice sollte recht behalten. Das Bild war noch nicht ganz trocken, da bekam es die Goldmedaille der Weltausstellung in Amsterdam, und Segante erntete begeisterte Presseberichte. Bald darauf wurde das Bild vom italienischen Staat für die Galleria Nazionale d'Arte Moderna in Rom für die enorme Summe von 1800 Lire erworben. Segante war darüber nicht im Mindesten verblüfft. »Diesmal habe ich selber verhandelt«, berichtete er Bice. »Ich weiß am besten, wie viele Auslagen ich für das Bild hatte. Die Großleinwand musste ich mit Hilfe von drei Assistenten täglich hin und her tragen. Für die Tiere und die Bäuerinnen brauchte ich auch immer wieder Geld, und vor allem auch für die Farben.«

In Mailand zeichnete sich ab, dass Segante auch weiterhin belohnt werden sollte für seine Schufterei. Die Goldmedaille in Amsterdam bei der Weltausstellung war einer der ersten größeren Preise gewesen, und danach wurde es etwas ruhiger um

Segante. Doch auf der Ausstellung »Permanente« der Società per le Belle Arti in Mailand, die gerade angelaufen war, hingen vierzehn Ölbilder und fünf Pastelle von Segante. Obwohl Bice sich so kurz vor der Entbindung ziemlich schwerfällig fand, war sie doch mitgegangen. Die gesamte Familie Segantini-Bugatti war vertreten. Die Kinder hatten sie unter der Aufsicht einer Kinderfrau im Atelier am Naviglio zurückgelassen. Bice war froh, mit dabei zu sein, denn es zeigte sich, dass die Ausstellung sehr gut besucht war. In den großen Räumen mit den Zwischenwänden standen viele elegant gekleidete Menschen vor den Bildern und diskutierten. Giovanni und Bice wurden von einigen erkannt und lebhaft begrüßt. Bice hatte ein weites Samtcape an, sodass man ihre Schwangerschaft nicht unbedingt bemerken musste. Giovanni war zwar nicht völlig einverstanden mit der Hängung seiner Bilder, aber alles in allem war er zufrieden. Es war eine große Ehre für ihn, in dieser wichtigen Ausstellung so gut vertreten zu sein. Bice freute sich auch über den Erfolg Segantes, aber ihre Gedanken waren bei Gottardo, der am nächsten Tag operiert werden sollte, und bei dem kommenden Kind. Knapp eine Woche hatte sie noch bis zum Termin.

23

Giovanni hetzte durch die Straßen Mailands. Im Atelier am Naviglio lag Bice, und eine Wehe nach der anderen setzte ihr zu. Die Hebamme, die ihr Kommen versprochen hatte, war am Kanal ausgerutscht und hatte sich die Schulter gebrochen. Nun musste Giovanni eine neue Frau abholen, deren Adresse ihm Thérèse gegeben hatte. Genauso dringend sollte er im Hospital vorbeikommen. Gottardo war am frühen Morgen operiert worden, und man hatte soeben telefoniert, dass Giovanni kommen solle. Gründe waren nicht angegeben worden.

Natürlich war Bice starr vor Schrecken gewesen. Sie beschwor Giovanni, die Hebamme zu vergessen und mit der Kutsche erst zum Hospital zu fahren. Die ganze Nacht hatte Bice geträumt und phantasiert, dass man ihrem Sohn den Kopf aufmeißelte und aufsägte und dass Gottardo das nicht überleben würde. Giovanni, der sie im Traum ächzen hörte, hatte Bice schließlich aufgeweckt. Sie war nass geschwitzt. Giovanni hatte ein neues Hemd geholt und neue Laken und hatte Bice mit nassen Tüchern liebevoll und behutsam abgerieben. Dabei war sie wieder ganz wach geworden und klar. Sie war sogar aufgestanden, hatte Tee zubereitet und einen kleinen Imbiss für sich und Giovanni.

»Segante, ich glaube, das Kind kommt heute.«

»Liebste – ich denke, du hast noch ein paar Tage bis zum Termin?«

»Daran halten sich Kinder nicht.«

»Ach, Bice, wenn ich doch eins unserer Kinder für dich kriegen könnte.«

»Das sagst du so, weil du genau weißt, dass es nicht geht.«

»Nein, ich meine es ernst.«

»Du hast gut reden.«

»Carlo hat gesagt, ihm seien drei Kinder genug.«

»Willst du damit sagen, dass es dir auch reicht?«

»Ja. – Dir nicht?«

»Und wenn es wieder ein Junge wird?«

»Drei sind trotzdem genug.«

»Aber du willst doch ein Mädchen.«

»Ach ja. Ein Mädchen wäre schön. Ein blondes Mädchen.«

Sie hatten sich noch für eine Stunde hingelegt, und Bice hatte gesagt, dass Alberto bei seinen Großeltern sehr brav sei. »Meine Mutter hat sich wirklich verändert. Sie ist eine richtig liebe Nonna geworden.«

»Wart nur, wenn erst der Frost weggeht. Dann will sie wieder in ihren Garten.«

»Und wenn schon. Bis dahin haben wir unsere Kinder beisammen.«

Giovanni musste lachen. »Siehst du das rein praktisch? Wenn das deine Mutter wüsste. Übrigens – mit mir gehst du auch ganz praktisch um. Kein Kuss – nichts!«

»Gestern habe ich dich noch geküsst. Heute muss ich ein Kind kriegen.«

»Aber jetzt doch noch nicht. Bitte, küss mich.«

Bice tat ihm den Gefallen, und sie bekam auch Lust, sich eng an Giovanni zu schmiegen und ihn ausführlicher zu küssen. Plötzlich stöhnte sie leise auf.

»Bice, was ist? Hast du Schmerzen?«

»Es geht schon wieder. Es war ein Stich, ein Schnitt, es tat weh. Lass mich aufstehen, Segante. Alle sagen mir, dass ich mich ins Bett legen soll, aber ich fühle mich wohler beim Rumlaufen.«

Und nun fuhr Govanni durch die Stadt. Er würde zuerst die Hebamme zu Bice schicken und dann ins Hospital fahren. Giovanni betete fast, dass die Hebamme zu Hause sein solle, und er hatte Glück. Die Frau, der er einen Geldschein gab, holte ihre Tasche und machte sich sofort auf den Weg. Sie schien gepflegt zu sein. Auch ihre Wohnung war sauber, und es roch nach getrocknetem Lavendel. Giovanni atmete auf. Nun konnte er in Ruhe nach Gottardo schauen. Er selbst hatte zwar eine Kindheit gehabt, die einem Albtraum gleichkam, so sah er es jedenfalls, einem Albtraum an Einsamkeit, Verlassenheit und Hunger – in Arco ebenso wie in Mailand. Krank war er allerdings nie gewesen. Niemals auch nur die kleinste Influenza, nicht einmal Zahnschmerzen hatte er je gehabt. Nur Hunger. Hunger. Hunger. Das war seine Kindheit gewesen. Der Hunger hatte ihn schier zerfleischt. Er konnte es heute noch spüren, wie verzweifelt er damals gewesen war.

Als Bice zum ersten Mal schwanger war, als Gottardo geboren wurde, hatte Giovanni sich gelobt, alles daranzusetzen, dass sein Kind niemals einsam sein sollte, niemals hungrig und gedemütigt wie er. An Krankheit hatte er nie gedacht. Aber ihr Sohn war erkrankt, und man hatte ihn operieren müssen. Doch hatte Giovanni nicht genau in dieser Minute, in der er auf dem Weg zum Hospital war, Anlass, dankbar zu sein? Er war ein Vater, der seinen Sohn besuchte. Er war ein Mann, dessen Frau das dritte Kind erwartete, der Gemälde in seinem Atelier stehen hatte, auf die Käufer warteten. In der Kunstwelt sprach man von ihm. Lobte, tadelte, aber man sprach von ihm. Aus dem verlausten, hungrigen Jungen war ein Künstler geworden, den man sogar im Ausland kannte. »Eine Hoffnung Italiens« nannten ihn manche. Er bekam so viel Geld für seine Bilder, dass er mit Bice und den Kindern behaglich wohnen konnte. Er war ein Familienvater, der sich an die Fehler seines eigenen Vaters noch immer schmerzlich erinnerte. Daher wollte er der aufmerksamste Vater aller Zeiten sein. Trotz der Sorge um Bice, um Gottardo, um seine Staatenlosigkeit und die zeitweiligen Schulden – trotz allem war er ein glücklicher Mann. Bice und Carlo, ihr Bruder, sie hatten ihm Glück gebracht. Seine Familie hatte zu essen, man war geschätzt.

Doch das Wichtigste war – sie liebten einander. Er liebte Bice mit jedem Tag mehr. Das spürte er immer wieder. Bice war für ihn die Großartigste, die Begehrenswerteste, die Gütigste und Langmütigste. Auch die Kultivierteste. Was hatte er doch für ein Glück gehabt.

Lediglich er, Giovanni, musste noch lernen, hauszuhalten mit dem Geld. Kaum hielt er es in Händen, floss es ihm durch die Finger. Bice sah es ihm nach. Was Hänschen nicht lernt, lernt Hans nimmermehr. Bice war geduldig mit ihm. Großzügig. Was er auch anfing, sie versuchte es zu verstehen. Selbst, wenn er viel zu große, halb verfallene Häuser mietete wie in Carella. Sie hatte sich auch darin eingerichtet. Bice. Jedes Mal, wenn er an sie dachte – und dachte er nicht ständig an sie? –, jedes Mal hielt er einen Moment den Atem an, und er war selig. Er wollte sich nur so lange im Hospital aufhalten wie unbedingt nötig. Natürlich wollte er seinen kleinen Jungen sehen. Erfahren, ob er die Operation gut überstanden hatte. Doch dann musste er zu Bice. Sicher würde Gottardo ohnehin noch schlafen nach der Narkose.

Als er seinen kleinen Sohn sah, schrumpfte die Freude in seiner Brust zusammen zu einem Klumpen, der ihm in die Kehle stieg und ihm die Luft abschnürte. Tränen traten in seine Augen. Wie war sein Kind zugerichtet. Bandagiert, sodass man nur seine geschlossenen Augen sehen konnte und den Schlitz für den Mund. Schläuche ragten aus Gottardos Kopf. Er sah unwirklich aus, und Giovanni blickte den Arzt, den man gerufen hatte, flehentlich an. Der hielt ihm gnadenlos und unerbittlich vor, wie froh Giovanni sein müsse, dass Gottardo durch die Kunst der Medizin noch lebe.

»Erklären Sie mir doch bitte, was mit meinem Sohn passiert ist. Wie ist die Operation verlaufen?« Giovanni war ebenso hilflos wie verzweifelt, doch der Arzt hatte keine Zeit, ihm etwas zu erklären, wahrscheinlich sah er auch keinen Sinn darin.

»Sie würden es ohnehin nicht verstehen«, raunzte er Giovanni an. »Sie müssen hinnehmen, dass es jetzt heißt, zu warten. Ich kann Ihnen noch nichts sagen.«

Wie bereute es Giovanni in diesem Moment, überhaupt die Einwilligung zu dieser Operation gegeben zu haben. Die Ärzte hatten Gottardos Kopf aufgebohrt. Daran war kein Zweifel. Wie der Schreiner in ein hölzernes Brett hatten sie in den Kopf seines Kindes gebohrt. Giovanni wusste das aus der Pathologie, wo er schon Leichen mit geöffnetem Schädel gesehen hatte. Doch nun war es zu spät, jetzt musste Gottardo kämpfen, um zu überleben, was seine Eltern und die Ärzte ihm zugemutet hatten.

Man erlaubte Giovanni immerhin, eine Weile am Bett Gottardos zu sitzen, und Giovanni versuchte sich Szenen aus Gottardos Dasein ins Gedächtnis zurückzurufen. Ihm wurde bald klar, dass er viele Geschichten um seinen Ältesten von Bice erfahren hatte. Einmal, als er Gottardo mitgenommen hatte in sein Atelier, war er erleichtert gewesen, als Bice den Kleinen wieder abholte, denn Gottardo hatte in aller Stille unter seinen Farben gehaust, wie man es einem so kleinen Kind nicht zugetraut hätte. Seitdem hatte Gottardo Atelierverbot, obwohl Giovanni zugab, dass er den Kleinen nicht beaufsichtigt hatte, sondern in dem Glauben gewesen sei, dass er sich allein beschäftige. Das war ja auch durchaus der Fall gewesen.

Einmal, das hatte ihm Bice erzählt, war eine Nachbarin zu Besuch gewesen, die eine Tochter im Alter Gottardos hatte. Das Mädchen saß auf einer dicken Wolldecke, Gottardo wurde dazugesetzt. Die Kleine widmete sich einer Stoffpuppe, die sie nicht hergeben wollte, als Gottardo Versuche machte, die Puppe an sich zu nehmen. Das Mädchen verteidigte sein Eigentum stumm, sodass die Mütter das Tauziehen mit der Puppe zunächst nicht beachteten. Da versuchte Gottardo das Mädchen zu streicheln, wie er es mit seinem Bruder Alberto auch manchmal tat. Verwundert, aber still ließ das Mädchen zu, dass Gottardo ganz sanft ihr Gesicht tätschelte. Nach einer Weile wurde ihm das offenbar zu langweilig, denn er haute plötzlich so kräftig zu, dass die Kleine umkippte und zu brüllen begann. Ihre Puppe ließ sie aber nicht los, und schließlich hatten die Mütter je ein brüllendes Kind auf dem Schoß.

Von einem neuerlichen Besuch der Nachbarin hatte Giovanni nichts erfahren, aber er wusste, dass Gottardo trotz seiner eingeschränkten Bewegungsabläufe ein durchaus ernstzunehmendes Kind war, mit dem man rechnen musste. Und jetzt lag er hier, völlig hilflos, und Giovanni blieb nichts anderes übrig, als sich dem Unabänderlichen zu unterwerfen. Er wollte Gottardo zeichnen. Aber nicht so, wie er jetzt auf den Kissen lag. Nicht die Verbände und Schläuche. Aber die Trauer, die Gottardos Gesicht oftmals ausgedrückt hatte – diese Trauer wollte er malen. Nur auf diese Weise konnte er seiner Verzweiflung Herr werden.

Daheim am Naviglio schlief Bice, doch als Giovanni leise an ihr Bett trat, schlug sie die Augen auf. Giovanni küsste ihr beide Hände, sagte, dass er ihr so gern beigestanden hätte – doch Bice unterbrach ihn. »Wie geht es Gottardo, hat er alles gut überstanden?« Giovanni erzählte nichts von der Kälte des Arztes, von seinen unausgesprochenen, dafür umso deutlicheren Vorwürfen. »Unser Kind wird es schaffen. Er lag friedlich da und schlief. Er hat eine Narkose bekommen und nichts von der Operation bemerkt. Nun müssen wir warten, meine Liebste. Gottardo wird es schaffen. Wir sind doch beide gesund, du und ich, also wird Gottardo auch gesunde Organe haben und Kraft, die Operation zu überstehen. Ich glaube ganz fest daran.«

Die Hebamme brachte das frisch gebadete Baby. Giovanni erkannte sofort, dass es ein Junge war. Ein blonder Junge. Er nahm den Kleinen, der grimassierte und blinzelte, und setzte sich zu Bice aufs Bett. »Wir haben tatsächlich ein blondes Kind. Einen kleinen Bugatti. Wollen wir ihn nicht Carlo nennen?«, fragte Giovanni. »Dann hätten wir gleich einen Paten für ihn.«

»Carlo ist doch schon Pate bei Gottardo. Außerdem hatte ich insgeheim ja auch mit einem Mädchen gerechnet. Ich wollte eine Maria haben. Lass uns unseren Sohn Mario nennen – vorausgesetzt, der Name gefällt dir auch.«

Giovanni fühlte, wie sich Wärme und Stolz in ihm ausbreiteten. Bice. Ihr Gesicht war noch rot von der Anstrengung der Geburt. Das goldene Seidenhaar lag nass und wirr auf den Kissen.

Sie hatte einen stundenlangen Kampf hinter sich. Auch dieses Kind hatte sie auf die Welt gebracht, ohne viel Aufhebens davon zu machen. Sie war müde, aber sie jammerte nicht, berichtete nicht von ihren Schmerzen und von der mühevollen Arbeit der Geburt. Natürlich konnte sie den Kleinen nennen, wie sie wollte. Ihm war alles recht, wenn nur Bice und das Kind außer Gefahr waren.

Giovanni sah das Zimmer wie zum ersten Mal. Früher war diese Wohnung eine Erlösung für ihn gewesen. Seine erste Wohnung, in der er allein war, unabhängig. Seit er mit Bice zusammenlebte, hatte er die kleinen Räume nur zum Schlafen und Umziehen benutzt. Plötzlich war das anders. Bice hatte hier ihren dritten Sohn auf die Welt gebracht, und nun schien ihm der Raum nicht mehr gut genug. Nicht für Bice, nicht für seinen Sohn. Giovanni schwor sich, dass er noch mehr lernen wollte, die Malerei noch intensiver studieren, damit er mehr Geld verdiente. Er musste vor allem endlich wegkommen von sich, von seiner Sucht, mit dem Geld wie mit Spielmünzen umzugehen. Er musste noch intensiver versuchen, aus sich einen anderen Menschen zu machen. Einen, der Bice und die Kinder verdiente. Giovanni bebte innerlich vor Reue und guten Vorsätzen.

Die Stimme der Hebamme holte ihn zurück in die Geschäftigkeit der Wochenstube. Mario habe schon getrunken, berichtete die Hebamme zufrieden und packte ihre Tasche. Giovanni gab ihr ein Briefkuvert, in dem er einen Geldbetrag für die Frau bereitgelegt hatte. Er war so glücklich, dass er der Hebamme am liebsten seine ganze Barschaft ausgehändigt hätte. Aber er wollte sich ja gerade ändern, und es war ohnehin nicht viel, was er derzeit besaß. Grubicy musste ihm dringend seinen Teil der Verkaufssumme auszahlen, die er in den letzten Wochen mit Giovannis Bildern erlöst hatte. Ihn dazu zu bewegen gehörte auch zu den neuen Aufgaben in Giovannis Leben.

24

Giovanni hatte von Vittore Grubicy eine Millet-Biographie von Alfred Sensier geschenkt bekommen, und Bice musste ihm umgehend daraus vorlesen. Manches schien ihnen bei der Lektüre vertraut. Genau wie Giovanni und Bice waren Millet und seine Frau nicht miteinander verheiratet. Beide hatten sich aufs Land zurückgezogen. Millet hatte für seine Kunst die Würde des arbeitenden Menschen entdeckt. Von ihm inspiriert, malte Giovanni sein Bild *Die letzte Mühe des Tages.* Er erinnerte sich an sein Gespräch mit Bice. Ihr war aufgefallen, dass er sich an Motiven von Millet orientiert hatte. Giovanni dagegen hatte lange gebraucht, bis er vor sich selbst zugeben konnte, dass Millet ihn bei seinen Arbeiten beeinflusste.

»Millet beeindruckt mich«, hatte Giovanni zu Bice gesagt. »Seine Bauern haben etwas Biblisches, Ursprüngliches. Das möchte ich ebenfalls erreichen.«

Bice hatte gelesen, sich dann aber abgewandt von ihrer Lektüre und sich aufs Gespräch konzentriert. »Mir gefallen die bedächtigen Menschen, die Millet malt. Sie lassen sich nicht stören, sind ganz ihrer Arbeit hingegeben. Ich mag besonders das Bild der Holzhackerinnen mit ihren Reisigbündeln. Aber auch das Bild des Sämanns mit seinem kräftigen, sicheren Schritt.«

»Weißt du, ich glaube, Millet wollte die Bauern als Menschen darstellen, wie sie bei ihrer mühevollen Arbeit wirklich waren – arm, aber nicht zerlumpt, jung und kräftig, etwas derb, wenig anmutig und doch würdevoll und andächtig«, überlegte Giovanni.

»Man hat mir gesagt, dass er nicht draußen mit Modellen gearbeitet hat, sondern vor allem aus der Erinnerung.

»Bei dir habe ich das Gefühl«, sagte Bice, »dass die Menschen, die du darstellst, viel verträumter wirken, längst nicht so kraftvoll wie die aktiven Bauern von Millet. Siehst du, wie der Sämann Schwung holt, was für große, kräftige Schritte er macht?«

»Möglich«, erwiderte Giovanni, »aber ich will noch etwas anderes erreichen als Millet. Ich möchte die Erdgebundenheit vermitteln, die Schwere der Last. Sieh mal, ich habe die Farbe im fast gleichen Ton gehalten. Dadurch sollen Mensch, Reisigbündel und Boden eine Einheit bilden. Verstehst du? Der Mann soll sich wie ein Scherenschnitt vom pastellfarbenen Himmel abheben. Siehst du die zarten Apricottöne, das Himmelblau? Sie sollen die letzten Sonnenstrahlen darstellen.«

»Weißt du eigentlich, welches von deinen Arbeiten mein Lieblingsbild ist?«, hatte Bice ihn plötzlich gefragt. Giovanni überlegte für einen Moment. Er wusste es nicht. Und das Problem dabei war, dass er auch nicht wusste, ob Bice beleidigt war, dass er es nicht wusste. Bice war in letzter Zeit so empfindlich. Er musste vorsichtig sein.

»Also«, hatte er zögernd gemeint, »sag es halt!«

»Hast du keine Lust zu raten?«

»Nein, lieber nicht.«

»Na gut – mein Lieblingsbild ist das Porträt der Signora Torelli. Ich weiß, es ist noch nicht vollendet, aber ich mag es schon jetzt. Sag – kann es sein, dass du beim Malen dieses Bildes hin und wieder an mich gedacht hast? Immerhin kommt die Signora über die Brücke am Naviglio. Dort waren wir so glücklich.«

Giovanni hatte es gewusst. Bice wollte ihn in die Falle locken. Sie suchte Streit. Gut, er war dabei. Streitpunkte aus der Vergangenheit, die er nicht vergessen konnte, kamen plötzlich in ihm hoch. Auch Ängste ließen ihn gröber sein, als er das eigentlich wollte. Er fuhr Bice an: »Waren! Waren! Heißt das, dass wir nicht mehr glücklich sind? Was sind wir denn? Willst du mir sagen, dass wir schon Vergangenheit sind? Du willst ja auch auf keinen

Fall zurück nach Corneno. Vielleicht planst du, zurückzugehen zu deinen Eltern! Deine Mutter lässt ja inzwischen den Garten verdorren, weil sie immer öfter die Kinder abholt und bei sich übernachten lässt. Sie hat wohl nicht umsonst jedem Kind ein eigenes Bett schreinern lassen, wo sie noch reinpassen werden, wenn sie schon erwachsen sind.«

Giovanni wusste heute, dass er selbst gemerkt hatte, wie er vor lauter Wut vom eigentlichen Thema abkam. Er wusste auch, dass es die Angst war, die ihm bei einem Streit sofort diese Phantasien eingab. Die Angst, Bice könnte ihn verlassen und zurückwollen in ihr früheres gesichertes und bequemes Leben in Mailand. Und dass sie dann die Kinder mitnehmen würde.

Doch Bice war erstaunlich entspannt geblieben. »Lass Mutter doch die Freude«, hatte sie gesagt. »Und was mich betrifft, siehst du Gespenster. Ich würde es dir schon sagen, wenn ich Ausbruchspläne hätte.«

»Das beruhigt mich außerordentlich, Signora Bice. Also, was die Signora Torelli angeht, habe ich ein Versprechen eingelöst, das ich dem Besitzer des *Corriere della Sera* schon vor langem gegeben habe. Ich wollte die Signora ganz natürlich wiedergeben, wie auf einer Fotografie, deshalb habe ich sie die Brücke entlanggehen lassen mit ihrem aufgespannten Sonnenschirm.«

»Aha. Kein Gedanke an mich. Wie solltest du auch an mich denken bei einer so schönen Frau wie der Torelli. Aber warum blickt die Signora von dir weg? Wolltest du etwa nicht, dass sie dich anschaut? Oder den Betrachter des Bildes?«

»Darüber rede ich einmal mit dir, wenn du nicht so zornig aufgeladen bist wie heute. Und wenn ich das in aller Bescheidenheit sagen darf, finde ich die flanierende Signora sehr präsent und lebendig. Hast du dir mal die Hand angeschaut, die den Schirm hält? Ich hab sie in langen Pinselstrichen gemalt, und ich finde, dass sie mir gut gelungen ist.«

»Du hast Signora Torelli wirklich wie eine außerordentliche Schönheit gemalt«, sagte Bice versöhnlich. »Ich sagte ja gerade, es ist mein Lieblingsbild. Irgendwie erinnert es mich an Manet. Vielleicht wegen der Hell-dunkel-Gegensätze.«

»Mich erinnert es an Segantini.«

Später, als sie schon schlief, betrachtete Giovanni Bice eingehend. Ihr voller Mund war entspannt, doch die Erschöpfung hatte Bices weichem Gesicht einen traurigen Zug gegeben. Giovanni kannte auch ein anderes Gesicht Bices. Wenn sie den Kopf in den Nacken warf, die Lippen zusammenpresste, dann wusste Giovanni, dass ein Sturm ausbrechen konnte. Anfangs war er unbefangen gewesen, wollte spielerisch damit umgehen, dass Bice rechthaberisch sein konnte und ihn mit Schweigen bestrafen wollte. Er hatte dann versucht, Bice zu liebkosen oder ins Bett zu ziehen. Das gelang ihm selten. Und, wie ihm schien, immer seltener.

Es passierte dafür in letzter Zeit öfter, dass Bice mit ihm stritt. Für Bice war das nicht bedrohlich. Sie hatte ihm nach einer dieser Streitereien entspannt gesagt, ihre Eltern hätten auch oftmals Streit gehabt und am Abend wieder friedlich miteinander am Tisch gesessen. Daher ging Bice keiner Auseinandersetzung aus dem Weg. Giovanni dagegen kam mit Streitzeiten nicht zurecht. Er nahm jedes Wort von Bice ernst und sah im kleinsten Wortgeplänkel schon das Ende der Familie Segantini herannahen.

Immerhin so viel glaubte Giovanni ihr: dass sie niemals hinter seinem Rücken handeln oder planen würde. Bice nicht.

25

Seit sie von Mailand aus aufgebrochen waren zu ihrer lange geplanten Wanderung, schwanden Giovannis Ängste um Bices Liebe und um die gemeinsame Zukunft mit jedem Tag, den sie allein verbrachten. Sie wussten ihre Söhne und die kleine Bianca in der Obhut der Großeltern. Eine junge Amme war mit ihrem Säugling ins Haus eingezogen, um Bianca zu stillen und zu versorgen. Die junge Frau war schon oft als Aushilfe im Hause Bugatti gewesen. Bice kannte sie und vertraute ihr. Zudem wusste sie, dass ihre Mutter über die vier Segantini-Kinder wachen würde. Und Thérèse hatte Bice auch versprochen, dass sie sich um Gottardo, Albertino und Mario kümmern werde, um die Nonna zu entlasten.

Es war Giovanni klargeworden, dass Bices Gereiztheit in den vergangenen Monaten mit ihrer Schwangerschaft zusammenhing und mit der Aussicht darauf, wieder einen neuen Wohnort für die Familie finden zu müssen. Doch jetzt war das Kind geboren, gesund, noch dazu ein Mädchen, was Bice und Giovanni als besonderes Geschenk ansahen.

Die Kinder! Besonders in den ersten Tagen redeten Bice und Giovanni ständig von ihren geliebten Kleinen. Doch es war weniger die Sehnsucht, die ihre Gespräche prägte, als die gegenseitigen Versicherungen, wie großartig ihre Söhne sich entwickelt hatten und wie zauberhaft die kleine Tochter war. Daher konnten Bice und Giovanni unbeschwert ihre Wanderung durch das sonnenglühende Land genießen. Durch das Veltlin waren sie nach

Poschiavo gekommen. Es war der letzte Augusttag, und als sie aus einem kühlen Waldgebiet heraustraten und auf Poschiavo herunterschauten, traf sie das helle Tageslicht wie ein Blitz.

»Diese schönen Patrizierhäuser! Was für ein hübscher Ort, dieses Poschiavo!« Bice war überrascht. Und auch Segante sah sich interessiert um.

»Dort hinten, der See, das ist der Lago di Poschiavo. Ich erinnere mich jetzt, dass Enrico mir von diesem Ort erzählt hat. Sogar Gletschermühlen soll es hier geben, hier ganz in der Nähe.«

»Gehört hab ich auch davon! Carlo hat ja einen Sinn für Ungewöhnliches. Er sagte, dass es von diesen Gletschermühlen noch viele gibt. Die meisten liegen aber unter Föhrenästen, Moränen und Kiefern vergraben, und man muss aufpassen, dass man nicht in eine hineinfällt. Sagt jedenfalls Carlo. Er sagt auch, dass die Dinger mindestens zehn Meter tief und fünf Meter breit sind.«

Giovanni überlegte: »Vielleicht kommen wir ja an einer Gletschermühle vorbei und können überprüfen, was Carlo erzählt hat. Doch jetzt machen wir eine kleine Pause, ja? Wir setzen uns hier ins Gras. Es ist warm von der Sonne, und du kannst dich ausruhen. Wir sind ja fast gerannt heute Morgen.«

Giovanni breitete seine graue Lodenjacke auf dem Boden aus. Bice suchte im Rucksack nach Essbarem. Sie hatten am vorangegangenen Abend eine unverschlossene Waldhütte gefunden, ungefähr eine Wegstunde von Poschiavo entfernt. Darüber waren sie froh gewesen, denn die Dunkelheit war unerwartet früh gekommen. In ihren Kleidern hatten sie auf einem roh zusammengehauenen Bett geschlafen. Es war hart und ungemütlich. Da half auch Giovannis Decke nicht, die er für Bice ausgebreitet hatte. Trotzdem waren sie beide so müde, dass sie das harte Lager bald nicht mehr spürten. Sie schmiegten sich eng aneinander, denn in der Hütte war es relativ kühl. Giovanni streichelte Bice, wie er es schon lange nicht mehr getan hatte. War es Scheu, Bice wehzutun, Angst vor einer erneuten Schwangerschaft? Giovanni wusste nicht, warum er sich nicht getraut hatte, Bice zu berühren. Dabei hatte er durchaus Lust gehabt. Wenn er Bice auffing am

Berg, wenn er sie hinter sich herzog bei einer engen, steilen Stelle, wenn er ihr über einen dicken Gesteinsbrocken half, immer wenn er ihre Brüste spürte, ihre Hüften oder die ausgestreckten Hände, dann hätte er Bice gern geliebt – doch Bice war nach der Geburt Biancas anders als nach den früheren Schwangerschaften. Giovanni hatte das Gefühl, dass sie sich von ihm zurückzog. Vielleicht war sie auch durch die Forderungen der Kinder überlastet. Mit ihren vier hatten sie ja eine beachtliche Kinderstube, dachte Giovanni nicht ohne Stolz. Gottardo war vier Jahre alt, Albertino drei, Mario knapp zwei und Bianca kaum drei Monate.

Daher hatte er sich nicht getraut, Bice zu umarmen. Aber er hatte gewartet. Jeden Tag. Und dann, in der Hütte, hatte er zum ersten Mal seit langem gespürt, wie sie seinem Körper Antwort gab, als er sich eng an sie drückte. Ja, sie wollte ihn haben, so wie er sie haben wollte. Bice drehte sich zu ihm um, sie küssten einander endlos, sie waren beide in einem Glückszustand, wie sie ihn lange nicht mehr erlebt hatten. Es war ein so tiefes Glück, dass es ihnen beiden Angst machte.

Später hörte er, dass Bice weinte. Erschrocken fragte er sie, warum sie weine, wo sie doch so glücklich seien wie niemals zuvor. Bice fuhr hoch aus dem Schlaf, sie hatte geträumt, dass Giovanni weggegangen und nicht wiedergekommen wäre. Das sagte sie ihm aber nicht. Sie legte ihren Kopf an seine Brust und hörte lange nicht auf zu weinen.

Aber jetzt saßen sie in der Sonne, und das Glücksgefühl der vorherigen Nacht kam zu ihnen zurück. Sie hatten in einem Bach gebadet, nachdem sie das kristallklare, kalte Wasser getrunken hatten. Er konnte es nicht vergessen. Wie sie vorsichtig auf der kleinen Böschung gestanden hatte: lang und schmal die Beine, die graziösen Füße in den Boden gestemmt, der Bauch fast schon wieder flach, die Brüste hoch angesetzt und fest. Bice fasste in ihr Haar, hielt es eine Weile hoch und betrachtete sich im Wasser, schweigend, mit abgewandtem Gesicht, dann stieg sie hinein. Dieses Bild hatte Giovanni tief in sich eingesaugt. Er würde es malen, das wusste er, und er hoffte, dass es ihm gelänge, seine stete Sehnsucht nach Bice auf die Leinwand zu bringen.

Wenn sie so weit waren, wollten sie in den Ort hinuntergehen und sich ein Hotel suchen. Geld dafür hatten sie noch. Giovannis Bilder verkauften sich gut, und Vittore gab Giovanni inzwischen einen größeren Anteil pro verkauftem Bild. Auch seine monatliche Pauschale hatte er erhöht. Seit dem heftigen Streit mit Emilio Longoni war Vittore konzilianter geworden.

»Am liebsten würde ich den ganzen Tag mit dir hier sitzen und auf Poschiavo hinunterschauen«, sagte Giovanni. »Aber inzwischen habe ich einen Riesenhunger. Du nicht auch, Liebste?«

»Doch«, meinte Bice, »ich hab schon im Rucksack nachgeschaut, aber da ist nur Dunkelheit drin. Komm, lass uns hinuntergehen in den Ort!«

Hand in Hand liefen sie ins Tal. Sie hielten sich in Richtung des Sees, den sie in dunklem Türkis in der Ferne liegen sahen. Von oben sahen sie auf die schönen, steingedeckten Häuser, die Kirchen. Immer noch waren sie begleitet vom Duft der Moose und der bunten Blumenpracht.

»Was für eine grandiose Naturlandschaft«, sagte Giovanni bewundernd. »Vielleicht kommen wir einmal zurück, und dann male ich die Landschaft, in der wir so wunderbare Tage verlebt haben.«

Inzwischen waren sie durch verwinkelte Gassen und an Häusern mit Gärten und kleinen Parks vorbei zur Ortsmitte gekommen. Es war Markt. Unter großen Sonnensegeln standen langgestreckte Tische, auf denen die Händler Obst in herrlichen Farben und Sorten anboten, Gemüse in großer Auswahl. Alle möglichen Sorten Käse und Schinken waren aufgebaut, Oliven und Melonen. »Sollen wir hier einkaufen und an dem Brunnen frühstücken, an dem wir vorbeigekommen sind?«, fragte Bice. »Oder suchen wir nach einem Hotel und frühstücken dort?«

»Ich glaube, wir müssen nicht lange suchen. Dreh dich mal um, dann stehst du vor dem Hotel!« Giovanni äugte interessiert nach einem großen, alten Palazzo, auf dem in dicken Buchstaben geschrieben stand: Hotel Albrici. Er nahm Bices Arm, als müsste er sich ihrer versichern, und dann gingen sie in die Herberge, wo man sie freundlich aufnahm. Ja, es gebe ein schönes Zimmer für die Herrschaften, und es sei auch schon alles bereit. Sie könnten sich den Raum sofort ansehen. Bice und Giovanni folgten einem Burschen, der ihnen die Tür zu einem mit hellem Holz getäfelten Zimmer öffnete. Sie sahen zwei Betten nebeneinander, die ungewöhnlich niedrig waren, dafür aber umso höhere Kopfteile hatten. Alles war reich geschnitzt in einer besonderen Art und Weise, und Giovanni meinte, dass Carlo bestimmt seine Freude an diesen Möbeln hätte. »Sie sind zwar nicht so verrückt und exotisch wie seine, aber außergewöhnlich sind sie auch.« Bice bewunderte die Nachtschränke und war im Übrigen vom ganzen Zimmer entzückt. Sie legte sich auf die Recamiere, die schräg vor dem Fenster stand, und sah sich weiter im Raum um. Es gab feine Bettwäsche und Vorhänge, und Bice war sicher, dass man ihre Wäsche und die beiden Kleider, die sie in ihrem Rucksack mitgenommen hatte, waschen und bügeln werde.

So war es denn auch. Bice hatte sogar Giovanni dazu überreden können, seine Hemden und Socken mitzugeben in die Wäscherei des Hotels. Sie hatten das Zimmer für eine knappe Woche reserviert – als zweite Hochzeitsreise sozusagen. Obwohl es nicht einmal eine erste gegeben hatte. Geschweige denn eine Hochzeit. Doch wen störte das schon? Bice und Giovanni jedenfalls nicht. Für sie war ihre Situation zu etwas Selbstverständlichem geworden. Sie aßen in einem kleinen Salon, der als Frühstückszimmer diente. Auch wenn der Raum nicht groß war, hatte er doch schwere, reichverzierte Deckenbalken, und die Wände waren ebenfalls holzgetäfelt.

Gegen Mittag nahmen sie an einer Kutschfahrt teil, die zur Alp Grüm ging und nach San Carlo. Von dort hatten sie einen umfassenden Ausblick auf die Bergamasker Alpen und auf das Tal. Im Norden sahen sie den Piz Palü aufragen.

Es war für Giovanni fast ein körperlicher Schmerz, diese nie gesehene, für ihn unvergleichlich schöne Landschaft nicht malen zu können. Er musste sie malen! Auch wenn er noch so oft zu Bice gesagt hatte, dass er einmal Abstand brauche, eine Pause von der Malerei. Doch angesichts der Berninagruppe, die über dem Ort aufragte, schien dieses Versprechen ihn umso mehr anzutreiben. Er spürte einen Drang, ja fast einen Zwang, zu malen.

Giovanni lief so lange durch den Ort, bis er einen Laden fand, der Papier und Schreibgerät verkaufte. Bice fragte nicht. Sie lächelte nur.

Es war schön für sie, zu sehen, wie Giovanni wieder erfüllt war von dem Bedürfnis zu malen. Die Monate vor Biancas Geburt waren eine einzige Hetze gewesen. Giovanni war völlig überarbeitet. Er hatte, um genügend Geld zu verdienen, ein Stillleben nach dem anderen für reiche Mailänder Bürger malen müssen. Bice wollte nach dem Wochenbett und der langen Erholungszeit bei ihren Eltern wieder einmal mit Giovanni allein sein.

Das große Glück, auf das sie sich neun Monate lang gefreut hatten, war nämlich sowohl für Bice als auch für Giovanni ziemlich strapaziös geworden. Bice hatte im Mai des Jahres das von allen ersehnte Mädchen geboren, und Amalia Bugatti schwor, dass Bice bei ihrer Geburt genauso ausgesehen habe wie die kleine Tochter, ganz genauso! Diesmal war es Giovanni, der für sein neugeborenes Kind den Namen aussuchen durfte. Er konnte sich nicht entscheiden, ob er nun Teresa wählen sollte, Luigia Pierina nach seiner Bice, Antonella, Sophia oder Amalia, nach seiner Schwiegermutter. Amalia fand er besonders schön. Amalia Segantini. Oder Margherita. Er könnte das kleine Mädchen doch auch nach seiner Mutter nennen. Doch dann erschrak er zutiefst. Müsste er nicht immer an seine Mutter denken, wenn er die Kleine in den Arm nahm? Seine Mutter, die stets abwesend war, auch wenn sie nicht im Spital sein musste. Er sah sie immer noch auf ihrem Krankenbett liegen. Dann in ihrem Sarg. Er wurde ganz starr. Nein! Nicht Margherita! Niemals. Ihm war, als würde eine dunkle Wolke sein kleines Mädchen bedrohen. Seinen hellen, weißen Engel. Bianca. Seine Tochter sollte Bianca heißen. Lange Zeit quälte ihn zwar das Gewissen, er bat seine

Mutter, ihm zu verzeihen. Er wusste schließlich, dass sie krank gewesen war und vom Vater verlassen. Sie hatte allein gegen Krankheit und Armut kämpfen müssen und daher keine Zeit für Giovanni gehabt. Giovanni beschwor seine Liebe zu ihr, aber er glaubte sich selbst nicht.

Bice wusste nichts von Giovannis inneren Kämpfen. Sie hatte das Gefühl, nur noch ein Muttertier zu sein. Die drei Buben schienen auf sie fixiert, seit das neugeborene Schwesterchen das Entzücken der Familie und der Verwandtschaft war. Bice konnte alle drei Jungen verstehen. Gottardo war sehr lange krank gewesen. Sein Kopf hatte ihm noch lange nach der Operation Schmerzen bereitet. Manchmal musste er sogar Morphin bekommen, was ihn dann für Tage lahmlegte. Dann wollte Gottardo nur noch seine Mama um sich haben. Seit der Operation hatte Gottardo eine deutliche Abneigung gegen Ärzte entwickelt. Als bei der letzten Untersuchung der Chirurg seinen Kopf vermessen wollte, hatte Gottardo aus Leibeskräften geschrien: »Du Mörder! Du Misthaufen!« Er tobte derart, dass der Chirurg gern auf die Vermessung verzichtete. Es war seither nicht mehr möglich gewesen, bei Gottardo die notwendigen Kontrolluntersuchungen durchführen zu lassen. Sobald er die Klinik sah, begann er derart zu zetern, dass man rasch mit ihm umkehrte. Also vermaß Bice selbst in regelmäßigen Abständen seinen Kopf und brachte ihre Aufzeichnungen zu den Ärzten. Gottardo reklamierte seine Mama nur noch für sich. Offenbar sehnte er sich nach den Zeiten, in denen er der Einzige gewesen war. Bice sollte bei Gottardo sein, wenn er wach wurde und wenn er schlafen ging. Doch Alberto und der kleine Mario hatten durchaus ähnliche Interessen. Sie hingen an Bice, wenn sie Gottardo umsorgte. Und sie hatten sich alle drei um ihren Bauch gedrängt, wenn das Ungeborene sichtbar strampelte.

Für Giovanni hatte Bice keine Zeit mehr gehabt. Wann hätte sie ihm beim Malen vorlesen sollen? Giovanni versuchte Bice zu unterstützen. Er spielte mit den Kindern, fütterte sie. Auch vor dem Wickeln drückte er sich nicht. Carlo fragte ihn, ob er nicht eine Kinderfrau einstellen wolle. »Das kostet wenig Geld. Du musst sie nur durchfüttern. Dafür hast du aber deine Ruhe.« Giovanni gab zu bedenken, dass ihm Carlos Rat durchaus einleuchte, dass es Bice sei, die keine Kinderfrau wolle. »Seit Gottardos Sturz will sie die Kinder nicht mehr in die Hand von Fremden geben. Wenn wir nicht Mutter Bugatti hätten, der Bice vollkommen vertraut, wären wir völlig an die Kinder gefesselt. Oder die Kinder an uns.«

Daraufhin hatte Carlo gutmütig etwas von rätselhaften Weiberstimmungen gemurmelt, um dann übergangslos Heldengeschichten seiner Kinder zu erzählen. Deanice sei die geborene Professorin, sie bringe sich gerade selbst das Rechnen bei. Mit bunten Knöpfen. Ettore habe neulich Carlos Taschenuhr auseinandergenommen und jedes Teilchen penibel in eine Schale gelegt, sodass der Uhrmacher ohne weiteres die Uhr wieder hatte zusammensetzen können. Und Rembrandt matsche ständig mit Dreck und Wasser herum und forme aus dem Matsch dann Tiere. Die könne zwar keiner identifizieren, aber Rembrandt wisse bei jeder Figur genau, was für ein Tier das sein solle. Und er sei schließlich noch keine drei Jahre alt.

Giovanni wunderte sich über Carlos Stolz. Er hatte seinen Freund immer als künstlerisches Genie gesehen und ein wenig als Frauenheld. Als Vater, der die Fortschritte seiner Tochter und Söhne pries, war er ihm nicht vertraut.

Giovanni wurde sich darüber klar, dass er selbst seine vier Kinder zwar liebte, dass sie ihm viel bedeuteten, aber in dieser Weise stolz auf sie zu sein, das lag ihm offensichtlich nicht. Oder es kam ihm nicht zu Bewusstsein. Vielleicht hatte Gottardos lebensgefährlicher Sturz nicht nur bei Bice, sondern auch bei ihm Sperren verursacht, sodass sie sich nicht trauten, sich lauthals an ihren Kindern zu freuen. Giovanni hatte gar nicht gelernt, wie Eltern mit ihren Kindern umgehen sollten. Und Bice meinte, sie habe in ihrer Mutter ebenfalls kein Vorbild gehabt, wie man Kinder großziehe. »Ich hatte eher die Chance, zu erfahren, wie Rosen, Lilien und andere Blumen behütet und gepflegt werden. Amalia hat erst als Großmutter gelernt, dass Kinder Spaß machen, aber auch viel Zeit kosten. Diese Zeit hat sie damals, als ich ein Kind war, in ihrem Garten verbracht. Mein Vater wäre höchstens erstaunt gewesen, wenn Carlo oder ich das Weite gesucht hätten.«

Diese Geschehnisse lagen schon längere Zeit zurück. Auf den Wanderungen, während deren Bice und Giovanni oftmals wortlos hintereinanderher gegangen waren, hatten sich viele Situationen in Giovannis Bewusstsein zurückgemeldet.

Am Abend tafelten sie im großen Speisesaal, der eine schöne Gewölbedecke hatte, reich mit Stuckrosetten verziert. Draußen vor dem Hotel brannten Fackeln und erleuchteten den Marktplatz, bis die letzten Händler ihre Sachen eingepackt hatten und den Ort verließen. Plötzlich fragte Giovanni, ob Bice sich noch an die Hochzeit von Carlo und Thérèse erinnern könne.

»Natürlich«, sagte Bice erstaunt, »wieso fragst du?«

»Nun – damals hattest du doch einen Verehrer. Auf den war ich ziemlich wütend, weil er dir fast so etwas wie einen Heiratsantrag gemacht hat.«

»Aber das war doch nur ein Spaß!«

»Das sagst du! Puccini werden ständig Affären nachgesagt«, beharrte Segante. Er schenkte Bice und sich einen Rotwein ein und stichelte, er wolle mit Bice darauf trinken, dass sie ihn und nicht Puccini gewählt habe. Bice lachte ihn aus.

Am nächsten Tag wurde es sehr heiß. Giovanni und Bice beschlossen, zum Baden an den See zu laufen. Giovanni hatte sein Malzeug in einer der Reisetaschen. Bice trug den Badeanzug bereits unter ihrem Kleid, das sie, am Ufer angekommen, rasch abstreifte. Ohne Zögern rannte sie in den See, warf sich aufs Wasser und schwamm lange, ohne sich nach Giovanni umzusehen. Sie wusste, dass er nicht schwimmen konnte. Wasser war für ihn der Kanal Fitta in Arco, in dem er als Kind abgetrieben war.

Giovanni wollte auch gar nicht ins Wasser. Er blieb am Ufer. Vor sich die Berge, den leuchtenden See. Unbeschreiblich schön. Hochmütig. Die Berge hatten keine Ahnung davon, dass es über ihnen noch etwas anderes gab. Dass es selbst von den Gipfeln dieser Kolosse noch höher hinaufging. In eine Höhe oder Tiefe, wo die Berge, das Licht und die schimmernden Gewässer nicht zählten. Dort oben wurde der Tod zum Leben – und das wollte Giovanni malen. Er würde Bilder malen, wie andere sie nicht malen konnten. Er kannte keinen Maler, der auf die Berge gestiegen wäre, um dort zu malen. Die Bilder der anderen mochten hervorragend sein, ihm schmeckten sie nach Atelier. Er aber würde künftig hinaufgehen auf die Berge. Um dort zu malen, was er malen musste.

Bice war kaum noch zu erkennen. Giovanni sah erst jetzt, dass der See sich weit hinaus erstreckte. Er schien jetzt blau, auch dort, wo Giovanni saß. Die Wellen kräuselten sich manchmal ein wenig, alles war ruhig. Ein paar Leute saßen in der Nähe auf Decken und Handtüchern. Giovanni beobachtete, wie Bice schwamm, mit kräftigen Schlägen auf ihn zuschwamm. Sie war die Einzige, die sich so weit hinausgetraut hatte.

Bice war schon ziemlich nah bei ihm am Ufer. Er ging ihr entgegen, und sie richtete sich im Wasser auf, suchte den Grund und lief dann auf ihn zu. Sie schlang ihre triefenden Arme um seinen Hals, er sah ihre Wimpern, die vom Wasser zusammengeklebt waren wie bei einem Kind, und er küsste ihr nasses Gesicht. Bice schaute ihn an, als wäre sie von einer Reise zurückgekehrt. Er hielt ihr Gesicht mit beiden Händen umfangen, und er wusste, er würde jede Stunde eines jeden kommenden Tages an sie denken.

Als Bice sich in seiner Nähe in den Schatten legte, um zu ruhen, begann Giovanni zu arbeiten. Wie hoch auch ein Berg hinaufragen mochte, gebieterisch, einschüchternd, voller Geheimnis – das Höchste und Größte war die Liebe zwischen den Menschen. Für ihn war die Liebe seines Lebens Bice. Allein Bice verstand ihn. Ließ ihm seine Hingebung an die Malerei, ließ ihm seine Hingebung an die Natur, die er am liebsten mit ihr erlebte.

Sie hatten Poschiavo hinter sich gelassen und waren nach einem weiteren anstrengenden Tagesmarsch in Sankt Moritz abgestiegen, einem hübschen Dorf mit einigen guten Hotels. Dort war es ihnen aber viel zu laut und zu voll gewesen. Die Menschen schienen ihnen ziemlich überkandidelt. Sie sahen und hörten viele Engländer, aber auch Deutsche und Italiener. Daher waren sie am nächsten Tag nach Pontresina gegangen, wo sie im Hotel Saratz ein gemütliches Zimmer fanden, das sie noch bezahlen konnten. Ihre Barschaft war mittlerweile bedenklich geschrumpft, und Giovanni hatte von Sankt Moritz aus ein Telegramm nach Mailand geschickt, damit Vittore Grubicy weiteres Geld überwies.

Das Hotel Saratz lag am Fuße des Schafbergs, und am Morgen beim Frühstück hörten sie von einem Bergführer, dass man vom Schafberg aus, und zwar vom Oberen Schafberg, den schönsten Überblick habe über das gesamte Engadin. Man benötige allerdings viel Zeit, und vor allem sei es angeraten, die sehr frühen Stunden des Tages für den Aufstieg zu wählen, denn der Weg sei sehr sonnig und führe in vielen Kehren nach oben. Man brauche für den Hinweg gut vier Stunden, je nach Kondition. Für den Rückweg ebenso lange. »Bice«, sagte Giovanni mit sehnsüchtigen Augen, »Bice, da möchte ich mit dir hinauf!«

Sie hatten vor dem Hotel gestanden und in den Himmel geschaut. Bice sah Giovanni an mit ihren Nachtaugen, was ihn verlegen machte. Er verstand selbst nicht, wieso, aber er konnte es nicht ändern. Bice wusste das.

»Na warte, Signora Bice, bis wir allein sind.«

»Allein sind wir erst heut Abend wieder, da musst du dich gedulden. Außerdem darf ich dich erinnern, dass wir nicht auf einen Berg steigen wollten, sondern in eine Schlucht hinunter. In die Via Mala. Und bis dahin ist es noch weit. Wir brechen also besser bald auf, sonst sehen wir die Via Mala nie.«

»Aber du hast es doch gehört, der Schafberg ist ein Berg, dem alles zu Füßen liegt. Dörfer, Seen – alles, was ich malen will!«

»Das stimmt, aber du wirst ihn sicher nicht zum letzten Mal gesehen haben. Wenn wir nämlich bald aufbrechen, schaffen wir es heute noch über den Julierpass bis nach Bivio. Da übernachten wir, und dann gehen wir weiter. Richtung Via Mala.«

Bices Wille geschah. Am nächsten Tag erreichten sie das Oberhalbstein. Seit sie den Julierpass überquert hatten, wurde Giovanni immer stiller. Wie ein staunendes Kind lief er weiter und weiter, wie im Rausch, und schließlich fragte er Bice, ob sie schon einmal solch ein Licht gesehen habe. Alles strahle ja förmlich. Die Berge seien wie hineingeschnitten in den tiefblauen Himmel. »Bice, das müssen wir uns länger und genauer ansehen! Lass uns in den nächsten Ort laufen und eine Unterkunft suchen. Hier will ich unbedingt ein paar Tage bleiben!«

Dieser Ort war Savognin.

»Der Fluss hier müsste die Julia sein«, meinte Giovanni, als er sich müde auf die Steinmauer der Brücke setzte. Bice zog ihre klobigen Bergschuhe aus, stellte sie ins Gras und sah sich um. Der Fluss, der rasch über die felsigen Steine dahinfloss, schien das Dorf zu durchtrennen. Oberhalb des Flusses sah man auf einer Anhöhe Gehöfte liegen, die sich um eine Kirche scharten, andere zogen sich an einer breiten Fahrstraße entlang. Unterhalb vom Fluss befand sich der zweite Dorfteil. Einige Anwesen waren ebenfalls nahe der unteren Kirche gebaut worden, weitere verstreuten sich in dem nur leicht hügeligen Gelände. Eine dritte Kirche, hell schimmernd im Mittagslicht, stand am westlichen Talrand auf einer Anhöhe und sah auf den gesamten Ort Savognin herunter.

Bice spürte, dass sie sehr durstig war, und der frisch dahinhüpfende Fluss verstärkte das Gefühl noch. Sie nahm ihre Wasserflasche, ging auf bloßen Füßen die leichte Böschung hinunter und fragte ein paar Kinder, die offenbar aus der Schule kamen, ob das Wasser auch wirklich frisch und sauber sei. »Freilich«, sagten die Kinder und sahen einander erstaunt an. Ob die Brücke einen Namen habe, fragte Giovanni freundlich, und die Kinder riefen ihm zu, der Name der Brücke sei Punt Crap. Punt Crap, wiederholten sie, denn die Kinder wussten nun, dass sie es mit Fremden zu tun hatten. Sie machten sich davon. Einige liefen rechts der Brücke einen gewundenen Weg hinauf, der oben sehr steil wurde und auf die Dorfstraße führte. Andere liefen zu einer Mühle, wo sie etwas zu essen bekamen. Unter einem großen Vordach war ein

Topf auf einen Tisch gestellt. Es schien sogar noch daraus zu dampfen. Die Kinder nahmen sich Holzschalen und ließen sich eine Kelle Suppe oder Brei einfüllen. Damit setzten sie sich auf rohe Bänke und aßen offenbar mit gutem Appetit.

Bice und Giovanni sahen die Szene, als sie ins obere Dorf hinaufgingen, um sich ein Hotel zu suchen. Die Kinder steckten die Köpfe zusammen und tuschelten. Bice fragte eine der Frauen, die das Essen austeilten, was für eine Art Brei das wäre, da die Kinder ihn offensichtlich gern äßen. Sie erzählte von ihren drei Söhnen, die nicht viel von Brei hielten, und sie wisse manchmal nicht, was sie ihnen anbieten solle. Die Frau lachte und meinte, sie solle ihre Buben einmal herschicken, die würden schon essen. »Diesen wohlschmeckenden Brei kochen wir aus Bergia. Das ist ein Mehl, das sich beim Mahlvorgang vom Korn löst. Das hat einen großen Nährwert. Sie können Bergia bei uns kaufen«, sagte die Frau und sah Bice neugierig an. Diese Fremden sahen anders aus als die Leute, die sonst durch Savognin reisten oder für ein paar Tage blieben, um in den Bergen oder auf die Alp Flix oder Tussagn zu wandern. Der Mann war groß und dürr, hatte eine wilde Mähne schwarzen Haares und sah müde aus, blass. Die junge Frau, die von ihren kleinen Söhnen erzählt hatte, würde man nicht ohne weiteres für eine dreifache Mutter halten. Eher für ein Mädchen. Sie hatte so langes, goldblondes Haar, wie man es selten fand. Gegen den düster wirkenden Mann sah sie jung und freundlich aus. Eine sehr schöne Frau. Was sie wohl wollten in Savognin?

Giovanni war auf dem Weg stehen geblieben. Er war daran gewöhnt, dass Bice sich überall ungeniert erkundigte, wenn es etwas zu sehen gab, was sie interessierte. Giovanni schaute zurück auf den Fluss, auf die weiße Kirche mit dem Friedhof. Linker Hand der Brücke waren Bauernhöfe zu sehen, eine Schreinerei gab es und einen Schmied. Oben im Dorf hatten sie in einer Metzgerei das wunderbare, getrocknete Fleisch gekauft, das sie noch nirgendwo gegessen hatten. Brot war genug in ihrem Rucksack. So konnten sie ein Picknick machen. Die behaglich essenden Kinder hatten in Giovanni den Hunger geweckt.

Nach Bices kurzem Gespräch mit der Bäuerin gingen sie den steilen Weg weiter nach oben. Man sah schon von hier aus Kutschen und Fuhrwerke auf der breiten Dorfstraße, sogar eine Postkutsche, die wahrscheinlich aus Bergamo kam oder aus dem Veltlin, wie Giovanni und Bice.

In der Ortsmitte von Savognin fanden sie Herberge im Hotel Pianta. Es lag an der breiten Hauptstraße inmitten des Ortes und gehörte den Familien Pianta und Peterelli. Bice schrieb ins Meldebuch, dass der Maler Giovanni Segantini und seine Frau Bice Bugatti aus Mailand ein Zimmer für längere Zeit reservieren wollten. Für den nächsten Morgen benötige man eine leichte Kutsche, um damit Richtung Thusis zu fahren, in die Schlucht Via Mala. Wie lange war es schon her, dass sie von Mailand aufgebrochen waren, um diese wilde Schlucht zu sehen. Enrico Dalbesio hatte ihnen von deren Berühmtheit so viel vorgeschwärmt, und daher hatten sich Bice und Giovanni entschlossen, ebenfalls eine Wanderung dorthin zu unternehmen.

Zufällig blätterte am Abend Hotelbesitzer Franz Peterelli, der Regierungsrat in Chur war, im Anmeldebuch, denn die Anzahl der Gäste war alles andere als zufriedenstellend. Die reichen Ausländer blieben alle in Sankt Moritz hängen, in Pontresina, in Silvaplana, in Sils Baselgia oder in Sils Maria. Nur den allerwenigsten fiel es ein, sich nordwärts auf den Weg über den Julier zu machen, um nach Savognin zu kommen. Dabei sah man hier auf den Straßen oftmals prächtige Kutschen. Sechsspännig! Auch elegante, leichte Wagen mit Verdeck, die von zwei Pferden gezogen wurden. Die Kutscher trugen im Sommer Leinenjacken und Schirmmützen. Die Herrschaften waren meist elegant gekleidet. In lange, weite Röcke die Damen, die dazu enge Jacken trugen, reichverzierte Hüte und Capes. Bei den Herren waren schwarze Anzüge und Binder in Mode. Dazu manchmal Zylinder und ebenfalls weite Mäntel.

Doch man konnte darauf wetten, dass sie nur Zwischenhalt machten in Savognin. Denn diese Kutschen waren sämtlich auf dem Weg nach Süden, nach Sankt Moritz. Sie ließen also nur die

Pferde versorgen und begaben sich in eines der Hotels zum Essen. Und dann fuhren sie weiter. Dabei war Savognin viel älter und traditionsreicher als die anderen Orte. Bereits im Jahre 1154 wurde es genannt! Es gab zwei hervorragende Hotels im Ort. Außer dem Pianta noch das Piz Mitgel mit dreißig Fremdenzimmern, wo die Übernachtung nur ein bis zwei Franken kostete, je nach Ausstattung der Räume. Vollpension kostete vier Franken. Dafür konnte man in einem Sankt Moritzer Hotel höchstens einen Tee nehmen. Und war das Tal hier nicht unvergleichlich schön, vor allem das Licht? Das Licht!

Peterelli wurde hellwach. Dieser neue Gast war ein Maler. So stand es im Buch. Giovanni Segantini, Maler aus Mailand. Und die Frau eine Bugatti. Das werden wir doch sehen. Franz Peterelli setzte ein Telegramm auf an seine Kollegen in den Behörden von Mailand. Bat um schnellstmögliche Rückantwort. Er wollte wissen, ob dieser Segantini berühmt war. Die Bugattis, das wusste Peterelli, waren bekannt in Mailand. Sie bauten Kamine aller Größen, von der einfachsten bis zur kostspieligsten Ausführung, der Junior entwarf verrückte Möbel. War dieser Maler bekannt oder gar schon berühmt, wären die beiden ein gutes Aushängeschild für den Ort. Peterelli gefiel dieser Gedanke. Er wollte das sofort seinem Kompagnon Viktor Pianta und seiner ganzen Familie mitteilen. Auch die Peterellis mussten eingeweiht sein. Ein Mühlstein allein mahlt kein Mehl!

Als Giovanni und Bice zu Abend gegessen hatten, kamen Franz Peterelli und Viktor Pianta an ihren Tisch. Verwundert schaute das Paar auf die Hotelbesitzer, begrüßte die beiden Geschäftsführer jedoch freundlich und höflich, denn sie wussten schließlich, dass sie kein Geld mehr hatten, sondern auf Kredit angewiesen waren, wenn sie morgen eine Kutschfahrt nach Thusis machen wollten.

»Gefällt Ihnen Ihr Zimmer?«, wollte Viktor Pianta wissen. Bice und Giovanni wollten gerade antworten, da schickte Peterelli die zweite Frage hinterher: »War das Essen nach Ihrem Geschmack?«

Es hatte Bündner Gerstensuppe gegeben, Pizokels und Braten

vom Milchlamm. Dazu Kohlsalat. Diese etwas ungewohnten Speisen hatten Bice und Giovanni dennoch gut geschmeckt. Vor allem die Pizokels. Das war so eine Art längliche Mehlklöße, dick wie ein Männerdaumen. Sie wurden offenbar aus Mehl und Eiern gemacht, und sie schmeckten vorzüglich. Und dann dieser rote Likör, den es nach dem Essen gab und von dem sie sofort noch ein zweites Glas verlangt hatten.

Diese Wertschätzung war den Hoteliers nicht entgangen. Peterelli verzichtete denn auch auf eine Antwort, sondern fuhr rasch fort: »Das ist unser Bündner Röteli. Der wird hier im Tal angesetzt. Und nur hier im Tal!« Und er führte mit gewichtiger Miene aus, dass bereits der Graf Thraun mit seiner gesamten Familie in Savognin gewohnt habe und von der Familie Peterelli bewirtet worden sei. Nicht ohne Absicht vergaß Peterelli anzugeben, dass diese Bewirtung des Grafen bereits vor mehr als hundert Jahren stattgefunden hatte. Peterelli wollte dem Maler und seiner Frau unbedingt klarmachen, wie bedeutend Savognin war. Noch niemals war im Ort ein Künstler aufgetaucht, geschweige dass einer sich hier angesiedelt hätte. So wie der berühmte Philosoph Nietzsche, der seit ein paar Jahren seine Sommer in Sils Maria verbrachte. Das war doch eine unbezahlbare Reklame. Er, Franz Peterelli, würde alles daransetzen, dass der Maler sich zumindest für einen längeren Zeitraum in Savognin niederließ.

Sein Geschäftspartner unterstützte Peterelli: In Savognin habe man zwar keinen Canal Grande, aber dafür lebe man hier ruhig. Er zählte die schönen Kirchen auf, drei an der Zahl, die es in Savognin gebe, es werde Markt abgehalten im Ort. Man könne bei der Schafschur dabei sein und beim Viehmarkt. Zu Giovanni gewandt, betonte er, hier könne jedermann zur Jagd gehen und zum Fischen. Es gebe Gämsen, Murmeltiere, Feld- und Schneehasen, Auerhahn und Spielhähne. Und an Fischen hätten sie gerade genug.

»Seltener Bären und Wölfe, gnädige Frau«, wandte sich Peterelli väterlich lächelnd an Bice, die ihm für diese beruhigende Auskunft dankte.

Sie nutzte die Zuwendung des Hoteliers und fragte, ob man ihnen aus einer Verlegenheit helfen könne. Auf ihrer langen Reise sei ihnen das Bargeld ausgegangen, sie wollten aber morgen mit der Kutsche nach Thusis und in die Via Mala fahren, ob die Herren ihnen den Betrag für die Kutsche auslegen könnten. Von Mailand sei bereits Geld an sie unterwegs.

Peterelli beeilte sich, diskret in seiner respektablen Brieftasche zu kramen, und legte ihnen mehrere zusammengefaltete Geldscheine aufs Tischtuch. Dann entfernten sich die Herren mit einer Verbeugung.

Giovanni sah Bice verblüfft an. »Warum sind sie derart liebenswürdig? Sie kennen uns doch gar nicht.«

Bice zuckte die Schultern. »Vielleicht doch? Sieh hier, die haben Zeitungen. Und da ist zufällig unser Herr Peterelli erwähnt. Er ist Regierungsrat in Chur, also die Exekutive, mit dem müssen wir uns gutstellen. Vielleicht holt er sich Auskünfte ein über uns. Die sind gewiss nicht hinterm Mond.«

Ein junges blondes Mädchen, das ihnen auch die Speisen serviert hatte, räumte jetzt ab. Es tat das mit einer Umsicht und Liebenswürdigkeit, dass Bice überrascht war. »Schon als sie uns das Essen gebracht hat, war sie so unaufdringlich freundlich. Ich glaube, so wohl habe ich mich selten gefühlt beim Essen im Restaurant.«

»Wenn ich noch an die Brianza denke«, sagte Giovanni grinsend, »wie uns da manch ein Trampel angeglotzt hat. Eine hat mir heiße Suppe auf die Schenkel geschüttet, weil sie dich so genau mustern wollte. Von Entschuldigung natürlich keine Spur. Aber dieses Mädchen hier ist wirklich ungewöhnlich. Das spüre ich natürlich. Außerdem ist sie hübsch. Hast du bemerkt, dass sie fast schwarze Augen hat? Welch starker Kontrast zu der hellen Haut und dem blonden Haar. Und dann der kleine, aber volle Mund. So eine Mischung findet man selten. Ich möchte sie am liebsten fragen, ob sie mir nicht Modell sitzen würde.«

»Ja – willst du denn hier malen?« Bice sah Giovanni überrascht an. »Ich dachte, wir gehen zurück nach Mailand, sobald wir die Via Mala gesehen haben.«

Giovanni entgegnete, dass er davon zunächst auch ausgegangen sei. »Aber seit wir hier angekommen sind, seit ich das glasklare Licht in diesem Tal gesehen habe, die schroffen Berge – ich glaube, ich sollte hier malen. Weißt du, in der Brianza lag immer alles im Dunst, ich war oft melancholisch dort. Hier dagegen scheint mir alles zu vibrieren.«

»Warum denn gerade Savognin? Ist da nicht Pontresina interessanter? Oder Samedan? Oder Poschiavo? Unser Poschiavo?«

Giovanni sah Bice liebevoll an. »Ich verstehe, was du meinst. Ich habe auch von Poschiavo viele schöne Bilder im Kopf. Jedoch – ich kann es dir nur schwer erklären –, ich suche keinen schönen Ort, in dem jeder ahhh sagt. Ich denke an Savognin, weil es mir unberührt scheint. Weil hier schlichte Menschen daheim sind. Bauern, Handwerker, Tagelöhner. Und die Landschaft hier ist in meinen Augen von einer Schönheit, die ganz selbstverständlich scheint. Dieser gebirgige, großzügige Horizont – ach, ich kann es dir nicht so recht erklären.«

Früh am Morgen fuhren sie mit der einspännigen Kutsche in Richtung Thusis. Savognin schien ihnen schon vertraut, mit seinen drei Kirchtürmen, den roten und schwarzen Dächern der Häuser, die oftmals grüne Fensterläden hatten und langgestreckte Balkone unter überhängenden Dächern, von malerischen Stützbalken unterbrochen. Wenn die Kutsche wegen anderer Fuhrwerke langsamer wurde, sahen sie einheimische Schnitzkunst an den Fenstern oder Giebeln. Die Türen wiesen geheimnisvolle Schriften und Verzierungen auf.

»Wenn wir wirklich hierherziehen, wie wollen wir uns denn verständlich machen?«, fragte Bice. »Soweit ich das bisher mitbekommen habe, sprechen hier alle Rätoromanisch, Deutsch oder Schweizerdeutsch. Italienisch sprechen hier nur sehr wenige Leute.« Bice sah Giovanni an, wie er mit leichter Hand die Kutsche lenkte, auch dann, wenn die Straße völlig verstopft war mit Fahrzeugen, Schubkarren und Menschen, die schwere Lasten trugen. Segante war ruhig, sprach freundlich auf das Pferd ein, stieg auch ab, wenn das Gewühl ausweglos schien, und nahm das

Pferd an der Trense. Die Leute starrten auf den großen Fremden in seinem schwarzen Anzug und mit den wüsten Haaren, der sich benahm, als wäre er der Herr der Straße. Aber da er genau wusste, was er machte, ließ man ihn gewähren. Manche gaben ihm ein Wort des Dankes. Er nickte dann kurz, manchmal grinste er Bice an, und dann ging es weiter.

»Siehst du, Signora Bice, so lässt sich alles regeln. Man muss auch mal die Spur verlassen und abseits Bahnen suchen. Es gibt immer Auswege. Auch, was die Verständigung mit den Menschen hier angeht. Da mache ich mir keine Sorgen, Liebste. Du bist so sprachbegabt, du kannst dich überall verständlich machen. Ich bin es gewohnt, mich durchzuwursteln, der Dümmste zu sein. Wenn du willst, stellen wir für dich und die Kinder einen Hauslehrer ein, der euch im Deutschen unterrichtet. Unsere Kinder werden sich am schnellsten eingewöhnen, davon bin ich überzeugt.«

Sie hatten unterdessen Thusis erreicht und wieder hinter sich gelassen und fuhren jetzt durch ein romantisches Tal in Richtung Süden. Hinter jeder Kurve, durch die sie fuhren, schien das Gebirge enger zusammenzurücken. Immer wieder präsentierte die Poststraße neue Bilder, atemberaubend schön. Giovanni wollte die Straße verlassen, noch tiefer eindringen in das geheimnisvolle, magische, immer enger werdende Tal, hinunter zum Rhein, wo es keine Wege mehr gab für Kutsche und Pferd. Sie ließen das Gespann in der Obhut des zuletzt passierten Wirtes zurück und machten sich zu Fuß auf den Weg, hinunter in die Schlucht, in der massive Felsbrocken den Blick versperrten. Wo tiefe, plötzlich auftauchende Strudellöcher einen schwindlig machten. Immer noch enger wurde die Schlucht, man sah nur das Grün der Sträucher, das Grau der Felsen, es war eine beklemmende grüngraue Düsternis, in der es keinen Himmel zu geben schien.

Bice schmiegte sich dicht an Giovanni. Er umfasste sie ebenfalls. Gemeinsam gingen sie noch tiefer in die Schlucht hinein. Bice hatte Angst, dass einer der massigen Felsbrocken, die über ihnen hingen, sie zerschmettern könnte. Kleinere Steine lösten sich hin und wieder und rollten herab. Was sollen wir hier?, dachte Bice mit plötzlichem Entsetzen. Was treibt uns in diese Hölle? Sie spürte, wie Angst in ihr hochkroch, ihr die Nackenhaare aufstellte. Nur die Wärme von Segantes knochigem Körper gab ihr die Kraft, nicht die Nerven zu verlieren.

Nach wenigen Schritten spürte Bice, dass Giovanni zitterte. Er stieß nur Satzfetzen hervor, flüsterte, stotterte, keuchte. Bice glaubte, dass er sie gar nicht mehr wahrnahm, er schien wahnsinnig vor Angst.

»Feuchte, kalte Steine –
Das Treppenhaus –
Hoch oben Licht –
Da kannst du aber nicht hin –
Eng wie im Grab –
Noch keine sieben Jahre war ich alt –
Ich war allein, weißt du, völlig allein –
Ich wusste nie, wie lang –
Vielleicht ewig, so dunkel, so eng, so finster –
Die Schatten, überall – ich hatte Angst –
Und Hunger, elenden Hunger …«

Bice wusste, dass Segante von seiner Mailänder Bleibe sprach. Sie vergaß ihre eigenen Ängste, nahm Giovanni fest bei der Hand, rannte los, zurück, nur zurück. Giovanni folgte ihr, wie ein kleiner Junge, der das Böse im Nacken spürt. Mit langen Sätzen überholte er Bice. Jetzt war er es, der sie bei der Hand fasste und mit sich riss. Sie liefen, stolperten, rannten stumm.

Endlich. Endlich kamen sie wieder zu dem Wirtshaus, wo ihre Kutsche stand. Das Pferd war noch eingeschirrt. Givovanni blieb stehen. Sie mussten beide Luft holen. Auf Giovannis Gesicht war ein erschöpftes, todmüdes Lächeln. Es war anders als jedes Lächeln, das sie an ihm kannte. Es erschütterte sie.

26

Savognin, wo die Familie Segantini nun lebte, lag 1213 Meter hoch auf einem Höhenplateau, das nur wenig tiefer war als der höchste Berggipfel in der Brianza. Giovanni, der sich für die Landschaft sehr interessierte und gern Vergleiche zog, erklärte es Bice, damit sie sich auch für den neuen Wohnsitz so begeisterte wie er. Bice war jedoch schon längst gefangen. Sie hatte das Gefühl, in einem aufregenden Tal zu leben. Nach Mailands Häusermeer, nach der sanften, beschaulichen Brianza schien sich Bice in einer Landschaft zu befinden, in der sie fast täglich steile Wege bergauf und bergab zu laufen hatte und immer ein wenig außer Atem war. In Savognin schien Bice das Leben heftiger, spontaner, glühender. Das musste mit dem Licht zu tun haben, von dem Segante schon am ersten Tag gesprochen hatte. Mit diesem berauschenden, intensiven Licht. In weiten Kreisen war Savognin von Bergen eingerahmt, die jeweils bis zu zweitausend und dreitausend Meter anstiegen. Auf den Gipfeln lag meist Schnee. Und in den Wintermonaten zogen sich Schneemassen über die breiten, felsigen Höhenzüge hin. Die leuchteten dann förmlich bis hinunter ins Tal, und Bice staunte ebenso wie Giovanni darüber, wie faszinierend sie sich als flimmernd weiße Schicht unter dem strahlend blauen Himmel präsentierten.

Giovanni redete viel mit den Einheimischen, vor allem aber mit den Herren Peterelli und Pianta, mit denen er inzwischen befreundet war. Sie hatten eine Weile Schulden bei den Hoteliers, doch die waren äußerst geduldig. Verloren keine Silbe darüber.

Als dann Grubicy das Geld für einige Bilder überwies, beglich Segante sofort die Rechnungen und lud die Familien Pianta und Peterelli zu einem sonntäglichen Sektfrühstück ein.

Franz Peterelli räusperte sich. »Wir kommen gern, wirklich gern. Aber bitte, könnten Sie die Einladung auf den Abend verlegen?«

»Am Morgen gehen wir in die Kirche«, fügte Dominic Pianta hinzu, und Bice hörte sofort die unausgesprochene Bitte heraus, das doch ebenfalls zu tun. Aber da sagte Segante schon freundlich: »Kommen Sie, wann es Ihnen passt. Meiner Frau und mir ist der Abend genauso lieb. Da schlafen unsere Kinder, und es ist ruhiger.«

War Segante wirklich so unbedacht, dass er nicht merkte, was die Hoteliers von ihnen wollten? Oder ignorierte er es? Bice war sich einen Moment lang darüber nicht im Klaren.

Peterelli fasste Giovanni leicht am Ärmel. »Wissen Sie, im Sinne einer guten Nachbarschaft im Ort wäre es vielleicht günstig, wenn Sie und Ihre Frau ab und zu in die Kirche gingen.« »Es ist hier halt der Brauch«, meinte Pianta fast entschuldigend. »Sie sehen ja, wir haben drei Kirchen im Ort!«

Segante holte tief Luft. »Verzeihen Sie, auch ich bin kein Gottloser, ich sehe ihn aber nicht in der Kirche, sondern in den Menschen, in uns selbst. Und in der Natur, in den Tieren. Ich hoffe, dass die Leute von Savognin mit der Zeit begreifen, dass Gott sich auch in meinen Werken zeigt.«

Wochen später sagte Baba leise und verlegen zu Bice, dass die Leute über die Herrschaften redeten. »Sie sagen, dass der Maler im Pianta feiert, aber die Milch noch nicht bezahlt hätte.« Bice dankte Baba für ihre Loyalität. Giovanni hatte es übernommen, bei den Bauern täglich frische Milch zu holen. Er wollte nicht, dass Bice oder Baba die schweren Kannen schleppte. Die Bauern hatten sicher nicht gewagt, den fremden Maler zu mahnen, und Segante hatte nicht an die Bezahlung gedacht. So war Giovanni leider auch. Das gehörte zu seinen Schwächen, nicht daran zu denken, dass Milch Geld kostete. Morgen würde Bice das regeln. Hoffentlich hatte er noch etwas Geld übrig, der Segante. Bice nahm sich vor, ihn zu bitten, eine Kasse für alle Ausgaben einzurichten und künftig ein Haushaltsbuch zu führen.

So langsam begann Bice sich in Savognin einzuleben. Sie hatte inzwischen einige Kenntnisse im Rätoromanischen und im Deutschen. Gottardo, inzwischen schon fünf Jahre alt, hatte seine Mailänder Rüpelphase hinter sich. Ihm gefiel es in Savognin. Vor allem wegen Baba, zumindest glaubte das Bice. Gottardo liebte sie vom ersten Tag an abgöttisch. Auch die kleineren Kinder hatten sich bald an sie gewöhnt und riefen manchmal eher Baba als Mama. Das störte Bice nie, denn es gab ihr Freiheit.

Baba, korrekt Barbara Uffer, Tochter des örtlichen Schreinermeisters Uffer, der sieben Kinder hatte, war tatsächlich Hausmädchen bei den Segantinis geworden. Während der Zeit, als Bice und Giovanni im Hotel Pianta wohnten, hatten sie Baba näher kennengelernt. Sie sahen sie fast immer bei den Mahlzeiten, wenn sie bediente. Sonst musste sie in der Küche arbeiten. Sie hatte oft Brandwunden an den Händen und andere kleinere Verletzungen. Das sah Bice, wenn Baba ihnen das Essen servierte. Oftmals kam Baba mit hochrotem Kopf aus der Küche. Dann hatten die Köche und Lehrbuben sie geärgert, oder sie waren ihr zu nahe gekommen. Erst nachdem Bice sie direkt gefragt hatte, erzählte sie, dass die Männer oftmals unverschämt seien. Dass niemand ihr beistehen würde. Empört gab Bice das weiter an die Herren Pianta und Peterelli. Daraufhin bekam Baba aber die Schikanen des Küchenpersonals umso schärfer zu spüren.

Drei Monate wohnten Bice und Giovanni im Hotel, bis sie ein Haus gefunden hatten, das schönste Haus in Savognin, das einer Arztwitwe aus der weitläufigen, reichen Familie Peterelli gehörte. Bice fragte Baba, ob sie mit ihnen leben, sich mit ihr gemeinsam um die vier Kinder und um das Haus kümmern wolle. Baba willigte sofort ein, und ihr Vater kam ins Hotel und erklärte seine Erleichterung darüber, dass seine Tochter von nun an bei den Segantinis in Dienst gehen würde. Uffer hatte von Babas Sorgen gewusst, fand aber keine andere Stelle für seine Tochter. Er war damit zufrieden, dass Baba 35 Franken im Monat verdienen werde. Dazu würde sie selbstverständlich mit der Familie essen und ein schönes Zimmer im Haus beziehen. Außerdem verpflichtete sich Bice, für die Kleidung Babas zu sorgen.

Bice war froh. Fast noch mehr über Baba als über das Haus. Denn Baba wurde für Bice eine Freundin. Sie war nur zehn Jahre jünger als Bice.

Das Haus. Schon an einem der ersten Tage, als Bice allein in Savognin herumlief, sah sie es: ein wundervolles Haus am Ortsende. Es lag an einer sanft ansteigenden Wiese oberhalb der Poststraße. Bice war sicher, dass dieses Haus zu ihrer Familie passen würde. Aber es schien genau so klar, dass es niemals ihr Haus sein konnte. Es war offenbar bewohnt. Schon die üppig blühenden Blumen zeigten ihr, dass kultivierte, wohlhabende Menschen dort leben mussten. Vor allen Fenstern, auch an der Rückfront, waren Blumenkästen angebracht, mit diesen prächtigen, buntblühenden Pflanzen darin, die die Kästen zu sprengen schienen. Die Blüten wucherten nicht nur üppig der Sonne entgegen, es hingen auch viele Zweige wie ein bunter Teppich herunter. Mit Sicherheit wurden sie von einem Gärtner regelmäßig gestutzt. Die Blumen schienen Bice zuzurufen, dass dieses Haus bewohnt sei, bewohnt und gepflegt, und dass es für Fremde dort keinen Platz gebe.

Bices Elternhaus in Mailand war natürlich prächtiger und größer als dieses Landhaus in Savognin. Die Großeltern hatten es gebaut und Bices Vater vererbt, der immer in Mailand blieb. Er war und ist Mailänder. Was war sie eigentlich, seit sie mit Segante in die Brianza gezogen war? Mailänderin? Wohl kaum mehr. Pusiano erwies sich anfangs als freundlich, besonders an seinem warmen See. Doch Bice lernte mit der Zeit, dass sie auf dem Land eine Fremde war, entwurzelt. Scheel angesehen, weil sie nicht in die Kirche gingen, weil manchmal kein Geld da war, sodass sie Schulden machen mussten.

Diese Villa war die weitaus schönste, die sie im ganzen Tal sah. Doch Giovanni und Bice waren keine Leute, die solche Villen kaufen konnten. Sie lebten heute sehr nobel und übermorgen wieder wie arme Bauern. Früher, aus der Sicherheit ihres Elternhauses heraus, stellte Bice es sich grandios vor, mit ihrem wildmähnigen Segante in die Welt hinauszuziehen, ohne zu wissen, was sie erwartete. Doch seit sie vier Kinder hatten, wollte Bice für sie ein Haus, das ihnen gehörte, aus dem man sie nicht verjagen konnte. Bice wollte auch nicht länger Carlos kostbare Möbel in bangen Nächten auf Lastwagen verladen lassen.

Trotz allem wusste Bice, dass sie sich niemals trennen würden, Giovanni und sie. Bice gehörte zu ihm, sie teilte ihr Leben mit ihm. Und dann, wenn Segante Preise bekam und reichlich Geld, dann gefiel Bice ihr Status, und sie schalt sich eine Spießerin.

Manchmal dachte Bice reuevoll, dass sie sich wie ein kleines Kind benehme. Und sie wusste, es kam daher, weil Segante sie mit Liebe und Aufmerksamkeit verwöhnte. Und mit Briefen. Sie waren immer noch etwas unbeholfen, aber sie rührten Bice, weil Segante ehrlich war in seinen Gefühlen. Bice glaubte nicht, dass es viele Männer gab, die ihren Frauen sagten, dass sie sich allein fühlten, wenn sie nicht bei ihrer Familie waren.

»Ich bin so weit von meinesgleichen, zwar inmitten der weiten Landschaft, doch sie ist traurig und monoton ohne Himmel, mein Herz ist eingeengt, ich glaube nicht, es auszuhalten.« Unmöglich, dass Carlo so etwas schreiben würde. In einem anderen Brief schrieb Segante: »Ich denke an Dich meine Geliebte, denke an meine Kinder, und ich denke an unser warmes, sauberes Zuhause, das von Deinem Lächeln erfüllt ist, oder auch von Deinem Schmollen, denn Du gefällst mir auch, wenn Du schmollst, und ich finde, dass unser Leben wirklich schön ist und dass es mein einziger Wunsch ist, sobald als möglich zurückzukommen. Ich habe unsere Kinder mit denen verglichen, die ich hier sehe, doch welcher Unterschied, wie brav und verständnisvoll sind sie, und wie verschieden, umarme und küsse sie von mir, und Du, erhalte von Deinem Segante so viele Küsse wie Tropfen im Meer enthalten sind.«

Sosehr Bice sich auch über die unzähligen Küsse von Segante freute, hätten ihr unzählige Frankenstücke ebenfalls sehr gute Dienste erwiesen, denn sie waren, wie so oft, abgebrannt. Bice dachte, dass sie endlich einmal lernen sollte, vorausschauend zu wirtschaften. Auch dann sparsam zu sein, wenn Geld im Haus war. Es lag schließlich nicht an Segante allein, auch sie selbst konnte nicht mit dem Geld haushalten. Bekamen sie eine Überweisung von Grubicy, warteten jedes Mal schon Bauern, Handwerker und ihr Personal auf das Geld, das ihnen zustand.

Vielleicht würde es Bice ja nie vergönnt sein, so gut situiert zu leben, wie sie es in ihrem Elternhaus für selbstverständlich gehalten hatte. Immer wieder sagte sie sich, dass sie sich die Peterelli-Villa nicht leisten konnten. Ebenso wenig die Baba und die Köchin. Dieser Luxus ist nicht mehr passend für dich, Bice. Dieses Leben ist nur für die anderen, die hiesigen, die festverwurzelten Bewohner Savognins, deren Eltern und Großeltern schon wohlhabend waren. Die Peterellis und die Piantas waren offensichtlich am meisten geachtet.

Manchmal fragte sich Bice, warum sie das alles so intensiv beschäftigte. Wollte sie zu diesen Reichen gehören? Oder in ihren Augen eine Rolle spielen? Bedeutung haben? Sich hier ansiedeln? Es musste mit Giovanni und seiner Arbeit zusammenhängen. Er lief mit leuchtenden Augen herum, und die Menschen hier behandelten die Malerfamilie freundlich und entgegenkommend. Bice konnte sich das nur dadurch erklären, dass es in Savognin keine Analphabeten gab, alle Ortsbewohner waren gebildet. Seit vielen Jahren hatte der Ort eine Schule, in der die Kinder bis zum fünfzehnten Lebensjahr unterrichtet wurden. Auch die einfachsten Bauern hatten eine gute Allgemeinbildung und entsprechende Würde. Das merkte man schon daran, wie sie sich kleideten. Selbst bei der Feldarbeit hatten sie saubere und zweckmäßige Kleider an. Doch, Bice konnte sich vorstellen, hier ihre Kinder aufwachsen zu lassen.

Was das Peterelli-Haus anging, hatte Bice sich getäuscht. In einem Gespräch stellte sich heraus, dass die Besitzerin seit einigen Wochen ausgezogen war und in Mailand lebte. Franz Peterelli telefonierte mit seiner Verwandten und machte dann umstandslos einen günstigen Mietvertrag mit Bice und Giovanni.

Anders als in der Brianza, wo Bice mit ihrem damals noch ungewohnten Status als Hausfrau und vor allem mit dem Kinderkriegen sehr gefordert und sehr allein war, hatte sie sich in Savognin vom ersten Tag an für ihre neue Umgebung interessiert und war ins Dorf gegangen. Hatte die Anwohner vor ihren Häusern und in den Straßen angesprochen, und sie waren freundlich, neugierig und hilfsbereit. Alle gaben bereitwillig Auskunft darüber, was ihnen wichtig war. Gian aus Thusis, der sich bei Spinatsch als Mäher verdingte, bekam 60 Franken Lohn für den Sommer. Plus Kost und Logis beim Bauern. Das hatte ihr der Peterelli erzählt, als sie ihn fragte, was es wohl kosten werde, wenn Gian auch ihre Wiese ums Haus sensen würde. Peterelli hatte nur lächelnd abgewunken, für die paar Stunden müssten sie nichts bezahlen.

Gians Lohn kam Bice allzu gering vor. Daher sprach sie den Mäher selbst auf seine Entlohnung an, als er sich bei ihr meldete.

»Ein Tagelöhner«, sagte er fast stolz, »ist noch viel schlechter dran als ich. Zwar bekommt er 3 Franken pro Tag, seine Frau 1 ½ Franken. Der muss aber alles selber bezahlen, und wenn's ein schlechter Sommer ist, nachher hat er Verlust. Wenn man bedenkt, dass schon ein Kilo Butter 4 Franken kostet.«

Eine junge Bäuerin, bei der Bice am Markttag Segantes geliebtes Trockenfleisch einkaufte, beklagte sich, dass sie für 100 Kilo Heu 10 Franken zahlen müsse. »Das bissle Heu, das frisst mir das Vieh doch in kurzer Zeit weg.«

Durch solche Gespräche lernte Bice schnell, dass die Bauern, die ihr so gut situiert erschienen, es gar nicht so leicht hatten, zu wirtschaften. Bice interessierte sich auch für die Handwerker im Ort. Unten am Fluss Julia war das Haus des Schreiners, wo es herrlich nach Holz duftete und wo Giovanni sich mit dem Meister duzte, der ihm half, die Esszimmerstühle nach seinen Vorstellungen anzufertigen. Es gab den Wagner am Ausgang des Ortes, der die Kutschen reparierte, auch die derzeitige Familienkutsche der Segantinis, ein besonders klappriges Exemplar. Dann war da der Schmied jenseits des Flusses Julia, der vor allem für die Hufe der Pferde zuständig war.

Eine Sattlerfamilie wohnte auf der rechten Seite des Flusses. Der Meister machte außer Sätteln wunderbare Ledertaschen, fertigte Gürtel aus Leder. Beim Metzger gab es die herrlichen Graubündner Würste und das getrocknete Bündner Fleisch, das am Ortsende in einem großen, luftigen Haus getrocknet wurde. Es gab den Küfer für die Fässer, den Flaschner und schließlich den Müller, den hatten sie als ersten von all diesen Handwerkern kennengelernt.

Seine Mühle war das erste Haus, das Bice gesehen hatte, als sie mit Segante zu Fuß in Savognin angekommen war. Der Ort, an dem die Kinder verköstigt wurden. Der Müller war recht wohlhabend, trotzdem fand Bice es großherzig von ihm, für die Kinder des Ortes täglich eine Suppe zu kochen. Das hatte sie jedenfalls noch nirgendwo erlebt. Mochte es in Mailand eine Armenspeisung geben – in der Brianza hatte sie solche Mildtätigkeit nirgends gesehen.

Im Oktober wurden die Schafe geschoren. Sie hatten des Öfteren zugesehen, Segante und sie. Unten im Dorf, jenseits des Juliaflusses, waren sie dabei, wie eine ältere Bäuerin in ihrem sorgfältig aufgeräumten Hof die Schafe geschoren hatte. Sie war eine schöne, ruhige Frau. Über ihr weißes Haar hatte sie ein braunes Tuch gebunden, darunter schauten dicke weiße Strähnen heraus. Die Frau setzte sich zu dem Schaf auf den Boden, sprach mit ihm in dem kräftigen Rätoromanisch und begann, das Tier zu scheren. Das Schaf blieb ruhig liegen, es war, als gefiele es ihm, wie seine weiße Wolle Schicht um Schicht von ihm abfiel. Bice konnte Schafe gut leiden. Ihre ausdrucksvollen Köpfe und das schöne Gefühl, ihnen Kopf und Hals zu streicheln.

Doch sie lernten, dass Schafe auch alles andere sein konnten als sanft. Bice war mit Segante auf einer Weide hoch über dem Albulatal gewesen. Natürlich auch auf Motivsuche. Auf einer schönen Weide unweit des Bergdorfs Mon sahen sie ungewöhlich viele Schafe. Sie standen zum Teil eng beieinander, und in dem flimmernden Licht des Mittags erschienen sie Bice wie ein wogendes Meer, ein Schafmeer. Doch plötzlich löste sich ein

Schafsbock aus der Herde, er senkte den Kopf und rannte gegen Giovanni, der ihm gerade den Rücken kehrte. Giovanni ging unsanft zu Boden, und der Bock griff Bice an. Sie rief voller Angst nach Segante, da war er schon wieder auf den Beinen, griff seinen Stock und drosch dem Bock auf den Schädel. Der verzog sich dann in den Schutz der Herde. Segante fluchte und drohte dem Bock mit seinem Knüppel.

Einen Kunstmaler wie Segante gab es in Savognin nur einmal. Aber im Ort lebten Maler, die allerdings malten keine Bilder, sondern tünchten Häuser und weißelten Zimmer. Es gab die Maurer, die Schneider, den Buchbinder. Den Schneider und seine italienische Frau Lucia, die ebenfalls die Schneiderkunst beherrschte, lernten sie bald kennen. Segante oder Grubicy, ihre Mutter oder Thérèse brachten Bice oftmals besondere Stoffe aus Mailand mit, und Lucia nähte Tischtücher, Bettwäsche oder Kleider für die Kinder, für Baba und für Bice selbst. Alle freuten sich, wenn Lucia ins Haus kam. Besonders Mario war in sie verliebt. Er gewöhnte es sich an, sich vor Lucia hinzuwerfen und zu rufen: »Luciiiaaa, ich steeerbe!« Darauf nahm Lucia ihn hoch, schwenkte ihn und stellte ihn behutsam wieder auf den Boden. Sie war jung, hatte gesunde weiße Zähne und lachte jeden unbefangen an. Sogar Gottardo ließ sich von ihr abmessen und war äußerst stolz, dass er die Zahlen lesen konnte. Auch Mutter Bugatti liebte Lucia. Zum einen, weil sie Italienisch sprach, und zum anderen hatte Lucia die Gabe, Mutters Fülle so geschickt zu verhüllen, dass sie direkt schlank wirkte.

Für Segante war Lucia besonders segensreich. Sie hatte die Bündner Tracht genau studiert und nähte für Baba die originalen Graubündner Gewänder, die Segante sich für sie wünschte, wenn sie ihm Modell stand, was immer öfter vorkam. War Lucia im Haus, spielte sich das Leben in dem geräumigen Zimmer im Erdgeschoss ab, das sie eigens für die Näharbeiten einrichteten und wieder aufräumten, wie man den Weihnachtsbaum schmückt und wieder fortschafft, wenn die Weihnachtszeit vorbei ist.

Manchmal atmete Bice tief durch und sagte sich, dass es ihr gar nicht besser gehen könne. Ihre Mutter kam häufig für zwei bis vier Wochen, um die Kinder zu hüten. Die kleine Bianca war ein rundes, rosiges, blondhaariges Baby, das früh zu laufen anfing und leider immer dort stürzte, wo die fleißigen Brüder Alberto und Mario sich aus Holzklötzchen märchenhafte Burgen gebaut hatten. Dann flossen die Tränen der Wut, und Gottardo machte Bice darauf aufmerksam, wie vernünftig und friedliebend er doch sei, im Gegensatz zu seinen Brüdern. Baba hatte er schon längst für sich eingenommen, aber auch Lucia konnte sich seinem gewinnenden Charme nicht entziehen. Wenn sie bei ihnen nähte, hielt er seine Brüder sorgsam fern, vor allem Mario, der Lucia immer wieder davon überzeugen wollte, dass er »steerbe«. Alberto und Mario sahen überhaupt nicht ein, dass Gottardo ihnen irgendetwas anschaffte, und so kam Lucia nur dann zum Nähen, wenn Bices Mutter mit den drei Kleinen in den Ort ging.

Das Leben der Handwerker gab dem Ort seine Buntheit, sein Leben. Oftmals sah man den Gerber von Savognin mit seinem Doppelgespann zum Tal hinausziehen, um die zu Leder verarbeiteten Häute abzuliefern und dafür seinen Lohn zu bekommen. Das Schönste war, dass Baba jede Familie, jeden Handwerker kannte, weshalb die Leute aus dem Dorf der Malerfamilie mit Vertrauen begegneten. Leider wurden sie dem Vertrauen dieser Menschen nicht immer gerecht.

Für Segante waren vor allem die Bauern, ihre Höfe und Tiere unverzichtbar geworden. Er wollte sie malen, die Menschen, die Tiere, die Äcker. Dafür brauchte er das Vertrauen und die Geduld der Leute. Und ihre Zeit, von der sie nicht zu viel hatten. Um die neunzig Bauernhöfe gab es in Savognin. Das hatte Dominic Pianta Giovanni gesagt.

Giovanni machte sich auf, die Gehöfte anzusehen, mit den Menschen zu reden. Pianta hatte ihm zugesagt, dass er Giovanni mit seiner Fürsprache unterstützen wolle, wenn er sich einen Hof ausgesucht hätte.

Auf einer Wiese, die an einen soliden Hof angrenzte, sah Giovanni eine Familie beim Heuen. Der Ältere war sicher der Bauer, die Frau neben ihm die Bäuerin, der andere Mann vielleicht sein Bruder und die Frau seine Schwägerin. Es gab noch ein hübsches junges Mädchen, wahrscheinlich die Tochter des Bauern. Die Frauen trugen lange Röcke, Blusen und große Hüte, das Mädchen ein Kleid mit passendem Kopftuch aus hellem Leinen. Die Männer hatten saubere, dunkle Hosen an, ein weißes, kragenloses Hemd, Strohhüte. Es war ein schönes Bild, sie bei der Arbeit zu sehen.

Es ging Giovanni durch den Kopf, dass die Leute ohne weiteres in den Ort zum Einkaufen gehen könnten. So sauber war ihre Kleidung, und die Haltung schien Giovanni stolz.

Die Bauern, besonders die junge Tochter, hatten schon einige Male zu Giovanni herübergesehen. Als sie Brotzeit machten, fragten sie ihn, ob er etwas trinken wolle. Es war heiß, und Giovanni nahm das Angebot der Familie an. Er setzte sich dankend zu ihnen in den Schatten und berichtete auf ihre Frage, woher er käme, von der Brianza und von Mailand. Sie hörten staunend zu, stellten Fragen, denn sie waren nur bis Tiefencastel zum Markt gekommen. Es war ein lebendiges Gespräch, und Giovanni konnte sich die Leute unauffällig ansehen. Er dachte, dass er in Savognin noch nie Bauern gesehen hatte, die zerlumpte oder schlechte Kleider trugen. Die Bewohner des Ortes schienen allesamt lebensfrohe, arbeitsame Menschen, die stolz waren auf das, was sie besaßen. Auch wenn sie nicht wohlhabend waren.

Giovanni fragte den Bauern, ob es erlaubt sei, wenn er ab und zu in der Nähe des Hofes seine Staffelei aufstelle. Er würde aber einen Tag vorher nochmals anfragen, um nicht bei der Arbeit zu stören. Er könne jederzeit herkommen, sagte der Bauer.

Als Giovanni am Abendbrottisch Baba fragte, ob sie die Familie kenne, kam bald ein lebhaftes Gespräch auf über die Bauernfamilien von Savognin. Baba erzählte von den Schwabenkindern. Noch bis vor wenigen Jahren war es in den ärmeren Savogniner Familien üblich gewesen, dass man seine Kinder zu den Deutschen nach

Schwaben schickte. Jungen und Mädchen im Alter zwischen neun und fünfzehn Jahren, begleitet von einem Hilfslehrer oder Kaplan, machten sich zu Fuß auf nach Schwaben. Dort wurden sie auf den Markt gebracht. Dann kamen die dortigen Bauern und suchten sich die Kinder aus, die ihnen für ihre Arbeit geeignet schienen. »Manche trafen es gut«, sagte Baba, »und sie erwischten freundliche Bauern, die den Kindern reichlich zu essen gaben. Ließen sie auch nicht so schwer arbeiten, wenn sie noch klein waren. In so einem Fall kehrten die Kinder gut genährt heim. Andere Bauern gab es, die holten sich die Kinder nur zum Ausbeuten. Behandelten sie schlecht, gaben ihnen wenig zu essen. Die kamen dann krank und elend wieder zurück.«

Baba erinnerte sich, dass vor Jahren aus der Familie Uffer auch einige Mädchen nach Schwaben geschickt worden seien. »Das waren meine Tanten«, sagte Baba, »die wollten um alles nicht weg von daheim. In Tiefencastel haben sie schon so geweint, dass der junge Hilfslehrer sie zurückgebracht hat nach Savognin.«

Baba war tief beeindruckt von dem Peterelli-Haus, in dem sie fortan wohnen sollte. Fast alle Wohnräume waren in wunderbar glänzendem Holz getäfelt. Es gab antike Standuhren und Vertikos. Sie durften alles benutzen. So war es vereinbart. Das bedeutete auch, dass Baba die wertvollen Möbel vor den vier kleinen Segantinis schützen musste. Sie waren aus der Brianza das bäuerliche Leben gewohnt, und Bice fürchtete, dass sie keine guten Manieren hatten. Baba bewohnte ein Zimmer neben dem der Kinder. Sie hatten von ihrem Vater ein Bett zimmern lassen, das genau an die Wand passte und von dem aus Baba aus dem Fenster sehen konnte. Sie bekam einen passenden Schrank, dazu einen kleinen Tisch mit einem Stuhl. Ihr Bruder, der alles mit einem anderen Gesellen lieferte, ging bewundernd durch das Haus.

Die Fenster des Hauses hatten sorgfältig gearbeitete Läden. Manchmal, wenn es ein Gewitter gab oder der Regen geräuschvoll herunterrann, war es angenehm, die Läden zu schließen. Dann fühlte man sich geborgen. Direkt über der Haustür war ein kleiner Balkon mit einem eisernen Geländer, das von einem Schmied reich verziert worden war. Manchmal gingen Bice und Giovanni hinaus auf den Balkon, schauten in das Tal, beobachteten das Leben auf der Poststraße.

»Ist Savognin nicht auch für dich eine gute Entscheidung gewesen?«, fragte Giovanni und drückte Bice an sich.

»Es ist schön hier«, sagte Bice, und nach einer Weile setzte sie hinzu: »Ich glaube auch, dass Franz Peterelli uns beschützt, wenn uns wieder die Ausschaffung droht.«

Sie hatten einen wundervollen Ausblick ins Tal und das dahinterliegende Ackergelände. Bice konnte den Bauern beim Pflügen zusehen oder beim Heumachen. Natürlich fehlte ihr dazu die Zeit. Das Haus hatte vierzehn Zimmer, und sie mussten es so einrichten, dass alle sich wohlfühlten. Sie waren jetzt eine Menge Leute. Sechs Segantinis, dazu Baba und Mea, John und Giacum. Für alle war Platz. Segante wäre ein guter Architekt geworden.

Am originellsten verfuhr er mit seinen Bildern, die er in den Wohnräumen an die Wände hängte. Fand er, dass sie schlecht beleuchtet waren, hängte er sie einfach schräg, damit das Licht im richtigen Winkel darauffallen konnte. Giovanni wurde dafür oft bewundert.

Carlo hatte ihnen im Laufe der Jahre noch einige andere Möbel in seinem einzigartigen Stil geschenkt. Bice und Giovanni konnten damit ihr Wohnzimmer einrichten. Fast machte sich bei ihnen so etwas wie Wohlstand breit. Bice hatte immer weniger das Gefühl, dass sie einem Zigeuner in sein Lager gefolgt war. Im Gegenteil. Ihr Zigeuner entpuppte sich immer mehr als phantasievoller, fürsorglicher Familienvater, dem nichts zu gut und nichts zu teuer war für seine Lieben.

Die Hauslehrer wechselten rasch. Ihre Kinder waren natürlich eine beträchtliche Last, weil sie noch klein, dafür aber umso erfinderischer darin waren, ihr Leben selbst zu gestalten. Das bedeutete hohe Anforderungen für die Lehrer, die oftmals ziemlich schnell kapitulierten. Aber Segante fand immer wieder neue wagemutige Pädagogen, die sich um Gottardo kümmerten und mit ihm das Schreiben und Rechnen übten. Aber nur so lange, wie Gottardo freiwillig mitmachte. Segante war der Meinung, dass sie mit der Förderung ihrer Kinder nicht früh genug anfangen könnten. Da er in seiner Kindheit keinerlei schulische oder sonstige Erziehung bekommen hatte, sollten ihre Kinder die besten Chancen auf Bildung bekommen.

Alberto und Mario durften ihn jederzeit stören, so hatte er es angeordnet. Man solle auch die beiden Kleinen malen und zuhören lassen, solange sie sich einigermaßen anständig benahmen. Bice wunderte sich, dass Segante immer wieder Lehrer fand. Offenbar verfügte er über eine große Überredungskunst, oder er verschwieg die Lebenslust der Kinder, zu denen sich immer wieder einmal die Mailänder Bugatti-Kinder gesellten.

Neu im Haushalt war die Köchin Mea aus England, und es war für Bice und Giovanni selbstverständlich, dass sie ihren vierzehnjährigen Sohn mitbrachte, den sie allein großzog. Er stand Segante oft Modell. Nicht so oft wie Baba, aber wenn Segante einen jungen Hirten brauchte, war der Junge stets bereit. Er tat das gern, und manchmal betrachteten die beiden Segantes Bilder. Sie waren sehr erstaunt, als sich herausstellte, dass Giovanni sie selbst auf ihrem Beobachterposten gemalt hatte.

Bice hatte damals relativ viel Zeit für ihre Tochter Bianca. Alle versicherten ihr, dass die Kleine so aussähe wie sie. Am meisten erging sich Mutter Bugatti in diesen Vergleichen. Bice schien es manchmal, als wollte ihre Mutter mit Bianca all die Zeit nachholen, die sie ihrer Tochter früher gestohlen hatte, um in ihrem geliebten Garten zu arbeiten. Um bei den Enkeln zu sein, kam sie oft nach Savognin. Leere Zimmer gab es genug. Die drei Buben bestanden nämlich darauf, gemeinsam in einem Zimmer zu schlafen. Auch das war ihnen offenbar noch nicht Nähe genug. Meist schlief Mario bei Gottardo oder Alberto bei Mario. Segante fand eines Morgens alle drei in Gottardos Bett. Auf der Stelle marschierte er zum Schreinermeister Uffer und ließ ein großes Bett machen. »Ich habe immer allein in meinem Bett gelegen«, sagte er. »Allein im Zimmer. Im Haus. Jahrelang. Immer allein. Es war eine grausame Erfahrung. Davor will ich meine Kinder beschützen. Sie kriegen ein stabiles Bett für drei. Da können sie miteinander toben und schlafen. Kreuz und quer. Gott, wie ich meine Kinder beneide!«

Mutter Bugatti ging mit den Kindern stundenlang im Ort spazieren und ließ sich von den Frauen in Savognin als liebevolle Nonna aus Milano feiern. So profitierte Bice auf Umwegen von der Liebe ihrer Mutter. Bice hatte mehr Zeit für Segante. Sie konnte ihm aus seinen Lieblingsbüchern vorlesen, während er arbeitete. Das genoss er sehr. Er malte gerade eine junge Bündnerin, die auf der Weide an einem Brunnen trank, der aus drei Röhren bestand, und das junge Mädchen, es war natürlich Baba, hielt seine Hand unmittelbar unter eine der Röhren und trank das silbrig klare Wasser.

Sie saßen in der Sonne, es war noch früh am Tag, vielleicht so gegen elf Uhr. Segante stand vor seiner Leinwand und konzentrierte sich ganz auf Babas schöne Bündner Tracht mit dem knappen blauen Mieder, den Ärmeln der weißen Bluse, dem hochroten Brustlatz. Er hatte sich in den letzten Tagen viele Gedanken über die wichtigste Aufgabe der Kunst gemacht. Er sollte für eine Zeitschrift darüber schreiben. Segante ging davon aus, dass die Kunst neue Gefühle zum Ausdruck bringen musste. Die Kunst, die den Betrachter gleichgültig ließ, hatte kein Recht aufs Dasein. So ungefähr wollte er das formulieren. Bice würde ihm helfen, das war ihm wichtig.

Baba stand ganz still am Brunnen. Konzentriert hielt sie ihre Hand immer wieder unter die Röhre, die wie eine Flöte aussah. Immer wieder trank sie von dem Wasser. Segante bat sie manchmal leise, noch einmal zu trinken. Dann noch einmal. Baba tat stets, was der Herr Segantini wollte. Er bat sie ja um alles. Nie hörte sie einen Befehl. Baba hatte gelernt, im Stehen auszuruhen, ja notfalls auch zu schlafen, doch die sanfte Stimme Giovannis weckte sie jedes Mal sofort. Es war schön, gemalt zu werden. Baba fasste es immer noch nicht, dass sie es war, die sich hinter all den Frauen verbarg, die der Herr malte. Mal strickte sie, und die Schafe schauten ihr dabei zu, wie sie ihre Wolle verarbeitete. Mal wollte der Herr, dass sie erschöpft am Boden lag. Dann warf sie sich hin, die Nase im duftenden Gras, und wenn der Herr ihre Beine und Arme richtig angeordnet hatte, konnte sie getrost einschlafen, wenn sie müde war. Der Herr malte sie von hinten, wenn sie Wasser schleppte, oder er malte sie als alte Frau, die mühsam einen Schlitten zog, auf dem Holz lag.

Segante bat Bice, ihm ein wenig vorzulesen. Er und Baba brauchten eine Pause. Beide setzten sich zu Bice in das besonnte Gras. Es war wohlig warm, und Bice begann, Verse eines amerikanischen Autors zu lesen, die ihr sehr ungewöhnlich erschienen. Dort fragt ein Kind: »Was ist das Gras?« Und der Autor versucht, dem Kind darauf eine Antwort zu geben. Am Ende meint er, das Gras wäre selbst ein Kind, ein von der Vegetation erzeugtes Kind.

Segante sagte sofort, er habe nichts verstanden, er wolle lieber weiter Victor Hugo hören. Da meinte Baba leise, wie für sich: »Wenn jeder Grashalm ein Kind ist, dann dürfen wir nicht drüberlaufen.«

»Was du für eine Phantasie hast«, sagte Segante freundlich. »Beneidenswert.«

Am Morgen waren die Behörden wieder bei Bice zu Gast. Sie kamen immer, wenn Giovanni nicht zu Hause war. Jedenfalls hatte Bice diesen Eindruck. Vielleicht beobachteten sie das Haus. Ein gutes Gefühl war das nicht.

»Mein Mann ist in Mailand«, sagte Bice, als sie vor der Tür standen.

»Wir haben mit Ihnen zu reden. Wenn wir das hier draußen machen sollen – bitte sehr.«

Also bat Bice sie herein. »Mein Mann hat einen Pass«, sagte sie, »aber den hat er mitgenommen nach Mailand.«

»Der Pass interessiert uns nicht, der gilt bei uns gar nichts«, sagte der ältere der beiden Beamten.

»Wieso gilt der nichts?«, fragte Bice, obwohl sie das genau wusste. Franz Peterelli hatte es ihnen bereits erklärt, aber sie stellte sich jetzt unwissend, um Zeit zu gewinnen. Glücklicherweise begannen die Söhne in diesem Moment, sich in ihrem Zimmer zu streiten. Das kam selten vor, wirklich äußerst selten, aber heute brüllten sie zum Steinerweichen. Die Beamten sahen sich an, sie sahen Bice an, dann sagte der Ältere, Bice solle nach den Kindern sehen. »Die Kinder können ja nichts dafür, dass die Eltern schriftenlos sind. Aber wir warnen Sie. Heute ist Dienstag. In einer Woche sind wir wieder da, und wenn Sie dann keine Ausweispapiere und keine Aufenthaltsbewilligung haben, werden Sie abgeholt. Und das bedeutet sofortige Ausweisung. Das ist kein Spaß. Hier, bitte, sehen Sie.« Der Beamte zog einen Bogen Papier aus einer Tasche. »Ihre Ausweisung ist beschlossen!«

Baba war nach oben zu den Kindern geeilt. Das Brüllen hörte auf wie auf einen Befehl. Bice gab den Streithähnen ein paar Kekse, bat sie, brav zu sein, legte sich rasch ein warmes Tuch über und rannte zu den Peterellis. Sie hatte Glück. Franz Peterelli und Dominic Pianta waren beide im Hotel und sahen sofort, wie aufgeregt Bice war. Sie baten sie in ihr Büro, und Bice berichtete. Die beiden Männer schauten sie mitleidig an.

»Haben Sie keine Sorge«, sagte schließlich Franz Peterelli, »ich bin mit dem Bündner Regierungspräsidenten gut bekannt. Ich telegrafiere ihm sofort.«

»Gehen Sie ruhig wieder zu Ihren Kindern«, sagte Dominic Pianta. »Wenn einer beim Präsidenten etwas erreichen kann, dann ist es der Franz.«

»Versprechen kann ich gar nichts«, sagte der, »aber ich werde es versuchen.«

Auf dem Rückweg schwankte Bice der Boden unter den Füßen. Sie spürte, dass sie noch nicht gefrühstückt hatte. Sie war nicht hungrig, aber ihr war übel. Wieso hatte sie sich in Savognin so sicher gefühlt? Sie wusste doch, dass Giovanni keine Dokumente hatte, im Behördenjargon: schriftenlos war. Sie konnten sich nirgends niederlassen. Zumindest nicht endgültig. Die Ausweisung kam früher oder später, und immer wieder hieß es, dass sie sich innerhalb eines Jahres gültige Papiere besorgen sollten oder das Land verlassen müssten. Das, was für andere Menschen selbstverständlich war, blieb für sie unerreichbar. Segante hätte in Österreich genauso wie in Italien zum Militär gehen müssen. Allein der Gedanke war ihm verhasst und Bice fast noch mehr. Segante beim Militär. Mit seinem Freiheitsdrang. Mit seinem Widerwillen, sich irgendwo unterzuordnen. Befehle zu befolgen. Das war mit Segante nicht möglich. Bice hatte das begriffen, und sie verstand ihn. Daher mussten sie beide damit leben, nirgends daheim zu sein. Und den Kindern mussten sie dieses Schicksal auch zumuten.

Gemeinsam mit Giovanni kam Vittore Grubicy aus Mailand nach Savognin. »Was für ein Licht ist das in diesem Tal! Phantastisch! Eine solche Klarheit habe ich noch nirgends gesehen!«

Bice wusste, dass Vittore unbedingt von Segante gemalt werden wollte. »Ich will den besten Maler Italiens!«, forderte Vittore. Segante jedoch wies ihn barsch ab, aber Bice war klar, dass ihn das Lob Vittores insgeheim freute. Es war ja auch nicht von der Hand zu weisen, dass Vittore es ernst meinte. Schließlich waren viele gute Maler inzwischen bei ihm unter Vertrag, und wenn er Segante haben wollte als seinen Porträtmaler, dann bedeutete das schon einiges.

Bice berichtete Segante knapp von dem neuerlichen Versuch der Behörden, sie einzuschüchtern. »Gut, dass ich nicht da war, sonst bekäme ich womöglich noch eine Klage wegen Beleidung an den Hals«, meinte Segante wütend. Bice sagte ihm, dass sie schon Peterelli um Hilfe gebeten habe.

Vittore Grubicy mischte sich ein und tröstete Bice damit, dass auch er in Mailand Verbindungen habe. Er werde sich bei seiner Rückkehr darum kümmern.

Im Moment schien es allerdings Bices wichtigste Aufgabe zu sein, dass sie Vittore Grubicy einhütete. Er fand das Peterelli-Haus behaglich und bequem, sein Zimmer im ersten Stock geräumig und ruhig, und so schien er sich einzurichten. Er saß Giovanni täglich höchstens eine Stunde, dann legte er sich hin und las oder schlief, während Giovanni mit Baba hinausging auf die Weiden oder auch in den Ort – jedenfalls verdrückte sich Giovanni, so oft er konnte, denn es fiel ihm schwer, Vittore zu malen. Also war Bice es, die Vittore meistens um sich hatte, und das war einerseits interessant, zum anderen anstrengend. Vittore pflegte in feinen ledernen Hausschuhen am Tisch zu sitzen, morgens in seinem samtenen Schlafrock, und dann hagelte es nur so von Vittores Wünschen: »Bice, hättest du noch etwas von der gesalzenen Butter? Bice, das Brot ist für meine Zähne zu hart, hast du kein weicheres? Bice, gestern war so ein feiner Schinken auf dem Tisch, gibt es nichts mehr davon? Und Nusstorte soll es hier geben, hat Baba mir gesagt, und Birnbrot, Bice. Ich kann am besten hier heimisch werden, wenn ich die Spezialitäten des Tales alle kennenlerne. Auch die Engadiner Wurst und den roten Likör, Bice.« Bice hier, Bice da. Auf die Dauer wurde das lästig.

Bice beschwor Segante, das Porträt von Grubicy rasch zu Ende zu malen. »Segante, ich halte das nicht mehr aus. Er ist zu wenig beschäftigt, denkt nur ans Essen. Vergiss nicht, dass ich die Kinder allein versorgen muss, wenn du mit Baba stundenlang unterwegs bist. Du glaubst ja nicht, was die vier sich alles einfallen lassen, wenn man für einen Moment nicht auf sie aufpasst. Heute Morgen wollte Mea Brot und Kuchen backen. Sie hatte das Mehl, die Butter, die Eier und den Zucker auf dem großen Tisch bereitgestellt, als sie dringend mal aufs Örtchen musste. Die vier waren im Haus unterwegs, haben die leere Küche gesehen und die Herrlichkeiten auf dem Tisch. Da haben sie Schneeballschlacht mit dem Mehl gemacht. Mario hatten sie auf den Tisch gesetzt, damit er bei der Schlacht nicht störte. Er hat dann mit den Eiern geworfen und war richtig glücklich. Und dann noch Vittore – das ist mir zu viel!«

Das leuchtete Segante ein. Bice liebte es, dass er so gutmütig war. Von allein würde er allerdings niemals merken, dass Bice zu viel am Hals hatte. Er war immer abgelenkt, in Gedanken bei seinen Bildern. Aber wenn Bice es ihm erklärte, versuchte er Abhilfe zu schaffen. Er ging also mit Vittore jeden Tag einige Stunden ins Atelier, und dann mussten beide eine Mittagspause einlegen, so anstrengend war die Arbeit. Bice sah Vittore nur noch bei den Mahlzeiten. Und wenn er Segante in seiner Umgebung hatte, war Vittore ausschließlich damit beschäftigt, Segante zu unterrichten, mit ihm zu diskutieren. Heute ging es um einen gewissen Max Nordau. Der war Arzt und Schriftsteller und hatte wohl abenteuerliche Ansichten über die Kunst. Vittore und Segante waren so vertieft in ihr Gespräch, dass sie die Bündner Gerstensuppe abwesend löffelten, und die Capuns, die Mangoldwickel, die Bice mit Mea sorgfältig und zeitaufwendig hergestellt hatte, wanderten kommentarlos in die Schlünde. Erst die Nusstorte, auch eine Spezialität des Tales, inspirierte die beiden zu Lobeshymnen.

Bice fiel auf, dass Grubicy zu dem niedrigen Kindertisch starrte, an dem ihre Kinder aßen. Sie folgte seinem Blick und sah, dass Gottardo seine Hand um die Ohrmuschel legte und sich lauschend vorbeugte. Ganz wie Grubicy, der allerdings ein goldenes Hörrohr benutzte. Es war Bice peinlich, dass Gottardo ihren Gast nachäffte, aber es sah derart komisch aus, dass sie ihr Lachen kaum zurückhalten konnte. Trotzdem sagte sie mahnend »Gottardo«, und jetzt schauten natürlich alle auf ihn, sodass er sich in seinem Bemühen, Grubicy nachzuahmen, noch zu steigern suchte. Die drei Kleineren versuchten nun ebenfalls, Schwerhörigkeit zu demonstrieren. Segante verschluckte sich an seinem Wein, und selbst Grubicy lachte. Da konnte Bice sich auch nicht mehr zurückhalten.

Um von Gottardos Missetat abzulenken, bat Bice darum, ihr etwas über die seltsame Theorie Max Nordaus zu verraten.

»Nordau ist der Meinung, dass die zunehmende Entfernung der Kunst vom Naturvorbild nur mit einer medizinisch begründeten Degeneration erklärt werden kann«, setzte Vittore an.

»So ein Unsinn«, protestierte Segante sofort. Für ihn war es wesentlich, die Naturbeobachtungen ins Ideale zu steigern. Er musste nicht, wie Millet, die Figuren durch pathosgeladene Gesten überhöhen. Segantes Mittel war allein die Lichtintensivierung, deshalb war er als Maler in Savognin so glücklich. Sie lebten hier tatsächlich in einer Welt, deren Reize noch niemals künstlerisch gesehen worden waren. Hier konnte er auch die in der Brianza angefangenen Bilder zu etwas ganz Eigenem umformen. Es war seine neuartige Maltechnik, die Vittore ihm schon am Naviglio vermittelt hatte, die seiner Begabung entgegenkam. Er hatte jetzt zur Wiedergabe von Licht und Farbe völlig neue Möglichkeiten.

Eines Tages stellte Segante seine Staffelei am Dorfrand auf, weil man da einen guten Blick hatte auf Savognin. Sankt Martin oder Son Martegn, die Muttergotteskirche, Nossa Donna, und Sankt Michael oder Son Mitgel – alle drei Kirchen waren zu sehen.

Die Luft war kalt – es hatte frisch geschneit, und Bice fröstelte.

Im Winter gab es so viel Schnee in Savognin, wie Bice es in der Brianza oder gar in Mailand niemals erlebt hatte. Hier ging man durch meterhohe Schneewände, und an der Poststraße hatten die Männer eine riesige Frau aufgebaut, eine Schneefrau. Sie war wohl doppelt so hoch wie der größte Mann, und sie hatten ihr einen richtigen Busen geformt, und einen Hintern, der sich sehen lassen konnte. Bice zeigte den Kindern die Schneefrau, und sie waren begeistert. Baba und Bice mussten in den ersten Jahren immer wieder mit ihnen hingehen, später haben sie den Männern und Kindern von Savognin mitgeholfen, die Schneefrau aufzubauen. Bice dachte, dass sie es zwar in der Länge mit der Schneefrau nicht aufnehmen konnte, aber an Umfang schon, denn wenn sie Segante im Winter zu seinen Malorten begleitete, musste sie entsprechende Vermummungen in Kauf nehmen, sonst wäre sie erfroren.

Sie schob sich dann zwei dicke Kissen unter die Röcke, setzte sich einen warmen Hut auf, der ihrer Mutter gehörte und große Ähnlichkeit hatte mit einem orientalischen Eierwärmer. Sie beklagte sich bei Segante, dass sie keinen feinen Pelzhut habe wie andere Damen. Aber ihn ließ das kalt. Er sagte einfach, Bice sähe großartig aus und er freue sich schon auf den Abend, wo er ihr alles ausziehen werde. Segante hatte auch einen Hut auf, er erinnerte Bice an einen Herrn aus der Bibel, aber sie wusste nicht, an welchen. Jedenfalls fror Segante nie und brauchte nirgendwo Kissen. Wenn Leute des Weges kamen, zu Fuß oder mit der Kutsche, blieben sie stehen und hörten zu, wie Bice vorlas, und sie versuchten, auf Segantes Leinwand zu schauen. Viele schüttelten den Kopf. Andere schauten nur stumm wie die Rinder auf dem Herbstmarkt in Thusis.

Manchmal störten Bice die Zuschauer. Sie hatte sich deshalb schon öfter mit dem Rücken zur Straße gesetzt. Segante aber stand stets ungerührt da und blickte in die Landschaft, als wollte er sie in seine Augen einbrennen.

Vielleicht blieben die Leute auch deshalb stehen, weil das *Bündner Tagblatt* gemeldet hatte, dass der berühmte Maler, der Meister Giovanni Segantini, seine Zelte in Savognin aufgeschlagen habe. Bice war zunächst gar nicht damit einverstanden, dass sie in der Zeitung abgebildet waren. Segante, die Kinder und sie. Doch Herr Peterelli meinte, es spräche die Leute mehr an, wenn ein Künstler Familie habe. »Dann wird er interessanter, menschlicher.«

Bice glaubte nicht daran. Sie hatten zu oft erlebt, dass besonders die Behörden respektlos waren, sie wie Zigeuner behandelten. Daran würden sie sich nie gewöhnen, aber sie mussten es hinnehmen, so wie die Dinge nun mal standen. Nur gut, dass Segante seine Arbeit hatte. Seinen Erfolg, der immer größer zu werden schien. In Kunstkreisen zumindest bestand eine wachsende Nachfrage nach Segantini.

Auch dieses großformatige Bild, an dem Segante am Dorfrand arbeitete, hatte schon einen Käufer. Obwohl Giovanni schon seit Monaten daran arbeitete, war es noch längst nicht fertig. Es zeigte Savogniner Bauern beim Pflügen. So wollte er das Bild auch nennen: *Das Pflügen*. Soeben war ein Fotograf da, der ihn und Bice ablichtete, während Segante malte und sie ihm vorlas. Obwohl

Segante das Bild im Freien mit Blick auf den Ort malte, hatte er auch diesmal nicht die Absicht, eine naturgetreue Vedute abzuliefern. Sie wechselten öfter die Standorte, weil er sich vorgenommen hatte, eine panoramaartige Hochebene mit Menschen und Tieren bei ihrer Bauernarbeit zu zeigen. Er schaffte in seinen Bildern immer eine Kunstlandschaft nach seinen eigenen Vorstellungen. Das Bedrohliche, das die Berge in Savognin manchmal hatten, ließ er weg. Es gab keine Wasserfälle oder Schluchten, nicht einmal die reißende Julia, die durch Savognin floss, durfte mit aufs Bild. Segante malte ein bäuerliches Paradies. Bice liebte dieses Gemälde besonders. Es zeigt die Kirche und Häuser von Savognin, die beiden Bauern bei ihrer schweren Arbeit. Einer der Bauern drückt mit aller Kraft den Pflug in die Erde. Sein Knecht steht zwischen den Pferden, hält sie am Geschirr und achtet genau darauf, dass sie im gleichen Rhythmus gehen wie der Bauer. Bice glaubte förmlich die frischgepflügte Erde zu riechen. Und wenn sie länger hinschaute, sah sie, wie die Gäule losgingen und wie der Bauer mit seinem Pflug die Erde aufwühlte.

So saßen sie da in der Kälte. Der Fotograf hatte schon zusammengepackt. Auch er fror. Doch Bice las Segante immer noch vor, und er malte. Wenn Bice nach einiger Zeit eine Pause vom Lesen machte, war sie jedes Mal gespannt, wie viel sich unterdessen an dem Bild verändert hatte. Je länger man Segantes Gemälde anschaute, desto schöner waren sie. Auch wenn er die Wirklichkeit nicht naturgetreu abbildete, schaute er doch ganz genau hin. Die Farbe der Erde. Die Farbe des Himmels. Beide, Bauer und Knecht, tragen schöne blaue Hemden, die die Farbe des Himmels aufgenommen haben. Besonders schön ist die Freundschaft zwischen Mensch und Pferd. Die Berge wirken dagegen wie abgeriegelt. Das ist sehr raffiniert. Hat Biss. Bice war ganz sicher – ihr Mann war ein großer Künstler.

Als Bice und Segante nach Hause kamen, waren die Kinder schon im Bett. Die Buben in dem neuen, großen, das Uffer geliefert hatte. Da der Schlafraum Platz genug bot, hatten sie die einzelnen Betten stehen lassen, damit die kleinen Herrschaften im Krankheitsfall oder bei Streitereien getrennt schlafen konnten. Bislang waren sie allerdings hochzufrieden mit dem großen Lager, und sie weigerten sich auch nicht mehr, ins Bett zu gehen. Früher hatte es mit Albertino oftmals Probleme gegeben. Er wollte grundsätzlich nicht schlafen. Mittags nicht und auch nicht am Abend. Wenn er dann endlich im Bett lag, bestand er darauf, wenigstens zu singen. Endlose Strophen. Von ihm selbst gedichtet und vertont. Das gefiel wiederum Gottardo und Mario nicht. Seit sie das neue Bett hatten, gestalteten sie ihr Abendprogramm allein.

Bice und Segante bot sich ein überraschendes Bild: Albertino und Gottardo lagen da, die Füße jeweils auf den Schultern des anderen, Mario lag eingerollt am Rand des Bettes und nuckelte selig. Er stellte keine hohen Ansprüche, wenn nur die Brüder nah bei ihm waren.

Bice dachte, wann diese Idylle wohl zu Ende sein würde. Doch dann schob sie den Gedanken zu all dem Unwägbaren, das ihrer Familie ständig harrte, und lebte wieder den Augenblick.

Sie hörte, dass Baba der kleinen Bianca auf Romanisch ein Schlaflied sang, was sehr melodisch klang, und Bice atmete tief durch. Alles war überschaubar und friedlich. Sie nutzte die Stille im Haus und ging ins Atelier. Sie wollte sehen, wie weit das Porträt Vittores schon fortgeschritten war. Wenn sie ehrlich war, wollte sie wissen, wann ungefähr Vittore wieder zurückreisen würde nach Mailand.

Im ersten Moment war sie nur fasziniert von dem Porträt. Voller Stolz auf Segante. Doch dann wunderte sie sich. Selbstverständlich war sie davon ausgegangen, dass Segante seinen Freund, Lehrer, Mäzen und Galeristen in der neuen Technik malen würde, in der er sich derzeit einübte. Gerade Vittore war es doch, der Segante eingeführt hatte in die Theorien der Optik. Genau deshalb war er doch nach Savognin gekommen, damit Segante ihn als Künstler malen konnte. Schließlich gehörte Grubicy als Maler selbst zu den Divisionisten.

Dieses Bild jedoch war anders. Bice wusste sofort, dass Segantes Porträt von Vittore ein Meisterwerk würde! Sie hatte überhaupt noch nie ein derart ergreifendes Porträt gesehen. Grubicys introvertiertes, jedoch dominantes, von raffinierter Sinnlichkeit geprägtes Wesen hatte Segante auch in der Darstellung der Hände zum Ausdruck gebracht. Grubicys sinnlicher Mund ist leicht geöffnet. Er hat offenbar gerade die Pfeife herausgenommen, um etwas zu sagen. Während die linke Hand die immer noch leicht dampfende Pfeife hält, umfasst die rechte das goldene Hörrohr. Der rechte Arm ist lässig auf einem farbverschmierten Arbeitstisch aufgestützt.

Es war für Bice immer sehr schwierig, Vittore Grubicy einzuschätzen. Sie wusste nie, ob er in sie verliebt war und dieses – vielleicht unwillkommene – Gefühl durch die zahllosen prüfenden Wissensfragen zu verbergen suchte, die er mit Vorliebe an sie richtete. Oder ob er tatsächlich nur wissen wollte, wie weit ihr Bildungshorizont reichte. Bice hätte zuweilen gern auf seine Anwesenheit verzichtet, doch dann beeindruckte sie seine zweifellos starke Persönlichkeit wieder, und sie war zufrieden, dass Segante und er sich gut verstanden. Meistens jedenfalls.

Während der Arbeit am Porträt von Grubicy überkam Segante eine seiner seltenen Schaffenskrisen. Er nahm das Bild von der Staffelei, um es vor dem Haus im Sonnenlicht anzusehen. Grubicy, Baba und Bice gingen ebenfalls hinaus, um das Werk zu bestaunen. Selbst Giacum kam mit. Sie waren noch nicht vor der Tür, da hörten sie Segante schon brüllen, dass dieses das schlechteste Porträt sei, das er je gemalt habe. »Ich schlage es kurz und klein, keine Sekunde male ich mehr an diesem groben Machwerk!«

So hatte Bice Segante noch nie erlebt, und noch weniger Grubicy, der über Segantes Ausbruch völlig bestürzt war. Er weinte fast vor Verzweiflung. »Bice, bitte, geh zu ihm, sprich mit ihm, sag ihm, dass dies ein wundervolles Bild ist, völlig gleichgültig, wen es darstellt. Bice, du musst verhindern, dass hier ein Meisterwerk zerstört wird.«

Bice lief Segante nach, um ihn zu beruhigen, Grubicy kam ihr hinterher, laut rufend: »Segante, um Gottes willen, komm doch zu dir! Wenn du das Bild jetzt noch nicht gut findest, dann sitze ich eben noch so viele Tage, bis du zufrieden bist, ich gebe dir 5000 Lire für das Bild. Auch 10000, wenn du noch länger brauchst.« Grubicy hatte jetzt Segante erreicht und fasste ihn am Arm. Beschwörend, mit dramatischem Tonfall, sagte Vittore zu Segante: »Dieses Bild muss erhalten bleiben, Segante, es muss!«

27

Obwohl Bice nach wie vor große Leidenschaft für Giovanni empfand, obwohl sie oftmals den starken Wunsch verspürte, mit ihm zu schlafen, tat sie das nicht mehr so unbesorgt wie früher. Die Angst vor einer erneuten Schwangerschaft war stets mit im Bett. Sie benutzten neuerdings Kondome, ein hinderliches Geschäft, doch Bice wollte keinesfalls wieder schwanger werden. Niemals wieder! Es reichte ihr vollkommen, dass sie vier gesunde Kinder hatten. Die Erinnerung an ihre vier Schwangerschaften, die sie jedes Mal in eine monströse Mutterkuh verwandelt hatten, machten Bice nicht die geringste Lust auf eine erneute Wiederholung.

Kürzlich erfuhr sie, dass ihre Schwägerin in Mailand dasselbe Problem hatte.

Als Carlo und Thérèse das letzte Mal in Savognin waren, hatten die beiden jungen Frauen sich zu einem kleinen Spaziergang in den Ort aufgemacht. Sie überquerten die Poststraße und liefen dann den gewundenen Weg zum Juliafluss hinunter, zur Brücke Punt Crap, die Bice besonders liebte. Dort setzten sie sich auf das steinerne Brückengeländer und schauten auf den Piz Mitgel, der sozusagen der Hausberg Savognins war, mit vielen gezackten, schroffen Gipfeln.

Mit einem Mal zeichnete sich vor Bices Augen dort oben eine liegende Figur ab. Ein Mann mit kräftiger Stirn, Kinn, gefalteten Händen auf der Brust und hochgestellten Füßen. Ganz deutlich war diese Gestalt für sie zu sehen. Sie lag ausgestreckt da, wie auf

Segantes Bild *Der tote Held.* »Siehst du das?«, fragte Bice ganz aufgeregt Thérèse, und die folgte mit zusammengekniffenen Augen Bices ausgestrecktem Arm. »Das ist doch *Der tote Held* von Segante, findest du nicht?« Bice ließ nicht locker. »So etwas Verrücktes! Morgen früh muss ich Segante mit hierher nehmen!«

»Wenn du es sagst – du siehst eben überall deinen Segante.« Thérèses mäßig begeisterte Reaktion konnte Bices erstaunliche Entdeckung zwar nicht kleiner machen, aber Bice hörte an ihrer Stimme, dass sie mit etwas anderem beschäftigt war. Sie fragte nach. Thérèse wollte von ihr wissen, wie sie es anstelle, nicht mehr schwanger zu werden. »Ich war kürzlich wieder so weit, da hat mich eine riesige Angst überfallen. Wenn ich an die letzte Schwangerschaft denke – du weißt ja, wie schlecht es mir da ging. Und überhaupt –«

»Und?«, fragte Bice. »Du warst schwanger, und dann?«

»Ich bekam Blutungen, ziemlich stark. Tagelang ging das so, und ich musste liegen. Aber mir war es recht. Ich will kein Kind mehr. Rembrandt ist eigentlich schon aus Versehen entstanden.«

»Was sagt Carlo dazu?«, fragte Bice, denn es erstaunte sie, ihre sonst so kluge und aufgeschlossene Schwägerin in dieser Beziehung hilflos zu sehen.

»Carlo – ach, der, der will mit solchem Weiberkram, wie er das nennt, nicht belästigt werden. Er ähnelt immer mehr eurem Vater. Arbeitet Tag und Nacht. Er bereichert jetzt seine Möbel mit dicken Quasten und komplizierten Troddeln, die er an die Kanten von Stühlen, Tischen und Etageren anbringen lässt. Sieht nicht schlecht aus. Es ist, als hätten die Möbel Kleider, weißt du? Carlo bekommt viele Aufträge aus England. Wohlhabende Lords wie zum Beispiel Lord Battersea im Surrey House am Marble Arch in London hat ein komplettes Schlafzimmer bestellt. Ich bin wirklich stolz auf ihn, so ist es nicht. Wenn er nur nicht gar so rigoros seine Arbeit der Familie vorziehen würde. Wir sehen ihn selten. Trotzdem hätte Carlo nichts dagegen, noch mehr Kinder zu bekommen. Er muss sie ja nicht kriegen. Und großziehen schon gar nicht. Das überlässt er mir. Am Abend will er nur Meldungen von Heldentaten hören. Wenn ich mich über die Kinder beklage, ist er unzufrieden. Ich habe den Eindruck, er hört dann gar nicht hin!«

Thérèses Stimme klang so verdrossen wie bei einem kleinen Mädchen, das vor sich hin jammert, und Bice musste lachen. Wie war das eigentlich bei Segante? Er arbeitete auch täglich viele Stunden. Ging manchmal mit Baba und Giacum und oftmals auch mit Fingal, ihrem Hund, auf Motivsuche. Oder sie stiegen auf irgendeine der Alpwiesen, wo Segante gerade ein Motiv gefunden hatte. Baba und Giacum standen Modell oder hielten die Tiere für Segante in der gewünschten Aufstellung, was sehr anstrengend war. Manchmal kamen die drei erst nach Tagen von der Alp herunter.

Bice hatte sich daran gewöhnt, die Kinder zu versorgen, Korrespondenz zu erledigen, sich um den nötigen Nachschub an Nahrungsmitteln und Brennmaterial zu kümmern. Vielleicht hatte Thérèse, die ein Kindermädchen und andere Dienstboten beschäftigte, zu viel Zeit. Oder zu wenig Aufgaben. Doch Bice wollte vorsichtig sein, sich nicht einmischen, und nur ihre Fragen nach der Verhütung beantworten.

»Segante und ich benutzen Kondome. Du weißt sicher, was das ist. Es gibt welche aus Gummi, die sehr rau sind, und welche von Lämmern, die spürt man gar nicht. Aber sie zerreißen leichter als die Gummidinger.«

Thérèse seufzte. »Ich beneide dich um Segante. Der macht ja wirklich alles, was du willst. Carlo dagegen hasst die Kondome. Die seien rau wie ein Reibeisen. Und bis er die übergezogen hätte – da fühle er überhaupt nichts mehr, sagt er. Und tatsächlich ist dann seine Erektion beim Teufel.«

»Habt ihr denn mal die aus Lammdärmen versucht?«, wollte Bice wissen. Ihre Schwägerin schüttelte den Kopf. »Woher habt ihr die denn?«

»Aus Mailand«, sagte Bice, »Segante bringt sie mit. Man muss sie vorher bestellen.«

Thérèse küsste Bice spontan. Dabei seufzte sie wieder. »Wenn du doch nur wieder in Mailand leben würdest. Ich vermisse dich so sehr. Mit niemandem kann ich so gut reden wie mit dir. Du bist mir nahe, Bice. Ich bewundere dich, wie du das meisterst hier mit euren Problemen. Dagegen bin ich nur eine verwöhnte Puppe.«

»Ich glaube eher, dass du Carlo sehr liebst und eifersüchtig bist auf seine Arbeit«, sagte Bice und legte ihrer Schwägerin den Arm um die Schultern. Sie konnte Thérèse gut leiden, und es gab durchaus Zeiten, wo sie die Schwägerin beneidete um ihr geordnetes Leben, ihre unantastbare Stellung und den stetigen Wohlstand. An Carlos und Thérèses Leben gemessen, war ihre Existenz zuweilen ein Chaos. Trotzdem gefiel es Bice. Sie fühlte sich bei Segante daheim. Wenn sie ihre Bugattis auch manchmal beneidete, tauschen wollte sie nicht mit ihnen.

Wie feinfühlig Segante im Gegensatz zu Carlo war. Er half Bice immer, wenn sie mit irgendwelchen Problemen nicht zurechtkam. Oder er versuchte es wenigstens. Bice konnte sich schon vorstellen, dass sie es in dieser Beziehung wirklich leichter hatte als ihre Schwägerin mit dem egoistischen Carlo. Bice war trotzdem stolz auf ihren Bruder. Wie er sich mühte. Welche Wagnisse er einging mit seinen exklusiven Entwürfen. Bice hatte ihn deshalb verteidigt. »Weißt du, Thérèse«, hatte sie gesagt, »Carlo ist ebenso wie Segante ein Künstler!«

Bice schnitt Birnbrot auf und wollte gerade eine Flasche Rotwein aus dem Keller holen, da kam Segante gut gelaunt zurück aus dem Hotel Pianta, und er hatte wunderbare Neuigkeiten. Das Gesuch des Regierungspräsidenten hatte insoweit Erfolg gehabt, dass ihnen von der Polizeidirektion ein einjähriger Aufenthalt erlaubt wurde. Sie mussten eine Kaution von 2000 Schweizer Franken entrichten. Die hatten sie gerade nicht zur Hand, und das hatte Segante den Herren Pianta und Peterelli bereits eröffnet. Sie waren bereit, ihnen die Kaution vorzuschießen. Dass man fehlende Ausweispapiere durch eine Kaution ersetzen konnte, war in den Annalen der Fremdenpolizei des Kantons

Graubünden bestimmt noch nicht da gewesen. Bice staunte und war grenzenlos erleichtert, dass es Wunder gab in Savognin.

Bei der Galerie Grubicy in Mailand gab es große Veränderungen. Vittore hatte es Bice und Giovanni schon angedeutet, und nun wurde es Realität: Alberto Grubicy übernahm die Galerie, Vittore wollte sich in Zukunft seiner Malerei widmen und seiner Tätigkeit als Essayist und Kunstkritiker. Es wurde Zeit, dass Segante an Alberto Grubicy schrieb, der offenbar nicht wusste, wie es um die Finanzen der Segantinis stand. Sie hörten immer, dass der Verkauf von Segantes Bildern glänzend liefe, aber es mangelte ihnen ständig an Geld.

»Ich werde das künftig selber in die Hand nehmen!«, versprach Segante. Doch Bice konnte sich nicht vorstellen, dass Giovanni ein guter Kunsthändler wäre. Manchmal verschenkte er ein Bild. Entweder, weil er es nicht leiden konnte, oder auch, um damit eine Rechnung zu bezahlen. Dann bereute Bice diese Gedanken wieder. Segante war ein Künstler. Er hatte sich nicht selbst dazu ernannt. Er war es geworden. Allein aus sich heraus, aus seinen eigenen geistigen Kräften. Bislang war es ihm auch immer wieder gelungen, seine Familie zu versorgen. Bice wollte sich in Zukunft verbieten, an Giovanni herumzumäkeln. Sie hatte noch lange nicht genug vom Abenteuer Segante.

28

Segantini war unlängst von einer Wanderung am Fuße des Piz Mitgel tief beeindruckt zurückgekommen. Er hatte unterhalb vom Tinzenhorn den See von Tigiel liegen gesehen. »Bice, dort oben habe ich mein neues Bild gefunden. Dort muss ich malen. Ich muss so schnell wie möglich hinauf.«

Bice seufzte innerlich. Sie würde dann wieder für Wochen mit den Kindern allein sein, und natürlich auch ohne die Baba, die sie fast noch schmerzlicher vermissen würde als Segante, an dessen Bedürfnis nach Ruhe und Alleinsein sie sich längst gewöhnt hatte. Doch die Kinder hatten Ferien und wollten beschäftigt sein, wovor Bice ein wenig graute. Sie schlug vor, dass die ganze Familie auf die Alp Tussagn gehen sollte. Und wenn Segante dann in Tigiel arbeiten wollte, konnte er mit Baba hinaufsteigen. Bice würde dann mit den Kindern nachkommen – oder auch nicht. Giovanni war nach kurzem Zögern sehr eingenommen von dieser Idee.

Die Alp Tussagn lag an einem Hang, etwa 600 Meter oberhalb von Savognin, und es gab dort einige Hütten, von denen Giovanni eine gemietet hatte, um in Ruhe und in der Abgeschiedenheit der hochalpinen, von einem Bergzug abgeschlossenen Alpweide zu malen. Auf Tussagn entstand neben *Frau an der Quelle* eines der vielen Lieblingsbilder Bices – es hieß *Mittag in den Alpen*, und auf diesem Bild war Baba als Schafhirtin der erklärte Mittelpunkt. Sie trug ihr bodenlanges, blaues Arbeitskleid aus grobem Wollstoff mit der ebenfalls blauen Schürze sowie das schwere

Schuhwerk. Der breitrandige Hut war aus hellem Stroh, doch er konnte Baba nicht völlig vor dem gleißenden Mittagslicht schützen. Sie hatte einen langen Stock in der Hand und stand auf einem Pfad, an dem die Schafe das frische Gras und die duftenden Kräuter fraßen. Baba blickte nach Südwesten, der Sonne entgegen, darum musste sie ihre Hand schützend an den Rand des Hutes legen. Bice fand, dass Baba in ihrer Strenge fast wie eine Priesterin wirkte.

Für Giovanni gab es kein Halten mehr. Er sah nur noch das neue Gemälde vor seinem geistigen Auge. Daher musste er hinaufsteigen nach Tigiel. Tigiel mit seinem türkisfarbenen See am Fuß der Felstürme Piz Mitgel und Tinzenhorn war noch eine Urwelt aus Steinen. Am Seeufer jedoch sprossen Gras und Kräuter in sattem Grün und bildeten zusammen mit nie gesehenen Bergblumen eine reichgedeckte Tafel für die Schafe.

Die große Holzkiste, in der die Leinwand befestigt war, hatten Helfer schon heraufgebracht und fest in die Erde verankert. Es gab einen Hirten auf Tigiel, der eine recht große Schafherde mit vielen weißen und braunen Lämmern hütete. Er war jung und blond, hatte hellgrüne Augen und beobachtete gespannt Giovannis Arbeit – aber aus gehöriger Entfernung. Manchmal las er in einem Buch und schien alles um sich herum zu vergessen, bis sein Hund wütend bellte und um die Schafe herumtanzte, sodass der Junge instinktiv seinen langen Stock ergriff und das Buch weglegte. Als Giovanni das merkte, gab es ihm einen Stich. Es erinnerte ihn daran, dass alle Bewohner von Savognin lesen und schreiben konnten, wenn sie die Schule verließen. Es gab eine von guten Lehrern geführte Schule im Ort, die auch Gottardo und Alberto besuchten. Manchmal fragte sich Giovanni, warum es ihm in einer großen Stadt wie Mailand nicht möglich gewesen war, auch nur an die Grundlagen des Lesens und Schreibens zu kommen. Jeder Bauer, jede Magd in Savognin war besser aufs Leben vorbereitet, als er es gewesen war.

Er fragte den Hirten, ob er für ihn Modell sitzen wolle. Der Junge, erstaunt und erfreut, willigte ein, und er befolgte wie selbstverständlich die Anweisungen Giovannis oder Babas. Zwischendurch wagte er es auch, einen scheuen Blick auf das entstehende Bild zu werfen, und dann schaute er immer wieder von der Leinwand suchend in die Landschaft.

Giovanni war sehr froh, dass der Junge so hilfsbereit war. Dass Bice und die Kinder in diesem Sommer in seiner Nähe waren. So wurde der Sommer ein Glück. Sie hatten einen schönen Rhythmus gefunden, der das Zusammenleben für alle erfreulich machte. Giovanni und Baba stiegen im Morgengrauen den steilen, etwa zweieinhalbstündigen Weg nach Tigiel hinauf, wo Giovanni an seinem Bild malte, dem er den Namen *Alpweiden* geben wollte.

Er wusste genau, wie er dieses Bild malen wollte. Was er so lange erprobt hatte, das Spiel mit Licht- und Schattenpartien, sollte das Gefühl von der Unendlichkeit und Leere der Gebirgswelt auf die Leinwand bannen. Eine Welt, in der der Mensch geboren und verloren ist. In der Erschöpfung des jungen Hirten wollte er die Erstarrung der Natur zeigen. Der Vegetation und den Tieren sollte man ansehen, wie sie unter der drückenden Hitze litten, die sich schonungslos über die Alp ausbreitete. Jeden Grashalm, jedes Steinchen und die am Boden liegenden Äste wollte er erfassen, damit sie die Intensität des kristallinen Lichts und der dünnen Höhenluft übertrugen. Ein Gefühl von Einsamkeit und absoluter Ruhe sollte die grandiose Landschaft beherrschen.

Der junge Hirte machte seine Sache als Modell gut. Er saß auf einem etwas erhöhten Stein und sollte so tun, als schliefe er, während Giovanni ihn malte. Der Junge schlief allerdings mehrfach richtig fest ein, und Giovanni wunderte sich, dass er nicht von seinem Sitz herunterfiel, denn er schwankte hin und her, fing sich dann aber mit einem leisen Schnarchlaut wieder. Baba gab auf ihn acht. Wenn er zu weit nach rechts oder links sank, richtete sie ihn sanft auf, und dann war er wieder für eine Weile wach, vor allem, weil Baba ihm kaltes Wasser zu trinken anbot. Daneben kümmerte Baba sich um die Schafe, die Giovanni in einer bestimmten Formation haben wollte. Immer wieder trieb sie die Tiere unter anfeuernden Worten auf ihre Plätze, und die Schafe folgten ihr.

Baba – sie war aus dem Leben Giovannis und seiner Familie nicht mehr wegzudenken. Sie war nicht nur das am Brunnen trinkende Mädchen in der Bündner Tracht. Sie war auch das kindliche Mädchen, das gemeinsam mit dem Buben bei Laternenlicht verstohlen ein Gemälde des Meisters betrachtete. Sie war die junge Frau, die auf der sommerlichen Wiese saß und strickte. Sie stand als Schafhirtin im gleißenden Mittagslicht der Alp. Oder sie stand als Bäuerin auf dem Balkon und genoss den Feierabend. Ein anderes Mal arbeitete sie als Heuerin inmitten des weiten Bergpanoramas auf dem Feld. Sie verkörperte all diese Figuren – und war dennoch Baba.

Bice und die Kinder mitsamt Fingal kamen so gegen Mittag von der Alp Tussagn hinauf. Der steinige Weg war nicht einfach für die Kinder, Bianca war schließlich erst sieben und Mario acht Jahre alt, doch sie wollten unbedingt hinauf zum Vater und zum See und zu den Schafen. Und vor allem zu dem jungen Hirten, mit dem sie sich bereits am ersten Tag auf Tigiel anfreundeten.

Als sie dort ankamen, liefen die Kinder zum See, als wären sie vorher eingesperrt gewesen. Sie sahen erstaunt, dass sich die zart gewundenen Birken und die kleinen Arven, die den See umstanden, im Wasser spiegelten. Auch Fingal wollte zum glitzernden Wasser, doch er musste zuerst eine strenge Prüfung durch den Schäferhund über sich ergehen lassen. Danach saß er, offenbar sinnend, still am Ufer des Sees. Der junge Hirte vermittelte. Doch mehr als eine Duldung Fingals war dem Schäferhund nicht möglich. Er kümmerte sich energisch um die Schafe, und Fingal sah zu, dass er ihm nicht mehr in die Quere kam.

Giovanni fragte den Hirten, ob er ein Auge auf sein Bild haben könne, wenn Giovanni im Tal sei. Der Junge schaute ihn bewundernd an. »Wenn jemand das Bild berührt, Herr, dann töte ich ihn!«

Eines Tages kamen die Kinder mit Bice ziemlich erschöpft auf Tigiel an. Es war ein besonders heißer Tag, und die Luft flimmerte. Als Erster sah Gottardo durch das Laub der Birken und der dunklen Arven etwas Rotes oder Orangenes schimmern. »Seht doch, da hängt was in den Bäumen«, rief er, und die anderen kamen ungläubig näher. Und wirklich – in den Bäumen hingen Orangen und Äpfel, mit Bindfaden fast unsichtbar befestigt. Die Kinder jubelten über diese sommerliche Bescherung, und dem Vater, der sich nichts ahnend gab, wurde stürmisch gedankt.

Die kleine Bianca pflückte so viele Blumen und Gräser, wie ihre Hände fassen konnten. Sie schenkte sie ihrer Mutter, und beide setzten sich ins Gras. Bice zeigte Bianca, wie man vorsichtig eine kleine Öffnung in die Stängel der Blumen und Gräser ritzte, am besten mit dem Daumennagel.

»Manchmal muss man mit dem Nagel des Zeigefingers nachhelfen, und wenn man eine feine Öffnung hat, schiebt man eine Blume mit dem Stängel vorsichtig hinein und verfährt mit jeder neuen Blume oder jedem Grashalm so.«

Gespannt verfolgte Bianca, wie geschickt die Mutter arbeitete. Bei den eigenen Versuchen riss entweder der Stängel ein, oder er wurde zu schlaff, weil die Öffnung zu groß geraten war. Bice tröstete Bianca damit, dass man nur vom Machen lernen könne. »Wenn du es immer wieder versuchst, wirst du es bald gut können.« Bice setzte Bianca das Kränzchen auf, das sie zusammengesteckt hatte, und Bianca lief zum Vater, der gerade misstrauisch den Himmel beäugte. Diese Wolken machten aus dem türkisfarbenen See ja einen dunkelblaugrünen. Warum eigentlich nicht?

Als Segante Bianca in ihrem weißen Kleidchen und mit dem Blumenkranz im Haar auf sich zulaufen sah, nahm er die Kleine auf den Arm, küsste sie und nannte sie seinen kleinen Engel. Er hatte seine Tochter einige Male im Institut in Maroggia besucht und war gerührt gewesen, als das Kind auf ihn zustürzte und ihn schier erstickte mit Umarmungen und Küssen. Bianca war für ihr Alter noch sehr zart. Sie hatte dünne Ärmchen und ein winziges Stumpfnäschen – Segante konnte sich nichts Liebenswerteres vorstellen als seine Tochter. Er schwenkte Bianca herum, küsste sie und stellte sie behutsam wieder auf den Boden. Dann setzte er sich zu Bice ins Gras. »Du weißt, wie dankbar ich dir für unsere Söhne bin. Aber dass du mir auch noch dieses Engelsgeschöpf geschenkt hast, dafür werde ich immer vor dir knien.«

Zum Beweis kniete er sich ins Gras, umschlang Bice, die sich lachend befreite und sagte, er habe doch schon erlebt, dass dieses Engelchen auch Teufelshörnchen aufsetzen könne. »Aber dich wickelt sie um den Finger, da werde ich mich bald hinten anstellen müssen!«

Am Abend, als sie gerade vor ihrer Hütte angekommen waren, verdunkelte sich plötzlich der Himmel, und dann brach ein Gewitter mit sturzflutartigem Regen los. Alle waren schon in der Hütte, als die ersten Tropfen fielen. Die Kinder waren hungrig und noch mehr durstig. Rasch wurde der Tisch gedeckt, ganz provisorisch zwar, doch sie hatten hübsches Steingutgeschirr und Becher, sogar eine Blumenvase voll blühender Gräser. Baba verteilte Birnbrot und Engadiner Wurst. Für die Kinder gab es mit Wasser verdünnte Limonade. Sie beruhigten abwechselnd Fingal, dem offenbar das Gewitter zu schaffen machte. Er heulte bei jedem Donnerschlag auf. Die Kinder jedoch fühlten sich in der behaglich eingerichteten Hütte wie zu Hause und hatten keinerlei Angst, obwohl der Blitz manchmal den Raum taghell erleuchtete, worauf der Donner derart krachend niederging, als würde ringsum alles zerbersten.

Bice dachte mit leisem Schaudern daran, wie sie die Hütte damals vorgefunden hatten. Der Staub lag überall fingerdick, und schmutzige Heureste hingen von der Decke. Mehr noch fürchtete Bice, dass Mäuse und Ratten in den Winkeln hausten. Als sie sich dann entschlossen hatten, die Hütte als Zweitwohnsitz für den Sommer zu mieten, wussten sie nicht einmal, ob der Eigentümer, ein alter Bauer, sie ihnen vermieten würde. Er war zwar erstaunt über ihre Frage, willigte aber gern ein, seine verlotterte Hütte dem jungen Malerehepaar zu überlassen. Er verlangte nur eine geringe Miete. Doch Giovanni und Bice, denen der alte, bescheidene Mann sympathisch war, gaben ihm das Doppelte der Summe. Der Bauer bedankte sich erstaunt.

Dann hatten sie gemeinsam mit Baba, John und Giacum begonnen, die Hütte zu säubern und auszuräumen. Für zwei Tage war auch ein Bruder Babas, der als Geselle bei seinem Vater in der Schreinerei arbeitete, mit nach Tussagn hinaufgekommen. Es hatte sich bei der gründlichen Säuberungsaktion herausgestellt, dass die Hütte aus schönem Arvenholz solide gebaut war. Babas Bruder reparierte die Tür und die Fenster. Er brachte ein neues Türschloss an und dichtete das Dach ab gegen Regen und Sturm. Der primitive Ofen wurde neu gesetzt. Aus Savognin ließen sie einen großen Tisch, Stühle und Matratzen heraufbringen.

Die Hütte und vor allem Tigiel waren eine Zuflucht. Auch die Kinder schienen es zu ahnen. Hier oben waren sie nicht nur unzertrennlich, sie waren unlösbar miteinander verbunden. Laut riefen sie sich beim Namen.

Viel Geld ausgeben für eine gründliche Renovierung konnten sie nicht. Wie immer floss das Geld aus Mailand sehr unregelmäßig. Dann wieder schickte Alberto den Segantinis Leckereien aus Mailand für die Kinder, Parfüm für Bice und Kunstbücher für Giovanni, worüber er sehr gerührt war. Plötzlich sah er nur die guten Seiten Albertos. Es war zum Verrücktwerden. Giovanni musste ein ernstes Wort mit Grubicy reden. Notfalls würde er sich von beiden Brüdern lossagen, obwohl er wusste, was er ihnen verdankte. Das war auch der einzige Grund, warum Giovanni immer noch bei Alberto Grubicy unter Vertrag war. Aber er musste etwas ändern. Er arbeitete hart, er lieferte gute Bilder ab und bekam immer wieder Auszeichnungen bei großen, wichtigen Ausstellungen. Nur Geld bekam er nicht oder zu wenig.

Bei der letzten Ausstellung in Mailand hatte Giovanni das einmal mehr erlebt, und nun reichte es ihm. Es handelte sich um eine bedeutende Ausstellung im soeben renovierten Schloss. Alberto Grubicy konnte dort eine große Anzahl von Segantinis Bildern unterbringen. Vielleicht war es sogar die umfangreichste

Ausstellung, die Giovanni bis dahin gehabt hatte. Er hatte Alberto auch alle unvollendeten Arbeiten aus der ersten Periode in Savognin mitgebracht. Giovanni verband mit der Ausstellung große Hoffnungen. Er hatte schon einen Ring für Bice bei einem Mailänder Juwelier ausgesucht. Die Ausstellung war auch tatsächlich ein Kunstereignis ersten Ranges, die gesamte Presse schrieb darüber, und Giovanni Segantini wurde uneingeschränkt gelobt – aber gekauft wurde nichts.

All diese Misslichkeiten waren für Giovanni und Bice auf der Alp Tussagn und am See Tigiel etwas in die Ferne gerückt. Doch der Sommer ging zu Ende. Bice machte sich daran, ein paar warme Kleidungsstücke zusammenzupacken, die mitgenommen werden sollten nach Savognin. Alles andere würde in der Hütte verbleiben. Und schon war sie richtiggehend wehmütig. Jetzt kamen der Alltag und die Geldsorgen zurück. Die Kinder wurden davon zwar nicht direkt beeinträchtigt, doch sie spürten natürlich, wenn Vater und Mutter Sorgen hatten. Auf der Alp waren sie alle unbekümmert gewesen.

Der junge Hirte hatte versucht, den Kindern eine Freude zu machen. Er brachte eines Tages vier kleine Vögel nach Tussagn, sogenannte *passeri solitari*. Sie waren so zahm, dass die Kinder sie morgens hinausfliegen ließen in die Freiheit. Am Abend, wenn die Kinder nach Tussagn zurückkamen, riefen sie die kleinen Vögel oder suchten sie in Erdhöhlen. Auf das Rufen der Kinder hin flogen die Vögel herbei und kamen bis in die Hütte. Im Schlafraum der Kinder schliefen auch sie.

Am Tag des Aufbruchs wollte Bianca unbedingt die Vögel mitnehmen nach Savognin. Alle Erwachsenen rieten ab, auch der Hirte, der beim Umzug helfen wollte. Doch Bianca weinte so heftig, dass eine Panettoneschachtel ausgepolstert und die Vögel hineingesetzt wurden. Bianca bestand darauf, die Schachtel hinunterzutragen bis nach Hause. Auf dem steinigen Weg stolperte Bianca, die Schachtel fiel ihr aus den Händen und rollte den Waldhang hinunter. Der Deckel ging auf, und die Vögel flogen davon.

Zurück in Savognin, ging Giovanni, wie meist, noch vor dem Frühstück spazieren. Fingal nahm er mit. Es ging ein unangenehmer Wind, der Giovanni verwirrte, ihn daran zweifeln ließ, ob er überhaupt richtig daran getan hatte, Savognin als neue Heimat zu wählen. Er fand alles um sich herum traurig. Der Himmel schien ihm grau, schmutzig und niedrig. Es war wohl der Ostwind, der Giovanni heftig zusetzte, denn er stöhnte förmlich, als wäre er ein Tier, das in der Ferne stirbt. Schwer und traurig breitete sich der neu gefallene Schnee über die Erde, und Giovanni schien er heute wie ein Laken, das den Tod zudeckt. Die Raben atzten dicht bei den Häusern. Alles war ein Morast, weil der Schnee gleich wieder taute. Dieser Tag erinnerte Giovanni an seine trostlose Kindheit. Manchmal glaubte er noch der Gleiche zu sein wie damals. Jedenfalls waren tief in ihm oftmals die verträumten Empfindungen von Trostlosigkeit und Angst vor dem Tod.

Einzig Bice war es, die ihm Sicherheit gab, Schutz und Stärke. Sie durfte gar nicht wissen, wie sehr er auf sie angewiesen war. Dass er auf einem ganz normalen Spaziergang plötzlich in tiefe Depressionen verfiel. Doch der Gedanke an Bice, an ihre Süße und Zärtlichkeit, erfüllte ihn wieder mit Leben, mit Hoffnung auf die Zukunft. Und wenn er die vertrauensvollen Augen seiner Kinder sah, schämte er sich seiner Ängste. Für sie alle musste er stark sein, und bei den üblichen Ärgernissen mit Behörden und Gläubigern konnte er sich auf Freunde verlassen. Vor allem auf die Familien Peterelli und Pianta. Er musste sehen, was er besaß, und nicht die Probleme dramatisieren, die ihm im Wege waren.

29

Giovanni war wieder mal nach Mailand gereist, um mit Alberto Grubicy über seine wirtschaftliche Situation zu sprechen, und über die Rolle, die Grubicy dabei spielte. Außerdem hatte er dort zwei Ausstellungen, eine in der Galerie Grubicy und eine zweite im Castello Sforzesco. Bice wusste aus Erfahrung, dass sie lange auf seine Rückkehr warten musste. Alberto liebte es, Einladungen für Giovanni zu geben, und er schleppte ihn auch fast jeden Abend zu einem festlichen Essen oder in Clubs und Bars. Bice mochte das aus verschiedenen Gründen nicht. Zum einen war sie eifersüchtig, und die Vorstellung, dass Giovanni mit der Schwester Albertos und deren Freundinnen in Mailand ausging, während sie selbst zu Hause mit den Kindern allein war, verärgerte sie. Außerdem hatte sie es satt, sich immer wieder mit Gläubigern auseinanderzusetzen, die allesamt völlig im Recht waren. Dazu kam, dass ihr die Behörden jeden Tag Probleme machen konnten. Die hatten jetzt schon zu lange stillgehalten. Bestimmt würden sie bald wieder vor der Tür stehen. Manchmal sah sie Beamte, die um ihr Haus herumstrichen. Beunruhigt telegrafierte Bice entsprechend an Giovanni, natürlich an die Adresse Albertos, und postwendend bekam sie einen Brief, in dem Giovanni seine Frau dafür ausschimpfte:

Liebe Biceta, um 6½ Uhr war ich in Mailand, wo Alberto mich am Bahnhof erwartete, und mit der Kutsche brachte er mich direkt zu sich nach Hause, wo ein Festmahl mit allen Köstlichkeiten vor-

bereitet war, das sich bis tief in die Nacht hinzog. Dann führte Alberto mich in ein wundervolles, von Carlo gestaltetes Schlafzimmer, wirklich wundervoll, für mich hergerichtet und geheizt, die Signora Imma war sehr liebenswürdig zu mir, so war Dein Telegramm völlig unpassend, zumal es ankam, als ich gerade bei Alberto war, und da ich Schwierigkeiten hatte, es zu lesen, musste ich ihn bitten, es vorzulesen. Ich kann so viel Aufmerksamkeit nicht ablehnen, mit der sie sich erkenntlich zeigen wollen, findest Du nicht auch, zumal Alberto und ich nicht vor 2 oder 3 Uhr nachts ins Bett gehen, weil ich versuche, zwischen Alberto und Vittore zu vermitteln. Schicke mir eine Liste aller zu bezahlenden Rechnungen. Morgen werde ich die Mama besuchen, die Blumen sind angekommen, morgen schreibe ich Dir wieder um Dich auf dem laufenden zu halten. Ciao, Liebste, ich küsse Dich auf Deinen Mund, ganz Dein Segante. Küsse mir Gottardo, Bertino, Mario und Bianca

Bice ärgerte sich über Segantes Tadel. Ihr Telegramm war also unpassend gekommen! Und wenn schon! Bice empfand den ständigen Geldmangel mindestens so unpassend wie Segante das Telegramm.

Wenige Tage nach diesem Brief bekam Bice einen weiteren, der ihr klar zeigte, dass Giovanni in Mailand zwar ständig unterwegs war, der sie aber trotzdem versöhnte.

Liebe Geliebte! Als erstes empfange einen schönen Schmatz und verzeihe, wenn ich Dir Böses geschrieben habe. Seit sechs Tagen denke ich, am nächsten Tag abfahren zu können, aber tausend unvorhergesehene Dinge haben mich hier zurückgehalten, aber morgen reise ich bestimmt. Ich habe Mama und Carlo besucht. Der großartige Empfang, den mir die Mailänder bereitet haben, beweist, welch weiten Weg ich zurückgelegt habe, aber was willst Du, auch der Ruhm ermüdet mich, ich ziehe es vor, in Deiner Nähe zu sein, Geliebte, und in der Nähe meiner schönen Kinder. Küsse sie herzlich von mir und erwarte den Deinigen im Leben und im Tod. Segantini.

Im Leben und im Tod. Seltsam. Das waren Gedanken, mit denen sich Giovanni ständig beschäftigte. Nicht erst seit heute. Wie entsetzt war Bice damals gewesen, als er für sein Bild *Der tote Held* sich selbst als Modell nahm. Bice war noch sehr jung. Unbekümmert. Doch trotzdem war sie voller Furcht. Ratlos. Auf ihre Frage sagte Segante damals, er wolle keinem Modell zumuten, einen Toten darzustellen. Diese Antwort hatte Bice hingenommen, aber sie dachte dennoch immer wieder daran. Bice lebte nun schon fast dreizehn Jahre mit Giovanni. Was wusste sie von ihm? Von seinen Ängsten – waren das nicht oft Todesängste? Manchmal dachte Bice, dass Segante sich als Kind wohl ständig von der Krankheit und häufigen Abwesenheit seiner Mutter bedroht gefühlt hatte. Er musste ja schon lange Zeit vor dem Tod seiner Mutter mit dem eisigen Gefühl von Verlassenheit fertigwerden. Wenn sich Bice den drei- bis vierjährigen Segante vorstellte, wie er allein in der Wohnung oder in Arcos Gassen herumlungerte. Meist ohne richtiges Essen, ohne warme, saubere Kleider. Ohne Liebe. Dann wollte sie ihren Segante spontan umarmen, zärtlich zu ihm sein. Doch wenn sie versuchte, mit ihm über seine Kindheit zu reden, wich er ihr aus. Bice respektierte das. Doch was fühlte Segante, wenn er an seine Mutter dachte? Er liebte und hasste sie zugleich, vermutete Bice. Und er versuchte, diesen Streit seiner Gefühle mit der einzigen Waffe zu schlichten, die er zur Verfügung hatte. Er malte seine Mutter. Immer wieder. Bice zumindest glaubte sie in vielen seiner Bilder zu erkennen.

Bislang malte Segante gute Mütter. Er hatte von ihnen genaue Vorstellungen. Wahrscheinlich wurzelten diese in seiner frühesten Kindheit, als er mit seiner Mutter regelmäßig zur Kirche ging und dort die Madonna mit dem Jesuskind sah. Das, was die Madonna ausstrahlte, die schützende Mutterliebe, hatte er selbst nie erfahren.

Ob er in Bice eine ideale Mutter sah? Sie glaubte es nicht. Dazu war sie viel zu impulsiv. Sie schrie, sie küsste, sie schimpfte, sie lobte, sie wütete durchs Haus, sodass Fingal den Schwanz einzog. Dann wieder, besonders, wenn alle abends im Bett lagen, dankte sie Gott für Mann und Kinder, für Mea und die Baba und den Giacum, der seinen Militärdienst ableistete und den die ganze Familie sehr vermisste.

Seit kurzem hatte Segante begonnen, in seinen Bildern ein völlig anderes Mutterbild zu zeichnen. Zunächst gefielen Bice seine neuen Überlegungen gar nicht, denn sie fand sie ausgelöst durch ein Gedicht, das sie nicht leiden konnte. Es stammte von dem Dichter Luigi Illica, dessen Poem »Nirwana« Segante gelesen hatte. Immer und immer wieder. Bice war sich ganz sicher, nur im Zusammenhang damit nahm Segantes engere Verknüpfung von Mutterschaft und Tod Gestalt an. Sie hatten Illica bei Carlo in Mailand kennengelernt, als Illica das Gedicht gerade veröffentlicht hatte.

Illica schildert darin geradezu hingebungsvoll, wie Frauen, weil sie die Mutterschaft verweigern, einer grausamen Bestrafung unterzogen werden. Schließlich werden sie durch die Wiedervereinigung mit den von ihnen verlassenen Kindern rehabilitiert, von ihren Qualen erlöst und befreit und können ins Nirwana gelangen.

Dieses Gedicht musste Segante im Innersten seiner Seele getroffen haben. Schließlich war seine Kindheit vom frühen Tod der Mutter und der Lieblosigkeit der Schwester überschattet. Trotzdem fand Bice das Gedicht schrecklich, weil es unerträglich schwülstig war. Weil es die Mütter in ein schlechtes Licht stellte. Doch Segante hatte es auf jeden Fall zu mehreren Bildern angeregt.

Segante und Bice gerieten wegen des Gedichts oftmals in Streit. Segante warf Bice vor, ein gehätscheltes Kind gewesen zu sein, von allen umhegt, mit allem versorgt, was das Leben Kindern bieten kann. Sie könne ihn einfach nicht verstehen. »Ich habe nie von dir erwartet, dass du meine elende Kindheit nachempfindest. Aber lass mich meine Bilder malen, die ich malen muss. Es sind die Schmerzen meiner Kindheit, die mich immer noch bedrücken. Daher muss ich sie malen. Ich verstehe das Gedicht Illicas. Mütter, die ihren Kindern keine Liebe schenken, sind auch für mich böse.«

Segantes Bilder haben nichts von dem lüsternen Sadismus, den Bice aus Illicas Texten las. Die Bilder sind geheimnisvoll und realistisch zugleich. Man kann die Gebirgsketten klar erkennen, die vereiste Schneedecke bringt Giovanni zum Flimmern, es ist die gemalte Kälte! Bice hatte so etwas noch bei keinem Maler gesehen. Wenn da nicht die seltsamen, gequälten Feen wären, würde man die Bilder für Landschaften halten. Aber so glitten schöne, große Frauen mit ihren entblößten Brüsten durch die Lüfte, oder sie verfingen sich mit ihren Haaren qualvoll in Bäumen. Unerlöst schwebten die bösen Mütter durch die in Todeskälte erstarrte Landschaft. Eine der schwebenden Frauen hat einen Säugling an ihrer Brust. Diese Mutter hat ihr Kind angenommen. Sie sühnt ihre Strafe.

Dass Segante solch hohe Kunst auf der Grundlage eines poetischen Machwerks gelungen war – das hatte sie nicht für möglich gehalten. Bice liebte die *Bösen Mütter*. Ihr war klar, dass Segante sich mit diesen Arbeiten deutlich dem Unbewussten, Träumerischen zugewandt hatte. Aber sie hütete sich davor, ihm das zu sagen.

30

Giovanni fühlte sich fast einsam, als Emilio Longoni aus Mailand abreiste. Zu groß war seine Freude gewesen, als er den Freund und Kollegen wiedertraf, von dem ihn der Streit wegen Grubicy schmerzhaft getrennt hatte. Auch Emilio hatte sich erleichtert gezeigt, dass Giovanni sich über das Wiedersehen freute. Sie hatten sich umarmt, im Telegrammstil das Wichtigste berichtet, und dann waren sie zum Fachsimpeln übergegangen. Giovanni schrieb noch am selben Abend an Bice, wie Emilio und er sich versöhnt hatten.

Der rege künstlerische Austausch mit den Malern Morbelli, Pelizza, Previati und noch einigen anderen, die sich auch dem italienischen Divisionismus angeschlossen hatten, gestaltete sich für Giovanni überraschend interessant, sodass von Einsamkeit nicht mehr die Rede sein konnte. Im Gegenteil. Die Gefolgschaft dieser unterschiedlichen Künstler war für Segante ein Triumph. Dass ausgerechnet ihm, dem Ärmsten und am wenigsten Gebildeten, von den Kollegen so viel Aufmerksamkeit und Bewunderung entgegengebracht wurde. Andererseits lagen Segante derartige Gefühle überhaupt nicht. Ihm war es eher peinlich, so etwas wie ein Anführer oder gar Rebell zu sein.

Fast wichtiger war es für Giovanni gewesen, Carlo und Thérèse zu sehen, Bices Eltern und andere Mailänder Freunde. Carlo und seine Frau hatten für Segante einen kleinen Empfang ausgerichtet, und Giovanni hatte das Gefühl gehabt, dass alle Bugattis stolz auf ihn waren.

Bice erwartete Segante aus Mailand zurück und hatte das Schlafzimmer geschmückt und Kerzen aufgestellt. Schließlich wollte sie sich nicht nachsagen lassen, dass es bei den Grubicys schöner war als bei ihr. Sogar die Kinder hatte sie dazu gebracht, frische Hemden anzuziehen. Baba half bei allem ohne eine Frage. Was sie sich wohl vorstellte? Was dachte sie über Giovanni und Bice, wenn sie sich manchmal auch außerhalb des Schlafzimmers küssten oder umarmten? Daheim bei ihrer Familie war das nicht üblich. Doch Baba verstand trotzdem. Als Bice die Betten neu bezog, half sie ihr sofort dabei.

Als Segante eintraf, ging sie nach der ausführlichen stürmischen Begrüßung unaufgefordert mit den Kindern zum Juliafluss, dorthin, wo eine breite und ungefährliche Stelle war. Das Schwimmen oder Toben im Wasser liebten die Kinder über alles. Die Großen konnten schon schwimmen, Mario und Bianca waren noch unsicher, spielten aber trotzdem gern im Wasser. Am liebsten würden sie eine Ewigkeit am Fluss bleiben.

Giovanni lachte, als er das Schlafzimmer sah. »Sie sind schön, die Blumen und die Kerzen, aber du musst Grubicy keine Konkurrenz machen. Ich habe bei allem, was ich tat, an dich gedacht, wie immer. Ich habe Sehnsucht gehabt, wie immer. Das musst du doch spüren.«

Sie liebten sich, und Bice war erleichtert, dass Segante wieder zurückgekehrt war. Sie sah, dass er müde war von der Reise, aber sie dachte auch, dass er jeden Tag bis zum Morgen gefeiert haben musste. Ohne sie. Vielleicht hatte er getanzt? Mit welcher Frau? Hatte er sie eng an sich gezogen? Ihr Parfüm gespürt? Ihre Brüste? Er sagte nie ein Wort darüber. Und plötzlich sprach Bice aus, was sie sich bisher zu denken verboten hatte.

»Hast du Lust gehabt, mich zu betrügen, Segante?«

Segante schwieg sekundenlang, dann fuhr er auf, schrie sie an.

»Woher nimmst du das Recht, so etwas zu fragen? Hast du dafür unser Zimmer geschmückt?«

»Weil du die Frauen immer intensiv anschaust … und … weil ich selber manchmal Lust dazu habe.«

Mein Gott, was redete sie denn da, was hatte sie da nur gesagt? Es stimmte doch gar nicht, sie hatte niemanden, an den sie dachte, auf den sie Lust hatte. Niemanden außer Segante. Hatte sie denn den Verstand verloren?

Segante lag da mit geschlossenen Augen. War er eingeschlafen, bevor sie diesen Unsinn geredet hatte?

Plötzlich sprang er auf. Er warf die Blumen vom Bett, von der Fensterbank, trat die Kerzen aus, und dann riss er Bice hoch und schrie sie an, sie solle sofort sagen, an wen sie denke. »Wer ist es? Wer?« Segante schüttelte Bice, dass es ihr wehtat. »Du sollst antworten. Ich kann den Gedanken nicht ertragen. Ich möchte dich umbringen. Jetzt. Auf der Stelle!« Segante stieß Bice zurück aufs Bett, raffte seine Kleider zusammen und ging.

Bice hätte sich ohrfeigen können. War ihr Leben nicht schon schwierig genug? Musste sie das Einzige, für das es sich zu leben lohnte, zerstören? Was war nur los mit ihr? War es immer noch Leopoldina Grubicy, deren überhebliche Blicke sie verunsichert hatten? Sie konnte ihre Gedanken nicht einfangen. Sie schossen ihr kreuz und quer durchs Hirn. Endlich kam sie darauf, dass sie sich bei Segante entschuldigen musste.

Sie fand ihn nicht. Sie rief ihn im Haus, auf der Straße, im Garten. Rasch zog sie sich an. Bald würde Baba mit den Kindern zurückkommen. Alle würden sie hungrig sein. Bice räumte die zerdrückten Blumen weg, versteckte die Kerzen im Schrank. Dann deckte sie im Garten den Tisch mit allem, was Mea vorbereitet hatte. Sie hatten nur noch wenige Vorräte. Es gab daher nur Salate und Pizoggel, die von den Kindern trotzdem dankbar begrüßt wurden.

Die Kinder wollten wissen, wo der Vater sei. »Er ist vom langen Sitzen in der Kutsche ganz steif«, log Bice, »sicher ist er in Richtung Tussagn gegangen, das ist doch sein liebster Weg.«

Die Kinder gaben sich zufrieden, sie hatten Hunger, berichteten von ihrem Wasserabenteuer. Baba war still. Sie vermied es, Bice anzusehen. Wahrscheinlich hatte sie bemerkt, dass die Signora geweint hatte.

Bice fand Segante oberhalb des Hauses. Er lag im Gras, und sein Hemd leuchtete wie ein Flecken Schnee. Wieder stürzten ihr die Tränen in die Augen. Sie lief zu ihm, umschlang ihn. Er wehrte sich nicht. Bice stammelte, dass sie so eifersüchtig sei, seit er die Grubicy gemalt habe, die Torelli, die Sacchi.

»Ich habe Angst davor, dass du mich eines Tages verlässt. Schließlich sind wir nicht einmal verheiratet! Du willst niemals mit mir über diese Dinge reden. Und deshalb habe ich dich provoziert! Das ist alles, glaub mir!«

Giovanni erhob sich schließlich schweigend, und sie machten sich auf den Rückweg. Er ging neben ihr her, aber kurz vor dem Haus nahm er Bices Hand und zog sie an sich.

»Was passiert mit uns?«, fragte Bice.

»Nichts«, meinte Giovanni, und ihre Reue schwand schon wieder dahin.

»Es ist nicht egal, ob man wichtige Dinge bespricht oder ob man sich davor drückt«, behauptete Bice, und ein Teil ihrer Zerstörungswut kam zurück.

»Also gut«, seufzte Giovanni und ließ ihre Hand los. »Wir führen eine Ehe wie andere auch. Und das ist offenbar sehr anstrengend. Bisher habe ich geglaubt, du wärst souveräner als andere Frauen, aber da habe ich mich anscheinend geirrt. Also – was möchtest du von mir hören?«

»Du weißt genau, dass wir keine Ehe führen wie andere. Wir führen eine ungesetzliche Ehe.«

»Dass du das nach knapp vierzehn Jahren schon feststellst –«

»Ich habe eben nicht deinen besonderen Scharfsinn –«

»Verdammt, was macht dich nur heute so bissig?«

Giovanni fasste Bice an beiden Oberarmen und zwang sie dadurch, ihn anzusehen. »Was ist nur los mit dir?«

»Ich weiß nicht, ich hab die letzten Nächte schlecht geschlafen«, wich Bice aus.

»Nun, das ist doch ein Grund, heute früh ins Bett zu gehen«, schlug Giovanni vor. »Und diesmal bitte eine schönere Nachtgeschichte.«

Am nächsten Morgen brachte Baba aus dem Dorf die Nachricht mit, dass der Scharlach in Savognin ausgebrochen sei. »Fast alle Kinder sind krank geworden«, sagte Baba, blass vor Kummer. »Bei vier Kindern gibt es keine Hoffnung mehr. Sie liegen im Sterben.«

Giovanni hatte den Bericht Babas mitbekommen, er war aufgeregt, kabelte nach Mailand zu den Grubicys: »Bitte, schickt mir alles, was ihr in Mailand zum Vorbeugen findet. Diese Krankheit beunruhigt mich sehr.«

Segante konnte bald wieder beruhigt sein. Die Kinder blieben gesund. Das Einzige, was sie quälte, war die Eröffnung, dass die Familie umziehen würde nach Maloja. Sie protestierten heftig und lange. Bice und Giovanni konnten ihnen keine befriedigende Erklärung geben. Ihre Gründe waren für die Kinder nicht nachvollziehbar. Wie sollten sie ihnen erklären, dass sie wieder einmal hohe Schulden hatten und im Moment keine Aussichten sahen, diese zu begleichen. Außerdem glaubte Segante, bereits alle wichtigen Motive in Savognin gemalt zu haben. Sie brauchten diesen Ortswechsel.

Der Abschied vom Dorf fiel auch Bice sehr schwer. Sie hatte hier Menschen gefunden, die ihr ans Herz gewachsen waren. Die Baba in erster Linie, aber auch Lucia, die immer noch für sie nähte und in der sie ebenfalls eine Freundin gewonnen hatte. Lucia war begabt und konnte sehr viel mehr als eine Schneiderin. In Mailand wäre sie bestimmt Direktrice in einem feudalen Modesalon. Und die Familien Pianta und Peterelli, die so viel für sie getan hatten, würde Bice vor allem vermissen.

Doch war die Luft im Ort sehr dünn für sie geworden. Es hatte Giovanni und damit auch Bice gekränkt, dass die Kirchengemeinde Savognin Giovannis Vorschlag ablehnte, die Kirche Nossa Donna, neben der alten Brücke Punt Crap, zu renovieren. Er hatte der Gemeinde eine Skizze vorgelegt, wie er sich die Renovation vorstellte. Es war ein sorgfältig und prächtig ausgemalter Entwurf für die Muttergotteskirche, dem man ansah, dass Giovanni mit viel Liebe und Aufwand zu Werke gegangen war.

Sein Kostenvoranschlag betrug nur 500 Franken, ein Betrag, den er allein für das Material brauchte. Seine Phantasie, seine Kunst, seine Arbeitszeit wollte er der Gemeinde schenken. Doch sie lehnte ab.

»Siehst du«, sagte Segante bitter, »das kommt daher, dass ich mich nicht in der Kirche sehen lasse. Dass ich kein frommer Heuchler bin, der während der Predigt schon einschläft. Dass ich zudem kein Schweizer bin. Kein Italiener. Nicht mal ein Österreicher. Nur ein staatenloser Deserteur. Sie strafen mich dafür. Als wären sie berechtigt, mich dafür zur Rechenschaft zu ziehen. Das kann allein Gott tun.«

Bice sah, dass Segante enttäuscht war. Gekränkt. Verbittert. Er hatte dem Ort etwas hinterlassen wollen. Als sie mit Pianta und Peterelli darüber sprach, verhielten sie sich merkwürdig indifferent. Bice wusste nicht, ob sie ärgerlich waren über das Verhalten der Gemeinde oder ob sie im Stillen über Giovannis Verhältnis zur Kirche genauso dachten wie die Leute von Savognin.

Und so hatten sie beschlossen, so bald wie möglich fortzugehen. Giovanni wusste auch schon, wohin. Er wollte ins Oberengadin. Nach Maloja. Ein Onkel Babas war dort Bergführer. Segante war mit ihm schon des Öfteren in den Bergen unterwegs gewesen und jedes Mal voller Begeisterung und voller Pläne zurückgekehrt. Vom Julierpass aus waren sie zum Leg Grevasalvas gegangen, dann durch ein steiniges Hochtal zur Fuorcla Grevasalvas. Hier hatten sie eine so berauschende Aussicht auf die Berninagruppe gehabt, auf die Oberengadiner Seen, auf Maloja und das Bergell, dass Giovanni am liebsten vier Wochen am Stück mit Uffer unterwegs gewesen wäre.

»Das wäre jetzt mein größter Wunsch, Bice. Mit dir und den Kindern einmal zum Wandern und Bergsteigen zu gehen, ohne an den nächsten Termin für ein Bild zu denken. Vielleicht haben wir irgendwann so viel Geld gespart, dass wir uns so etwas Wunderbares erlauben können.«

Bice seufzte, aber nur in Gedanken. Ihre Finanzen waren derart desolat, dass man eher an pausenloses Arbeiten denken musste als an das Besteigen von Bergen. Trotzdem ließ sie sich sofort wieder von Segante anstecken, als er davon berichtete, wie er mit Uffer nach Plaun Grand abgestiegen war. »Wir haben uns an den Wegweiser nach Maloja gehalten und sind dann ins Bergell eingewandert. Du kennst es ja aus deiner Kindheit, aber ich habe noch nie so viele gute Geister um mich gespürt. Es ist eine magische Landschaft, ganz, wie du es gesagt hast.«

Ihr Umzug nach Maloja wurde immer konkreter. Bergführer Uffer wusste, dass dort seit einiger Zeit das Chalet Kuoni leer stand. Es sei ganz aus Holz gebaut, sehr elegant und bestimmt teuer, daher lasse sich kein Mieter finden.

Das war genau das richtige Objekt für Segante. »Wenn ich in der nächsten Woche in Mailand bin, werde ich mir auf der Rückreise das Chalet ansehen. Taugt es für uns, dann hole ich dich ab, und wir schauen es uns gemeinsam nochmals genau an, denn du musst ja dort auch gern leben wollen, du und die Kinder.«

Seit Bices Eifersuchtsanfall war Segante besonders rücksichtsvoll und besorgt um sie. Aus Mailand schrieb er ihr jeden Tag einen Brief, in dem er von seiner Liebe sprach und von dem Leben, das vor ihnen lag und das er für sie immer schöner gestalten wolle. Bice glaubte, sie habe ihm mit ihrem Gefühlsausbruch Angst eingejagt. Das bereute sie, und sie wollte es gutmachen. Immer wenn Segante in Mailand war, liebte und begehrte sie ihn besonders stark und gelobte, eine geduldige, verständnisvolle und vor allem liebevolle Frau für ihn sein zu wollen. Und dann schaffte sie es doch wieder nicht und machte ihm eine Szene.

In einem seiner Briefe kündigte Segante eine große Überraschung an. Der Schweizer Generalsekretär für die Pariser Weltausstellung habe bei Grubicy angefragt, ob sich derzeit eine Besichtigung der Galerie lohne im Hinblick auf die Werke Giovanni Segantinis. Wenn ja, plane er kurzfristig eine Reise nach Mailand ein. Segantini sei von einflussreichen Männern Graubündens empfohlen worden, für die Weltausstellung in Paris als Beitrag der Schweiz ein Panorama des Engadin zu malen.

»Liebste Bice«, schrieb Giovanni, »wenn ich diesen Auftrag bekomme, wird es das aufwendigste Projekt meiner künstlerischen Laufbahn sein. Dann haben wir es geschafft! Du und ich!«

Bice schwirrte der Kopf. Ihr Segante sollte … So viel Glück gab es nicht für sie. Bice wagte es nicht zu glauben. Auch Segante musste zwischen Hoffnung und Depression stark geschwankt haben, denn sie bekam nach einigen Tagen erneut einen Brief. Es war der schönste, aber auch der traurigste Brief, den sie von Segante bislang bekommen hatte. Ein Strauß Veilchen lag ihm bei, und Segante schrieb, dass er ihr diese Veilchen als Zeichen seiner großen Liebe schicke. Er habe die Blumen eigens für sie gepflückt und werde das nun jedes Frühjahr tun. Es sei denn, er lebe nicht mehr …

Bice wusste nicht, warum dieser Brief sie derart tief rührte, dass sie immer wieder in Tränen ausbrach.

31

Sie konnten in das Chalet Kuoni einziehen. Das hatten sie schriftlich. Giovanni zahlte einen Vorschuss, mit dem der Vermieter zufrieden war. Doch damit war die Familienkasse wieder einmal leer. Giovanni hatte Brandbriefe an Alberto Grubicy geschrieben. Die Antwort jedoch blieb aus.

»Ich habe den Eindruck, dass Alberto meine Briefe erst gar nicht liest«, sagte Giovanni zu Bice. »Wieso macht der mir eigentlich Vorhaltungen? Dieses Jahr waren wir doch fast sparsam, und überdies haben wir Alberto kaum belästigt. Wenn wir nur die Schulden im Dorf hätten, kämen wir ja zurecht. Verglichen mit den früheren Jahren, ist es jetzt bei uns wie im Schlaraffenland. Doch ich habe richtige Schulden in Zürich und in Chur, wo ich das Hotel und die Kutscher nicht bezahlen konnte. Ich verstehe überhaupt nicht, warum Alberto sich beklagt, dass er in London nichts verkauft hätte. Er soll doch nicht so tun, als hätte er in London jemals gute Geschäfte gemacht! Er soll doch an die Vergangenheit denken! Meine Arbeiten haben ihren Wert seitdem verdoppelt! Noch heute schreibe ich an Alberto, und wehe, er antwortet nicht sofort!«

»Wenn du das so siehst, musst du dir einen anderen Galeristen suchen. Oder deine Bilder selber verkaufen. Ich könnte dir dabei helfen.« Bice war empört. Alberto Grubicy mit seinem pompösen Mailänder Haus, das er in großem Stil führte. Mit seinen Festen, die jedes Mal phantasievoll und verschwenderisch waren. Bice wusste das von Carlo und Thérèse, die keine Einladung des Galeristen ausließen, weil sie dort ihre gesamten Freunde trafen.

»Übrigens«, sagte Bice, »heute kommt Bankier Albini aus Mailand. Er möchte sich dein Bild *Liebe am Brunnen des Lebens* in Ruhe anschauen.«

»O je«, seufzte Giovanni, »wenn ich an die schlechten Drucke denke, die ich in seinem Haus gesehen habe.«

»Wie – du warst bei den Albinis daheim?«

»Ja. Habe ich dir nicht davon erzählt? Sie haben für mich ein Essen gegeben«, sagte Giovanni, und Bice erwiderte spitz, das sei ja interessant zu hören. Doch entweder war Giovanni in seinen Gedanken so abgelenkt, dass er Bices Spitze nicht gehört hatte, oder er ignorierte sie. Jedenfalls sagte er, dass Albini keine Ahnung von Kunst habe. »Er wird mir nicht viel für das Bild geben, fürchte ich.«

»Für dieses herrliche Bild? Es hat dich unglaublich viel Zeit gekostet. Du musst mindestens 3000 Lire verlangen. Ich habe in Savognin noch ausstehende Rechnungen zu begleichen. Wenn Albini nicht angemessen zahlt, bleibt das Bild hier, und wir fahren damit nach Mailand und verkaufen es selbst. Adressen weiß ich immer noch genug dafür. Ich habe es satt, dass immer die anderen reich werden und dass du keine Ahnung hast, wie viel dir eigentlich zusteht.«

»Du hast mal wieder recht, Signora Bice. Wenn du versprichst, mir zu helfen, verkaufe ich künftig meine Bilder persönlich.«

Segante holte das Bild aus dem Atelier. Es war ein Ölbild, und Bice war fast traurig, wenn sie daran dachte, dass irgendwann am Nachmittag ein Bankier kommen würde, um es mitzunehmen. Das Bild war prächtig und üppig. Sie liebte es. Doch dann dachte sie ans Geld und wünschte sich, der Mann möge Bargeld bei sich haben. Sie waren mal wieder so abgebrannt, dass sie den derzeitigen Hauslehrer Professor Boldoni nicht bezahlen konnten, und das war ihr schrecklich unangenehm. Auch Baba hatte ihr Geld von den letzten Monaten noch nicht. Aber sie war unglaublich geduldig, und Bice schwor sich, dass Baba als Erste ihr Geld bekommen sollte. Mea klagte, die Vorräte in der Küche gingen wieder einmal bedrohlich zur Neige.

Bice schaute seufzend auf das Bild. Es stellte Maloja im Frühling dar, mit einer Landschaft, die von Alpenrosen übersät war und sich weit hinstreckte, bis an die Berge. Eine windschiefe Kiefer reckte sich mühsam hinauf in den sonnenblauen Himmel, und Bice glaubte die Alpenrosen und die Kiefer zu riechen. Sie war fasziniert, wie detailbesessen Giovanni jede Blüte, jeden Grashalm und vor allem die exzentrisch gewachsene Kiefer gemalt hatte. Ein weißgekleidetes Paar, völlig in sich versunken, lief auf eine Quelle zu, an der ein ebenfalls weißgekleideter Engel saß und wenig freundlich auf die Verliebten schaute. Bice nahm sich vor, Segante bei Gelegenheit zu fragen, wieso eigentlich der Engel derart argwöhnisch auf die jungen Liebenden blickte. So etwas erwartete man nicht von einem Engel.

Als Albini eintraf, zeigte er sich überrascht und überwältigt von der Schönheit des Bildes. Bice hatte ihn sofort in den Salon geführt und dort mit dem Gemälde allein gelassen, um Segante zu holen. Segante wusch sich in der Küche gründlich die Hände, die von Farbe bespritzt waren, und Bice stellte einen Likör, Gläser und Gebäck auf ein Tablett. Dann gingen sie in den Salon, und der Bankier eilte sofort auf Giovanni zu. »Sehr schön, dieses Bild, wunderbar, Signore Segantini, aber ich werde kaum so viel Geld haben, wie es in Wahrheit wert ist.«

Bice und Segante sahen sich kurz an. Wenn der Bankier bisher nur schlechte Drucke von Gemälden gekauft hatte, wieso sollte er heute viel Geld ausgeben für ein Original? Das dachten beide, und sie schwiegen betreten. Der Bankier sah das Paar mit rätselhaftem Gesichtsausdruck an.

»Also«, sagte er schließlich, »was soll das Bild kosten?«

»Sagen Sie, was Sie geben wollen«, entfuhr es Bice, denn so war es in Künstlerkreisen eigentlich der Brauch, zumindest in Italien, und der Bankier antwortete, ihm sei klar, dass die Summe nicht dem Wert des Bildes entspreche, aber er würde ihnen gern 5000 Lire anbieten, und zwar in Gold.

Bice verschlug es den Atem. So viel Geld! – Und sie hatten so wenig erwartet. Segante versuchte seinem Gesicht einen gelassenen Ausdruck zu geben, doch Bice war klar, dass er innerlich genauso jubelte wie sie. Wieder einmal waren sie gerade noch davongekommen.

Als der Bankier mit seiner kostbaren Neuerwerbung abgereist war, schickte Giovanni Mea und Baba zum Hotel Maloja, damit sie Wein holten und Limonade für die Kinder. Giovanni ging mit den Kindern zum Eislaufen an den Silser See, und Bice versprach, für ein festliches Abendessen zu sorgen. Die Kinder wussten, dass mit der Abreise des Bankiers, der ein großes Bild mitgenommen hatte, wieder Freude eingezogen war ins Haus. Die Mutter küsste sie übermütig und zerstrubbelte ihnen das Haar. Selbst das ließen sich die Kinder gefallen. Sie suchten ihre Schlittschuhe im Schuppen zusammen, und Segante ließ für heute die Arbeit liegen.

Am Abend gab es ein Festessen: *Gnocs da samulina*, Griesschnitten, gekocht aus Gries, Milch, Eiern, Salz und Pfeffer. Dazu schnitt Mea reichlich Käse in Würfel, ebenso geräucherten Schinken und Paprika, und damit wurden die Griesschnitten im Ofen überbacken.

Außerdem bereitete Baba einen Savogniner Nüsslisalat, der mit feingehackten Schalotten, Schnittlauch, in schmale Streifen geschnittenem Bündner Fleisch, gerösteten Pinienkernen und ebenfalls gerösteten Brotwürfeln angereichert wurde. Bice hatte den Nachtisch übernommen. Einen Appenzeller Bienenstich, wie sie ihn aus dem Hotel Piz Mitgel kannte.

Am nächsten Morgen, noch im Bett, redeten Bice und Giovanni über die Berg- und Talfahrten ihres Daseins. Sie hatten sich geliebt und waren nackt. Segante schaute Bice lächelnd an. »Du bist so schön, Bice. Wenn ich daran denke, dass wir vier Kinder haben! Du siehst aus wie ihre große Schwester.«

»Wie wäre es eigentlich, wenn ich dir keine Kinder geboren hätte? Würdest du mich dann auch lieben?« Bice hatte ihre Frage impulsiv gestellt, doch sie spürte, dass Giovanni ihr auswich.

Er richtete sich auf, schaute aus dem Fenster, und seine glückliche Stimmung verflog sichtlich. »Ich hab dir gegenüber ein so verdammt schlechtes Gewissen. Was hast du schon alles aushalten müssen! Kein Geld. Keine Ausweispapiere. Immer auf dem Sprung. Und ich kann es nicht ändern. Warum kann ich es verdammt noch mal nicht ändern!? Du musst darunter leiden, dass ich nichts anderes tun kann als malen!«

Giovanni nahm Bice wieder in die Arme. Er machte sein Rednergesicht, und Bice wusste, jetzt würde es länger dauern. Sie kuschelte sich an Segante und hörte zu, wie er ihr seine Zukunftspläne entwarf. Sie hatte sich schon daran gewöhnt, dass Segante immer öfter Zuflucht nahm zu großen Worten. Seit er selbst, wenn auch langsam, lesen konnte, ließ er sich die *Riforma* und die *Cronaca d'arte* kommen, Zeitschriften, in denen auch Vittore Grubicy seine Texte publizierte. Von der Lektüre beeindruckt, begann Segante, über Kunst zu schreiben. Zu sagen hatte er ja genug.

Doch diesmal wollte Segante mit Bice über seine Gefühle reden. Er war davon überzeugt, dass er eine künstlerische Zukunft hatte und dass er Bice liebte. »Ich glaube, noch in diesem Jahr wird mein Leben als Künstler einen großen Umschwung nehmen. Hoffentlich zum Guten. Schau, wenn wir das Fenster öffnen, wird uns die Sonne umarmen. Der Himmel ist tiefblau, sieh doch nur, und die Stoppeln der Haferäcker leuchten wie Goldhalme.

Bice, das Leben ist schön. Ich habe immer noch so viel Hoffnung wie damals, als ich zwanzig war und dich gesehen habe. Zum ersten Mal wusste ich, was ich hoffen sollte und was ich lieben sollte. Ich glaube, der Genuss am Leben erwächst erst aus der Fähigkeit zu lieben. Ich liebe dich, Bice. Das ist das Einzige, was ich zuverlässig weiß!«

32

»Wenn du hinter unserem Haus zwischen den Büschen hochsteigst, richtig hoch rauf, und wenn du dich dann umdrehst und auf den Silser See hinuntersiehst, liegt vor dir unser Chalet. Und gleich dahinter kannst du das Hotel Maloja Palace sehen und alle Berge. Und Menschen. Und Kutschen. Sie strömen nur so dahin. Du kannst jeden Tag andere Herrschaften anschauen. Und am Abend dinieren sie und gehen zum Tanz ins Palace. Da kannst du Brillanten sehen! So viel du nur willst!«

Gottardo erklärte Baba, was ihm am neuen Wohnsitz der Familie wichtig erschien. Baba war mit zwei Tagen Verspätung in Maloja erschienen. Das Haus der Peterelli in Savognin musste ordentlich gereinigt der Familie übergeben werden, und Baba wollte sich in Ruhe von ihrer Familie verabschieden. Sie hatte sich zum Erstaunen aller entschlossen, die Segantinis nach Maloja zu begleiten, obwohl die Uffers sie lieber in Savognin behalten hätten. Die Geschwister Babas waren aus dem Haus, sie waren selbständig. Die Eltern, zu ein wenig Wohlstand gekommen, hätten die Tochter nun lieber im Haus eines soliden Ehemanns gesehen als bei der Malerfamilie, wo es wild und ungezügelt zuging. So redete man jedenfalls im Ort, obwohl Baba widersprach. Sie sagte ihren Eltern ruhig, dass sie sich wohlfühle im Hause Segantini. Dass der Maler und seine Frau immer liebenswürdig mit ihr umgehen würden. Immer!

»Aber die viele Arbeit«, rief die Mutter, »es bleibt doch alles an dir hängen!«

»Es gibt viel zu tun«, sagte Baba ruhig, »aber ich muss keine Angst haben. Es gibt keine miesen Witze. Niemand belästigt mich. Signore Segantini arbeitet sehr hart, und Signora Bice auch. Sie hilft im Haus mit. Sogar die Kinder helfen mit! Wir machen alles miteinander. Deshalb ist es eine schöne Arbeit. Besonders, wenn ich Modell stehen darf. Dann kann ich meine Gedanken spazieren führen, kann mit Tieren umgehen, mit anderen schönen Dingen in der Natur. Und dann darf ich jeden Tag sehen, wie das Bild entsteht, auf dem ich dann zu sehen bin. Und im Haus die Kinder. Sie hängen an mir. Und die Mea. Der John. Und der Fingal. Sie sind mein Leben geworden.«

Die Eltern hatten sich stumm angesehen, und dann hatte der Vater gemeint, dass Baba es ja wissen müsse. Sie sei alt genug. Und hoffentlich finde sie im Umkreis der Segantinis auch einen halbwegs anständigen Mann. Oder ob sie als Jungfer bei der Malerfamilie ihr Leben beenden wolle?

Darüber hatte Baba noch nicht nachgedacht. Warum auch? Ihr Leben war so viel reicher geworden, seit sie bei den Segantinis lebte. Signore Segantini brauchte sie doch. Das sagte er ihr, und Signora Bice sagte das auch. Und wenn sie sich umsah in dem hölzernen Chalet, das ihr von außen und von innen gut gefiel, wenn sie die großen Jungen sah, die ihr mit Freude und Begeisterung jeden Winkel Malojas zeigen wollten, dann fühlte sie sich daheim. Die Söhne unterstützten Baba auch dabei, ihr Zimmer einzurichten. Sie brachten ihr Kissen, Decken, Lampen – sie sollte es schön haben im Chalet.

Bianca, die Jüngste, die Baba manchmal längere Zeit nicht sah, war zu einem sehr hübschen Mädchen herangewachsen, das seine Brüder um den Finger wickeln konnte. Bianca trug gern weiße Kleider, und die Eltern unterstützten das. Jetzt, im August, wo es ordentlich heiß war, lief die Kleine in ihren dünnen Seiden- oder Leinenhemdchen herum wie ein Engel. Bianca hatte das gewellte Haar der Mutter. Sie trug es offen, und ihr Vater bürstete es manchmal behutsam. Er konnte seine innige Liebe zu dem Töchterchen nicht verhehlen. Er nahm Bianca oft auf den Arm, trug sie bis zum Schloss Belvedere, und die Brüder marschierten neidlos hinterher. Nicht einmal der kleine Mario, nur wenig älter als Bianca, war eifersüchtig auf die Schwester. Bianca hatte bei Tisch erzählt, dass sie im Institut »Großmutter« gerufen werde. »Warum sagen die so was Blödes!«, hatte Gottardo empört ausgerufen. Bianca hatte die Schultern gezuckt. Da seien so viele Mädchen, man habe ihr gesagt, es seien zweihundert Zöglinge, und von denen sei sie die Jüngste. »Deshalb bin ich am liebsten allein in meinem Zimmer.« Sofort folgte eine lebhafte Debatte darüber, ob Bianca nicht doch lieber heimkommen und auch von Professor Boldoni unterrichtet werden sollte.

Baba liebte Bianca – wie alle im Haus. Es hatte Baba schon immer erstaunt, dass die Segantini-Kinder untereinander keinen ernsthaften Streit kannten. Da war es im Hause Uffer in Savognin aber anders zugegangen. Es wunderte Baba auch, dass keines der Kinder jemals gefragt hatte, warum ihre Eltern nicht verheiratet waren. In Savognin jedenfalls war das durchaus Thema gewesen im Ort. Doch offenbar hatte niemand die Kinder damit belästigt, obwohl Gottardo und Albertino dort zur Schule gegangen waren. Meist waren die Kinder von Baba, Signora Bice oder Signora Bugatti in den Ort begleitet worden. Und wenn der Herr auf der Alp war, hätte er die Kinder und Signora Bice am liebsten auch ständig um sich gehabt. Das war gar keine Frage. Er sprach ständig von ihr, und am schönsten fand er es, wenn seine Frau ihm beim Malen vorlas. Dann war er hochkonzentriert, völlig zufrieden und kam mit seiner Arbeit gut weiter.

Die Kinder führten allerdings oftmals merkwürdige Gespräche. Besonders Gottardo forderte die anderen dazu heraus.

»Wir sind doch eigentlich adlig, oder?«, wollte er bei Tisch von seinem Vater wissen, doch der machte eine abwehrende Geste.

»Nein. Nur eure Großmutter, Margherita de Girardi di Castelli, gehörte zum Landadel.«

»Ach nee«, sagte Alberto gespielt mitleidig mit Blick auf Gottardo, »Landadel. Das wollen wir doch nicht glauben. Gottardo wäre gern richtig adlig. Hochadlig. Der König von Graubünden!«

Giovanni Segantini wischte sich den Mund mit der großen weißen Leinenserviette ab, lehnte sich zufrieden zurück und rief gutmütig hinüber zum Hauslehrer der Kinder, dass seine Söhne offenbar zu viel Zeit zum Vertrödeln hätten. »Lieber Professore, stopfen Sie in die Köpfe meiner Söhne mehr Mathematik und Physik, auch Grammatik und Wissen über die Geschichte unseres Landes, damit kein Platz mehr ist für Flausen!«

Daran dachte Baba, als sie Signora Bice half, im Salon den kleinen Tisch zu decken, denn für heute hatte sich Direktor Walther angekündigt, der von dem riesigen, Baba wie ein märchenhaftes Schloss erscheinenden Hotel Maloja Palace.

Er wollte offenbar nicht versäumen, mit dem berühmten Maler, von dem so viele seiner Hotelgäste schwärmten, Kontakt aufzunehmen. Der Mann war vielleicht Gold wert für Maloja, vor allem für das Palace, das jeden Tag sein hungriges Maul aufsperrte, um sich satt zu fressen an frischen, wohlhabenden Gästen.

Babas Mutter hatte es sich nicht nehmen lassen, der Tochter für den Umzug nach Maloja eine Savogniner Nusstorte mitzugeben, die gerade jetzt vor allem Bice hochwillkommen war. Direktor Walther hatte sich zwar angemeldet, aber so kurzfristig, dass die Küche des Chalets, an deren Einrichtung noch immer gearbeitet wurde, nur das Nötigste zum Essen hergab.

Direktor Walther lobte den delikaten Kuchen. Er wolle unbedingt das Rezept haben für sein Hotel, denn dort habe er diesen Kuchen noch niemals so vorzüglich gegessen. Baba schenkte dem Direktor, der sich sofort sehr heimisch fühlte und insbesondere von ihr angetan schien, eine Tasse Tee ein.

»Sie könnten sofort im Teesalon des Maloja Palace anfangen, meine Liebe. Natürlich nur dann, wenn die Familie Segantini Ihre Dienste nicht mehr benötigt!«

»Oho«, erwiderte Giovanni nur halb scherzhaft, »unsere Baba – das ist, als wollten Sie uns eine Tochter wegnehmen.«

»Darüber machen wir nicht einmal Scherze«, pflichtete Bice sofort bei.

Der Direktor entschuldigte sich bereitwillig und begann sogleich mit seinem eigentlichen Anliegen, das nicht weniger eigennützig war.

»Einer meiner Gäste ist Maler, leider ist er schon vor Wochen abgereist, aber er berichtete mir, dass er bei den Galeristen Grubicy de Dragon unter Vertrag sei. Dass er zu den Divisionisten gehöre, zu denen auch Sie zählen würden, lieber Segantini. Ich wäre gern der Erste, der diese Gruppe einlädt zu einem Symposion. Was halten Sie davon?«

Giovanni trank behutsam den heißen Tee, man konnte ihm nicht ansehen, ob er begeistert war oder befremdet. Er stellte seine Tasse ab und meinte scherzhaft, dass er dann zumindest keinen weiten Weg habe zu dem Symposion. »Sie dürfen sich aber unter den Divisionisten keine homogene Gruppe vorstellen, Herr Direktor. Eher das Gegenteil. Nehmen Sie Gaetano Previati, Angelo Morbelli, Emilio Longoni oder Giovanni Sottocornola – jeder von ihnen hat seine eigene Vision.«

»Das sollte kein Hindernis sein«, überlegte Bice laut. »Das ist es doch genau, was den italienischen Divisionismus so unverwechselbar und bemerkenswert macht.«

»Signora Bice, Sie sind ja bestens informiert«, wunderte sich Direktor Walther, und Giovanni fügte sofort hinzu, dass Bice völlig recht habe.

»Meine Frau liest alles über Kunst, was wir im Hause haben. Sie begreift schnell und kann mit einer Leichtigkeit formulieren, die mir abgeht«, sagte Giovanni, und er gab sich nicht die geringste Mühe, seinen Stolz auf Bice zu verbergen.

»Und das Zentrum der Lombardei wird zum künstlerischen Mittelpunkt der Divisionisten – oder?«, wollte Direktor Walther wissen.

»Natürlich, das kann nur Mailand sein«, sagte Bice selbstbewusst. »Mailand ist wohlhabend geworden. Das fördert die Künste. Ich kenne die Stadt gut, ich bin dort aufgewachsen, und meine Familie lebt heute noch dort.«

»Ja, in Mailand gibt es, allein durch die Brera, eine lebendige künstlerische Szene. Mailand ist unser Mittelpunkt, auch wenn die meisten Divisionisten außerhalb arbeiten. So wie ich auch«, bestätigte Giovanni.

»Ich verstehe ein wenig von Malerei«, meinte Walther bescheiden, »ich lade Sie ein in meine Privatwohnung. Vielleicht werden Sie überrascht sein, wen von Ihren Kollegen Sie dort antreffen. Und bald möchte ich auch einen Segantini beherbergen.«

Giovanni, der spürte, dass Walther großes Interesse zeigte, berichtete ihm nicht ohne Stolz, dass er eingeladen sei, ein großes Panorama des Oberengadin für die Weltausstellung in Paris zu schaffen. Er habe sich das zugegebenermaßen ehrgeizige Ziel gesetzt, das Engadin in Europa und möglichst weltweit bekannt zu machen.

Diese Ankündigung Segantes versetzte Direktor Walther in freudige Erregung. Sehr bald hielt es ihn nicht mehr bei Tee und Nusstorte, er verabschiedete sich und versicherte Bice und Giovanni, dass er mit dem heutigen Tage das Sprachrohr sein werde für den großen Meister Giovanni Segantini. »Ich habe Gäste aus aller Welt. Und die, die es noch nicht wissen, werden es alle erfahren, wer hier unter uns lebt: der Lichtmaler von Maloja! Graubündens Botschafter des Lichts!«

Die gesamte Familie erfreute sich an dem neuen Domizil. Obwohl das Chalet Kuoni kleiner war als das Peterelli-Haus in Savognin, liebten es alle Segantinis vom ersten Tag an. Es war ein Landhaus im Schweizer Stil. Über dem ausladenden Granitunterbau war das Haus komplett aus warmem, duftendem Holz errichtet. Die Frontseite zeigte eine doppelte Balkonreihe, darüber ein weit hervorragendes Dach, das selbst jetzt, im August, Schatten spendete. Trat man hinaus auf einen der Balkone, konnte man ein prächtiges Stück Engadin betrachten: den herrlichen, von Gletschern eingefassten Silser See, der fünf Kilometer lang war. Er schimmerte an manchen Tagen blau bis türkis, dann, je nach Tageszeit, golden oder silbrig. Man sah sogar die Häuser von Sils wie Spielzeug herüberschimmern. Die Halbinsel Chasté sprang wie ein dunkles Riesenkrokodil aus dem See hervor. Baumriesen und Felsen verteilten sich im bunten Gras. Man wusste, dass ein Philosoph namens Friedrich Nietzsche während seiner Aufenthalte in Sils Maria gern an diese Stelle gekommen war. In Mailand redete man viel über seine Schriften. Inzwischen sei er aber schwer krank und lebe in einer Heilanstalt. Andere sagten, er wohne wieder bei seiner Mutter und werde von ihr gepflegt.

Giovanni erzählte einmal beim Essen seinen Kindern von Nietzsche, aber die konnten sich unter einem Philosophen nichts vorstellen. Der Vater sagte, er hätte diesen über die Maßen klugen Mann gern kennengelernt. Er habe sogar für eines der Bücher von Friedrich Nietzsche den Umschlag gezeichnet.

Bice teilte die Begeisterung Giovannis nicht.

»Er ist sicher ein großer Geist. Ich habe über ihn gehört, dass er schon sehr früh Professor war. Aber er hat auch ziemlich merkwürdige Dinge gesagt. Zum Beispiel über die Frauen und über die Ehe. Da sagt er sinngemäß, dass einige Männer über die Entführung ihrer Frauen geseufzt hätten, die meisten aber seufzten darüber, dass niemand sie ihnen entführen wolle. Das muss man sich mal vorstellen! Bestimmt hat Carlo mir das erzählt.«

»Warum sehen die Häuser in Maloja alle anders aus als unseres?«, wollte Gottardo wissen, aber Bianca interessierte sich nicht dafür.

»Das ist mir doch egal, ich finde es hier sooo schön!«, trotzte sie und machte ihren Schmollmund, sodass Giovanni ihr sofort einen Kuss geben musste.

»Ihr werdet ganz sicher noch genug echte Engadiner Häuser und Stuben sehen. Wir wohnen ja jetzt hier, und Mama und ich wollen natürlich die Einheimischen kennenlernen, und ihr werdet mit ihren Kindern zusammenkommen – das ist doch ganz natürlich. Die Engadiner Häuser – ich meine jetzt nicht die alten wunderschönen Patrizierpaläste, sondern die Häuser der Bauern – sind ganz urig. Sie sind unter einem Dach mit den Ställen, auch wenn es vornehme und wohnliche Häuser sind.

Die Engadiner Stuben, soweit ich sie gesehen habe, sind wunderbar heimelig.«

Alberto rief beim Aufstehen, dass er sofort ein richtiges Engadiner Haus sehen wolle, und Bice lachte, fuhr ihm in seinen Haarschopf und meinte, dass er wohl immer geschlafen habe, wenn sie mit der Kutsche durchs Engadin gereist seien. »Wir waren doch in den letzten Jahren überall im Engadin unterwegs. Von Sankt Moritz bis Maloja müsstest du zahllose Engadiner Häuser gesehen haben!«

»Aber ihr habt nie gesagt, dass wir hinsehen sollen!«, beschwerte sich Mario. »Ihr seid unsere Inhaber, ihr müsst dafür sorgen, dass wir alles wissen«, behauptete Gottardo, der immer für interessante Wortschöpfungen gut war. Und Bianca schmiegte sich an Giovanni und meldete, dass Mario schon wieder zu ihr gesagt habe, sie sei ein Findelkind. »Bin ich ein Findelkind, Vater, eine vertauschte Prinzessin?«

»Mindestens!«, sagte Giovanni.

Bice und Segante standen auf dem Balkon, jeder ein Glas mit Champagner in der Hand. Auch die Kinder stießen mit an und rannten dann wieder hinaus, hinunter zum Silser See. Giovanni trank sein Glas aus und zog Bice an sich. »Ich kann noch gar nicht glauben, dass ich jetzt mit euch in Maloja leben darf. Immer wenn ich hier vorbeigekommen bin, war ich verliebt in diesen Ort. Ich hatte die Vorstellung von etwas Märchenhaftem, Phantastischem. Von einer Welt, die so wunderbar ist, dass man sonst nur in Büchern davon liest. Und Sankt Moritz war für mich immer wie ein Fest, das hoch droben über der Erde unaufhörlich gefeiert wird. Und erst Sils Maria! Allein der Name klingt für mich schon so feiertäglich, so voll, so fern! Bei all der Größe fühle ich mich klein. Und dann die vielen gebildeten Menschen, die in diese Gegend kommen. Da hadere ich umso mehr damit –«

Bice unterbrach ihn: »Vergiss nicht, dass du, von wem auch immer, mit einem beachtlichen Talent gesegnet wurdest. Denke daran, wie viele deiner Kollegen ein ähnliches Schicksal hatten!«

Giovanni umarmte Bice stürmisch. »Verzeih mir, Liebste, du darfst mich nicht missverstehen. Ich bin ja der glücklichste Mensch Mailands gewesen, als ich dich getroffen habe, als du dich für mich entschieden hast. Das wiegt alles auf. Das Fatale an meinem Charakter ist nur, dass ich manchmal denke, ich hätte nicht nur ein guter Maler werden können, sondern auch ein Philosoph, auf den man hört. Wäre ich Soldat geworden, Gott behüte, aber dann wäre ich heute General, und über mir stünde nur der König. Wäre ich Priester geworden, wäre ich mit Sicherheit heute Kardinal, und über mir wäre nur noch der Papst …«

Bice lachte, aber Segante hörte sehr wohl den Spott aus ihrem Lachen, als sie sagte, dass er also deshalb Maler geworden sei, damit er sich von niemandem etwas sagen lassen müsse. »Obwohl ich dich anbete, habe ich doch hin und wieder den Verdacht, dass du langsam größenwahnsinnig wirst. Du kannst doch nicht im Ernst glauben, dass du frei bist und dass niemand über dir steht.«

»Nein, nein, das denke ich natürlich nicht«, beeilte Giovanni sich zu sagen. »Erstens stehst du über mir und dann auch noch die Grubicys!«

Bice strich seine dicke Haarsträhne zurück, wie so oft, wenn sie nicht wusste, was sie von Segante halten sollte. Seine Stimmungen wechselten endlos zwischen Niedergeschlagenheit und Höhenflug, und dazwischen gab es auch noch reichliche Nuancierungen. Bice hatte gelernt, Giovannis Launen hinzunehmen. Sie wusste genau, dass sie selbst auch von Stimmungen abhängig war und unausstehlich sein konnte. Wie sollte sie da Segante gram sein? Er ertrug es nicht, wenn sie sich in sich zurückzog. Er spürte das sofort und umwarb sie mit fast angstvoller Zärtlichkeit, die ihn so gut kleidete, dass Bice lachen musste. Ihr Lachen machte Giovanni überglücklich.

Das Wetter in Maloja, fand Bice, konnte man durchaus mit den Stimmungen Segantes vergleichen. Es war besonders wechselhaft, eben segantenhaft. Mal schlichen graue Nebelfetzen an den zerrissenen Bergwänden dahin – und sofort war die schöne Malojawelt feindselig und gefährlich, besonders, wenn man in das nasse Felsgeröll hineingeriet. Man war dann schon erleichtert, einem jungen Lärchenbaum zu begegnen, der mit frischem Grün einen wieder aufmunterte und Mut machte, denn die Lärchen mussten ja ebenso wie der Mensch fertigwerden mit Sturm und Kälte.

Doch so wie Segantes trübe Stimmungen waren auch die Regenböen in Maloja schnell wieder vorbei. Ganz plötzlich hellte sich das Wetter auf. Bice fand, dass dieses Maloja, ihre neue Heimat, ein sehr junger Ort war, nur wenige Häuser, wenige Familien, die meist für sich blieben. Es wäre ein Nest gewesen, wenn da nicht das Maloja Palace in seiner beeindruckenden Größe am Silser See gestanden hätte. Es wirkte in dieser ländlichen Umgebung seltsam deplatziert. Sein Erbauer, der belgische Graf Renesse, so erzählte man, hätte es auch lieber in Sankt Moritz gesehen oder aber in Sils Maria. Aber weder hier noch dort hatte man ihn und sein Hotel haben wollen. Nur in Maloja fand er offene Ohren bei den Familien Baldini, Olgiati und auch bei den Giacomettis. Sie verkauften ihm gern ihre sumpfigen Wiesen für schweres Geld.

Bice hoffte, dass die Berühmtheit des Namens Segantini es ihnen erleichtern würde, sich in Maloja einzuleben. Bisher waren sie noch fremd. Sprach Bice Einheimische an in den Straßen oder auf dem Markt, schaute sie in offene, freundliche Augen. Doch meist kam keine Antwort. Es war, als hätten sie Bices Worte verschluckt. Die Menschen waren freundlich, doch sie kamen Bice nicht entgegen.

Nicht zuletzt deshalb hatte Bice wieder einmal das Gefühl, dass es in ihrem Leben keine Ruhe gab. Dass die Ereignisse so rasch aufeinanderfolgten und dahinströmten wie das klare, schnell dahinfließende Wasser, das die Kelten, die sich zuerst hier oben angesiedelt hatten, »Inn« genannt hatten. »Inn«, was so viel bedeutete wie »das gehende, das rinnende Wasser«.

»Die Seele des Menschen gleicht dem Wasser …« Wo hatte sie das gelesen? Wahrscheinlich in der Bibel, wo die vielberufenen Allegorien einen manchmal langweilen konnten. Dass die Seele des Menschen dem Wasser gleiche, war vielleicht gar nicht so falsch. Vielleicht sind Mensch und Natur doch so etwas wie eine Schicksalsgemeinschaft. Ihr Vater hatte gesagt: Wenn die Menschen Kriege anfangen, speien auch die Vulkane. Wenn die Menschen in ihrer Gier maßlos werden, erbebt die Erde. Bice hatte sich seither oft gefragt, ob da tatsächlich doch mehr war als zufälliges Zusammentreffen. Eine unauslotbare Tiefe, wo die Natur mit der menschlichen Welt verbunden ist. Es gibt ja manchmal Erdbeben an völlig entgegengesetzten Enden der Welt. Vielleicht sind sie durch einen geheimnisvollen Urgrund miteinander verbunden? Segante äußerte auch oftmals solche Gedanken. Carlo sagte immer, das sei reiner Pantheismus! Segante und Vater Bugatti seien verkappte Pantheisten.

Giovanni und Bice hatten das Glück, bereits in den ersten Wochen ihres Lebens in Maloja den protestantischen Pfarrer Camille Hoffmann kennenzulernen. Er war Pfarrer in Sankt Moritz, Kurdirektor und Redakteur der *Engadiner Post*. Hoffmann war ungefähr gleichaltrig mit Segante und Bice. Er war blond, trug seine Haare schulterlang und war der erste von Segantes Freunden, der mit ihm auf den Berg hinaufstieg oder ihn dort besuchte, um ihm bei der Arbeit zuzusehen und mit ihm zu diskutieren. Natürlich musste Giovanni dem Theologen auch berichten, dass sein Schwager, ein Katholik, ihn für einen Pantheisten halte, weil er Gott eher in sich selbst und in der Natur suche als in der Kirche.

Doch Camille Hoffmann hatte sich darauf gar nicht eingelassen. Er sagte, es langweile ihn, dass alle Leute, die mit der Religion nicht zurechtkämen, seien sie nun katholisch oder evangelisch, sich für Pantheisten hielten. »Hör zu, Giovanni, red nicht immer davon, dass Gott in allen und in allem sei. Von diesen Thesen ist es noch unendlich weit bis zum Grund aller Dinge. Alle Geschöpfe, dich und mich eingeschlossen, sind durch einen unüberwindlichen Abgrund getrennt von der Mitte des Seins, von Gott. Entweder glaubst du an ihn, dann hast du dein Leben lang zu kämpfen, oder du glaubst nicht an ihn, dann musst du dich ständig vor dir selbst dafür rechtfertigen.«

Giovanni war enttäuscht von dieser Antwort.

»Warum wollen Sie als protestantischer Pfarrer nicht mit mir über mein Verhältnis zu Gott reden? Durch meine Bewunderung und Liebe zu den Bergen, den Gewässern, den Pflanzen und den Tieren stehe ich doch in unmittelbarer Berührung mit der Natur! Alles, was in der Welt erschaffen ist, hat eine Seele und verbindet mich dadurch doch eng mit Gott!«

Camille Hoffmann winkte ab. »Was glauben Sie denn?«, sagte er kühl zu Giovanni. »Für wen halten Sie sich eigentlich – Ihre Berge, Pflanzen und Tiere berühren doch nicht das göttliche Wesen! Selbst wenn unser ganzes Weltall ein einziges, ungeheures, monströses Individuum wäre, so wäre es doch immer noch nicht Gott! Wir haben alle keine Ahnung, Segante, weder die Pfarrer noch die Atheisten oder die Pantheisten – wir haben keine Ahnung von Gott. Von dem Reichtum und der Fülle der Gottheit. Wir werden nie etwas davon erfahren.«

»Aber vielleicht im Tod?«, wollte Giovanni dann wissen. Doch Camille antwortete wieder nur sehr zurückhaltend. »Gut. Vielleicht im Tod.«

Giovanni war nicht gewillt, dieses Gespräch so einfach abreißen zu lassen. Jetzt, wo er endlich ein so kompetentes Gegenüber hatte. Er genoss Camille Hoffmanns Gegenwart, wollte ihn unbedingt für sich interessieren und aus seiner akademischen Reserve locken.

»Wie kommt es denn Ihrer Meinung nach, dass jemand wie ich, ohne Schulbildung oder irgendeine andere Führung von außen, zum Malen gekommen ist?«

Camille zögerte mit seiner Antwort. Dann sagte er behutsam: »Sie neigen offenbar stark zum Mythischen oder Mystischen. Ich kenne Sie noch nicht gut genug, aber ich gehe davon aus, dass die Tiefe Ihrer Seele ein offener Brunnen ist. Und aus dem quillt viel Unbewusstes und Unterbewusstes. Ja, sogar Unberechenbares. Das ist eine Quelle des Lebens, eine Quelle der Inspiration, des Schöpferischen und des Heroischen. Auch Ihr Drang zum intensiven, unablässigen Arbeiten speist sich daraus. Um es in kurzen

Worten zu sagen: Sie wollen den Menschen etwas Großes schenken, sich selbst. Aber gleichzeitig wollen Sie sich damit Ruhm verschaffen und Reichtum, für sich und Ihre Familie. Das ist gut und berechtigt, aber es ist nichts Göttliches daran. Es ist zutiefst menschlich.«

»Ach ja, wenn das mit dem Reichtum nur klappen würde«, seufzte Bice, nachdem Giovanni ihr von diesem Gespräch erzählt hatte.

»Ich fürchte, wir lernen es nicht, reich zu sein, und wir lernen es auch nicht, arm zu sein!«

Als Camille Hoffmann dann einige Zeit später bei einem gemeinsamen Tee im Hause Walther im Gespräch mit Bice auf die Arbeit Giovannis zu sprechen kam, betrachtete er sie rein vom künstlerischen Standpunkt aus. Er verglich die Kunst Giovannis mit der von Munch und van Gogh, da Segantini ebenfalls einen neuen Spiritualismus in seiner Kunst gewagt habe. Giovanni könne alles, was er in sich aufnehme, in eigene Bilder verwandeln. Er gehöre mit Munch, van Gogh, mit Cézanne und Max Liebermann zu den Wichtigsten.

Die von ihm immer wieder gesuchten Gespräche mit Camille Hoffmann regten Giovanni dazu an, seine Definition von Kunst niederzuschreiben. Nach einem Besuch Camilles im Chalet, bei dem sie eine Maronisuppe gegessen und einen wunderbaren Rotwein getrunken hatten, räumte Giovanni anschließend Teller und Gläser in die Küche. Er war wieder wie elektrisiert von den Gesprächen mit Camille und sagte zu Bice, er habe das Gefühl, dass er sich von Jahr zu Jahr mehr in die Kunst vertiefe. »Ich lebe von ihr und für sie, und immer mehr fühle ich das Bedürfnis, mich nicht allein durch meine Werke zu erklären, sondern auch durch die Schrift, um die Bedeutung dieses Wortes Kunst zu bestimmen, wenigstens in dem Teil, der mich angeht, der Malerei.«

Bice sah, dass Giovanni im Ausnahmezustand war, wie sie das nannte. Dazu brauchte es in der Regel einen adäquaten Gesprächspartner, wie es Camille Hoffmann war. Hilfreich waren, wie immer, mehrere Gläser Rotwein. Dann trieb den Segante eine

Idee um. Oder mehrere. Diesmal war er überzeugt, in der Kunstwelt auch öffentlich mitreden zu müssen. Bice sah darin nicht seine Stärke. Das Schreiben fiel Segante immer noch schwer. Erst gestern hatte Bice einen Brief Segantes an Alberto Grubicy abgeschickt, der an Kürze und Lakonie nicht zu übertreffen war:

Lieber Alberto, für den 16. brauche ich den Betrag von 750 Lire, siebenhundertfünfzig – mehr habe ich Dir nicht zu sagen. Dein Brief hat mich gefreut. Erwarte die Pinsel, ciao Dein Segantini.

Im Grunde hasste es Segante, zu schreiben. Warum quälte er sich dann nächtelang ab mit theoretischen Fragen? Bice konnte Segantes Begeisterung für diese Ideen nicht teilen. Sie hielt ihn für einen ungewöhnlich begabten Maler. Als Autor konnte sie ihn sich nicht vorstellen. Hatte er nicht Besseres zu tun?

»Warum hältst du dich damit auf? Du hast doch auch so schon zu wenig Zeit, die dir wirklich zum Malen zur Verfügung steht. Du kletterst stundenlang in den Bergen herum, suchst Motive. Dann bist du beim Schreiner, damit er dir die nötigen Schutzgestelle macht für deine Bilder. Wir machen zeitraubende Schreibübungen. Ich lese dir Nietzsche vor. Du bekommst immer mehr Besuch von Leuten, die dich kennenlernen wollen und dir nur die Zeit stehlen. Lädst du dir nicht zu viel auf? Das Wichtigste ist doch für dich und für uns alle, dass du deine unvergleichlichen Bilder malst!«

»Ich finde schon die Zeit«, entgegnete Giovanni geschmeichelt, aber stur. »Wenn es regnet und ich nicht zum Malen komme, dann werde ich eben schreiben. Und ich hoffe, ich kann auf dich zählen. Nur wenn du meine Artikel liest und korrigierst, nur dann traue ich es mir zu.«

Bice versprach es ihm schließlich. Sie schalt sich selbst, weil sie versucht hatte, Segante Vorschriften zu machen. Was fiel ihr denn eigentlich ein? Durfte sie ihm vorschreiben, wie er seine Arbeit zu tun hatte? Vielleicht war Segante zu lange ihr Schüler gewesen.

Sie hatte außerdem im Moment andere Sorgen. Ihre Augen juckten und schmerzten. Jeden Tag wartete sie, dass dieses verdammte Brennen aufhörte. Manchmal fragte sie sich, ob sie überhaupt eines Tages wieder ganz selbstverständlich sehen könnte. Das Sehen war im Moment Bices größtes Problem. Als sich nach Wochen nicht die geringste Besserung feststellen ließ, bekam sie wirklich Angst. Alle Kompressen mit Tee halfen nichts, und die Tropfen, die der Kreisspitalarzt Doktor Bernhard ihr aus Samedan geschickt hatte, schmerzten sehr. Inzwischen brannten die Augen nicht nur, sondern es bildeten sich auch ständig Schlieren in den Schleimhäuten, sodass Bice alles verschwommen sah. Diese verdammten Schlieren sollten verschwinden. Doktor Bernhard hatte ihr in seinem Begleitschreiben geraten, nach Mailand zu einem Augenexperten zu reisen, da er selbst mehr auf Chirurgie spezialisiert sei und in der Medikation für die Augen zu wenige Kenntnisse habe. Er hatte sogar gemeint, dass die Krankheit ansteckend sein könne. Bice wusch sich also ständig die Hände und hielt die Kinder von sich fern.

Sie wollte ohnehin noch vor dem Winter ihre Eltern in Mailand besuchen. Aber wenn die Augen weiterhin solche Probleme machten, musste sie vorher reisen. Sehnsüchtige Gedanken an die Eltern, an Thérèse, Carlo und die Kinder verfestigten ihren Vorsatz. Zumal sie wusste, dass Segante, Baba und der Hauslehrer gut auf die Kinder aufpassen würden.

Die Söhne waren ohnehin ständig unterwegs. Immer in Bewegung. Professore Boldoni musste sie ermahnen, damit sie an ihren Schreibtischen zur Ruhe kamen, um zu lernen. Sie hatten gemessen, wie viele Schritte es waren zum Silser See, dreihundert, vierhundert, fünfhundert, tausend? Immer kam eine andere Zahl heraus, und das Spiel verlor lange nicht seinen Reiz. Hund Fingal war natürlich mit unterwegs. Am glücklichsten waren die Söhne, wenn sie den Vater zu seinen Arbeitsstellen begleiten durften. Ihm das Material tragen, das Wasser, die Brotzeit – wenn die ganze Familie, einschließlich Baba, zusammen unterwegs war.

Das Gestein um Maloja war von sehr fester Struktur. Hellgrau, manchmal wie gemeißelt aussehend, gab es den Füßen richtigen Halt, und die Kinder konnten unbesorgt zwischen saftig grünen Wiesenanstiegen bergan klettern. Unzählige Bäche mit klarem, kühlem Wasser gab es, wo sie sich nass spritzen und den Durst löschen konnten. Das Schönste waren aber die Blumen! Man konnte die Sorten und Farben gar nicht auseinanderhalten, so stark glühten sie in der Sonne. Wenige Bäume gab es, und die spendeten kaum Schatten. Es waren hauptsächlich Arven und Lärchen, doch neben ihnen waren reichlich Büsche zu sehen, die über den Boden wucherten und in unzähligen Rottönen leuchteten: Von hellem, weichem Rubin über sattbraunes Florentiner Rot bis zu feurigem Zinnober waren alle Schattierungen vertreten, sodass es einem vor den Augen flimmerte. Es seien Alpenrosen, erklärte der Vater während eines gemeinsamen Ausflugs, und er wusste auch die meisten anderen Blumen zu benennen: Alpenvergissmeinnicht, Enziane in Dunkelblau und Gelbgrau mit ihren langen, weitgeöffneten Glockenkelchen. Seltener sah man die samtenen Edelweiße.

»Ich liebe diese Blumen!«, rief Giovanni bewegt. »Wo gibt es einen solchen Reichtum, solche Farben? Das ist doch wie im Paradies! Ich könnte jede Blume einzeln küssen!«

Sofort begann Mario, auf dem Boden liegend, verschiedene Blüten schmatzend abzuküssen, die anderen schauten skeptisch auf den Vater, wie der das wohl aufnahm. Doch Giovanni schwenkte Mario durch die Luft und rief, dass er sich freuen solle, hier herumspazieren zu können und Späße zu machen. »In deinem Alter saß ich hinter Schloss und Riegel und durfte mir allenfalls fromme Sprüche anhören! Deshalb rate ich dir, dich jeden Tag zu freuen, an dem es dir so gutgeht wie heute!«

»Ich freu mich doch«, sagte Mario verwirrt. »Mich noch mehr freuen kann ich nicht. Mir tun die Füße weh!«

»Mir auch«, schrie Alberto sofort. »Mir tun die Füße noch viel mehr weh, weil meine Schuhe mir nicht passen.«

Er zog sie sofort aus, und Mario schleuderte seine ebenfalls von sich. Bianca, die ihre Schuhe ohnehin von einem der Jungen geerbt hatte, betrachtete ebenfalls kummervoll ihre Füße. »Meine Schuhe tun mir schon seit drei Jahren weh«, klagte sie in Richtung Segante. Sofort kniete er sich zu ihr hin, zog ihr die Schuhe aus, und tatsächlich war eine Blase am Ballen zu sehen. Man lief barfuß bis zum nächsten Bach, und hier hielten alle Segantinis ihre bloßen Füße in das kalte Nass, und Baba begann die Brotzeit auszupacken. Über Käse, Schinken, Brot und Limonade vergaßen die Kinder ihre Gebrechen.

Bice war immer besonders glücklich, wenn sie sah, wie wendig und stark sich auch Gottardo im Gelände bewegte. Er war ein großer, sportlicher Junge geworden, genauso ausdauernd im Rennen und Toben wie seine Brüder. Es war Bice, als wäre sie noch einmal davongekommen. Insgeheim gab sie sich immer noch die Schuld an Gottardos Sturz.

Doch sie konnte diese Gedanken auch von sich wegschieben. Dieser Tag war so herrlich, und sie hatte Segante und alle Kinder um sich. Bice sog die dünne, aromatische Luft tief in sich ein. »Das Allerbeste hier oben ist die Luft, glaube ich«, sagte sie, und sofort hatte auch Segante die Füße seiner Kinder vergessen und pflichtete Bice bei.

»Genau diese Luft ist es, die auch die Farben dieser Landschaft zum Leuchten bringt. Schau, wie die entferntesten Winkel von dieser Leuchtkraft in glitzerndes Gold getaucht werden, wie alles scharf herausgehoben wird vom Hintergrund – und das alles unter dem blauesten Himmel, den man sehen kann!«

Die Kinder waren schon weitergezogen und hatten Entdeckungen gemacht. Sie riefen nach den Eltern: »Kommt, kommt, hier kämpfen ganz große Ameisen gegen einen dicken Regenwurm!«

»So viele gegen einen!«, schrie Bianca anklagend. Alle vier Kinder hockten auf dem Boden und sahen den Ameisen zu, die ihr unbekümmert grausames Tagewerk verrichteten. Sie hatten sich in einem Regenwurm festgebissen. Zerrten, zogen, rissen an ihm herum. Anfangs wehrte er sich noch, er schlug mit dem ganzen Körper heftig um sich, wie man es ihm nicht zugetraut hätte.

»Wie der das fertigbringt, der dicke, fette Wurm!«, sagte Gottardo anerkennend. »Wir sollten ihn den Ameisen wegnehmen.«

»Und dann? Was willst du dann mit dem machen?«, schrie Mario angewidert. »Ich könnte jetzt mit meinen genagelten Stiefeln alle tottreten«, schlug Giovanni nüchtern vor. Doch Bice hörte einen Ton in seiner Stimme, einen Ton –

»Wie kannst du nur so grausam sein!«, rief sie erschrocken und rannte davon.

Aufatmend blieb Bice bei einem riesigen Felsblock stehen, der sie sofort faszinierte und den Regenwurm vergessen ließ. Eine große, kräftige Arve war geradezu aus dem Felsen herausgewachsen. Woher hatte sie nur ihre Nahrung bekommen? Da war kein Waldboden, aus dem sie welche hätte gewinnen können. Sie hatte sich mit all ihren Wurzeln in angrenzende Felsen hineingebohrt und war um sie herumgewachsen.

Bice hatte gar nicht bemerkt, dass Giovanni hinter ihr stand.

»So wie sie habe ich auch von niemandem zu essen bekommen. Ich habe mir alles selber geholt. Anstatt still zu verrecken, bin ich zum Angriff übergegangen. Allen war es gleichgültig, ob ich lebte oder nicht. Aber ich wollte leben!«

Noch am Abend im Chalet stritten die Kinder, ob man den Regenwurm nicht doch vor den Ameisen hätte retten sollen. Gottardo wäre dafür gewesen, Alberto und Mario hatten den Ameisen auch etwas zu essen gegönnt. Bice und Giovanni fragten sich später, als die Kinder im Bett waren, ob ihre Sprösslinge eigentlich einen guten Charakter hätten.

»Alle vier haben ein gutes Herz«, meinte Bice »Wenn sie sich auch manchmal schlecht benehmen, glaube ich ganz fest, dass sie in der Tiefe ihrer Seele einen guten Willen haben.«

»Und dennoch«, erwiderte Segante, »manchmal wüsste ich gern, vor allem von Bianca, ob sie nicht etwas bedrückt. Eine Sorge. Eine Enttäuschung. Neulich habe ich sie in der Nacht weinen hören.«

»Alle Kinder haben das Gefühl des Kleinseins, des Zerbrochenseins. Das haben wir doch auch gehabt, oder?«, fragte Bice.

33

Im letzten Winter hatten sie in Maloja oftmals gefroren. Der Ort lag um die 1900 Meter hoch, die Luft war rau bei bis zu 30 Grad Kälte. Wenn sie reichlich Holz zur Verfügung hatten, war das Chalet auch warm und gemütlich, doch manchmal pfiff der Wind durch Ritzen, die nicht sichtbar waren. Es fegten Schneestürme über die Höhen, oder es hingen graue Nebel an den Granitwänden wie ein Heer von Gespenstern, während draußen der Schnee sich bedrohlich türmte. Einen dieser kalten Winter hatten sie schon hinter sich gebracht, doch danach wünschten sich eigentlich alle im Chalet, dass sie in den Wintermonaten hinunterkönnten ins Bergell, hinunter ins Wärmere, Lieblichere.

Maloja lag ganz zuoberst im Inntal. Giovanni hatte den Kindern erklärt, dass oberhalb von Maloja, am Lunghinpass, die wichtigste Wasserscheide Europas sei.

»Was ist das denn? Kann man Wasser scheiden?«, kam Biancas Frage. Giovanni versuchte es zu veranschaulichen. »Wenn dort über uns am Berg eine Wolke hängt und abregnet, dann entscheidet sich erst in dem Moment, in dem ein Tropfen wirklich auf dem Felsen aufschlägt, ob er in die Nordsee, ins Mittelmeer oder ins Schwarze Meer fließen wird. Wenn der Tropfen auf unserer Seite des Berges abrinnt, dann geht er ins Schwarze Meer. Wenn er auf der Seite abrinnt, die ins Bergell blickt, dann fließt er ins Mittelmeer. Und wenn er schließlich auf der abgewandten Seite des Berges abrinnt, dann –«

»Dann fließt er in die Nordsee!«, rief Gottardo triumphierend. Südwestlich vom Ort fiel steil der Malojapass mit seinen berühmten Spitzkehren ab in das Bergelltal. In dessen schroffen Kletterbergen war Giovanni schon öfter mit dem Bergführer Uffer unterwegs gewesen.

»Aber ich verstehe nicht, wo Maloja aufhört und das Bergell anfängt«, sagte Bianca, und Giovanni nahm sie auf den Schoß und erklärte es ihr geduldig. »Das Bergell beginnt direkt unterhalb von Maloja, du weißt doch, am Ende der steilen Passstraße, wo die Kutschen alle verkehren. Wenn man mit der Kutsche die dreißig Kilometer von Maloja bis Chiavenna fährt, kommt man ganz plötzlich in eine sanfte südliche Landschaft. Das geht nirgendwo sonst so rasch, verstehst du? Das Bergell liegt nämlich am Alpensüdhang und hat daher ein besonders mildes Klima, vergleichbar dem Tessin, wo du zur Schule gehst.«

Meist war das Wetter schön im Bergell. Bergführer Uffer hatte ihnen erklärt, dass Niederschläge tatsächlich eher selten seien und dass sie aus dem Golf von Genua kämen oder über die Poebene. Aber eigentlich nur im Herbst oder im Frühjahr. Zuweilen gebe es allerdings den Bergeller Föhn, den Wetterausputzer. »Wenn ihr mit den Eltern in die Berge gehen wollt, dann geht immer früh am Morgen! Nachmittags und abends kann es leicht Gewitter geben, und das ist in den Bergen kein Spaß!«

Einmal, an einem warmen Herbsttag, waren sie alle gemeinsam, inklusive Uffer und Baba, mit der Kutsche von Maloja nach Soglio gefahren. Das war eine Idee Uffers gewesen, dem Giovanni erzählt hatte, dass er den nächsten Winter nicht mehr oben in Maloja, sondern im milderen Bergell verbringen wolle. Daraufhin hatte Uffer vorgeschlagen, die Segantinis sollten sich möglichst bald um eine Unterkunft bemühen. Er persönlich kenne den Palazzo Salis, der mitten in Soglio, am Dorfplatz, liege. Es sei ursprünglich der Bürgersitz des Battista von Salis gewesen, der seinen Palazzo aber schon Jahre zuvor in ein großzügiges Gasthaus verwandelt habe, welches er an ausgewählte Gäste auch längerfristig vermiete. Die Herren von Salis, so erfuhren die Segantinis, hatten schon seit etlichen Jahrhunderten ihre prächtigen Edelmannshäuser in Soglio errichten lassen.

»Vier dieser Paläste stehen immer noch, und es heißt, dass sie früher mit ungeheurem Reichtum angefüllt gewesen waren. Sie haben auch sogenannte Lustgärten gehabt. Die Steinhäuser der einfachen Leute dagegen sind eher mittelmäßig gebaut worden, abgesehen von der schönen, alten Kirche.«

Giovanni war verblüfft über Uffers genaue Kenntnis des Ortes Soglio, und er fragte ihn, warum er das alles so genau erkundet habe.

»Als ich zum ersten Mal mit Bergfreunden im Bergell war und diese Steinhäuser sah, so eng beieinander wie ein Haufen, wie ein großer Steinhaufen, da fühlte ich mich seltsam heimisch, und ich wollte eines davon besitzen. Unbedingt.«

Uffer schwieg verlegen, doch Giovanni war beeindruckt von seiner Offenheit. Und er konnte ihn verstehen. Auch in ihm war ein unbestimmtes Gefühl hochgekommen, als er das erste Mal durch das Dorf gegangen war, anschließend durch den Kastanienhain. Es war eine schwer zu begreifende Sehnsucht, die Giovanni nur allzu gut kannte. Giovanni hatte dieses Sehnen im Peterelli-Haus in Savognin gespürt, er fühlte es im Kuoni-Chalet, und hier in Soglio hatte er auch dieses schmerzliche, aber dennoch süße Gefühl, dass ihm etwas fehlte, was für ihn aber vielleicht doch erreichbar war. Das Peterelli-Haus war genauso wie das Kuoni-Chalet nur gemietet gewesen. An einen Kauf war nicht zu denken, jedenfalls vorderhand nicht. Doch hier, in Soglio, von wo schon seit Jahrzehnten viele Menschen ausgewandert waren in die europäischen Nachbarländer, wo auch die Herren von Salis viele Männer für ihre Regimenter angeworben hatten, hier standen einige schöne Steinhäuser leer. Uffer wusste das, und er zeigte Giovanni einige der Gebäude. Vielleicht konnte man ja eines erwerben.

Die Kinder, das wusste Giovanni, würden die reichlich vorhandenen Obstbäume am schönsten finden. Die Nussbäume, Kastanienbäume, sogar Palmen gab es. Und die Weinreben. Da konnte man schon mal Trauben stibitzen. An der Baumgrenze standen Arvenbäume, die den Kindern vertraut waren. Nadelbäume wie Fichten, Weißtannen oder Lärchen gab es genug.

»Und wenn ihr ganz hinaufkommt, so auf die oberste Stufe zwischen 2200 und 3000 Metern, dann findet ihr Pflanzen und Blumen, die ihr sicher noch nie gesehen habt.« Uffer hatte von Sträuchern der Alpenrosen erzählt, von Heidelbeeren und der Alpenazalee. Vom Gletscherhahnenfuß, von Enzianen, Anemonen, Primeln, Steinröschen, Alpenglockenblumen, Männertreu.

»Man kann sie gar nicht alle aufzählen. An kleinen Seen stehen wieder andere Gräser, Waldfarne, Ampfer und die Alpenakelei.«

Schon während der Fahrt nach Soglio hatte Giovanni viele Motive gesehen für seinen bisher größten Auftrag: Bilder für die Weltausstellung in Paris.

Es ging dabei um sehr viel Geld. Wenn es Giovanni gelingen würde, und daran zweifelte er keinen Moment – wenn es ihm gelingen würde, diesen Auftrag zur Zufriedenheit zu erfüllen, dann wäre ein Steinhaus in Soglio kein Wunschtraum mehr. In Maloja wollte Giovanni ebenfalls eine angemessene Bleibe für seine Familie schaffen. Bice wusste davon noch nichts. Es sollte eine Überraschung werden. Eine Residenz für Frühjahr, Sommer und Herbst. Aber den Winter wollte er in Zukunft unbedingt in Soglio verbringen.

Giovanni konzentrierte sich wieder auf die Berge, die so schön, so vollendet vor ihm lagen. Die Bergmassive schienen eine Dreiecksform zu haben. Die darauf stehenden Tannen und die schwarzgebrannten Giebeldreiecke der auf den Hängen und Terrassen verstreuten Bauten – dieser Südhang von Soglio wirkte auf Giovanni wie eine Einheit von Natur und Kultur.

Das Gebiet der Gemeinde Soglio lag ungefähr auf halbem Weg zwischen Chiavenna und Casaccia. Über die grüne Ebene unterhalb des Ortes Casaccia waren sie talabwärts marschiert. Es hatte nur einen schmalen Trampelpfad gegeben, der nach dem Furcela-Bach steil angestiegen war. Ansonsten war der Weg leicht gewesen. Leicht und schön. Einen anderen Ausdruck hatte selbst Bice nicht gefunden. Man hatte die Kutsche zurückgelassen, um den Rest des Weges zu Fuß zu gehen. Die Kinder liefen vergnügt voraus.

Die Ausblicke ins Tal und auf den Geländeriegel Nossa Donna schienen Bice und Giovanni unvergleichlich. Giovanni wusste nicht genau, warum, aber die Berge im Bergell waren etwas Besonderes. Sie unterschieden sich in ihrem Aussehen von den übrigen Gebieten der Alpen, wie sich die Häuser in den Städten unterschieden. Aber wodurch bekamen die Berge ein anderes Gesicht? Giovanni wollte das herauskriegen.

Sie gelangten jetzt auf den Südhang und näherten sich von oben den Steindächern von Soglio. Giovanni, Bice und die Kinder blieben für einen Moment stehen und schauten auf das eigentümlich schöne Bild, zu dem sich die Dächer zusammenfügten. Da hörten sie die Amsel wieder, deren sehnsuchtsvolle Töne sie schon seit längerem begleiteten. Alle kannten die Melodie aus Maloja, wo im Garten auch eine Amsel sang, aber nie hatte einer sie zu Gesicht bekommen. Auch hier sah man sie nicht, so angestrengt auch alle in die Bäume hinaufsahen.

Im Ort sagte Uffer, er wolle einem befreundeten Bergführer Grüße von Kameraden ausrichten, und sie gingen durch eine schmale Gasse unterhalb der Dorfmitte zu einem Haus, das sich durch reichen Blumenschmuck und eine besonders schön gearbeitete Tür von den anderen abhob. Uffer sagte, das Haus sei zweihundert Jahre alt, das wisse er genau. Nicht nur er und Baba, auch Giovanni, Bice und die Kinder wurden freudig begrüßt. Die Hausfrau versorgte sie mit sehr kaltem, mit Zitronen versetztem Wasser und Kastanienkuchen. Während Uffer mit seinem Freund sprach, betrachteten Giovanni und Bice die alten, dicken Steine der Mauern, Treppen und Fußböden. Sie sahen das fast schwarze Holz der Wände und Decken und meinten beide, noch nie in einem Haus gewesen zu sein, in dem sie sich so beschützt gefühlt hatten wie in diesem alten Steinhaus.

Später gingen sie an der Kirche vorbei ein Stück die Straße hinunter. Die Wege waren schmal, aber sorgfältig, fast kunstvoll mit Steinen ausgelegt. Weiter unten gelangten sie dann in den Kastanienhain von Soglio, wo unter großen, alten Bäumen die Cascine standen, die Dörrhäuschen. Seltsam, auch dieser Hain hatte für Giovanni etwas Magisches, Beschützendes. Als könnte er hier Zuflucht finden vor seinen Gläubigern, vor den Polizisten der Regierung.

Gerade jetzt, im Oktober, herrschte hier ein reges Treiben. Männer und Frauen sammelten die Kastanien in großen, flachen Körben. Andere füllten sie in Säcke, die sie dann kräftig gegen große Steine schlugen, sodass die Früchte aufplatzten. Danach konnte man die Schalen leicht entfernen.

Die Kinder schauten zu. »Ich will mithelfen!«, bat Gottardo, und seine Brüder wollten das auch. Uffer sprach mit den Leuten, die den Segantinis ohne weiteres einen der Körbe zum Sammeln gaben. »Ich will aber mit den Säcken hauen!«, rief Gottardo, und man gab ihm freundlich einen zum Ausprobieren. Als Gottardo sah, dass er dazu noch nicht genug Kraft hatte, begnügte auch er sich mit dem Einsammeln. Er und seine Brüder wollten einander in ihrem Eifer überbieten.

Aus den Dörrhäuschen stieg aromatischer Rauch auf. Giovanni versuchte, die kleinen und größeren Häuser zu zählen, doch sie standen entweder eng beieinander, oder sie waren nur vereinzelt unter den Bäumen auszumachen.

Giovanni stellte sich vor, er gehöre zu einer der Sippen, die hier gemeinsam das Laub zusammenrechten, die Früchte aufsammelten oder gerade bei einer Mahlzeit zusammensaßen. Diese Vorstellung gefiel ihm. Und seine Sippe, das waren Bice und die Kinder. Und Baba. Sein innerer Zirkel. Wenn sie alle um ihn waren, fühlte sich Giovanni daheim.

Giovanni war froh, mit dem Bergführer Uffer unterwegs zu sein. Er kannte viele Leute im Bergell und war stolz, dass seine Nichte schon so lange im Haus der Segantinis angestellt war und offensichtlich zur Familie gehörte. Nach ihrem Rundgang durch den Ort saßen sie vor dem Palazzo Salis und tranken tiefrote Limonade. Jedenfalls Bice, Baba und die Kinder. Giovanni und Uffer hatten Wasser und einen Landwein vor sich stehen.

Bald setzte sich der Besitzer des Hauses, Battista von Salis, zu ihnen. Trotz seiner zurückhaltenden Würde sah man ihm seine Freude darüber an, dass der berühmte Maler samt Familie und Personal den Winter zukünftig unter seinem Dach verbringen wollte. Er machte Giovanni ein großzügiges Angebot für das gesamte erste Stockwerk des Palazzos. Auch Fingal war willkommen. Im Gegenzug stellte Giovanni Battista von Salis in Aussicht, ein Porträt von ihm zu malen. Die Herren waren sich sympathisch, und man trank auf die kommenden Winter, in denen die Familie in Soglio leben würde.

Als es an den Abschied ging, standen die Segantini-Kinder vor dem Palazzo, und Gottardo teilte den Eltern mit, was ihn angehe, würde er gleich dableiben im Palazzo Salis. Er habe in einem Zimmer große Himmelbetten gesehen, und aus der Küche röche es nach Kuchen. »Vater – lass uns doch einfach hierbleiben!«

»Wir könnten ja alle Kastanienschläger werden!«, meinte Alberto. »Damit verdienen wir Geld und haben immer Kastanien zu Hause.«

34

»Ich bin randvoll mit Ideen, ich sehe schon genau vor mir, was ich für Paris machen will«, sagte Giovanni zu Bice. »Ich verspreche dir, wenn ich das geschafft habe, bin ich weltberühmt. Dann werden wir keine Geldsorgen mehr haben, und wir werden in all die Länder reisen, wo meine Bilder in den Museen hängen! Diese Reisen sollen mein Geschenk an dich sein, ein Dank für alles, was du für mich getan hast.«

Bice küsste ihn, doch sie konnte sich nicht so recht vorstellen, dass ihr Leben mit Segante einmal etwas anderes sein könnte als eine Berg- und Talfahrt. Künstlerisch traute sie ihrem Segante schon zu, dass er schaffte, was er schon lange im Kopf mit sich herumtrug. Energie hatte er reichlich. Und offenbar war das Interesse der Engadiner und der Öffentlichkeit vorhanden. Schon seit dem letzten Jahr las man in der internationalen Presse immer wieder, dass Giovanni Segantini für die Weltausstellung in Paris als Beitrag der Schweiz ein überdimensionales Panorama des Engadin schaffen werde.

Nun war es so weit. Man hatte Giovanni eingeladen, am 14. Oktober 1897 im Hotel Bernina in Samedan vor den Geldgebern, den Hoteliers J. F. Walther vom Hotel Palace in Maloja, ferner Rudolf Bavier, Bankier und Eigentümer des Hotels Bavier in Sankt Moritz, außerdem Gian Töndury-Zehnder, Begründer der Engadiner Bank und Gemeindepräsident von Samedan, sein Projekt vorzustellen.

Noch nie hatte sich Giovanni derart vehement in ein Projekt

gestürzt. Bald waren alle Tische im Haus belegt von seinen Zeichnungen und Entwürfen. Überall konnte man Kohle, schwarze Kreide und Conté-Stifte finden, und Giovanni setzte bei allen Freunden und Besuchern rücksichtslos voraus, dass sie sich von seinem Tempo einfangen ließen, ihm bei den Vorarbeiten halfen. Es mussten Modelle gebaut und in den Bergen fotografische Studien gemacht werden. Bice konnte oft nur noch tief durchatmen, wenn Giovanni, seine dicken Locken wild verfilzt, durchs Haus rannte, treppauf, treppab, und vor Tatendrang zu bersten schien. Allen erklärte er, was er vorhatte. Als Erstes zeichnete er den Pavillon, eine Rotunde mit Türmchen und reichverziertem Eingang, dessen Modell er gleich bei Schreiner Uffer in Savognin in Auftrag gab. Nur ihm traute er es zu, seine Entwürfe präzise umzusetzen.

Bice ertappte sich dabei, dass sie Segante beneidete. Täglich schuf er Neues. Wie viele Bilder von ihm waren schon in die Welt gereist!

Und was war mit ihr? Wohin floss ihre eigene Kraft und Phantasie? Außer ihrer Lektüre und gelegentlichen Übersetzungen von Zeitungsartikeln für Giovanni bestand ihre Arbeit eher aus dem Einrichten der häufig wechselnden Behausungen. Aus Behördengängen. Aus dem Hinhalten ungeduldiger Gläubiger. Aus dem Ärger mit der Wäsche, die so schwer sauberzukriegen war. Sie legte Wert darauf, dass alle vier Kinder, auch Bianca im Institut in Maroggia, immer sauber gekleidet waren. Bice nahm sich überhaupt viel Zeit für die Kinder. Sie wollte auch den Professore Boldoni entlasten, der ihr mit seinem traurigen Gelehrtengesicht und dem herabhängenden Schnurrbart manchmal hilfsbedürftig vorkam. Bice fuhr mit ihren Kindern zu Freunden nach Sils Maria, dem Ort, den sie am meisten liebte. Sie nahm die Kinder auch mit nach Sankt Moritz. Bice wollte, dass sie in Maloja nicht isoliert lebten, sondern die nähere Umgebung und die dort lebenden Freunde ausführlich kennenlernten.

Bices Tag war auf jeden Fall ausgefüllt. Und doch hätte sie manchmal viel darum gegeben, einen Beruf, eine Berufung zu haben wie Segante, der mit seiner Malerei nicht nur Geld ins Haus brachte, sondern immer größere Beachtung fand. Bices Berufung waren die Kinder, natürlich. Doch es schien ihr, dass sie über den Lebensstürmen im Haus immer mehr verlor an geistiger Kraft. Dass ihr Hunger auf persönliche Freiheit dagegen jeden Tag zunahm.

Ständig kamen Besucher ins Haus, Besucher für Segante. Manchmal fand Bice, dass er sich zu viel zumutete. Doch er war robust. Probleme mit der Gesundheit kannte er nicht. Da waren sie und die Kinder viel anfälliger. Neulich kam Segante vom Schneider zurück, bei dem er einen Anzug reklamiert hatte, weil die Ärmel viel zu kurz geraten waren. Der Schneider, der den Anzug nach den gewohnten Maßen gemacht hatte, nahm daher erneut Maß bei seinem Kunden, und Segante musste erfahren, dass nicht nur seine Schultern breiter geworden waren, was die zu kurzen Ärmel verursacht hatte, sondern dass er alles in allem kräftig zugenommen hatte.

An einem sonnigen Vormittag war Bice allein im Chalet und genoss die Ruhe sehr. Die Kinder waren mit dem Professore auf Exkursion und würden erst am Nachmittag zurückkommen. Bice hatte in allen Räumen flüchtig Ordnung gemacht, herumliegende Kleider und Socken eingesammelt und im Waschhaus ins Einweichwasser gesteckt. Gemeinsam mit Mea hatte sie eine Einkaufsliste aufgestellt, und die Köchin war aufgebrochen zum Markt nach Sils Baselgia. Bice ordnete gerade Blumen auf der Fensterbank, als sie auf der Straße zwei junge Männer sah, die sich unschlüssig umschauten und dann zielstrebig aufs Haus zukamen. Was wollten die hier? Das rötliche Haar des einen leuchtete in der Sonne, der andere hatte einen runden Hut auf dem Hinterkopf, was ihm etwas Junges, Fröhliches gab. Bice öffnete ihnen die Tür, weil die Sonne nach einem Nebeltag herrlich schien, weil sie heiter war und Lust auf Besuch hatte. Die beiden Männer wirkten jetzt etwas schüchtern und sehr höflich. Sie fragten, ob sie den Maler Segantini sprechen könnten. Sie selbst seien auch Maler und hätten eingehend sein Gemälde *Alpweiden* studiert. »Ein Meisterwerk«, bemerkte der mit den roten Haaren.

Bices Misstrauen war sofort geschwunden. Der junge Mann mit den roten Haaren war schlank, hatte ein schmales Gesicht und sehr dunkle, kluge Augen. Vielleicht schienen sie auch nur so dunkel wegen des Kontrasts zu seinem leuchtenden Haar. Er stellte sich vor als Giovanni Giacometti, war vermutlich um die dreißig. Sein Freund, der Cuno Amiet hieß, war noch jünger, jedenfalls sah er wie ein Bub aus, mit seinem glatten Gesicht, dem runden Hut auf dem Hinterkopf, seinen braunen Augen und dem dunklen Haar. Doch als sie über die *Alpweiden* sprachen, wurde deutlich, dass beide sehr viel Wissen hatten über die Malerei und insbesondere über die Arbeit Giovanni Segantinis.

»Er hat die geeignete Technik, die adäquate Formensprache für das Hochgebirge gefunden. So wie er diese Landschaft auf die Leinwand bannt, hat das noch keiner geschafft. Auch wenn er zu den Divisionisten gehört, haben seine Werke eine ganz eigene Ausprägung. Ich möchte unbedingt bei ihm lernen«, sagte Giovanni Giacometti. »Glauben Sie, dass ich sein Schüler werden könnte?«

»Wenn es irgendeinen Zeitpunkt gibt, der dafür günstig ist, dann jetzt«, meinte Bice. »Segantini bereitet gerade sein Projekt für die Pariser Weltausstellung vor. Ich habe keine Ahnung, wie er das alles allein schaffen will. Ich glaube, Sie kommen wie gerufen.«

Als Giovanni zurückkehrte, war er zunächst erstaunt und wenig begeistert. Bice und ihre Besucher hatten ihn gar nicht kommen hören. Sie waren angeregt im Gespräch, hatten offenbar das eine oder andere Glas Wein getrunken und schienen glänzender Laune. Vor allem Bice. Schon im Flur hatte Giovanni ihr Kinderlachen gehört. So nannte er es bei sich: Kinderlachen. Denn Bice konnte so herzlich und befreiend lachen, wie es sonst nur Kinder tun. Dann strahlten ihre Augen, ihre Wangen waren gerötet. Giovanni war auf der Stelle eifersüchtig, denn Bices Lachen, so sah er es, gehörte nur ihm und den Kindern. Daher war Giovanni zunächst brummig. Er gab Bice keinen Begrüßungskuss. Erst als er von Giacometti und Amiet Näheres erfahren hatte, als er den glücklichen Umstand erkannte, dass die beiden Männer Kollegen waren, wurde das Gespräch zwischen den drei Malern intensiv und lebhaft. Cuno Amiet berichtete, dass Giacometti ihm nach dem Studium der *Alpweiden* einen Brief geschrieben habe. Er kramte kurz in seiner Mappe, zog den Brief hervor und las:

> *Das Ganze ruft in Dir den Eindruck hervor, den Du beim Durchstreifen des Tales erfahren hast. Doch die Berge sind nicht diejenigen des Bildes, die Wiesen sind nicht dieselben. Und doch hat Segantini das Bild nach der Natur gemacht. Aber eben, Segantini stellt keine Fotografie her, sondern gibt die Natur wieder, wie sein Künstlerauge sie sieht und sein Dichterherz sie fühlt!*

Giovanni war bewegt, dass diese jungen Männer, offenbar gebildet und dazu gut ausgebildet, sein innerstes Bestreben erkannten und ihn dafür bewunderten.

»Sie sind die ersten Schweizer Maler, die ich persönlich kennenlerne«, sagte Giovanni, und er bemühte sich, seine Rührung nicht zu zeigen. »Dass Sie sich so eingehend mit meiner Arbeit beschäftigen, das macht mich Ihnen gegenüber geradezu willenlos.«

»Giacometti trägt sich mit dem Gedanken, dein Schüler zu werden«, sagte Bice. Giovanni sah sie verblüfft an. Er wurde ernst.

»Gerade jetzt – wollen Sie das wirklich? Sie glauben gar nicht, wie sehr ich mir einen Kollegen wünsche. Von Schüler wollen wir gar nicht erst reden.« Giovanni reichte Giacometti die Hand, der schlug mit leuchtenden Augen ein.

Cuno Amiet erklärte, dass sein Freund Giacometti bereits ein anerkannter Maler sei, er habe zwei Jahre in München studiert und danach noch einmal zwei Jahre in Paris. »Er ist so begabt, dass er bestimmt einmal berühmt werden kann.«

»So wie du selber auch«, erwiderte Giacometti, den dieses Lob etwas verlegen machte.

Bice hatte in der Küche gefragt, ob das Essen auch für zwei Gäste reichen würde. Es war genug da. Mea hatte sich beim

Rezept verrechnet, und jetzt hatte sie einen Berg Speckknödel. Da konnte Bice seelenruhig zwei junge Männer einladen. Die nahmen nach dem üblichen höflichen Zögern gern an, und man aß gemeinsam zu Mittag. Mea servierte die duftenden Speckknödel mit Kraut und Salat, und ein Krug Bier konnte auch herbeigeschafft werden.

Später wurde vereinbart, dass Giacometti, der in Stampa im Bergell wohnte, für die Zeit der Vorbereitungen ins Chalet der Segantinis übersiedeln sollte. Das war Giovannis Wunsch, und Giacometti war sofort einverstanden, da es Zeit sparte und weniger Umstände machte. Giacometti konnte kaum glauben, dass er bei dem verehrten Meister wohnen durfte. Segantini behandelte ihn und Cuno schon jetzt wie Freunde. Noch in dieser Woche wollte Giovanni auf den Schafberg über Pontresina steigen, und Giacometti würde ihn dorthin begleiten.

Einige Wochen später war es dann so weit. Giovanni machte sich auf den Weg nach Samedan, ins Hotel Bernina, um sein Projekt vorzustellen. Bice bestand darauf, ihm seine nach allen Seiten abstehenden, lange nicht gestutzten Haare zu bürsten. Natürlich lehnte Segantini das ab, doch Bice meinte, dass er wie ein Wilder aus dem tiefsten Australien aussähe. »So kannst du auf dem Piz Longhin herumsteigen, aber wenn du zu einer Versammlung von Honoratioren gehst, um einen Auftrag in dieser Größenordnung zu bekommen, musst du zivilisierter aussehen.«

Also hatte Giovanni ergeben ein Bad genommen, sich die Haare gewaschen, ein frisches Hemd angezogen. Dass Baba seinen einzigen schwarzen Anzug mit den Seidenbändern am Revers am gestrigen Abend bereits gebürstet und gebügelt hatte, bemerkte er nicht. Er stieg einfach schwer seufzend hinein. Auch seine Lederstiefel waren peinlich gesäubert und eingefettet worden. Giovanni betrachtete sie einen Augenblick lang forschend, dann zog er sie an.

Im Hotel Bernina angekommen, war er froh, dass er Bices Rat gefolgt war. Die Herren trugen alle schwarze oder dunkelgraue

Anzüge, Giovanni sah feine Uhrketten auf geknöpften Westen, seidene Schleifen unter blütenweißen Hemdkrägen und blinkende Manschettenknöpfe an gestärkten Manschetten. Champagner wurde serviert und kleine Kanapees. Als Giovanni davon drei gegessen hatte, bekam er Hunger. Doch das half nichts, er musste jetzt seine Rede halten, die er mit Bices Hilfe verfasst hatte.

Als er zu dem Rednerpult schritt, das mit schwerem, goldbetresstem Samt verkleidet war, dachte er, dass hier der verwahrloste Waisenknabe zum Podium ging, der verlauste Delinquent, der ewig hungrige Studiosus, der vor der Aufgabe stand, mit seiner Kunst das unvergleichliche Engadin zu repräsentieren. Giovanni fand diese Situation absurd, doch er war ruhig, gelassen. Immerhin war er vierzig Jahre alt, und es war ihm, als hätte er trotzdem keine Vergangenheit, als wäre er nicht durch viele Erlebnisse und Begebenheiten erwachsen geworden. Er verbot es sich auch, sich allzu große Hoffnungen zu machen – und so konnte ihm nichts passieren.

»Geehrte Herren Engadiner!« So begann er seine Rede. In der ersten Reihe des vollbesetzten Saales sah er Direktor Walther, den Bankier Rudolf Bavier, Gian Töndury-Zehnder, den bekannten Hotelier Alphons Badrutt, Peter Perini, ebenfalls Hotelier. Pfarrer Camille Hoffmann war ebenfalls da, was Giovanni sehr anspornte – und viele andere noble Herrschaften, die ihm unbekannt waren. Er sah ohnehin niemanden richtig, alle Gestalten verschwammen vor seinen Augen, aber das half nichts, er hatte es so gewollt, er war stolz, hier zu stehen, und er räusperte sich und fuhr dann fort: »Ich bin der Welt als Maler des Hochgebirges bekannt. Meine Kunst ist schon in meiner Jugend geboren, sie hat sich an der Akademie Brera, in der Brianza und in Savognin weiterentwickelt. Aber erst in der ernsten Majestät dieser Berge hat sie sich zu höherer Form gesteigert. Meine Vorfahren waren Bergbewohner; der Geist der Alpen hat sich meinem Geist mitgeteilt, der ihn sofort ergriffen und auf der Leinwand wiedergegeben hat. Die Männer der Kunst fühlten diese neue Seele in meinem Werk, verstanden sie und waren davon überzeugt, denn unser Werk ist Geist und Stoff der Natur, und ich bin nur deren getreuer Dolmetscher. So komme ich zu Ihnen, um ein Werk anzubieten, das mir eingegeben wird von der Schönheit der Berge. Sie waren es, die mir die Stelle einbrachten, die ich heute in der Welt der Kunst einnehme.«

Giovanni erklärte den Gästen nun möglichst vereinfacht sein gigantisches Projekt, das eine Art Pavillon vorsah, eine kreisförmige Eisenarchitektur, die auf einer Gesamtfläche von 3850 Quadratmetern die Landschaft des Engadin, die Atmosphäre und das schweizerische Alpenleben darstellen sollte. Dabei war außer dem Anschauen auch der Geruchssinn und der Gehörsinn der Besucher mit einbezogen. Giovanni Segantini wollte beispielsweise ein Theatererlebnis weit übertreffen. Die Kulisse, eine riesengroße drehbare Leinwand, sollte eine Strecke von 20 Kilometer Alpenland darstellen: Bergspitzen, Gletscher und Täler. In der Mitte ein Vorgebirge von 75 Meter Kreisumfang und 16 Meter Höhe. Dann der Berg mit seinen Felsen, Tannen und Arven, steilen Abhängen und Felssprüngen, mit von Moosen und Flechten überwachsenen Felsblöcken, kleinen Brücken, Wasserfällen, Alpenrosen und wohlriechenden Kräutern.

»Kurzum mit allem, was wir beim Spazieren auf unseren Bergpfaden sehen«, sagte Giovanni. »Unsere Zuschauer, meine Herren Engadiner, sollen durch die Ausstellung wandern können. Dank vieler komplizierter Hilfsmittel werden sie von echten Kühen und dem Duft der einheimischen Flora umgeben sein.«

Giovanni erwähnte noch, dass er die Hauptgletscherpartien des Engadin, die Bernina-Gruppe, die Palüspitze, den Piz Roseg, den Morteratsch und andere deutlich sichtbar machen wolle. Und natürlich würden die wichtigsten Orte des Tales, Sankt Moritz, Samedan, Pontresina und Maloja bis Silvaplana, Celerina und Sils, mit ihren Seen und Hotels nicht fehlen.

»Das Panorama wird der größte Anziehungspunkt der Pariser Weltausstellung sein, und der Ruhm und die Bedeutung, die sich für unser geliebtes Oberengadin ergeben werden, werden enorm sein. Nach beendeter Ausstellung wird unser Panorama in den großen Städten der Welt zirkulieren. Es werden also mindestens fünfzehn Jahre fortwährender Ausstellung und beständiger Reklame für unser Tal werben, welches diese Werbung so sehr verdient. In den reichsten Hauptstädten Europas und Amerikas wird das Engadin zu sehen sein. Ich danke Ihnen.«

Es gab starken Applaus und sogar Hochrufe. Aus der großen Schar der Gäste, die Giovanni bewundernd und beglückwünschend die Hand drückten, kam, als die meisten sich zurückgezogen hatten und in Gruppen plauderten, Doktor Oskar Bernhard auf Giovanni zu. »Sie werden zum wahrhaftigen Berichterstatter des Engadin!«, sagte Bernhard, und Giovanni bedankte sich bei ihm, dass er so viel Interesse für seine Bilder aufbringe und sie auch noch kaufe.

»Und wie oft stehen Sie meiner Frau oder den Kindern bei, wenn sie erkrankt sind!«

»Das ist mein Beruf«, sagte Bernhard fröhlich, »und Ihre Familie ist ja im Großen und Ganzen gesund. Da muss ich höchstens manchmal ein wenig reparieren. Nur die Augen Ihrer Frau, die machen mir Sorgen. Der Mailänder Spezialist ist ja auch nicht unbedingt erfolgreich gewesen.«

»Da haben Sie recht. Bice war zweimal in Mailand, um ihn zu konsultieren, zweimal hat sie Tropfen bekommen, aber bisher hat nichts geholfen. Ich gäbe viel darum, wenn ich Bice das Leiden abnehmen könnte«, seufzte Giovanni, doch Bernhard wehrte lächelnd ab.

»Das ehrt Sie zwar, Segantini, doch die Medizin sieht solche Liebesdienste nicht vor, und für die Kunstwelt wäre es ein herber Verlust. Erst neulich wieder habe ich gehört, dass der österreichische Kaiser Sie protegiert und dass die Wiener Sezessionisten Sie als einen der Ihren betrachten.«

Inzwischen hatte sich auch Pfarrer Camille Hoffmann zu ihnen gesellt. Doktor Bernhard musste zurück in die Klinik und verabschiedete sich mit Bedauern. Er hätte noch gern ein wenig mit Hoffmann und Segantini geredet.

»Da haben Sie eine schöne, aber schwere Aufgabe«, sagte Camille Hoffmann zu Giovanni. »Aber – muss das sein mit den lebenden Tieren? Artet das nicht zu einer Tierquälerei aus?«

»Das ist mir, ehrlich gesagt, auch nicht ganz klar«, sagte Giovanni etwas irritiert. »Aber ich arbeite hoffentlich nicht allein. Wir werden schon einen Weg finden.«

»Das glaube ich auch«, meinte Hoffmann wohlwollend, »was ich von Ihrem Werk kenne, zeichnet sich durch Schlichtheit aus, alles scheint mir neuartig zu sein und voller Kraft. Wenn Sie das auf Ihr Panorama übertragen können, wird nichts schiefgehen.« Giovanni und Hoffmann verabschiedeten sich herzlich, und sie vereinbarten, dass Camille Hoffmann Giovanni möglichst bald wieder an einem seiner Malorte besuchen sollte.

Giovannis Vortrag wurde in zahlreichen Lokalzeitungen in ganzer Länge abgedruckt. So auch in der *Engadiner Post* vom 20. Oktober 1897. Nachdem Bice ihm daraus vorgelesen hatte, rechnete Giovanni ihr vor, dass er 50000 Franken verlangen werde. Nicht als Vorschuss, sondern als Kostendeckung für die Entwürfe und angefallenen Ausgaben.

»Stell dir vor: Ich werde am Gewinn beteiligt, mit fünfundzwanzig Prozent bis zu einer halben Million Reingewinn. Ist der Reingewinn höher, bekomme ich sogar fünfzig Prozent!«

Bice zögerte, schwieg aber lieber. Sie hielt die gesamte Unternehmung für eine schreckliche Geschmacksverirrung. Was hatte das mit Kunst zu tun, wenn Engadiner Postkutschen auf einer nachgebauten Straße in einem Panorama herumrollten, wenn Kühe, Schafe gleichsam als Ureinwohner unterhalb der Straße fungierten? So etwas konnten sich wahrscheinlich nur Männer in ihrem unausgelebten Spieltrieb ausdenken. In Bice war der Wunsch sehr stark, Giovanni die Lächerlichkeit seiner Pläne unverblümt klarzumachen. Dann wieder dachte sie, dass viele Fachleute, nämlich Architekten, Baumeister und Bankiers, die Pläne und Modelle gesehen hatten. Vielleicht waren die Männer doch im Recht. Im Übrigen hatte Bice andere Sorgen. Ihr Haushaltsgeld ging wieder mal gegen null. Vielleicht musste sie nach Mailand telefonieren. Oder es kam Geld von Grubicy oder von einem reichen Fabrikanten. Der Himmel mochte es wissen. Bice wusste nur eines. Sie hatte es satt.

Giovanni in seinem Überschwang spürte Bices Zweifel nicht. Er erklärte ihr, dass schon eine Liste im Umlauf sei, um das Gründungskapital von 20000 Franken zu beschaffen.

»Die Herren Töndury und Zambail werden bei der Regierung vorstellig, damit diese in Paris den notwendigen Platz für das Schweizer Projekt sicherstellen kann. Du siehst, es ist alles seriös. Hochseriös.«

Giovanni bemerkte nicht, wie blass und nervös Bice war. Dass sie geweint hatte. Er glaubte vielmehr, es seien wieder die Augen, die ihr zu schaffen machten. Er fragte sie danach, aber Bice spürte, dass er in Wahrheit nur an sein Projekt dachte, und blieb stumm. Giovanni insistierte nicht weiter. Immerhin hatte Bice Hoffnung, dass sich die neuen Tropfen aus Mailand bewährten. Ihre Augen waren nicht mehr so rot, und Schlieren bildeten sich schon keine mehr. Sie war froh, dass sie kein Mitleid brauchte. Auch von Giovanni nicht.

Seit in allen Zeitungen über Giovannis Projekt berichtet wurde, bekam er immer mehr Post. An manchen Tagen waren es zehn Briefe und mehr. Einer davon kam aus Mailand, von Alberto Grubicy.

Lieber Giovanni. Mach was du willst. Aber lass die Finger von diesem Panorama des Engadins. Mir graut davor. Dein Alberto.

Einen Moment lang war Giovanni wie gelähmt. Er spürte, wie sein Herz pochte, der Mund trocken wurde. Dann dachte er daran, dass Alberto sicher erbost darüber war, dass Giovanni seine Bilder selbst verkaufen und nicht mehr alle Rechte der Galerie Grubicy überlassen wollte. Bestimmt gönnte Alberto ihm dieses Riesenprojekt nicht, an dem er natürlich nichts verdienen würde! Giovanni konnte diese unfreundliche Einstellung nicht verstehen. Sofort würde er Grubicy eine wütende Antwort schreiben! Er setzte sich an seinen Schreibtisch und wollte den Brief beginnen, ließ es aber dann sein.

Um sich abzulenken, wollte er jetzt den liebenswürdigen Brief eines Kollegen beantworten, der ihn um Rat fragte.

Lieber Herr Orsi,
Ich habe Ihre Schrift gelesen, die mir unter vielen Berichten die interessanteste war, aber dort, wo Sie die Art zu malen und die Gründe meiner Technik erklären, ist sie nicht genau. Ich male einfach und natürlich, noch natürlicher und einfacher, als ich es mache, ist es kaum möglich. Seit zehn Jahren verwende ich nur noch Farben, Verdünnungsmittel und Firnisse von Lefranc aus Paris.
Anfangs habe ich viele Farben benutzt, weil ich stets das Neueste haben wollte. Doch da ich häufig unter freiem Himmel, in der Sonne, in der dünnen Luft in Höhen über 2000 Meter arbeitete, musste ich feststellen, dass manche Farben verblassten und andere nachdunkelten und matt wurden. Ich wandte mich deshalb um Rat nach Paris, und nachdem ich auch selbst entsprechende Nachforschungen angestellt hatte, nahm ich all die herrlichen, leuchtenden und faszinierenden Farben, packte sie in eine Kiste und schickte sie zum Umtausch an Lefranc und behielt nur noch die guten, beständigen und lichtechten.
Die Leinwand, die ich bearbeite, ist mit Kreide und Öl präpariert. Ich spanne sie auf den Rahmen und streiche dann mit einem weichen Pinsel eine möglichst leuchtende Farbe von Terra rossa darauf, weil meine Augen das Weiss der Leinwand nicht aushalten können. Nach Beendigung dieses Vorgangs mache ich mich daran, auf der Leinwand die grundlegenden Linien der Idee zu fixieren, die ich festzuhalten beabsichtige und mit der ich mich zur Zeit beschäftige, indem ich sie immer feiner im kleinsten Detail präzisiere. Wenn das Bild, das ich zu schaffen beabsichtige, mir von der Natur eingegeben war, so mache ich mir zunächst eine Zeichnung, die jener Gefühlsimpression entspricht, die mich in dem bestimm-

ten Moment getroffen hat, und auf der präparierten Leinwand ziehe ich sie in Linien nach. Ist dagegen die Idee in mir entstanden, so suche ich in der Natur die der Idee entsprechenden Linien. Sind auf der Leinwand die Linien festgelegt, die das, was ich geistig will, ausdrücken, so mache ich mich weiter an die sozusagen allgemeine Colorierung, als möglichst eng an die Wirklichkeit gehaltene Vorbereitung. Dazu benutze ich dünne, möglichst lange Pinsel, und ich beginne auf meiner Leinwand loszuarbeiten mit feinen dünnen und pastosen Pinselstrichen, indem ich stets zwischen jedem Pinselstrich einen Zwischenraum lasse, den ich mit den Komplementärfarben ausfülle, und zwar möglichst wenn die Grundfarbe noch frisch ist, damit das Gemälde zerflossener wirkt. Das Mischen der Farben auf der Palette führt dem Dunkeln entgegen; je reiner die Farben sind, die wir auf die Leinwand bringen, umso besser führen wir unser Gemälde dem Licht, der Luft und der Wirklichkeit entgegen. Diese Tatsache ist heute von allen intelligenten Malern anerkannt, aber nur wenige von ihnen (fast niemand) verstehen, sich die Größe des Unterschiedes klarzumachen, die zwischen einem Mischen der Farben auf der Palette besteht und einem reinen Auftrag auf die Leinwand.

Giovanni ließ seine Schreibfeder sinken. Er lauschte. Sah auf die Uhr. Es war gegen zwei Uhr morgens. Er hörte jetzt deutlich, wie jemand in der Küche herumlief, Schranktüren klapperten, ein erstickter, erzürnter Ausruf – das war Bice. Giovanni sprang auf, steckte im Weggehen noch den Federkiel ins Tintenfass, traf daneben, fluchte und lief in die Küche, wo er Bice auf einem Schemel sitzend fand. Er sah auf ihrem Porzellangesicht durchdringende, hoffnungslose Verzweiflung. Ein Geruch war in der Küche, der ihn an etwas erinnerte. Er wusste nicht, woran, aber es durchfuhr ihn wie eine drohende Gefahr. Erschrocken fragte er Bice, ob sie nicht schlafen könne. Bice antwortete nicht, drehte sich von ihm weg. Er hörte, wie sie leise sagte, dass er sie aus ihrem Leben herausgerissen habe. »Ich hab mich für unverletzlich gehalten, weil du bei mir warst. Ich habe mir in all den

Jahren eine Gelassenheit zugelegt, die absolut künstlich war. Aber jetzt kann ich nicht mehr.«

Bice sprang auf, riss wieder die Türen und Schubladen der Schränke auf, schrie Giovanni an, dass alles leer sei. Wieder einmal. »Kein Brot, kein Mehl – siehst du noch einen Tropfen Öl oder Milch? Irgendetwas, das ich den Kindern morgen geben könnte?«

»Aber – aber gestern haben wir doch noch Gustav Klimt zu Gast gehabt. Er lobte dein Essen – ich erinnere mich daran.« Giovanni stotterte hilflos, doch Bice schüttelte den Kopf. Sie schwieg. Für Giovanni war jede Sekunde ihres Schweigens eisiger Schrecken.

»Wir hatten nichts als einen Rest Gerstensuppe und ein Glas Wein«, begann Bice sarkastisch. »Der wunderbare Klimt, der in Wien sicher mit den Vornehmsten speist, aß die arme Suppe als etwas Besonderes, weil Gottardo sagte, es sei eine Bündner Leibspeise.«

Müde lehnte sich Bice an den Küchentisch. »Klimt war doch von dir eingeladen! Er ist berühmt, hat eben erst den Kaiserpreis bekommen. Was für ein eleganter und gutaussehender Mann er ist. Und dann haben wir nur eine Gerstensuppe.«

»Er ist meinetwegen gekommen, Bice, er gehört zu den Wiener Sezessionisten, er interessiert sich aus diesen Gründen für mich. Auch für meine Malerei. Er interessiert sich bestimmt nicht für unser Essen.«

Es war nicht klar, ob Bice ihm zugehört hatte. Sie wischte sich die Tränen aus den Augen.

»Ich schäme mich so sehr vor den Kindern. Wie oft kann ich ihnen nichts Rechtes geben – und du, du sitzt stundenlang an deinen Zeitungsartikeln und Briefen, anstatt dich um deine Bilder zu kümmern! Die Miete steht an, wir brauchen wieder Holz, und vor allem muss ich Geld haben, damit Baba und Mea auf dem Markt einkaufen können! Letzte Woche haben sie ihr eigenes Geld genommen. Das will ich ihnen zurückgeben. Mit Zinsen! Und was tust du? Du phantasierst tagein, tagaus nur über dein völlig blödes, größenwahnsinniges Projekt!«

»Ich habe doch schon an Alberto geschrieben. Vier Briefe! Aber er reagiert nicht! Ich glaube, er ärgert sich auch über mein großes Engadin-Projekt!«

»Dann musst du eben nach Mailand reisen und ihm Feuer unterm Hintern machen! Du stellst schließlich überall deine Bilder aus. Du bist doch bei fast allen wichtigen offiziellen Großausstellungen in Amsterdam, Paris, Mailand, Turin, Venedig oder Sankt Petersburg dabei. Und auch an den Orten der Avantgarde, in der Münchner Secession und Wiener Sezession, in Dresden in der Galerie Ernst Arnold. Deine Bilder werden in alle Welt verkauft, ich blicke ja gar nicht mehr durch, wohin sie alle gehen. Oder auch wieder zurückkommen, weil du noch daran arbeiten willst.«

Bice hatte vor Aufregung rote Wangen, ihre Haare waren offen und lockig, sie ließen Bice jung und temperamentvoll aussehen. Giovanni hätte sie gern an sich gezogen, aber Bices voller Mund war bitter, und sie begann schon wieder mit ihren Vorwürfen.

»Wenn ich nicht wüsste, wie viel Erfolg du hast, würde ich mich ja gar nicht beklagen. Du hast schon für so viele Bilder Goldmedaillen bekommen, fünf Goldmedaillen insgesamt! Dann erst kürzlich den Preis des italienischen Staates – ach, ich kann gar nicht alles aufzählen. Es hilft mir auch nicht. So, wie es jetzt zugeht, werden immer die anderen reich. Vielleicht könnten wir ja die verdammten Goldmedaillen verkaufen? Bring endlich mal Ordnung in deine Geschäfte!«

Bice rannte hinaus, Giovanni wischte sich mit dem Handrücken über die Stirn. Er hatte das Gefühl, als lägen Jahre paradiesischen Glücks hinter ihm, und nun war sein Leben innerhalb von Sekunden ein Bild des Jammers, des Unrechts. Er sah sich in der Küche um, die mit den aufgerissenen Türen in seine Stimmung passte – nirgends Halt oder Hoffnung. Bice war einfach im Recht. Am Erfolg seiner Bilder gemessen, hätten sie langsam zu Wohlstand kommen müssen. Giovanni konnte durchaus verstehen, dass Bices Nerven angegriffen waren. Sie hatte immer den Alltag aushalten müssen, all die lästigen Dinge wie Beschaffung der Nahrungsmittel, der Kleider für die Kinder, für die Hausangestellten. Ärzte kosteten viel Geld. Die regelmäßigen Reisen nach Mailand. Giovanni wurde durch Bices Gefühlsausbruch klar, dass er mit seiner Malerei zwar das Geld für die Familie heranschaffte, dass es aber Bice war, die den stumpfsinnigen, oft ärgerlichen Teil der familiären Pflichten übernahm. Er würde alles wiedergutmachen. Grubicy hatte vor einiger Zeit angedeutet, dass die Neue Pinakothek in München *Das Pflügen* ankaufen wolle. Er hatte sich ganz besonders gefreut, dass München ihn haben wollte, während die Berliner ihn damals geärgert hatten. Nicht unbedingt, weil sie seine *Strafe der Wollüstigen* abgelehnt hatten. Es war der herablassende Ton gewesen, mit dem sie ihm begegnet waren. Umso größer war Giovannis Triumph, als ein englisches Museum bei der *Strafe der Wollüstigen* gleich zugegriffen hatte.

Und nun wollten die Münchner auch einen Segantini haben. Wie schön! Giovanni wollte es Bice noch nicht sagen, falls der Handel nicht zustande kam. Man hätte sicher öfter nachfragen müssen, dann wäre das Bild vielleicht schon verkauft. An allem war Alberto schuld. Doch auch das würde Giovanni ändern, indem er sich künftig persönlich um den Verkauf seiner Bilder kümmerte.

Giovanni ging zurück an seinen Schreibtisch und nahm den Brief in Angriff, den er schon morgens an Alberto Grubicy hatte schreiben wollen.

Lieber Alberto,
dass mein großer Auftrag nicht in Deine Pläne passt, verstehe ich, denn natürlich wird die Pariser Weltausstellung von nun an meine ganze Zeit in Anspruch nehmen. Das nur zu Deinem Brief. Aber Du hast keine Ahnung, wie es hier aussieht. Ich kann nicht mehr. Jeden Tag habe ich irgendeine Demütigung hinzunehmen, und seit fast einem Monat habe ich keine zehn Centesimi im Haus. Es ist eine Qual, aus den Bergen hier kann man kein Geld graben, und man verbringt mehr Zeit damit, auf Geld zu warten

und an das Elend zu denken als Zeit für die Kunst bleibt. Angenommen Du schickst mir das Monatliche, was würde das nützen, wir haben ja schon den nächsten Monat, überlege also, was Du tun kannst und schreibe gleich,
Dein Segantini

Er setzte noch als Postscriptum dazu:

Nun hast du es so weit gebracht, dass Bice mir zürnt! Ich mochte es immer gern, wenn sie ein wenig wütend auf mich war, aber dieser Aufstand heute war kein Spiel. Bice kann mir wehtun, und heute wollte sie es. Ich fühle mich wie in der Sklaverei. Dabei hatte ich es erst gestern sehr gut mit Klimt. Er hat mir gesagt, dass ich wahrscheinlich die Goldmedaille für mein großes Bild Die zwei Mütter *erhalte. Klimt sagte, in der Akademie habe man das Kreuz geschlagen wegen des Bildes. Die Professoren in der Jury hätten getobt. Aber die hätten im Moment nichts mehr zu sagen, meinte Klimt, die Jungen machten die Secession und würden mir den Preis geben. Und ich sei selber eine Secession, hat Klimt noch gesagt.*
Ciao. Segantini

Bice stand vor dem Spiegel und kühlte ihre Augen mit einem nassen Tuch. Bald wäre es so weit. Sie würde Kopfschmerzen bekommen. Das hatte sie nun davon. Sie bekam immer Kopfschmerzen, wenn sie geweint hatte. Schon von daher suchte sie es zu vermeiden. Warum hatte sie Segante diese Szene gemacht? Lag es nicht auch an ihr selbst, wenn er das Geld, das er verdiente, sofort unter die Leute brachte, nachdem er die ärgsten Schulden getilgt hatte? Bice hatte in ihrem Elternhaus gelernt, dass man offensichtlich nicht arm war, aber das Geld niemals nach außen sichtbar werden ließ. Natürlich bekam ihre Mutter Blumen. Aber nur am Geburtstag und höchstens fünf Rosen. Wenn Gäste erwartet wurden, war die Tafel auch mit Blumen geschmückt, aber auch nur dann.

Bekam Segante dagegen Geld in die Hände, sorgte er sofort dafür, dass Bice mit hundert Rosen beschenkt wurde. Oder Lilien. Oder Tulpen. Hauptsache, er hatte die Arme so voll, dass er Blumen auf dem Weg von der Haustür zum Salon verlor und Bice im ganzen Haus nach Krügen und Vasen suchen musste, um den Segen unterzubringen. Hatte sie sich nicht jedes Mal gefreut? War sie nicht entzückt gewesen, weil Segante zuerst an sie dachte? In der Regel kümmerte er sich ja nicht um die Einkäufe für den Haushalt, aber die Obstanlieferungen, die er in der Küche aufhäufte, wenn er liquide war, waren mehr als üppig. Obst aller Art, Nüsse, Kastanien, Trauben schleppte er in so rauen Mengen an, dass die gesamte Familie einschließlich Baba, Mea und der Professore Obstmahlzeiten einlegen mussten, damit nichts verdarb. Auch Hirsch- und Rehfleisch, Hühnchen und Hasen kaufte Segante dann den Jägern ab. Es war immer viel zu viel. Glücklicherweise bekam Baba Rezepte von ihrer Mutter, wie man Obst einweckte und auch Fleisch, sodass man Segantes Einkaufsorgien Herr werden konnte und einen Vorrat hatte für schlechte Zeiten, die immer wieder ins Haus standen. Bice hätte so gern einen gleichbleibenden Rhythmus von regelmäßig wiederkehrenden Bildverkäufen in Gang gesetzt, doch da waren Giovanni und Grubicy davor, und sie hatte das beklemmende Gefühl, ihren Haushalt niemals in den Griff zu kriegen.

35

Eines Tages bekam Giovanni die Nachricht, dass sein Bild *Die bösen Mütter* tatsächlich auf der Kunstausstellung der Vereinigung Bildender Künstler Österreichs mit der großen Staatsmedaille von Österreich-Ungarn ausgezeichnet worden war. Gleichzeitig mit dem ausgezeichneten Bild wurden noch andere Werke Giovannis gezeigt. Klimt hatte also recht behalten. Giovanni atmete tief durch. Man liebte ihn in Wien. Der Kaiser Franz Josef hatte sich erkundigt, welche Umstände Giovanni zu dem Bild *Die bösen Mütter* getrieben hätten, und Giovanni nahm sich vor, dem Kaiser das Gedicht Illicas zu schicken.

Aus Berlin erreichte ihn die Anfrage der Kunsthändler und Verleger Bruno und Paul Cassirer sowie des Galeristen Felix Koenigs. Die drei Herren wollten nach Maloja kommen und mit Giovanni über eine künftige Zusammenarbeit reden. Giovanni wäre am liebsten mit dem Brief in der Hand herumgetanzt, so sehr freute er sich über das Interesse dieser bekannten Kunsthändler. Er wollte darauf wetten, dass alle drei die Abhandlung von Richard Muther in seiner *Geschichte der Malerei des XIX Jahrhunderts* gelesen hatten. Muther hatte Segantini darin zwei Seiten gewidmet.

Würde er mit ihnen einig, könnte er sich von Alberto Grubicy etwas unabhängiger machen. Das wollte er dem alten Freund aber nicht schreiben, er wollte es ihm persönlich sagen. So wie die Dinge lagen, konnte Alberto nichts dagegen haben. Er war ein reicher Mann, während Giovanni nie genau wusste, wann bei ihm wieder einmal Geld ankam. Das sollte sich ändern, und dazu musste Giovanni nach Mailand reisen und mit Alberto reden. Erst danach würde er die Berliner Kunsthändler einladen. Giovanni platzte fast vor Energie.

Nachdem das Arbeiten am Berg einige Tage lang wegen des Schneefalls nicht möglich gewesen war, schien wieder die Sonne, und Giovanni stieg am Tag darauf mit seinem neuen Malerfreund Giovanni Giacometti auf das Hochplateau Plan Luder. Sie gingen noch in der Dunkelheit los, und es war bitterkalt. Doch dann brach die Sonne hervor, sie kamen am Berg ziemlich rasch ins Schwitzen, und Giacometti meinte heftig schnaufend: »Wie gut, dass wir nur so wenig zum Tragen haben!«

»Alles andere wäre wirklich zu viel«, lachte Giovanni, »dann würdest du mir bald davonlaufen!« Er berichtete Giacometti, dass er im Tal gute Schreiner gefunden habe, die ihm nicht nur die Holzkonstruktionen für seine Bilder anfertigten. »Sie schleppen mir auch alles auf den Berg! Darüber bin ich sehr erleichtert. Ich würde das allein gar nicht schaffen, besonders jetzt im Winter nicht!«

Beide Männer hatten noch genug zu tragen an den Farben, den Pinseln, der Palette und am Proviant.

»Das war ja rührend gestern, wie deine Buben gebettelt haben, dass wir sie mitnehmen«, sagte Giacometti bei einer kleinen Pause, als jeder einen Becher von Bices Kaffee trank. Für einen Moment lächelte Giovanni stolz, doch dann verstaute er seinen Becher wieder im Rucksack und meinte, dass er nur Giacometti dabeihaben wolle. »Du bist ein Maler wie ich. Durch dich bin ich nicht abgelenkt, sondern du hilfst mir, du lässt dich ganz auf meine Arbeit ein. Darauf bin ich jetzt angewiesen, und ich kann dir sagen, ich bin froh, dass ein so begabter Maler wie du mir hilft.« Giacometti schwieg ein wenig verlegen, dann sagte er ablenkend, dass er sich auch Söhne wünsche. »Mindestens zwei will ich, aber es können auch mehr werden.«

»Hast du denn schon – ich meine, bist du –«

Jetzt war es Giovanni, der verlegen wurde. Er wollte den Freund nicht bedrängen, aber er hatte sich schon öfter gefragt, ob der fast Dreißigjährige eine Braut hatte oder eine Liebe.

Über Giacomettis Gesicht flog ein stolzes Lächeln. »Annetta. Annetta Stampa. Ich hatte bisher kein Geld. Keine Aussichten. Doch seit ich mit dir arbeite, gelte ich auch mehr. Zwei kleine Bilder habe ich neulich verkauft, das macht mir Mut. Wir wollen noch in diesem Jahr heiraten. Annetta hat ja gesagt, und ich bin froh, dass sie mich nimmt, obwohl ich wenig Geld habe.«

Fast beneidete Giovanni seinen jungen Freund, der noch verliebt war und das Eheleben nicht kannte. Seit Bices Wutausbruch sehnte sich Giovanni nach einer Art Freiheit, die er nicht näher zu benennen wusste. Mit Geld hatte das etwas zu tun, ob er wollte oder nicht. Zum Glück hatte Doktor Bernhard noch zwei Bilder von ihm gekauft, *Totes Reh* und *Die Segnung der Schafe*. Mit diesem Geld hatte er zuerst seine Tyrannen zufriedengestellt, seine Gläubiger. Den Rest hatte er Bice gegeben. Und er hatte sich vorgenommen, noch härter zu arbeiten. Härter, als er es je in der Vergangenheit getan hatte. Jeden Tag wollte er um fünf Uhr morgens mit Giacometti losgehen und so lange arbeiten, wie es gerade ging. Er wollte Giacometti auch gut bezahlen, damit er für sich und seine Annetta das Nötige anschaffen konnte. Dieser Gedanke erfüllte ihn mit einer unglaublichen Freude. Es war ihm, als sammelte er all seine Kräfte für seine erste große Schlacht.

Am frühen Morgen stand Giovanni am Fenster, das er zum Lüften geöffnet hatte. Bice schlief noch, und Giovanni bemühte sich, sie nicht zu wecken. Er hörte das Horn der Postkutsche von weither über den Pass klingen, und er war froh, dass Bice und die Kinder mit ihm unter einem Dach wohnten. Was würde ihm das ganze blaue Engadin nützen, wenn er nicht Bice hätte? Manchmal, wenn er ihre Augen forschend, erwartungsvoll, besorgt oder gar wütend auf sich gerichtet sah, wünschte er sich den Mut, einfach zu tun, was ihm richtig schien. Da er Bice liebte, in solchen Situationen sogar verzweifelt liebte, fiel es ihm schwer, eigensinnig zu bleiben. Er fühlte dann aber seine Liebe wie eine Fessel, wie eine unzerreißbare Fessel, die er tragen musste, wenn er nicht wieder so elend verlassen leben wollte wie in seiner Kindheit.

Die Post brachte ein Schreiben vom Anwalt der Familie Kuoni. Dieser teilte in nüchternen Worten mit, dass das Chalet Kuoni, auch Casa Segantini genannt, amtlicherseits versiegelt werde. »Sie haben seit vier Monaten trotz unserer Mahnung die Miete nicht gezahlt. Daher wird das Haus jetzt verschlossen. Ihre Möbel bleiben so lange in unserem Besitz, bis Sie Ihre Schulden gezahlt haben. Wir behalten uns auch vor, gegebenenfalls mit einem neuen Mieter einen Vertrag abzuschließen.«

Giovanni steckte den Brief in seine Tasche. Er bemühte sich, gleichgültig auszusehen, aber er kannte Bice. Sie hatte natürlich gesehen, dass die Nachricht nicht freundlicher Natur gewesen war. Giovanni gab ihr stumm das Schreiben. Sie las und gab es ihm ohne ein Wort zurück.

Es war das alte Lied. Giovanni hatte die drängenden Gläubiger bezahlt und im Überschwang seines Erfolgs nicht an die Miete für Maloja gedacht. Um seinen Auftrag für die Pariser Weltausstellung gebührend zu feiern, hatte er im Palazzo Salis einen Empfang gegeben. Er wurde das Bedürfnis, großzügig zu sein, einfach nicht los. Es war mehr als ein Bedürfnis, es war seine Sehnsucht, zu schenken, Freunde und Bekannte einzuladen, wie ein Fürst. Nicht wie ein brotloser Künstler. Statt Mea und Baba sorgte ein Koch aus dem Palace für ein großzügiges Menü aus Fischen und Fleisch, ausgesuchtem Obst, Champagner und Brandy. Die Kinder und Bice bekamen neue, festliche Kleidung, und im Palace wurden zahllose Kerzen entzündet. Es war ein fröhliches, ausgelassenes Fest gewesen, Sekunden von Glücklichsein für Giovanni, wenn er seine schöne Frau sah, die aufgeweckten Kinder.

Und jetzt war das Leben wieder grau. Bis er von den Aktionären des Panoramas die erste Anzahlung bekam oder wieder ein Bild verkaufte, gaffte ihn die Not an. Sein Leben kreiste förmlich um seine Bilder, mal im Guten, mal im Schlechten. Er war eben kein normaler, alltäglicher Mensch. Musste er denn nicht ein gastliches Haus führen? Er war ein bekannter Künstler! Von ähnlich berühmten Malerkollegen hörte er, dass sie wie Fürsten lebten, fünfspännig fuhren und mit dem Geld nur so um sich warfen. Dagegen lebte er doch wahrlich bescheiden.

Und trotzdem kam er immer wieder in Situationen, wo kein Geld da war und er nicht wusste, wann die Käufer seiner Bilder zahlen würden. Er mochte niemanden mahnen. Am liebsten hätte er seine Bilder verschenkt. Immer dann, wenn er die Käufer kennenlernte und lieb gewann. Wie den Berliner Galeristen Felix Koenigs. Der war vor einiger Zeit mit seiner Schwester Elise bei den Segantinis zu Gast gewesen, und die vornehm und nobel wirkende Elise Koenigs hatte leise und zögernd den Wunsch geäußert, von Giovanni gemalt zu werden. Giovanni freute sich über den Auftrag. Er fand Elise Koenigs in ihrer freundlichen Traurigkeit interessant und malte sie unter einem Baum auf einem geschwungenen Stuhl sitzend, der gleichsam mit der Landschaft verschmolz.

Giovanni schickte das fertige Bild nach Berlin und schrieb an Koenigs, dass er seiner Schwester das Bild gern schenken wolle.

Ich bin schon zur Genüge bezahlt durch die Freude, die ich hatte, dass Ihrer Schwester das Gemälde bereits gut gefiel, als es noch gar nicht vollendet war. Und wer weiß, wenn ich eines Tages die Staffelei beiseite stelle und mich ein wenig ausruhe, reise ich nach Berlin um mir das Vergnügen zu schaffen, Sie und Ihre Schwester in Ihrem Hause zu sehen.

Diesmal war das Schicksal gütig mit ihm. Koenigs sandte 6000 Lire für das Porträt seiner Schwester und schrieb:

Das Bild meiner Schwester gefällt mir sehr und Elise selbst freut sich immer wieder daran. Ich weiß, dass solch ein Porträt viel anstrengende Arbeit voraussetzt, und daher haben Sie das Geld wahrhaftig verdient.

Giovanni beeilte sich, die Mietschulden für das Chalet Kuoni zu bezahlen. Bice nahm ihm diese unangenehme Aufgabe ab, und die Familie Kuoni war nach einem längeren Gespräch verständnisvoll, und man entschuldigte sich fast. »Wir hatten keine Ahnung, dass Künstler es oftmals so schwer haben mit der Bezahlung ihrer Bilder.«

Sie beglichen noch einige weitere dringende Rechnungen, und schneller, als sie gucken konnten, waren die unverhofften 6000 Lire schon wieder ausgegeben.

Von diesen drückenden Sorgen konnte auch das Strahlen der ewigen Schneefelder und der majestätischen Eiskatarakte in seinen Bergen Giovanni nicht erlösen. Er liebte die Natur voller Dankbarkeit, weil er von ihr so viel geschenkt bekam – eigentlich seine ganze Stellung als Künstler. Aber er fürchtete sie auch. Am bedrohlichsten wurde sie da, wo er mit ihr allein war. Saß er oberhalb der Baumgrenze in Schnee und Steingeröll vor seiner Staffelei, sah er den tiefblauen Himmel über sich, mit ein paar fetzenhaften Wolken, und vor sich die Staffelei, dann empfand er die Stille oftmals beklemmend. Die Kälte kroch unter die Kleider und machte seine Finger starr. Er rückte dann näher zu dem schwarzen Ofen, der rechts neben ihm im Schnee stand. Giovanni dachte oft daran, wie mühsam er den schweren Eisenkorb heraufgeschleppt hatte. Aus den eingestanzten dicken Löchern glühte es heraus. Im großen, feurigen Schlund loderten dicke Holzscheite wie im heimischen Kamin. Das beruhigte und wärmte ihn.

Manchmal löste sich irgendwo ein Stein, sodass rasch darauf eine Schneelawine dicht an ihm vorbeiging. Das geschah zunächst lautlos, schwerelos, doch bald darauf war der donnernde, krachende Aufschlag zu hören.

In der Stille danach spürte er sein Herz wie wild klopfen. Dann stapfte er zu seinem Bild, um Halt zu finden. Dafür saß er letztlich auch hier im tiefen Schnee, in Eiseskälte. Er wollte große Bilder schaffen, überwältigende.

36

Bice war für einige Tage nach Mailand gereist, um dort ihre schmerzenden Augen behandeln zu lassen. Carlo hatte ihr einen Arzt genannt, der den Ruf hatte, besonders sorgfältig und einfühlsam zu sein.

Mutter und Vater Bugatti machten sich zwar Sorgen wegen Bices Augen, doch größer war ihre Freude, dass sie ihre Tochter diesmal ganz für sich allein hatten. Nicht einmal Carlo und Thérèse wollte sie besuchen, oder ihre alten Schulfreundinnen Serafina und Antonia, mit denen sie sonst so gern in einem Kaffeehaus in der Galleria gesessen hatte. So hässlich, wie Bice sich fühlte, wollte sie sich niemandem zeigen, der ihr wichtig war. Für diese Besuche würde es ein nächstes Mal geben.

Die Eltern schienen Bice seit ihrem letzten Besuch stark gealtert. Waren sie kleiner als früher? Besonders ihre Mutter? Trotz ihrer verschwommenen Sicht erkannte Bice, dass ihre Eltern tatsächlich älter und schwächer aussahen als gewöhnlich. Ihre Mutter fragte schon bald nach Bices Ankunft, wie es denn mit dem Geld aussehe im Hause Segantini.

»Ich fand es, ehrlich gesagt, übertrieben, dass Giovanni Carlos Kindern ein Pferd geschenkt hat. Er zahlt sogar für ein Jahr die Kosten im Reitstall und den Reitunterricht. Hast du das gewusst?«

Bice hatte es gewusst, aber sie wäre lieber nicht daran erinnert worden. Ihr Arzt und Vertrauter Doktor Bernhard hatte vor einiger Zeit ein Selbstbildnis Giovannis gekauft, dazu noch eine

Landschaftsstudie und das Gemälde *Stier im Stall*. Bernhard hatte das Geld sofort bezahlt, und Giovanni war so glücklich gewesen, dass er bei seinem nächsten Aufenthalt in Mailand, der mit dem sechzehnten Geburtstag Deanices zusammengefallen war, das großzügige Geschenk machte. Er hätte es Bice gar nicht zu erklären brauchen. Sie hatte längst begriffen, dass Geld Segante offenbar kopflos machte. Er musste damit Freude bereiten, so als wäre mitten im Winter der Sommer ausgebrochen. Wenn dann alle sich freuten, in diesem Fall alle drei Bugatti-Kinder, dann war Segante glücklich. Aber auch die eigene Familie bedachte Giovanni großzügiger, als es vernünftig gewesen wäre.

Bice konnte ihm einfach nicht gram sein. Im Grunde beneidete sie ihn um seine schöpferische Phantasie, seine Begabung, anderen eine Freude zu machen. Sie sah ihrer Mutter förmlich an, dass die von ihr hören wollte, wie sehr sie unter der Verschwendungssucht ihres Mannes litt. Dabei mochte ihre Mutter Segante eigentlich gern. Vielleicht hatte Bice doch zu oft um Geld telegrafiert. Was sollte sie ihrer Mutter sagen?

Doch Giovanni leistete auch viel mehr als die meisten Leute. In diesem Moment war er bestimmt schon wieder in den Bergen und arbeitete bei der beißenden Kälte, die dort oben herrschte. Bice hatte Angst um ihn. Angst, dass ihn eine Lawine erschlagen könnte. Oder dass er sich stark verkühlte, so unvorsichtig, wie er war.

Sie schloss die Augen, wie sie es von Zeit zu Zeit immer tat, wenn der Schmerz allzu unangenehm wurde. Sie hatte entdeckt, dass hinter ihren Lidern, je nach Beleuchtung des Raumes, sich verrückte Tänze abspielten. In Gold und Rot gehüllte Wesen kreisten da herum und gaben Bice Zuversicht. Der Professore hatte zwar von drohender Erblindung gesprochen, aber dieser junge, neue Arzt hatte gemeint, dass die Behandlung zwar langwierig sein werde, aber zumindest zur Linderung führe. Wenn das stimmte, wollte Bice zufrieden sein und Segante niemals wieder eine Szene machen. Sie hörte sich zu ihrer Mutter sagen, dass sie mit Segante glücklich sei. Mutter Bugatti beendete das Gespräch mit einem Seufzer. »Ach Gott, Kind.«

Bice vermisste Giovanni. Jeden Tag schickte er ein paar Zeilen aus Soglio, die sie gierig las.

Ich will Dir als kleine Entschädigung für alle Schmerzen ein paar Schuhe schenken, Schuhe und Stiefel, lass sie Dir anmessen. Wenn ich dann wieder in Mailand bin, kann ich sie abholen. Irene hat uns Blumen geschickt, Du findest sie im Atelier. Vielleicht kannst Du sie ja auch mitbringen als Erinnerung an meine Schwester. Auch habe ich vergessen, ein Dutzend Selbstporträts aus dem Atelier mitzunehmen. Wenn Du die Gelegenheit hast, sie mitzubringen? Wie geht es Deinem Auge? Hier ist es wunderschön, wir sind alle wohlauf. Am Abend meiner Ankunft waren die Kinder so glücklich, wie man glücklicher nicht sein kann. Im Augenblick bläst der Wind. Sieh zu, dass es mit Deinem Auge besser wird.
Ganz Dein Segantini. Grüße die Signora Imma, Alberto und küsse Gigetta

Auch wenn Giovanni ihr Grüße aufgetragen hatte, mochte Bice nicht zu den Grubicys gehen. Imma Grubicy war sehr elegant und lud immer viele Freunde in ihr Haus, aber alldem fühlte sich Bice im Moment nicht gewachsen. Vielleicht waren es auch Giovannis Briefe, die sie sehnsüchtig machten nach Soglio, nach Segante und den Kindern, nach Baba und Mea. Selbst Fingal fehlte ihr, seine Anhänglichkeit, sein tieftrauriger Blick und sein Bellen, das in den Mauern des Palazzos Salis in Soglio noch kräftiger klang.

37

In der ersten Zeit in Soglio fühlte sich Bice immer an Mailand erinnert, wenn sie aus dem Palazzo Salis auf den Platz hinaustrat. Obwohl Soglio ein kleiner Ort war, ragten neben dem Palazzo Salis, auch Casa Battista genannt, die drei anderen großen Patrizierhäuser der Herren von Salis empor und suggerierten eine eher städtische Umgebung. Natürlich nur für einen Moment und wahrscheinlich auch nicht bei jedem Menschen, der in Soglio lebte. Bice fand das Dorfgefüge vom ersten Tag an geheimnisvoll, phantastisch und beschützend. Die leicht geschwungenen Hauptgassen, höchstens drei Meter breit, teilten das Dorf auf eigenwillige Art. Man trat von den Gassen direkt auf die Außentreppen zum Wohnhaus oder zu den Scheunen. Die vielen Durchstiche zu den Gassen waren noch schmaler, höchstens zwei Meter breit, und an einigen Stellen waren sie lediglich als Durchgang unter den Häusern ausgespart. An manchen Stellen rückten die Bauten sogar noch näher zusammen und bildeten weglose, scheinbar undurchdringliche steinerne Inseln.

Bice liebte es, durch die schattigen, engen Gassen zu gehen und ihre Augen in deren mildem Licht auszuruhen, denn Sonne und Schnee tauchten das Bergell und Soglio in ein gleißendes Licht, das auf Bices Augen fiel wie ein stechender Schmerz, der sie blind machte und wehrlos. Zwar hatte sie von dem jungen Mailänder Arzt eine neue Heilsalbe bekommen, aber bislang waren nur die ärgsten Beschwerden gelindert. Doch Bice ersehnte eine baldige völlige Heilung. Bei grellem Sonnenlicht schoss ihr das Wasser aus den Augen. Sie fühlte sich immer noch hässlich und hätte am liebsten das Haus nicht verlassen.

Einzig Giovanni vermochte sie zu trösten. Er sagte ihr, dass ihre Schmerzen ihm wehtäten, aber wegen ihres Aussehens solle sie sich keine Sorgen machen. Er habe etwas Schönes für sie. Dabei hielt er ein Päckchen, das sehr hübsch eingepackt war, hinter seinem Rücken. »Schließ die Augen, Liebste. Rate mal, was darin ist.«

Bice machte die Augen zu und strich über das glatte, kühle Papier, die seidene Schleife. »Vielleicht ist es ein Schal?«, meinte sie lächelnd, und Segante sagte, sie solle das Päckchen öffnen. Als sie die Schleife löste und das Papier abstreifte, lag vor ihr ein unvergleichlicher Stoff aus warmer roter Seide, in den goldene Lilien eingewirkt waren. »Einen so schönen Stoff habe ich noch nie gesehen!«, jubelte Bice, und Segante schwor ihr, dass sie noch viele solcher Geschenke von ihm bekommen werde, um sich damit zu schmücken und die schmerzenden Augen zu vergessen.

Bice war umso glücklicher über dieses Geschenk, weil sie oftmals ein schlechtes Gewissen hatte wegen ihrer Wutausbrüche. Dabei war Segante ein ungewöhnlich geduldiger und liebevoller Mann. Inzwischen kannte Bice einige Ehemänner, die nicht so rücksichtsvoll waren mit ihren Frauen. Angefangen von ihrem Vater über Carlo bis hin zu den Grubicys. Keinen dieser Ehemänner hätte sie gegen Segante eintauschen mögen. Nie im Leben. Er war so fürsorglich, so einfühlsam, wie Bice das anderswo nicht erlebte. Und vor allem war er um sie besorgt, wenn sie gesundheitliche Probleme hatte, wie derzeit mit den Augen. Carlo dagegen zeigte es deutlich, dass ihm die Unpässlichkeiten seiner Frau auf die Nerven gingen, und auch Bices Mutter musste allein zusehen, wie sie zurechtkam, wenn ihr ewiges Kopfweh sie plagte.

Umgekehrt war Bice ständig besorgt um Segante. Seine oftmals melancholische Stimmung bedrückte sie. Giovanni beschäftigte sich immer wieder mit dem Tod. Auch das erste große Gemälde, das er in Maloja gemalt hatte, die *Rückkehr ins Heimatland*, handelte davon. Es war schon verkauft an die Berliner Nationalgalerie und zeigte eine Szene der Trauer, die Giovanni zu diesem Werk inspiriert hatte, als er noch mit den Seinen in Savognin lebte. Eines Tages hatte er gesehen, wie eine Familie ihren toten Sohn auf einem Karren heimbrachte. Wenn Bice und mir das einmal passiert, hatte er in diesem Moment gedacht, dass eines unserer Kinder in der Fremde stirbt und wir es heimholen müssen, um es zu beerdigen, dann möchte ich lieber selber tot sein.

Erst später in Maloja, als er an einem berauschend schönen Abend glaubte, die gleiche Stimmung wiedergefunden zu haben wie damals in Savognin, brachte er diese Szene auf die Leinwand: Hellroter Schimmer senkt sich auf das Gebirge. Auf dem Firn liegt er wie geschmolzenes Gold, und der Himmel scheint in Flammen zu stehen. Im Tal, im Zwielicht von rosigem Schimmer und grauen Schatten, kommt der Trauerzug heran. Vorn geht ein Mann im langen schwarzen Mantel. Er hat seinen Kopf gesenkt, und das Pferd, das ihm folgt, scheint ebenfalls Trauer zu empfinden, denn es zieht den Wagen mit müde gesenktem Kopf. Auf dem Wagen steht der verhüllte Sarg. Darauf kauern nach Landessitte die Frauen. Die Mutter des Verstorbenen sitzt aufrecht, mit einem Tuch verdeckt sie die verweinten Augen, die junge Schwester hat sich in ihren Schoß geworfen, die Arme vor ihrem Gesicht. Hinter dem Wagen folgt der Hund, auch er vom Leid seiner Familie ergriffen. Schweigsam und düster ziehen diese Gestalten ins abendliche Tal. Ihr Weg geht an einer Hütte vorbei, wo ein dunkler Kopf am Fenster zu sehen ist. Die am Horizont auftauchende Kirche ist das Ziel. Hier wird der junge Tote begraben.

Alberto Grubicy, der zu einem kurzen Besuch in Maloja gewesen war, hatte Giovanni reinstes Lob ausgesprochen. »Segante, das hast du mit deinem ganzen Können gemalt! Gratulation! Das Zwielicht des Abends – wie du das verteilt hast über das Tal – magisch! Und wie scharf sich die dunklen Gestalten abheben. Diese eindringliche, lastende Ruhe. Man könnte meinen, die Menschen wären bewegungslos, und doch spürst du, wie bitter ihnen der Weg ist. Dagegen die Natur: prächtig, majestätisch und völlig gleichgültig!«

Giovanni freute sich über Grubicys Lob, das eindeutig aufrichtig gemeint war. Dennoch wusste er genau, was als Nächstes kommen würde.

»Giovanni, ich frage dich: Willst du wirklich dein überragendes Talent an dieses Panorama verschwenden, von dem du mir berichtet hast? Ich bin fest davon überzeugt, dass du dich dabei aufreiben wirst. Und zwar für ein Spektakel, das dir gar nicht liegt. Dieses Vorhaben, Kühe, Schafe und sonstige Tiere lebendig herumlaufen zu lassen, das ist zum Scheitern verurteilt, glaub mir!«

»Das Ganze steht anscheinend ohnehin auf tönernen Füßen«, räumte Giovanni beschwichtigend ein. »Ich habe lange nichts mehr gehört von den Geldgebern.« In seinem Innern jedoch glaubte er fest an diese Idee, nach wie vor.

Wenn Giovanni im Winter am Gipfel eines zweitausend Meter hohen Alpenpasses arbeitete, lernte er, wie irrsinnig, erbarmungslos und feindlich diese Welt war. Eine derartige Konfrontation mit der Natur konnten die Menschen, die unten im Tal lebten, sich nicht vorstellen. Wahrscheinlich begriffen sie auch nicht, dass ein Künstler, der hier oben arbeitete, durch den Wahnsinn der herrschenden Lebensbedingungen, durch die Gefährlichkeit der Natur, sich anders entwickelte als die Gesellschaft im Tal, die sich den herrschenden Formen anpasste.

Einer wusste um diese Gefährlichkeit der Natur. Das war der Pastor Camille Hoffmann. Er besuchte Giovanni hin und wieder an seinen Malorten und scheute sich auch nicht, auf den Berg zu steigen, wenn der Schnee den Aufstieg nicht ganz ungefährlich machte. Giovanni hatte seine Staffelei auf dem Schafberg aufgeschlagen, denn er wollte ein Bild von Sankt Moritz bei Nacht malen. Und so wollte er dieses Bild auch nennen. Er war nicht von allein auf diese Idee gekommen. Mit aller Zurückhaltung hatte ihm Rudolf Bavier, der Vorsitzende des Komitees, nahegelegt, auf den Fremdenverkehr Rücksicht zu nehmen und auch eine nächtliche Winterszene mit vereistem See in das Bildprogramm aufzunehmen.

Und so saß Giovanni unweit der Hütte auf dem Schafberg, umgeben von ewigem Eis und Schnee. Er hatte vor sich wieder ein Holzgestell mit Überdachung stehen, das, festgeschraubt an solide Holzbalken, sogar dem Schneesturm trotzte. Einen Schemel hatte Giovanni aus der Hütte geholt und so nah wie möglich neben seinen gusseisernen Ofen gestellt, den er mit dicken Scheiten befeuert hatte.

Gegen Mittag kam Camille Hoffmann. Giovanni und er machten in der Hütte erst einmal Brotzeit und tranken den Roten, den Hoffmann mitgebracht hatte. Giovanni war mit seiner Arbeit schon gut vorangekommen.

»Dieser tiefverschneite Weg, auf dem eine Kutsche fährt, den kenne ich sogar«, sagte Hoffmann mit Blick auf die Staffelei. »Aber in einer nächtlichen Winterlandschaft habe ich ihn noch nie gesehen. Und der Himmel – wie die Wolkendecke aufreißt und die Strahlen des Mondes vom See reflektiert werden. Das ist einmalig. Wie der Ort daliegt, so behütet, beschützt vor der Kulisse der Berge. Dabei sind die Berge oftmals alles andere als beschützend. Das habe ich gerade wieder beim Aufstieg gemerkt. Die Berge und der tiefe Schnee haben etwas Herzloses, oder?«

»Vielleicht hassen sie uns«, lachte Giovanni, »sie hassen vielleicht alles Lebendige. Ich liebe diese Berge, aber ich glaube, sie lieben mich nicht. So wie auch der Schnee mich nicht liebt.«

Camille Hoffmann trat jetzt nahe an das Bild heran und betrachtete es eingehend. Die beiden Männer schwiegen. Giovanni arbeitete weiter, und Camille Hoffmann stellte sich immer wieder mit Abstand hinter ihn, um die Arbeit Giovannis mitzuverfolgen. Dann kletterte er zwischen den schneebedeckten Steinen herum, und Giovanni warnte ihn: »Bleiben Sie immer auf dem Weg. Alles andere ist zu gefährlich!«

Camille Hoffmann gab Giovanni recht. »Als ich heraufkam, bin ich einmal abgekommen vom Weg. Da wäre ich fast in einer

Schneewehe versunken. Ich konnte gerade noch die Spitze von einem Arvenstrauch fassen und mich daran hochziehen, sonst hätte der Schnee mich behalten.«

»Um Gottes willen«, sagte Giovanni, »lassen Sie uns darauf trinken, dass wir wieder heil herunterkommen vom Berg, der ist in der Übermacht!«

38

Giovanni war es trotz des Einlenkens der Familie Kuoni leid, in Maloja Mieter zu sein. Er hatte jetzt endlich Geld: von seinem Vorschuss für die Weltausstellung und von diversen Bildverkäufen. In seinem eigenen Überschwang ging die Phantasie mit ihm durch. Er wollte etwas Eigenes haben, und er wusste auch schon genau, was er haben wollte. Das Schloss. Es stand auf der Schulter der Maloja-Passhöhe, und von seinem Turm aus sah man das ganze Bergell. Alles. Gegen Westen ragten die Bergeller Granitfelsen in die Höhe. Im Osten sah man den Silser See, im Süden den Cavlocsee versteckt im Arvenwald liegen. Im Norden stand der mächtige Lunghin. In weißen Kaskaden fiel das Wasser nach Pila hinunter, zum jungen Inn.

Giovanni wollte seine Idee noch für sich behalten. Doch dann kam ein Tag, der so schön war, wie es nur ein Sommertag im Engadin sein kann. Die Sonne strahlte, als wollte sie von nun an nur noch engadinblaue Himmel liefern und ewigen Sonnenschein. Giovanni machte seiner Familie den Vorschlag, wieder einmal zum Schloss zu gehen. Beim letzten Spaziergang war das Wetter so trüb gewesen, dass man keine rechte Lust hatte, sich länger im Freien aufzuhalten. Doch heute war es herrlich! Die Segantinis liefen den Fahrweg entlang, der von ihrem Chalet aus zum Schloss führte. Sie genossen die Wärme der Sonne, die Farben des Himmels, der Bäume, Sträucher und Gräser, in die sich bunte Blumen mischten.

Das Schloss Belvedere machte heute seinem Namen alle Ehre.

Einen schöneren Aussichtspunkt konnte man sich nicht vorstellen. Die Kinder waren natürlich schon oft bei dem Schloss gewesen. Hatten ihre Spiele gespielt, waren am Abgrund herumgeklettert. Gottardo musste sofort eine Frage loswerden.

»Vater, ist das Schloss aus dem Mittelalter?«

»Nein, Kinder, es ist ein junges Schloss. Ein belgischer Graf hat es für sich gebaut, im Jahre 1882, gleichzeitig mit dem Grandhotel Kursaal Palace.

»War das nicht dieser Renesse?«, fragte Bice. »Der hatte doch so himmelstürmende Pläne gehabt. Vor allem für Sankt Moritz, oder?«

Giovanni lachte. »Du hast recht. Er wollte aus dem Ort ein einziges Luxushotel machen, plante elegante Bäder und Golfplätze. Doch in Sankt Moritz verkaufte man ihm keinen Quadratmeter Land. In Sils scheiterte Renesse ebenfalls. Endlich, hier in Maloja, konnte Renesse landen!«

»Ich habe gehört, dass der Graf ungewöhnlich viel Geld gezahlt hat für den Baugrund, weil er auf hohe Gewinne hoffte.«

»Tja«, seufzte Segante, »alles hätte so schön sein können – da brach in Italien eine Choleraepidemie aus. Wirtschaftlich eine Katastrophe! Graf Renesse musste Konkurs beantragen!«

»Jetzt erinnere ich mich«, rief Bice, »das war doch alles so tragisch! Ist nicht seine Frau noch im selben Jahr gestorben?«

»Ja, und alle haben geglaubt, der Graf würde sich von seinem Turm hier oben in den Abgrund stürzen. Das hat er aber nicht gemacht. Er ist weggezogen. Man sagt, nach Nizza. Niemand weiß es so genau.«

Mario saß ganz ruhig da und hörte aufmerksam zu. Er hatte den blonden Kopf in die Hände gestützt und war offensichtlich deprimiert.

»Was ist denn mit dir los, Mario?«, wollte Bice wissen und schaute ihn forschend an. Mario wandte sich mit einer abrupten Bewegung ab.

»Los, sag schon!«, fuhr ihn Bianca an und stupste ihn derb an der Schulter. Mario war ihr liebster Bruder, und es irritierte sie, dass er sich so seltsam verhielt. Marios Gesicht wurde rot, er druckste herum, schließlich brach es aus ihm heraus: »Man muss berühmt sein, sonst zählt man gar nicht. Berühmt wie Vater, wie der Herr Klimt, wie der Graf Renesse und wie die Leute alle heißen! Wenn man nicht berühmt ist, stirbt man einfach, und keiner erzählt eine Geschichte über einen!«

Schließlich brach Mario fassungslos in Tränen aus. Giovanni und Bice nahmen ihn beide an der Hand, obwohl Mario sich mit seinen dreizehn Jahren dafür schon zu groß fand. Doch so niedergeschlagen, wie er war, ließ er sich führen. Seine Geschwister trabten wortlos hinter ihm her. So fröhlich, wie sie losgelaufen waren, so verstört waren sie jetzt.

Als sie heimkamen, deckte Baba gerade den Tisch, und Bice wies die Kinder an, ihr dabei zu helfen. Giovanni war schon mit Mario in den Garten gegangen. Sie saßen auf der Bank. Giovanni hatte Mario an sich gezogen und sah erwartungsvoll und ratlos zugleich auf Bice. Sie setzte sich zu den beiden und sagte zu Mario, dass er für den Moment nicht mehr sein könne als ein Junge. »Du wirst noch lange unser Mario sein. Dein Leben ist ja kein Sturmwind – du kannst entscheiden, was du einmal werden willst.«

Giovanni nahm Marios Gesicht in seine Hände und küsste ihn auf die Stirn. »Denk mal daran, was ich euch von mir erzählt habe, als ich in deinem Alter war. Ein Dieb war ich und dazu noch widerspenstig. Nicht einmal lesen und schreiben konnte ich, das weißt du. Deine Geschwister und du dagegen, ihr habt den gütigen, klugen Professore, ein schönes Zuhause, die beste Mutter und einen Vater, der sich jeden Tag bemüht, ein guter Maler zu sein. Das ist wichtig, das Bemühen allein. Ansonsten ist jeder Mensch ein Ball, mit dem das Schicksal spielt.« »Du hast noch so viel Zeit, mein Mario«, sagte Bice lachend und zog ihren Sohn mit sich ins Haus. »Schau dir nur die Welt und die Menschen genau an, dann wirst du schon herausfinden, was für dich richtig ist.«

»Ich will Maler werden, wie der Vater«, sagte Mario.

»Das überlegst du dir noch einmal«, meinte Giovanni.

Bei Tisch war Mario zunächst verlegen, weil er seine Gefühle vor allen gezeigt hatte. Stumm saß er vor seinem Teller. Doch als Mea Geflügel servierte und ihm ein Beinchen auf seinen Teller legte, hielt er es hoch und fragte immer noch kummervoll: »Vom Hühnchen oder vom Hähnchen?« Er lachte schließlich mit den anderen über seine Frage, und das Eis war gebrochen.

Später, als Giovanni und Bice noch bei einem Glas Rotwein saßen, fragte Bice nachdenklich, ob es die Kinder wohl alle beeinträchtige, dass so viele Leute aus allen Teilen der Welt sie aufsuchten. Oder ob es Mario allein sei, der offensichtlich mit seinem Selbstbewusstsein zu kämpfen habe.

Giovanni meinte nachdenklich, es seien vielleicht wirklich zu viele Besucher. »Ich habe manchmal den Eindruck, als lebten wir in einer neuen Welt. Weißt du noch, in der letzten Woche – da standen mehr als zehn Leute auf unserer Treppe, die mich sehen wollten. Es waren alles sympathische, kunstbegeisterte Menschen. Ich habe mich, wenn ich ehrlich bin, sehr geschmeichelt gefühlt.«

»Das habe ich wohl bemerkt«, lachte Bice, »du hast ja eigens dein schwarzes Jackett angezogen, weil sie unbedingt wollten, dass du dich mit ihnen fotografieren lässt.«

»Weißt du«, sagte Giovanni, »die Leute kommen nicht nur ins Engadin, um freier zu atmen, sondern auch, um hier die anderen Verwöhnten, Eleganten und Intellektuellen dieser Welt zu treffen.«

Bice stimmte ihm zu. »Und sie wollen dich unbedingt kennenlernen. Früher pilgerten sie zu Friedrich Nietzsche nach Sils Maria und heute zu Giovanni Segantini nach Maloja! Nach dem Philosophenschauen kommt nun das Malerschauen!«

»Es hat aber auch sein Gutes. Ich habe in den letzten zwei Wochen so viele Bilder verkauft wie im ganzen Jahr nicht. Es geht aufwärts, Signora, und das verdanken wir auch den Kurgästen des Engadin! Und du wirst sehen, bald haben wir ein großes Haus, wie es ein bekannter Künstler braucht, um seine Gäste würdig zu empfangen.«

Bice sah Giovanni kurz und etwas erstaunt an, fragte aber nichts. Doch Giovanni, der niemals etwas vor Bice verheimlichen konnte, erklärte ihr, dass er vorhabe, das Schloss Belvedere für seine Familie zu erwerben. »Ich will es nach unseren Bedürfnissen ausbauen lassen, und dann haben wir endlich ein richtiges Zuhause.«

Sie hatte durchaus eine Ahnung gehabt. Segante war beim letzten Besuch des Schlosses derart genau auf Einzelheiten eingegangen, dass sie sich im Stillen schon gewundert hatte. Doch dann war ihr das ganze Vorhaben so wahnsinnig vorgekommen, dass sie den Gedanken daran wieder verwarf. Ihr Segante konnte schon verrückte Ideen haben, aber dieses Schloss, nein, sie konnte es nicht glauben. Aber sie sagte es Segante nicht. Sollte er doch planen. Er würde dann schon sehen, dass es ein Hirngespinst war.

Noch am Abend, nach dem Gespräch mit ihr, schrieb Giovanni an den Besitzer des Hotels, Direktor Walther, der auch der Besitzer des Schlosses Belvedere war.

Lieber Herr Walther,
ich möchte nicht mit Ihnen über das Wetter sprechen, sondern unser Gespräch über das Schloss wieder aufnehmen, diesmal aber schriftlich, damit Sie sehen, dass ich es ernst meine. Ich möchte das Schloss für zehn Jahre übernehmen, um mit meiner Familie darin zu wohnen. Ich werde alles tun, um das Aussehen und den Erhalt zu fördern. Die gesamte Inneneinrichtung werde ich erneuern und verbessern lassen. Auch werde ich die Wege, die zum Schloss führen, erhalten und unterhalten. Wenn nach zehn Jahren das Schloss wieder in Ihren Besitz übergehen soll, werden Sie mir lediglich die Spesen zurückerstatten, ohne meinen persönlichen Einsatz zu honorieren, dies wird mein privates Vergnügen sein. Wenn Sie das Schloss nicht zurück haben wollen, werde ich weiter Besitzer sein, bis wir neue Vereinbarungen treffen.
Ihr Segantini

Wenige Tage nachdem Direktor Walther ihm die Zusage für seine Pläne gegeben hatte und Giovanni schon voller Freude und Begeisterung entsprechende Entwürfe für die Ausgestaltung des Schlosses zeichnete, bekam er einen Brief aus Sankt Moritz von Herrn Rudolf Bavier, dem Besitzer des gleichnamigen Bankhauses und Mitglied der Kommission für das Weltausstellungspanorama. Bavier berichtete ausführlich von seinen Bemühungen um den Garantiefonds von 200000 Franken. Er schrieb von der Volksversammlung, zu der alle Engadiner eingeladen waren:

… nur sechzehn sind gekommen, die meisten von ihnen waren Mitglieder des Komitees. Dann haben sich die Pontresiner der Stimme enthalten, was dem Fass den Boden ausschlägt. Es waren 160000 Franken gezeichnet worden, fast nur von Sankt Moritzern. Montag noch habe ich versucht, mit den alten Pontresinern darüber zu reden, aber umsonst, diese Leute wollen keine gemeinsame Sache durchziehen. Dann wollten die Moritzer auch nicht für diese Herren die Kastanien aus dem Feuer holen. So ist die Angelegenheit gescheitert. Dieser Misserfolg tut mir leid.
Wir Moritzer und Herr Walther aus Maloja, wir haben getan, was wir konnten, aber nachdem die Pontresiner ihre Teilnahme verweigern, ziehen sich auch die zurück, die bis jetzt Feuer und Flamme waren.
Es bleibt nichts weiter übrig, als eine Investmentgesellschaft zu finden, die sich um alles kümmert, und der wir jede Unterstützung zusagen und die Ihren Vertrag übernimmt. Wie denken Sie darüber? Bitte telegrafieren Sie mir sofort.
Mit freundlichen Grüßen Ihr R. Bavier

Der Brief kam per Boten schon sehr früh am Morgen, und Giovanni war gerade dabei, gemeinsam mit Giacometti alles für den Aufstieg auf den Schafberg vorzubereiten. Sie waren in den letzten Tagen schon mehrfach dort oben gewesen, und auch Giacometti hatte sich kaum losreißen können von der Aussicht auf die Berge, die grün leuchtenden Seen und die Orte, die von dort oben wie hingewürfelte kleine Bausteine wirkten. »Das ist ja eine Offenbarung an Schönheit«, staunte er. »So ein Licht wie hier oben habe ich noch nie gesehen! Es ist phantastisch!«

Giovanni war so stolz über das Lob, als gehörte das flimmernde Funkeln des Engadiner Lichts ihm persönlich.

Doch jetzt, als er Baviers Brief aufgerissen und gelesen hatte, war es ihm, als würde er versinken. Er schaute geistesabwesend auf Giacometti, der sein energisches Einpacken sein ließ und beklommen auf seinen Meister blickte. Er sah, dass Giovannis Gesicht bitter wurde, enttäuscht.

»Jetzt haben wir nichts mehr vorzubereiten, Giacometti. Die Idee vom Panorama ist gestorben!« Giovanni sprang auf, blickte auf das Tonmodell mit seinen genauen Maßen und Proportionen, das er gemeinsam mit Giacometti und Cuno Amiet gebaut hatte. »Das Tonmodell ist fertig«, rief er verzweifelt, »das ganze Material ist fertig, um geformt zu werden, der Bau ist bereit, die Leinwand, die Farbe, und auch ich bin bereit wie ein General am Vorabend einer Schlacht! Und jetzt ist alles aus, Giacometti! Sie bringen das Geld nicht zusammen!«

Der junge Maler sah die Verzweiflung Giovannis, der sonst so besonnen war, so ruhig, so erfinderisch, wenn es darum ging, ein Problem zu lösen. Mein Gott, sie hatten schon so viel Zeit für dieses Projekt aufgewendet. Segantini hatte ihm für jeden Tag Geld gegeben, auch Cuno Amiet, der fast das gesamte Tonmodell gebaut hatte, war gut bezahlt worden.

»Man kann sich jetzt nur noch über die Kosten einigen«, sagte Giovanni gepresst. »Der Vorschuss wird bei weitem nicht reichen. Ich werde alle Rechnungen zusammensuchen. Schreib du mir auch welche und sage Cuno, er soll alles aufschreiben, was er von mir bekommen hat. Wir beide gehen jetzt auf den Schafberg. Arbeiten ist das Einzige, was hilft. Ich werde schon einen Weg finden für Paris. Ich lasse mir doch die Weltausstellung nicht wegnehmen! Und du brauchst schließlich Geld zum Heiraten!«

Giacometti sah an Giovannis Gesicht, dass der sich nicht unterkriegen lassen würde. Der nicht. Und so wollte auch er nicht kleinmütig werden. Fast grimmig stopfte Giacometti seine Wasserflasche und das Brot in den Rucksack.

Bice, der Segante den Brief ebenfalls zeigte, dachte nur, dass sie dann wenigstens nicht ins Schloss Belvedere einziehen müsse. Aber auch diesmal sagte sie kein Wort, und Segante war ihr dankbar dafür.

Er war heilfroh, dass er während der Verhandlungen mit dem Komitee und den technischen und künstlerischen Vorbereitungen für das Panorama niemals aufgehört hatte, in den Bergen seine Studien zu machen. Er hatte im Bergell Frühlingsentwürfe gemacht, auf dem Schafberg die unvergleichliche Aussicht auf das Tal mit seinen Orten und Seen gemalt, und in Maloja waren viele Entwürfe im Schnee entstanden. Jetzt beschäftigte sich Giovanni mit den Entwürfen und Studien, die er übersichtlich geordnet hatte. Auch Giacometti und Cuno Amiet sichteten die Fülle an Entwürfen, an deren Entstehen beide ihren Anteil hatten. Und langsam, nach ständigem Neuordnen und Planen, entstand ein neues Modell. Eines, das sich aus den Gemälden und Studien der letzten Zeit zusammensetzte, nach Themen, die sie bestimmten und wieder verwarfen, um sie neu zu bestimmen. Zum Schluss saßen die drei Kollegen fast jeden Tag in Giovannis neuem Atelier zusammen. Und immer deutlicher schälte sich ein neuer Entwurf für die Weltausstellung in Paris heraus. Giovanni würde den Engadiner Herren ein neues Panorama vorstellen, in der Form eines Triptychons der Natur, auf dem, eingebettet in die Engadiner Landschaft, das Leben, die Natur und der Tod dargestellt werden sollten.

Giovannis neues Atelier war der Pavillon, den er für das Panorama entworfen und von Schreiner Uffer und einem Schmied hatte errichten lassen. Er war in Soglio aufbewahrt gewesen, in den Salis-Gärten, und als sie im Frühling zurückzogen nach Maloja, war der Pavillon mitgereist. Jetzt stand er hinter dem Chalet, mit dem er durch einen schmalen Eingang verbunden worden war. Der Schreiner hatte Regale an den Wänden angebracht, und so konnte Giovanni seine Büchersammlung, auf die er heimlich sehr stolz war, dort für alle sichtbar unterbringen. Inzwischen hatte er viele Klassiker in schönen Ausgaben gekauft, die er für seine Kinder zu sammeln gedachte. Von den modernen Italienern schätzte er vor allem die Neera, Antonio Fogazzaro und Gabriele D'Annunzio.

In der letzten Zeit hatte Giovanni von Freunden Bücher geschenkt bekommen über Spiritismus und Mesmerismus. Giovanni glaubte an Ahnungen, an Warnungen durch Stimmen aus dem Jenseits. Einmal, so erzählte er Bice, war er am Morgen aufgewacht und hatte die Stimme seiner Mutter gehört, die seinen Namen rief. Laut und deutlich. Ein anderes Mal habe er sich auf dem Heimweg vom Schafberg im Schnee verirrt. Er sei schließlich so müde gewesen, dass er sich hingesetzt habe und sofort eingeschlafen sei. Da habe er wieder laut und energisch die Stimme der Mutter gehört, die ihm zurief, er solle sofort aufstehen und heimgehen. Die Stimme der Mutter habe ihn vor dem Erfrieren gerettet.

Wenn auch alle vom Atelier sprachen, war es eher eine Bibliothek. Giovanni malte eigentlich nur noch im Freien. Das ging so weit, dass er ein richtig schlechtes Gewissen hatte, wenn er doch einmal im Atelier Bilder aus dem Gedächtnis malte. »Sie schmecken nach Atelier«, sagte er dann bedauernd.

Das Atelier war schnell eingemeindet in den Hausstand der Segantinis. Giovanni hatte sich angewöhnt, fremde Besucher lediglich dorthin zu führen. Er konnte es Bice und den Kindern nicht zumuten, dass immer wieder Horden von Bewunderern des Hausherrn den Tagesablauf durcheinanderbrachten.

So groß die Enttäuschung auch gewesen war – jetzt, wo der übergroße Druck des Panoramas von ihm genommen war, wurde Segantini langsam klar, dass ein Schutzengel die Kosten so hoch getrieben haben musste, um ihn vor dem Unternehmen zu bewahren. Bice hatte wieder einmal recht behalten. Auch wenn sie nie etwas gesagt hatte, waren Giovanni ihre Vorbehalte gegen das Projekt nicht verborgen geblieben. Jetzt bestellte er bei einem renommierten Wiener Juwelier ein vierundzwanzigteiliges Silberbesteck, in das er seine Initialen eingravieren ließ. »Damit du, Liebste, bei jedem Bissen an mich denkst.« Außerdem gab er, Bice zuliebe, seinem Schwager Carlo Bugatti den Auftrag, das Esszimmer neu zu möblieren. Er hatte viele Bilder verkaufen können in letzter Zeit, die Pressemeldungen über die Weltausstellung hatten jedenfalls dafür gesorgt, dass er noch bekannter geworden war als zuvor. Immer mehr Menschen wollten seine Bilder besitzen.

Laut würde das Giovanni zwar niemals sagen, aber innerlich fühlte er sich wie befreit und schwor, sich wieder mehr um seine Kinder zu kümmern, die ihn in den Tagen der hektischen Planung kaum mehr gesehen hatten. Giovanni wusste, dass er die Erziehung seiner Kinder getrost Bice und dem Professore überlassen konnte, doch er wollte mehr sein als nur der Ernährer. Er liebte seine Kinder umso zärtlicher, je älter sie wurden. Er konnte über viele Dinge mit ihnen reden und von ihnen lernen. Sie waren taktvoll, lasen ihm selbstverständlich vor, wenn er müde war. Außerdem fand Giovanni, dass seine Kinder aussahen wie Prinzen aus dem Märchen, mit ihrem langen, dichten Haar, das sie im Pagenschnitt trugen, was in Mailand modern war, hier in den Bergen allerdings völlig extravagant. Und Bianca, seine kleine Poetessa, war für ihn überhaupt ein Wunder.

Wenn er seine Kinder sah, wurde ihm warm ums Herz, er freute sich, war stolz, wenn die Kinder mit deutschen Besuchern deutsch sprachen, mit Engländern ebenso gut englisch. Und ihr Italienisch war auch sehr schön. In Savognin hatten sie sogar Rätoromanisch gelernt, Gottardo und Alberto hatten es in der Schule ständig gesprochen, obwohl sie zu Hause mit den Eltern italienisch reden mussten. Sie sprachen wirklich kultiviert und konnten ihre Meinung mühelos artikulieren. Giovanni selbst war ja nur des Italienischen mächtig, kannte nur hier und da ein paar englische oder deutsche Worte. Trotzdem liebte er Sprachen.

Wann immer es möglich war, besuchte Giovanni mit Bice und den Kindern die Konzerte der kleinen Kurkapelle Maloja. Die

Schwester des Kunstsammlers Koenigs, Elise, war einmal dabei, als eine englische Pianistin zu Gast war, die Beethoven und Bach spielte. Elise Koenigs bemerkte nach dem Konzert gegenüber Bice, dass es sie am meisten gefesselt habe, wie Giovanni die Musik genossen habe. »Ich glaube, er empfindet mehr und stärker als wir«, sagte sie. »Für ihn gibt es eine Welt des Ringens oder Kämpfens, von der wir gar nichts wissen, die ich aber in seinen Bildern zu sehen glaube.«

Giovannis größter Stolz war, dass er seine Kinder poetisch begabt wusste.

Jeden Monat verschickte er an enge Freunde des Hauses ein Blatt, auf dem ein Gedicht oder eine kleine Erzählung der Kinder zu finden war. Diese Blätter wurden *Il Maloja* genannt. Giovanni wollte dabei die Kinder keineswegs beeinflussen. Er gab höchstens einmal eine Anregung. Den Stoff und die Form mussten die Kinder selbst wählen. Insbesondere Bianca tat sich leicht. Jeden Monat lieferte sie ein Gedicht ab oder sogar mehrere. Man hatte Giovanni auch im Institut gesagt, dass seine Tochter eine reiche poetische Begabung habe. Diese Form der Kunstausübung gefiel den Segantini-Kindern gut, und sie arbeiteten mit großem Eifer für ihre Blätter.

Ich bin doch ein Glückskind, sagte sich Giovanni. Er spürte die gute Stimmung in seinem Haus, und kraftvolle Energie durchströmte ihn. Jetzt noch das Triptychon malen – und er, Bice und die Kinder waren am Ziel. Einflussreiche Leute hatten ihm mit der Bitte um strengstes Stillschweigen verraten, dass eine Schweizer Ehrenbürgerschaft für ihn vorgesehen sei. Das bedeutete, dass keine Ausschaffungen mehr befürchtet werden mussten. Giovanni konnte es kaum glauben.

Nun musste er aber noch die Honorarverhandlungen für das Triptychon mit den Engadinern durchstehen! Seine Nerven bebten vor Spannung und Angst. Würden diese reichen, eingesessenen Leute, die keine heimatlosen Künstler waren und nichts von seinen Anstrengungen wussten, ihn auch hinreichend bezahlen? Konnten sie ermessen, dass er, wenn das Triptychon bis zur Weltausstellung fertig werden sollte, Tag und Nacht arbeiten musste? Und zwar draußen, bei jedem Wetter! Dort waren seine Entwürfe entstanden, die er verwenden wollte, verwenden musste.

Schließlich, nach langen Überlegungen und Beratungen mit Bice, schrieb Giovanni einen Brief an das Komitee. Seine Hoffnung war, dass die Komiteemitglieder Camille Hoffmann und Doktor Bernhard, beide große Kunstkenner und Freunde, für ihn stimmen würden, wenn es um die Honorarfrage ging. Vermutlich waren sie die einzigen Fachleute im Komitee, auch wenn sie selbst keine Künstler waren.

Nach wenigen Höflichkeitsfloskeln kam Giovanni gleich zur Sache.

Ich stelle daher folgende Bedingungen: 16.000,– Franken brauche ich sofort, als Zusage. Wenn die Arbeit perfekt komponiert und gezeichnet ist, werden die Interessenten kommen und es begutachten. Ich werde dafür sorgen, dass in dieser Zeit auch die Rahmen gemacht sein werden. Nach der Besichtigung meines Werkes erhalte ich weitere 20.000,– Franken, und ich verpflichte mich, das vollendete Werk auszuhändigen, prächtig gerahmt, reich an Holzschnitzereien, vergoldet, alles rechtzeitig für die Lieferung nach Paris. Bei dieser Übergabe werden mir 30.000,– Franken ausgezahlt, und das Werk wird Ihnen sechs Jahre bleiben. Wenn Sie glauben, bei der Übergabe 70.000,– anstatt 30.000,– Franken ausgeben zu wollen, bleibt Ihnen die Arbeit auf unbestimmte Zeit für Ausstellungen, und Sie werden an der Hälfte des Verkaufsgewinns beteiligt. Wenn Sie es aber an das Museum einer bedeutenden Stadt schenken möchten, bin ich bereit, auf meinen Anteil zu verzichten.
Ihr Segantini

Das erste Gemälde, *Leben oder Werden*, zeigt einen Blick auf das Hochplateau Plan Luder bei Soglio im Bergell. Es ist später Nachmittag, die schneebedeckten Gipfel reflektieren das Licht der untergehenden Frühjahrssonne. Die Wiesen sind schon in tiefe Schatten getaucht. Der Mond spiegelt sich bereits in einem

Tümpel im Vordergrund des Bildes. Eine Kuh steht dort und brüllt. Sie gehört vielleicht zu der Herde des Bauern, die er versucht, zusammenzuhalten. Zwei junge Frauen gehen miteinander plaudernd eine aus Baumstämmen gebildete Treppe hinunter. Sie tragen auf dem Rücken ihre Kinder in hölzernen Wiegen, wie sie im Bergell üblich sind. Links im Vordergrund sitzt, angelehnt an einen Baum, eine Frau mit einem Kind, das sich innig an die zärtliche Mutter schmiegt. Ein Madonnenmotiv. Giovanni wollte in diesem Gemälde das Göttliche der Natur zum Ausdruck bringen und das Leben aller Dinge darstellen, die ihre Wurzeln in der Mutter Erde haben. »Zwischen dem Menschen und dem Baum«, erklärte Giovanni Bice einmal, »gibt es nur einen Unterschied: Der Mensch bewegt sich auf der Erde. Der Baum wurzelt in der Mutter Erde und bleibt dort fest gebannt in Erwartung seines Schicksals und seines Endes. So und nicht anders geht es uns auch.« Zugleich wollte er allen Frauen huldigen, die gute Mütter waren.

Auch das zweite Gemälde, *Natur oder Sein*, gibt eine Abendstimmung wieder: Die sinkende Sonne vergoldet mit ihren Strahlen den weiten Himmel und verklärt so das ganze Firmament. Man sieht nicht nur die Bergkette in der Ferne, sondern schaut auch ins Tal auf das Seenplateau mit dem schönen Dorf Sankt Moritz. Auf einem schmalen, leicht ansteigenden Weg im schattigen Vordergrund treibt ein Bauer sein Vieh heimwärts. Die junge Frau mit der Mutterkuh und dem Kälbchen folgt ihm. Giovanni wollte damit zeigen, dass diese Menschen ein Stück ihres Lebensweges zurücklegen und dem verheißungsvollen Licht, das die Gletscher bescheint, entgegenwandern. Der weite, lichtdurchflutete Himmel ist es, der dem Bild seine Einzigartigkeit verleiht.

Auf dem dritten Bild, *Tod oder Vergehen*, wird deutlich, dass für Giovanni der Kreislauf der Natur erst seinen eigentlichen Sinn erhält durch die Verbindung mit dem Göttlichen. Im winterlichen Hochgebirge in der Gegend von Maloja warten trauernde Frauen auf eine Bahre, die aus einem Haus getragen wird. Die

Wiesen bei Kulm sind unter einer dicken Schneedecke begraben. Das stellt den scheinbaren Tod aller Dinge dar. Zwei Männer tragen den in ein Leintuch gehüllten Leichnam eines jungen Mädchens aus der kleinen Berghütte, vor der sich noch zwei weitere Personen und ein weinendes Kind versammelt haben. Ein Pferdeschlitten steht für den Abtransport bereit. Es ist die Natur, die dem Tod etwas Tröstliches verleiht. Es geht dem hell leuchtenden Himmel entgegen. Die mächtige, doch keineswegs bedrohliche Wolkenballung stellt die Verbindung her zwischen hier und dort, zwischen der sanften, hügeligen Maloja-Landschaft, der imposanten Bergeller Bergkette und der lichterfüllten Himmelszone. So wie das Absterben der Pflanzenwelt während des Winters nur ein vorübergehendes Stadium zum neuen Blühen ist, scheint auch die menschliche Vergänglichkeit nicht endgültig.

Gegen Ende März war das Konzept ausgereift. Seine Entwürfe schickte Giovanni nach Anweisung des Komitees an Generalsekretär Jegher, der das Schweizer Sekretariat der Pariser Weltausstellung leitete. Er schrieb ihm, dass sichergestellt sein müsse, dass eine zwölfeinhalb Meter große Wand des Salons für sein Triptychon reserviert werde. »Bitte, antworten Sie mir unbedingt bald!«

Eine Fotografie seiner Entwürfe schickte er auch an Alberto Grubicy, weil er dessen Urteil einholen wollte. Grubicy schrieb sofort zurück. Er war begeistert, hatte aber große Sorge, dass Giovanni den Termin, Frühjahr 1900, nicht schaffen würde.

Was mich erschreckt, ist die unendliche Arbeit, die noch bis zur Fertigstellung anliegt und die verhältnismäßig kurze Zeit, die Dir noch dafür bleibt. Wenn man aber bedenkt, dass Du bei anderen Gelegenheiten inmitten tausender finanzieller, zeitlicher und örtlicher Schwierigkeiten Wunder vollbracht hast, zweifle ich nicht daran, dass du damit fertig wirst. Insbesondere, das ein Bild, Leben, fast fertiggestellt ist oder nicht mehr viel fehlt, und das andere, das Tod heißt, begonnen ist und in Deinem Kopf schon längst aus-

gedacht. Das mittlere Bild Natur hast Du schon vor längerem gezeichnet und in allen Details studiert. Darum kannst Du es vielleicht doch in dem knappen Jahr, das Dir bleibt, ausführen. Nur Mut, lieber Freund. Es ist Deine Apotheose, diejenige des Jahres 1900!

39

Auf der Jahresausstellung der Société des Beaux-Arts in Brüssel wurde Giovanni ein ganzer Saal gewidmet. Die Zeitungen hatten mit wenigen Ausnahmen nur Lobendes geschrieben. Eine der Rezensionen gefiel Giovanni besonders, da sich der Verfasser darin intensiv mit seinen Maltechniken beschäftigte. Daher ging er in die Küche, wo Bice dabei war, Kaffee zu kochen. Giovanni hielt ihr die Zeitung unter die Nase.

»Hier schreibt mal einer, der was vom Malen versteht. Lies es mir noch einmal vor, dann kann ich jedes Wort genießen.«

Bice amüsierte sich zwar über die kindliche Freude Segantes, doch sie zeigte es nicht und las ihm langsam und präzise seine Lieblingsstelle vor: »›Er zerreibt Gold- und Silberblätter und streut sie an besonders exponierten Punkten als Staub zwischen die Furchen. Wie ein Glanzpuder senkt sich das Gold zwischen die Farben, gleichsam aus der Tiefe heraufleuchtend und so das Bild an seinen hellen Punkten mit einem undefinierbaren Glimmerlicht erfüllend, das oft von wahrhaft bezaubernder Wirkung ist.‹«

»Ich sag es ja dauernd«, meinte Giovanni fröhlich. »Die Kunst soll dem, der sich ihr hingibt, neue Empfindungen erschließen. Eine Kunst, die den Beschauer gleichgültig lässt, hat kein Recht auf Existenz.«

»Und ein Künstler, der eine große Familie hat, darf sich nicht mit seinen Kräften verausgaben. Du arbeitest wirklich zu viel, Segante. Es liegt ja Schnee auf dem Schafberg. Es ist kalt dort oben und windig. Ich sehe doch, wie Giacometti sich vermummt!

Aber du ziehst dich nicht warm genug an! Ich mache mir Sorgen, Segante.«

»Hast du die Wahrsagerin im Saratz vergessen? ›Ich sehe die Zahl 99 auf Ihrer Lebenslinie‹, hat sie gesagt. Sie hat mir das Alter Tizians vorausgesagt, neunundneunzig Jahre!«

Bice hätte am liebsten widersprochen, denn Segante nahm ihre Sorgen niemals ernst, und das ärgerte sie, denn er ging mit seiner Gesundheit rücksichtslos um. Neulich hatte er Bauchschmerzen gehabt, aber ihren Salbeitee abgelehnt, weil der schmecke wie ein Knüppel am Kopf. In leisem Zorn wischte sie das große, offene Regal aus, auf dem Tassen und Teller verwahrt wurden. Das machte ihr niemand gründlich genug, nicht einmal Baba. Bice griff nach einer großen Steinguttasse, aus der Giovanni besonders gern trank, und plötzlich war es geschehen. Die Tasse glitt ihr aus den feuchten Fingern, fiel auf den Boden und zerbrach in exakt zwei Teile. Giovanni war auf den Schreckensschrei Bices hinzugesprungen, hatte die Tasse aber nicht mehr erwischt. Nun musste er sie trösten, die traurig war, dass sie vor Giovannis Augen seine Lieblingstasse zerdeppert hatte.

Er wollte die Tasse gleich in den Abfall werfen, doch Bice rief entsetzt, dass sie die Tasse behalten wolle. »Vielleicht kann ich sie kleben!«

»Aber warum denn?«, fragte Giovanni verständnislos. »Ich kann dir jederzeit ein Dutzend solcher Tassen kaufen –«

»Aber nicht die!«, unterbrach ihn Bice, und sie weinte beinah. »Aus der habe ich immer getrunken, wenn du nicht daheim warst!«

Jetzt nahm Giovanni Bice gerührt in die Arme. »Du liebst mich ja doch noch«, sagte er. Bice wollte natürlich sofort wissen, was er denn damit meine. »Ach ja, du bist in letzter Zeit immer so streng mit mir und den Kindern. Du willst das Haus immer blitzeblank und aufgeräumt haben, als ob jeden Moment die Mama hier auftauchen könnte. Ich weiß ja, dass die Kinder unordentlich sind, und ich bin es auch – aber du bist zu streng mit uns. Und mit der Baba. Manchmal klapperst du in deiner blauen Küche herum, dass mir bange ums Geschirr wird. Und dein Gesicht – meine Güte! Du musst liebevoll mit uns reden und uns nicht den Kampf ansagen! So streng warst du früher jedenfalls nicht!« Giovanni küsste Bice und sah sie prüfend an.

Bice setzte sich hin und ergriff ihre Kaffeetasse. Vorsichtig nahm sie den ersten Schluck und sah Giovanni dabei mit einem Lächeln an, das er nicht recht deuten konnte. »Vielleicht bin ich erst im Laufe der Jahre so geworden, wie du mich beschreibst. Früher war ich jung, stark und hatte Lust auf Abenteuer. Hätte ich mich sonst in das Leben mit dir gewagt? Doch seither sind fast zwanzig Jahre vergangen, und die haben mich vielleicht dünnhäutig gemacht. Wäre es ein Wunder? Ich brauche Ordnung um mich herum, wenigstens ein bisschen. Und auch Sauberkeit, stell dir vor! Dir und den Jungen dagegen bedeutet das gar nichts. Ihr würdet hier im Dreck leben und fändet das bequem und schön! Und weil mir das manchmal verdammt leid ist, schimpfe ich! Deshalb bin ich noch lange keine Rabenmutter. Und auch kein Putzteufel. Aber wenn ich nicht meine Bianca hätte, die auch schön geschmückte Räume liebt, wäre ich euch schon längst durchgebrannt!«

»Wenn es nur unsere Unordnung wäre – das kann ich sogar verstehen«, lenkte Giovanni ein. »Doch wir sollen bei Tisch aufrecht sitzen wie die Soldaten. Wir dürfen dir nie widersprechen. Die Kinder nicht und ich möglichst auch nicht.«

»Du übertreibst. Aber ich weiß ja, dass du im Malen besser bist als im Reden …«

»Wenn ich das gewusst hätte!«, rief Giovanni, aber er war eher erheitert als erbost. »Du bist ja eine richtige Kratzbürste. Davor hat mich damals schon Carlo gewarnt!«

»Ich habe es von Anfang an falsch gemacht«, sagte Bice. Es war wieder nicht zu erkennen, wie ernst sie das meinte, und Segante sah sie nun fast erschrocken an. »Ich hätte mit Übersetzungen oder sonst wie Geld verdienen und dir den Haushalt und die Kinder überlassen sollen. Dann wäre sicher alles so, wie du es dir vorstellst.«

Sie ging hinaus, Segante hörte, wie sie die Treppen hinunterlief und die Haustür hinter sich zufallen ließ. Er versuchte, aus Bices Reden schlau zu werden. War das ihr Ernst gewesen, oder hatte sie ihn aufgezogen? Giovanni bereute es, dass er ihr Vorwürfe gemacht hatte. Er seufzte, strich sich die Haare aus der Stirn und ging hinaus, seine Frau zu suchen.

Er fand sie in der hintersten Ecke des Gartens, wo sie sich energisch aus einem Busch Zweige herausriss, die sie zu einem Strauß zusammenfügte. Als Bice ihn kommen hörte, drehte sie sich zu Giovanni um und sah ihn an. Was kam jetzt? War sie zu weit gegangen? Doch das Funkeln in seinen Augen verriet ihn, das leichte Zucken seiner Mundwinkel. Sie brach in Lachen aus, Giovanni fiel erleichtert ein, und sie lagen sich in den Armen.

Am Nachmittag war Bice zum Tee bei der Frau des Direktors Walcher eingeladen, die es übernommen hatte, unter ihren weiblichen Gästen Hof zu halten. Bice sah die rassigen Pferde vor den eleganten Equipagen der italienischen Gäste. Die Italiener haben doch von allen den besten Geschmack, dachte sie zufrieden. Ihr Chalet war inzwischen auch so exclusiv eingerichtet, dass Bice manchmal zu träumen glaubte. Allein das neue Esszimmer, das Carlo geliefert hatte! Es war so schön und extravagant, dass sie, die bei der Lieferung zufällig allein im Haus war, eigenhändig die alten Möbel auf die Veranda geschleppt und den Boden geputzt hatte, damit die Spediteure die Bugatti-Herrlichkeiten sofort in das Esszimmer tragen konnten. Jetzt umstanden acht hohe Renaissancestühle einen langen, schmalen Esstisch. An der Stirnseite des Raumes stand nun ein geräumiger, reich geschnitzter, mit kleinen Säulen verzierter Geschirrschrank. Bice stellte die silberne Schale, die Carlo ihr zur Geburt Biancas geschickt hatte, darauf. Links und rechts davon ordnete sie die beiden passenden silbernen Vasen an. Auf den Tisch stellte sie zwei Kerzenleuchter, ebenfalls von Carlo. Dann sah sie sich ihr Werk von der Tür aus an. Das Ganze machte einen halb fürstlichen, halb klösterlichen Eindruck. Sie konnte sich nicht sattsehen. Danke, lieber Carlo. Danke, lieber Giovanni.

Bice genoss den schönen Sommer in Maloja. Am liebsten hätte sie alle Mailänder Freunde eingeladen. Kommt und bewundert mein Maloja! Es gab so viele elegante Menschen hier. Daneben gab es auch schlichte Bergsteiger, die mit dicken Schuhen und Rucksäcken auf die Berge hinaufkletterten. Wenn abends in den Hotels die reichen Gäste in ihren aufwendigen Roben erschienen, mischten sich die sportlich Ambitionierten in ihren Knickerbockern ungeniert darunter. Bice war auch oftmals mit Giovanni und den Kindern in den Bergen, aber wenn sie ausging, ließ sie die Sportkleidung daheim. Sie kleidete und frisierte sich gern sorgfältig, und heute war sie froh, dass sie wieder einmal Tee trinken und Konversation machen konnte.

Neben den schönen Equipagen stand das Vierergespann der Postkutsche, dem auch elegante Damen mit Blumenhüten entstiegen. Die wendigen kleinen Mietwagen, die für die Saison meistens aus Monte Carlo kamen, liefen auf Gummirädern rasch und fast geräuschlos dahin. Sie wurden von schnellen, gepflegten Pferden gezogen. Das Hufgetrappel war ein Geräusch, dass Bice mochte. Es war ihr, als bewegte sie sich in der großen Welt, und das Schönste daran war, dass sie dafür nicht nach Mailand, London oder Paris reisen musste.

Auf dem See sah sie die gemütlichen Barken, die mit bunten Kissen belegt waren und auf dem grünen Blau des schimmernden Sees so einladend aussahen, dass Bice Lust bekam, einzusteigen und sich eine Stunde rudern zu lassen. Sie würde die Augen schließen und nur den Wind spüren. Und denken würde sie gar nichts.

Doch jetzt war sie am Palace. Sie sah hinüber auf den Golfplatz. Wenn sie manchmal die Herrschaften in den langen weißen Hosen sah, wie sie mit großen Gesten Schwung holten und dann danebenschlugen – darauf hatte sie keine Lust. Dann schon lieber im Schwimmbad Spaß haben. Obwohl ihr das Wasser zu seicht schien. Es gab gewaltige Granitplatten vor dem Hotel, die wahrscheinlich Felsen darstellen sollten. Darauf saßen Gäste in Badeanzügen oder Bademänteln neben anderen in eleganten

Sommeranzügen. Strandkörbe gab es auch, aber den Badenden reichte das Wasser nur bis zu den Hüften. Jedenfalls, soweit es Bice sah. Da war ihr der Comer See schon lieber. Dort war sie, wenn sie weit hinausschwamm, mit dem Wasser und dem Himmel allein.

Bice war jetzt auf dem Weg zum Wintergarten des Hotels, wo schon ein gewisses Summen ankündigte, dass sich dort Damen unterhielten, viele Damen. Bice fühlte sich ein wenig benebelt, weil eine Wolke von Parfüm über den Köpfen mit den wagenradgroßen Blumenhüten zu hängen schien. Spitzenkleider sah sie, mit kleinen Seidenjäckchen oder üppigen Jabots. Auf Voileblusen fünf- bis sechsfache Perlenketten. Serviermädchen in wohltuend einfachen schwarzen Kleidern und Spitzenhäubchen auf dem Kopf boten Bice auf einem Tablett prickelnden Champagner an, Kanapees oder Petit Fours. Bice sog tief den exquisiten Geruch nach Parfüm, Puder und Blumen ein. Schön war es hier, sie hatte nun die unsichtbare Eintrittskarte, die ihr die Namen Bugatti und Segantini bescherten. Man nahm an, dass sie, wenn nicht reich, so zumindest wohlhabend war. Die hohen Preise, die Giovanni Segantinis Bilder mittlerweile erzielten, machten in diesem Sommer die Runde in der Gesellschaft. Wie zerbrechlich ihre materielle Sicherheit immer noch war, das wusste schließlich nur sie allein. Ihre Ängste, irgendwann wieder mittellos zu sein, konnte sie niemandem anvertrauen, nicht einmal ihrem Mann.

Frau Direktor Walther führte Bice eine Dame zu, die offenbar noch niemals Gedanken an Geld verschwendet hatte. Sie trug den sorgfältig in viele glänzende Locken frisierten Kopf sehr hoch und reichte Bice mit einem Lächeln die Hand, die wie ein Fisch kurz durch Bices Finger glitt und ihr sofort wieder entzogen wurde.

»Prinzessin – darf ich Ihnen Signora Bice Bugatti vorstellen, die Frau unseres wunderbaren Malers Giovanni Segantini.«

»Oh, wirklich, Giovanni Segantinis Gefährtin, wie entzückend! Ja – ich besitze eine große Zeichnung des Meisters, eine große Zeichnung! Diese Reinheit und Unverdorbenheit findet man nur bei ihm. Persönlich habe ich ihn noch nicht kennengelernt. Er soll ja fabelhaft aussehen. Ich habe gehört, dass Prinz Troubetzkoy eine Büste seines Jupiterkopfes angefertigt hat. Troubetzkoy ist einer meiner besten Freunde, ein großartiger Bildhauer, aus allerbester russischer Familie.«

Bice berichtete unbefangen, dass sie den Prinzen in Mailand kennengelernt habe, wo Giovanni Segantini ihm einige Male saß. »Und nun steht die Büste in unserem Salon. Es war ein sehr feierlicher Augenblick, als man sie aufstellte. Ich habe mich ganz neu in meinen Mann verliebt.«

Die Prinzessin blieb einen Augenblick stumm. Irgendetwas an Bices Äußerung musste sie irritiert haben. Bice sah das feine, äußerst schmale Gesicht, die prächtigen Locken, die hellen, elfenbeinfarbenen Schultern, um die ein Spitzentuch so kunstvoll gerafft war, dass man den Busenansatz sah, der von Schmuck und einer riesigen samtenen Blume so verlockend inszeniert schien. Bice dankte dem Himmel, dass Giovanni oben bei den Gletschermühlen saß.

Die Prinzessin, Frau des rumänischen Botschafters in Paris, wandte sich anderen Damen zu, und Bice plauderte angeregt mit Elvira Bonturi, der Lebensgefährtin Puccinis, die Bices Verwandtschaft in Mailand kannte, vor allem Carlo und Thérèse. Elvira Bonturi schien eher unscheinbar mit ihrem kurzen, krausen Haar, in dem ein seltsamer Blumenschmuck befestigt war. Doch sie freute sich aufrichtig, Bice zu sehen, sprach herzlich von Carlo und seiner großen Kunst. Als Bice, erfüllt von frischem Besitzerstolz, über ihr Bugatti-Esszimmer sprach, äußerte Elvira Bonturi den Wunsch, es anzuschauen. Man verabredete sich locker für einen der nächsten Nachmittage. Nach mehreren Gläsern Champagner, die Elvira durstig trank, berichtete sie, dass sie vollkommen allein sei in Maloja. Sie brauchte Erholung von den Eskapaden Puccinis und hoffe, sie hier zu finden. Elvira Bonturi war erstaunlich offen, und sie wusste genau Bescheid, wann und wo poetische Lesungen veranstaltet wurden, für die sie sich interessierte. Musik habe sie daheim viel zu viel, sie wende sich hier lieber der Literatur zu. Und in Maloja gebe es anspruchsvolle Zirkel. Sogar in Almhütten und vor Gletschern gedachte man zu lesen. Ob Bice sie nicht zu diesen ungewöhnlichen und sicher einmaligen Ereignissen begleiten wolle.

Bice hatte Gottardo gebeten, sie spätestens um sechs Uhr abzuholen, und er war pünktlich. Frau Direktor Walther küsste ihn und bot ihm Kanapees an, doch Gottardo flüsterte Bice zu, dass Mea und Baba, um Bice zu überraschen, mailändisch gekocht hätten. Eine Welle von Wärme stieg in Bice auf. Sie hängte sich bei ihrem Sohn ein und sagte ihm, dass die ganze mondäne Welt des Palace ihr nichts bedeute, gar nichts, gemessen an seinen Geschwistern und seinem Vater.

Am nächsten Tag, einem Samstag, nahm Bice ein ausgiebiges Bad und sorgte dafür, dass auch Segante und die Söhne mit reichlich Wasser in Berührung kamen. Sie hatte eigens einen Friseur ins Chalet bestellt, denn sie wollte mit Segante und den Söhnen angeben. Heute war der Höhepunkt der Saison. Im Hotel Saratz in Pontresina fand ein Essen statt für den großen Meister Giovanni Segantini, der im kommenden Jahr auf der Weltausstellung in Paris das Engadin durch seine Kunst bekannt und berühmt machen würde. Aus Österreich kamen Kunstfreunde und Wissenschaftler, aus London, Paris und Rom reisten Schriftstellerfreunde an und Maler, mit denen Giovanni in lebhafter Korrespondenz stand. Gastgeber war der französische Graf Robert de Montesquiou. Er galt als umschwärmter Salonlöwe, verfasste aber auch Gedichte und boshafte Gesellschaftschroniken. Er schrieb Betrachtungen über Kunst und Künstler wie Edward Burne-Jones, den mit ihm befreundeten Whistler, über Arnold Böcklin und Giovanni Segantini. Der Graf kam regelmäßig ins Engadin und genoss dort eine gewisse Popularität, weil er überall, wo er sich aufhielt, die Reichen und Schönen magisch anzog. Die Hotels quollen über von Gästen. Man bildete Zirkel, in denen man literarische Texte las und analysierte.

Heute traf man sich im Saratz, und alle kamen, denn der angesehene Essayist Robert de la Sizeranne hatte neulich über Giovanni geschrieben, er sei der tonangebende Maler des Engadin, der Einsiedler von Maloja. Und außerdem der bestbezahlte Landschaftsmaler seiner Zeit.

Giovanni kutschierte selbst. Die Familie – leider ohne Bianca, die im Institut Prüfungen hatte – stieg vor dem Saratz aus, einem behaglichen, familiär geführten Hotel am Fuße des Schafbergs, wo Giovanni oftmals mit dem Besitzer bei einem Glas Wein über die Welt diskutierte, ehe er den Aufstieg begann.

Bedienstete führten Pferde und Kutsche beiseite, um sie zu versorgen. Giovanni nahm Bice beim Arm, die Söhne folgten ihnen mit glänzenden Augen. Sie wussten, dass der Vater heute geehrt wurde. Und sie waren dabei. Das war sonst selten möglich, da die Familie nicht immer mitreisen konnte, wenn Giovanni Goldmedaillen oder sonstige Ehrungen erhielt.

Der Speisesaal im Saratz war festlich gedeckt. Ein erwartungsvolles Murmeln erfüllte den Raum. Überall flammten Kerzen in silbernen Leuchtern, was den sorgfältig und prächtig gekleideten Gästen weiche Züge und damit ein vorteilhafteres Aussehen gab. Ein großes Foto des Malers, Werk des Sankt Moritzer Fotografen Paul Badrutt, hing über dem geschmückten Platz Giovanni Segantinis. Robert de la Sizeranne eilte auf die Familie zu, begrüßte Bice mit einem Handkuss, Giovanni und die Söhne mit einer Umarmung. Er bat zu Tisch und erklärte charmant, dass er persönlich französische Küche favorisiere, aber heute habe man im Saratz zu Ehren der Familie Segantini italienisch gekocht. Er habe etwas von Risotto, Agnellotti und Ravioli gehört, wolle aber nicht vorgreifen.

Nach dem vorzüglichen Essen, das sogar vor Bices strengem Urteil bestehen konnte, klopfte Sizeranne an sein Glas. Er wies mit einer eleganten Handbewegung auf Giovanni und sagte: »Diesem Maler gebührt das Verdienst, die Schweiz der malerischen Ästhetik wiedergegeben zu haben. Er hat die Vorherrschaft der trostlos exakten Massenreproduktionen beendet, die gerade gut genug sind für die Abbildung auf sogenannten Souvenir-Gegenständen.«

Sizeranne führte weiter aus, Segantini habe durch die Aufrichtigkeit seines Strebens und das Heroische seines Tuns jenes Wunder bewirkt. Er, Sizeranne, habe schon im Jahre 1887 in Venedig auf Segantinis Bildern eine schwarzweiß gefleckte Kuh bewundert. Das Flimmern der Landschaftsumrisse und der Farben in der glasklaren Atmosphäre, ein ländlicher Friede, der sich über diese Naturszenerie ergieße, weihten das Werk mit einem erhabenen und reinen Zauber. »Ich habe den Künstler vor knapp zwei Monaten wiedergesehen«, sagte Sizeranne, »wir suchten ihn wie gewöhnlich in seinem Chalet in Maloja auf. Auf meine Bitte hin hat er uns von dort in die Berge geführt, um zwei große Gemälde zu betrachten, die er vor Ort ausführt und erst vollendet wieder herunterbringt. Das eine ist ein Sonnenaufgang über dieser schönen Landschaft, dessen von tausend Lichtbahnen strahlender Himmel fast das ganze Bild einnimmt. Das andere, mir noch schöner vorkommende, stellt dieselbe Landschaft dar, aber aus einer anderen Sicht, weitläufiger, mit mehr Einzelheiten. Beide Werke, die nach Aussage des Meisters noch Monate an Arbeit benötigen, werden auf der Weltausstellung in Paris hängen. Das ist eine Freude für uns und eine Ehre!«

Giovanni war gebeten worden, unmittelbar nach Sizeranne zu den Gästen zu sprechen. Er zog ruhig seine tischdeckengroße Serviette aus dem Kragen, stand auf und begann ohne Umschweife zu polemisieren. Er wetterte gegen Ästhetiker, die die Kunst ganz ins Gedankliche rücken wollten, und gegen andere, welche die Kunst an die strikteste Naturtreue zu binden suchten und jede persönliche Auffassung für Humbug erklärten. »Ich gebe zu«, sagte Giovanni selbstsicher, »dass ein außerhalb der Natur liegendes Ideal keinen Anspruch auf dauernde Geltung haben kann, aber die Wahrheit ohne das Ideal ist ein Stück Wirklichkeit ohne Leben.«

Giovanni plagte seine Zuhörer noch eine Weile mit Wertvollem und Bedeutungsvollem über seine eigene Kunst, doch dann gab er den Vögeln Futter, wie das von einem Propheten erwartet wurde, der zu seiner Gemeinde spricht:

»Ich beklage mich nicht über das Leben, das Leben ist gut. Meine Kindheit war traurig, meine Jugend beschwerlich, aber jetzt bin ich glücklich. Mit meiner Frau und den Kindern in meinem kleinen Chalet, mit meiner Kunst – mehr brauche ich nicht. Ich habe keinen Kummer, höchstens wenn die Sonne uns abends verlässt. An schönen Frühlingstagen, wenn die Alpenrosen aus moosigen Felsspalten hervorkommen, zartes grünes Gras auf der Wiese wächst und das feine Blau des Himmels sich in den klaren Augen des Sees spiegelt, erfüllt mich immense Freude, und ich spüre mein Herz fester schlagen.

Etwas aber wünsche ich mir, nämlich Frankreich zu sehen. Ich male ein Bild für die Weltausstellung, das ich nach Paris begleiten werde. Von Paris aus werde ich eine Rundreise durch Europa und die Museen machen, die ich nie gesehen habe. Ich werde die Meister sehen, von denen man mir so oft gesprochen hat, die großen Städte, aus denen die Bücher und Zeitungen kommen. Ich werde die Gesichter unbekannter Freunde sehen, die mir geschrieben, die Häuser betreten, die meine Bilder aufgenommen haben. Nach Frankreich zu fahren, das ist mein Traum.«

Abends, im Bett, sprachen Bice und Giovanni über das neue Leben, das über sie hereingebrochen war. Nach jahrelanger Mühsal waren sie nun wie in einer neuen Welt angekommen. Giovanni Segantini war berühmt, seine Bilder teuer, sie konnten endlich ohne existenzielle Sorgen leben, und als Belohnung für Segantes großes Werk, das Triptychon, standen ihnen herrliche Reisen und Ehrungen in Aussicht.

»Daran hast du einen großen Anteil«, sagte Segante und küsste Bice zärtlich. »Nur durch deine unbeirrbare Treue zu mir und meinem chaotischen Dasein bin ich das geworden, was ich heute bin. Ich habe an diesem ganzen wunderbaren Tag heute daran denken müssen, dass ich nur durch deine Anhänglichkeit und Liebe so produktiv sein konnte.«

Am nächsten Tag brachte die Post zwei Telegramme. Im ersten kündigte die Hamburger Kunsthalle einen Vertragsabschluss an, wenn Giovanni in den Verkauf des Bildes *Glaubenstrost* einwillige. Das zweite Telegramm kam aus Mailand und teilte mit, dass Mama Bugatti schwer erkrankt sei und nach Bice, Giovanni und den Kindern verlange. Giovanni hatte die Telegramme entgegengenommen, und nun wusste er nicht, wie er es Bice sagen sollte.

Bice stand am Stehpult in der Küche und schrieb gerade in ihr Haushaltsbuch, als Segante an die Küchentür kam. Er sah erschrocken aus, reichte ihr das Telegramm und legte den Arm um ihre Schultern. Bice las.

»Sie wird sterben, nicht wahr?«, fragte sie fast tonlos, und Giovanni schwieg, legte Bices Kopf an seine Brust und streichelte sie. Giovanni hatte keinerlei Begabung, über Krankheiten zu reden. Es lag ihm nicht. Bis auf Gottardos verhängnisvollen Sturz waren die Kinder trotz kleiner Unpässlichkeiten immer gesund gewesen. Bice hatte die Schwangerschaften ohne große Probleme überstanden. Ihre häufigen Irritationen an den Augen hatten sich inzwischen auch gebessert. Und ihm selbst fehlte gar nichts. Er glaubte fest daran, was ihm die Wahrsagerin vorhergesagt hatte. Er würde neunundneunzig Jahre alt werden. Giovanni fühlte sich gesund und stark. Er ging zur Jagd, hatte ohne Furcht Adler aus ihrem Horst geholt, er wanderte mit Uffer und den anderen Bergsteigern Malojas in jedes Gelände, sommers wie winters. Er kannte keine Angst, war abgehärtet gegen Kälte und Nässe. Trotzdem waren ihm Tod und Sterben von Kindheit an vertraut.

Sie kamen überein, dass Bice und Gottardo nach Mailand reisen und Bianca mitnehmen sollten ans Sterbebett der Nonna. Sie war immer deren erklärter Liebling gewesen.

Als Bice erwachte, stand Giovanni am offenen Fenster. Er schaute zu ihr hin. »Biceta, Liebste, ich will dir den Himmel hereinlassen. Er ist so blau wie oben auf dem Schafberg. Wenn ich den Himmel sehe, werde ich an dich denken, und bald bist du ja wieder zurück.«

Er stand im hellen Licht am Fenster, und Bice dachte, dass er Segante war, ihr Segante. Sie begehrte ihn. Wie ein Schatten fiel der Gedanke auf Bice, dass sie heute ans Sterbebett ihrer Mutter fahren würde. Beim Aufwachen hatte sie es vergessen, doch jetzt zog sich ihr der Hals zu. Sie wusste, wenn sie erst in der Kutsche saß, würde mit jedem Meter, der sie von Maloja und Segante wegführte, ihr Herz schwerer werden, bis es in Panik schlagen und ihr Angst machen würde. Doch Gottardo war ja bei ihr, ihr großer Sohn. Er würde ihr beistehen, und bald würde auch Bianca bei ihr sein. Nur wenige Tage, und die Familie wäre wieder vereint.

Sie waren auf dem Weg zum Schafberg, und Baba trug einen Korb, der von einem Tuch bedeckt war. »Birnbrot«, sagte sie zu Mario, »und Nusskuchen.« Sie wusste genau, dass es sinnlos war, jetzt ein Gespräch beginnen zu wollen, aber Mario liebte Babas Gebäck, und sie wollte ihm etwas Tröstendes sagen. Schließlich verloren die Kinder ihre geliebte Nonna. Baba hatte sich von der blauen Küche verabschiedet, wo sie allein und unangefochten hatte kochen und backen können, weil Mea in England war. Baba machte sich Sorgen um Signora Bice. Kam sie noch rechtzeitig nach Mailand, um der Mutter auf Wiedersehen zu sagen? Baba wollte sich nicht ausdenken, dass auch ihre Mutter irgendwann sterben würde. Sie freute sich jetzt lieber auf die Berge. Auf den Weg hinauf. Da das Haus leer blieb, durfte Fingal mit auf den Schafberg. Das freute Baba. Signore Segantini lief immer ein großes Stück voraus, er wollte allein sein auf seinem Weg, und Baba war es recht, wenn sie die beiden Jungen um sich hatte und den Hund.

Es gab nicht viel zu tragen diesmal. Die beiden Kisten waren schon vor wenigen Tagen mit den Bildern *Sein* und *Werden* auf den Schafberg gebracht und unweit von der Hütte aufgestellt worden. Die Männer hatten auch Vorräte mitgenommen, Brot, Käse, Nudeln, Obst und Gemüse, alles, was schwer zu tragen war.

Die Hütte war zwar nicht eingerichtet, großartig zu kochen, denn der Ofen ließ sich schlecht schüren. Aber wenn es oben anfing zu schneien, dann sollte man wenigstens eine heiße Suppe zubereiten können.

40

Bice, meine Bice, dachte Giovanni im Heraufgehen. Wie immer, wenn wir getrennt sind, gehst du mir nicht aus dem Kopf. Bice. Bicetta, Signora Bice, meine Liebste, meine Allerliebste. Alle Namen sind in dem einen versammelt. Bice. Vor dem Aufstieg war ich im Saratz, um ein Glas Roten zu trinken, und du warst dabei, Bice. Briefe sind für mich abgegeben worden. Aber ich werde sie aufheben und gemeinsam mit dir lesen. Meine Bice, ich liebe dich. Wenn ich doch nur hätte mitfahren können nach Mailand. Dir beistehen am Krankenbett der Mama. Gottardo und Bianca werden dir guttun. Gottardo ist ein feinfühliger Junge, vielleicht kann er sogar malen, ich glaube schon, dass er Talent hat. Und unsere kleine Poetessa wird dich nicht aus den Armen lassen, meine Bice. Sie liebt dich und vermisst dich im Institut. Sie hat auch ihre Nonna sehr geliebt. Du hast mir wunderbare Kinder geschenkt, Bice, sie sind klug und interessiert an allem Neuen, und vor allem stehen sie zu uns. Vielleicht halten wir sie allzu fest? Bice, ich will euch alle behalten, immer, vor allem dich, denn die Kinder müssen ja hinaus in ihr eigenes Leben. Bice, ich weiß, dass du mich liebst. Ich trage deine Liebe hinauf auf den Berg, in die steinerne Hütte. Ich werde ganz bestimmt in der ersten Nacht nicht schlafen können, wie meistens, wenn ich länger oben bleibe. Ich höre dann die unerschöpflich vielfältigen Stimmen auf dem Berg, das Rieseln und Rauschen, dann wieder ein Krachen und Donnern, das unheimlich widerhallt. Doch über allem höre ich deine Stimme, Bice, höre, wie du meinen Namen rufst. Und ich höre dein Herz klopfen neben mir und spüre unsere Liebe in der Einsamkeit hier oben.

Besser als jeder andere, ich glaube, auch besser als ein Bergführer, kenne ich den Boden, die Erde, die Berge des Engadin. Du musst dir daher keine Sorgen machen um mich. Ich kenne die Jahreszeiten hier oben, Bice, das Wachsen der Pflanzen und die Gewohnheiten der Tiere. Ich kenne den Wind und den Duft der Blüten und Bäume. Ich werde dir die schönsten Zweige der Arve bringen, so, wie ich sie gemalt habe. Erinnerst du dich? Was ich auch sehe, bei jedem Schritt denke ich an dich, Geliebte. An unser schönes Zuhause. Nicht wahr, ich habe es mit vielen Schätzen angefüllt.

Ich verspreche dir, meine Bice, mich warm genug anzuziehen. Ich spüre schon, dass es oben kalt ist. Jeden Wechsel der Witterung spüre ich in mir. Ich kann alles beobachten, Bice, auch die Menschen, die heraufkommen, um mich malen zu sehen. Ich bin hier oben völlig losgelöst von ihnen. Es zieht mich zu niemandem hin. Nur zu dir, Bice.

Die Wiesen sind noch bedeckt von unzähligen Blüten, die hier ihr kurzes Leben verträumen. Bice. Liebste. Unser Leben soll so lange dauern, wie die Wahrsagerin es vorausgesagt hat. Wenn ich neunundneunzig Jahre alt bin, wirst du fünfundneunzig sein und für mich immer noch das Schönste, was ich sah. Ich weiß, Bice, dass es Friedrich Nietzsche war, der das übers Engadin gesagt hat. »Das Schönste, was ich sah!« Für mich bist du das, Bice.

Bei dem Festessen im Saratz hat jemand gesagt, ich könne im Buch der Natur lesen, daher sei meine Malerei so tief und so reich. Das hat mir natürlich gefallen, du weißt ja, dass ich eitel bin, meine Bice, aber dennoch hat er nicht recht. Die Natur ist kein Buch. Sie ist Wirklichkeit. Und wenn sie reich sein soll und tief, dann müssen wir sie erst aufschließen. Und das können nur Menschen. Die Natur selbst schließt nichts auf in uns. Wir sind ihr unendlich gleichgültig. Nur Menschen, die als Schicksal zu uns kommen, die wie Vulkane in uns ausbrechen, die können uns aufschließen für die Natur. Für mich warst und bist du dieser

Mensch, Bice. Weder die Brianza noch Savognin, noch Maloja – das ganze Engadin hätte mir nichts genützt ohne dich, Bicetta.

Liebste, wie oft sehen wir in Maloja die Wolken und die Sterne bei Nacht. Wir haben davon gesprochen, dass man sich einsam fühlt, wenn man den Wolken und den Sternen allein überlassen ist. Wenn ich dich bei mir habe, deine vertraute Wärme, deinen Duft, deine Stimme, dann ist die Einsamkeit reich, voller Abwechslung. Sie ist nicht schmerzlich wie hier oben, wo sie die Leere ist, das Nichts. Hier oben sind meine Gefühle stark, stärker jedenfalls als im Tal, wo ich auch mit den Kindern, mit Baba und Mea und all den anderen Menschen fühle. Die Menschen und die Tiere, die ich male, sie sind warm und mir nah.

Meine Bice, wenn ich verschnaufe, wenn mein Blick umherschweift zu den Steinen um mich herum, zu den Bächen und den leuchtenden Sonnenstrahlen, dann ist da etwas absolut Fremdes, Herzloses. Ohne deinen festen Mund, ohne dein kleines, manchmal schmerzliches Lächeln scheint mir die Welt, auch diese reiche Bergwelt, die mir so viel gibt, merkwürdig kalt.

Ich höre Schritte hinter mir heraufkommen. Es ist Baba. Sie hat mich fast eingeholt. Ihr Gesicht ist ganz rot von der Anstrengung, ihre Augen blitzen. Du kennst sie ja, sie schaut mich auch jetzt nicht an, sondern sieht lieber über die schweigenden steinigen Felder um uns herum. Doch als hätte sie meine Gedanken erraten, bleibt sie neben mir stehen und sagt, leise keuchend vom Aufstieg: »Da stehen die Berge, und da unten leuchten die Seen. Das ist jedes Mal wieder so schön, man kann gar nicht sagen, wie schön das ist. Aber weder die Berge noch die Seen haben eine Ahnung davon, dass es Gott gibt. Aber wir Menschen wissen das.«

Jetzt ist sie schon weitergestapft und lässt mich mit diesem Gedanken allein. Manchmal verblüfft mich Baba. Wie damals, als du uns das Gedicht von den Grashalmen vorgelesen hast. Da hat sie gesagt: Wenn Grashalme Kinder sind, dann dürfen wir nicht über die Alp laufen. Erinnerst du dich?

Mario und Albert trödeln hinter mir her, sie sind noch nicht zu sehen. Entweder haben sie unterwegs Brotzeit gemacht, oder sie müssen den Fingal einfangen, weil der wieder so tut, als wäre er ein Jagdhund. Bicetta, ich frage mich doch, was Baba mir sagen wollte. Sie hat so eine Art, Gedanken zu äußern, die man nicht von ihr erwartet. Sie weiß ja, dass ich alles, was mit der Kirche zu tun hat, möglichst meide.

Doch Baba hat mich auf einen völlig neuen Gedanken gebracht, Bice. Du sollst mir deine Meinung dazu sagen, wenn wir wieder zusammen sind. Ich denke, vielleicht war in diesen mitleidlosen Steinmassen, in dem gefährlichen Geröll, von dem man hier umgeben ist, auch einmal Leben. Vielleicht hatte das Leben die Berge ausgestoßen, sodass sie jetzt alles Lebendige hassen. Nicht laut, aber der stille Hass ist ja viel stärker. Wie leuchtende Straßen durchzieht in der Nacht das Licht der Sterne den Himmel über mir. Doch geben sie mir ein Lebenszeichen? Eine Antwort, wenn ich sie anrufe? Alles um mich herum kann so unermesslich und unbarmherzig sein, an dunklen Tagen in Schwärze getaucht, dass ich kaum mehr weiß, wer ich eigentlich bin. Dann denke ich an dich, meine geliebte Bice, und meine Einsamkeit bekommt einen Sinn. Würde ich jedoch hier oben von einem Stein erschlagen oder vom Sturm weggefegt, nichts würde sich verändern. Mein Tod wäre dieser Welt gleichgültig.

Daher ist es mir auch lieb oder eigentlich unentbehrlich, dass Baba mich begleitet, und heute habe ich sogar Mario und Alberto bei mir. Obwohl ich vor allem will, dass sie konsequent lernen. Ihre eigenen Begabungen, ihre eigenen Kräfte erkunden.

Habe ich dir schon einmal erzählt, wie das ist, wenn ich hier in den Bergen allein vor der Leinwand sitze? Es überfällt mich oftmals ein Gefühl des Verlassenseins. Die Bergwände ignorieren mich, und die grünen Wasser glitzern höhnisch. Die Matte mit der Almhütte tief unten weckt in mir die Erinnerung an unsere glückliche Zeit in Tussagn. Weißt du noch, Bice?

Jetzt kriege ich solche Sehnsucht nach dir – es ist zum Verzweifeln.

Wenn du, liebste Bice, mir bei meiner Arbeit vorgelesen hast, war meine Dreifaltigkeit perfekt. Auch Baba hat dir immer gebannt zugehört, dich mit einem strahlenden Lächeln angesehen. Sie ist sicher schon bei der Hütte angekommen.

Endlich bin ich auf dem kahlen Grat. Heute ist es mir schwer geworden, dabei bin ich den Weg nun schon oft gegangen. Wie wenig freundlich die Hütte mir vorkommt. Armselig. Aber sie soll uns ja nur Schutz geben vor der kalten Nacht und der zuweilen jähzornigen Witterung. Die Berge tun so gelassen und fromm, aber sie können sich wie Wahnsinnige aufführen.

Baba wird den Ofen anschüren, sie will eine Gerstensuppe machen. Meine Liebste, Bice. Eigentlich brauche ich nichts als deinen Namen. Ich habe ihn dir gegeben. Erinnerst du dich? Mein einziger Wunsch ist, dich bald wieder in die Arme zu schließen.

41

Am nächsten Morgen machten Giovanni und Baba sich schon frühzeitig an die Arbeit. Giovanni schloss den Holzkasten auf, der das Gemälde vor jedem Wetter zuverlässig schützte. Baba holte die Farbtuben aus der Kiste und legte sie für Giovanni zurecht, der seinen Schemel in die richtige Position brachte und das Bild anschaute. Plötzlich überquerte eine dicke, große Spinne die Leinwand, und Giovanni rief: »Baba, schau dir das an. Ist das ein schlechtes Vorzeichen?«

»Ich bin nicht abergläubisch«, meinte Baba gelassen, aber sie hatte offensichtlich auch nicht vor, die Spinne zu entfernen. Es blieb Giovanni nichts anderes übrig, als die Spinne bei einem ihrer langen Beine zu fassen und sie zu einem Felsbrocken zu bringen, der ihm weit genug weg erschien. Fremd war ihm diese Tätigkeit nicht. Wenn in Maloja gebadet werden sollte, musste jedes Mal eine ähnlich fette Spinne aus der Wanne entfernt werden. Mama Bugatti, die auch einmal die Ehre hatte, zeigte sich allerdings fröhlich. »Spinnen im Haus sind immer ein gutes Zeichen«, sagte sie, aber jeder hätte gern auf diese Haustiere verzichtet.

Giovanni begann zu arbeiten, aber er fühlte sich matt. Obwohl er zum Frühstück nur eine Tasse heißen Kaffee getrunken und ein Stück Birnbrot angebissen und wieder hingelegt hatte, fühlte er sich seltsam übersättigt. So als hätte er, wie nach den Raubzügen in seiner Kindheit, heißhungrig zu viel schweres Brot und Fleisch in sich hineingestopft.

Giovanni sah auf das Bild, an dem noch sehr viel zu tun war. Vor allem die Bergkette im Hintergrund brauchte noch viel Zeit, er musste den Schnee auf den Gipfeln malen, das war schwierig, langwierig. Er sah das Seenplateau im Tal mit dem Dorf Sankt Moritz. Immer wieder hatte er es studiert mit seinem Fernglas. Ein schönes Dorf. Für das Tal war es so etwas wie ein Schlüssel zur Welt, mit seinen reichen, berühmten Gästen, die mittlerweile aus allen Teilen der Welt kamen. Giovanni wollte, dass sein Bild für den Betrachter ebenfalls ein Blick auf die Welt war.

Doch heute war er mutlos. Was war los mit ihm? Das bisschen Bauchgrimmen? Hatte er bereits am Morgen eine Melancholie, die ihn doch sonst nur am Abend packte? Giovanni konnte es sich nicht leisten, Missstimmungen nachzugeben. Doch es half ihm nichts, dass er immer wieder den Pinsel ansetzte. Verzweifelt saß er vor seinem Bild und starrte es an. Völlig nutzlos. Er redete sich selbst zu, dass seine Arbeit bis jetzt doch gelungen wäre. Das Gebirge im Hintergrund wirkte kraftvoll und ruhig, wie es sein sollte. Die Himmelszone mit ihren Sonnenstrahlen war fast übermächtig. Auch das war ihm gelungen. Die Bauersleute im Vordergrund, die ihr Vieh heimführen, wirkten müde. Vielleicht ein wenig zu melancholisch, so wie er es heute war.

Giovanni stand auf. Er fühlte in sich eine Mattigkeit, die er nicht kannte. Schlaff war er. Müde wie noch nie. So schien es ihm jedenfalls. Er hatte nie begriffen, dass junge Menschen an einem hellen Arbeitstag müde sein konnten.

Er ging zur Hütte. Baba war dabei, die beiden Räume zu putzen, Betten zu beziehen. Dazu waren sie gestern nicht mehr gekommen. Sie hatten sich einfach in den Kleidern schlafen gelegt.

Baba sah Giovanni an in ihrer scheuen Art, stutzte, fragte ihn, ob ihm übel sei. Also sieht sie mich doch an, dachte Giovanni mit einer Art grimmiger Freude. Er hatte immer geglaubt, dass Baba ihn nie wirklich angesehen hatte. Zumindest niemals, wenn sie allein gewesen waren.

Giovanni spürte, dass er durstig war. Baba bot ihm an, einen Tee zu kochen. Es wäre getrockneter Salbei da. Doch Giovannis

Blick fiel auf eine Flasche mit Zitronenlimonade, die auf dem Tisch stand. Er war dabei gewesen, als Bice sie zubereitet hatte. Auf so etwas Erfrischendes hatte er plötzlich Lust, und er trank zwei Becher davon. Bice. Wäre sie hier, sie wüsste Rat. Bice war oftmals klüger als ein Arzt. Sie kannte viele Bücher über alle möglichen Krankheiten, und manche wusste sie zu heilen. Hätte er nicht diesen festen, durch nichts zu verschiebenden Termin im nächsten Frühjahr, wäre er jetzt bei ihr. Könnte gemeinsam mit ihr um Mama Bugatti trauern. Giovanni war sicher, dass sie sterben würde. Carlos Telegramm hatte keine Hoffnung gelassen.

Ein wenig erfrischt ging Giovanni zu seinem Bild zurück. Baba rief ihm hinterher, dass sie bald nachkomme, sie wolle nur erst das Mittagessen vorbereiten. Alberto und Mario zerkleinerten das Feuerholz, Giovanni hörte sie lachen, und Fingal rannte bellend herum. Wieder musste er an Bice und ihre Mutter denken. Und wie erging es wohl Vater Bugatti? Gottardo? Seiner kleinen Prinzessin Bianca? Carlo und seine Familie waren sicher auch betrübt. Besonders Carlo hatte seine Mutter immer sehr verehrt. Und Giovanni würde niemals vergessen, wie vorbehaltlos sie ihn, den abgerissenen, armen Studenten, in ihr Haus aufgenommen hatte.

Die Gedanken an seine Familie gaben Giovanni wieder Kraft. Er musste malen, dann würde es ihm gleich bessergehen. Er begann, an seinem Bild herumzukratzen. Das Gebirge schien ihm hier und da zu dunkel. Giovanni wollte auf diesem Mittelbild seines Triptychons darstellen, dass der Mensch eingebettet ist in den Kreislauf der Natur. Das wollte er durch die vier Jahreszeiten versinnbildlichen. Die Lünette mit dem Bild von Sankt Moritz bei Nacht hatte er schon vor längerer Zeit gemalt. In den Medaillons symbolisierten Alpenrose und Edelweiß Frühling und Sommer in den Alpen. Die Hauptszene, an der Giovanni im Moment arbeitete, stellte den Herbst dar. Auf diese Weise wollte er die ganze Bergwelt und ihre Jahreszeiten vereinigen und in eine Synthese bringen.

Plötzlich erschrak er heftig. In seinem unteren Bauch krampfte sich etwas zusammen, der Krampf steigerte sich dermaßen, dass

Giovanni kaum noch Luft holen konnte. Regungslos und staunend wartete er ab, bis der Schmerz wieder leiser wurde und er durchatmen konnte. Giovanni überlegte sich, was er falsch gemacht haben könnte, dass er plötzlich von derartigen Schmerzen befallen wurde. War es vielleicht die Limonade, die er nicht vertragen hatte? »Ich glaube, ich muss mich ein wenig hinlegen«, sagte er zu Baba, die dabei war, die Farbtuben zu öffnen.

»Soll ich nicht doch einen Tee kochen?«, fragte sie ratlos, doch Giovanni meinte, er wolle etwas schlafen, sie solle den Söhnen Bescheid sagen, damit sie nicht so laut mit dem Hund herumtobten.

Der restliche Tag und die folgende Nacht waren eine Qual für Giovanni. Er konnte nicht schlafen vor Schmerzen im Bauch. Seit Stunden lag er in seinem Bett und wartete, dass die Krämpfe aufhörten, die Übelkeit verging. Es musste doch irgendwann Schluss sein damit. Er war doch gesund. Was sollte ihm denn fehlen? Gut, er hatte schon mal einen leichten Durchfall gehabt, aber das war nach zwei Tagen vorbei gewesen. An Schmerzen konnte er sich kaum erinnern. Früher, wenn er hier oben gemalt hatte, war er voller Ideen für den nächsten Tag in sein Bett gefallen und froh gewesen, wenn er früh genug aufwachte, um das irrsinnige Licht beim Aufgang der Sonne zu erleben. Und nun lag er hilflos da. Langsam wuchs in ihm eine Traurigkeit, die ihn klein machte, klein und kindlich. Baba hatte ihm zwei Kerzen auf das Tischchen am Fußende seines Bettes gestellt. Immer wieder schaute er die Flammen an, die entweder ruhig blieben oder flackerten, wenn der Wind ums Haus heulte. Manchmal, wenn er aus den Augenwinkeln hinsah, fand er, dass die Kerzen wie Engel aussähen. Wie betende Engel.

Bice. Sie hatte immer viele Kerzen aufgestellt. Auch wenn sie gerade kein Geld hatten, Kerzen waren immer da. Bice stellte sie mit großer Geschicklichkeit selbst her. Bice. Er wollte sie hier haben, die Söhne sollten gleich morgen hinunter nach Pontresina gehen zum Telegrafieren. Ihrer Mutter konnte Bice nicht helfen, ihm aber sehr wohl. Wie ihn dieser Gedanke beruhigte. Die

Schmerzen ließen ein wenig nach. Giovanni fiel in einen leichten, unruhigen Schlaf.

Es muss noch recht früh am Morgen gewesen sein. Jedenfalls war es in Giovannis Kammer noch nicht sehr hell, als er von einem brüllenden Schmerz erwachte. Draußen tobte ein Schneesturm um die Hütte, sodass Giovanni dachte, durch die Holzverschalung würde Schnee hereingeweht werden. Das Heulen und Toben schien aber die Kinder und Baba nicht zu wecken. Selbst Fingal, der sonst bei Gewittern heulte, war leise. Gestern schon waren Giovanni die Schmerzen, die kamen und gingen, schwer erträglich gewesen. Baba hatte ihm Handtücher auf den Bauch gelegt, die sie in eiskaltem Gebirgswasser ausgewrungen hatte. Diese Auflagen hatten ihm gutgetan, jedenfalls für einige Minuten, sodass er danach ein wenig schlafen konnte.

Aber nun war etwas mit ihm geschehen. Er konnte sich nichts mehr vormachen, nicht mehr glauben und hoffen. Giovanni befühlte seinen Bauch, der hart war, ganz straff. Die kleinste Berührung tat ihm unglaublich weh. Giovanni fror, er zitterte, seine Zähne schlugen aufeinander. Dann kam wieder der Schmerz wie ein todbringender Feind. Giovanni war nur noch Schmerz, fühlte nur noch Schmerz, irrwitzigen Schmerz. Er sprang auf, obwohl seine Beine fast unter ihm wegsackten, er riss die Türen des einfachen Holzschrankes auf und schlug sie wieder zu. Auf, zu! Auf, zu! Immer wieder drosch Giovanni auf die Türen ein, sinnlos, aber ihm machte es Sinn, weil der Lärm so unsinnig war wie sein Schmerz. Es war das Einzige, was er tun konnte.

Baba kam hereingestürzt, Alberto und Mario. Fassungslos weinend baten die Jungen ihren Vater, aufzuhören. Baba rief, dass die Buben runtermüssten nach Pontresina, telefonieren, der Doktor Bernhard müsse kommen, und die Mutter aus Mailand – unbedingt.

Alberto und Mario schlüpften rasch in ihre Kleider, Baba gab ihnen Geld, und sie riefen Fingal an ihre Seite. Froh, dem Schrecken zu entkommen, eilten sie davon, und Baba ermahnte sie, dass sie unbedingt vorsichtig sein sollten beim Hinuntersteigen.

Dann lief Baba wieder zurück zu Giovanni, der sich ins Bett geschleppt hatte. War er ohnmächtig? Baba sah sein totenblasses Gesicht, die Schweißperlen auf der Stirn. Ihr Herr hatte Fieber, das war eindeutig. Aber was war es, was ihm diese teuflischen Schmerzen bereitete? Oftmals hatte Baba mit Grausen gesehen, wie der Herr sich mit dem Schnäuztuch Abschürfungen verband und auch richtige Wunden, die ihm ein Steinschlag gerissen hatte. Er sprach darüber gar nicht, band irgendetwas um die Wunde und fertig. Daheim hatte dann Signora Bice die Wunde mit Essigwasser gereinigt und heißgebügelte Verbände angelegt. Signora Bice wusste immer, was zu tun war, und der Herr ließ es sich gefallen. Aber diese grausame Krankheit, die der Maler offenbar hatte – ob die Signora dagegen auch Rat gewusst hätte? Baba jedenfalls hatte nichts als ihre eiskalten Umschläge. Doch sie wagte nicht, sie dem Kranken aufzulegen. Nur nichts falsch machen. Nur dem Herrn nicht schaden. Baba wusste instinktiv, dass sie hier nichts ausrichten konnte. Hier musste der Doktor her. Baba hatte Doktor Bernhard schon früher rufen wollen, doch da hatte Giovanni abgewehrt. Er wolle seinen Freund nicht auf den Berg hetzen. Bis der hier oben angekommen sei, wäre Giovanni am Ende wieder gesund. Das wäre doch eine Anmaßung und eine Blamage. Der Doktor solle unten im Tal bei seinen Patienten bleiben. Doch nun war es so weit gekommen, dass Baba nicht mehr um Erlaubnis gefragt hatte.

Mitten in der Nacht erreichte Doktor Bernhard im starken Schneegestöber endlich die Hütte. Es war ein Uhr, und Baba, die auf ihrem Bett hockte, hatte immer wieder nach oben gelauscht, wo Giovanni wimmerte, oder sie war vor die Tür gegangen, um zu sehen, ob die Petroleumlampe, die sie für den Doktor aufgestellt hatte, noch brannte. Schließlich sah sie zwei Gestalten. Es war Doktor Bernhard und Alberto, der dem Doktor eine der Taschen trug. Man hatte vereinbart, dass Mario im Hotel Saratz bleiben und dort auf die Mutter und Bianca warten solle.

Die Mäntel und Kappen der Männer waren nass und schwer vom Schnee, Baba hängte sie neben den Ofen und begleitete den

Doktor hinauf, über die Leiter, die eher eine Hühnerstiege war. Das kleine Schlafzimmer lag im Dunkeln, nur die beiden Kerzen gaben Licht. Giovanni lag tief ermattet da und schaute den Arzt dankbar an.

»Dass Sie heraufgekommen sind. Bei dem Wetter. Ich wollte Ihnen das nicht zumuten, Ihre Patienten in der Klinik brauchen Sie dringender«, sagte Giovanni mühsam. Ihm war wieder so übel. So wahnsinnig übel.

»Aber ich bin doch nicht nur Chirurg, ich bin auch Ihr Freund«, sagte Bernhard liebevoll. »Ich werde Sie jetzt ganz vorsichtig untersuchen, und dann sehen wir weiter.«

Baba brachte eine Schüssel mit heißem Wasser und ein Handtuch. Der Arzt hatte ein Stück Seife in einem Behälter und wusch sich gründlich die Hände.

Giovanni schloss die Augen. Er war selig und erleichtert, dass Bernhard gekommen war. Während der Arzt vorsichtig seinen Bauch betastete, würgte es ihn. Er erbrach sich und schrie dabei vor Schmerzen. Doktor Bernhard nahm eines der Tücher, die Baba in heißes Wasser gelegt hatte, und wischte Giovanni vorsichtig das Erbrochene von Gesicht und Hals. Baba assistierte ihm ganz selbstverständlich, reichte ihm frisch ausgedrückte Tücher und brachte die benutzten sofort nach unten in einen Waschtrog.

»Segante, ich habe mit Bice telefoniert«, sagte Bernhard leise, »sie hat sich auf den Weg gemacht. Morgen gegen Abend können wir sie hier erwarten.«

»Danke«, sagte Giovanni, und er lächelte, während Doktor Bernhard eine Spritze aufzog. »Ich werde Ihnen jetzt etwas spritzen, Segante, dann können Sie schlafen, und die Übelkeit und das Erbrechen hören auf. Sie müssen jetzt wieder Kräfte sammeln und sich gesundschlafen.«

Baba wagte nicht, Doktor Bernhard zu fragen. Sie sah ihn jedoch unbewusst so verzweifelt an, dass er ihr nach kurzem Zögern sagte, für Segantini gebe es vermutlich keine Hilfe mehr. Er könne ihm nur die Schmerzen nehmen und ihm Hoffnung machen. Gegen besseres Wissen. Baba solle sich in diesem Sinne verhalten.

Baba ging zum Fenster. Sie sah im Licht des Mondes bleiches Gestein und sah es doch nicht. Das Leben ihres Herrn sollte zu Ende sein? Gott, das kannst du nicht zulassen, Gott! Obwohl es bereits vier Uhr in der Frühe war, begann Baba, die Tücher und das Hemd des Kranken zu waschen.

Als am Abend Bice und Gottardo auf dem Schafberg ankamen, lag Giovanni mit erwartungsvollem Lächeln im Bett, den Blick unverwandt auf die Tür gerichtet. Seit er aus seinem beglückend tiefen Schlaf erwacht war, horchte er nur nach unten, wartete auf die Schritte vor der Tür.

Als Bice Giovanni sah, erschrak sie, so blass und eingefallen sah er aus. Doch sie beherrschte sich. Doktor Bernhard hatte ihr schon unten zugeflüstert, dass er ihr alles erklären werde. Erst solle sie zu Giovanni gehen, man könne ihn nicht mehr vertrösten.

Bice nahm Giovanni in ihre Arme. Giovanni flüsterte, dass er sie so sehr vermisst habe. »Ich habe dich unendlich lieb, meine Bice, mehr, als ich dir sagen kann.«

»Und ich habe jeden Meter gezählt, jeden Meter der Straße, ich hatte Sehnsucht nach dir, mein Segante. Ich hab mich gefühlt wie eine Braut, die zu ihrem Liebsten reist. Genau so.«

»Was für ein schönes Kompliment. Dabei bist du ja sehr traurig. Das kann ich sehen. Sag, wie geht es Mama Bugatti –«

»Sie ist gestorben, Segante, klar bei Verstand, aber vollkommen kraftlos. Ich bin gerade noch rechtzeitig gekommen. Und ich soll dich grüßen, hat sie mir zugeflüstert, du seist ihr immer ein lieber Sohn gewesen.«

»Du bist so tapfer, meine Bice. Warte nur, wenn ich wieder gesund bin, dann mache ich alles wieder gut. Dann reisen wir durch die Welt, du und ich. Daran denke ich immer, wenn ich Schmerzen habe, darauf freue ich mich. Du bist bei mir. Und Doktor Bernhard, der ist hier heraufgekommen bei Sturm und Schnee, ich werde ihm das niemals vergessen – er kann sich mein schönstes Bild aussuchen.«

Bice nickte und streichelte Segante zärtlich, sodass er glücklich die Augen schloss und im nächsten Moment schon wieder schlief. Sie ging leise hinunter, wo Doktor Bernhard am Fenster stand und hinausschaute, doch es war schon wieder dunkel und draußen nichts zu sehen als formlose Schatten.

Baba, liebevoll und einfühlsam wie immer, ging mit Alberto nach draußen zum Wasserholen. Bice fragte Doktor Bernhard, wie es um Segante stehe. »Konnten Sie feststellen, was ihm fehlt? Wird er wieder gesund?«

Bernhard schaute wieder zum Fenster hinaus, nur kurz, aber Bice fuhr die Angst in die Glieder. »Bitte, bitte sagen Sie, wie es um Segante steht. Woher kommen diese schrecklichen Schmerzen? Das heftige Erbrechen?«

»Ich bin mir sicher, dass Segantini eine Peritonitis hat, das ist eine Entzündung des Bauchfells. Die Ursache ist mit großer Wahrscheinlichkeit ein Blinddarmdurchbruch. Das ist meist eine Krankheit zum Tode. Auf jeden Fall hatte er Schmerzen, die kein Mensch aushalten kann. Er hat viel zu lange gewartet, bis er mich benachrichtigt hat. Baba wollte mich schon früher holen lassen, aber er hat es nicht erlaubt.«

»Und jetzt – ist es jetzt zu spät?«

»Viel zu spät. Gleich bei den ersten Beschwerden hätten wir operieren müssen. Eine Peritonitis ist immer lebensbedrohlich. Der Transport ins Tal wäre unmöglich gewesen, weil er Giovanni unerträgliche Schmerzen bereitet hätte. Dazu die extremen Witterungsverhältnisse, der schwierige Abstieg. Sie sehen ja, dass jede Bewegung ihm furchtbar wehtut. Er wäre uns auf dem Transport gestorben.«

»Und hier oben? Könnte er nicht hier oben operiert werden?«

»Ausgeschlossen. Es ist viel zu kalt. Wir könnten die Hütte bei weitem nicht so heizen, wie es für eine Operation nötig wäre. Und ich gehe davon aus, dass er nicht einmal im Spital, unter günstigsten Bedingungen, eine Chance hätte. Er ist schon seit Tagen todkrank. Es ist ein Wunder, wie er sich beherrscht.«

Bice stand auf, presste ihre Stirn an die Fensterscheibe. Als sie die kühle, trockene Hand ihrer Mutter gehalten hatte, war es der Gedanke an Segante und die Kinder gewesen, der sie stark gemacht hatte. Und jetzt? »Eine Krankheit zum Tode«, hatte Bernhard gesagt. Es war alles so schnell gegangen, dass Bice darauf wartete, aufzuwachen aus dem Albtraum, in dem sie sich befinden musste. Segante! Sie hatten doch nicht lange miteinander gelebt! Nicht lange genug!

»Ich bin so verzweifelt, dass ich gar nichts tun kann«, sagte Bernhard.

Bice wandte sich um, sah den Freund ungläubig an. »Was soll denn werden – wir können Segante doch nicht einfach sterben lassen?«

»Ich muss mich auf eine rein symptomatische Behandlung beschränken«, sagte der Arzt traurig. »Ich kann nur seine schrecklichen Schmerzen lindern. Ihm Hoffnung geben. Ihm verschweigen, dass ein furchtbarer Tod auf ihn wartet. Wollen Sie mir dabei helfen? Wenn Sie nicht einwilligen, sind mir die Hände gebunden.«

Sie sollte Segante belügen. Ihm vorgaukeln, dass er wieder gesund werde. Bices Verstand wollte das nicht begreifen. Sie hörte nur noch mit halbem Ohr zu, als der Doktor ihr sagte, dass Segante heute Nacht sterben könne oder auch erst in einigen Tagen. Er wisse es nicht.

Fünf Tage und Nächte saßen sie am Bett Giovannis. Sie hatten Tücher, mit denen sonst Bilder eingepackt wurden, auf den Boden gelegt. Darauf schliefen sie in ihren Kleidern und Mänteln. Einer von ihnen saß immer wach an Segantes Seite. Wenn die Schmerzen wiederkamen, gab der Arzt Giovanni eine Spritze. »Ich würde gern noch Tage, Wochen und Monate hier am Bett sitzen«, sagte Oskar Bernhard einmal, »wenn ich Ihnen dadurch Ihren Segante, den Kindern den Vater und der Kunst den großen Meister erhalten könnte.«

Bice glaubte ihm. Wenn sie nicht auf Segantes Schmerzensgesicht sah, schaute sie aus dem Fenster. Das Wetter war immer noch schlecht, so als wollte es Segante trösten, dass er ohnehin nicht malen könne, also keine Zeit verliere.

Plötzlich spürte Bice, dass Segante wach war. Er sah sie an.

»Werde ich wieder gesund, Bicetta?«, fragte er, und Bice wusste nicht, ob es Hoffnungsfreudigkeit war, die ihn lächeln ließ, oder liebevolle Nachsicht mit ihr und dem Doktor.

»Du bist krank, mein Segante, und du wirst es noch eine Weile sein. Du kannst im Moment nicht wie ein Sturmwind durch deine Berge fegen, du musst Geduld haben. Du musst jede Stunde, die kommt, mit deinen Ideen füllen. Denk dir deine nächsten Bilder aus, Segante, für Menschen wie dich ist eine Krankheit kein Zeitverlust. Eines Tages kriegst du dein Leben wieder zurück, und wir gehen im Winter nach Soglio und im Sommer nach Maloja, wie bisher.«

Am Abend verzauberte ein wunderbarer Sonnenuntergang Täler, Felsen, Gletscher und Firn. Die Strahlen fielen auf Giovannis Bett, und er bat Bice und den Doktor, sein Bett näher zum Fenster zu schieben. »Dann kann ich die Berge sehen, damit ich weiß, wie ich sie malen werde«, sagte er, und er schien mit seinen dunklen Augen das Licht und den Glanz der Berge einzusaugen.

In der Nacht zum 28. September, gegen elf Uhr, wurde Segantes Atem rasselnd, ächzend. Aber er wachte nicht auf aus seinem Morphinschlaf. Bice stürzte zu ihm hin, hielt ihn, streichelte ihm unablässig Gesicht und Rücken, und Segante lächelte. Plötzlich hörte er auf zu atmen. Bice hatte das Gefühl, kein Mensch mehr zu sein. Sie wollte Segante nicht aus den Armen lassen, doch nach einer Weile umfing Doktor Bernhard den Toten, legte ihn sanft zurück aufs Bett und drückte ihm die Augen zu.

42

Am Fenster des Hotels Saratz standen Bianca und Mario. Sie waren seit dem Vortrag dort einquartiert. Doktor Bernhard hatte ihnen verboten, den anstrengenden Aufstieg zu machen. Mario war froh, dass er bei seiner Schwester bleiben konnte. Als er mit Alberto nach Pontresina gehetzt war, um Doktor Bernhard zu benachrichtigen, hatte er zwar begriffen, dass der Vater schreckliche Schmerzen haben musste, aber was die Ursache war, wusste er nicht.

»Muss der Vater auch sterben?«, fragte Bianca zitternd.

Mario war sich nicht sicher, ob seine Schwester wirklich die Wahrheit wissen wollte. Er sagte daher lediglich, dass der Vater immer die Schranktüren fest zugeschlagen habe. Immer wieder aufgerissen und dann fest zugeschlagen.

»Kann man davon sterben?«, fragte Bianca verzweifelt, und Mario zuckte mit den Schultern.

Bergführer Uffer kam den Hang hinunter, der zum Schafberg führte. Er verschwand im Hotel, und nach einer Weile kam die Frau des Hotelbesitzers und sagte, dass die Mutter in etwa einer Stunde hier sein werde. Ob Mario und Bianca Lust hätten auf einen heißen Kakao und ein wenig Gebäck. Es komme gerade frisch aus der Küche.

Die Kinder nickten stumm, und man deckte für sie den kleinen Tisch, der zwischen den beiden Sesseln am Fenster stand.

»Ich denke gerade an unser letztes Weihnachten in Soglio«, sagte Bianca mit einem abwesenden Lächeln. »Weißt du noch?

Die Mutter hat uns auch heißen Kakao gemacht, in der silbernen Kanne, wo er so lange heiß bleibt. Die Mea hatte uns süße Brezeln gebacken. Und der Vater hat an der hohen Mauer, die den Garten abschließt, einen großen Schneemann gebaut.«

»Ja«, sagte Mario lebhaft, »ja, der war riesig. Er hielt in seiner Faust einen Tannenbaum, den hatte der Vater auf dem Boden durch vereisten Schnee befestigt!«

»Und viele Kerzen hatte er angebracht, so viele Kerzen, und er hat sie alle angezündet!«

»Ja, und im Garten hatte er Pechfackeln aufgestellt. Alles war beleuchtet!«

Die Kinder sahen sich an, und ihnen fielen immer neue Einzelheiten dieses so überaus glücklichen Weihnachtstages ein. »Alle Kinder sind mit ihren Müttern gekommen«, erinnerte sich Bianca. »Sie haben genauso gestaunt wie wir über dieses Weihnachtsmärchen.«

Mario wusste noch, dass auch die Mutter mitgeholfen hatte. »Für alle Kinder von Soglio gab es ein Päckchen. Da waren Mützen drin und Handschuhe. Ich weiß noch, wie die Kinder dann untereinander getauscht haben, bis jeder das hatte, was ihm passte.«

»Und die Baba brachte einen Korb mit Brezeln und mit Lebkuchen, die Mea hatte Punsch für alle gemacht, gerade so, als wären wir eine große Familie!«

Es war, als wollten beide Kinder sich ablenken von dem, was die nächsten Stunden bringen würden. Mario überlegte verzweifelt, was er Bianca noch erzählen könnte, da hörten die Kinder von draußen Stimmen. Da war eine Unruhe – und dann wieder Stille. Die Kinder standen auf und schauten aus dem Fenster. Vor dem Hotel hatten sich viele Menschen versammelt. Sie waren jetzt verstummt, schauten den Berghang hinauf. Von dort kamen Bergführer, die eine Bahre trugen, auf der ein Mensch lag, eingewickelt in Tücher. Die Männer gingen behutsam den steilen Weg hinab. Hinter ihnen ging die Mutter. Allein. Dann kamen Gottardo und Alberto, dann Doktor Bernhard und zum Schluss die Baba.

Bianca sagte fast tonlos: »Vater«, und Mario nahm ihre Hand.

Die beiden Kinder liefen hinaus, und Baba nahm Bianca bei der Hand. Mario reihte sich zwischen Gottardo und Alberto ein. Die Menschen gingen stumm hinter dem kleinen Zug her. Die Glocken beider Kirchen begannen zu läuten. Im Ort bettete man den Toten in einen Sarg, der auf eine Kutsche gehoben wurde. In der zweiten Kutsche saß Bice mit den Kindern und dem Arzt. Die angesehensten Männer der Gemeinde Pontresina bestiegen ebenfalls Kutschen und folgten dem Zug. In allen Ortschaften des Tales klangen die Glocken, und Männer in Tracht schlossen sich in ihren Kutschen dem Zug an. Die Kunde vom Tod des berühmten Malers war in alle Gemeinden gelangt.

Tief hingen die Wolken über dem Tal, und erst, als der Leichenzug sich in Maloja zur Kirche hinaufbewegte, brach ein Sonnenstrahl durch die dunklen Schleier. Vor der Kirchentür stand der Maler Giacometti. Er hielt den Hut vor der Brust, und sein rötliches Haar schimmerte in der Sonne. Giacometti weinte, dass es ihn schüttelte. Er hatte viele Kerzen aufstellen lassen in der Kirche, und man öffnete den Sarg. Als er sich etwas beruhigt hatte, begann Giacometti, seinen Freund und Lehrer zu malen.

43

Sie kamen vom Friedhof, wo ein italienischer Geistlicher, ein Freund Carlo Bugattis, die Leiche Giovannis eingesegnet hatte. Pfarrer Camille Hoffmann hielt die eigentliche Grabrede in deutscher Sprache. Er sagte, Segantini gehöre mit van Gogh und Gauguin, Munch und Hodler, Cézanne und Monet zu den Vollendern der großen Landschaftstradition.

»Hier auf diesem Friedhof«, fuhr er fort, »hier hat unser Freund Giovanni Segantini sein Diptychon *Glaubenstrost* gemalt. Das mag vielleicht drei Jahre her sein, und ich hatte die Freude, ihm öfter bei der Arbeit zuzusehen.

Auf dem Bild sieht man ein Elternpaar, das auf diesem Friedhof um sein gerade verstorbenes Kind trauert. Es ist später Nachmittag im Winter, die Landschaft liegt unter einer dicken Schneedecke. Über der Szene kreisen schwarze Raben. Zwei Engel begleiten die Kinderseele in den Himmel. Segantini erinnert in diesem Bild an die tröstende Kraft des menschlichen Glaubens. Wenn er sich auch für einen Pantheisten hielt, weil er in allen Menschen, in den Tieren und in der Natur Gott gesehen hat, so war er für mich einer der christlichsten Menschen, die ich kenne.«

Giovanni Giacometti und Cuno Amiet trugen das Sterbebild Segantinis, das sie gerahmt hatten und nun auf eine Staffelei stellten. Sie blieben lange vor dem offenen Grab stehen, dann nahm Cuno Amiet Giacometti sanft beim Arm, und sie gingen zu den übrigen Trauergästen.

Aus Mailand war die Bugatti-Familie gekommen, der alte Vater,

Carlo, Thérèse und die Kinder. Ihre Gesichter waren gezeichnet vom Verlust der Nonna Amalia und der Schreckensnachricht, die darauf folgte. Die Galeristen Vittore und Alberto Grubicy hatten sich der Familie Bugatti angeschlossen. Sie sprachen von dem Maler ihres Herzens. Vittore Grubicy und die Familie Segantini hatten einander lange nicht gesehen. Aus dem dandyhaften Vittore war ein älterer Herr geworden, mit langem, braunsilbern gesprenkeltem Haar und Bart. Er trug einen eleganten grauen Anzug und legte dem Freund Kunstjournale auf den Sarg, die er ihm hatte schicken wollen. Aus Berlin waren die Cassirers angereist und der Kunstsammler Koenigs mit seiner Schwester Elise. Alle erwiesen Giovanni Segantini die letzte Ehre und sagten respektvolle Worte über diesen liebenswürdigen Maler, ohne den die Welt viel ärmer geworden sei.

Unzählige bunte Blumen und Kränze lagen um das Grab, der größte Kranz trug die Aufschrift: »Dem großen Meister – die Sezessionisten Wiens«. Alle Menschen, die schon dem Leichenzug nach Maloja gefolgt waren, standen heute um sein Grab. Auch aus Savognin waren die bekannten Familien gekommen, viele in der prächtigen Bündner Tracht. Die Familie Uffer hatte Baba in ihre Mitte genommen, als wollte man zeigen, dass ihre Tochter jetzt wieder ihnen gehörte.

Der Bürgermeister von Giovannis Geburtsort Arco legte ebenfalls einen mächtigen Kranz nieder und las sichtlich stolz und ergriffen einen Brief vor, den Giovanni Segantini ihm vor wenigen Monaten geschickt hatte.

Obgleich ich meine Heimat verlassen habe, als ich noch nicht fünf Jahre alt war, ist sie mir vor Augen, im Herzen und im Gedächtnis geblieben, als hätte ich mich gestern von ihr getrennt. Die Erinnerung an meine Heimat begleitete mich stets in meiner traurigen Kindheit und war wie die innere Sonne, deren Licht auch jetzt noch mein Schaffen erleuchtet. Ich wünsche von ganzem Herzen, dass meine geliebte Geburtsstadt wirtschaftlich, sittlich und ästhetisch gedeihen möge; und allen Bürgern wünsche ich Wohlergehen.

Bice und ihre Kinder hielten sich während der Zeremonie am Grab stumm an den Händen. Sie hatten die schlimmsten Stunden ihres Lebens hinter sich. Nächte voller Tränen, Tage in mühsamer Gefasstheit.

Bice schien wie versteinert. Kein noch so flüchtiges Lächeln belebte ihr Gesicht. Sie saß in der Ecke des Sofas im Salon, in der Hand einen viereckigen vergoldeten Rahmen, dessen Schnitzerei das gesamte Bild ausfüllte, bis auf einen kleinen freien Platz, auf dessen goldenem Hintergrund man getrocknete Veilchen sehen konnte. Bice hatte eine Schale auf dem Tisch stehen, in der sie Segantes Briefe aufbewahrte. Einen davon las sie wieder und wieder. Er war schon einige Jahre alt, und es war zu sehen, dass Bice ihn oft in Händen gehalten hatte.

Frühjahr 1890
Liebste Bice. Nimm o Liebste diese unansehnlichen Blumen, diese Veilchen als Symbol der größten Liebe. Ich habe sie gepflückt einzig in Gedanken an Dich. Wenn jemals ein Frühling kommen wird, an dem ich Dir nicht solch ein Geschenk überreiche, so wirst Du mich nicht mehr unter den Lebenden finden.
Dann wirst Du jedes Frühjahr diese meine geliebten Blümchen pflücken und dorthin geben, wo ich im Grabesfrieden das vertraute Rauschen deines Kleides erwarten werde, und du wirst mit diesen Blumen das Grab bedecken. Die Sperlinge werden dazu ein Lied von der Liebe, die niemals stirbt, zwitschern, und ich werde schlummernd dem Gesange folgen, solange noch die Spur von einem Atom von mir auf dieser Erde sein wird, und Du wirst dann an den denken, der Dir jedes Frühjahr die ersten Veilchen brachte.
Segantini

Baba näherte sich zögernd. Sie hatte einen Umschlag in der Hand, und als Bice von ihrer Lektüre aufsah, reichte Baba ihr das schlichte Papier. Erstaunen belebte Bices starres Gesicht. Sie öffnete den Umschlag und nahm ein kleines Bild heraus, etwas größer als eine Postkarte. Es zeigte Babas Kopf im Profil, von Segante wenige Tage vor seinem Tod mit Bleistift auf grauem Papier gezeichnet, während Baba schlief. Segante hatte deutlich lesbar daruntergeschrieben: Schafberg, 20. 9. 1899

Auf der Rückseite stand, ebenfalls in Segantes Handschrift, seine Widmung an Bice: »An meine liebe Frau, damit sie ihre Baba nicht vergisst.«

Epilog

Am Abend saßen wir um den Tisch im Esszimmer. Unsere Mutter, wir Kinder, die Bugattis aus Mailand und Alberto und Vittore Grubicy. Sie bliesen über den Tee, den Baba zubereitet hatte. Aus unserer Verlassenheit, unseren Ängsten entstand in Onkel Carlo die Idee, dass wir nach Mailand ziehen sollten.

»Damit ihr nicht allein seid und wir euch helfen können mit unserer Nähe, mit unserer Liebe.« Auch Tante Thérèse und Großvater Bugatti stimmten lebhaft dafür, dass wir nach Mailand kommen sollten.

Ich war damals dreizehn Jahre alt und durch den Tod unseres Vaters so fassungslos, dass ich lange keinen Schmerz spüren konnte. Ich fühlte mich verloren, so uferlos verloren, als wäre ich in ein tiefes schwarzes Loch gefallen. Ich sah keine Rettung für uns außer Onkel Carlo und Mailand, denn wir spürten, dass unsere Mutter mit der Trauer um den Vater niemals fertigwerden würde. Niemals. Unser Bruder, Gottardo, nur wenige Jahre älter als ich, wollte die Verantwortung für die Familie übernehmen. Wir hatten ihn immer den »Denker« genannt. Das heißt, es war eigentlich unser Vater gewesen, der ihm diesen Namen gab, als er ihn als Vierjährigen malte, mit übereinandergelegten Händen und nachdenklich in Falten gezogener Stirn.

Das Märchen unserer Kindheit schien nur noch ein Traum. Wir konnten nicht einmal ahnen, wie unser Leben morgen aussehen würde.

Schon wenige Wochen nach der Beisetzung zog die Mutter mit

uns nach Mailand. Carlo hatte eine hübsche kleine Villa gemietet, in ihrer Größe ähnlich wie unser Chalet, das nun leer stand. Wir bezahlten die Miete für unser Schweizer Chalet trotzdem, denn Mutter wollte das Haus unter keinen Umständen aufgeben. Mit großzügiger Hilfe von Carlo war die kleine Mailänder Villa rasch eingerichtet. Die Sonntage verbrachten wir im Haus von Onkel Carlo und Tante Thérèse, die jederzeit liebevoll waren und oft auch Großvater Bugatti holen ließen, der von einer Krankenschwester versorgt wurde.

Unsere Mutter gab sich ganz ihrem Schmerz hin. Sie, die früher oftmals singend durchs Haus tanzte oder mit uns polterte, war still geworden, streng und ernst. Nie mehr sah ich sie lächeln. Sie saß meist in einer Ecke des Wohnzimmers und las Vaters Briefe. Schaute sich alte Familienfotos an, als wollte sie sich ihr Leben mit unserem Vater jeden Tag zurückholen. Am meisten liebte sie das Foto, das Paul Badrutt von ihm gemacht hatte. Und das Veilchenbild! Der goldene Rahmen mit den getrockneten Veilchen lag immer vor ihr auf dem Tisch. Manchmal sah ich, dass sie die verwitterten Reste küsste.

Mario studierte an der Akademie in Mailand, er wollte Maler werden. Und Bildhauer. Gottardo studierte ebenfalls dort. Beide beschäftigten sich intensiv mit den Werken unseres Vaters, indem sie Radierungen davon anfertigten. Gottardo kümmerte sich außerdem um das Schicksal des Triptychons, das zu einem Teil der Familie gehörte. Alberto wollte keinesfalls Künstler werden. Er zog es vor, auf einer Wirtschaftsschule in Winterthur seine Ausbildung zu machen.

Wäre da nicht Baba gewesen, hätte es für uns keinen Ausweg aus unserer Trauer gegeben. Baba versuchte mit ihren Mitteln, uns zu trösten. Sie musste unserer Mutter immer wieder erzählen, wie die Krankheit beim Vater begonnen hatte. »Baba, was hat Segante gesagt, als er zum ersten Mal die Schmerzen spürte? Baba, hat Segante von mir gesprochen? Was hat er gesagt, Baba?«

In der ersten Zeit hörten Gottardo, Alberto, Mario und ich noch begierig zu. Auch wir wollten uns den Vater lebendig erhalten. Doch dann war es für uns eine Erlösung, dass die Baba uns wieder süße Brezeln buk, uns nach unseren Lieblingsspeisen fragte, mit uns gemeinsam Mailand entdecken wollte. Mutter erlaubte alles. Gab uns das nötige Geld.

Wir erfuhren, dass die Bilder unseres Vaters häufig ausgestellt wurden. In Mailand gab es noch im Todesjahr eine große Ausstellung. Auch auf der Weltausstellung in Paris war Vater mit einer Retrospektive vertreten. Im italienischen Pavillon wurde sein Triptychon gezeigt. Ich glaube, unser Vater war nie so berühmt wie zum Zeitpunkt seines Todes. Manche sagen, er sei eine Legende geworden.

Unsere Mutter konnte es nicht lange ertragen, vom Grab ihres Mannes und vom Haus in Maloja getrennt zu sein. Wir sind zurückgezogen in unser Chalet, das von der Familie gekauft wurde und in dem jetzt mein Bruder Gottardo mit seiner Familie lebt. Jeden Tag ist unsere Mutter zum Grab des Vaters gegangen. Jeden Tag, bis zu ihrem Tod. Sie hat den Vater um fünfunddreißig Jahre überlebt.

Die Baba blieb noch fünf Jahre nach dem Tod unseres Vaters bei uns. Sie kümmerte sich um den Haushalt und um uns Kinder, wie es von Anfang an vorgesehen gewesen war. Erst 1905 heiratete sie und zog mit ihrem Mann nach Sankt Gallen. Baba blieb unserer Familie zeitlebens verbunden. An jedem Todestag unseres Vaters ließ sie einen Blumenstrauß auf sein Grab legen. Als Baba 1935 starb, nahm ich mit meiner Mutter an ihrem Begräbnis teil.

»Ich hätte vor ihr sterben müssen«, sagte Mutter weinend. »Sie ist so viel jünger als ich. Es ist ungerecht.«

Danksagung

Ich danke Giovanni Segantinis Enkeltochter, Gioconda Segantini-Leykauf, für ihre Freundlichkeit, Offenheit und Unterstützung. Auch Ragnhild und Dr. Diana Segantini haben mir spontan geholfen. Ebenso Jeanette Peterelli (Savognin) und Tura Peterelli (Savognin/Fribourg), in deren Haus Giovanni Segantini und Bice Bugatti mit ihren Kindern lange Jahre lebten. Besonders aus der Familienchronik Tura Peterellis erfuhr ich viele Einzelheiten über Segantinis Zeit in Graubünden. Bei Professor Andreas Hamburger konnte ich mir Rat holen über die Psychologie meiner Romanfiguren. Mit Heino Naujoks konnte ich jederzeit über Malerei reden. Meinem Sohn Henrik Scheib danke ich für seine vielfältige Unterstützung bei den Recherchen.